黄发有　主编

中国网络文学理论评论 年选

—— *2023* —

海峡出版发行集团 | 海峡文艺出版社

图书在版编目(CIP)数据

中国网络文学理论评论年选.2023/黄发有主编.--福州:海峡文艺出版社,2024.12
ISBN 978-7-5550-3871-9

Ⅰ.Ⅰ207.999－53

中国国家版本馆 CIP 数据核字第 2024NX5309 号

中国网络文学理论评论年选(2023)

黄发有　主编

出 版 人	林　滨
责任编辑	张琳琳
出版发行	海峡文艺出版社
经　　销	福建新华发行(集团)有限责任公司
社　　址	福州市东水路 76 号 14 层
发 行 部	0591－87536797
印　　刷	福建新华联合印务集团有限公司
厂　　址	福州市晋安区福兴大道 42 号
开　　本	787 毫米×1092 毫米　1/16
字　　数	470 千字
印　　张	29
版　　次	2024 年 12 月第 1 版
印　　次	2024 年 12 月第 1 次印刷
书　　号	ISBN 978-7-5550-3871-9
定　　价	150.00 元

如发现印装质量问题,请寄承印厂调换

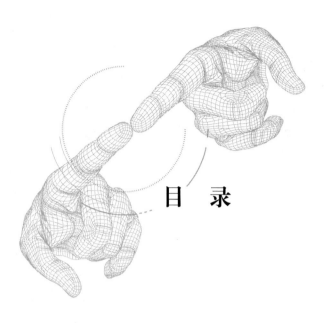

目　录

1

"数码人工环境"与网络文学专业批评

◎邵燕君

"数码人工环境"是笔者借来的概念，这个概念是由几位"网生一代"学者（王玉玊、高寒凝、王鑫）在她们的近期著述①中提出的，虽然还有待进一步深化和丰富，但作为一个基本概念已经成立。这一概念的提出，对于网络文学研究而言，是一次重要的理论提升。它打开了新的理论维度，也使一些长期含义不明、争论未决的问题——网络文学的"网络性"、网络文学的定义、网络文学独立的评价体系——获得了有效的理论表达。我们对于网络时代文学批评新状态的探讨，如果放在这一概念下，将比在"新媒介"这样普泛的概念下，更有具体的指向性。

一、"数码人工环境"的概念内涵和理论空间

关于网络文学的定义，虽然学术界目前仍然没有一个公认版本，但是经过研究者多年的努力，终于达成一种共识，就是强调网络文学

---

① 王玉玊：《编码新世界：游戏化向度的网络文学》，中国文联出版社2021年版；高寒凝：《罗曼蒂克2.0："女性向"网络文化中的亲密关系》，中国文联出版社2022年版；王鑫：《从中作"梗"：数码人工环境中的语言与主体》，北京大学2022年博士研究生学位论文。对于"数码人工环境"的文字表述样式，各种著述中有所不同。经笔者与三位学者商议，现共同采用"数码人工环境"写法。但在本文中，引文仍保持原文用法。

的新媒介属性（网络性），即强调网络文学是一种新媒介文学。这一强调背后有一种反抗意图——反抗传统文学评价体系在雅俗秩序下对网络文学的"安置"。在这一"安置"下，网络文学只是通俗文学的延续，或者说是通俗文学的网络版。笔者曾在一篇论文中不无激进地表达：从媒介革命的角度出发，"网络文学的重心在'网络'而非'文学'——并非'文学'不重要，而是我们今天能想到的和想象不到的'文学性'，都要从'网络性'中重新生长出来"。①

然而，到底什么是"网络性"？这些年的研究依旧是模糊的。早期的研究者多从文本实验的向度将"网络性"指向文本的超链接性、超文本性。这样的研究倾向受到了青年学者崔宰溶的批评，认为这种抽象化、观念化的研究脱离了中国网络文学发展的现实性和特殊性。②他认为网络文学研究的立足点应该从文本（超文本）转移到网站，特别是起点中文网这样具有独特商业模式的大型商业文学网站，才是中国网络文学的实际发生地。在他看来，"网络性"的概念虽然与"超文本"相似，但突破了作品、文本、超文本的概念局限，因为所谓的"超链接"不仅存在于文本内，也存在于文本外。他甚至生造了一个古怪的"超文本作品"概念，它可以指几个特别具有互文性的文本，也可以指整个文学类型，甚至整个网站的作品都可以视为一个超大的"超文本作品"。在崔宰溶这里，"网络性"就等于网站的属性，"网络文学的网络特征，即'网络性'和超文本性是只有我们考虑整个网络的结构时才能够看到的"。并且，他明确提出文学网站是数据库，"它给网络文学活动提供一个空间，而这一空间并不是空洞的，因为这个空间本身是一种数据库、一个有意义的形式"。③

在崔宰溶的理论基础上，笔者也对网络文学的"网络性"做出三

---

① 邵燕君：《"媒介融合"时代的"孵化器"——多重博弈下中国网络文学的新位置和新使命》，《当代作家评论》2015年第6期。

② ［韩］崔宰溶：《网络文学研究的原生理论》，中国文联出版社2023年版，第12—13页。

③ ［韩］崔宰溶：《网络文学研究的原生理论》，第90、101、106页。

点概括："超文本性"、根植于粉丝经济的部落性与 ACG 文化的连通性。[①] 其中，"超文本性"延续了崔宰溶"超文本作品"的概念，指文本内外广泛链接、无限流动的网站属性；后两点在趣缘经济和数据库方面有所推进。这些特点的概括基于笔者和学生们对于中国网络文学发展现状的观察，虽然比较贴近现实，但总觉得停留在现象层面。似乎有什么东西呼之欲出了，但终究隔着一层窗户纸。

当看到"数码人工环境"这个概念时，笔者最直接的感觉就是，这层窗户纸终于被捅破了。应该说这个概念的孕育是基于研究团队的"集体智慧"。当然，她们思考的方向也各有不同。

王玉王在《编码新世界：游戏化向度的网络文学》一书的结语《基于（数码）人工环境的网络文学创作趋向》中，最早对这一概念进行了学术表达。她称"人工环境"的概念借鉴于日本后现代学者东浩纪，东浩纪首先在文学"世界"的意义上使用了"人工环境"这个词，之后在《游戏性写实主义的诞生：动物化的后现代2》一书中，以日本"角色小说"为例提出了"人工环境"这个概念。

王玉王认为，东浩纪的"人工环境"概念，在三个洞见上给了她重要启发。

第一，人工环境的兴起与后现代状况和"现实主义"的衰落密切相关。

第二，当前文学作品人工环境的底层逻辑深植于数码环境、网络空间与计算机程序逻辑。

第三，后现代人工环境是多种多样的，而非如"现实主义"那般，假设只有一种现实、一个"世界"，日本"角色小说"的人工环境是（数码）人工环境中殊为重要的一种，但并非唯一一种。[②]

王玉王这一代网络文化研究者大都深受东浩纪的影响，"人工环境"概念的提出，与东浩纪对于后现代人类生存状态的哲学思考是一体的。"宏大叙事"（唯一）的凋零、局部"小叙事"（复数）的增生，

---

① 邵燕君：《网络文学的"网络性"与"经典性"》，《北京大学学报》2015年第1期。

② 王玉王：《编码新世界：游戏化向度的网络文学》，第297、298页。

这正是《动物化的后现代：御宅族如何影响日本社会》（2012）的主题。在这本书里，东浩纪提出了很多概念，如萌要素、资料库、大型非叙事等，这些概念的提出主要依托于纸质出版的轻小说、漫画。在《游戏性写实主义的诞生：动物化的后现代2》（2015）中，他将主要讨论对象转向电子游戏，"人工环境"的概念在这里提出，可见确实与互联网媒介有着深切的关系。这一概念的提出，也使他此前的概念获得了更具系统性的表达。应该说，"人工环境"在哪个世界都存在，但只有在互联网媒介变革之后，才成为一种可以和自然世界作为平行世界出现的环境。对于这个环境，王玉玉这一代"数码原住民"体会更深。随着媒介革命的深入，尤其是近年来，越来越多的"三次元人"被卷入这个环境。所以，王玉玉在"人工环境"前加上"数码"的界定是必要的，只有从数码的意义上，才更能发挥这个概念的理论潜力。

在《设定及其反讽——当代流行文艺基于（数码）人工环境的叙事形态》一文中，王玉玉进一步把"数码人工环境"定义为："数码人工环境有双层含义：一方面指向人类生存的技术环境，也即随着数字技术的发展与普及，人类开始生存于现实世界与虚拟网络世界的双层结构之中；另一方面指向叙事类文艺作品新的想象力环境，也即一个新的文学世界。"

除了首提"数码人工环境"概念外，王玉玉还将这一概念置于网络文学发展的范畴，并基于中国网络文学（尤其是"游戏化向度"的网络文学）发展的数据库，建构起网络文学"数码人工环境"的内涵。所以她说，她对"数码人工环境"这一概念的使用，不局限于东浩纪的范畴。[①]

王玉玉提出的网络文学的"数码人工环境"的内涵包括人物设定和人物关系设定、世界设定、梗。在她看来，典型的基于"数码人工环境"的网络文学作品包括以下六种基本类型：升级—系统文、日常—甜宠向、无限—快穿文、吐槽—玩梗向、脑洞—大纲文、人设—同人向。她还提出"模组化叙事"的概念，用以描述基于"数码人工

---

① 王玉玉：《编码新世界：游戏化向度的网络文学》，第294页。

环境"的网络文学的创作特征："人物、世界、主线、副本、情感线、事件线等元件都被拆分开来，分别编码，而每一个元件又是由（数码）人工环境数据库中预置的材料结合而成。"最基础的元件都含有初始值和算法，它们被按照数码逻辑组合起来形成小的模块，小模块再组成大的模块，形成各种数据库。数据库中的模块可以被反复调用，形成新的组合。"我们在脑海中按下开始键，所有模块便运行起来，人物与世界碰撞，男孩与女孩相遇，世界法则乘以人物性格，就运算出万千悲欢传奇。"①

　　高寒凝没有使用"数码人工环境"的概念，但她在论著《罗曼蒂克2.0："女性向"网络文化中的亲密关系》中使用的"拟环境"概念与之相似。这个概念也借鉴了东浩纪的"人工环境"概念，但又有所不同。在东浩纪的论述中，"人工环境"有时就指代"萌要素数据库"。在高寒凝这里，"拟环境"就是指一个环境空间，但是这个"环境"与传统文学中的可以与人物形象构成一组相应概念的"（典型）环境"不同，因为"'人设'却绝对无法直接从环境中生长出来。事实上，在以'角色配对'为前置动作的文化生产中，环境描写并不是必备要素，也并不必然承担塑造人物的功能"。因而，这个"环境"被高寒凝称为"拟环境"，指一种暧昧的存在，"它既可以完全悬置，也不妨成为人设暂时栖居的土壤，总而言之，它并不与'人设'相呼应"。

　　笔者认为高寒凝对"拟环境"的概念表述确实还有些暧昧，笔者宁愿直接将之指认为她在这本书里提出的另一概念"亲密关系实验场"。这个"实验场"被限定在"女性向"的范畴，为了与带有"宅男"性癖色彩的"萌要素"进行区分，她将之替换为"亲密关系要素"。粉丝们在这里以"角色配对"（嗑CP）的方式，进行亲密关系探讨的思想实验，"以所谓的'萌要素（亲密关系要素）数据库'为基础，依据特定的算法公式，在一个个具有浓厚'趣缘社交'和'参与式文化'氛围的粉丝社群中，将千千万万次循环往复的实验动作汇

---

　　①　王玉玊：《编码新世界：游戏化向度的网络文学》，第299页。

聚成了繁芜与秩序并存的'亲密关系实验场'"。① 高寒凝的"配对算法"也是一种叙事模式，将之与王玉玊的"模组化叙事"结合起来看，"数码人工环境"的底层逻辑和文学叙事模式就得到了比较完整的阐述。

高寒凝最具原创性的概念是"虚拟性性征"，它被用来描述罗曼蒂克2.0的基本属性。这个概念的具体内涵包括以下两个要点："第一，'罗曼蒂克2.0'的行为主体在达成某种想象性的亲密关系/性关系之前，应首先成为'虚拟化身'（即 avatar，例如'玛丽苏'式同人创作的女主人公，就是作者在其虚构作品中的'虚拟化身'）或'虚拟实在'（即 virtual being，例如由'亲密关系要素'拼贴而成的'人设'）。第二，该行为主体的恋爱对象，必然是另一个'虚拟化身'或'虚拟实在'；二者之间的亲密关系也是虚拟形态的，并不存在于自然实在之中。"高寒凝指出，这个"虚拟性性征"的隐喻便是"性与自然实在的分离"，"以'虚拟性性征'为基本属性和运作机制的亲密关系/爱欲关系，早已不再是纯粹的有机体，而是与网络环境、电子媒介、虚拟身体紧密相关的'赛博格（cyborg）状态'"。② 对"赛博格（cyborg）状态"的描述也是高寒凝对于"数码人工环境"概念建构的最大贡献。其实，不仅是"罗曼蒂克2.0"中的行为主体，参与这项以"角色配对"为前置动作的文化生产活动的作者和读者也是以虚拟化身的形态登录的。

王鑫从另一路径进入对"数码人工环境"这一概念的理论建构。除了东浩纪的数据库理论外，她的另一重要理论资源来自汉娜·阿伦特。基于阿伦特的批评性思考，结合系统论和信息论的相关理论，王鑫将"数码人工环境"的概念定义为"人和物（自然）都受互联网控制的环境"。她以"数码人工环境"为关键词，描述了互联网从"乌托邦想象"向"控制论环境"的变化："数码人工环境是试图把握偶然性的控制论环境"，"人们可以用命令式制定条件，但不必然直接命

---

① 高寒凝：《罗曼蒂克2.0："女性向"网络文化中的亲密关系》，第51页。

② 高寒凝：《罗曼蒂克2.0："女性向"网络文化中的亲密关系》，第55、56页。

令个人去做或不做某事。只要条件划定得足够充分，人们看起来随机的、偶然的行为也会落在必然性的格子里"。① 王鑫使用"透明化"描述了"数码人工环境"深入快感通道的控制能力，也试图通过"梗""可玩文本"和"意识形态分析"等进行游离和瓦解。"玩梗"在她这里不仅是一种语言模型，而且是令主体有条件避开"数码人工环境"中的同一性、强制性，获得可以移动、逃离乃至自创玩法的语言游戏。

除了理论的建构性，王鑫作为网络原住民，还对身在其中的"环境"进行自察，以"从中作梗"的姿态，反抗对技术环境的麻木。得益于对阿伦特、福柯等思想家开创的理性批判传统的自觉继承，她的论文反复强调"玩是一种反抗的能力"，并具体展示了种种"玩"的"招数"，虽然反抗的力量或许是微弱的。这使"数码人工环境"这一概念在建构的同时就具备了反观的向度，在获得省察、批判效果的同时，也打开了某种更具积极参与性的可能。

三位青年研究者的创新突破，打开了非常宽广的理论空间，而且，她们基于相同经验而不同向度的讨论，特别令人期待。笔者认为，对于"数码人工环境"这一概念，还可以从媒介理论的脉络进行考察。

作为"媒介环境学派"的创始人，麦克卢汉提出的最核心的观点是：媒介是人的延伸。在他看来，印刷文明时代人的所有器官都获得了延伸，而电子媒介延伸的是人的中枢神经。② 麦克卢汉确实是一个了不起的预言家，他基于电话、电报的使用体验，预言了地球村，并且说在地球村，人类将重新部落化。在《理解媒介：论人的延伸》第二版序言中，他甚至提出，"用电子时代的话来说，'媒介即讯息'的意思是，一种全新的环境被创造出来了"。在这个电力媒介塑造的新环境中，以往工业时代的机械化环境成了"内容"。③

按照麦克卢汉的理论，"数码人工环境"可以看作数据库（萌要

---

① 王鑫：《从中作"梗"：数码人工环境中的语言与主体》，第1、5页。
② ［加］马歇尔·麦克卢汉：《理解媒介：论人的延伸》，何道宽译，译林出版社2011年版，"作者第一版序"，第4页。
③ ［加］马歇尔·麦克卢汉：《理解媒介：论人的延伸》，第11页。

素、亲密关系要素）和趣缘社群的延伸，数据库和趣缘社群则是人的欲望（性/亲密关系欲望、消费欲望、交往欲望、创作欲望等）的延伸，它们在前网络时代已经诞生，催生它们的是高度发达的印刷媒介（比如书籍杂志出版的速率飞升）、后现代"状况"和消费社会的"丰盛"。但只有互联网这一新媒介出现后，这些延伸的欲望才有了一个生存环境，此前的纸媒环境的内容成为新环境的数据库。

如果我们把"数码人工环境"理解为人的欲望（白日梦境）在网络媒介中的延伸的话，那么在这个环境里，人的"自然"欲望不但被极大放大了、增生了，也被规则化、系统化了，变得可以人工操作、玩耍了。原本黑团团的无名欲望，被诸多"萌要素/亲密关系要素"条分缕析地分类、标注，放置在"库房"的小格子里，玩耍者可以各取所需，根据"算法"运算得出有趣的结果，这自然会激发出人类前所未有的参与热情。在这个"亲密关系实验场"中，很多长久被压抑、被扭曲的欲望得以伸展舒张，无数"应然""或然"的小世界被重新编码出来，世界有了无限的可能，"作为虚拟世界的集体创造者，我们——作为整体的人类——第一次开始过上一种系统的意义性的生活"。[①] 这是"数码人工环境"积极的一面。

消极的一面也可以看到。首先是欲望"自我截除"的危险。按照麦克卢汉的理论，媒介的延伸总会导致被延伸器官的"自我截除"，因为人的感官比率需要调整到与更高、更快、更有力的媒介匹配，并且迷恋上这种延伸，陷入"自恋性麻木"的状态。[②] 相对于人类以往的各种延伸，"梦境的延伸"最让人难以醒来，也就是说，人可能丧失"自主欲望"的能力。"罗曼蒂克2.0"比"罗曼蒂克1.0"更好吗？高寒凝说"未必"，她认为更新版本未必是优化版本，"反向优化"的案例也屡见不鲜，因此"并不试图捏造或夸大'罗曼蒂克2.0'的进步性、普遍性与革命性"。那么，新版本会取代旧版本吗？高寒凝认为也未必，"版本更新并不具有强制性"，用户可以一直选用旧版

---

① 翟振明：《有无之间：虚拟实在的哲学探险》，孔红艳译，北京大学出版社2007年版，"序言"，第2页。

② ［加］马歇尔·麦克卢汉：《理解媒介：论人的延伸》，第57—64页。

本，新版本也可以尽量兼容旧版本的主要内容和功能。① 这样的回答或许是出于谨慎，但背后确实有着对环境边界的清醒认识。进入数码时代后，人类的情感模式会是怎样的？是"二次元人""三次元人"各行其是，还是可以进入"2.5 次元"的状态，在不同环境中自由切换？其实，不管怎样，都需要人们具有良好的媒介素养。媒介自觉中非常重要的一步，就是把媒介延伸的过程展示出来。当"数码人工环境""罗曼蒂克 2.0"这样的概念建立起来，"环境"的边界和运行规则就可见了，"麻木"的状态就成为讨论对象了。

其次是王鑫提出的，在"数码人工环境"里，主体的透明化和系统的整体受控状态。② 当人被数码化，欲望被编码为"萌要素"，一切的运行发生在由数码逻辑建构的环境内按算法进行时，无形的欲望终于落网了。或者说，通过数码化，人类终于找到一个最好的控制欲望的方式。王鑫对技术环境麻木状态的揭示，沿用了麦克卢汉关于"麻木"的理论，将之与控制论的理论相结合，打开了纵深的理论空间。

"媒介环境学派"一直注重研究媒介和环境的关系，"媒介即环境，环境即媒介"的观念，贯穿这个学派的研究中。继麦克卢汉之后，波兹曼提出的"媒介即隐喻"（1985），梅罗维茨提出的"媒介情境理论"（1985），莱文森提出的"软利器"（1997）、"新新媒介"（2009），③ 始终是追踪媒介的发展进行理论创新。将"数码人工环境"的概念放到"媒介环境学派"的理论脉络中考察，也不失为一种理论维度。

二、重新认识网络文学的"网络性"和"文学性"

虽然对于"数码人工环境"的定义，我们可以进一步辨析、质疑、

---

① 高寒凝：《罗曼蒂克 2.0："女性向"网络文化中的亲密关系》，第 57—58 页。

② 王鑫：《从中作"梗"：数码人工环境中的语言与主体》，绪论和第一章。

③ ［美］尼尔·波兹曼：《娱乐至死》，章艳译，广西师范大学出版社 2004 年版；［美］约书亚·梅罗维茨：《消失的地域：电子媒介对社会行为的影响》，肖志军译，清华大学出版社 2002 年版；［美］保罗·莱文森：《软利器：信息革命的自然历史与未来》，何道宽译，复旦大学出版社 2011 年版；［美］保罗·莱文森：《新新媒介》，何道宽译，复旦大学出版社 2013 年版。

丰富、完善，但这一概念的提出和基本内涵的确立，确实使网络文学的理论研究上升了一个维度，使一些处在"瓶颈"中的问题有了突破。

首先突破的是网络文学的"网络性"问题。从"数码人工环境"的概念出发，包括笔者在内的研究者以往提出的诸多内涵要素，都找到了底层逻辑。在王玉玊看来，网络文学的"超文本性"并不是以超链接的方式实现的，而是以公共设定方式实现的，以公共设定为基础的每一部具体的网络小说都是不完整的，要在公共设定的场域之中完成自身，同时超越自身，这就形成了所谓网络文学的超文本的特性。[①]这是对崔宰溶的"超文本作品"观点做更深层的理论阐释。而对于粉丝经济，王玉玊认为，更应该理解为趣缘社群的一种运行方式。公共设定的公共性一定要在粉丝社群中去实现，是粉丝社群共同创造、共同享有的公共财产，粉丝经济只是粉丝社群运行方式的一种。[②]我们可以说，在消费社会的格局下，粉丝经济是一种最具主导性的运行方式，既有"'有爱'的经济学"一面，也有"数据劳动剥削"的一面。[③]在"数码人工环境"下，无论是"有爱"还是"剥削"，都有具体的数据和算法。

我们看到，"数码人工环境"概念的提出，不但使"网络性"的概念落实了，也更丰富、更具系统性。事实上，只要"数码人工环境"的概念内涵确立了，"网络性"的提法就可以取消了，"数码人工环境"的概念内涵就是"网络性"。那么，网络文学是否可以直接定义为基于"数码人工环境"的文学？

网络文学的发展成熟有一个过程，其中一个最重要的向度，就是对其区别于纸质文学的媒介特征——"网络性"的充分认识和实现，也就是"数码人工环境"的形成和对其的自觉。在笔者的观察中，大约在 2015 年网络文学出现明显的风格"转向"，这和网络一代的崛起有直接关系。笔者在一篇论文[④]中，称之为"二次元转向"，并将此前

---

① 王玉玊：《编码新世界：游戏化向度的网络文学》，第 15—16 页。

② 王玉玊：《编码新世界：游戏化向度的网络文学》，第 163—202 页。

③ 高寒凝：《罗曼蒂克 2.0："女性向"网络文化中的亲密关系》，第 69—74 页。

④ 邵燕君：《网络文学的"断代史"与"传统网文"的经典化》，《中国现代文学研究丛刊》2019 年第 2 期。

作为主潮的网文称为"传统网文"。但王玉玉不同意"转向"的说法，认为这并不是一种"创作方向上的转换或者说代际更迭导致的借鉴的主导文化资源的置换"，因为"二次元网文"每一个经典特征都能在"传统网文"中找到大量的对应物。她认为，在网络文学形态形成的过程中，一直有两种力量在互相拉扯：现实主义的文学传统和基于"数码人工环境"的创作趋向。一开始，传统文学惯性可能更强大，看到的就是传统网文的形态，在传统网文的形态之中，"数码人工环境"底层逻辑依旧是存在的，只是被掩藏在底下。渐渐地，网络文学开始走向更充分的自我实现，甩脱了一些现实主义的文学传统和惯例，完成了更加充分的自我实现，于是看到了一种更加明晰的基于"数码人工环境"的网络文学。[①] 笔者现在同意王玉玉的观点，并且意识到，作为中文系出身又缺乏游戏经验的"传统学者"，自己对"数码人工环境"元素缺乏辨识力。出于谨慎，王玉玉在论著中只将"游戏化向度的网络文学"称为"基于（数码）人工环境的网络文学"。笔者反而想更激进一些，直接将网络文学定义为基于"数码人工环境"的文学。因为，对于一种新媒介文学，定义只能基于媒介的核心特征和创作发展的趋向。网络文学毕竟只发展了 20 余年，处于网络时代的开端时期，"传统网文"只是过渡形态。目前学院派指认的具有"经典性"的作品大都属于"传统网文"，其"经典性"只能在"断代史"的限制内讨论，不能影响其文学形态的定义。[②] 当然，对于网络文学的定义，目前仍是初步想法，有待进一步讨论。

从"数码人工环境"的概念出发，文学性的"网络重生"也有了全新的母体。这些年来，学术界一直讨论网络文学独立评价标准的建立问题。但是，如何才能摆脱传统（纸质）文学标准的规定性影响呢？"数码人工环境"概念的建立有釜底抽薪之功，它的厉害之处不仅在于建立了一个"平行空间"，更在于发现了作为中介的"环境"。按照麦克卢汉的说法，当媒介转型之机，媒介被发现了。在"数码人工环境"这一新概念的建构过程中，传统文学中"世界"建构的人工

---

① 王玉玉：《网络文学的"游戏化"向度及其"网络性"——（数码）人工环境与网络文学的自我实现》，《文学》2023 年第 1 期。

② 邵燕君：《网络文学的"断代史"与"传统网文"的经典化》。

性，也被暴露了出来。

王玉玊将"数码人工环境"中被设定的"世界"与艾布拉姆斯《镜与灯：浪漫主义文论及批评传统》中称为"自然"的"世界"做对比，指出既然在艾布拉姆斯定义中的"世界""可以是人物和行为，可以是思想和情感，那么它就不是文学作品中的'环境'；既然'世界'是直接或间接地导源于现实事物的，那它也就必然不是作为其源头的'现实'。当我们将现实主义的创作原则简单地理解为文学艺术反映世界的时候，常常忽略了这个作为中介的'世界'的存在"。[①]

为什么这个作为中介存在的"世界"在以现实主义为代表的传统（纸质）文学中会被忽略呢？不仅由于它是模仿现实世界创作的（1∶1的尺度、透明的语言、朴实无华的技巧），更在于它不是对于现实粗略的模仿，而是"透过现象看本质"（文学艺术发展到现实主义阶段已经超越了柏拉图的"模仿说"），无论是现实主义的"镜"，还是浪漫主义的"灯"，都是"世界"的先在规定性。只要一个地域一个时期的人们对于世界的真实持有共同的理解和信念，艺术家们"源于生活、高于生活"的创作就被认为是展现了更真实的"世界图景"。或者说，在印刷文明时代，特别是在浪漫主义、现实主义文学兴盛的启蒙时代，人们正是通过小说展现的"世界图景"去建构对世界的理解的。

事实上，浪漫主义对"灯"的秉持，本身就是"现实之镜"破碎的前兆。"应该走得更远一些；心灵必须背叛自己，催生新我，必是这一活动，镜变为灯。"[②]"灯"是对"心灵"这一媒介的发现和主观强化。如果说，现实主义背后是基于启蒙信仰的坚定明朗的世界观（世界有本质，并且可以被认识），浪漫主义背后，则是"伟大的心灵"用以"烛照"世界的价值观。尽管浪漫主义的才子们个个以"上帝之子"自命，但对于"上帝是否只有一个"的问题已然悬置。到后现代转型之际，文学世界已经不能再在现实世界中隐身，"世界设定"暴露出来。于是，在"纯文学"和通俗文学方向，我们分别看到了各种各样的超现实主义的"变形记"和作为"拟宏大叙事"的"第二世

---

① 王玉玊：《编码新世界：游戏化向度的网络文学》，第 295 页。

② 艾布拉姆斯在《镜与灯：浪漫主义文论及批评传统》（郦稚牛等译，北京大学出版社 2021 年版）扉页上引用的叶芝的诗。

界"。进入网络时代以后，在基于数码逻辑运行的虚拟环境中，你所设定的世界是否遵守万有引力定律都是可以选择的了。做世界设定不仅是每一个创作者拥有的权利，也是在一部作品展开前需要向读者申明的规则。在中介的意义上，普通网文作者建构的世界，和托尔金的"中土世界"、卡夫卡的"城堡"、马尔克斯的"马孔多"以及巴尔扎克的"巴黎"的关系，都是平行世界的关系。这些"作为中介的世界"，是作者和读者基于自觉或不自觉的约定或共识而建立的公共交流平台，这些构成"传达互动的条件"的约定或共识，被东浩纪称为"想象力的环境"，有时"想象力的环境"也被直接指认为数据库。[①]

在"平行世界"的概念下，网络文学自然获得了与传统（纸质）文学平等的地位。这是两种不同的文学形态，它们的依托环境、想象力环境、主体（作者、读者、作品人物）状态、文学要素、文本内部遵循逻辑、语言等，都有明显的不同。简要列表如下：

表 1　传统（纸质）文学 VS 网络文学

文学形态	依托环境	想象力环境	主体生存状态	文学要素	逻辑规则	语言
传统(纸质)文学(以现实主义为代表)	自然环境	宏大叙事	肉身"有血有肉"的人物形象	典型环境、典型人物、情节	现实世界物理逻辑、生活逻辑	透明
网络文学	数码人工环境	数据库（大型非叙事）	赛博格虚拟化身虚拟实在	世界设定、人设、人物关系设定、梗	数码系统底层逻辑、数值化、平衡感	半透明

---

① ［日］东浩纪：《游戏性写实主义的诞生：动物化的后现代 2》，黄锦容译，台湾唐山出版社 2015 年版，第 53 页。对于"想象力的环境"的概念，东浩纪的论述不太充分。傅善超在反思其不足的基础上，重新给出的定义是："角色、形象、叙事装置套路等文本要素得以共存的背景以及对叙事意义的最终保障。"参见其在"AI 是什么？网文怎么办？——人工智能时代的语言算法和网文写作"高峰论坛（北京大学中文系、北京大学文学讲习所举办，2023 年 6 月 18 日）上的发言，微信公众号"北京大学文学讲习所"2023 年 6 月 21 日推文。这一概念很有潜力，可进一步讨论。

在做出这样系统性的区分后，我们很难再用传统（纸质）文学的批评标准去衡量网络文学。因为，那些对于网络文学很重要的东西，如世界设定、人物设定、人物关系设定、梗，传统体系里根本没有。而传统体系里特别重要的东西，如作品的思想深度、环境的典型性、人物的立体性等等，又在网络文学出现以前就不断被瓦解。但这并不意味着网络文学一定是"平面化的""动物化的"。"数码人工环境"是一种"人和物（自然）都受互联网控制的环境"，一种数字化生存环境。基于这一环境的文学，必然要面临无数的人类新命题，只是要处理这些新命题需要新的理论资源。所以，建立网络文学独立的评价体系，加强网络文学的理论建设，势在必行。

三、新环境下"学院派"如何重建专业批评

网络媒介和专业批评之间，本来就存在着悖论。网络是去中心化的、去精英化的，专业批评就是中心化和精英化的化身。亨利·詹金斯曾专门讨论了在粉丝"集体智慧"的挑战下，"专家范式"（主要特点为精通有限的知识、具有垄断资讯的特权、必须遵守传统和规范、证书化等等）显示出的"老大僵硬"状态。①

在媒介变革之际，原本占据文化中心位置的学院派具有充分的警觉和反省能力是十分必要的，但这并不意味着在网络时代学院派的专业批评和研究就没有合法性，只是我们必须在新环境下重建自己的专业性。"数码人工环境"概念的提出，也为学院派重建专业批评提供了新的动力和要求，一些任务和方法也更明确了。

第一，倡导"学者粉丝"立场方法的必要性和掌握"数字人文"方法的迫切性。

"学者粉丝"是詹金斯等粉丝文化研究者20世纪90年代起提出的一种"新型民族志"的研究身份和立场。笔者认为中国网络文学研

---

① ［美］亨利·詹金斯：《融合文化：新媒体和旧媒体的冲突地带》，杜永明译，商务印书馆2012年版，第98—101页。

究应该延续这一路径，这些年也一直和研究团队努力践行。在"数码人工环境"的概念下，深感其必要性进一步加强了。

所谓"学者粉丝"，就是研究者不再外在于粉丝群体，不再像过去时代的学者那样，以田野调查的姿态走进部落，找到"社群的'心'"，而是作为粉丝社群的一员，为自己、为伙伴、为社群发出心声。① 詹金斯等人倡导这一研究范式的转型时，还是在前网络时代，趣缘社群还是在线下空间。进入网络时代，传统研究与粉丝研究已经隔了一层"次元之壁"，而"数码人工环境"的概念更让我们看到，那是一个独立完整的平行空间，其虚拟性和数码逻辑都超出了"三次元人"可以"将心比心""推己及人"的范畴，需要我们化身（avatar）其间。

数码逻辑也迫使我们必须使用数字人文的研究方法。这种方法已经引进网络文学研究几年了，笔者带领的研究团队也一直在努力尝试。② 同学们首先遇到的障碍是技术问题：文科生不会编程。但人工智能技术的发展（如最近大火的ChatGPT）似乎已经可以给我们提供基础工具了，现在考验我们的是态度问题。我们先不要问人工智能不能做什么，先要看它能做什么，它能做的人工是否做得了；如果做不了，就要学会让它做。但首先要保证，我们能充分掌握这把利器。只有把人工智能的能力充分发挥出来，我们才知道，人的用途是什么，使用的过程也是学习过程。一个好的数字人文研究者，不但要以数字人文为"器"，还要以数字人文为"思"。我们只有主动去学习数字人文的新语法，才能把数字人文研究的新范式嫁接在原有的研究方法上，使其成为文学研究的加强版、升级版，将印刷文明阶段数百年积累的成果方法加上数字的引擎。如果我们一味拒斥、麻木不仁，一旦整个学术研究发生系统性转型，来不及内部转型的学科就可能在"降维打击"中被格式化。

---

① 《〈文本盗猎者〉二十年后——亨利·詹金斯和苏珊·斯科特的对话》，[美] 亨利·詹金斯：《文本盗猎者——电视粉丝与参与式文化》，郑熙青译，北京大学出版社2016年版，第275—276页。

② 参见《中国现代文学研究丛刊》2020年第8期"新现象研究"专栏、《文艺理论与批评》2021年第4期"新媒介"专栏的两组论文。

第二，建立"学院榜"的重要性。

"学者粉丝"可以分为"学者型粉丝"和"粉丝型学者"两种身份。前者的本质是粉丝，"学者"只是作为粉丝的一种特殊"装备"，有的粉丝的"装备"是历史知识，有的粉丝的"装备"是工程师思维，我们的"装备"是文学阅读经验和解读能力，如此而已。"粉丝型学者"的本质是学者，粉丝经验是研究的资源。在学者粉丝范式的研究中，一个学者所在粉丝群体的质量，往往会影响其学术研究的质量。当然，粉丝经验如何转换，考验学者的能力。

互联网媒介前所未有地激发出业余者的参与热情和能量，对"专业范式"发出挑战，但挑战的只是传统范式下的专家。从学者粉丝的范式出发，专业者和业余者不是对抗关系，专业者是从业余者中转化而来的。每一个专业者都应该曾经是（最好一直是）积极的参与式粉丝，在与社区粉丝分享"集体智慧"的基础上，那些"专门的知识"、学术规范和学术传统，才构成其专业者的资格。

"学者型粉丝"的阵地就在网文第一线，在"本章说"下写出高赞的段评，在微博、B站、知乎等社交平台写出高转发的帖子，总之，以用户ID而非学者Title重新获得尊重和影响力。"粉丝型学者"则需要重建网络文学的评价体系，其中，做"学院派"榜单是基础而重要的一项工作。

进入消费时代以后，文学场发生的一个重大变化，就是颁发象征资本的权力一再向消费大众倾斜。在数码经济运行机制下，网文读者的选书意愿更直接以算法的方式呈现在数据榜单中。

在付费模式（2003年建立）中，由于自觉付费的用户（由于看盗文方便，付费用户基本只占10%—20%左右，有时甚至低于10%）大都是高参与度的"社区型用户"（不仅真金白银地订阅、打赏，还积极投票、发表评论，至少喜欢看"本章说"等只有付费用户才能看到的评论），所以，商业榜本身具有文学评价的导向。我们可以说，付费模式下的商业榜也是某种意义上的"精英榜"。

2018年以后，基于流量经济的免费模式兴起。与付费模式不同，免费模式吸纳了大量的"下沉用户"，不但包括了大部分盗版用户，也吸纳很多从来没有读过网文的读者。这些用户更是以文艺产品消费者而非网文爱好者的心态阅读网文的，大数据个人推荐更是基于每个人的欲望模式而非阅读口味，"好看"和"好书"之间的价值链条断掉了。于是，"千人千面"的推荐榜就失去了公共性，很多人在享受个性化服务的同时，反而需要到"书荒广场"求个人荐书。可以说，越是大数据推荐系统，越需要人工榜单的补充。[①]

事实上，即使在付费模式运行最为良好的阶段，人工榜单也一直存在。其中，既有"三江阁"（起点中文网）这样代表网站编辑导向的推荐榜，也有"农粮榜"（龙的天空）这样代表"老白"（资深读者）口味的"口碑榜"；此外，还有各种推文大 V 的个人推荐（如小紫推文、赤戟的"书荒救济所"等），都发挥着非常积极的作用。

在这些人工榜中，"学院榜"不该缺席。分众的社会只是削弱了专家精英集团的审美霸权，并非取消其存在的价值。在网络文学场各种力量复杂的斗争中，学院派应该参与博弈。

事实上，当分众进行到越来越细、圈子越来越小的阶段，更需要具有超越性和公共性的评价体系成为公众价值锁定的锚点。学者粉丝的"学院榜"可能成为锚定点，是因为背后有一个相对稳定的文学评价体系——它来自文学传统，来自学术规范，又经过学者粉丝的转化，获得了网络重生。当然，这个网络重生的文学评价体系还在建设过程中，但理论建设必须建立在批评实践的基础上。追踪网络文学瞬息万变的发展进程，即时推出具有一定公信力、影响力（同时也具备试错功能）的榜单，可以为网络文学史的写作和评价体系的建立提供扎实的基础。

第三，促进新理论原创性及其与传统理论的对话性。

网络文学研究一方面需要接地气的实践批评，另一方面也非常需要原创性的理论开辟出一片新天地。这项任务恐怕要落在"网生一代"年轻学者身上，因为他们元气满满的新经验，需要新的理论体系才能表达，如果囚禁在既有体系里，新事也会被说旧。一旦有原创概

---

① 纵横中文网副总裁邪月（本名许斌）2022 年 8 月 3 日接受笔者采访时称："番茄有三分之一左右的用户是靠书荒广场互相推荐着去看书的，然后七猫上了这样的机制之后效果也很好。这说明大家其实还是很难找到足够好看的书。"（采访稿经过邪月先生审定，同意引用）

念（如这里提到的"数码人工环境""虚拟性性征"），整个体系就有了新的支点。当然，把整个论述建立在自己原创的概念上，这确实需要勇气。这个概念立不立得住？在此基础上展开的整个理论体系是不是立得住？这是对研究者学术能力的挑战。对此，学术界应该持鼓励和包容的态度。

在笔者看来，"网生一代"研究者的研究发展可以分为三步：第一步，创造新的概念充分表达自己的生命经验。第二步，在更丰富的生命经验的基础上完善理论框架。第三步，打通与传统理论的关系，在彼此对话中，进行一种更具理论连通性的考察。因为新理论提出了新参数，以此为契机，既有理论系统就可以被打开，在新的维度上重新考察。比如王玉玉将"数码人工环境"中"世界设定"的概念，与艾布拉姆斯使用的"世界"概念做比较，就打开了与文学传统理论的对话关系。这种对话关系可以进一步延展。

总之，作为数码时代的第一代"原住民"，"网生一代"学者有着非常广阔的理论探索空间。因为其身份不仅仅是亚文化的经验表达者和阐释者，甚至也不仅仅是自身理论的建构者，而可以是理论的更新换代者，使诞生于印刷文明、工业文明的理论，能够进入网络文明的系统，在 2.0、3.0 版的更新中，获得一个连续性的发展。

（原载《中国文学批评》2023 年第 4 期）

网络文学评价：体系与标准

◎欧阳友权

网络文学高速增长的巨大需求，把这一文学评价体系与批评标准问题推向实践前沿和学术风口。全国哲学社会科学工作办公室在该领域连续设立两个重大招标项目①，足见该问题的特殊重要性。走进问题深处我们会发现，"评价体系"与"批评标准"之间相互关联却又有层级分殊。其中，评价体系的要素构成与指标设定规制其学理形态，而批评标准的内涵衍生需要从"文学"传统和"网络文学"新变中探寻其历史生成逻辑。

一、体系与标准的话语别异

评价体系与批评标准这两个概念通常在行文中连用、换用、混用或者换位连用，那是因为它们本义能指的相似性往往遮蔽了二者所指的逻辑边界，导致人们谈论批评标准时，或许谈的却是评价体系，反之亦然。细究之，正如同"批评""评价""评论"在概念区分度上常常边界模糊，却并未影响人们理解各自在特定语境中的所指一样，对

① 2016年，全国哲学社会科学工作办公室设立国家社科基金重大招标项目"我国网络文学评价体系的理论与实践研究"，中南大学中标，首席专家为欧阳友权教授。2018年，全国哲学社会科学工作办公室再次设立国家社科基金重大招标项目"中国网络文学评价体系建构研究"，安徽大学中标，首席专家是周志雄教授。

于评价体系和批评标准概念，使用者很少出现指代错位，接受者也鲜有会意偏失的情况。只要能厘清二者的区别，其相同的语义点或边界交汇区或将就是不言自明的，对其能指与所指的偏识误用或可忽略不计。既然如此，那么我们所要瞩目的或许就应该是二者的话语分殊了。

一是概念内涵有所不同。评价体系是评价的"元系统"，一般是指由表征评价对象各种特性及其相互联系的多个指标所构成的具有内在结构的有机整体。要辨析网络文学的评价体系，首先需要切入其所表征的评价对象，找到它们的特点和各特点之间的相互关系，再从系统整体中把握这些特点和关系的内在结构。反观批评标准，则是指人们据以分析、评价和判断一个对象品性质量、有无价值和价值大小的尺度和准绳，它是人们在评价活动中应用于对象的价值尺度和可能边限。相对于网络文学来说，评价标准就是用于衡量一个网文作品好坏优劣的评判尺度，是评价者价值立场和认知水平在评价对象上的反映。比如国家新闻出版署发布的《网络文学出版服务单位社会效益评估试行办法》，附有文学网站社会效益评估指标和计分标准。其中的五大指标——出版导向、创新性与质量、文化和社会影响、内部管理、违规行为，作为相互联系的整体，共同构成一个评价体系。其中的每一个具体指标就是批评标准，需给出对象价值的评价尺度和衡量指标。如"出版导向"的具体标准是："网络文学网站是否符合出版导向要求，公开发表的作品是否坚持以人民为中心的创作导向，弘扬社会主义核心价值观，思想格调、审美情趣、艺术水准健康向上，具有价值引导、精神引领、审美启迪等方面的积极作用。"① 有研究者基于这一评价体系，选择起点、创世、晋江、纵横、红袖添香、潇湘书院、小说阅读网等 25 家网站平台的数据分析，得出了这些网站社会效益评价的得分表和折线图②。作为一个系统，评价一个对象时（如

---

① 国家新闻出版署：《网络文学出版服务单位社会效益评估试行办法》第二章第八条，https://www.nppa.gov.cn/nppa/contents/279/1424，2023 年 6 月 17 日。

② 禹建湘：《构建网络文学网站社会效益评价体系——基于 25 家网站数据分析》，《中国文学批评》2021 年第 3 期。

一类网站对象）需要有完整的评价体系，而具体评价对象的某一具体内容（如某一网站或网站的某一方面）时，就需要使用更具体的评价标准。

二是概念外延设限分陈。比如在指代对象上，评价体系偏宏观，批评标准偏微观。当我们谈论作为聚合概念的"网络文学"评价时，一般都使用评价体系；当我们谈论作为非聚合概念的"网络文学"（一般是指具体的作家作品、网络文学现象）评价时，多使用批评标准或评价标准。另外，从适用范围上看，评价体系偏抽象能指，批评标准偏具象所指，前者是一种理论观念指代，后者是具体评价实践的应用尺度。例如在《网络文学 IP 价值评估体系探析》一文中，作者从"受众市场、创意内容、社会效益"三个维度建构网络文学 IP 价值评估体系。这种维度选择偏宏观、偏抽象、偏观念，它们便是评价体系。这个评价体系首先需要设定基本框架，以此作为评价标准的一级指标，下设二级指标、三级指标等，这些就是具体的评价标准。指标越是细分，就越是偏微观、偏具体、偏应用的可操作性。它们与各层级指标合为一体，便构成网络文学 IP 价值的一个系统，即评估体系，用文中的表述便是："评估体系由市场价值、内容价值、社会价值构成，三位一体。首先，市场价值聚焦网文作品在原生市场的传播效果、市场影响和作者影响，核心在于受众/粉丝效应：一方面受众对作品的接触广度和深度决定作品的市场号召力，另一方面网络阅读与付费密切相关，受众的付费行为也潜在包含着对作品衍生价值的垫支性预期。其次，内容价值主要反映作品在衍生市场的转化潜力，包括题材、内容等内在的文本特点以及外部环境，尤其是不确定的市场生态与政策法规双重视野下的版权风险与政策风险。最后，社会价值主要观照作品在中国语境下的社会影响，反映作品的格调和导向，以及受众的心理评价。"[①]

如此看来，评价体系是一个理论系统、一套观念范式，是为评价标准提供一种把控视野和认知对象的边界。一旦将它们用之于批评实

---

① 刘燕南、李忠利：《网络文学 IP 价值评估体系探析》，《现代出版》2021年第 1 期。

践，就需要把评价体系中的具体指标（一级、二级、三级等）应用到批评对象身上，此时它们就成为批评标准。请看一段对猫腻小说《将夜》的评价：

> 《将夜》中猫腻一方面借用中国疆域中曾有或仍有的国家和地名融入俗世世界，另一方面构建了四个神秘的不可知之地、形成了一套完整的修炼体系，在"反常化"的架空世界下从俗世世界到修行者世界、从外部地理文化景观到内部修行理念共同形成了《将夜》的世界舞台。叙事艺术上，小说以"与天斗"为主线，通过伏笔、隐藏故事线与宏大场景突出了史诗性，宏大叙事的框架下存在着"喧哗"的民间叙事，展现出猫腻的草根情怀，并以考究的语言诠释了"文青型"网络写手的样貌。人物塑造上，小说基于大众普遍认同的伦理观，通过"欲望书写"中的"功利主义伦理观"和两性关系中的"性别伦理观"建构出小说的主要人物形象，并形成了书院与佛宗两个不同阵营的人物群像。思想主题上，小说通过各派别的设定，展现出对儒释道部分教义学理的释与变形，同时将西方个人主义和中国传统集体主义两者结合，由此完成对儒释道思想的重构，构建了"天道"和"人道"，最终通过后者战胜前者的设定展现出小说中宣扬"人道"思想的世界观。[①]

看得出来，这里对《将夜》的评价使用的就是批评标准，即特定评价体系中的具体标准——从作品内容出发，评判其思想性（如天道、人道的学理、思想和世界观）、艺术性（文学创意、故事框架、叙事艺术、人物塑造）。可见，标准就是体系"在地化"，体系则是标准的"逻各斯"——既支撑起标准的学理，又限定了标准的边界。

三是关系属性多维分布。在逻辑本体意义上，评价体系与批评标准存在一种原生性结构关系，由此形成分布式关系属性，并多维展开

---

① 单小曦、钟依菲、肖依晨等：《与天斗，其乐无穷——网络文学名作〈将夜〉细评》，《百家评论》2022年第1期。

其关系形态。一是义理关系属性。这里的"义理"是指言辞本义之公理。譬如，"体系"是一个"集合体"，需由若干相互联系的观念要素构成一个有机整体，故而评价体系架构的是一个"关系链"，而不是一个"关系点"，由若干"点"链接而成的"关系系统"才能构成一个评价体系。与之对应，"标准"是一种"概念核"，它由明确的指向性与具体规定性构成清晰的持论边界与内涵限定，以便使用者作为评价工具，为对象做出价值"画像"，得出高低、优劣的主观判断。比如国家新闻出版署关于文学网站社会效益评价的文件中，针对网站"传播能力评估"提出："结合网络文学发展实际，考核网络文学出版服务单位是否积极宣传推广优秀原创作品，不断改进传播手段、投送方法，提高优秀作品投送时效性和用户满意度，扩大优秀网络文学作品的覆盖范围。"[①] 其标准设定十分具体而明确，目的在于便于操作、易于掌控，同时又与评估体系形成"义理同构"关系。二是场域关系属性。法国思想家布尔迪厄（Pierre Bourdieu）《艺术的法则》一书曾用"场域"（field）来分析文学的内部结构，认为"文学场就是一个遵循自身的运行和变化法则的空间，也就是各种位置间的客观关系的结构"，并提出"场的构造是社会轨迹构造的逻辑先决条件，社会轨迹是在这个场中被连续占据的一系列位置"[②]。把"场域"用来分析评价体系与批评标准的关系属性有着充分的适应性，因为体系与标准事实上已构成一种场域关系结构，二者的场域位置构成各自述势与述能的逻辑先决条件。其中，评价体系是场域关系中的"观念场"——从理论观念上规制了体系性的评价原则和述能范围；而批评标准则属于场域关系中的"实在场"——只在批评实践的具体运用时"出场"，与批评对象构成对应性价值评判关系，以此让网络文学批评活动从观念层转换为实践层，使两大场域形成"嵌套"关系。三是时空关系属性，即二者间形成在时间上的"先后"关系和空间上的"总分"关系。在网络文学评价理论建构中，通常需要从对象的存在方式和功能

---

① 国家新闻出版署：《网络文学出版服务单位社会效益评估试行办法》第二章第九条。

② ［法］皮埃尔·布尔迪厄：《艺术的法则：文学场的生成与结构》，刘晖译，中央编译出版社 2016 年版，第 191 页。

形态出发，为其设立认知维度和评判边界，需要评价体系先行，然后再为这个体系设计批评的具体指标，于是就有了批评标准；并且，评价体系总领批评的维度、边界和价值上限与认知底线，预设出评价对象的艺术可能性与审美必然性，而批评标准则基于上游逻辑限定的一级、二级或三级（如果有的话）评价指标，施之于批评对象，让批评实践成为"落地"的有效行为，完成评价体系设定的批评目标。于是，评价体系与批评标准之间就天然地架构出"先后"与"总分"的时空关系逻辑。有研究成果对此做过常识性探索。如《网络文学发展现状及其评价体系研究》一书曾提出网络文学评价体系的设计思路：首先构想出从数据获取到内容筛查再到质量评价的总思路，然后设立一级指标、二级指标、三级指标和四级指标，由总到分，前后连贯，不断从抽象走向具体，逐一评价网文作品的题材、体裁、产品种类、点击量、下载量、购买量、搜索量、收藏数、文章积分、推荐量、读者评论、专家评价、编辑推荐榜，通过各项指标的获取，量化出指标等级，进而由定量而定性，得出最终的评价结果。[1] 其基本的持论逻辑便体现了"先后"与"总分"的时空关系。

二、网络文学评价体系的学理形态

网络文学评价体系是义理场域结构出的关系属性，其学理形态由要素构成和指标设计两大核心元形成一个完整的观念系统。正所谓"文场笔苑，有术有门；务先大体，鉴必穷源；乘一总万，举要治繁；思无定契，理有恒存"[2]，廓清评价体系的学理即探寻"穷源"之术、"总万"之门，从事网络文学批评方能以"恒存"之理实现"举要治繁"。

① 张立、介晶、高宁等：《网络文学发展现状及其评价体系研究》，中国书籍出版社 2016 年版，第 100—124 页。

② 刘勰：《文心雕龙·总术》，赵仲邑译注，漓江出版社 1982 年版，第359 页。

（一）评价体系的要素构成

构建网络文学评价体系首先得从网络文学的特性出发，从中找出这一文学的多维关联与构成要素，并厘清各要素间的相互关系，进而从整体上确立其评价体系的基本维度。

那么网络文学有哪些特性呢？也就是说，是哪些要素构成了这一文学特殊规定性呢？我们从网络文学业态结构和生产要素出发，可以抽绎出网络文学评价体系的五个相互关联的核心要素。

一是思想内容评价要素。文学的思想性是作品描写的内容和创作者主观评价所表现出来的社会意义，也可以说是作品形象体系中所蕴含的人文价值。网络文学思想性的正确、深刻与否，取决于网文创作者的认知能力和价值观。按照恩格斯的说法，文学创作应该让作品具有"较大的思想深度和意识到的历史内容，同莎士比亚剧作的情节的生动性和丰富性的完美的融合"①，这是文学创作的共识。但网络文学思想性的特殊之处在于，它需在"网络"的语境中表达文学的思想性，有着网络媒介的限定，这个限定要求网络作家面向普通读者创作大众喜闻乐见的通俗性作品。相比于纸媒印刷的传统创作，网络写作受限较少且拥有更多的自由，在资质认证上"门槛"较低，我们在表达和评判网文作品思想性时必须面对这一事实。中国网文写作人群以千万计，网文用户规模近5亿人，日均活跃用户数百万，足见网络文学完全是一种"大众创作的供大众阅读的大众文学"。因而，当我们要求对网络文学进行"思想性"评价时，必须考虑作品思想性的受众接纳度能否成为作者思想性表达的限度，这和传统文学对思想性的要求是有一定差异的。

二是艺术形式评价要素。网络文学既然是"文学"，当然离不开艺术性，构建网络文学评价体系自然也不能没有艺术性的维度。正如网络文学的思想性要兼顾"网络"语境，其评价体系的艺术性维度同样要顾及线上消费的"爽感情结"——大众阅读，娱乐优先，满足爽感几乎是网络阅读的"刚性"需求。大众阅读遵循的是"快乐原则"

---

① ［德］恩格斯：《致斐·拉萨尔》，《马克思恩格斯选集》（第四卷下），人民出版社1972年版，第343页。

而非"教化原则"，市场的"铁律"已经让"爽"字成了作品扬名、作家"立万"的不二法门。一个网文作品如果不好看，不能吸引眼球，无论它多么深刻、多么高端，都将"网海沉没"，使作者"扑街"。当然，这并不是说一个作品只要有了"爽感"就万事俱备，就有了艺术性。事实上，"爽感"本身不仅有着低俗之爽与艺术之爽的层次区分，爽感所承载的内容也应该有价值上的限定。

三是网媒生成的评价要素。网媒生成即网络媒介化生产，也有人称其为"网生性"。从生产要素看，网络不仅是文学的载体，还是作品的"生产车间"，电脑就是其"创作车床"。互联网是网络文学的本体而不只是媒介载体，是"数字行动主义者"的根据地和演武场。由"网生性"而衍生的网络文学特有的"起点模式"①，改变了"文学由作家独立创作"的惯例，形成了创作者的"主体间性"——网文作品是在"读—写"互动又相互依存的"需求共同体"中生产出来的。因而，我们在评价网文作品时，通常需要考察其"网生"过程和效果。"网生性"之所以能成为网络文学评价体系的一个重要维度，是因为它不仅是一种新媒体交流层面的互动，还是一种新的网文生产机制——网络文学的续更、催更、追更行为对文学创作的过程和结果带来直接影响，读者粉丝的随时随地吐槽跟帖、本章说点评、贴吧热话，能表达自己的感受，也能影响他人的理解，还能干预作家的创作。几乎所有续更完成的网文作品，都是由作者和读者在交流互动中完成的。"网生"决定着作品的生产过程，决定着作品的市场效果和作家的文学地位。如此大的影响力，能不成为一个重要的评价维度吗？这恰是网络文学评价有别于传统文学评价的一个新要素。"网生"时刻制约着创作者的文学思维，一个受欢迎的作品就是由"网生"而来的，关注"网生"就是关注粉丝的力量，关注"读—写"互动的功效，是评价网络文学绕不过去的"门槛"。

---

① "起点模式"即起点中文网于2003年创立的"VIP付费阅读"模式。这一模式解决了一直困扰网络文学的"商业模式"问题，一方面保护了文学作品版权，另一方面也让网文作者、网站经营者有了经济收益，并且让广大读者通过市场化公平交易获得自己需要的文学作品，因而被视为网络文学最有效的线上营利方式。

四是产业市场评价要素。网络文学是市场化的产物，它身上凝聚了浓郁的商业属性，甚至可以说，中国网络文学的发展史就是网络传媒的文学产业史，因而产业性评价是网络文学评价体系的一个重要维度和评价要素。产业离不开市场化经营和商业性利益，它们构成网络文学的经济驱动，渗透在网文生产的每一个要素中。譬如，对于网络作家而言，意味着读者市场的制衡力量在加大，作品的订阅量、打赏数、月票数、IP 转让的市场号召力将直接与自己的收入挂钩，"市场定生死"的竞争让"适者生存"和"优者胜出"，也让"扑街者"出局。这样的市场机制是网文创作的动力，也可能把创作引入"唯利是图"的歧途，需要有评价标准去规制。对于网站平台而言，以市场选择服务大众成为商业经营的存续之道，一方面要吸引更多作家特别是大神作家签约平台，以增量求存量，以数量推质量，把优质内容生产作为网站的"压舱石"；另一方面又要开辟市场，拓展消费，实现线上线下两手抓，乃至延伸"出海"产业半径，用新型的文创产业服务于"文化强国"建设。对于读者而言，网文作品明码标价，让他们在细分市场选择中公平地购买服务，优质优价，童叟无欺，浩瀚的作品海洋足以满足他们的多样需求。由此可见，产业特性已经是评估网络文学的一大抓手，市场绩效的量化数据是衡量作品价值的指标之一。需要特别强调的是，当我们把市场绩效的产业性设置为网络文学评价维度时，还需要清醒掌控一个问题的两个方面：一是从积极面评估市场驱动的运营逻辑对网络文学存续的意义，二是注意规避文化资本的商业律令反噬网文行业应该担负的社会责任。

　　五是影响力评价要素。影响力评价是效果评价、终端评价，是延时累计的实时评价，对网络文学评价体系有着旨归求证的意义。一个网络文学作品有没有影响力、有多大影响力、是正面影响还是负面影响，需要有一个衡量的标准。于是就需要设定评价维度并基于一定的标准去客观评判。评价网络文学的影响力可以是总体评价，即这一文学能否成为人类文学史的一个节点、一种形态以得到历史合法性确证，这是文学史家的任务；也可以是网络作家作品影响力评价，包括文学影响力、文化影响力、读者影响力、社会影响力、产业影响力和传媒影响力等，这是文学批评家要做的工作。但不论是哪种影响力，都是通过传媒效果来表达、来传播、来计量的。例如，2021年5月11日，阅文集团发布了2021年"白金大神"名单及网络文学作家指数，其中，网络文学作家指数排名前5的是：老鹰吃小鸡（179227）、唐家三少（178064）、忘语（171860）、卖报小郎君（171524）、爱潜水的乌贼（164406）。其指数得分根据是："依据作家名下所有作品本年度内的线上影响力（理论稿酬＋用户阅读时长）、粉丝热度（月票＋评论）、版权价值（版权类稿酬）等维度数据综合加权编制、由系统自动测算生成，按月更新，是全面反映阅文签约作家影响力和品牌价值的客观指数体系。"① 另外，阅文集团还公布了2021年最快10万均订记录、24小时首订记录、最快10万首订记录、首日收藏记录、七日收藏记录和新媒体女频单书销售记录等数据。结果表明，2021年起点最快10万均订记录被《夜的命名术》（爱潜水的乌贼）打破，起点24小时首订记录被《夜的命名术》刷新，阅文首日收藏和七日收藏记录被《星门》（老鹰吃小鸡）打破，新媒体女频单书销售记录被《退婚后大佬她又美又飒》（公子衍）刷新。② 显然，这些作家作品的影响力是以网文市场的大数据统计为基础的，具有实证可查验性，将它们用于网络文学评价不仅能增强评价的客观真实性，也能使评价体系更加科学和完备。

（二）评价要素的指标设定

评价体系的要素构成为网络文学评价理论构建设定了认知的维度和思考的边界，但这些要素只提供了评价理论的"思辨上限"。作为一种完整的理论体系，其评价要素尚需延伸出更具逻辑层级的理论触角，完成各评价要素的指标设定，这样才能使理论从观念模式转化为评论实践的堪用工具。譬如，国家新闻出版署为网络文学网站平台设置了社会效益评价体系，并对各评价要素给出了指标设定。其设置的一级指标"出版质量"，下设了"价值引领和思想格调""文学价值和文学传承""编校质量"和"资源管理"等4个二级指标。再往下的三级指标（计分标准）共有10项，其中，1项正向指标是得分项：

---

① 储文静：《阅文发布网络文学作家指数：唐家三少、老鹰吃小鸡分列2020和2021榜首》，《潇湘晨报》2021年5月11日第3版。

② 数据来源：阅文集团"作家助手"公号，2022年1月28日。

"坚持社会主义先进文化前进方向，弘扬社会主义核心价值观，注重作品价值引导、精神引领、审美启迪等方面的作用，大力出版主旋律、正能量作品，全年未发现有错误导向问题的作品。"其余 9 项指标均为扣分项，如"无明显违规内容，但以人民为中心的创作出版导向不明显，存在娱乐至上、低俗猎奇现象，价值引领作用弱""漠视公序良俗、道德规范，混淆审美，作品存在违背正确人生观、价值观、伦理观、道德观问题"[①] 等，一旦在评估检查中发现这些情况，便会视情况轻重予以扣分。可见评价要素的指标设定是评价体系的重要组成部分，是体系要素的完善与延伸。从这里我们可以看出评价指标设定的几个突出特点。

首先是指标设定的对象规制性，即设定什么内容的评价指标是由评价对象决定的。从对象实际出发，设定切合对象实际的评价指标是指标设定的首要原则。具体而言，对象规制性体现在两个方面。一是在要素配置上能满足评价对象的价值评判需求，能够据此发掘、甄别和判断评价对象的所有核心价值，并且，其所设立的评价指标只对评价对象有效而不适用于其他对象。例如中国传媒大学传播研究院受众研究中心与掌阅科技公司合作开展"网络文学 IP 价值评估体系研究"，为网文 IP 价值评估设立了"受众市场、创意内容、社会效益"三个要素，为此设置了一级指标、二级指标、三级指标等，[②] 这些指标就是由评价对象——网络文学 IP 价值评估所规制的，它仅适用于"网络文学 IP 价值评估"，而不适用于其他评价。同样，国家新闻出版署设定的《网络文学出版服务单位社会效益试行评估指标和计分标准》，其针对的评估对象是文学网站平台等网络文学服务企业，是评估这类企业履行社会责任、创造社会效益的情况而不是其他。二是同一评价体系中不同层级的内容指标也具有"末端"指向的规制性。例如我们在设计网络文学评价指标时，其"思想性""艺术性"的指标是针对"作品端"设计，"网生性"指标是针对"创作端"设计，"产业性"是针对"网站平台端"设计，而"影响力"则是针对"作家作

① 国家新闻出版署：《网络文学出版服务单位社会效益评估试行办法》附件《网络文学出版服务单位社会效益试行评估指标和计分标准》。
② 刘燕南、李忠利：《网络文学 IP 价值评估体系探析》。

品和网站平台"的整体设计，^① 这便是一个评价体系"末端"指向的对象限定。如果说前端的要素指标设计由"类属"规制，末端指标设计则是类属中的子类或亚子类延伸。评价对象限定指标的内容边界和权重系数，层级前端和末端之于评价对象的适恰性与兼容度，决定了评价体系及其指标设定的学理有效性。

其次是指标权重的非均衡性。设定的评价指标需要有一定的权重系数来量化，以便得到评价对象的准确识辨与评定，而这个量化的指标权重应根据对象的重要程度设计不同权重的系数比来表征（见表2）。

表2　文学网站社会效益评价指标权重表

要素层	权重	指标层	权重
政治导向 （A1）	0.2207	表现"社会主义核心价值观"作品的比例（B1）	0.23
		弘扬"优秀传统文化"作品的比例（B2）	0.23
		倡导"道德公序良俗"作品的比例（B3）	0.23
		表现"一切以人民为中心"作品的比例（B4）	0.23
		是否有促进网络创作政治导向正确的举措（B5）	0.08
队伍建设 （A2）	0.0739	写手总量（注册作家数）（B6）	0.2105
		新增写手数量（B7）	0.0526
		顶尖写手总量（B8）	0.2105
		编校人员总量（B9）	0.1053
		营销、策划、经纪人才总量（B10）	0.1053
		是否具有完善的写手培训制度（B11）	0.1053
		是否具有完善的编校人员培训制度（B12）	0.1053
		是否具有完善的营销、推广、经纪人员培训制度（B13）	0.1053

---

① 欧阳友权：《网络文学评价体系：维度·指标·实践》，成都时代出版社2022年版，第11—14页。

要素层	权重	指标层	权重
文学生产 （A3）	0.2008	作品总存量（部）（B14）	0.19
		畅销作品数量（部）（B15）	0.19
		版权转让作品数量（部）（B16）	0.19
		作品出口数量（部）（B17）	0.20
		作品题材构成的丰富性（当代题材比重）（B18）	0.11
		是否有抓精品力作的举措（B19）	0.12

从表 2 中看出，"要素层"中"政治导向"权重系数最高（0.2207），其次是"文学生产"（0.2008），然后是"队伍建设"（0.0739）。而在"指标层"中，"表现'社会主义核心价值观'""弘扬'优秀传统文化'""倡导'道德公序良俗'""表现'一切以人民为中心'"四项权重系数占比最高，其他各指标依重要程度给出不同权重系数，体现了指标权重的非均衡性。这种非均衡性权重设置是否合理，将直接决定评价结果是否公正与客观。在"网络文学 IP 价值评估体系研究"中，有作者将评估体系中的"市场价值""内容价值""社会价值"三者的权重比设定为 39∶36∶25，二级指标中权重排名前 3 的指标依次是作品影响力（0.16）、作品传播力（0.15）、内容和风险性（并列0.12），那是因为作者认为"网络文学的价值高低还是要靠作品内容和效果来说话的，作者的知名度（0.08）有影响但相对不那么重要；题材和适宜性（均为 0.06）也有影响，但是显著性略低"①，也正说明指标权重的非均衡性是有其合理依据的。

再次是层级向度的不可逆性。网络文学评价体系的指标设定需遵循由总而分、由粗到细、从宏观到微观的层级向度，并且是以不可逆的方式矢量性地顺向推进，而不可反向逆行（见表3）。

在这个网络文学"思想性"评价指标设计中，一级指标是要素维度的目标项，二级指标设立了个人价值立场、社会历史观、人文伦理

---

① 刘燕南、李忠利：《网络文学 IP 价值评估体系探析》。

三个指标，三级指标则设计了11项评估内容，如果进一步细分，还可以设计出更详细的四级指标、五级指标……其层级向度不可逆地朝向微观层面的细分，有利于批评实践更精微地把握对象，以获取更准确、更客观的评价效果。

表3　网络文学评价指标体系及权重系数

一级指标	二级指标	三级指标	权重系数（总值100）	偏重类型
思想性（基于网络媒介）	主体倾向的立场站位	个人价值立场层面： 1.对真善美与假恶丑的分野； 2.悲悯苍生，敬畏自然； 3.三观正确，思想格调健康； 4.对终极意义的信仰与虔敬。	5～8	偏重作品
	社会历史判断的价值观	社会历史观层面： 1.作品反映生活的深度、广度和真实度； 2.思想境界上对国家民族的担当、扪心行文的历史责任； 3.价值引导和文化传承。	6～9	偏重作品
	伦理叙事的人性化表达	人文伦理层面： 1.作品对人生苦痛的敏锐感知； 2.对人性丰富性的发掘与批判； 3.对弱者的同情与关爱； 4.对人的精神世界的永恒探寻。	5～8	偏重作品

三、网络文学批评标准的内涵衍生

（一）逻辑前提限定的五大批评标准

网络文学评价标准的设定需要遵循两个基本的逻辑前提：遵循"文学"规律，切合"网络"特点。其标准的构建就是基于这两个前提限定，或者说是从这两个逻辑前提中抽绎出来的。

首先是作为"文学"的网络文学评价标准。网络文学首先是"文学"，然后才是"网络文学"。既然是文学，那就意味着文学史积淀下来的文学批评标准依然是大抵有效的。从孔子的"思无邪""温柔敦厚"，孟子的"知人论世""以意逆志"，到刘勰的"质文""六观"，袁枚的"风趣动人"，鲁迅的"坏处说坏，好处说好""剪除恶草，灌溉佳花"；在马克思主义文论中，从恩格斯提出"美学观点和历史观点"的标准，毛泽东提出"政治标准和艺术标准"，习近平提出"历史的、人民的、艺术的、美学的"批评标准，等等，都是我们在评价网络文学时需要借鉴、传承抑或遵循的。因而，作为"文学"的网络文学评价，就需要赓续依然有效的传统评价标准，吸纳其中有价值的理论元素。传统批评理论中最核心、最具概括力的理论元素，便是思想性标准和艺术性标准，它们是网络文学评价时不可绕开、必须坚持的两个基本标准。

或许有人会质疑，这里的"文学"是说的传统文学，即原有文学生产体制下的纸介印刷文学，与网络文学是不同的，用传统文学批评标准评价网络文学合适吗？是的，网络文学与传统文学确实有不同之处，但"不一样"不等于没有相同点，思想性、艺术性恰是这两种不一样文学的相同之点和汇通之处，否则网络文学就根本不是"文学"了。网络文学既然是"文学"，就必然具备作为"文学"的基本特点，思想性和艺术性是连通不同文学的"价值脐带"和确证网络文学是"文学"的逻辑"锚点"，是所有文学都必须具备的价值共同点和本体落脚点，它们构成了两种文学的最大公约数。其中，思想性评价标准是用于衡量作品社会历史、人文伦理、认知倾向方面的价值和意义，在批评实践中需要就此设立更为具体的评价尺度，构建思想性评价的二级、三级指标，使其获得实际应用的可操作性；艺术性标准是衡量一个文学作品艺术质量高低、审美感染力强弱的评价尺度，比如由故事创意、人物形象、情节细节、语言结构、表现手法、个性风格等表现出的独创性与完美度，以及由艺术魅力的口碑支撑起来的横亘绵远的艺术生命力等。

其次是作为"网络文学"的评价新标准。网络文学有别于传统文学评价标准的焦点在于这一文学的"网络"属性。网络文学因为"文学"与"网络"的"联姻"，形成了技术、市场、传播三大特殊的新维度，并由此衍生出相应的三大评价新标准：网生性、产业性和影响力。其中，网生性标准是新媒介应用的效果评价，如作品订阅量及粉丝数量，作者与网站编辑、作者与读者、读者与读者之间互动交流的密度、频度与深度，续更的持续性与文本的容错率，作品热度指数及其对创作的干预效果，以及"本章说""即时段章评""IP唤醒计划""AI智能伴读"等社交类App在线阅读的使用等等。产业性评价是市场化运营的绩效评价，是解读网络文学做大做强、创造经济效益的"生存密码"。产业性标准有五大"端口"：一是平台端的变现渠道与流量经营；二是IP端版权产业链的长度与宽度；三是粉丝端的"社交安利"吸粉力和粉丝共创的消费新品开发；四是自媒体端的微信、微博客户端自主内容定制化开发；五是效益端平衡功利与审美，检验网文平台如何达成社会效益优先下的"双效合一"。三大评价新标准的最后一个标准是影响力标准，包括前述的文学影响力、文化影响力、读者影响力、社会影响力、产业影响力和传媒影响力诸要素。

至此，思想性、艺术性、网生性、产业性和影响力等，便构成网络文学批评的五大基本标准。从系统整体看，它们是网络文学评价的完整体系；而从每一个要素看，它们就是网络文学批评实践中的具体标准。其中，思想性标准、艺术性标准是网络文学与传统文学共有的标准，具有文学精神的传承性；网生性标准、产业性标准和影响力标准是网络文学特有的批评标准，它们与思想性标准、艺术性标准一道，共同构成网络文学批评标准的完整形态。

（二）标准应用中的辩证选择

在实际应用过程中，网络文学批评标准与其批评对象之间并不是简单的一一对应关系，不可"执一隅之解，拟万端之变"。由于网络文学业态的万千气象和不断变化，也由于不同批评家主体条件的差异，人们对网络文学批评标准的理解与应用存在着需要正视的辩证选择。

第一，标准的普遍性与标准应用的特殊性。批评标准是在网络文学发展过程及其批评实践中不断积累、总结、提炼而成的，标准一旦形成，就具有普遍的适应性甚至理论观念的规制性。然而，把普遍性的批评标准应用于批评过程时会因为对象的千差万别而呈现出一定特殊语境。作为网络文学评判者，就需要在标准的普遍性与特殊性之间做出辩证选择，以便更客观、更准确地把握对象。比如当我们面对一部现实题材小说和一部仙侠题材小说时，都需要考察它们的思想性、艺术性，仔细审视它们的网生过程、产业绩效以及影响力大小，但使用的评价侧重点可能有所不同。评价《浩荡》《朝阳警事》《明月度关山》这类书写现实生活故事的小说，需要侧重对作品反映生活的深广度与真实度、思想境界上的责任与担当、人文伦理层面的人性书写、真善美与假恶丑的分野以及主人公的"三观"格调做出价值评判；而对于类似《诡秘之主》《从红月开始》《夜的命名术》这类偏幻想类题材的小说，故事创意的世界观与新颖度、人设架构的想象力、阅读爽感的代入性、网生粉丝的黏性度与订阅量、IP市场的分发能力、境内外传播广度与文化影响力等等，应该成为批评家重点厘清并以之为评判作品价值的主要依凭。并且，在标准的侧重与作品评价的取舍上，批评者不需要面面俱到，而是抓住作品的特殊性，突出其主要特点。请看对《诛仙》的两段评论：

评价一：《诛仙》是网络玄幻武侠小说代表作品，在网络类型小说中具有开创性。《诛仙》讲述少年张小凡历尽艰辛战胜魔道的曲折经历——正道与魔道的道德对立、强烈的悬疑色彩和魔法氛围、千奇百怪的武功、似是而非的传统文化，夹杂着动人心弦的爱情故事，使它具备了一个网络文本成功的要素。①

　　评价二：《诛仙》的特别之处在于，它把奇幻与爱情，暴力与温婉，残酷与仁义，正直与邪恶等水乳交融般地糅合在一起。它借鉴并吸收了黄易小说的神秘，李凉小说的搞笑，温瑞安小说的恐怖，金庸小说的细腻，形成了独特的风格。②

　　第一段评论认为小说通过写出正道与魔道的道德对立、武功、传统文化、爱情故事等主人公的曲折经历，使作品具有类型小说的开创性，这是对一个网络文本成功的总体判断。第二个评价则把该小说与黄易、李凉、温瑞安、金庸等人的小说进行比较，从而对作品内容和写法做出风格化评判。从作品实际出发进行有所侧重的选点分析，从普遍性中找到特殊性，而不是套用标准做面面俱到的评说，是网络文学批评常规的也是正确的做法。

　　第二，标准的规定性与标准应用的可塑性。批评标准是一种具有逻辑普适性的原则和观念，却并未排出应用对象的非周延性，这就可能产生适用对象的"溢出效应"——网络文学的可成长性与不确定性会让某些"普适性原则"变得"不普适"，评判者需针对多样变化的评价对象对已有的评价标准做出相应调整以避免批评的胶柱鼓瑟。比如类型小说成为网文"霸主"后，原有的写作套路日渐成为文学创新的桎梏，近年来的网络创作出现了许多突破旧制的"破圈"之作。比如，跳舞的《稳住别浪》写都市生活却加进异能元素，让一个"地下王者"重生到 20 年前完成一个个匪夷所思的任务，故事创意完全突破了旧有构想的所有可能；卖报小郎君的《大奉打更人》在升级流套路之外，融合了探案、仙侠、政斗、搞笑等元素，超越所有类型而成为年度"爆款"；黑山老鬼的《从红月开始》融合仙侠与都市，创造了少见的"诡异流"精神妖怪形象；会说话的肘子的《夜的命名术》在科幻外衣下包裹着赛博朋克、穿越、冒险等多重元素，将少年感、

　　①　马季：《话语方式转变中的网络写作——兼评网络小说十年十部佳作》，《文艺争鸣》2010 年第 19 期。

　　②　胡燕：《奇诡荒诞　至情至性——评玄幻武侠小说〈诛仙〉》，《当代文坛》2006 年第 5 期。

赛博风与硬科幻集于一身；辰东的《深空彼岸》把"异术超能＋修仙＋科幻"作为创意风口，写出了不一样的故事……同样是写现实题材，《大国重工》《写给鼹鼠先生的情书》《大医凌然》《生命之巅》又何曾见过相同笔墨？哪一部不是独辟蹊径，各呈其妙？它们难道是可以用某一规则、某一模式、某一标准即可限定的吗？当我们评价这些作品时，关注的不应该是既有的"标准"，而是对象的变化、特点与创新价值，让那些"规定性"的标准成为"可塑性"的理论背景，用更具针对性的评价尺度给出更有说服力的判断，这样的批评才会是鲜活的、贴近作品实际的，也才是有价值的。

第三，标准的确定性与标准应用的不确定性。文学批评标准作为一种可供认同的价值观念，在特定的历史节点具有确定的可识辨、可操作性，但在实际应用过程中，由于批评者主体立场、价值观、认知能力、艺术修养等的不同，不同评判者对批评标准的理解和应用会产生"理解偏差"或"重心位移"的情形，造成"确定性"批评标准在批评实践中的"不确定性"。鲁迅说："《红楼梦》是中国许多人所知道，至少，是知道这名目的书。谁是作者和续者姑且勿论，单是命意，就因读者的眼光而有种种：经学家看见《易》，道学家看见淫，才子看见缠绵，革命家看见排满，流言家看见宫闱秘事……"[①] 所说"读者的眼光"，如果换一种身份，其实就是评判者的立场与评价标准。经学家用的是"《易》"的标准，道学家则是用"淫"的眼光看待《红楼梦》，而"革命家""流言家"也总是站在自己的立场、使用自己的标准去评判《红楼梦》。正是评判者自身的站位与价值观让不同的判断大相径庭，使得批评的标准和结论呈现出不确定性。

其实这种情况在网络文学批评中也十分常见，不同批评者面对同一部作品时，所选取的角度、所采用的批评尺度常常各有不同。试选取网络小说《琅琊榜》的三种评论：

1）《琅琊榜》表达的是文化整合与离散审美——

---

① 鲁迅：《〈绛洞花主〉小引》，《鲁迅全集》（第八卷），人民文学出版社2005年版，第179页。

《琅琊榜》有效整合了各种文化资源，将宫斗、夺嫡、复仇和权谋等老故事讲出了新意……通过文化整合激发了读者解读文本的多样性，满足了不同类型读者的审美需要，鲜明地体现了网络小说的文化整合倾向和离散审美追求。①

2）《琅琊榜》表达的是社会历史风云与人文梦想情怀——

作者在架空的世界里复现南朝风云，在历史框架中阐释人性的反抗与挣扎，字里行间所透露出的边塞豪情、谋士之智、侠客梦想被从古至今的文人反复书写，再三咏唱；保家卫国的儿郎浴火重生、不改初心的经历在中华历史上一次又一次出现；高洁的鸣蝉、知己的琴音曾经抒发过千年的情怀。《琅琊榜》的巨大影响力在于，它唤起了多少久远的梦想与共情！②

3）对《琅琊榜》框架创意、人物形象、叙事艺术、主题、文化心理的全方位评价——

《琅琊榜》被评为"架空历史类年度最佳网络小说"，纵览全文可从五个方面做深入细评：一是明与暗：朝廷与江湖的架空世界；二是党争三角：人物群像与人性的战场；三是双重叙事张力与悬念结构；四是主奴辩证法：命运、权力与个体关系的颠倒；五是故事背面的文化表达与集体无意识。③

几种不同的评价均持论有故，因主体站位与批评视角的不同，选取的重心和价值判断的落脚点便各各有别。这说明批评标准的确定与

---

① 周丽娜：《论网络小说的文化整合与离散审美——以海晏的〈琅琊榜〉为例》，中国社会科学出版社 2017 年版，第 414 页。

② 李澜澜：《网络小说〈琅琊榜〉中的历史因素与传统文学基因》，浙江人民出版社 2020 年版，第 115—116 页。

③ 钱娇、南秀丽、沈逸等：《权谋斗争中的人性与文化——〈琅琊榜〉细评》，安徽教育出版社 2021 年版，第 268 页。

不确定都是相对的，任何批评都必须从作品实际出发，实事求是地对作品进行客观判断，而不是把批评标准视为僵化的教条。

〔原载《贵州师范大学学报》（社会科学版）2023 年第 5 期〕

新时代十年中国网络文学发展的
基本成就和基本经验

◎何　弘

中国网络文学发端于 20 世纪 90 年代后期。不论是主张"平台起源说"把 1996 年"金庸客栈"或 1997 年"榕树下"等平台的创办作为起点，还是主张"代表作起源说"把 1997 年罗森创作《风姿物语》或 1998 年痞子蔡创作《第一次的亲密接触》作为起点，或者是主张"现象起源说"把 1998 年《第一次的亲密接触》走红作为起点，以及主张综合多种因素考量的"多起源说"等，不管从哪种观点看，中国网络文学都经历了 20 多年的发展历程。

中国网络文学诞生之后，经过几年的探索，到 2003 年开始形成 VIP 付费阅读模式，为商业化发展奠定了基础，至 2008 年"盛大文学"公司成立，网络文学进入资本主导的发展时期，以惊人速度爆发式增长。这个时期的网络文学基本处于自然生长状态，作品普遍呈现出"快""长""爽"的特点，这使网络文学在蓬勃发展的同时，"三俗"倾向、质量总体偏低成为长期存在的问题。因此，这一时期的网络文学总体上可以概括为"野蛮生长、泥沙俱下、良莠不齐"。

党的十八大以来，网络文学受到党中央高度重视。2014 年 10 月 15 日，习近平总书记主持文艺工作座谈会并发表重要讲话，专门就网络文学做出重要论述，为网络文学发展和网络文学工作开展指明了方向。党的十九大以后，中国作家协会、国家新闻出版广电总局等有关部门延长工作手臂、扩大覆盖范围，加强对网络作家的团结引导，使网络作家的责任感、使命意识不断增强，网络文学步入健康有序发展的轨道。

2022 年 10 月，党的二十大胜利召开，大会报告对新时代十年的历史成就与宝贵经验进行了全面总结。与新时代十年伟大变革相呼应的网络文学，基本成就和经验同样需要总结。2022 年，不少网络文学专家撰文盘点网络文学新时代十年取得的成就。中国作协网络文学中心也专门在《2022 中国网络文学蓝皮书》（以下简称《蓝皮书》）①中设置了"新时代十年网络文学发展的基本成就和基本经验"部分。在主持《蓝皮书》起草工作的过程中，笔者对此一问题进行了较多的思考。《蓝皮书》受篇幅所限，只是对新时代十年网络文学发展的基本成就和基本经验做了极为简要的概括。笔者想结合个人的思考，对此做些更全面的阐述。

一、新时代十年中国网络文学发展的基本成就

新时代十年，中国网络文学发展最突出的特点是主流化、精品化进程加快，网络作家积极传播正能量，现实题材创作不仅数量大幅增长，质量也稳步提高；行业发展从以文本阅读为主向建立全 IP 生态链转型，网络文学对文化产业的内容支撑作用进一步凸显；网文出海规模持续扩大，出海形式更加多样、路径更为丰富，网络文学成为中华文化海外传播的重要载体和亮丽名片；网络文学理论评论受到文化领导管理部门、高校、研究机构和网文行业的高度重视，引导创作的作用更加突出；网络作家队伍日益发展壮大，组织建设持续加强，对网络作家的吸引力、凝聚力显著增强。

（一）网络文学进入主流化、精品化发展新阶段

网络文学前期的发展，资本的推动发挥了重要作用，但也导致"三俗"问题突出，有些作品甚至存在价值观偏差，特别是历史虚无主义和不良亚文化等错误倾向时有出现，类型化发展使同质化、模式化严重，作品总体质量不高。新时代十年，特别是近 5 年来，经过正

---

① 中国作家协会网络文学中心：《2022 中国网络文学蓝皮书》，《文艺报》2023 年 4 月 12 日第 2 版。

确引导，过去长期困扰网络文学发展的一些问题逐步得以纠正、改善，网络文学发展更趋健康有序。

资本主导下的网络文学，走的是类型化的发展路子，幻想、历史和言情是三种主要的大类型，在网络文学创作中占比较大。

幻想类作品包括玄幻、奇幻、武侠、仙侠、异能等，以想象力的张扬和创作手法的创新受到广泛关注。幻想类作品基本的故事模式是小人物的逆袭，通常是出身卑微的小人物因某种奇缘而功力爆长，从原本的废柴一跃成为修行天才，并在战斗中快速崛起，终至成"仙"成"神"。这样的故事模式，底层逻辑通常是强者为王的思想和丛林法则。这类以小人物逆袭为基本主题的作品较好地满足了底层读者朴素的人生想象，因而广受喜爱；但也因此使作品过度追求"爽感"，人文关怀、理性思考、思想深度、情感表达不足，思想性和艺术性不高，故事发展的内在逻辑难以自洽，高度模式化。经过正确引导，新时代网络文学有了很大改观，幻想类作品在保持其自身特点的同时，自觉对中华优秀传统文化进行创造性转化、创新性发展，注重传播正能量，思想内涵、艺术品质都有大幅度提高。中华上古神话、民间传说等成为网络作家重要的创作资源和灵感来源，以网络文学独特的方式实现新的表达。

历史题材是网络文学创作的另一主要类型，过去主要采用戏说、穿越、架空等方式，存在的主要问题是以调侃的态度对待重大历史事件和历史人物、过分夸大个人在历史进程中的作用、随意改变历史走向及潜在的历史虚无主义倾向等。通过加强正确历史观、民族观、国家观、文化观的引导，网络作家逐渐树立起唯物史观，戏说的成分逐渐减少，正面描写历史的作品越来越多。

言情小说在网络文学创作中占比较大，尤其受女性读者的喜爱。言情小说大体分为现代言情（"现言"）和古代言情（"古言"）两大类。这类作品最大的问题是，爱情大于一切，所有人做的所有事似乎只有恋爱，别无他事。这类作品常常无视生活实际，按套路凭空编造，为博眼球虚构离奇故事情节，存在认知和道德伦理偏差。一些"古言"作品把重大历史事件的决定因素归结为爱情的作用，鼓吹"爱情决定论"，甚至以此为反面人物翻案、抹黑英雄人物；更有一些描写诸如

"耽美""虐恋"等不良亚文化的作品对青少年读者产生较大负面影响。经过正确引导，言情类作品不再简单宣扬爱情至上，而是把个人情感放在事业、社会、民族、国家的大背景下进行书写，表现时代与社会的变迁，讴歌女性的自立自强、事业奋斗、家国情怀、美好情感等，作品的广度和深度等都大大提高。

新时代十年网络文学发展的一个重要成就，是改变了过去远离现实、作品集中在幻想神怪和言情历史等领域的状况，越来越多的网络作家把目光投向社会现实，积极创作反映新时代的作品。目前网络文学已经累计超过 150 万部现实题材作品，尽管与幻想、历史、言情等类型相比总体数量仍然偏低，但增速却大有超越，作品主题和叙事视角也更加多元。结合党和国家重大事件和重要时间节点，网络作家积极创作重大现实题材作品，"工业强国流""大国重器流"成为创作热点，涌现了《大江大河》《大国重工》《复兴之路》《浩荡》《重卡雄风》《何日请长缨》等优秀作品；科技创新成为表现重点，如《北斗星辰》《南北通途》等都是此类作品的代表；《朝阳警事》《写给鼹鼠先生的情书》等则着重描写"基层英雄"；《全职妈妈向前冲》《糖婚》等则着重描写新时代人民群众的家庭日常生活，表达人民对美好生活的期盼等。

科幻题材新作频出，形成创作热潮，是近年来网络文学发展的另一成就。目前，网络文学现存科幻题材作品超过 150 万部，科幻设定成为流行元素，在多种类型的创作中形成潮流。当前科技发展异常迅速，向人们展现出全新的宇宙图景，人们对自身、宇宙内在秘密及可能性探究的愿望越发强烈。网络科幻作家直面世界科技前沿，进一步放飞想象力，把玄幻、奇幻、仙侠等向科幻拓展，极大丰富了网络文学的创作题材和类型。《我们生活在南京》《第九特区》《从红月开始》《黎明之剑》《保卫南山公园》《夜的命名术》等都是优秀科幻题材网络文学作品，或巧妙运用科幻元素，获得较大反响。

新时代十年，网络文学不仅持续进行类型融合创新，在类型文学创作方面取得了突出成就，更开创了全新的文学生态，网络文学作品打破静态文本的局限，在具有充分交互性的社区中通过跟帖、讨论、同人写作等方式不断进行再阐释、再创作，成为不断延展的文本网络。

（二）网络文学为文化产业发展提供了重要的内容支撑

网络文学不仅赢得海量读者，而且因对故事性的高度重视和想象力的恣意飞扬，为影视、游戏、动漫等文化产业提供了大量优秀的文学蓝本。同时，因为网络文学的连载机制与连续剧播出机制的同在同构性，互动机制形成的读者反馈为影视拍摄提供的前期市场预判和试错机制，使网络文学的 IP 开发可以少走很多弯路，获得较好的市场表现。

具有广泛大众影响的热播影视剧，由网络文学作品改编的剧目达六成以上，《琅琊榜》《甄嬛传》《择天记》《花千骨》《庆余年》《全职高手》《知否知否应是绿肥红瘦》《司藤》《芈月传》《暗格里的秘密》《都挺好》《亲爱的，热爱的》《小欢喜》《少年的你》《赘婿》《雪中悍刀行》《风吹半夏》《相逢时节》《少年歌行》《苍兰诀》《长安十二时辰》等网文改编影视剧都广受好评。

国漫、动漫广受年轻人喜爱。国漫的主要内容来源是网络文学作品，超过半数的动漫也由网络文学作品改编，而且年度授权 IP 数量持续增长，《斗罗大陆》《斗破苍穹》《星辰变》《全职法师》《择天记》《仙王的日常生活》《大王饶命》等作品备受好评。

网络文学 IP 一直是网络游戏改编最重要的内容来源。早期的《飘邈之旅》《诛仙》《神墓》《星辰变》《剑仙神曲》《鬼吹灯》《搜神记》等改编为网络游戏后都吸引了大量玩家。前几年，有关部门对游戏行业的乱象进行整顿，网络游戏改编相对低迷。近两年，游戏改编向精品化方向发展。《庆余年》等改编手游营收出色，《隐秘的角落》游戏登陆 Steam 平台，网络文学 IP 向单机游戏拓展。

近两年火爆的微短剧主要由网络文学 IP 改编，每年授权作品超过 300 部，年增长率近 70%。《拜托了！别宠我》《重回 1993》《今夜星辰似你》等剧以高播放量获得高额分账。有声改编规模增速极快，八成以上的 IP 授权来自网络文学。

（三）网络文学成为中华文化海外传播的重要载体

新时代十年，中国网络文学海外传播规模不断扩大，营收从当初的不足亿元增长到超过 30 亿元，海外活跃用户超过 1.5 亿，访问用户超过 9 亿，翻译输出作品超过 16000 部，实现了对世界主要国家和地区的全覆盖。传播方式从爱好者自发翻译向实体书出版、线上传播和本土化传播发展，机制更加成熟，影响力进一步扩大。

对外输出作品中，实体书授权超过 5000 部，传播更为广泛的是在线翻译传播。起点国际、掌阅国际版 iReader、纵横 TapRead 等海外网站、App 等在线翻译出去的网络文学作品超过 9000 部。

文本输出之外，对外 IP 改编授权越来越多，大量由中国网络文学作品改编的影视、动漫、游戏作品向海外发行，有的则授权海外机构开发，使中国网络文学的影响力进一步扩大。《知否知否应是绿肥红瘦》《天盛长歌》等影视作品不仅受到亚洲观众的喜爱，在欧美、澳大利亚等地上线播出后同样大受欢迎。中国网文作品改编翻译的漫画海外传播规模也越来越大，起点国际有《修真聊天群》《元尊》等大约 500 部漫画作品上线，其他多家海外平台也都有大量改编翻译漫画上线。

中国网络文学日益受到西方主流文化重视，大英图书馆中文馆藏书目收录 16 部中国网络文学作品。作品输出之外，中国网络文学企业纷纷赴海外进行本土化运营，在海外建立网络文学网站翻译传播中国网络文学作品，同时把中国网络文学商业模式移植到海外，搭建本土作者创作平台，吸引本土作者进行创作。目前中国网络文学企业的海外平台已培养海外本土作者 60 余万，创作外语作品数十万。海外作者创作的作品，很多不仅世界设定、故事框架借鉴中国网文，同时大量使用具有中国特色的文化元素、生活元素，带动了中华文化的海外流行，为塑造可信、可爱、可敬的中国形象发挥了积极作用。

（四）网络作家队伍迭代发展组织化程度不断提高

新时代十年，网络作家队伍进一步壮大。网络文学最大的特点是极大解放了文学生产力，任何人都可以在线创作发表作品，使无数青年作家梦的实现变得触手可及，因而吸引超过 2000 万人次在文学网站注册，参与网络文学写作；尽管大量注册作者因各种原因难以创作完本作品，但仍然有超过 200 万人有作品上架，成为文学网站的签约作者；签约作者中，大约有 70 万人是持续写作的活跃作者；持续写作的作者中，有近 20 万人成为职业作者；网络文学作者中，有大约 1 万人加入了省级以上作协或网络作协，加入中国作协的网络作家有

465人，其中有16位网络作家当选十届中国作协全委会委员。

网络作家相对普遍年轻，加入省级网络作协的网络作家平均年龄为35岁。目前各平台新增签约作者，绝大多数为"Z世代"（1995年以后出生）作者。阅文及其他重要网站数据显示，目前活跃的头部作者中，"90后"占比超过80%。网络作家队伍的年轻化、专业化、多元化，带动行业文、二次元、轻小说等从小众题材演变为流行题材。

网络作家队伍的发展壮大，对组织化建设水平的提高和服务引导能力的提升提出了更高的要求。中国作协不断探索新的机制、办法，着力构建"全国网络文学一盘棋"的工作格局，推动成立21家省级网络作家协会，其中网络文学较发达的地区还进一步扩大覆盖面，成立了市级网络作协。中国作协网络文学中心通过线下办班和打造线上培训平台等方式，扩大培训覆盖面，在加强思想和价值引领的同时，提升网络作家创作能力。经过正确引导，网络作家进一步坚定了正确的创作方向，同时积极参与社会公益事业，正面影响进一步扩大。

（五）网络文学评论研究不断加强

评论研究受到重视，导向作用得到发挥。中国作协加强评论人才培养、选题资助，每年举办中国网络文学论坛，发布《中国网络文学蓝皮书》，资助出版《中国网络文学年鉴》《中国网络文学理论评论年选》等，既关注网络文学的理论问题，又深入创作一线和行业现场，分析网络文学发展面临的新情况、新问题，研判网络文学发展新趋势。

新时代十年，从事网络文学理论评论的人数在不断增加。北京大学、中南大学等较早建立了网络文学研究团队，山东大学、安徽大学、南京师范大学等也相继组建起专业团队，汇聚起网络文学研究的年轻力量。中国作协网络文学中心指导下的扬子江网络文学评论中心开展网络文学阅评活动，及时推介优秀作品，评论的导向作用得到进一步发挥。

建立适应网络文学特点的理论体系和评价标准一直是网络文学理论评论界关注的首要问题。这个问题也得到了全国哲学社会科学工作办公室及教育部的重视，由多个团队立项开展研究。网络文学作为当代文学的重要组成部分和文学现象，已到了当代文学研究者无法忽视的地步。罗岗、吴俊、陈晓明等专家认为，网络文学是新的文学范式形成的标志，预示着文学进入了另一个时代，文学史进入了网络新媒体语境。

有关单位更加注重发挥表彰推介优秀网络文学作家作品的示范导向作用。中国作协每年发布的中国网络文学影响力榜，从推介原创小说，拓展到表彰优秀 IP 改编作品及海外传播作品，进一步增设新人榜，加强青年人才培养。有关组织、单位和地方作协等设立了"茅盾新人奖·网络文学奖"、网络文学双年奖、金键盘奖、天马奖、金桅杆奖等，或在原有文学奖项中设立网络文学子项，在表彰推介作家作品、提高网络文学社会关注度方面发挥了积极作用。

二、新时代十年中国网络文学发展的基本经验

新时代十年网络文学能取得如此成就，是在党的正确领导下，网络作家刻苦创作、网络文学工作者辛勤奋斗的结果。总结起来，有以下基本经验。

（一）坚持党的领导是网络文学繁荣发展的根本保证

党中央高度重视网络文学，习近平总书记掌舵领航，亲自擘画，在文艺工作座谈会及文代会、作代会等会议上多次就网络文学发表重要论述，使网络文学工作开展有了根本遵循。2014 年，习近平总书记在文艺工作座谈会上发表重要讲话，特别就网络文学、"两新"进行了重要论述。习近平总书记明确指出："要适应形势发展，抓好网络文艺创作生产，加强正面引导力度。近些年来，民营文化工作室、民营文化经纪机构、网络文艺社群等新的文艺组织大量涌现，网络作家、签约作家、自由撰稿人、独立制片人、独立演员歌手、自由美术工作者等新的文艺群体十分活跃……我们要扩大工作覆盖面，延伸联系手臂，用全新的眼光看待他们，用全新的政策和方法团结、吸引他们，引导他们成为繁荣社会主义文艺的有生力量。"① 在中国文联十

---

① 中共中央文献研究室编：《习近平关于社会主义文化建设论述摘编》，中央文献出版社 2017 年版，第 159 页。

大、中国作协九大开幕式上，习近平总书记再次强调："要加强联络，延伸工作手臂，加强对新文艺组织、新文艺群体的团结引导，把千千万万文艺从业者、爱好者凝聚起来，不断增强组织吸引力。"①《中共中央关于繁荣发展社会主义文艺的意见》和中办、国办印发的《"十四五"文化发展规划》明确提出鼓励引导网络文艺创作生产。各级党委、政府制定多种措施，将网络文学纳入国家文化和产业发展规划，给予政策扶持，推动了网络文学的健康发展。正是有了习近平总书记的这些重要论述，才有了"两新"这个概念，网络文学发展、网络文学工作开展才有了根本遵循。延伸手臂、扩大覆盖、团结引导，这些网络文学工作的基本内容和基本方法都是习近平总书记亲自提出的。成立中国作协网络文学中心，正是中国作协落实习近平总书记关于文艺工作和群团工作重要论述的具体体现。

网络文学工作者深刻把握习近平总书记关于"两新"工作的重要论述精神，充分认识新时代文学使命所系、价值所向，充分认识新时代文学高质量发展必须借互联网之力、过互联网之关，充分认识网络文学作为新时代文学生力军的地位及其在文化强国建设中的作用，使得新时代网络文学不断繁荣发展。

（二）坚持以人民为中心确保了网络文学繁荣发展的正确方向

新时代十年，网络文学能够改变野蛮生长的状态，步入健康发展的轨道，根本原因是经过正确引导，开始坚持以人民为中心的创作导向，坚持"二为"方向，贯彻"双百"方针，坚持创造性转化、创新性发展，自觉以建设民族的科学的大众的中华民族新文化为己任，源于人民，表现人民，服务人民，汇聚起一支庞大的作者队伍，创作出类型众多、数量巨大的文学作品，使网络文学成为人民群众喜闻乐见的新文学样式。

坚持以人民为中心的创作导向，强化了网络作家的担当意识，有了传播正能量、弘扬社会主义核心价值观的自觉，从而不再只是以娱乐、游戏、消遣的心态看待网络文学，不再一味以低俗、庸俗、媚俗

---

① 习近平：《在中国文联十大、中国作协九大开幕式上的讲话》，人民出版社 2016 年版，第 20 页。

的内容迎合读者，从而克服错误创作倾向，努力大力弘扬中华优秀传统文化，积极反映新时代。

（三）新时代十年的伟大变革奠定了网络文学繁荣发展的坚实基础

新时代十年，中国经济、政治、文化、社会、生态文明建设取得了伟大成就，实现了伟大变革。科技的巨大进步使互联网，特别是移动互联、移动支付广泛普及，网络文学有了繁荣发展的技术基础和现实可能；深化改革，破除体制机制弊端，社会主义市场经济高速发展，使网络文学有了繁荣发展的市场基础；新时代中国人民的伟大实践，为网络文学提供了取之不尽的生动素材，使创作有了坚实的生活基础；全面小康、富裕起来的中国人民有了对文化生活的更多需求，使以付费阅读为主要经营模式的网络文学有了坚实的读者基础；新发展理念的贯彻，使网络文学高质量发展有了良好的经营环境和理论基础；积极主动的开放战略、"一带一路"倡议、构建人类命运共同体的理念，使网络文学国际传播有了政策支撑和共同的价值基础。

（四）坚持守正创新是网络文学繁荣发展的活力源泉

新时代十年，网络文学界坚守以人民为中心的正道，大力推进主流化、精品化，基于互联网特性，不断推动类型创新、题材创新、表达创新，强化与下游文化产业的融合联动，使网络文学持续保持生机与活力。

因为守正，网络文学才明确了自身的价值和意义追求，不再把娱乐和消遣作为唯一的目标，得以明确自身的文化使命，努力表达社会的主流价值、主流文化。因为创新，网络文学得以在题材方面进行创新，开始对时代经验、时代精神做出表达，现实题材创作持续增长，在类型上进行创新，避免了类型的固化僵化，从而保持生生不息的发展动力。

（五）强化引导扶持是促进网络文学繁荣发展的关键举措

2014年文艺工作座谈会召开后，网络作家得到各方面的高度重视，从中央到地方，网络文学组织建设得到加强，中国作协网络文学中心及各级网络作协纷纷成立，在团结服务网络作家方面发挥了积极作用。多年来，各级作协组织准确掌握网络作家的基本信息和创作情况，建立网络作家跟踪管理机制，形成完备的团结引导工作体系；完善联系网络作家机制，建立联系名单，广交、深交网络作家朋友，及时掌握作家队伍情况，协调解决他们创作、生活中的困难和问题，做好职称评定等工作；加强对青年网络作家的发现和培养等，在行业建设中发挥主导作用。全国网络文学重点网站联席会议有近50家成员单位，在内容管理、行业自律、权益保护等方面发挥积极作用。作协组织和联席会议协同发力，形成了"全国网络文学一盘棋"的工作格局。

中国作协的重点作品扶持、理论评论扶持、中国网络影响力榜及各地作协的相关活动，国家新闻出版署（国家新闻出版广电总局）等组织的多项活动，有效推动网络文学把高产量提升到高质量，用大流量传播正能量，有力推动了网络文学的主流化、精品化。

（六）遵循发展规律营造了网络文学繁荣发展的良好环境

网络文学的发展有着和传统文学不一样的特点和规律，新时代十年，正是因为我们尊重、遵循网络文学发展规律，才为网络文学的繁荣发展提供了良好的环境。尊重文学属性，始终以文学的标准看待网络文学、尊重网络文学，网络文学才能继承传统文学的优长，在新时代文学的宏大格局中创新发展，精神内涵和艺术品位不断提高。尊重产业属性，网络文学才能走出传统文学固有的发展模式，建立起自己的商业模式和产业生态，并构建起以网络文学IP为核心的文化产业链。尊重网络属性，网络文学才能充分发挥自身的优势，利用互联网特性形成即时性、伴随性、互动性等新特点并广泛传播，成为深受大众喜爱的新文学样式。网络属性是网络文学区别于传统文学的根本特性。随着对网络文学网络属性认识的不断深化，网络文学最终将冲破类型文学的局限，开创独属于网络文学的全新叙事手段、表现形式以及文学形态，迈上文学发展的新高峰。

新时代十年网络文学的繁荣发展，在中国当代文学史、中国新文学史、中国文学史以及世界文学史上都具有重要意义。网络文学的发展形成了新的文学范式，使文学史全面进入网络新媒体语境，文学进入一个全新时代。网络文学不仅极大满足了人民群众的精神文化需求，更为世界文学发展提供了新选择，贡献了中国智慧、中国方案，为人类文化发展进步做出了重要贡献。

当然，网络文学的发展目前也出现了一些新情况、新问题。比如"三俗"和同质化现象仍一定程度存在、行业发展遇到瓶颈、竞争加剧影响到网络文学行业生态、行业监管缺乏统筹、评论评奖有待加强、海外传播各自为战、盗版侵权打击不力、应对人工智能等高新科技挑战不充分等。这都要求对网络文学的管理、引导和扶持要进一步加强。作为互联网时代新兴的文学样式，在党的正确领导和各有关部门的大力推动下，网络文学一定能更好地承担新时代的文化使命，在文化强国建设中发挥重要作用，为建设中华民族现代文明做出更大的贡献。

（原载《南方文坛》2023 年第 5 期）

网络文学：互动性、想象力
与新媒介中国经验

◎许苗苗

新媒体发展加速全球交融，互联网引发了我国文化的变局：一方面，以往自成一体的通俗文化、青年文化与媒介文化的联系更紧密；另一方面，网络共同体也成为当代中国向世界发声的便利渠道。在开放、交融与碰撞中，如何利用有民族特色的媒介话语，在国际舞台上展开当代性国家叙事，是新媒介环境带来的文化新命题。

网络文学作为当前最热门的大众文化现象之一，具备非凡的活力和无限的创造空间。如果说文学负载着一个民族最深厚的族群经验和文化记忆，那么作为文学传统与新媒介之子的网络文学，则不仅传承了本民族文学的全部丰富性，还拥有新媒介环境带来的新内容：它是社会生活的即时反映，更是青年创造力的表达，揭示出当下青年文化向以虚拟技术和好奇心引领的未来模式转变的趋势。在其中，无论是纯粹的架空世界，还是具象的日常现实，网络文学都在讲述全球视野下的中国故事。

本文围绕中国网络文学的互动性、想象力和对社会现实的即时回应三个突出特点展开。网络文学的特质即在于它不仅呈现为文本，也体现了文本外的活动。文章首先着眼于网络文学活动整体，分析其如何在互动中得到阅读、传播和改编，显示出"间性"在当代多元开放文化体系中的重要意义。网络让主体间性、文本间性、媒体间性得到了充分彰显，原来的间性隐而不见，现在变成可视化的；原来的间性是延迟的，现在则即时反馈，对网络文学的理解需要从实体走向间性。接下来回到文本，探讨网络文学在中国传统文化、世界文化和信息时代新技术的影响下，在表现形式（即想象力的呈现方式）与内容逻辑（社会现实的积淀与触发）两个方面的新变。在媒介文化从生产者主导向产消合一的演变过程中，网络文学这一大众参与、反应灵活的现象，以其中国性、当下性构造了独特的中国经验。

一、以互动为中心的新文学

互动性是网络文学独立于传统书面文学的最主要特征，支撑这种互动的，是网络的多媒体界面和共时交流的次生口语环境。互动不仅模糊文学主体身份、重置文学活动次序，也促进差异化的文艺符码交融，从而刷新文学观念，将传统静止、固化的作品转变为动态的交互活动，建构了不同于书面文学的活态的文学观。

互联网出现之前的书面文学受制于媒介，无法容纳互动。因事即景的民间歌谣被采诗官辑录后，便成"经典"。文学研究的训诂考据将确定字句转化为象征性权威，而誊写编辑的训练、背诵默写的教育等，则以固定的文本作为评价考核的标准。然而，中国古诗里常见的赠答，欧洲17世纪、18世纪的文学沙龙，接受美学、读者反应批评的兴起，都显示出互动是文学的内在需求。遗憾的是，书于竹帛的表现方式，却注定人们所见的文学作品无法与互动兼容。

信息技术的革命让文本活动了起来。数码文学可追溯到20世纪五六十年代，人们借助编程法则与电脑的对话；[①] 90年代网络的崛起则将单机与受众响应结合，催生了多媒体文学、超链接文学和开放性叙事里"故事的变身"；21世纪前夕，我国台湾出现数位诗潮流——拼贴游戏、多向小说等，可视作数码文学的汉语分支。[②] 这些作品在屏幕上闪烁跳跃，有些甚至需要读者点击开关进行交互，实现了动作

---

① 黄鸣奋：《西方数码文学研究的若干问题》，《学习与探索》2012年第12期。

② 须文蔚：《信息科技冲击下的台湾文学环境——数位文学的破与立》，《文艺报》2013年1月25日第4版。

上的直观互动。然而，在这个过程中，作品始终横亘在作者和读者中间，作者设计作品、读者点击文本，严格限制阅读顺序和逻辑，读者成为作者手指的延伸，无法实现真正的互动。

当前网络文学的互动性迥然不同。它是人与人之间的互动，是作者与读者、运营者与管理者、盗猎者与改编者的互动。人际互动影响网络文学的表现形式、风格语体、阅读感受，也决定其传播范围和生命周期。良好的人际互动使网络文学从个体独立的精神产品走向群体思想和情感的交互。它也是不同媒介界面、不同艺术符码的互动。技术赋予网络语言以多元表意系统和跨界语法规则，使文学突破以往的语言文字边界，获得诉诸综合感知的表达效果。文学呈现群体性、社区性特点，突出了文本之外人的活动，也在文本之内呈现联想丰富、意蕴无穷的面貌。

（一）次生口语与网络文学的人际互动

媒介的作用在于沟通，互联网增强并变革了沟通的形式，开启众声喧哗的新媒介时代。新媒介时代文学的变革之一，就是网络将隐秘的构思转变为持续的交流，作品的创作呈现为动态的过程。由此，写作从封闭的个人生命体验转化为公众视野中的人际互动。

从发展历程上看，我国网络文学经历了论坛发帖、网站连载以及"流量文"三种主要形式。它们虽兴起有先后，但人际互动在其中均不可或缺。

最初一批网络文学在论坛产生。如今知名的出版人、作家、编剧，如李寻欢、安妮宝贝、邢育森等，最初都是论坛网友，他们不仅在 ID 掩护下调侃编派，还主动扮演角色接续故事，将虚幻的网络演绎成生动的江湖。半私人论坛则体现出人际互动的另一面：作家陈村的"小众菜园"只允许受邀者注册发言，普通公众只能围观这一知识群体的文学交往实践。

论坛里人与人之间的问答与对话，不仅带来接龙、打擂和文本共创等游戏式创作的繁荣，还使网络文学成为超空间、跨平台的对象。《临高启明》缘起于 2008 年上班族论坛中一则"穿越到明朝末年，你的专业能干什么"的帖子。作品想象 500 人返回古代开展工业化建设，内容虽是穿越却并非空想，而是试图以严密的考据和周全的思路呈现历史的另一种可能。作品由主笔作者和无数龙套作者共同创作，它发端于论坛，移植到网站，如今还生产出微信公众号和视频号等分支，只有网络的人际互动才能酝酿出这样的巨型文本。

进入专业化运营的网站时代，人际互动的作用同样明显。网站主要提供超长篇通俗小说，动辄连载数年的热门作品背后，少不了读者付费订阅、打赏催更的支撑，而累积的点击量和口碑也可为出版、改编增加筹码。来自读者个人的点击、付费和评价，撑起了整个网络文学产业。文学网站最看重的"人气"就是人际互动的体现，人气越高，作品价值也就越高，高人气促进作者投入更多精力，甚至组织团队协作创意；研究者也以高人气作品为对象，发掘其人文内涵和社会价值。文学网站通过一系列措施增强作者与读者的互动：阅读行为与用户等级挂钩，大量浏览和回复为读者赢得象征性荣誉；投票和打榜等竞赛制度则把原本个人化的阅读品味变成不同群体的较量。同时，网站还鼓励作者与读者交朋友，将话题扩展到作品之外的生活领域。在作者专属的粉丝团体中，参与者不仅打赏赠礼，还自发对作品进行宣传甚至反盗版维权，充分的互动将以文本为中介的读写关系转化为以情感为中介的人际关系。

这些新型人际关系本质上仍以消费为基础，而近年来网站开发的新功能"间贴"和"本章说"等，则切实反映出人际互动对文学创作过程乃至文本结构的改造。作者不再是故事的提供者，读者也并非被动地享受内容，在贡献金钱与情感的同时，读者也开始参与创作。"间贴""本章说"将点评从讨论区移到文本内部，从形式上看，开启"本章说"功能的作品中，读者评议与作品原文平起平坐。《名侦探修炼手册》即一部利用"本章说"生产内容的小说，作者抛出一个案件，借书评提供破案线索、读者投票选择，然后让主角在捡到的金手指书上查看之前的"本章说"来破案。读者每次阅读时，都能看到作者文本和大众评点两重空间，"本章说"直接转化为小说内容。对这种取巧的做法，连网友都忍不住调侃，模仿主角的口吻说："加油啊，多给我些书评抄啊……"小说看似依赖读者头脑风暴，但高明之处却在于对读者创作欲的激发，促使人际互动在写作中真正发挥作用。

人际互动在晚近出现的流量文中同样重要。流量文让读者通过看广告免费阅读，何种广告与哪类作品捆绑由智能终端收集的用户信息来决定；而广告效果也依赖于读者页面停留时间、链接跳转等反馈。更重要的是，它们将文本的阅读对象从无差别的陌生网民延伸到个人现实生活的朋友圈，社交媒体通讯录生成的"朋友在看"清单，会吸引担心落伍的人们一一点开。

网上人际互动通过次生口语文化环境实现。所谓"次生口语文化"是美国学者沃尔特·翁对广播、电视媒介兴起后的口头文化的指称，与之相对的是"原生口语文化"。① 翁的观点受到加拿大学者麦克卢汉有关人类"重新部落化"预言的启发，② 后者认为在电子媒介促进下，以往由机械技术主导的远距离人类交流，有望回归类似小群体的口耳相传和即时应答状态。荷兰学者穆尔考察网络介入日常生活的途径，指明作为"书写和口头交流混合体"的网络语言体现出"次生口语"特性，③ 确认了网络社会与次生口语文化的关系。相关讨论无不围绕媒介对人类思想交流和表达的影响：一方面，口语是人际交流最基本且有效的途径；另一方面，广播、电视媒介仍是单向的传播，只有当媒介有能力还原个体表达的差异性，促成广泛的人际互动，真正意义上的次生口语文化环境才能形成。网络次生口语文化在人际互动中生成，网络文学即其产物之一。近年来，我国学者开始关注次生口语对网络文学的影响，认为次生口语的参与性使网络文学呈现出"活态文化的回归"。④ 本文援引次生口语文化意在结合中国网络语境，探究充分的人际互动如何释放人们的表达欲并生成新文本，从主体扩张、文体文风、文学观念等方面赋予网络文学以能量。

从围绕文本的交流互动，到打赏催更的情绪体验，再到对角色乃至作者本人的情感认同，网络文学发展历史上，人际交流越充分，对

---

① ［美］沃尔特·翁：《口语文化与书面文化：语词的技术化》，何道宽译，北京大学出版社2008年版，"作者自序"，第1—2页。

② ［加］马歇尔·麦克卢汉：《理解媒介：论人的延伸》，何道宽译，译林出版社2011年版，第38页。

③ ［荷］穆尔：《赛博空间的奥德赛：走向虚拟本体论与人类学》，麦永雄译，广西师范大学出版社2007年版，第227页。

④ 黎杨全：《走向活文学观：中国网络文学与次生口语文化》，《探索与争鸣》2021年第10期。

创作的影响就越强烈。次生口语文化要求评价网络文学不仅要看作品本身，还要看它发起和调动人际互动的能力。作为网络大众人际互动中的"生产者式文本"，[①] 网络文学已然超出费斯克对大众文化的解读范畴，为理解数字时代的文化生产提供了新尺度。

（二）界面互动与跨媒介叙事实践

互联网以"多媒体"闻名，它不仅囊括以往印刷、广播和电视等符码体系，还以链接、联想和跨媒介叙事打破文学艺术的类型分野，构成媒介界面之间的广泛互动。界面互动内化在网络文学中，深刻地改变了文学的符号体系。在网络文学中，文字不再局限于表意，而成为表形或表声的多媒介"屏面语"。口语作为网民最熟悉的"文学语言"，也带来"口水文"的繁荣。融合漫画构思的"二次元小说"和以叙事贯穿视听碎片的"视频混剪"同样是界面互动的产物。界面互动指向跨媒介叙事，网络文学以叙事整合语料素材，重新生产文本。

网络文学中通用的语言并非言简意赅、向深处挖掘的"书面语"，而是所见即所得、听音辨义的"屏面语"。网上评价某个作者写得好，会说他的文字有"既视感"，类似"状难写之景，如在目前"，但与之相关的"含不尽之意，见于言外"却不受推崇，这说明网民更注重在直观层面达成一致，不追求深层理解的统一。因此，在一些网络作品中，文字符号的表形功能大于表意功能。《第一次的亲密接触》因运用":)"之类的图标，使辅助性标点变成独立的图语，才能让"网络文学"在大众心目中获得具体的形象。在表形之外，网络文学也用文字来注音。《乔乔相亲记》里充斥着"米孔""刚度"之类令人费解的词，但了解上海方言的读者却明白它们对应的是"面孔"和"戆大"的读音。这篇小说起初发表在博客，出版图书后只能用页边的"科普栏"弥补"只给听懂的人看"的遗憾，失去了原作的活泼风味。

界面互动不仅影响文字运用，也促进语体变革，"口水文"即网络创作中直接记录口头表述的结果。我们从天蚕土豆《斗破苍穹》"倔着骨、咬着牙、忍着辱"、辰东《完美世界》"仙之巅、傲世间、

---

① ［美］约翰·费斯克：《理解大众文化》，王晓珏、宋伟杰译，中央编译出版社 2006 年版，第 127—129 页。

有我安澜便有天"等网文"金句"中，不难看到说唱歌手口中"弃江山、忘天下、斩断情丝无牵挂"的影子——它们都以有节奏的口语表达情绪。之所以流行，是因其把握住广大"社会人"的语言特点———一种与深奥文雅的书面文学截然不同的、契合说唱节奏的口头韵律。这种语言进入故事，既带有口头文学的特点，又保有文字自身的特性。作为界面互动的产物，口水文的语言像口头文学一样生动，却不会因文人提炼而失去活力。

口水文的确粗疏简陋，然而，这种写作为网络互动提供了大纲，为界面互动留出空间。故事的单线结构适合碎片化阅读，提前设定的晋级标准则相当于以等级为长篇分段，让习惯跳跃略读的读者迅速定位。重复啰唆的语言降低听觉难度，其"口水语体"的陈规套路，对用软件"读屏"的听众来说非常友善。网络文学里有大量这种类似口头表达的未完成品，它们在草稿、提纲和思维导图之间游移，也总与其他文艺形式关联。这或许可以解释口水文层出不穷的原因。在寻常口语的背后，是语音输入、词库联想和民间歌手源源不断供给的新语料，不够精致的语言为广大网友自行"脑补"留下了空隙。

在网上阅读文学作品或者追更视频时，界面互动最频繁。这种界面互动不仅指文学语言营造的既视感，也包括作家构思过程中对其他艺术形式的参考。"二次元网文"因与漫画相似得名，其文字追求与画面互文，将复杂的道理具象化，适合低龄群体阅读。在小说《不二掌门》中，自称掌握"墨家机关"的女主角软绵绵并没有解释什么是"墨家"，却以"青花瓷改良汉服，头上的木雕蔷薇花仿佛带有机关似的发出机械的咔咔声"等有画面感的元素，引发青少年的好奇心。在《童年的消逝》中，尼尔·波兹曼指出，电子信息环境中一览无余的媒介通过消解识字构筑的文化边界，将以往的"成人话题"带入儿童的视野，① 而二次元网文则反其道而行，通过文字与画面的互文，把画面内化于文字，让青少年主动探索形象背后的文化意涵。

网络文学以强大的概括力和指示性引发互动，引领叙事突破界面

---

① 参见［美］尼尔·波兹曼：《童年的消逝》，吴燕莛译，广西师范大学出版社 2011 年版，第 116—168 页。

的限制。在它出现之前，文学由作者和编辑赋予精密的语言要素，而在电脑多媒体和网络互动视野中，我们看到文学不只基于口语或文字，也可以贯穿多种符号体系。人们企图寻找一种再现全方位感知模态的叙事方式，无奈文字、声音和画面都无法突破界面交融，网络文学从语言起步，具备将影视、游戏等内化于故事的能力，为不同文艺形式真正突破界面、形成基于互动的叙事提供契机。我们常说新媒介的兴起可能导致文学终结，但实际上跨界面的互动也扩展了叙事原有的领地。

叙事的突破离不开媒体技术对文学审美感知与体验的融合。基特勒注意到，留声机、摄像机虽然让音乐和戏剧摆脱"转瞬即逝"的命运，但听唱片和看影视仍受时间限制；与之不同，文学构思和阅读节奏却由人自己掌控。电脑技术打破收听、观看和阅读的界限，破坏了不同艺术门类不可侵犯的神圣领域。"在高科技条件下，艺术女神帕拉斯就是一位秘书"，[①] 只能在被语音识别、暂停放大等技术手段分解的碎片之间，苦苦追寻感官经验的重新整合途径。而新媒体时代的写作似乎能为她提供出路，作为"大脑心理学和通信技术之间的短路连接"，[②] 界面互动带来多重复合性的审美体验。我们对网络文学的理解不能只停留在纯粹的文字符号层面，在文本深层，是界面互动生成的多媒介审美体验。

（三）走向以互动为中心的文学观

网生互动促进文学主体、文学活动和观念的变革。与之相关，网络文学体现出以互动为中心的文学观。

网络文学不局限于单一作品，而成为综合的思想域，成为可视化的活动。当人们谈论网络文学时，谈论的并非字句或文本，而是人物、情节模式、相关话题、改编和衍生作品。灵活的人际互动触发源源不断的思路接续，形象和内容通过界面互动在想象中充盈。这种以话题串联文化创作与接受的模式，将以往本质化、个人化的文学创作扩展为网络上的文学活动，从独立作品变成相互讨论、交互中的启发

---

① ［德］弗里德里希·基特勒：《留声机　电影　打字机》，邢春丽译，复旦大学出版社 2017 年版，第 264 页。

② ［德］弗里德里希·基特勒：《留声机　电影　打字机》，第 251 页。

和促进；推进文学主体从专业作者延展到整个参与群体，调动并记录了所有人的创作欲望。

与印刷媒体中的批评晚于创作不同，网络文学的发布和批评同步，是一种"现场写作"，网民以不同方式参与文学生产，阅读和评论反向催生新作品。作者发布和读者回复处于同一界面，读者的回复敦促作者及时调整笔墨，将模糊的念头表述得更清晰，写作成为在阅读与评价中生成的事件。

网络写作看似不够成熟，其评价和修改痕迹历历在目，但这未完成态却反映出构思与创作的活动本质。一个人的灵感往往是突然之间的情感激荡，如何得其精髓、是否选择恰当、能否引发共鸣都非常微妙，而这一过程却被印刷媒体统一完善的"作品"埋没。与此相比，我国古代诗话中对诗人谱系、词句源流的梳理也许更贴合创作研究本身。贾岛和韩愈的切磋"推敲"，说明好的构思离不开交流；"春风又绿江南岸"中"绿"的点睛之笔，则凝结着作者的反复锤炼与权衡。文稿无法呈现变动，但诗话却着力保存着思维的痕迹，可惜，能进入《刘公嘉话录》《容斋续笔》的只是一小部分。

网络文学中，不仅"作品"由固态走向动态，作者与读者的界限也日趋消亡，形成了读写群体的主体间性。以往处于文学活动后端的接受和反馈移到前侧，先写后读再评的历时顺序转为边写边评的共时创作。读写界限的混淆打破了对作者身份和水平的要求，写作成为网络大众"不过瘾就自己来"的行动，可称他们为"读—作者"。"读—作者"在屏幕上边处理信息边生产内容，大量跟风产出相似又不同的文本，汇聚成潮流化的类型文。中国网络文学这种先扩大数量形成潮流，再自行汰选提高质量的路径，就是媒介的文化结果。而文学作品自身激发创造和想象的能力，得到算法系统的助力，进一步满足多数人的兴趣。共创模式的网络写作使文学进入数据化阶段。[①] 在海量创作的基础上再寻求进化提高，通过即时数据交互让网络文学内部自行显现评价标准，这是中国网络文学独特的发展轨迹。

---

① 许苗苗：《"网文"诞生：数据的权力与突围》，《探索与争鸣》2021 年第10 期。

只有在新媒体产业发达、用户基数足够的中国互联网上，这种在文学创作内部自我提升的方式才能运转。一方面，我国通俗读物长期匮乏，纸媒时代未出现类似西方"阅读浪漫小说"的读友群，类型小说爱好者在网络上才有机会结成团体；另一方面，网络已成为我国通俗文学创作的主场所。网络创作互相激发，其群起突进的潮涌模式，符合人类大脑的思维模态。工业文明强调理性整一，写作出版、阅读评议的线性流程将文学割裂为泾渭分明的要素，并推进其内部自律的专业限制。网络创作则将重点从结果和对象转移到创造过程，它从构思阶段就暴露在公共视野中，与潜在受众互动，也与媒介转型的开发者互动。

　　在网络文学中，文学的主体间性空前扩张，创作过程以及阅读次序调换夹缠，这种扩张和调换改变了对文学的认识，带来一种不同于以往特别是印刷媒体时代的文学观。印刷媒体时代的文学是固化的，只有近乎完美的定稿和勘校严密的书籍才能与好文学相匹配。这种固化并非文学自身的属性，而是来自媒介的限制。口头文学创作则离不开与受众的互动，艺人根据听众的态度调节语速、增删内容。只是当口头文学被文字记载后，才不得已以固定的媒介形式换取广泛的传播，割舍了最初激发创作的互动。网络既弥补了口传媒介的距离局限，又具备超越印刷品的互动性，其动态交流的次生口语环境使网络文学成为拥有多维互动能力的新文学。

　　当然，这种对文学的认识也并非一蹴而就。在网络文学发展初期，人们将线下出书作为网络文学的终极形态，虽然有些书增加"BBS留言精选"，但脱离互动的"精选"书也就失掉了网络语境的鲜活。网络文学虽以文字写就，却不同于书面文学，网民的讨论修改是它的一部分。通过筛选书面语的超长句子、华丽辞藻，以及口头表达的停顿、省略和即时应对，网络创作介乎写文章与说故事之间。这种来回切换与汰旧纳新的互动，让即时即兴的网络创作在不断更新中得到提升。只有伴随对媒介属性认识的深化，我们才能发现媒体和互动对文学的独特价值。

　　在打通精英话语与大众言说、严肃主题与通俗手法、文学自律与他律之后，网络文学展现了互动的力量。人际互动符合文学构思的本质，在网络时代体现出与文学传统的关联，它经由次生口语文化的多重推进，打消作者与受众的区隔，引导文学活动脱离印刷媒介。界面互动与数字媒介兴起有关，是网络文学的新之所在，它关系到文艺符码的跨界运用、新语体及文学语言的扩充，并引发叙事变革。以往的书面文学和数码文本严格区分文学主客体，并致力于艺术语言边界的清晰，而中国网络文学从诞生起即突出新媒体赋予大众的权力，强调人际互动与界面互动的创新，这构成独特的中国经验。

二、想象力的多重延展

丰沛的想象力是中国网络文学的又一大特色，中华历史、异域文化及媒介经验构成其三个源头。这种想象纵贯古今、囊括中外，同时也极富个人色彩。传统与现代、西方与本土、印刷文化与数字文化的种种冲突，生成了网络文学丰富的想象力。

（一）历史语汇中的幻想东方

网络文学渗透了来自中国历史的想象。历史足够厚重包容，又充满待解的谜题，网络写作对古典名著、道家词汇和武侠小说等文本再创造，从史料记载和文物传说中寻找依据，结合新媒体受众的需求，创造出幻想中的古老东方。

一方面，网络文学大量借鉴古典文本，从中寻求想象的突破。《山海经密码》《白蛇疾闻录》直接改写传说故事，以名著为模板的"同人文"则以网络文学特有的方式向经典致敬。伟大作家总在与前辈竞赛，比如张爱玲、王安忆虽然并不否认《红楼梦》的影响，却在焦虑中不断谋求突破。而网络文学却从不避讳直接利用经典，人们一眼就能看出《庶女攻略》里元娘的香闺照搬秦可卿卧房，《甄嬛传》"些许认得几个字"的眉庄受黛玉的影响，《庆余年》里穿越的范闲更是靠默写《红楼梦》赚钱。对网络作者来说，"影响"不是焦虑而是骄傲，模仿经典是品味和学识的见证。"红楼"未完的遗憾激发诸多续作，而创造力旺盛的网民更为其添砖加瓦。早在 20 世纪 90 年代初，北美的第一个汉语论坛里就有人发表《续红楼》；如今，"红楼"

的青春之梦更真正跨越时代，林妹妹健身习武，贾环出口成章……传统续写以意逆志，不断猜想作者心思，而网民则穿越进角色，借小说完成自身的梦想。

另一方面，"真实"的文物和史书同样孕育想象。在网络上，远距离翻查史料、近距离观赏文物并不困难，文史知识的增长鼓励人们将大胆的猜测加入想象。在"历史"标签下，网络小说虽非单纯再现，却也并不任意"开挂"，它们借过往讲述当下，在还原宏大历史的同时容纳个人情绪。史书里的概括和省略为文学形象的丰富留出空间，在对神秘朝代向往的驱动和数字化资料强大的支撑下，网络作者借新的技术方法和诠释角度，将确定的知识转变为兴趣导向的历史故事。反向穿越文《史上第一混乱》幻想荆轲、秦始皇、李师师等人来到今天，如果没有相应的知识储备，很难领会故事情节和历史反差之间埋伏的笑点，看似嬉闹的网络小说让历史从刻板变得鲜活。

仙侠、玄幻、修真、穿越等文类都源于传统激发的想象，它们依靠词汇联想营造审美意蕴，针对年轻读者创造个性化的情感世界。具体来看，表现在三方面。

首先，这种想象通过一系列词汇、诗文和专有名词唤起有关古老东方的联想。打开网站玄幻频道，触目皆是"太初""太上""元神"在渡劫；而宫斗古言里的婕妤和昭容们，则出口便是几百年后的纳兰词……日常极少应用的生词僻字和朗朗上口的古诗词，被用来为网络小说赋予古典气质。仙侠小说《剑王朝》用"王后郑袖""公子扶苏"引出秦灭六国的历史，而御剑驱符和转世长生又把现实历史转换成神仙故事。在玄幻小说里，道与道教无关，剑与兵刃不同，与其探寻它们的具体所指，不如将其看作借文辞营造古典美，为演绎中国文化的母题提供便利的符集。

其次，这种想象背靠金庸等人的武侠世界，将侠义江湖转换为网络趣缘共同体的连接。通俗文学中的武侠世界也有其网络版本，然而与武侠书中致力于构建有秩序的家国不同，网络作者更热衷于建设人脉深厚的家族。他们以出身、招式和技能为谱系，为金庸、古龙笔下的大侠寻找网络传人。网络武侠传人最多的姓氏是萧和叶，侠之大者必姓萧，他们是萧峰、萧秋水和萧十一郎的传人；而身世凄惨的俊美少年则传承了叶开、叶孤城的形象，借助与传统武侠互文，江湖超越朝廷，成为公平和正义的家园；而武林人士血脉的勾连，则赋予角色深厚的共性。这种共性对于读者获得归属感十分重要，唐家三少的"唐门"、梦入神机的"神机营"等，都以通俗小说的武林门派作为网上书友虚拟共同体的标签。

最后，这种想象虽表现古代世界，却追求契合当代情感。也就是说，它并没有严格遵循古代设定，很大程度上投射的是当今网友的情感和判断。仙侠文开山之作《诛仙》被网民戏称披着仙侠外衣的言情——言情来自琼瑶，侠即来自金庸、古龙，它对通俗小说的传承可见一斑；而将习武、御兽与人鬼相恋杂糅，将人力修为推向毁天灭地的"高武"境地，这样有意识地拉大与现实的距离，是因为其不求表现的真实，只求自我感受的真实。《诛仙》是网络原创，它将爱与善等同，以自我为判断标准，摒弃以往常见的天理、王法等外部规约，在青少年读者看来反而显得更为真诚，也得到后续网络写作者的认同。到了猫腻的《庆余年》中，这种以自我感受为中心的价值观被总结为"顺心意""做让自己高兴的事情"。这似乎是一种自私的个人主义，实际上表现了当代青年更注重个人感受，并由此衍生出"己所不欲，勿施于人"的价值观。

在互联网的整合之下，网络文学对中国传统历史文化的借鉴难免有消极因素，但也存在积极的方面。从积极方面来看，它有助于当代青年对历史文化再认识与再思考。互联网开放的语境有时任幻想信马由缰，有时理性和自省也会自行归来。对一些优秀作者来说，网络写作充分的自由度更有利于展开对历史、社会与真理的深度思考。比如《唐朝穿越指南》《唐朝定居指南》等，就是在戏谑性的古风创作泛滥之后，对历史原貌和真相展开的反思。这种自发校正不仅显现出公众追问对于历史叙述的重要性，也说明人们在网上阅读历史小说，已经不满于概略性的述说，而是追求细节充分、逻辑严密的精品。人们天然有观望历史、回溯来路的欲望。网络文学中的历史是公众在真实史料与媒介虚构之间对传统的自发把握。虽然情绪和情感导向的古风写作不够严谨，但网民对穿越架空等幻想性历史文化题材的喜爱，凸显出当代知识主体将历史从外在框架内化为思维元素的意愿。在网络读写之间，历史以青年人喜爱的故事带动理性的复归，成为人们反思来路、展望未来、观照自身的根源。

从消极的方面看，这种纯粹基于想象力的文本再造容易滋生问题。一方面，对传统的认识浮于表面，元素和套路反复堆砌，导致作品面貌高度相似，《锦绣未央》被指融合上百部作品，《花千骨》《三生三世十里桃花》等也多少牵涉抄袭问题；另一方面，对民间信仰和民俗仪式缺乏基本尊重，打着想象旗号"装神弄鬼"。还有些作品将个性化演变为利己主义，以阴谋挟制理性，以私欲嘲弄崇高，在历史文化符号的表象之下，背离仁爱有序、以人为先的中华传统美德。与此同时，将史实和虚构熔为一炉，以不受限制的个人想象联结整合的网络写作，有时也会陷入泛娱乐化。人们对网络小说犬儒主义、社会达尔文主义以及"比坏"的印象，也由之而来。①

（二）异域故事的中国讲法

文学是世界共通的语言，人们不难在《雷雨》中找到古希腊悲剧的投射。网络小说同样向异域张开怀抱，"西幻""奇幻"等类型小说是以中国语言讲述的西方故事，而网络"衍生文"则多数来自日本的二次元宅文化。互联网加速全球文化交流，网络文学积极吸收世界大众文化资源，更以本土化、个体化的表达呈现不同文明体系各具风情的文艺形象。

我国网络文学写作充分借鉴了欧美大众文化。2000 年《哈利·波特》的魔法世界，2002 年《魔戒》的奇幻史诗，都在网络写作中得到回应。比如早期奇幻小说代表作《亵渎》就以外国人为主角，佶屈聱牙的外国人名以往构成主要的阅读障碍，如今却成为异域风情的标志。其中的西方符号不仅让国人耳目一新，还在我国网络文学出海时起到打破文化隔膜、建立亲切感的作用。2021 年《诡秘之主》在海外市场赢得佳绩，正是由于其奇幻的东西混血。故事主角从当今中国穿越到维多利亚女王治下的英国，反派势力有美国怪物克苏鲁，这些设定让西方读者十分熟悉；而故事强烈的代入感和主角奋勇的上进心，

---

① 陶东风：《比坏心理腐蚀社会道德》，《人民日报》2013 年 9 月 19 日第 8 版。

则洋溢着地道的中国"网文味"。这种以网文节奏重组西方元素的讲法，让中国网文脱颖而出，牢牢抓住世界各地读者的眼球。

除欧美影视之外，日本动漫同样是激发网络文学想象力的主要外来资源。中国网络上的动漫衍生文表现出与日本御宅族文化相似的"资料库消费"特征。① 宅文化在其原生土壤中有明确的社会群体支撑，是日本后现代社会的产物；而在我国则更多是媒介发展的产物，是我国网民以流行动漫中的萌形象为要素，重组故事的亚文化潮流。

我国 20 世纪 80 年代开始引进日本动画片。日本动漫在简单线条的二次元世界里，以去除日本色彩的萌形象，讲述源自世界各国的故事。它们剥离原作的历史语境和民族性，将差异性的文化资源打造成面向世界的产品。日本动漫突出视觉形象的原创，形式独特的眼睛、耳朵和尾巴，构成吸引力的主要来源，即东浩纪所说的"萌的要素"。② 东浩纪认为，御宅族虽有对二次元图像的高超感受力，却如动物般重视即时直观的生理快感，因而他们钟爱的文化产品必须具有能即刻触发情绪的"萌要素"。拥有不同"萌要素"的角色借助来自不同文明的小故事，完成探索世界、参加比赛等任务。由于故事是碎片化的，结构组织十分松散，具体情节容易被打断或简化，但这并不妨碍整体的完整，只有能独立引发联想的"萌要素"才不可或缺。因此，在动漫类作品中，可以独立于故事之外的形象、属性和设定更为关键。

日本宅文化进入中国互联网时恰逢大数据兴起，算法根据网民的性别年龄等参数速配阅读对象，把带有天真蠢萌、温顺乖巧等"萌要素"的相关文化产品——无论是原版日本动漫还是中文衍生文——匹配给合适的人群。这些人群日常可能无暇社交、偏于内向，却在"萌要素"的归类下，通过看图和写故事找到精神归属，成为其周边产品和衍生文的拥趸。衍生文并不专属日漫，可由影视、动漫、流行语甚至社会事件演变而来，但日本动漫的"萌"和"热血"特别契合青少年，能够吸引大批年龄偏低的写作群体。一方面，这些青少年作者在

---

① ［日］东浩纪：《动物化的后现代：御宅族如何影响日本社会》，褚炫初译，台北大鸿艺术股份有限公司 2012 年版，第 75 页。

② ［日］东浩纪：《动物化的后现代：御宅族如何影响日本社会》，第 69 页。

想象力上充分利用"萌要素",创造性地将视觉萌要素转换为富有既视感的语言萌要素,如同插件模块般安插到新故事的相应位置。如《精灵宝可梦》原版动画一场又一场的比赛对战,衍生文只需描述可爱萌物的技能和进步即可,完全不存在与原有叙事大框架的冲突。另一方面,由于版权限制,衍生文几乎无法跨媒介改编,无收益状态反而促使其回归网络写作追求精神满足的本质。因此,衍生文不像其他商业化网文一样受利益裹挟,它是一种宅文化和二次元文化支撑下的无功利写作。日本动漫在其原生语境中,是原创图像与杂糅故事结合的产品,为销售服务的目的注定其必须迎合市场,而中国网络衍生文虽参考其视觉形象,却并非以文字复述动漫,它是想象力的拓展、无功利的创作,可以脱离大众文化的甜俗。

无论受日本动漫还是西方奇幻启发,网络文学的想象总试图以个人、友谊和爱为中心,加入全球共享的故事世界。我国最先在网上回应这一世界的,是"80后"网络作者。他们亲历21世纪初文化市场开放的冲击,也参与了同期本土网络文化的初创,在粤语金曲、好莱坞大片、韩流日漫的背景音乐中,他们一出场就携带全球基因,也天然具备跨越文化壁垒的能力,虽然一些想法难免受到西方影响,但基于中华文化强大根基的思想体系才是其基本色调。异域文化为其主动运用全球元素提供便利,而私人视角和中国经验则使网络文学成为自主性书写。开放和包容的中华文化具备强大自信,作为其当代媒介产物的网络文学,也由此生发出新型中国话语。

不仅如此,中国网络文学也反向输出,以富有想象力的创意经验和经济模式反馈世界。在盈利渠道方面,文学网站发展出分阶段收费的产业模式,以注意力、情感和流量营收,为非实体经济和数字经济提供一手数据;在生产模式层面,利用"本章说""间贴"等,充分激活读者的参与性,让文艺生产变成一种集体生产;在产业协作方面,以低成本文字创意结合媒介转型需求的IP思路,极大提高文化创意领域的生产力。这是我国网络文学行业的独特经验。

大众传媒的跨文化传播使文学创作具备世界性视野,参与者众多的网络文学在文化传承与国际交流中寻找原型和灵感。那些受到异域文化滋养又具备中国特色、在受众共通情感和网络强大传播力基础上诞生的中国故事，必然引发读者对中华文化的兴趣与探究，这正是我国网络文学能担负传播中国文化精神的任务，从更广层面"走出去"的原因。

（三）媒介经验与想象力的生成

网络文学写作既受惠于伟大作家和不朽作品，也得到新媒体技术、计算机逻辑以及网络开源精神的助力，新媒介使当今网络作者拥有超越以往的想象空间。

数字媒介本身生成新的想象方式与想象元素。文学以对未知的想象构造文本，媒介变迁则改变想象途径。上古时代敬畏自然，口头传说中的神灵常有反复无常的坏脾气；工业时代重视理性，科幻小说歌颂大机器无可撼动的规矩与节律；网络时代的虚拟化体现出液态性，让世界与人变得可塑，这就带来了网络文学穿越、重生等各种想象力的大爆发。

人们很难理解为什么题材重复的类型化网文能够吸引口味多变的青年。实际上，透过那些重复的套路和烂熟的桥段，往往能看出网生人群的媒介经验。智能媒体时代，人与手机最为亲密，媒介深谙个人的行动轨迹与交往模式。生活的媒介化变异为作品里的形象和行动，当一个古言小说的女主"离魂转世"，触发她灵感的可能不过是"关机下线"；而玄幻文乾坤袋里可大可小的"随身空间"，发挥的作用则相当于即时下单、外卖上门……由可穿戴设备和电脑游戏沉浸式体验造就的网文与生活的对应联想，有学者称其为"虚拟生存体验"的外化，或反过来视之为写作对游戏的延伸。[①] 当媒介运算逻辑与历史传说和现实生活相结合，被计算机抽象化、数字化的现实世界就演变为网络上可无穷拓展的虚拟空间。

由数字媒介生成的想象力，培育了网络文学作者与读者之间的集体无意识与潜在文学规范。虽然网络文学可经媒介转换获得书籍、影视等后续形态，但它的媒介依附性依然极强，也因此对参与者的媒介

---

① 黎杨全：《中国网络文学与虚拟生存体验》，中国社会科学出版社2021年版，第123、197页。

身份提出要求。① 只有敏于感知热点、长于跨界联想的人，才能成为合格的作者。媒介身份不仅筛选作者，也甄别读者，传统知识背景对于阅读网络小说意义不大，而是否熟悉媒介受众圈层，与之共用一套语汇才更关键。对媒介文化身份不合要求的人来说，网络幻想难以理解，甚至可能被看作魔术化、非道德化、技术化……"颠倒了自然界和社会世界的规范"。②

媒介经验酝酿的想象赋予网络文学各种写法。比如网络上虚拟景观与现实对照的二重性，在网络小说的结构设计中得到体现。网络小说的外部结构也叫设定，遵循预先约定的游戏逻辑，如朝代是否架空、角色是人是神等等。设定在读写群体间建立共同认识空间，如作为"灵异神怪、奇幻仙侠传奇"的《花千骨》难免上天入地、追魂摄魄，读者也以"白衣飘飘有仙气"预想人物形象。网络小说的内部结构则强调情感促成情节的合理性。《花千骨》的男主因爱将女主"镇压海底两百年"，这一不可理喻的情节把情绪推到极致，但如果结合二人"上仙""妖神"的对立身份，将虐恋转换为"敌营情侣牺牲小我成全大义"则也能讲通。网络小说以神鬼、穿越、金手指等幻想，配合恋爱、上进等现实境遇的写法绝非毫无来由，它们是游戏逻辑和情节延展的共同结果。这种媒介经验给网络文学写法带来的影响不仅表现在结构中，也表现在情节、人物设定、叙事节奏等方方面面。

媒介经验还关系到我们对以往文学作品的认识和选择。作品只有进入读者视野，才能成为被借鉴和参照的对象。数字时代的宽广视域拓展对前代文学的认识，揭示出文学与想象相互启发和关联的谱系。19 世纪英国作品《平面国》因对空间维度的生动讲解，成为中国网民构想"元宇宙"的阶梯；《小径分岔的花园》在学界获得关注，但网友看到的却是平行时空的雏形。网络媒介联想式的阅读触类旁通，影响的焦虑则不断激励作者推陈出新。不仅以往文学作品通过新媒介影

---

① 许苗苗：《网络文学的媒介转型》，中国社会科学出版社 2021 年版，第 203—218 页。

② 陶东风：《玄幻文学：时代的犬儒主义》，《中华读书报》2006 年 6 月 21 日第 9 版。

响后世，后代的媒介也同样改造前代文学。只有获得媒介选择才能进入文学脉络，从而成为启发同辈、孕育后代文学想象的土壤。文献数字化消解了宏观权力的述史力量，借助完善的文本库和自选关键词，网络新媒介的新语法生成包容广泛的文学视野。在官方典籍、学院传承与民间授受之外，媒介促进了文学的交融多变。

新媒介使经典文本和文艺资源获得更灵活的运用，对新文学形成更明确的刺激与滋养，提升了文化生产动能。与此同时，中国网络文学对其他文本高密度的引用、改写和重述，也源自网络媒体独有的间性联想。书面文学具备文本间性，却受限于纸张的物质属性，难以充分展开。网络媒体一方面让文学数字化，改写内容轻而易举，另一方面也带来海量生产者，无论专业作家或业余写手都可参与仿写和再创作。在此意义上，文学不再具备本雅明意义上的本真性、此时此地性、唯一性，而成了媒介语法中"类"意义上的文学，新媒介时代的作家也成了类似口头传统相互启发的生产集体。

三、网生宇宙与时代面貌呈现

作为当代青年的自由创作，网络文学在展现现实生活和青年心态方面，相对传统文学更有优势。网络文学表面看来充满欲望叙事与白日梦，但深层却呈现社会现实。中国网络文学是青年见证、记录时代的产物。其中的人情冷暖、欲望表述和叙事革新，与我国网络社会的崛起同步，记录着社会结构的变迁以及时代心态的转变。

（一）代际结构与文化心理演变

作为当代社会文化的即时映射，网络文学的面貌潮涌更替。从"都市强人"到"创世超人"再到"数码新人"，传奇故事背后折射的是代际结构、社会心理等现实问题。

20 世纪 90 年代，人们预测互联网是压倒一切、无坚不摧的力量，这种环境下诞生的早期网络文学也主张发动媒介革命、挑战文学权威。当时网上流行的文学作品中，对"都市强人"的想象令人印象深刻。"都市强人"小说即在互联网还未成社会新闻一手消息源时，网上集中出现的，通过第一人称、亲历视角讲述的都市传说。与捕风捉影的流言不同，它们通过日记、档案等形式加强真实感，呈现与宏大叙事相参照的、半虚构半纪实的私人史。这类写作多半在语焉不详的报道之外展开，以"改革开放""国企改革"等时代节点为背景，以城市面貌的变化为底色。其中的主角"强人"通常出身于大城市的上层家庭，是人脉广泛、财力深厚的中年男性。在对社会事件捕风捉影的渲染中，都市成为人们的欲望对象，而强人主角像王朔、朱文一样"躲避崇高"，像"身体写作"一样沉溺感官，提供了20世纪90年代文学欲望化写作的网络续篇。

人们认同网络与书刊的区别，"都市强人"小说的出现可看作新媒介写作题材的突破，其中即便是涉及争议话题也不停留在感官刺激上，而是以视角、手法和真挚的情感趋近批判现实的严肃文学。有些作品在拓宽文学题材的过程中也获得市场肯定、出版图书、改编成电影。可惜，这种状态未能持续，大量跟风之作多集中于低俗欲望描写，毫无文学性可言的内容迅速膨胀，最终将"都市强人"排挤出网络。

当然，这类题材的式微也与网络阅读主体更迭有关。对秘闻黑幕之类感兴趣的多是中年人，而网民群体年龄却逐年降低，网络阅读向青年靠拢。随着我国信息工程建设的推广，网吧成为页面阅读的主要场景，边打游戏边看小说的主要是青少年。曾经以强烈年代感和真实感为特色的网络作品大幅缩减，它不再承担前代读者对文学批判现实的期待，而是向更易理解的娱乐、幻想集中，主要角色也从老辣圆滑的中年强人向异世大陆青涩的少年超人转变。

法力接近神仙，行动和欲望又很接地气的"创世超人"，是网民逆袭梦与资本联手的产物。"创世超人"重点在于物质获得和身份跃迁。天蚕土豆《斗破苍穹》、唐家三少《斗罗大陆》、我吃西红柿《星辰变》等，瞄准以往受压抑的草根审美，借助网站订阅和打赏互动，将定制情节、左右角色命运的权力赋予读者。在异世穿越的新奇外表下，这类小说梦想着亘古不变的成功。其中的废柴翻身、逆天改命桥段，恰好符合千禧年后全民跃跃欲试的整体氛围。

支撑创世超人小说的，是"无身体的姓名""无尽头的征程"和

"无对象的爱情"，这三个特点分别指向读者认同的最大化、作品结构的开放化以及为满足不同需求的定向传播和内容分级。人物拥有特定的名字，表示小说家"打算将人物作为一个特定的个体来表现"，[①] 而"无身体的姓名"指角色面貌高度类同：《斗破苍穹》的萧炎、《长生界》的萧晨、《血色至尊》的萧遥，《诛仙》的张小凡则繁衍出叶凡、叶不凡、林凡、林不凡。他们没有血肉之躯，而是以低起点、高回报的奋斗历程吸引读者。个性化的名字和身体是排他的，只有无身体的代号式姓名才能替所有人做梦。与"无身体的姓名"匹配的是"无尽头的征程"。在故事情节中，最让人热血沸腾的就是碾压对手的瞬间，这种爽感催促每个玄幻少年不断努力踏遍四海八荒。然而，在成为王、霸、尊、神的途中，总能遇到新的对手，主角必须在升级的道路上持续奔跑。至于哪里是终点、如何获得终极圆满，读者无法预期，连作者本人也不知道——故事模式本身就决定这是一场无尽头的征程。爱情至上是网络小说的前置逻辑，穷小子总能邂逅红粉知己，女白领穿越中也不乏高颜值异性守护。渴求爱的青春冲动与纯情的精神需求，造就网络爱情故事里处处动情又从不触碰的禁欲式暧昧。

超人创世的玄幻小说，是我国网络文学独有且影响力最大的类型。在"风之大陆""斗气世界"中，异世大陆对应网络空间，武功法宝形同代码语言，弱小废柴则让人联想到起步低微的职场新人——其间映射着青年的压力与欲望。超人并不追求"加官晋爵"进入既定权力体系，而是打算创造自己的世界。这种幻想不仅来自虚拟现实全新"宇宙"的承诺，也是对权力的想象性革新。在创世小说初现时，作者群体只有二十岁上下，他们处于青春期这一感受力最强的人生阶段，在尚未成型的网络世界里，网络作者借助套路里的僭越、征服和反转，化解现实生活中的委屈与不甘，实现大众文化意义上的定义和征服。网络文学不仅造梦，也具备现实意义：它强调技术积极的一面，以抢占新媒体先机的红利促使青年四处寻找机会，不断拼搏努力。网络文学梦幻式的精神抚慰离不开网民的创新贡献，但将其推向

---

① ［美］伊恩·瓦特：《小说的兴起》，刘建刚、阎建华译，中国人民大学出版社 2020 年版，第 11 页。

主流的力量中，也少不了数字平台扩张的需求。

随着社会结构的转型与生活水平的提升，网络小说的角色也不断转变，渐渐地，那些废柴庶子逆袭而成的超人，被平和随缘的"上天宠儿"取代，不断奋斗的故事模式不再流行。《亏成首富从游戏开始》的主角被系统要求赔钱越多升级越快，然而这个善良愚钝的理财小白却阴差阳错"亏成首富"；《大王饶命》里的吕树处处得罪人，但在"以他人负面情绪滋养自身灵气"的诡异规则下，他却如鱼得水变身大魔王。类似作品搞笑逗趣，统称"欢脱文"。当代男主角放弃内卷，穿越到古代的女主角也不甘再做赔笑讨好的庶女，而是要正大光明做嫡女。女作家吱吱早期代表作《庶女攻略》里，灰姑娘似的十一娘可谓小心做人的范本；而其后作《九重紫》却转而以嫡女理直气壮地清门户、夺财产、择夫婿展开故事。庶女将亲情爱情当作事业进阶，借柔顺周全上位；而嫡女重生后主张凭正统血脉拿回属于自己的一切。可见，以人为敌的庶女是社会权力体系中的对抗性颠覆力量；而拥有父权体系认可的合法性的嫡女，则力求恢复并维持社会秩序。

由刻苦奋斗到欢脱乐天，由心机庶女到名门贵女，显示出新一批网络文学读者的性格——他们不愿也不敢挑战，懒于打理人际关系。这种共情对象从打脸废柴、翻身庶女转为命运宠儿的变化，与千禧一代读者校园化的成长环境分不开。千禧一代的压迫感主要来自考试分数和升学。因此，小说里的角色不再努力打破成规、争取权利，而转为维护规则，通过开发自身获取成功。

在"校园—社会"的比照认知中，求知欲成为前进动力，知识获得是满足感的来源。就像20世纪初女性群体试图证明"阅读浪漫小说"的"有用性"一样，①网络读者也极力以实用目的为上网阅读辩护。《天才基本法》之类学霸文在学习中找到灵魂伴侣、借奥数改变命运的基本法则，不仅引发学生共鸣，也符合"知识就是力量"的社会认知。类似作品的阅读快感固然来自知识拓展的收获、学渣变学霸的碾压，也减轻读者"纯粹在玩"的心理负担。在学科知识外，怀

---

① ［美］珍妮斯·A.拉德威：《阅读浪漫小说：女性，父权制和通俗文学》，胡淑陈译，译林出版社2020年版，第113—154页。

孕、育儿等私人体验也可借网文获得。"多宝文"以"一胎108宝"之类的荒诞提醒读者不要当真，虽只是博人一笑，但故事里的萌娃坑爹和望子成龙却来自年轻妈妈作者们的真实期盼。萌娃多宝文不仅提供笑点，还为没有养育经验的读者提供云端预演；"云养娃""云吸猫"满足人们不亲自动手却亲近可爱事物的情感需求。以往因缺乏实体接触而被视作虚拟的网络世界，在越来越多的人绑定电子宠物、线上女友和可穿戴设施之后，逐步将可触实体与情感满足分离。

（二）虚拟现实与网络社会的症候

网络文学不仅呈现传统意义上的社会现实，也表现虚拟现实，最重要的一点是，它形成了新的社会意识，即虚拟现实并非"现实"之外的"异托邦"，而是内化于生活的存在。有研究者敏锐地指出，中国网络文学表现出人们的"虚拟生存体验"。[1] 然而，对肉身与ID同样不可或缺的网络原生居民来说，"虚拟生存体验"就是"生存体验"，因此，相比具体故事中的对象化描摹，网络文学整体呈现的文化解释和迁移功能更值得重视。所谓"媒介即信息"，媒介"对人的组合与行为的尺度和形态……发挥着塑造和控制的作用"。[2] 在网络社会的生成中，拟象、仿真日益超越实体，网络居民理所当然将虚拟与现实无缝衔接；而网络文学则将抽象的互联网规则转变为具体的经验模式，并在套路重复中使人谙熟甚至接受。这种稳定的重复消弭了虚拟体验的边界，使媒介经验从新奇变成日常，从个体感受成为公众话题，网络世界也得以在文学讲述中日益清晰。

网络文学可以看作虚拟生活的文学表征。早期网络文学中最盛行的题材是网恋，知名小说《第一次的亲密接触》《告别薇安》都与网恋有关。随着网络社会在中国的深入发展，网聊、搜索和网购都在网络作品中留下印痕。不过这还只是一种表层的书写，更重要的是，这种写作成了普遍内化的无意识。网络文学的很多表现手法，如时间穿越、生命重置等被传统文学批评家们视为荒诞幼稚的描写，却是网络角色的基本生存技能。

---

① 黎杨全：《虚拟体验与文学想象——中国网络文学新论》，《中国社会科学》2018年第1期。

② ［加］马歇尔·麦克卢汉：《理解媒介：论人的延伸》，第19页。

网络文学有各种流派，如"穿越文""无限流""随身流""系统文"等，这些流派实际上都表现了网络社会的生存现实。以最常见的穿越手法为例，早在前互联网时代，"穿越"就已得到运用，但其在网络文学中的盛行，却是电脑游戏存档重置的投射。这类故事最初借助历史常识激发读者优越感，但一再的提前预知也十分单调、令人厌倦。奇怪的是，网文书写20余年后，穿越这个老套路不仅没被淘汰，反而成为角色基本属性、行动力和事件的前提，成为网络游戏介入生活后的一种理所当然的设置。如果说穿越通过时间重复构建现代人的交往共识，"无限流"则通过结构重复营造规律，使故事体现出与生活的同构。"无限流"之名源自《无限恐怖》，主线情节是角色必须完成某力量连续派发的任务；需要完成的任务，即支线，则来自现成影视作品。由于可自由征用外部作品，这种小说原则上能无限继续，这也是其名称的由来。随着对类型的理解分化，"时间循环"也被纳入"无限流"，现实题材的网文《开端》即其中典型。主人公在公交车爆炸后不断返回车祸前的时点排查寻找罪犯，故事在给定的时间框架内重复演绎，特殊的叙事频率造就原地踏步的"无限"感受。以上无论是完成任务途中频繁遭遇的外来元素，还是对事件本身的反复修订，都贯穿永无出头之日的绝望感。跌入"无限"无疑令人恐惧，但角色往往立刻认清处境并组织攻略。故事的反派支配力量并非可供宣战的人或神，而是冰冷无情的"系统"；寻找漏洞、破除"无限"则由人力完成。如果说工业社会的机械重复酝酿了现代主义文学的枯燥异化，那么计算机网络里算法与心理机制的合谋无疑为"无限流"的生成提供滋养。

　　网络生存的社会现实在网络文学的呈现随着"Z世代"的兴起而更加明显。"Z世代"指伴随数字化媒介成长的"95后""00后"一代，也是生长于我国工业向信息产业数字化转型过程中的一代。他们有关书写、阅读的认知在书本和网络间并行，在多媒体环境中，听觉、视觉和思维等身体功能变成媒介中剪辑、精修的效果，生活与媒介创作融合。对惯用互联网获取知识，将记忆外置于硬盘的一代来说，具备多义性和自我界定能力的网络空间，能在内部构建、定义并执行独特的规则，是独立的第三空间。这一空间的文学以虚拟现实为语境，其主体能力、行事逻辑，以及存在感、归属感和满足感的形成，都体现出深度媒介化生存对日常经验的定义与改造。

网络表现的现实不局限于形态或细节，而是一种"非人化"的内在转换，这对网络文学的套路写作及虚拟现实的营造不可或缺，发挥着在现实和网络之间解释、沟通的功用。以前述穿越文为例，它如今早已不是换个时代"逆天改命谈恋爱"。在"Z世代"作者笔下，它跳出文本，演变出以"穿书"解谜反转、以"魂穿"换位思考、以"古穿今"承载反套路价值观等新花样；而组队"群穿"则打破单人视角变身"剧本杀"。熟稔套路的读者玩家，综合运用虚构能力和表演技巧，把穿越从网络带进场馆，成为虚构时间、仿真场景下的社交行为。数字媒介的生存体验被纳入网生宇宙，暴君、恶魔都变成不可见、不可触的系统循环；而惩恶扬善的主角也不再依靠肉身的强大。去人性、去人形、不可见和不可触的"非人"是网生宇宙文类中真正的双面主角。网络文学发展多年来，人们对文学功能的认识始终不离歌咏怨刺、娱乐教化；直到"Z世代"登场，才真正有了生于网络、成于网络的网络文学。

网络社会的虚拟现实不仅成为网络文学的内容，也改写了传统内容。比如网络文学将以往的民间传说、信仰与网络生存相连接，去掉其引发的禁忌性和敬畏心理，将之作为写作技巧运用。在"魂穿""夺舍"等题材中，深层渗透的是网络社会的生存体验。校园小说《明月照大江》开头，一场车祸使校长的灵魂进入一名差生的身体，而学生的灵魂则被挤进一条狗，视角变化让老师和学生换位思考。可见"魂穿"不只讲鬼怪，还能结合网络现实诠释当代生活。《剑王朝》主角死后"夺舍"，寄居在一名少年体内，老辣的意志和稚嫩的躯体产生"众多各自独立不相融合的声音和意识"，[①] 这种以网络重置经验改写后的重生手法，让12岁少年角色现出复调效果，有助于小说整合起描写争斗却不宣扬暴力的大主题。

通过"强人""超人""宠儿"和"非人"，网络文学里不同类型

---

① ［苏］巴赫金：《陀思妥耶夫斯基诗学问题》，白春仁、顾亚铃译，生活·读书·新知三联书店1988年版，第29页。

的故事及其映射出的社会现实，在我们熟悉的物理世界、文艺世界与作为第三空间的网络世界之间，进行解释、沟通与弥合，并进一步创造出深度媒介化的网生宇宙。

网络文学萌芽于现实、兴起于想象。基于大众日常经验的网络文学是时代特征具体且及时的体现，也构成对外传播的中国声音。不得不承认，发展迄今 20 余年来，网络文学在多种力量驱使下呈现良莠不齐的面貌。有些写作唯利是图，以低俗猎奇降低格调；有些作品追求流量至上，沉溺于泡沫式的言语狂欢。尽管存在种种不足，但网络文学也同样为那些跳出利益圈套、突破低俗趣味的独特声音提供了机会。正是众声喧哗、百花竞放的生态，让中国网络文学始终保持活力，并引起世界关注，其背后的深层根源即在于网络文学的中国性。

网络文学继承中国民间文化传统，体现当代青年实况，反映出精英化、符码化文艺样态之外的文化需求。它的发展与新媒体兴起同步，从网络文学的语体、想象力、生产机制以及题材类型中，能看到我国网络社会萌芽和发展的过程。因此，网络文学所讲述的并非单纯的架空现实或虚幻狂想，而恰恰是基于本土经验又反映时代风貌的原生态中国故事。

（原载《中国社会科学》2023 年第 2 期）

从类型化到"后类型化"

——论近年中国网络文学创作的新变（2018—2022）

◎李　玮

在数十年的发展过程中，网络文学曾表现出明显的类型化特征，很多研究者也从"类型文"的角度界定网络文学。"类型文"视角固然让学院研究贴近了网络文学现场，使得诸多在"纯文学"观念框架下难以容纳的网络文学作品得以分析和阐释，并且能够呈现网络文学与大众文化心理、现代性爱欲之间的关系。但是，如果仅以这一视角观察网络文学，很容易将网络文学等同于大众文化工业，从而遮蔽网络文学中具有先锋性和实验性的思想元素和形式特征。

2018 年后，网络文学类型出现了迭代升级的趋势，网络文学创作呈现"反套路"、元素融合等"去类型化"趋势，特别是大量"类型之外"的新经验和新形式，使网络文学超越了从 2003 年左右开始蓬勃发展的类型化发展方式，进入"后类型化"时代。"网生代"成为当下网络文学新变的主要动力。他们在网络文学现场进行集体性的身份书写，由此，网络文明新经验取代印刷时代的文学经验进入网络文学，构筑新的时间和空间，勾连新的虚拟与现实、人类和非人类、欲望与反思的关系。这使得网络文学作家不能被纳入我们习以为常的、以自然时间划分的文学代际之中。从资源借鉴到表征方式，网络文学正以"非文学化"的姿态参与文学表达，塑造新的语义系统。用"后类型化"对网络文学近年的新变加以概括，描述并分析网络文学如何走向一种新的表征方式，有助于我们超越用通俗文化与资本浪潮谈论网络文学的惯常方式，进一步探查网络文明中的欲望表达方式与情感维度，重读属于赛博空间的修辞与隐喻，更深入地思考未来文学发展的可能性。

一、近年网络文学主流类型增势放缓

在相当长的时段中，网络文学都被称为"类型文学"。2003年，起点中文网确立网文阅读付费制度；2004年，盛大集团对其进行收购，网络文学受到商业化运营的影响，"类型化"由此成了网络文学关键词之一。由初始阶段萧鼎《诛仙》、萧潜《飘邈之旅》、当年明月《明朝那些事儿》等类型化的探索，到2008年前后类型化写作成为网络文学创作的主潮，网络文学发展至今，形成了玄幻、仙侠、游戏、科幻、古代言情（以下简称"古言"）、现代言情（以下简称"现言"）、历史、都市生活、现实题材等类型，也衍生出众多风格化的"家丁流""技术流""数据流""无限流"等亚类，或是文体化的"同人文""种田文""甜宠文""赘婿文"等类型。

2008年前后，各类型的网络文学都出现了具有影响力的作家，如创作玄幻类题材的唐家三少、天蚕土豆、玄雨、辰东、跳舞、无罪等；创作历史类题材的当年明月、月关、酒徒、天使奥斯卡、禹岩等；创作言情类题材的天下归元、辛夷坞、金子、桐华、顾漫、三十等；创作修仙类题材的忘语、耳根、我吃西红柿、流浪的蛤蟆、梦入神机、爱潜水的乌贼等；创作都市类题材的骁骑校、卓牧闲、阿耐、鲍鲸鲸等；创作网游类题材的蝴蝶蓝、失落叶、发飙的蜗牛、骷髅精灵等；创作仙侠类题材的烽火戏诸侯、管平潮等。每种类型都有相应的人设、架构，模式化的反转、逆袭、升级、"发糖"、"发刀"，以及各种NPC设定等，[①] 因此也就有了特定类型的阅读期待和相对固定的读者群。沿着类型化的发展路径，网络文学在召唤大量文学创作者和读者的同时，也被贴上了"通俗文学"的标签。不难看出，各种类型化写作的元素、设定和结构，来自诸多"通俗"意义上的文本，诸如

---

① 千幻冰云：《别说你懂写网文》，黑龙江教育出版社2014年版，第1页。

好莱坞电影、日漫、武侠小说、港台玄幻及推理小说，或传统演义小说。中国台湾罗森的《风姿物语》、中国香港黄易的《大唐双龙传》和金庸的武侠系列等，被认为是中国网络文学的源头。

随着被称为"网络文学IP元年"的2015年的到来，类型化网络文学IP转化集中爆发，使得网络文学类型化的价值被进一步发掘。学界开始从类型文学的角度对网络文学展开深入研究。有研究者以量化分析的形式呈现类型特征与受众欢迎程度之间的关系，用大数据统计类型之中的关键词，并辅以概貌描述、样本分析，分门别类地对各个类型进行剖析，试图"测绘"网络文学。[1] 在有关网络文学评价体系与评价标准的论述框架中，以类型学为理论切入口建立批评范式成为分析网络文学作品的重要路径。[2] 2022年，吉云飞以《类型小说是网络文学的主潮》为题再次强调类型小说的重要性，认为在传统雅俗秩序之外的价值重建、对大众"爱欲"的承认与解放等，都使类型小说可以成为当前网络文学的"主导形态"。[3] 类型小说是否可以主导网络文学的判断，对应着有关网络文学起源的论述。邵燕君等回溯"金庸客栈"这一论坛模式，提出社区性与大众性为趣缘结合体向文学消费者的转变提供了生长土壤。[4] 亦有学者看到，网络文学是媒介转型

---

[1] 数据剖析类的代表性研究包括：战玉冰《网络小说的数据法与类型论——以2018年的749部中国网络小说为考察对象》（《扬子江文学评论》2019年第5期），张永禄、杨至元《圈层设定下网络武侠小说的创作走势与问题——基于2019—2020年的平台数据分析》（《西南大学学报》2021年第6期），刘鸣筝、付婀《网络小说内容类型特征与读者偏好关系初探》（《文艺争鸣》2021年第8期）等。类型解读类的代表性研究包括：李榛涛《重构理想的网络游戏新世界——网游小说类型研究》（《上海文化》2017年第10期），高寒凝《小径分叉的大清：从"清穿文"看女频穿越小说的网络性》（《南方文坛》2021年第2期）等。

[2] 江秀廷：《如何建构中国网络文学评价体系与批评标准——"中国文艺理论学会网络文学研究分会第六届学术年会暨'中国网络文学评价体系与批评标准'学术研讨会"会议综述》，《当代文坛》2021年第5期。

[3] 吉云飞：《类型小说是网络文学的主潮——从中国网络文学的起源论争说起》，《南方文坛》2022年第5期。

[4] 邵燕君、吉云飞：《为什么说中国网络文学的起始点是金庸客栈?》，《文艺报》2020年11月6日第2版。

的产物，它的内涵不应局限于类型小说和通俗文学，应该注意到网络文学的交往性和媒介融合的特性，因而要重新思考网络文学的起源问题。① 各方对于起源的指认无不来自对网络文学内涵的特定理解。对"网络文学是类型文学"的认同，必然带来对网络文学的"过去"的种种"发明"。在类型化主导的视野下，商业运作生产机制的作用被凸显。如李玲玲以"创作"到"制作"为线索，论述这一批量化生产所带来的同质化现象，呈现了商业资本与新媒介共同作用下的文学生产机制的变革。② 近年随着现实题材的倡导与盛行，"玄幻现实主义"等类型概念被提出，有学者开始意识到打破类型边界的重要性。③ 学界对类型化文学的认识也更加辩证，在对类型化网络文学的特征进行概括，探讨其能够吸引大众、广泛传播的原因的同时，也指出类型化的网络文学止步于靠情节吸引读者、靠爽感打动读者，思想陈腐、形式守旧等问题。许苗苗曾指出，"网络文学"这一赋名边界模糊、内涵不清，类型小说的出现为网络文学提供了"清晰、实在的实指"，但类型小说的程式化写作、迎合乃至自我削减等问题，限制了文学的进一步创新。④ 类型化的提出，本身与大众工业的思路契合，以套路的大规模复制实现再生产，这一发展也固化了网络文学是"娱乐性文学""工业化文学"的认知。虽然学界认识到类型化的问题，但对网络文学除了类型化之外的发展可能性并未进行呈现和揭示。值得追问的是，网络文学是否只有类型化这一个特征？每年 250 多万部⑤增量的网络文学作品是否都是类型化的文学？

---

① 黎杨全：《从网络性到交往性——论中国网络文学的起源》，《当代作家评论》2022 年第 4 期；贺予飞：《中国网络文学起源说的质疑与辨正》，《南方文坛》2022 年第 1 期；许苗苗：《如何谈论中国网络文学起点——媒介转型及其完成》，《当代文坛》2022 年第 2 期。

② 李玲玲：《从创作到制作：网络新媒体视域下文学生产方式转型》，《文艺理论研究》2020 年第 4 期。

③ 闫海田：《中国网络文学"先锋性"问题新论——"关键词"或"新概念"生成》，《当代作家评论》2021 年第 6 期。

④ 许苗苗：《网络文学 20 年发展及其社会文化价值》，《中州学刊》2018 年第 7 期。

⑤ 中国作家协会网络文学中心：《2021 中国网络文学蓝皮书》，《文艺报》2022 年 8 月 22 日第 3 版。

近些年来，网络文学类型化的发展速度已然放缓，玄幻、女频等主要网络文学类型的阅读数据跌势明显，很多类型作家的后续创作都稍显乏力。玄幻类作品如《斗罗大陆》系列的《斗罗大陆 IV 终极斗罗》（2018—2021）、《斗罗大陆 V 重生唐三》（2021—2022），修仙类作品如《凡人修仙传》系列的《凡人修仙传之仙界篇》（2017—2020），影响力不复从前；猫腻的《大道朝天》（2017—2020）等新作也未能取得与预期相符的口碑；曾以"大女主文"为写作路径在古言频道名列前茅的天下归元，近期完结了《辞天骄》（2021—2022），以《他来了，请闭眼》《如果蜗牛有爱情》等悬疑爱情题材作品闻名的现言写作者丁墨，近期完结了《寂静江上》（2021），这些作品的成绩与既往类型化高潮时期创作的成绩完全不能同日而语。这一现象的原因，除作者自我重复外，更多与类型小说的发展态势有关。诸多已成名的网络文学作家纷纷转型，放弃自己熟悉的类型套路。如曾为玄幻类"大神"的我吃西红柿开始转写科幻类作品《宇宙职业选手》（2021—2022）；《知否知否应是绿肥红瘦》《星汉灿烂，幸甚至哉》等经典"宅斗文"①的作者关心则乱，新近转向写作武侠群像类作品《江湖夜雨十年灯》（2021—2022）；擅长创作《国民老公带回家》《高冷男神住隔壁：错吻 55 次》等"霸总文"的叶非夜，新近作品《你的来电》（2021—2022）去除了"霸总"的人设；缪娟作为"言情天后"曾推出《翻译官》《堕落天使》《丹尼海格》等言情力作，如今转向现实题材创作，新近作品为立足社区生活的《人间大火》（2021—2022）等。

随着主要类型的增势放缓，依靠各种类型的平台也出现衰落趋势。以主打"大女主文"的潇湘书院为例，该网站在 2007 年开始实行 VIP 付费制度，在女性原创文学网站中是领先的。天下归元在 2008 年上架《燕倾天下》后，相继推出的《扶摇皇后》《凰权》跃升为古言大热门；莫言殇的《白发皇妃》订阅成绩突出；风行烈的《傲

---

① "宅斗文"是形成时期较早、类型含义较为固定的一类网络文学作品，与其相对应的是"宫斗文"。"宫斗文"指女主进入宫廷内部展开争斗的古代言情类网络文学作品，多涉及争宠、夺嫡等核心情节，代表作有流潋紫《后宫·甄嬛传》等。"宅斗文"则指女主进入宅院展开争斗的古代言情类作品，多涉及嫡女与庶女、正室与侧室，代表作有关心则乱《知否知否应是绿肥红瘦》等。

风》创造了单章订阅突破 5 万的纪录……同类经典作品的集中出现让潇湘书院成为女频"大女主文"的集结地。"女性向"的"打怪升级"、女性的成长逆袭故事，女性职业智慧超群的设定，成为潇湘书院头部作品的统一风格。2011 年蓠羽的《妖娆召唤师》、2013 年凤轻的《盛世嫡妃》、2014 年似锦的《且把年华赠天下》、2015 年连玦的《神医废材妃》等作品，都是在平台影响下创作的成熟类型文。潇湘书院在 2013 年就已经订阅过亿，但 2018 年后"大女主文"的热度便不复从前，潇湘书院也在 2022 年改版。此外，红袖添香网站曾因孵化"霸总文"借势而起，目前也随"霸总文"的淡化而呈现衰颓之势。

无论是主流网络文学作家的类型创作的影响力不复往日，还是平台上众多主流类型整体的增势放缓，都表明商业资本入驻促成的类型化仅是网络文学在特定时间段的发展潮流。当下，关于网络文学类型化的种种认定，以及为诸多网络文学从业者所追捧的类型化创作"套路"，在网络文学快速变迁的态势中都显得有些陈旧。

二、"反套路""变体"和"去类型化"

在主流类型增势放缓的背景下，近年出现的"爆款"网络文学呈现出诸多忽略类型化套路，甚至故意"反套路"、寻求"变体"的特征。可以说，打破类型化套路，成为近年网络文学重新召唤情感共同体的"奥秘"。

许多网络文学作家都把爱潜水的乌贼于 2018 年上架的《诡秘之主》（下文简称《诡秘》）作为网络文学创新的范本，这不是因为这部作品符合主流网络文学类型设定，而是因为它打破了网络文学类型化程式，体现了"网文还可以这么写"[1] 的新质。当程式化的经验要求网络文学开篇不能"太复杂"[2] 时，《诡秘》的开头以晦涩闻名。知

---

[1] 黑山老鬼等：《网文：引领大众阅读想象力的风帆——黑山老鬼访谈》，《青春》2022 年第 4 期。

[2] 千幻冰云：《别说你懂写网文》，第 82 页。

乎上就有"《诡秘之主》我为何读不下去？"①的提问。同时，《诡秘》风格阴郁，线索隐晦，设定繁杂，升级艰难；叙事多细节，却无CP②，少情感线；虽有升级，但多"游历"，少"开挂"；虽有战斗，但作者也经常做"反高潮"处理，改变全知视角，采用限制性叙事……上述写法都"回避"了"爽"的套路。相较于更多借鉴通俗文学的既有类型，《诡秘》的文学资源偏纯文学。谈及《诡秘》的文学资源，爱潜水的乌贼说，"最早是看福尔摩斯探案集接触到，之后又看了《呼啸山庄》《雾都孤儿》《双城记》等这一时代的名著"。作家同时翻阅了很多研究维多利亚时期的著作，如《维多利亚时期英国中产阶级婚姻家庭生活研究》《剑桥欧洲经济史》《深渊居民：伦敦东区见闻》等。特别是杰克·伦敦的《深渊居民：伦敦东区见闻》，爱潜水的乌贼在接受扬子江网络文学评论中心的访谈时提到，这部作品对贫民苦难的描写让他深受触动。③《诡秘》在行文中还穿插了一些维多利亚时代诗人或作家的作品，如丁尼生、杰克·伦敦等。当异能"小丑"被杀死的瞬间，他张开嘴巴，于喉结不动的情况下，纯粹用自身灵性共鸣了周围的空气，虚渺、飘忽、古怪的声音随之响起，吟诵起英国诗人克莱尔的《月见草》。按照既有类型化的套路，《诡秘》这一系列特征都应该被放在"必扑"（点击量低）的行列，但小说连载期间订阅破 10 万（极为出色的订阅数据）。纵深的叙事、思想的深度，甚至对资本的反思出现在畅销榜作品中，标志着新的力量在突破网络文学类型化套路的规定性。

虽然不能否认近年畅销榜上的网络文学作品仍保留诸多类型化的特色，但打破垂直类型壁垒，不局限于某种类型套路，是成就新作品影响力的关键。元素融合和套路变体成为新近兴起的一门创作技巧。

---

① 《〈诡秘之主〉我为何读不下去？》，https://www.zhihu.com/question/411427339。

② 英文单词 couple 的缩写，原意为夫妻、情侣，在网络文学中指人物配对关系。具有恋爱等亲密情感关系的一对人物被称为"CP"，多指两性男女，但有时也指互动有趣的朋友、敌人。

③ 爱潜水的乌贼等：《网络文学不断"升级"的"奥术"——访爱潜水的乌贼》，《青春》2022 年第 12 期。

如卖报小郎君的《大奉打更人》（2020—2021）集各类型成功元素于一身，在"金手指""升级打怪""种马"①等要素外，还有类似《庆余年》的朝堂权谋和类似《将夜》的理念斗争，修仙升级、仙侠江湖、悬疑探案，各种元素轮番上场，营造密集的"梗"与爽点，使该作成了2021年的"爆款"。以《恰似寒光遇骄阳》《许你万丈光芒好》《余生有你，甜又暖》等作品在都市言情领域闻名的囧囧有妖，新作《月亮在怀里》（2022）融合了体育元素，击剑、射击、游泳等技能纷纷上阵，还加入"农学"和"网络直播"等新兴设定，被读者誉为"转型"之作，连载成绩十分可观。除了元素融合，类型的变体成为"爆款"的关键。言归正传的《我师兄实在太稳健了》（2019—2020）是修仙"套路"的变体，改变"修仙文"注重世界设定和修仙升级、忽略人设和情感关系的写法，重点经营人设，在修仙变体基础上开启"稳健流"的新范式。三弦的《天之下》（2020—2022）摒弃了传统武侠或"复仇"或"寻宝"的模式，开启"无限流"变体。九大门派的暗流涌动中，"江湖"淡化快意恩仇的风味走向游戏设定，对规则的挑战越过以往的朝野冲突与民族叙事而走向文明反思，式微已久的武侠类型在变体中获得些许新的生机。但问题在于，元素融合和套路变体意味着类型内部的成熟，糅合、嵌套、反转都是在旧类型的基础上进行的"技术性"作业，创新性不足。因此，《大奉打更人》虽是年度"爆款"，却被评价为"超级缝合怪"；相较于《凡人修仙传》搭建"修仙"世界观的创造性，《我师兄实在太稳健了》更像是对"修仙文"的补充和发展；《天之下》的精彩，也不能改变武侠类型的落寞。

---

① "金手指"指作者为人物所设置的超越常人的优势，比如某种超能力、能量强大的武器、独属于主角的优质人际关系等，借此让人物突破某种常规限制，完成一些战无不胜的情节，在游戏中等同于"外挂""作弊器"等义，通常是独属于主角的"主角光环"。"升级打怪"原指游戏中常见的通关模式，通过击杀游戏中的怪物，提高玩家的属性级别，这与网络文学中常见的人物发展模式"破解危机—强大自身"/"击杀反派—获得奖励"具有相似之处。尤其是玄幻类等网络文学作品，基本沿用这一模式设置情节，在某种程度上印证了网络文学游戏化的影子。在一些男频网文中，男主被设置为一个魅力无穷的男人，不止一个女性角色为其痴狂。与多个女性角色发生关系的男主被戏称为"种马"，该词常与"开后宫"一词关联使用，指代"一男多女"的情感模式。

相较于"热门""冷门"类型的简单交替、元素融合的"技术性"作业，"反套路"的盛行从思想层面为网络文学注入新内容。具体表现为：通过反转套路，与既有套路形成"互文"。诸多"穿越"设定的网络文学的套路是：主人公"穿"成作品中的主角，自带主角光环（美貌、道德和运气等），拥有预知未来的"金手指"，并由此"开挂"。而七英俊的《成何体统》（2021）以反"穿越"套路的叙事受到关注。作品中，主人公没能"穿越"成主角，反而成了一个工具人。这个工具人是叙事学语义系统中主角的敌人，本应作为女主在美貌、道德和运气上的衬托而存在，其命运被设定为失败或死亡，以此成就女主的成功。原书的这一叙事套路成为"穿越者"需要抗争的"命运"，并且在抗争的过程中，工具人张扬起主体性。作品不仅制造出种种与既有套路错位的幽默感，并由此具有解构套路的功能，而且通过配角在边缘反抗的叙事，打破原套路中叙事语义的等级，消解套路中的话语暴力，从而具有了推动平权的文化价值。红刺北的《将错就错》（2022）与既有的"霸总文"形成互文性。这位作家的创作具有"大女主文"的特征。"大女主文"改变了"霸总文"中女性柔弱的刻板印象，但很多"大女主文"采用男女双强的结构。而《将错就错》则将"霸总文"的性别语义结构进行逆转，由"男强女弱"变为"女强男弱"。女主成为"霸总"本人，被赋予直白果决、不解风情等设定，推动叙事发展，展开感情线与事业线的双向追逐。与此同时，男主的职业设定则是"调香师"，性格设定为一株忧郁敏感的"铃兰"。这种"错位"给读者带来耳目一新的感受，也消解了网络文学既有的性别叙事套路中的性别观念。闲听落花的《暖君》（2019—2020）讲述了一个重生不复仇的故事，女主身为亡国公主之女、前朝末帝的唯一血脉，因身世而受尽苛待，但她拒绝做争权夺利的旗帜，认为国泰民安才是江山本义，由此与大多数重生设定所指向的"有仇报仇，有怨报怨"等情节相背离，营造了独特的阅读效果，形成了"反情节"。吱吱以"宅斗文"《庶女攻略》闻名，但她近年创作的《表小姐》（2019—2021）虽仍是古言题材，却不注重人际斗争，而是关注生活日常。女主王晞以"表小姐"的身份到永城侯府做客，与贵族小姐喝茶交往，以婚恋作为人生最主要的筹谋，使作品颇具简·奥斯汀小说的风格。与此类似，近年来"美食文"兴起，如天下归元的《山河盛宴》（2019—2020）、紫伊281的《锦堂春宴》（2019—2020）、空谷流韵的《大宋清欢》（2020—2021）、李鸿天的《异世界的美食家》（2016—2018），或以宋代为背景铺设历史风物，或接续"大女主"人设塑造个性人物，都着力于描绘日常生活的细节，不厌其烦地叙述素鸭子、锦绣兜子、茶盐鸡脯等菜品的做法，以煎炒烹炸的场景化动作与大列食单的叙述篇幅代替了对设定的铺排与线索的设计，由此冲淡了情节。类型化网络文学之所以会被称为"爽文"[①]，主要原因之一是作品追求欲望上的满足，尤其是对金钱、两性关系、社会名望等资源的索取。近年来有的作品通过调整结构改变了既有的"财富积累"套路。青山取醉的《亏成首富从游戏开始》（2019—2021）以"反财富积累"作为主人公升级的必要条件，甚至在作品中思考了阶层固化、马太效应、阶级区隔等问题。这些作品在人物设定、情节安排或价值指向上，均超越了类型化的套路。

"反套路"的盛行正在打破类型化壁垒。比如，以迎合性别认知划分出的"男频""女频"类型，在"去类型化"的发展趋势中走向交叉和融合。女频作品呈明显的"去女频化"的发展特征。既有的女频类型如"宫斗文""宅斗文"等衰落，或是叙写宫廷中的日常，以"种田"远离宫廷，又或者将"宅斗"比重大大缩小，仅作为女主进阶过程中的微末起点，无论是情节铺排，还是人物言论，都在指涉"宫斗"与"宅斗"的无趣。叙事场景的开阔、人物视野的拓展让看似未变的类型中满是对于套路的"逆行"，由此消解了男权中心意味的逻辑色彩。以往，"女频"总是和言情相提并论，以恋爱叙事代替女性叙事，但近年来这一套路被有意打破，呈现出"言情＋"特点，其中，言情不再居于叙事的中心位置，言情以外的元素与立意变得至关重要。沉筱之的《青云台》（2020—2021）、南方赤火的《女商》（2020—2021）、戈鞅的《财神春花》（2021—2022）、行烟烟的《光鲜》（2021）、御井烹香的《买活》（2021—2022）等作品都呈现了

---

① "爽文"多数时候指阅读情绪较为单一、专注营造快感、"流量"特征明显的网络文学作品。

"事业向"的叙事转变，离开"雌竞"与"恋爱"，走出男权中心视域后的女频作品，选择进入公共空间开展行动或驱动主体书写成长路线。尽管江湖风味与仙侠风格各不相同，但"朝野博弈"与"生活经营"的主动性尽数收归后，改变的不只是价值序列，还有频道整体的思想性面貌。由此也带来了题材的多元裂变，当故事不再以言情为中心，便可以从其他视点切入进行界定。于是，"悬疑文""仙侠文""权谋文""网游文"等题材趋向繁荣，爱情以外的相关议题，如职业与理想、命运与人生、权力与自由、意识与无意识等，成为作品讨论的核心话题。这些变动使得女频作品不再具有明显的性别标识，"女频"和"男频"作品不再泾渭分明。

"反套路"和"去类型化"，一方面通过反转叙事给人耳目一新的感觉，另一方面也反映出网络文学文化指向性的变动。重生穿越、霸道总裁、升级打怪、夸张"狗血"等套路，通过迎合读者被压抑的欲望，让读者在白日梦中获得宣泄与释放，激发"爽感"，因此，网络文学一度被称为"爽文"。近年来，"反套路"和"去类型化"则突破了网络文学的"爽感"叙事，不再单纯地迎合欲望，而是在叙事中渗透思想性，以"反穿越"思考时空秩序与人的身心问题，以"反霸总"突破性别的固化认知，以"重生不复仇"改变"成王败寇"的胜败逻辑，以"反情节"融入日常生活美感的同时取消宏大叙事，以"反财富积累"反思资本问题与社会建构，网络文学由此超越生理快感，也在摆脱类型化"爽文"的标签。

三、类型化之外：引入网络文明新经验

在"反套路""去类型化"的变动中，不仅网络文学类型化的边界变得模糊，诸多无法被"类型化"规约的创作大量出现，网络文学正在书写包括严肃文学和通俗文学在内的既有文学所不能容纳的网络文明新经验。如果说类型化时代的网络文学汲取了古今中外流行文化的元素，那么在突破类型化藩篱的同时，网络文学则越来越和网生代

（Z世代、M世代①等）的经验联系在一起。以既有文学所未能表现的新经验为资源，网络文学开始构筑新的时间和空间，勾连新的虚拟和现实的关系，重新书写灵与肉、人与非人的关系。

2016年"虚拟现实"成为年度热点，2021年"元宇宙"成为年度文化关键词，虚拟体验、虚拟世界正成为当下经验的重要组成部分。瓦格纳所说的"第二人生"②与"第一人生"交织共融，虚拟现实经验越来越深入日常生活、时空的感觉，关于身份的主体性认定或是情感欲望的生成方式都发生诸多变动。此前作为类型文的网络游戏文学，如蝴蝶蓝的《全职高手》、骷髅精灵的《网游之近战法师》、失落叶的《网游之纵横天下》等，仍是以打游戏为题材的文学作品。2018年后，游戏在网络文学中就不再只是一种玩物、一种二维界面，或一种分层的次生空间，游戏化的虚拟世界成为网络文学的基本设定。这类作品不再像之前的网游类型文那样分设现实世界和虚拟世界，而是将游戏设定为时空本身，虚拟化的游戏玩家成为人物本身。2018年《死亡万花筒》问世之后，游戏中的重要结构性元素"门"（物理状态呈门的样貌，实际是多个空间的链接入口/出口）影响到玄幻文的设计，如三九音域的《我在精神病院学斩神》（2021）等。各个类型的网络文学创作也都出现游戏化转向的趋势，言情题材的游戏化转向如楚寒衣青的《纸片恋人》（2018），"御兽文"的游戏化转向如轻泉流响的《不科学御兽》（2021—2022），"废土流"的游戏化转向如晨星LL的《这游戏也太真实了》（2022）。平行时空的设定由此大量出现，并经由IP改编进入影视端口，《开端》《天才基本法》等诸多时间循环、平行时空题材改编剧的播出，让2022年成为当之无愧的"时间循环年"，游戏般的试错、存档、技能增加与反复重开的

---

① Z世代、M世代都是当下"网生代"的替代性名词。Z世代（Generation-Z）一词最早出现在欧美地区，泛指1995—2009年出生的一代。他们一出生就与互联网时代无缝对接，受数字信息技术、即时通信设备、智能手机产品等影响较大。M世代（Metaverse Generation）亦指和互联网同步成长的一代人，Metaverse是"元宇宙"，M世代被认为是元宇宙的创世居民。他们不仅重塑着元宇宙社会，也在改变着物理社会。

② ［美］瓦格纳·詹姆斯·奥：《第二人生：来自网络新世界的笔记》，李东贤、李子南译，清华大学出版社2009年版。

虚拟经验成为这些故事中的重要规则。时间循环的源头看似无处可寻，只是一个被默认而无须解释的前提，实则来自网生代的人生体验，由此区别于乌托邦式的科幻构想。

当下，新增网络文学作者大多是所谓"网生代"①，他们大部分的生活时间、社交方式以及接受信息的来源都在虚拟空间，在经营游戏或观看影视的过程中都使用着虚拟化身份。当这种生活成为日常生活的一部分，信息、想象与情感的激发都源于此，或许就将改变感知或表征世界的方式。在"宅文化"的影响下，在赛博世界的生活经历是更为重要的经验组建方式，人际交往、文化碰撞以及对生活方式的践行，都在虚拟空间中发生，由数字与画面所营造的虚拟世界似乎容纳了更多的情感流动与人生体验。虚拟现实与日常生活之间的区隔日渐模糊，并因虚拟现实经验的深度嵌入，现实经验所囊括的情感、欲望、想象和身份认同等，都会经受虚拟经验的塑造与矫正。虚拟世界在高度仿真的同时，又为现实世界加上了一层虚拟化、游戏化的语境。由此，这一可以被"批阅增删"、体验"打卡"、多频互动的世界，成为对现实的一种认知方式。东浩纪在分析日本"御宅族文化"时谈到了社会图像的变迁。如果说现代化的世界"是一个由大叙事所支配的时代"、一种实在的世界，而文学作为一种表征方式也只是对实在世界一个侧面的再现与衍生性表现，读者或感受者经过语言之网来感受整体性世界，那么网络的出现、虚拟世界的普泛化则让世界进入一种后现代化的模式，"拟像增殖"使整体性趋势"粉碎"，一切都成了"表征"②。虚拟世界构成了所谓的"元宇宙"，而"元宇宙"并不是整体化、中心式的，而是一种碎片化、表征式的世界。曾经在现代世界图像中的各种表征进入后现代世界后，变成了"元宇宙"中的虚拟影像，与电影屏幕、游戏投影、社交媒体界面上所显示的数据并无不同，而这些表征就构成了世界与现实本身。后现代世界的叙事，成了一种以杂糅、融合为特征的数据库式的写作，充满了杂质的设

---

① 中国作家网：《中国作协在郑州发布〈2021 中国网络文学蓝皮书〉》，http://www.chinawriter.com.cn/n1/2022/0810/c404023-32499489.html。

② ［日］东浩纪：《动物化的后现代：御宅族如何影响日本社会》，褚炫初译，台湾大鸿艺术股份有限公司 2012 年版，第 48—55 页。

定。当我们的生活感受、社交情感、想象欲望被虚拟世界无孔不入地占据时，有关世界的感受与表征方式将发生巨大的变化。网络文学中大量的游戏化设定，将叙事解构为要素，将虚拟世界设定为"现实"本身，线性时间和物理性空间被打破，代之以可以随意穿越、循环或平行的时空。游戏化的网络文学所书写的世界，明显不同于印刷传媒所呈现的后现代的社会景观。

虚拟现实再造时空的同时，网络文学对主体的呈现也表现出发散性特征。倪湛舸借用文化人类学和数字资本文化批判理论中的"分体"（dividual）理论，指出东方玄幻小说中的"身体"超越了一元论或二元论，表达了数字资本时代特有的"分体"观念。[①] 倪湛舸对网络文学创作中"分体"的讨论，揭示了网络文学创作中的"主体"不再拘囿于传统人文主义框架下的"灵肉合一"的身体。数字传媒和虚拟时空的设定下，中心化的"身体"成为发散性的"分体"。这些"分体"可以随意离散或组合，打破一元或二元的结构，同时，人与非人之间的"杂糅"在网络文学创作中大量出现。在后现代理论中，霍米·巴巴认为打破二元结构必须从边界入手，提出了"杂糅"概念。[②] 将人和非人的身体"杂糅"本身就是对世界结构的反抗，具有解构人和非人二元对立的意义。近年来，网络文学作品中出现了大量将动物、植物、病毒、真菌和人进行杂糅的身体书写。一十四洲的《小蘑菇》（2019—2020）中，人类基地必须时刻防备荒野动物基因的污染，男主就是一朵真菌与人的基因杂合而成的"异种"蘑菇。鹳耳的《恐树症》（2022）中设置了一种"树灾"，异植聚合体的"花粉"将人"树化"，与树融合的人被称为"树种"或"共生体"。柯遥42的《为什么它永无止境》（2021）中，感染了"螯合菌"的人，身体

---

① 倪湛舸：《传统文化、数字时代与"分体"崛起：初探网络玄幻小说的主体建构》，《现代中文学刊》2023年第1期。

② 霍米·巴巴提出"杂糅"（hybrid/hybridity）概念，这个概念抗辩二元对立的边界和相关概念，对于如何超越"自我""他者"二元结构问题具有重要的启发性（Homi K. Bhabha, *The Location of Culture*, London and New York：Routledge, 1994, p. 28）。后人类理论显然受到霍米·巴巴的影响，从罗西·布拉伊多蒂到唐娜·哈拉维都十分重视人与非人的"杂糅"实践。

表征与行动如龙虾，皮肤是鲜红色，以双臂为钳进行攻击。云住的《霓裳夜奔》（2021）中，门氏病毒的入侵将人的形体变为粘着黑色淤泥的朽木。通过将人与非人身体进行"杂糅"，网络文学打破了人类中心主义的二元结构。如果说在上述二元结构中半兽半人的"斯芬克斯"[1] 必然羞愤自杀，那么网络文学则重新复活了"斯芬克斯"。在建构"杂糅"的主体外，网络文学还呈现了新主体的多重视域。在人类中心主义的框架中，世界弥漫着人的目光，以拉康意义上的凝视使自然被定义、被分配，从而差异化。区别于福柯的"全景敞视"，拉图尔将这种人类中心视角下对一切的覆盖称为"独景窥视"[2]。《小蘑菇》《恐树症》《霓裳夜奔》等作品试图以非人之"眼"，以感官的多重性重新模拟感受世界的方式，将世界进行陌生化处理，打破了"独景窥视"。这些"后人类"的表征解构了以人类为中心的一切有关等级化和权力化的系统。当"后人类"叠加残疾、性别以及阶级、种族等隐喻时，此种表征实践就超越了原有的生态文学所采用的"感同身受""同情"或"改良"的思考模式，实现了超越等级的更彻底的结构性革新。

游戏化的世界观与发散性的主体，标志着网络文学所呈现的内容已不再局限于我们熟知的大众文化或通俗文学，它与数字时代新的经验和表达相联系。在情感层面，近年网络文学也开始超越类型文所依赖的"欲望匮乏"结构。网络文学类型化阶段最常见的结构是"升级打怪"，在逐步攀升的过程中获取力量、财富、名望或爱情，但这种结构并不指向"满足"，反而印证了"压抑"——被资本压抑的现实，

---

① 赵柔柔曾分析《俄狄浦斯王》中斯芬克斯形象的隐喻性："狮身人面并生有双翼的斯芬克斯显然拼合着人与非人的两种形态，而可以说，'人'的身体性构成了它最大的焦虑；它不断地用人之身体性的谜语来报复性地惩罚不自知的人，最终在一个确认了身体性的人面前'羞愤自杀'。"（赵柔柔：《斯芬克斯的觉醒：何谓"后人类主义"》，《读书》2015 年第 10 期）

② 拉图尔在福柯的"全景敞视"（panopticon）之上构造了"独景窥视"（oligopticon），意在指明主体的一种自我中心性。在经验层面，主体往往以自我为视点构建世界，比之"全景"的"大世界"，"独景"顽固地构建了一个异常狭窄的视域下的整体（Bruno Latour, *Reassembling the Social: An Introduction to Actor-Network Theory*, Oxford and New York: Oxford University Press, 2005, p. 181）。

人们只能通过制造幻梦实现掌握资本的欲望，这一循环就是拉康所说的"匮乏"结构。① 从类型化网络文学中得到的想象性"满足"不可能具备现实性，反而会产生现实性欲望的沟壑。这是诸多研究者批判网络文学的原因：网络文学以"YY"② 掩藏艰苦的现实，服从乃至强化了资本塑造的欲望，而且使这种塑造欲望的方式更加有效。然而近年来，网络文学的新变不仅在"反套路"意义上呈现大众文化心理的变动，而且那些无法被类型化的虚拟设定和发散性主体所表达的"欲望"，开始具有所谓"欲望生产"③ 意义上的反抗性。爱潜水的乌贼的《长夜余火》（2021—2022）设定了一个有关"无心病"的末世谜团，"为了全人类"的追求代替个人的财富积累和升级，成了叙事的核心线索，由此揭开旧世界毁灭、新世界诞生的奥秘。《长夜余火》在叙事中并没有完全否定技术和私欲，甚至反复强调知识就是力量，产生私欲才是机器人瓦格纳成为"人"的关键。该小说承认知识、技术和私欲的重要性，但仍以"为了全人类"这样的口号对其进行反思。会说话的肘子的《第一序列》（2019—2021），也是一部非写实的末世"废土流"作品，末世对资源的垄断激发了主角任小粟对"无壁垒时代"的想象。青衫取醉的《亏成首富从游戏开始》设置了一个双版本游戏《奋斗》，穷人版和富人版之间不可沟通，强调了阶层之间超越物质层面的区隔。这些作品未曾拒绝以"升级"为叙事线索，也不否定私欲的存在，甚至肯定个人欲望和意志的重要性，但它们能够通过内生性的想象，以虚拟化的游戏模拟来建构"现实"，将既有类型文中的欲望转换为冲破壁垒、探索现实问题出路的反思力量。

此类网络文学所表现的情感和欲望，不同于类型文，超越了大众

---

① ［法］雅克·拉康：《主体的颠覆和在弗洛伊德无意识中的欲望的辩证法》，《拉康选集》，褚孝泉译，上海三联书店 2001 年版，第 616 页。

② "YY（歪歪）是'意淫'的拼音首字母组合……泛指一切超越现实的想望，即'白日梦'……"参见邵燕君主编：《破壁书：网络文化关键词》，生活书店出版有限公司 2018 年版，第 224 页。

③ ［法］吉尔·德勒兹、［法］菲利克斯·加塔利：《反俄狄浦斯·欲望机器（上）》，董树宝译，《上海文化》2015 年第 8 期；《反俄狄浦斯·欲望机器（中）》，董树宝译，《上海文化》2016 年第 6 期；《反俄狄浦斯·欲望机器（下）》，董树宝译，《上海文化》2018 年第 8 期。

文化批判所指认的商品化欲望，亦不同于传统文学中的批判现实主义。此前，研究者常援引法兰克福学派的观点谈论网络文学技术化问题，认为技术作为资本主义的产物，强化了流水线作业，加强了剥削的效率和力度。无论是阿多诺、霍克海默在《启蒙辩证法》中对文化工业的批判，还是马尔库塞在《单向度的人》中对技术的批判，都认为技术实现了对工人最有效的控制，由技术催生出来的技术理性使人变成了"单向度的人"，所以需要一种超越现实的审美之维，纠正人的异化。[①] 以此理论观照此前的网络文学类型文无疑是有效的，但当艺术不可避免地受到技术带来的新经验的影响时，就不能否认艺术通过吸收工业化成果而实现新价值的可能。在写作《美学理论》的过程中，阿多诺也意识到，技术虽造成了对艺术的垄断与压抑，但既然生活在一个技术化的世界里，"现代艺术绝不能否认有关经验与技术的现代意义的存在"[②]。对技术与艺术更加辩证的思考，使德勒兹看到电影作为大众文化工业生产的现代意义。他指出，电影重构了"现实"本身，"影像的自身，就是物质"[③]。巴迪欧延续德勒兹的讨论，认为电影虽然是技术化的产物，但在现实中仍然能够看到艺术反对"不纯性"的斗争具有"从基本的不纯性中摆脱出来的纯粹性"的功能："当你看一部电影时，你实际是在看一场战斗：一场与材料的不纯性展开的战斗。你不仅看到了结局，不仅看到了时间—影像或运动—影像，还看到了斗争，这是艺术反对不纯性的斗争。"[④] 延续这一系列思考，辩证地分析2018年后出现的、在混杂叙述中反思资本的网络文学，可以看出，这一文类对欲望的呈现并未止步于用白日梦满足匮乏的欲望。以《亏成首富从游戏开始》等为代表的文本没有构想去除资本和技术的乌托邦，也不先验地对技术和资本进行负面语义的叙事处理，而是充分描述技术和资本的联合（如《第一序列》），或是阶级

---

① ［美］赫伯特·马尔库塞：《单向度的人——发达工业社会意识形态研究》，刘继译，上海译文出版社2008年版。

② ［德］阿多诺：《美学理论》，王柯平译，四川人民出版社1998年版，第60页。

③ ［法］吉尔·德勒兹：《运动—影像》，谢强、马月译，湖南美术出版社2016年版，第94页。

④ ［法］阿兰·巴迪欧：《论电影》，李洋、许珍译，华东师范大学出版社2020年版，第329页。

分化、财富垄断后的"系统"（如《亏成首富从游戏开始》）。这些作品不再掩盖和省略资本背后的压迫和剥夺，而是具体地描摹了资本的力量和问题，通过将问题呈现出来，引发读者的反思。《第一序列》不仅表现垄断者的优势，也书写底层的困境和抗争。《亏成首富从游戏开始》不仅写出了"系统"创造财富的强大功能，也讽刺性地揭露了财富分层固化的奥秘。网络文学充满了"杂质"，它当下的运营依赖资本，作品中也充分表现着大众的欲望、权力和等级意识。网络文学不像象征主义诗歌、先锋小说那样，弃绝这些"杂质"以维护内容和形式的纯粹，也不简化、丑化这些"杂质"，而是及时、敏锐地表征这些"杂质"。如此，网络文学再现了"不纯的"现实，也使得作品表达的抗争具有独特的价值。

结　语

从主流类型的衰落，到元素融合、"反套路"和"去类型化"成为创作新潮流，网络文学逐渐超越自 2003 年前后形成的类型化发展道路。特别是近年不能为既有文学资源容纳的网络文明新经验和新表征大量出现，使网络文学进入"后类型化"时代。"后类型化"并不意味着网络文学的落寞，相反，这也许意味着网络文学的"再出发"。"后类型化"的网络文学打破了类型的规约，改变了依托于消费欲望、性别定势，满足于仅从通俗文学、文化工业中汲取资源的创作模式。网络文学不再止步于写"爽文"，反而以"反套路"与"爽文"之间构成具有反讽意味的互文，打破了"爽文"的幻境，客观上实现了对被塑造的"欲望"的反思和批判。同时，"后类型化"的网络文学注入了网络文明语境下的时空体验，塑造了"分体""非人"等新主体，表现了性别文化变迁与阶层反思等主题。以上种种都表明，"后类型化"的网络文学具有先锋性和探索性，注重创造和表达数字文明时代的新经验，重新想象时空，创造新的"主体"，并以新的方式表达了种种反思和抵抗。

（原载《文艺研究》2023 年第 7 期）

再现、呈现与模拟：
论网络文学与现实的三种关系

◎韩模永

  文学与现实的关系是文论研究中一个古老而永恒的理论话题，自古希腊的赫拉克利特、德谟克利特、苏格拉底到柏拉图、亚里士多德，就开始了孜孜不倦的探讨。当下，在网络文学从幻想型题材转向现实题材的创作语境之下，文学与现实的关系，尤其是现实题材网络文学的创作，再一次成为学界关注和思考的热点问题。诸多学者提出了颇有创见的观点，代表性的观点有以下几种："新媒介现实主义"提出，虚拟生存、数码化生存是当下数码技术带来的新的生存模式和"新现实"，这种"新现实"正在构成网络文学的深层内容，网络文学的"架空"写作并不全然是对现实的逃避，而是在一定程度上呈现了网络社会的"新现实"①；"及物的现实主义"认为，"文学不管是否属于现实题材，最终都通向可感的活生生的现实，都在写实事，不务虚，都创造出了有血有肉的人物形象，能够让读者更好地理解社会风貌和现实世界，得以感受到真实的生活，体会真情、接近真相、领悟真理"②；"情感现实主义"认为，"网络小说文本与读者的日常生活经验之间会在'情感结构'上保持相似性，故读者可从中获得'情感支持'的力量，这种情感支持力量与读者的现实生活紧密关联在一起。

---

  ① 黎杨全：《网络文学：新媒介现实主义的崛起》，《中州学刊》2019 年第 10 期。

  ② 胡疆锋：《通向及物的现实主义：论网络文学的现实转向》，《社会科学辑刊》2021 年第 1 期。

网络小说的现实感，从这个意义上讲，是由读者的阅读生产出来的"①；"玄幻现实主义"则是网络文学现实主义的一种独特形态，论者结合 2018 年几部相对重要的现实题材网络小说，认为后玄幻时代的"现实主义"主要是现实题材和网络性表现的融合之作，网络性表现包括"穿越""重生""金手指"等手法的运用以及紧张的情节和悬疑设置等。② 这些看法都注意到了当下现实主义发展的新趋向、新特征，并做出了颇有见地的理论回应。但从某种意义上说，有些观点扩大了现实主义的边界，或者说有些现实主义不是经典现实主义，而是一种"无边的现实主义"。进一步推衍，任何文学似乎都可以宽泛地理解为现实主义，因为文学一定要反映现实。因此，在讨论网络文学与现实的关系之前，需要厘清三个问题，即现实题材、现实性和现实主义。

文学创作题材多种多样，从不同的角度可以做出不同的划分。如以再现客观现实世界为对象的现实题材，也包括表现想象世界的幻想题材、抒发情感的抒情题材等。无论文学使用何种题材创作，哪怕是纯粹的想象，其归根到底都来源于现实，都是现实生活的反映。正如毛泽东同志所说："作为观念形态的文艺作品，都是一定的社会生活在人类头脑中的反映的产物。"③ 现实生活"是一切文学艺术的取之不尽、用之不竭的唯一的源泉。这是唯一的源泉，因为只能有这样的源泉，此外不能有第二个源泉"④。在这个意义上可以说，任何文学创作都具有现实性。诸多学者将幻想型网络文学称为现实主义，也大多是从现实性这一层面考虑的。

现实主义则是一个具体的创作方法问题，有着明确的要求和规定。当然，这里所说的现实主义主要指的是经典现实主义，或者说是

① 孟隋：《网络小说的"情感现实主义"及其"情感支持"功能》，《贵州社会科学》2022 年第 3 期。

② 闫海田：《后玄幻时代的"现实主义"：2018 年现实题材网络小说创作综述》，《中国当代文学研究》2019 年第 2 期。

③ 中共中央文献研究室：《毛泽东文艺论集》，中央文献出版社 2002 年版，第 63 页。

④ 中共中央文献研究室：《毛泽东文艺论集》，第 63 页。

马克思主义意义上的现实主义。赵炎秋指出："经典现实主义创作方法是在 19 世纪现实主义理论与实践和马克思主义经典作家的现实主义观的基础上归纳、总结出来的，是现实主义发展的最重要阶段。经典现实主义的基本原则，一是真实表现现实生活的本来面貌，包括严格地按照现实生活的本来面貌描写生活，表现生活的真实和强调细节的真实性等方面；二是正确处理主客关系，包括作者的主观思想要服从客观现实，作者的思想应该通过形象间接地流露出来，作者不能以自己的主观思想干扰作品中的生活与人物自身的逻辑等内涵；三是塑造典型环境中的典型人物，包括正确处理共性与个性、典型人物与典型环境的关系、运用好典型化方法等内容。"[①] 进一步说，经典现实主义要求严格按照现实生活本来面貌再现生活，其作品一般不把想象世界、超现实世界作为描写对象；如果要表现超现实内容，也"只能发生在意识和主观的领域，而不应发生在现实、客观的领域"。因此，选择现实题材是现实主义创作的首要要求。现实主义创作的成功之作还要求做到细节真实、处理好主客关系、强调客观冷静、再现典型环境中的典型人物等问题。用这些原则来考量当下的网络文学，我们会发现大多数作品并不是经典的现实主义创作。但当下的网络文学，无论是幻想型还是现实题材和"新文类"，它们归根到底都是对现实的一种反映，或者反映的是一种"新现实"，只是反映的方式不同。大体看来，网络文学与现实的关系主要包括三种，即再现、呈现和模拟。

一、再现：客观现实的模仿

众所周知，所谓再现，就是指文学对社会生活和客观现实进行具体、真实的刻画和模仿。这主要侧重于艾布拉姆斯文学四要素理论中的"世界"要素来考察文学活动的本质，其典型的文学思潮即现实主义。再现与表现不同，表现侧重于"作者"要素，强调文学是对作家

---

① 赵炎秋：《经典现实主义及其反思》，《学术研究》2021 年第 6 期。

思想情感、主观理想等精神活动的表现，其典型的文学思潮为浪漫主义。再现说或模仿说由来已久，这种观念在中西方均普遍存在，尤其成为西方理解文学与现实关系中一种最具影响力和主导地位的理论观点，甚至雄霸西方文论两千年。从柏拉图认为文学是"摹仿的摹仿""影子的影子"，到亚里士多德主张"文艺是人的行动的摹仿"等，再现说得到了不断的发展和提升。中国古代文论中所主张的"感物说"，在本质上也是一种再现理论。尽管这些理论家、思想家所持的哲学立场、模仿对象、具体观点等存在差异，但均指向文学是对现实的刻画和模仿这一核心观点。马克思主义反映论则是在此基础上发展起来的一种成熟的、科学的理论，即认为文学归根到底来源于现实，是对现实的反映；同时，这种反映具有能动性和创造性，追求的是一种艺术真实，而非生活真实。因此，说文学是一种再现，旨在强调文学要反映现实、面对现实、正视现实，要求文学具有客观性和逼真性。当然，再现并不意味着文学不可以虚构，相反，文学正是一种虚构，也即一种艺术创造。乔纳森·卡勒在对文学的本质进行阐发时，也强调"文学是虚构"。只不过，再现说要求这种虚构本质上要合乎现实逻辑和理性逻辑，要"合情合理"。正如亚里士多德所言："诗人的职责不在于描述已发生的事，而在于描述可能发生的事，即按照可然律或必然律可能发生的事。"① 这里所谓的"可然律或必然律"也是艺术真实的应有之义。

正因为再现中包含着虚构，因此作家在再现现实生活的时候，不可能原封不动地、如镜子一般地模仿生活，其中往往渗透着作家的主动性和创造性。作家再现现实时的题材选择、创作方法等也千差万别。我们发现，在网络文学中，尤其自 2017 年现实题材网络文学创作转向以来，坚守这种再现传统的现实主义作品日益增多，2018 年更是现实题材创作的"整体性崛起"。从某种意义上说，现实题材网络文学创作正是再现说在网络时代的一种体现和延续。当然，这与主流意识形态、各类评奖赛事以及评论话语等的引导也是密不可分的。2015—2019 年，国家新闻出版署和中国作家协会联合举办"年度优秀

---

① 伍蠡甫：《西方文论选：上卷》，上海译文出版社 1979 年版，第 64 页。

网络文学原创作品推介活动"；自 2020 年，国家新闻出版署开始组织实施"优秀现实题材和历史题材网络文学出版工程"。这两项活动侧重推选追求真善美、传播正能量的现实题材网络文学作品，在当下的网络文学推优活动中具有标杆意义。2015—2020 年共推出优秀网络文学作品 121 部，其中现实题材类作品为 62 部，占 51.2%。这 62 部作品的题材内容从各个层面反映、再现客观现实生活，表现出对现实问题的强烈关注。其内容主要集中在以下四个方面：一是展现产业变迁、唱响时代主旋律，如 2019 年的《大国重工》《大江东去》等；二是观照当下生活的新浪潮和新困惑，如 2016 年的《南方有乔木》、2018 年的《网络英雄传》等；三是摹写基层工作的开展与创新，如 2019 年的《朝阳警事》等；四是关注特定群体、彰显人文关怀，如 2017 年的《全职妈妈向前冲》、2020 年的《我不是村官》等。①

当前，网络文学创作更加关注现实题材，作品质量得到持续提升。《第 49 次中国互联网络发展状况统计报告》显示，2021 年网络文学创作呈现出鲜明的现实主义特征，正能量题材成为创作潮流，现实主义作品质量不断提高。这种状况突出表现在以下两个方面：一是正能量趋势明显。2021 年是中国共产党成立 100 周年，网络文学中涌现了一批庆祝中国共产党成立 100 周年、决胜全面建成小康社会、决战脱贫攻坚等题材的作品。二是现实主义作品的质量获得社会认可。《大国重工》《朝阳警事》《大医凌然》和《手术直播间》等现实题材作品入选国家图书馆永久典藏名单。《大国重工》荣获第五届中国出版政府奖，这是网络文学作品首次荣获中国出版行业最高奖。这些认可在某种意义上显示了现实题材网络文学所达到的现实主义的水平和高度。这与作品再现生活的深度和真实性密切相关，再现性是现实主义的基本特征。

当然，在现实题材网络文学作品中，也有相当一部分作品表现出"网感"＋现实题材的双重特征，我们可简单地称之为网络现实主义。"网感"也正是网络现实主义区别于传统现实主义的独特性之一，有

---

① 谭婧怡：《2015—2019"年度优秀网络文学原创作品"中的现实题材作品研究》，北京印刷学院 2020 年硕士研究生学位论文。

些缺乏鲜明"网感"的作品事实上其创作手法与传统并无根本的差异。这也显示了网络文学与传统经典的合流。网络文学创作是多元化的，这种合流也可能是网络文学未来发展的趋势之一。但就当下网络文学的创作现状来看，那些富有"网感"的现实题材网文更加凸显网络现实主义的特异性。

"网感"生成的要点是强调汪洋恣肆的想象力、娱乐化的故事讲述，而非逻辑深度的情节构架，通常使用一些独特的故事讲述方法，甚至采用一些非现实主义的手法，比如对悬念、铺陈的钟爱。悬念是电影讲述的惯用技法，铺陈则是设置悬念的重要手段。铺陈着力于对描写事物、对象和故事的反复渲染和夸张。一方面，这种铺陈使得文本的叙述节奏变慢，故事进展延缓，从而使鸿篇巨制成为可能；另一方面，铺陈也延长了故事发生的时间结构，恰当的设置将会使读者在延长的时间结构中体验焦虑或期待，悬念也因此而产生。在诸多网络文学作品中，主人公在较长篇幅之后才隆重出场，正是这种悬念表现的特有方式。

还有一种"网感"生成在现实题材网络文学创作中尤其具有代表性，即在传统的现实题材叙事中加入非现实主义的设置，如穿越手法的运用。代表性作品如齐橙的工业党穿越文《大国重工》《工业霸主》《材料帝国》等，这些作品均有一个相似的故事套路："一个在当代从事科研或身处相关工业部门的工作者，穿越到1980年代改革之初，借由穿越者自身的科工知识和历史眼界，不断帮助个人、企业和国家解决（重）工业和经济发展中的难题，创造一个又一个奇迹和辉煌。"[①] 这种穿越使得主人公获得了超越其所处时代的思维和见识，这种"金手指"的设置自然也是诸多网文的常见套路。

从总体上看，这些作品虽然使用了一些非现实主义的艺术手法，但作品整体上仍在讲述、再现一个现实故事。如《大国重工》讲述的就是国家重大装备办公室战略处处长冯啸辰穿越到1980年的南江省，与同代人齐头并进，铸就大国重工的故事。因此，作品大体上可以理

① 林凌：《工业党的穿越之梦及其文学追求：以齐橙小说为例》，《文艺理论与批评》2020年第2期。

解为现实主义。正如有学者在谈到现代现实主义时所说："现代现实主义虽然在经典现实主义的基础上有所偏离，但这种偏离实际上只是在表现手法和艺术技巧上，在对现实的看法与对世界的认识上，在创作方法的基本点上，现代现实主义作家仍是坚持至少基本遵循了经典现实主义的创作方法的。"① 现实主义仍然是这类作品中主要的要素，其他非现实要素占次要位置。《大国重工》亦是如此，是一种网络现实主义。但有些现实主义，如超现实主义，虽然表面上仍以现实主义命名，但其创作主张是力图超越现实，而不是按照现实主义原则真实地再现生活，其内涵已发生了重大变异，本质上已不属于现实主义的范畴。

如果以经典现实主义的要求来看待网络现实主义，后者确实还存在诸多问题，最突出的便是再现现实的真实性程度不够深入。以《大国重工》为例，首先存在的问题是历史真实问题。在《大国重工》的主人公冯啸辰身上，有许多超越改革之初那样一个时代的观念和认识，这使作品的人物与环境、时代之间出现了内在的矛盾。如作品第17章，冯啸辰在和煤炭部资格最老的副部长孟凡泽谈论引进国外先进技术时，孟副部长发出疑问："人家的技术，凭什么要教给你？人家不怕教会了徒弟饿死师傅吗？"冯啸辰回答道："我的理由有二。第一，我们是付钱的，我们可以单独为技术付钱，同时把转让技术作为设备引进的前提条件。西方那些厂商想要获得中国市场，就必须拿技术来交换。中国市场是一块很大的蛋糕，不怕他们不动心。"这种市场换技术的观念恐怕是超越那个时代的。在作品中有多处直接点明了这种超越。如在第34章："谢成城当然想不到，所谓外文资料只是冯啸辰的一个幌子，他交给彭海洋的资料里，有许多知识是超越这个时代的。"这种超越本质上并不符合马克思主义的反映论原则。就这一点而言，作为现实主义，《大国重工》这种穿越技法给主人公带来了独特的"金手指"光环，使文本变得更加好看，但其历史真实性却值得怀疑，这也正是穿越类网文普遍存在的问题。

---

① ［俄］列夫·马诺维奇：《新媒体的语言》，车琳译，贵州人民出版社2020年版。

其次是细节真实问题。《大国重工》中这类问题普遍存在。如在第 11 章提到 20 世纪 80 年代初一盘炒肉丝可以卖到 3 元钱的生活细节，在"本章说"中激起了热烈的讨论和反响，共 99 条读者留言，大多集中在对价格太高的怀疑，认为这一细节并不符合当时的实际情况。有评论指出："一盘肉丝写出了橙子的年代。"在第 27 章作者又写到，当时在一个旅馆开一个单间，一天的价格是 1 元多钱。前后对比可以发现，作者对当时的物价缺乏精准的把握，细节的描写不够真实。

最后是情节真实问题。《大国重工》中有些推动情节发展的"核心事件"并不合情合理，情节发展存在偶然性，"狗血剧情"时有发生。如第 61 章"海外关系"中，冯啸辰竟然在德国偶遇了自己的奶奶，而在此之前，他甚至不知道奶奶仍在人世。又如，冯啸辰熟悉 5 门外语，父母却毫不知晓。这些符合穿越逻辑，但并不符合现实逻辑，似乎成为一种强行安排，虽然好看但不真实。总之，这些不真实使得《大国重工》虽然在总体上再现了当时的时代境遇和现实情况，但离经典现实主义还存在一定的距离。

二、呈现：主观现实的展示

对于幻想型网络文学而言，它与现实之间并不是一种再现和模仿的关系。这类作品体现出的表现性与虚幻性，接近于传统的理想型文学。理想型文学重在表现，这里的表现侧重于对主观理想和情感世界等主观现实的表达和抒发。在一定程度上，幻想型网文着力塑造理想化的人物形象，其中所具有的幻想大胆、情节离奇、表达主观情感等特征，均符合理想型文学的特质，其反映主观现实的方式可以用表现来概括。但这种表现显然与传统的理想型文学不同，幻想型网文的表现更加具有画面感、直观性、去深度等特点，这与呈现突出地表现为视觉化、直接性、真实感等特征密切相关。因此，用呈现来表示这类网络文学作品与现实的关系可能更为恰当。作为网络文学主流的幻想型文学，其反映现实的方式本质上是一种呈现，是对主观现实即幻想世界的展示。

马诺维奇在《新媒体的语言》一书中界定了"呈现"一词。他认为，"新媒体对象即文化对象，因此，任何新媒体对象，不管是网站、计算机游戏还是数字影像，都可以被称作一种对于外部所指的呈现或建构"，与模拟相对照，"呈现指的是各种屏幕技术，例如后文艺复兴时期的绘画、电影、雷达和电视。我将屏幕定义为一个呈现虚拟世界的矩形平面，它存在于观众物质世界中，不会对现实视野构成阻断"①。由此可见，马诺维奇把呈现作为屏幕、新媒体技术对外部世界的一种反映，与模仿、再现不同。他引用了罗兰·巴特的解释，进一步指出："呈现并不应该直接定义为模仿：即使一个人摆脱了'真实''逼真''复制'的概念，只要一个主体（作者、读者、观看者、窥视者）将凝视投射到某一平面上，以其中的一部分作为三角形的底边，以他的眼睛（或者思想）作为三角形的顶点，那么呈现就仍然存在。"② 这里的"平面"指的正是屏幕空间，屏幕建构的是一种被观看的呈现传统。显然，马诺维奇所言的呈现对象是视觉影像，是观看而非阅读的对象，是依赖屏幕得以实现的。

而幻想型网络文学并非如此，对于绝大多数主流的"类型文"而言，其作品很少有视觉影像的展现。就技术而言，这些作品可以在屏幕上传播，也可以以纸媒的形式出版。呈现在表面上似乎与幻想型网文无关。但进一步探究，我们可以发现，相较于传统文学，幻想型网文甚至包括最广泛意义上的网络文学整体，都发生了明显的空间转向。这种空间转向集中表现在对视觉化、空间性、直观性的追求，这与屏幕影像的呈现存在沟通之处。虽然网络文学可以以纸媒的形式出现，但在屏幕上的创作和阅读则有更鲜活的"网感"体验。网络原创和首发也是网络文学的基本要求，甚至有些阅读，类似于起点中文网的"本章说"，一旦离开了网络，则难以实现。可见，没有网络就没有网络文学，屏幕技术对网文而言是必不可少的。因此，从这个意义上说，幻想型网文正是对幻想世界的一种呈现。具体来看，幻想型网

---

① ［俄］列夫·马诺维奇：《新媒体的语言》，第14—15页。
② ［俄］列夫·马诺维奇：《新媒体的语言》，第103页。

络文学中的呈现主要有以下三个方面的特征。

一是视觉化的场景书写。这与呈现的屏幕技术依赖紧密相关。幻想型网文的描写对象虽然是在现实中并不存在的幻想世界，并且通过文字而非影像的方式来刻画，但却充满着鲜活生动的镜头感，如同现实一般呈现出来。其侧重于对空间场景的描写和展示，富有镜头感和画面感，虽然不是真正意义上的影像传达，但从镜头语言到图像符号的转换则容易实现，这与网络文学 IP 转换的趋向具有内在的一致性。一方面，这种镜头感来源于"场"的空间化的位置书写。穿越、幻想等常见的幻想型网文的艺术手法本身就带有非线性、跳跃性等空间性特征，对于一些致力于游戏改编的作品，其文本很容易勾画出清晰可见的游戏地图。另一方面，这种镜头感还依赖于视觉化的"景"的刻画。幻想型网文虽然同样使用文字来塑造场景和形象，但其图像感、视觉化色彩更加强烈，甚至可以将画面直观地呈现在读者面前。当然，这种"景"并不是真正的视觉影像，但相对于传统作品而言，幻想型网文所呈现的世界更加逼真直观、鲜活生动，图像语言成为表达的常态，创造了众多充满艺术诱惑魅力的图像世界。"这些图像世界或美轮美奂，或神秘古怪，或逼近现实。图像语言占据了写作的话语权，感性直观、即时呈现的'语图文本'产生出文学的新质性。"①

二是直观性的话语表达。这也是近些年来网络文学的普遍特征。与传统文学追求艺术性、含蓄性的表达不同，网络文学多使用日常化、直观性、剧本化的话语表达，弱化了文本的不确定性和想象空间，着力把故事和场景直观地呈现为"图像"。与此相适应，在网络文学尤其是幻想型网络文学中，动作和对话场景的铺陈、故事性的讲述较为常见，追求语言形式之美和塑造人物性格的心理描写则较为少见。正如有学者所言："网络小说的语言表现出较为明显的直观化倾向，它基本不进行人物心理刻画，而是让人物不断地说话和行动，营造出动态的画面感，让行动持续发展。"② 当然，少数有经典化倾向的

---

① 禹建湘：《产业化背景下网络文学 20 年的写作生态嬗变》，《中州学刊》2018 年第 7 期。

② 黄发有：《媒介融合与网络文学的前景》，《天津社会科学》2017 年第 6 期。

网络文学作品则另当别论。

三是去深度的故事讲述。这种去深度与网络新媒介本身也密切相关。正如斯各特·拉什在《信息批判》中所言："传统的媒介是再现的媒介……大众媒介与新媒介是呈现的媒介而非再现的媒介……再现本身是一个反思的过程，它需要时间，而在时间与预算的制约之下的呈现，则比再现要更机器性、更像工厂产品。此外，就你需主动走向老式的媒介而新的媒介却主动走向你这一点言之，后者也显然具有机器性。它们不是由交通机器来运送就是直接由信息机器来散播。它们的生产、散播与接收，无论用现实或是用隐喻的说法，统统都具有机器性。"① 一方面，相对于传统的再现媒介，新媒介是缺少反思时间的呈现媒介。依赖网络技术的网络文学也是如此，网文表现出普遍的去深度色彩正与此密切相关。跌宕起伏的好看故事是网文呈现的重中之重，深度的思想则是传统纸质文学追求的重点，这种"一看就懂"的创作模式正是文化工业的生产机制。另一方面，就网络新媒介的特质而言，其比传统媒介更具有主动性和机器性，因而也更具有主体性。也就是说，幻想型网文较传统文学更能主动地走向受众，受众的"使用与满足"可以得到充分的实现。网文创作中作者与读者的即时互动、"读者意识"的彰显，则是这一特征的恰当印证。

这种对幻想世界的呈现与本雅明所言的现代艺术的展示功能虽然处于不同的时代语境之下，但在某些方面也有类似之处。本雅明认为，从传统艺术到现代艺术发生了从灵韵到震惊、从膜拜到展示的转变。具体而言，传统艺术具有"即时即地性""独一无二性"的艺术韵味，会让人产生一种心醉神迷的审美效果和膜拜价值；现代艺术带给人们的则是震惊体验，审美韵味消失了，膜拜价值被展示价值所取代。进一步而言，膜拜作用于心灵，展示诉诸眼睛；膜拜是凝视观照，展示则是消遣接受。"膜拜价值是用心去体验的，而展示价值是用眼睛观看的。这似乎也预示着我们进入了视觉文化时代。"② 从这个

---

① ［英］斯各特·拉什：《信息批判》，杨德睿译，北京大学出版社 2009 年版，第 117 页。

② 卢文超：《艺术事件观下的物性与事性：重读本雅明〈机械复制时代的艺术作品〉》，《文学评论》2019 年第 4 期。

意义上说，呈现也是一种展示，幻想型网络文学的呈现正是对幻想世界的视觉化、直观性和去深度的展示。

三、模拟：虚拟现实的沉浸

马诺维奇在《新媒体的语言》中也定义了"模拟"："模拟指的是通过技术手段使观众完全沉浸于虚拟世界中，包括巴洛克式的耶稣教堂、19 世纪的全景画、20 世纪的电影院。"[①] 显然，在他看来，模拟传统由来已久，今天由数字技术所制造的虚拟现实只不过是模拟传统的延续。在与现实的关系上，模拟传统与呈现传统也存在明显差异："在模拟传统中，观众存在于一个单一的连续空间中——现实空间与虚拟空间形成了一体；而在呈现传统中，观众具有了双重身份，同时存在于现实空间和呈现空间中。"[②] 也就是说，模拟体现了现实世界与虚拟世界之间界限的逐渐消失，读者往往能产生高度真实的在场体验；呈现虽然也容易让读者产生身临其境的感觉，但现实世界与文本呈现世界之间的分隔仍然是清晰的。

相对于马诺维奇对模拟的具体分析，鲍德里亚则更早地对模拟做了更为抽象和理论化的论述，模拟（simulation）也经常翻译成仿真、拟真、虚拟等。在鲍德里亚看来，模拟是受代码支配时代的主要模式，它不是对客观现实的模仿，而是"没有本体的代码"。"传统的现实在今天的拟真世界中全面崩溃了。他说，拟真，'对真实的精细复制不是从真实本身开始，而是从另一种复制性开始，如广告、照片，等等——从中介到中介，真实化为乌有，变成死亡的讽喻，但它也因为自身的摧毁而得到巩固，变成一种为真实而真实，一种失败的拜物教——它不再是再现的对象，而否定和自身礼仪性毁灭的狂喜：即超真实'。"[③] 显然，模拟不同于对客观现实的模仿，它指的是一种"不

---

① ［俄］列夫·马诺维奇：《新媒体的语言》，第 15 页。

② ［俄］列夫·马诺维奇：《新媒体的语言》，第 112 页。

③ 张一兵：《拟像、拟真与内爆的布尔乔亚世界：鲍德里亚〈象征交换与死亡〉研究》，《江苏社会科学》2008 年第 6 期。

以客观现实为基础但又极度真实的符号生产和行为过程"，其物化成果不是传统的形象，而是虚拟的"类像"，即由"'仿真'行为所产生的那些极度真实但并无根由、无所指涉的符号、形象或图像"。①

这种"类像"与现实关系存在两种不同的形态："一种'类像'是对客观世界中真实存在物的逼真再现和精确复制；另一种'类像'则通过现代科学技术创造出极度真实但客观世界并不存在的虚拟物象和虚拟场景。二者在程度和性质上存在着一些区别，但它们在本质上是相同的。两种'类像'都是现代高科技特别是现代微电子技术及信息技术迅猛发展的必然产物，共同对传统的真实观念起到彻底的颠覆作用。"②由此可见，"类像"指向的是一种虚拟世界的建构。从受众维度来看，这种"超真实"自然会带来沉浸性体验。因此，模拟正是虚拟世界的沉浸。

在网络文学与现实的关系之中，"新文类"网络文学作品可以视作这种模拟的代表形态。③在"新文类"中，模拟通过媒介技术逼真地呈现真实感，是虚拟现实中的拟真书写，容易使读者产生"感觉独占"的沉浸式体验。"感觉独占"侧重于感性逼真的沉浸场景、媒介图景构建；"意识独占"则侧重于通过形象塑造形成深度的意识和精神沉浸。"感觉独占"可以通过外在的媒介技术和沉浸环境来实现；"意识独占"则只能通过想象和意识来实现。传统文学由于受到纸媒技术的限制，只能发生"意识独占"的沉浸。当然，与一些新媒体艺术相比，"新文类"的真实感和沉浸性程度还不够强烈，但这种虚拟体验是一脉相承的。具体而言，在"新文类"中，这种虚拟现实中的沉浸体验主要通过两个条件来实现，或者说其模拟主要通过两种方式来完成，即文本的临场感营造和交互性设计。

首先来看临场感营造。文本视觉化和多媒体呈现是临场感形成的基础条件。"新文类"，尤其是多媒体文本，综合运用文字、声音、图像、光影、动画等要素，类似于"文学的演出"，创造了真实生动的梦幻世界，容易使读者形成逼真的、强烈的沉浸感。如诗人毛翰的多

①② 支宇：《类像》，《外国文学》2005 年第 5 期。

③ 韩模永：《从"意识独占"到"感觉独占"：论网络文学"新文类"的存在形态及沉浸式体验的嬗变》，《南京社会科学》2022 年第 4 期。

媒体诗集《天籁如斯》将文字、音乐和画面完美地融合起来，营造了真实、唯美的临场感，达到了比传统文本更易于产生沉浸体验的美学效果。又如南派三叔根据其作品改编推出的互动多媒体小说《盗墓笔记之沙海》，以漫画形式、配合真人发声的对话，将单纯的文字讲述变成声画融合的多媒体效果，将文字建构的想象世界变成了一个可视真实的虚拟世界。加上小说的主人公黎簇将由阅读者扮演，并与故事中的人物发生对话，这种互动轻松地将读者拉入小说所构建的情境之中，沉浸性体验自然产生。正如南派三叔所言："自己是在替读者研究一种真实'穿越'的感觉。这样的尝试只有在触控操作的载体才有可能实现，面向的读者群体和实体图书的读者也并不冲突。反倒是很多熟悉内容的读者已经丧失了买书的习惯，可手上的触控屏并没有给他提供与体验相匹配的内容。"[1] 在"新文类"中，这种临场感的沉浸体验广泛存在，只不过程度有所不同。

其次再看交互性设计。互动是网络媒介不同于传统媒介的核心特征之一，在超文本、多媒体文本、互动文本和机器文本等"新文类"网络文学中，这种交互性设计也是普遍存在的。"新文类"的交互在创造虚拟世界的基础上，通过设计互动环节，强行将读者拉入作品的虚拟现实之中，从而产生沉浸体验。交互对于沉浸的意义主要体现在两个方面："一方面，互动有利于真实感的判断……另一方面，互动也可以带来注意力的独占。"[2] 读者不再是一个观看文本的冷静的旁观者，而是成了其中的一个角色或关键要素，其结果是："他们在沉浸式情境中的一言一行、一思一悟，都可以将艺术作品推向截然不同的方向，故事结构也在受众的每一次'进场'和'互动'中产生了分叉的多路径阅读模式，从而衍生出不同的故事结局和中心意义。"[3] 在"新文类"中，这种虚拟世界中的交互体验设计最为突出、最具代表

---

① 《安智市场携手南派三叔力推多媒体阅读》，2013年12月31日，http://www.97973.com/n/2013-12-31/1516755362.shtml，2023年5月12日。

② 孔少华：《从Immersion到Flow experience："沉浸式传播"的再认识》，《首都师范大学学报（社会科学版）》2019年第4期。

③ 王源、李芊芊：《智能传播时代沉浸式媒介的审美体验转向》，《中国电视》2020年第1期。

性的无疑是橙光文字游戏作品。一方面，此类作品营造了逼真生动、如梦如幻的虚拟世界；另一方面，读者成为游戏中的一个角色，既是欣赏者，又是表演者，愉悦感和沉浸感油然而生。读者甚至会产生沉迷、成瘾体验。事实上，游戏作品的成瘾机制本质上正是一种深度沉浸。

当然，在"新文类"诸多作品中，生成这种虚拟现实中的沉浸体验，需要同时兼备以上两种条件，既要有临场感营造，又要有交互性设计。在定位叙事作品中，这种虚拟现实甚至走向了增强现实，沉浸感更为强烈。除了视觉化的空间场景的营造之外，定位叙事作品中读者的现实移动和互动成了完成作品必不可少的环节。空间性、移动性、互动性是定位叙事的三个重要特征。定位叙事的空间既包括文本的虚拟空间，又包括读者的现实空间。读者的阅读需要对应在特定的现实空间中才真正有效，甚至可以说，如果没有这种现实空间的激发和匹配，文本空间也就无法展示和生成。移动性是定位叙事的新型特征，这是移动互联时代技术与文学巧妙融合的结果。移动与空间、定位均一脉相承，移动自然是空间的移动，有了移动，才有定位技术的发明和运用。在定位叙事中，移动和实时状态成为开启文本的钥匙，读者只有移动、定位到特定的位置时，才能打开文本。如詹尼特·卡迪夫的《逝去的声音》，读者只有在伦敦特定的区域中移动，才可收听和阅读文本。互动性与空间性、移动性密切相关。在定位叙事中，与传统文学不同，读者的互动不是可有可无的存在，如果没有读者的互动，文本则始终处于一种未完成的封闭状态。读者的空间移动既是"阅读"的过程，也是参与"创作"和互动的过程。在一定程度上可以说，读者的空间移动大体相当于其他类型"新文类"作品中的链接，移动就是链接点的选择过程，定位则是点击、打开链接，作者与读者、读者与文本的交互色彩明显，共同推动着文本的面貌构形和故事进展。

需要指出的是，"新文类"通过模拟所实现的虚拟世界中的沉浸，主要侧重于"感觉独占"的沉浸。这种沉浸如果要进一步实现"意识独占"的沉浸，还有赖于文本内容、艺术技巧、主体状态等各种因素的综合力量，其中文本内容的创造尤其重要。"沉浸传播的形成主要还是通过内容构建达到意识的独占，虚拟现实技术只不过是一种媒介手段，如果不能合理使用，仅凭借简单的故事情节和叙事结构，即使有'视觉'、'听觉'等感觉的独占也无法实现虚拟现实媒介使用者的'意识'的独占。"[①] 从这个意义上说，虽然"新文类"凭借先进的数字技术在感官沉浸的营造上超越了传统文本，但真正要实现深度的内容和意识沉浸，它还需要向优秀的传统文本学习，唯有如此，才能生成身心投入的、充满艺术魅力的沉浸式体验。

结　语

综上所述，网络文学创作是丰富的、多元化的，其与现实的关系也呈现出一种复杂多样的面貌。再现是客观现实的模仿，代表形态为现实题材网络文学；呈现是主观现实的展示，代表形态为幻想型网络文学；模拟则是虚拟现实的沉浸，代表形态为"新文类"网络文学。从现实主义的维度看，再现客观现实世界的网文主要是一些现实题材作品，其有可能达到现实主义的高度。再现是现实主义创作的基本要求，呈现与模拟则与现实主义关联不大。同时，再现、呈现、模拟也不是截然分离、绝对分隔的关系。作为网络空间之中的文本，网络文学作品都存在一定的空间性、虚拟性和媒介技术性等特质，具有内在的联系和融合之处。现实题材网络文学尤其是网络现实主义的再现，也携带了一定的视觉性和图像性，具有一定的呈现特征。模拟则是一种更加深入、更加逼真的呈现，模拟的临场感多媒体营造本身就是一种呈现。幻想型网文多呈现想象性的、虚拟性的"架空世界"，其与虚拟世界的模拟也存在一定的关联。

当然，再现、呈现、模拟三者之间也存在着明显的差异。从与现实的距离来看，再现、呈现与模拟表面上与现实的距离逐渐缩小、真实感不断增强，但本质上则是虚拟性越来越强、真实性越来越弱。从境界刻画上来看，再现、呈现、模拟则是从虚构的形象走向视觉化的

---

① 孔少华：《从 Immersion 到 Flow experience："沉浸式传播"的再认识》。

图像，甚至是虚拟的"类像"的过程。与此相适应，读者的阅读也从想象联想走向"如在目前"的镜头感和身临其境的在场体验。由此可见，三者的差异事实上是在同一个逻辑上逐步深入和变化的，而这种内在的逻辑演变正是需要我们继续深入思考的话题。

（原载《中州学刊》2023 年第 10 期）

从符号、装置到生产机制：网络文学数据库写作的变革及限度

◎贺予飞

网络文学用庞大的作品数量、超长篇的体量以及高频率的更新速度制造了数字化时代的文学"巨存在"景观。据统计，我国目前网络文学的总量约 2905.9 万部，年均新增签约作品达 200 万部，文学网站日均更新超 1.5 亿字，全年更新累计超 500 亿字。[①] 学界大多将这种海量激增的现象归结为模式化写作、"工业化"运作等因素导致。[②] 然而，与机械复制生产不同，网络文学提供的是一种数据库写作的路径。具体来说，是指作者将文学中已出现的创作元素和符号当作可共享的数据，模拟数据库的采集、存储、提取和更新方式来进行写作。一方面，创作资源的共享性、结构性与再生产性塑成了网络文学的数据库特质；另一方面，数据库的搭建及运行方式深入影响着网络文学的表意与构型，对网络文学创作起到了效率提升、功能拓展和策略指导作用。数据库（database）已全方位地渗透到网络文学创作的思维与方法中，从工具论跃升为一种本体论的存在。

事实上，数据库在文艺创作中的应用早在 20 世纪 20 年代便已显露端倪。维尔托夫的《持摄影机的人》（*The Man with a Movie Camera*，1929）被马诺维奇视为现代媒体艺术中最能体现数据库想象力的作

---

① 欧阳友权、罗亦陶：《我国网络文学发展的新挑战与新趋势》，《天津社会科学》2022 年第 2 期。

② 李灵灵：《从创作到制作：网络新媒体视域下文学生产方式转型》，《文艺理论研究》2020 年第 4 期。

品。该作品展示了以"机器""俱乐部""城市的运动""体育锻炼""魔术师"等为分类标签的拍摄素材数据库，"素材从数据库中提取出来，以特定的顺序被安排组合，构成了现代生活的一幅图景"。①像这样制作而成的数据库电影还有格林纳威的《窗子》（*Windows*，1975）、《塔斯·鲁珀的手提箱》三部曲（*The Tulse Luper Suitcases*：*The Moab Story*，2003、2004）、卡拉克斯的《神圣车行》（*Holy Motors*，2013）等。在电子音乐、舞曲音乐以及流行音乐等领域，创作者在素材曲库中对各类音乐"数据"的收集、分类、采样、拼贴、合成已成为最基本的作曲手段。在西方的网络文学中，数据库写作最典型的样式要数超文本小说。乔伊斯的《下午，一个故事》（*Afternoon*，*A Story*，1987）、摩斯洛坡的《胜利花园》（*Victory Garden*，1993）、杰克逊的《拼缀女郎》（*Patchwork Girl*，1995）等超文本小说均由多个链接文本模块组成，是"一种以非线性为特征的数据系统"②。对比看，西方的网络文学数据库写作侧重于媒介技术形式，具有多重路径、模块或场景的空间化分布特点，形成了文字、图像、声音等多样化媒介形态表征。而中国的网络文学数据库写作的主流是网络类型小说，在文本入口、空间分布与媒介形态上差别较大。因而，数据库写作在中西方的文学进路与功能并不相同。

目前，国内学者对中国网络文学数据库写作的研究主要分为三类：一是将超文本、多媒体文本、互动文本、机器文本等网络文学"新文类"作为数据库写作的主流样态，没有把绝大部分网络写手的文学生产纳入其中；③ 二是以数据库消费论、萌要素数据库论来分析中国的网络文学，其理论资源主要来自大塚英志和东浩纪对日本御宅族文化的研究，忽略了日本二次元文艺与我国网络文学的创作差异；④

---

① ［俄］列夫·马诺维奇：《新媒体的语言》，车琳译，贵州人民出版社2020年版，第243—244页。

② 该提法源于黄鸣奋对超文本的界定（参见黄鸣奋：《超文本诗学》，厦门大学出版社2001年版，第13页）。

③ 韩模永：《网络文学"新文类"的结构形态及数据库美学》，《山东社会科学》2021年第9期。

④ 黎杨全：《网络文学、本土经验与新媒介文论中国话语的建构》，《文学评论》2020年第6期。

三是主张重新界定"码字软件"的抄袭行为①，其观念仍然停留在数据库写作的工具论基础之上。实际上，中国网络文学创作的繁盛局面与数据库写作具有紧密关联。它为文学表意机制、文体结构模式以及文学生产机制带来了颠覆性变革，在释放文学生产与消费的同时，也重塑着人的感知方式，对文学产生了消解与重构的双重影响。

一、符号系统下的文学表意机制转换

数据库让网络文学以超量和超速出场的姿态对以往的表意传统发出挑战。它建构了一个囊括物理数据层、文本意指层、社会媒介层（IP符号）的符号系统，并使得文学表意机制在"语形—语义—语用"上发生了整体性转换。

首先，从电子符号本体来看，网络文学数据库写作通过"比特"信息流改变了文学创作的表意形态。数据的本质是信息，数据库是按照一定结构来组织、存储和管理相关数据的空间。应用到文学创作中，数据库将原本带有个体性、私密化的心灵创作变为共享性、增殖式的信息流传输。在这一流程中，文学创作的素材顷刻间被转换为二进制数据（"比特"），形成具有无限储存、软载体传播和压缩转换属性的"信息DNA"。② 正是"比特"这种可以无限扩容的信息流重置了文学创作的时空参数，数据库不再是一个存放信息的载体，独立跳转的单元设置使得连载创作方式普及化，这导致：一方面，文学创作时间由连续式转为节点式分布，文学文本变成目录中一个个序列组成的数据集合。"比特"信息流通过界面塑形实现文本的空间化，作者

---

① 有学者提出，数据库消费时代应该重新定义抄袭。肖映萱认为，"面对数据库时代的网络写作，无论对'文字'、'情节'还是'设定'，无论对'版权'、'作者'还是'作品'，都应有新的理解方式"（肖映萱：《数据库时代的网络写作：如何重新定义"抄袭"？》，《文艺理论与批评》2017年第3期）。李强主张将写作软件"看作是一种数据库扩充、查阅效率提升的'描写辞典'"（李强：《从"超文本"到"数据库"：重新想象网络文学的先锋性》，《文艺理论与批评》2017年第3期）。

② 欧阳友权：《网络文学的本体研究》，四川大学2004年博士研究生学位论文。

可以精准锁定信息进行空间跳跃，实现创作的改写。由此，文学创作突破了时序而呈现出空间并置的效果。另一方面，作者的创作资源始终处于扩充和翻新状态，动辄几百万字的超长篇作品已成为数据库写作的常态。如果作者将自己曾发布的个别章节内容重新修改，读者不仅难以察觉，而且无法溯其本源。这种"数据"更新功能让已发表的文学文本始终处于开放状态，增加了表意变动的可能性。

在数字化时代，数据库如同"看不见的手"一般，潜入并改变着文学表征世界的方式。如果把文学网站的作品库看作小型数据库，那么整个网络文学的数据库则是由不同网站海量的网络文学信息流汇聚而成。以"比特"为储存方式的网络文学数据库不再是个人创作的智慧结晶，而是作者集体创作、读者二次创作、作者与读者互动创作的资料集成库。加之各种智能输入法所携带的语料库将传统创作的"字思维"转变成"词思维"，不仅为作者省去了语言推敲、凝练的时间，而且拓宽了语言构词的方式。更为重要的是，"比特"所构建的无限开放空间让文学创作从线性思维转为网状思维。由此，文学创作呈现为"原子化"的组合分布和"数字化"的生存状态，它在消弭主客体时空距离与二元对立关系的同时，也重建了人的感知系统。

其次，从语义符号载体来看，网络文学数据库写作以官能刺激型的符号矩阵强化了语言的感知与体验功能。网络文学文本符号在语义上包含聚合与组合两种关系。当文本符号存放在网络文学数据库中时，它们主要以聚合方式排列。东浩纪认为，20世纪90年代以来的日本二次元文化背后的数据库是"萌要素"的集合。与日本二次元文化不同，中国网络文学的数据库包含了金手指①、爽点②、虐点③、

---

① 金手指：源于点石成金的典故，指具备点石成金能力的手指。它最早应用于电子游戏领域，指能够任意修改游戏变量的作弊方法或软件，延伸到网络文学中，指帮助主角摆脱危险，取得宝物、资源等各类属性的事物或能力。

② 爽点：网络文学中令读者产生轻松、痛快、舒适等感受的人物、情节或场面。

③ 虐点：网络文学中令读者产生痛苦、纠结、唏嘘甚至恐惧等情绪的人物、情节或场面。

梗①等符号聚合种类，它们构成的符号矩阵发源于众多作者的联想、类比创作，所产生的官能快感比"萌冲动"更为复杂。

金手指是增加文学爽感的工具性符号，主要包含资源装置型、能力禀赋型、知识与技能指引型等几类聚合段。以资源装置为例，《儒道至圣》中的故事主角方运所拥有的才气均来源于他脑中的"天地奇书"，即古代诗文与儒学典籍的随身数据库。在网络文学数据库写作中，类似"天地奇书"的资源装置有寻宝图、系统、随身空间等，而能力禀赋比较典型的有超凡的智商、记忆、感知等，知识与技能指引方面常见的有导师、契约伙伴、神兽等，这几类金手指用于帮助主角逢凶化吉。不过，在网络现实题材创作中，一些作者为了强化作品的真实感几乎不使用金手指，而是选择增加作品的爽点和虐点数量。爽点大多描写人的欲望的宣泄或补偿，包含了惩恶、激战、夺宝、升级、挑战权威、异性情缘、扮猪吃老虎等不同类型的聚合段。虐点意在激发读者痛苦、愤懑、纠结甚至恐惧的情绪，其聚合段包含悲惨遭际、误会、构陷、无法挽回的决定、不完满的结局等。

网络文学的梗取材于既有的文学作品或文化现象，具体分为情节梗、人物梗、台词梗等类型。作者通过收集比较火爆的梗，以拼贴、嫁接、改写等方式不断变换，使得梗呈现出无限扩容的特质。以人物梗为例，2020年言归正传《我师兄实在太稳健了》一书爆红，小说主角李长寿的稳健做派被网文圈调侃为"李苟圣"，此书也成为"稳健流"的开山之作。随后，《夜的命名术》中的庆尘、《星门》中的李皓等人物都借鉴了李长寿。由"李苟圣"们产生的"稳健梗"实际上是对"龙傲天"式人物梗的反拨，体现出人物梗的聚合与进化。需要说明的是，梗并不是后来者对原著内容的简单挪移，它在使用过程中有对原著的调侃、致敬、解构。网络文学作品中的名场面、典型人物、台词金句通过梗迅速符号化，并与同梗的作品产生互文效应。有学者发现，近年网络小说流行的"拟宏大叙事"实际上是依托类型故事框

① 梗：起源于"哏"，原本用来形容好玩、逗趣的人或事，在网络文学中逐渐发展成令人称道、广为流传的经典情节、桥段、台词、人物或场面等。

架的"梗文"创作："读者表面上是在消费类型故事，实际上是在消费'梗'之类的'数据'。"① 这正是当前网络文学阅读生态中的普遍现象，读者通过识梗、辨梗达成一种心领神会，埋梗、造梗、玩梗成了网络文学数据库写作的新趋势。

从文本的横向组合来看，金手指、爽点、虐点、梗处于"中继"位置。德勒兹与加塔利在《资本主义与精神分裂：千高原》中对"中继"有过形象的描述："游牧民拥有一个界域，他因循着惯常的路径，从一个点到另一个点，他并没有忽视点（取水点，定居点，集合点，等等）"，"到达取水点只是为了离开它，任何的点都是一个中继，它只有作为中继才能存在"。② 如果将金手指等看作创作的"中继"，那么文学创作就从"为什么写"走向"不断地写"。只要作者持续地从数据库中提取创作元素，其作品的体量就能无限制地扩张。与此同时，作者对数据库读取方式的不同，也带来了符号二次创作的增殖。官能刺激型符号作为数据库量化积累的叙事资源，被大量作者使用，并在不同文本中扩张与互文，生成快感性的叙事语法。由此，文学创作的审美追求转化为一套感官体验的符码。这种表意方式消解了能指与所指的层级，减省了语言的多义性与表意累赘，并且将语言审美置换成场景感知，文本的深层意蕴转化为情感或情绪体验，让文学迎来了"沉浸式"审美的新风向。

再次，从传播符号变体来看，网络文学数据库写作采用 IP 符号实现了故事文本的跨媒介表意。文学 IP 是由文学作品版权延伸出来的形象、故事以及不同形态的文化艺术样式。③ IP 作为数据库中流通于不同媒介的符号变体，将网络文学从原本的赛博空间拓展到社会媒介场，从而形成多种表意圈层。其跨媒介类型包括从文本、音响直至动漫、周边、主题乐园的广泛光谱。

---

① 李强：《从"超文本"到"数据库"：重新想象网络文学的先锋性》，《文艺理论与批评》2017 年第 3 期。

② ［法］德勒兹、加塔利：《资本主义与精神分裂：千高原》（第 2 卷），姜宇辉译，上海书店出版社 2010 年版，第 546 页。

③ 马季：《IP 的实质：网络文学知识产权漫议》，《文艺争鸣》2016 年第 11 期。

从故事的媒介圈层来看，以网络文学 IP 为核心的跨媒介叙事不仅改变了文学原本单媒介的特征，而且通过"数字文学性"①生成了集语言、图像、音乐于一体的复义性符号，文学由此获得视觉、听觉、触觉等感知体验。这一变革使得作者将写作重心从意义深度转向媒介广度，众多作者的创作技巧汇集成一个涵盖多种文学表现技法的"数据库"。其中，最显著的作品特征表现为叙事的"出位之思"。纵观近年来颇为火热的影视小说、二次元小说，其人物和语言风格的影视化、动漫化倾向大有提高。在游戏小说、系统流小说、竞技小说中，作品结构或设定的游戏化已成为一种创作惯例。与传统文学相比，这类叙事方式具有天然的媒介亲缘性。

深入故事内容层面，IP 的意义在于拓宽故事世界，这是一种新的文学本体建构途径。作者从网络文学数据库中提取 IP 进行创作的方式与机械复制生产方式有本质区别。要厘清二者差异，我们需回到跨媒介叙事的界定。詹金斯认为它是指一个故事"横跨多种媒体平台展现出来，其中每一个新文本都对整个故事做出了独特而有价值的贡献"②。瑞安在此基础上进行了拓展，她强调跨媒介叙事"不叙述一个故事，而是叙述涵盖着多种文本且自发的故事，或一系列事件。这些故事之所以能聚合在一起是因为他们都发生在同样的故事世界"③。从微观来看，单部文学作品的 IP 不仅意味着不断延展和更新的故事创意，而且它让每个故事创意以一种类似蜂格的形式独立填充于故事肌体中。由此，IP 将多模态的媒介叙事与表意系统打通，形成了蜂窝式结构，从而建构出一个更为立体丰富的故事世界。许多成功的 IP，如

---

① 数字文学性：指文学作品充分发挥数字技术与数字美学的特性。这一提法强调数字媒介对数字化文学经验的开启和新世界的开掘，从数字新媒介中的文学本文里"要出"文学性（单小曦：《"作家中心"·"读者中心"·"数字交互"——新媒介时代文学写作方式的媒介文艺学分析》，《学习与探索》2018 年第 8 期）。

② ［美］亨利·詹金斯：《融合文化：新媒体和旧媒体的冲突地带》，杜永明译，商务印书馆 2012 年版，第 157 页。

③ ［美］玛丽-劳尔·瑞安：《跨媒体叙事：行业新词还是新叙事体验?》，赵香田、程丽蓉译，《北京电影学院学报》2019 年第 4 期。

"鬼吹灯""盗墓笔记"等，都是围绕固定的故事范型与核心人物不断地延展，并塑造出不同的故事系列来填充整个故事世界。从宏观来看，基于网络文学 IP 聚合而成的数据库，实际上是由无数个故事世界组成的故事生态系统。如果把所有故事文本的集合看作数据库的核心子系统，那么 IP 改编的故事则集结为数据库的延伸子系统。在延伸子系统中产生的新文本又可以被作者们拼贴、改写甚至颠覆，再返回到核心子系统中形成新的故事创意。再者，IP 用户①的主体间性极大地扩充了数据库写作的创意来源。尤其是近年来，以计算主义为底层逻辑的大数据技术正在建构全新的文学生态。文学网站、IP 开发与运营方将用户评价作为网络文学创作的重要参考指标，IP 用户的需求与创意成为网络文学故事世界扩张的潜动力。作者以此开拓数据库的创意空间，并且形成 IP 的跨媒介故事互文现象，这在建立一种超越媒介的内容联结关系的同时，也使 IP 故事创意成为写作的公共性叙事资源。在同一 IP 所属的故事世界中，即使作者不一、作品不同，每个作者也无须过多交代故事背景，用户便能自行代入这一故事世界中。不同 IP 的故事创意及叙事资源被众多作者提取，这使得故事原本的整一性消解，去中心化成为网络文学数据库写作的分布模态。

网络的数字性、平面性和跨媒介性赋予了网络文学数据库写作新的属性。网络的数字性让文学从物质性"硬载体"向数码性"软载体"更迭，使文学创作由线性思维向网络思维跃迁。网络的平面性让能指与所指呈现于同一层级，金手指等官能刺激型符号催生出新的语言风貌。网络的跨媒介性将网络文学从文学圈释放出来，在影视、动漫、音乐以及文创周边等圈层形成一个与日常生活、娱乐消费紧密关联的故事生态系统。这种新的表意机制不仅加快了作者的创作速度，而且提升了读者的认知速率，扩大了作品的传播范围，是网络文学拥有海量作品与"圈粉"数亿读者的基础。

---

① IP 用户：这里的用户包括 IP 的读者、影视观众、游戏玩家、广播剧及音乐听众等。

二、数据库装置下的文体结构模式创新

上面我们分析了网络文学数据库写作是如何通过符号来创新表意机制的。如果说符号在文本中是可捕捉的存在，那么数据库作为装置在文学创作中则退居幕后，并对文学的文体结构模式进行改造。网络文学数据库的分类装置、文本结构化装置与运行装置能够直接作用于网络文学创作的文体设定、体系设置与情感程序，使得其文体结构模式发生新变。

从分类装置来看，网络文学数据库的"类型＋标签"装置使文学创作思维的"主题先行"转变为"类型先行"，引发了类型文体的诞生。网络文学数据库为了高效地存储与调用数据建立了"类型＋标签"的分类装置，使用户能在成千上万的作品中迅速寻找到自己所需的作品。网络文学数据库写作将这一分类装置内化为类型创作思维。以往，传统作家在创作时首先思考的是作品立意或主题思想，而网络写手最先考虑的是作品的类型和标签。倘若作者没有预先设定其作品的类型和标签，作品就无法被分类检索。这种创作预设引发了类型文体的诞生。当某一类型文体的存量增多，反过来又促进了新类型的产生，进而塑成了网络文学数据库写作的类型化风貌。

当前，文学网站的作品库基本上是依据"类型＋标签"分类逻辑建立的数据库。笔者曾对国内排名前 100 的文学网站进行了 10 年跟踪调查，统计出目前网络文学作品类型的情况（如下表所示）：

表4 网络文学作品主类及其子类统计表①

主类	子类							
玄幻	王朝争霸	高武世界	东方玄幻	异世大陆	转世重生	异术超能		
奇幻	现代魔法	领主贵族	亡灵骷髅	魔法校园	变身情缘	史诗奇幻	另类幻想	吸血传奇
仙侠	神话修真	修真文明	现代修真	奇幻修真	幻想仙侠	古典仙侠	洪荒封神	
武侠	武侠同人	武侠未来	传统武侠	武侠幻想	国术古武	新武侠派		
游戏	游戏异界	虚拟网游	游戏系统	游戏主播	游戏攻略	游戏生涯	电子竞技	棋牌桌游
体育	篮球运动	足球运动	体育赛事					

---

① 信息来源：本表根据 100 家文学网站的网络文学作品分类综合统计而来，具体网站有起点中文网、17K 小说网、起点女生网、晋江文学城、纵横中文网、潇湘书院、红薯中文网、红袖添香、言情小说吧、小说阅读网、蔷薇书院、塔读文学网、黑岩网、榕树下、铁血读书、逐浪网、豆瓣读书、长江中文网、凤凰网书城、大佳网、阿里文学、新浪读书、汉王书城、猫扑中文、多看阅读、飞卢中文网、3G 书城、顶点小说网、掌阅书城、追书神器、简书、磨铁中文网、看书网、酷易听网、懒人听书、龙的天空、一本读、八零电子书、风云小说网、2k 小说、笔趣阁、文章阅读网、美文、品书网、短文学网、妙笔阁、酷匠网、鬼姐姐鬼故事、我听评书网、骑士小说网、TXT 小说下载网、听中国、91 熊猫看书网、小故事、书包网、连城读书、我看书斋、落秋中文网、幻听网、大家读书院、奇书网、奇塔文学网、白鹿书院、半壁江中文网、恒言中文网、新鲜中文网、创别书城、京东读书、久久小说吧、小小书屋、散文吧、欢乐书客、第八区小说网、SF 轻小说、羁绊网、17K 女生网、四月天言情小说网、书海小说网、八一中文网、看书啦、乐读窝、书阁网、轻之国度、紫幽阁、万卷书屋、印摩罗天言情小说、SoDu 小说搜索、搜狗书城、黑岩阁、散文网、云起书院。需要说明的是，这 100 家网站在调研期间有 9 家停关，分别是烟雨红尘小说网（2014）、翠微居小说网（2014）、墨缘文学网（2019）、紫琅文学（2019）、文学迷（2019）、上书网（2019）、乐文小说网（2020）、23 文学网（2021）、我的书城网（2021）。调研时间跨度为 2012 年 7 月至 2022 年 6 月。

主类	子类							
历史	架空历史	上古先秦	秦汉三国	两晋隋唐	五代十国	两宋元明	清朝民国	民间传说
	穿越历史	外国历史	历史传记					
军事	谍战特工	战争幻想	抗战烽火	军旅生涯	军事战争			
科幻	古武机甲	星际文明	时空穿梭	未来世界	进化变异	末世危机	超级科技	
悬疑	风水秘术	灵异神怪	悬疑侦探	恐怖惊悚	探险异闻	推理悬念		
都市	恩怨情仇	都市生活	娱乐明星	官场沉浮	青春校园	都市异能	都市重生	职场商战
轻小说	青春日常	原生幻想	搞笑吐槽	变身入替	动漫衍生	奇妙物语	宅系小说	萌系小说
同人	动漫同人	影视同人	小说同人	游戏同人				
现实	青春文学	爱情婚姻	成功励志	现实百态	社会乡土	生活时尚	纪实文学	
女生	古代言情	都市言情	穿越重生	幻想言情	豪门总裁	仙侠奇缘	婚恋情感	唯美言情
短篇	儿童文学	评论文集	影视剧本	人物传记	短篇小说	美文游记	散文随笔	诗歌

由此可见，网络文学的作品库实际上是结构化的类型数据库。其中，主类是网络文学类型的单元集合，子类是聚集于主类单元下的子集。据调研，目前网络文学有主类 16 种、子类 110 种，主类基本稳定，子类增长率高，作品精细化趋势明显。这种分类装置大大减少了用户挑选作品的时间，塑造了以类型化审美趣味为主的分众阅读用户

圈层，并且使得文学阅读取向由"作品个体"转向"类型集束"，而文学创作的动力也由"作者发力"转变成"读者拉力"。由此，文学的创作思维发生了根本性变革。网络文学数据库的分类装置不仅将各种作品资源划分和归总，而且还自带定向用户群和流量属性，因此许多作品刚上架便颇有"以类型定输赢"之势。当类型资源转化为用户流量数据，网络文学数据库便承载了资源存储与写作参照系的双重职能。参照数据库的类型热度数据，作者可以通过类型的正体、变体、兼体等形式开拓网络文学的数据库写作路径。

标签则是作品的关键词。目前国内 100 家文学网站的作品标签统计如下：

表 5 文学网站作品标签统计表

流派	软饭、无敌、练功、技术、凡人、召唤、美食、娱乐圈、女配、直播、土著、废柴、系统、无限、随身、争霸、升级、种田、宫斗、宅斗、网配、手游、学院、权谋、盗墓、鉴宝、养成、女尊、女强、纯爱、无CP、打脸、马甲、年下、乡村
风格	甜、爽、宠、囧、可爱、温馨、浪漫、搞笑、治愈、悲剧、唯美、萌系、吐槽、正剧、宅腐、暧昧、轻松、铁血、励志、热血、恶搞、清水、小白、暗黑
时空	古代、民国、转世、星际、全息、位面、穿越、反穿越、重生、洪荒、末世、架空、未来
角色	鬼神、英雄、黑客、异兽、孤儿、吃货、宝宝、贵族、君臣、妃嫔、军人、主仆、总裁、灰姑娘、卧底、精怪、婆媳、米虫、前任、妈咪、弃妇、剩女、精英、正太、美男、凤凰男、丑女、萝莉、团宠、冤家、青梅竹马、三教九流、小门小户、医生、杀手、猎人、老师、学生、龙、布衣、明星、盗贼、法师、宠物、网红
个性	淡定、坚毅、机智、阳光、冷酷、猥琐、决断、毒舌、逗逼、冰山、嚣张、狡猾、专情、苏、花心、张扬、单纯、傲娇、邪魅、腹黑、护短、宅
情节	强者回归、魔王附体、扮猪吃虎、恩怨、虐恋、开放式结局、HE、生死大爱、近水楼台、天作之合、炮灰逆袭、性别转换、因缘邂逅、破镜重圆、相爱相杀、边缘恋歌、七年之痒、阴差阳错、咸鱼翻身、策马江湖、日久生情、变身、复仇、奇遇、科举、选秀、生子、赚钱、失忆、暗恋、苦恋、同居、重逢、隐婚、裸婚、逃婚、相亲、合约、代嫁

元素	丹药、生化、病毒、血族、朝堂、法宝、生存、日常、剑、魔法、阵法、玄学、卡片、机甲、骑士、制服、时尚、市井
衍生	西游、三国、综漫、红楼、海贼王、火影、港台剧、英美剧、少年漫、圣斗士、韩剧、银魂、LOL、DND、DNF、HP、SD、黑篮、网王、七五、霹雳、柯南、咒回、文野、死神、JOJO、封神、聊斋、奇谭、蜀山

在网络文学数据库中有许多个项的集合，它们大多是故事文本的微观设定，具有无序性和可组装性，主要以标签形式呈现。标签虽然也属于作品分类的存储数据，但它对于数据库写作发挥的作用与类型并不相同。首先，标签的形成需要特定的起源与背景，为数据库写作提供知识资源储备。比如，以"三国""红楼""西游""封神""聊斋"等为标签的小说就是分别建立在相应古典小说背景之上的衍生小说。其次，标签的制作需将原作的个性化设定经过抽象化和记号化处理，为数据库写作提炼出通行要素。标签不仅给网络写手提供了许多可借鉴的故事创作范型，而且决定了数据库写作的风格与亮点。最后，也是极为关键的一点，网络文学数据库标签装置的普及化让故事创作变为设定创造，为数据库写作带来了源源不断的生命力。与故事创作不同，设定创造不仅缩短了文学构思时间，而且标签与类型之间的分化、融合、演替等活动促进了数据库的板块移动与结构更新。例如，穿越、盗墓、重生、职场、权谋、宫斗等设定最早都是以作品标签形式出现，当它们被越来越多的作者提取，标签在作品库中的存量达到一定规模后，发展成了独立的类型。

由"类型＋标签"生成的类型文体看似是根据多种表层记号相互结合而成，背后实际上拥有一个庞大的数据库支撑。基于类型、标签的自由组合属性，作者可以充分发挥主观能动性。以"类型＋流派"为例，网络写手根据这种组合方式进行创作设定，创作出了废柴流

（玄幻＋废柴）①、凡人流（仙侠＋凡人）② 等文体。在"类型＋标签"装置赋能下，类型文体形成了一种数据库特性——可扩容性。东浩纪强调使用者读取方式的重要意义，他指出"由于这个资料库会随着使用者的读取方式而有不同表现，一旦得到了'设定'，消费者便可由此创造出无数和原作不同的二次创作"③。作者通过模仿和拼贴已标签化的原作设定，不断形成新的设定。出彩的设定或文本创意反过来促进了新类型与新标签的生成，从而使数据库得到更新和增殖。即使作品中的类型与标签设定完全重合，由于它们在数据库中的提取顺序和读取方式不同，作者创作出来的也并非同质化的文本。一旦新的设定获得市场认可，就将成为新的标签甚至覆盖原作设定标签。这类新设定既非原创，也非抄袭，它使得原创与仿写之间的区隔日益模糊，甚至读者和作者自己都无法溯其源头，整个数据库变成了拟像增殖的海洋，制造设定逐渐成为网络作者的创作惯例。由此可见，"类型＋标签"的数据库分类装置的重要性不仅在于变革文学创作思路，更在于通过历史演进与空间拓展发挥创生功能，生成新的文体。

从文本结构化装置来看，升级体系使得原本根植于文本深处的创作立意外化为结构设置，并且让超长篇体量成为常态。升级体系可从电子游戏中追根溯源，是一种将成长主题结构化、数据化的装置。在电子游戏中，升级体系依托数据库拥有一套"完成任务—获取经验值—提升角色等级和属性—完成更高难度的任务"的循环机制。④ 当这一套体系应用到网络文学中时，后者便拥有了与生俱来的数据属

---

① 废柴流："废柴"源于粤语，在网络文化中指百无一用、没有任何反抗能力的废人。废柴流指主角出场时资质极差，但能通过超强外挂逆袭的网络小说。词条释义引自邵燕君主编：《破壁书：网络文化关键词》，生活书店出版有限公司 2018 年版，第 292 页。

② 凡人流：描绘普通人经过艰苦奋斗最终取得超人成就的网络小说，因忘语的《凡人修仙传》得名并发扬光大。词条释义引自邵燕君主编：《破壁书：网络文化关键词》，第 283 页。

③ ［日］东浩纪：《动物化的后现代：御宅族如何影响日本社会》，褚炫初译，台湾大鸿艺术股份有限公司 2012 年版，第 57 页。

④ 许铭欢、王洪喆：《从"即兴戏剧"到"巨洞冒险"——升级机制的跨媒介起源暨从兵棋游戏到角色扮演游戏的媒介考古》，《文艺理论与批评》2022 年第 3 期。

性，如职场文、权谋文大多设置一个职位、权力、财富的升级体系，系统文、游戏文更是将战斗力、生命力以数据化的升级体系来呈现。以《诡秘之主》为例，小说设置了一个由 22 条职业途径、10 条序列组成的人物升级体系。正是这一庞大的升级体系，才支撑起 400 余万字的篇幅，并为小说中每个人物确立了自己的存在价值与晋升空间。由此可见，体系设置并非模式化的创作，作者能够从中充分地发挥个性创意。故事主角的成长经历以从低到高的等级化形式呈现，这使得文学创作的"成长叙事"转变为"成功叙事"，在"打怪—升级"的循环模式中作品越写越长，也给用户带来了持续不断的阅读动力。

为何升级体系会成为网络文学数据库写作的惯用装置？细思之，升级体系的等级制度对于社会分工与阶层分化所造成的差异化现实具有某种象征指涉意味。故事主角在弱肉强食的丛林法则中努力实现阶层的跨越，实际上是一种生命的具象化诠释，也反映出当下普遍的社会心态。这里面既有"莫欺少年穷"的呐喊，又寄寓了"及壮当封侯"的愿望，还带有"蓦然回首，那人却在灯火阑珊处"的感慨与慰藉，是一套"形神兼备"的创作装置。升级体系将故事主角在成长中的磨砺、挣扎和蜕变经历有形化、数据化，以此表达对生命价值与存在方式的思考。进而，这一装置不再局限于某种外部组织或形式构造，而是以功能主体的身份参与到文学主题和人物行动的创作中来，文学创作在结构中便完成了人物的精神塑造。与此同时，升级体系让文学结构与文学意蕴之间的界限逐渐模糊和含混，感性世界与彼岸世界的临界融合强化了文学审美的沉浸感。

从运行装置来看，网络文学数据库写作将文学情感转化为集代入、共鸣、互动为一体的操作式程序。网络文学数据库写作使文学情感通过世界设定、情动模型与交互装置，在集代入、共鸣、互动为一体的操作式程序中实现目标筛选、情感传送、用户共享的功能。首先，作者需建立有真实感的世界设定吸引用户的情感代入。即便是远离现实生活的幻想类作品，也讲究世界设定的真实感塑造。许多人物、事件的发展都不会逾越其故事世界所建立的运行规则，其所建构的"平行世界"也不会逃离以强者为尊的运行逻辑。这种现实社会生存法则的投射具有拟态真实性，故事主角想要建功立业的心态能迅速让用户产生代入感。这也就是为何用户更愿意称幻想类作品所建构的世界是"平行世界"而非"虚构世界"。基于用户对不同世界设定的选择，网络文学数据库写作完成目标筛选工作。

第二，作者通过情动模型来激发用户的情感共鸣。德勒兹认为，情动是"一种不具有表象性特征的思想样式"，是"存在之力（force）或行动之能力（puissance）的连续流变"。① 在网络文学数据库写作中，基于故事演绎而形成的情感变化轨迹具有规律性。作品所传递的情感跟随故事的发展，在"压制—爆发"的叙事节奏下形成情动曲线。有学者利用大数据文本挖掘软件对 2018 年的 749 部网络小说进行过情动曲线统计，得出主要有 W 型、N 型、V 型、M 型、倒 N 型、倒 V 型 6 类模型。从情感向度来看，前 3 类是积极型结尾，后 3 类是消极型结尾。当故事情感转喜或转悲时，就会出现情感拐点。其中，W 型、M 型、N 型、倒 N 型曲线共占比 77%。② 由此可见，情动模型已成为网络文学中的普及性装置，用户的情绪在"一波三折"式的情动模型中获得共鸣体验，实现情感动能的传输。

第三，作品所引起的情感共鸣通过交互装置达成情感互动。与传统纸媒不同，文学网站的连载模式使得作品的发表与创作同步开展，这种"未完成"式的写作让读者的情感始终处于活跃状态，而网络文学的章评区、段评区、贴吧、社群组等交互装置又提高了用户的参与度，用户在不同时间和场景下的节点价值被最大化挖掘。在情感程序中，每个人成为一个独立互联的情感发送中心和连接节点，众人集结成具有共情与互动传播功能的网络。仍以前文所提的《诡秘之主》为例观察其情感输出效果，这部小说获得读者热评的明星角色高达 92 个，其中男主角克拉恩·莫雷蒂与其他角色建立的情感关系多达 228 段，男主角收获的读者粉丝数超 35 万人，点赞率达 193 万。③ 该作品

---

① 汪民安、郭晓彦编：《德勒兹与情动》，《生产》第 11 辑，江苏人民出版社 2016 年版，第 6 页。

② 战玉冰：《网络小说的数据法与类型论——以 2018 年的 749 部中国网络小说为考察对象》，《扬子江评论》2019 年第 5 期。

③ 数据来源：起点读书 App，《诡秘之主》角色榜单，查询时间 2022 年 6 月 3 日。

网络累计评论数达 1200 多万条，在未完结时已拥有"盟主"① 500 余人，粉丝读者超 700 万，在新浪微博由粉丝发起的"为诡秘之主打call"的话题阅读量超 1.1 亿。② 这部作品能达到如此广泛的情感互动，是因为作者将人物的逆袭、羁绊与温情穿插于体系设置中，读者可通过"本章说""书友圈""角色圈""兴趣圈"等进行社交共读，并在不同的网络平台建立粉丝社群、开展粉丝共创。当前的网络生态正在向泛在网（Ubiquitous Network）演进，人与人、人与物、物与物的无缝互联将形成一个无所不在的网络信息社会。这一趋势不仅能扩大网络文学数据库的互动空间，而且可为其提供更多的联通路径，作品所带来的情感互动将突破圈层激发更大的效能。

根据上述分析可知，基于数据库装置而生成的网络文学文体结构模式与学界诟病的模式化写作、机械复制生产有根本性的差异。因为在庞大的数据库中，作者能够复制的只有类型、标签等元素，而无法复制整个结构系统与程序装置。并且，类型与标签属于创作设定而非文本内容，升级体系与情感程序也不同于标准化的创作模板，它们是功能性的装置。作者只需掌握升级体系与情感程序的操作原理，无须拿走装置本身。即便是类型与标签元素、体系设置、情动模型完全相同的作品，讲述的也是不同的故事。笔者曾在潇湘书院进行定制式搜索，在选取了类型"浪漫青春"、流派"学院"、风格"治愈"、情节"一见钟情"等设定后，系统检索出《念念不及为你而惜》《青涩危笑》《你家学渣要娇宠》《对她一见钟情了》《青杨的欢喜》《男神迟早是我的》《我们像太阳般璀璨的青春》《谁是我枯水年华的一抹阳光》《薄荷系校草与奶糖般的她》《顾为君安》10 部小说。③ 这些作品的创作质量参差不齐，故事内容与行文风格也各有千秋，很难让人发觉这

---

① 盟主：指起点中文网对单次打赏超过 1000 元的读者书友的称谓。

② 参见中国作协网络文学研究院：《2020 年网络文学发展报告》，中国社会科学网，2021 年 3 月 8 日；徐翌晟：《现象级网文〈诡秘之主〉宣告完结》，《新民晚报》2020 年 5 月 2 日。

③ 信息来源：潇湘书院，小说搜索设置，http://www.xxsy.net/search?&s_type=6&s_fg=%E6%B2%BB%E6%84%88&s_lp=%E5%AD%A6%E9%99%A2&s_ys=%E4%B8%80%E8%A7%81%E9%92%9F%E6%83%85&sort=9&pn=1，查询时间 2022 年 6 月 7 日。

10 部小说均出自同一设置。这种写作方式与艾柯所说的电影制作技术如出一辙："买家只要买回一个'情节模式'，即一个基本的故事框架，然后有大量的变体供他填充进去。"① 例如安东尼奥尼的电影脚本"一片空地。她走开了"，对其中的元素"一片""空""地""她""走开了"制作变体索引后，可以生成 15741 部安东尼奥尼的电影。② 由此可见，网络文学数据库写作遵循的是系统思维、功能思维，而非复制、仿作原理。

三、网络文学数据库写作的生产机制变革及限度

在研究网络文学数据库写作的进路中，从可捕捉的符号到隐性装置的揭橥过程，我们已经打破了静态的文本观察方式。然而，要真正理解数据库带来的文学创作变革，还需回到文本诞生之前，从生产机制中进一步挖掘其深层动力。

网络文学数据库写作为何能制造文学与产业的繁荣盛景？其核心在于从作者中心到用户中心的生产机制转变。网络文学数据库写作的核心是用户逻辑，即根据用户喜好、主张或需求的"大数据"来进行创作，其生产机制的形成关乎作者与读者的主体性变化。在网络文学发展初期，作者们"以我手写我心"，在互联网世界中尽情地表达自我，实现自由追寻。而当他们尝到网络热度的甜头后，他们或单纯地为了在网络围观中获得一种心理补偿，或为了将网络热度转化为经济效益，原本以作者为中心的创作主体意识逐渐发生扩展。而当 2003 年起点中文网创立的 VIP 付费阅读制被网文行业广泛推行后，读者作为"用户"的身份正式确立。"读者"向"用户"的身份转换导致整个网络文学创作思维与运作方式形成了以用户为中心的生产机制。用户审美趣味的阶层分化导致网络文学的板块不断被细分，类型化的消费形态推动了"文学超市"的生成，网络文学由最初的碎片化、呓语

---

① ［德］安伯托·艾柯：《误读》，吴燕莛译，新星出版社 2009 年版，第 174 页。

② ［德］安伯托·艾柯：《误读》，第 174—175 页。

式、自由性朝着速食化、快感式、娱乐性的生产导向发展。

以用户为中心的生产机制建成后，文学网站基本形成了每日 3 更的作品进度以及 1000 字 3—5 分的付费阅读模式，而且还推出"白金""大神"作家计划、"月票""打赏"等收益分配机制以及"千人培训""万元保障""亿元基金"等激励活动来吸纳大量作者加盟。在商业资本运作与泛媒介互动下，网络文学数据库由电子文本圈向社会媒介场扩展，用户群体不断增多，数据库的信息存储也随之扩容。网络文学逐步演变成集线上阅读、实体出版、文艺改编、文创衍生等诸多业态于一身的生态系统。可见，前文所说的网络文学故事生态系统背后实际上有一套更为广阔的商业生态系统支撑其运转。这些产业所带来的收益又反过来刺激数据库写作，从而形成"创作—运营—收益—再创作"的动态循环。

网络文学数据库写作能解放文学生产力的另一原因来自技术的加持，它使得网络文学由人的主体性创作向数字交互生产机制延伸。文学作品本是作者全情投入、凝聚心血的劳动结晶。当作者陷入每日定产的创作焦虑时，一种新型的数字交互生产机制应运而生。"橙瓜码字""大神码字""小黑屋写作软件"等大量码字软件风靡网络。与机器写作不同，这些码字软件主要为网络作者提供创作辅助功能，使创作更为便捷化、高效化。在文档处理方面，自动储存与备份、自动排版、错别字校对等属于比较基础的功能，有的还开发了敏感词检测与过滤、灵感记录、可视化提纲等功能，这些文档处理功能对作者来说颇为实用。码字速度是网文创作的生命线，码字软件对此专门研发了数据统计模块，许多软件还设有强制锁定①、在线拼字②和卡文闯关等功能，有助于提升码字效率，颇受网络作者们的欢迎。一些码字软件开辟了角色档案，创建角色档案后的人物可在文中高亮显示，点击即可弹出人物简介，用于提醒作者创作偏离人设的情况。这些辅助功能为作者节约了创作与修改作品的时间，天蚕土豆、极品妖孽、梁七

---

① 强制锁定：指作者设定时间和字数进行界面锁定式创作，除码字软件和百度百科外作者无法打开其他网络页面，从而提高创作专注度。

② 在线拼字：指多名网络作者同时比拼创作字数，可以随机匹配或组团，是一种常见的码字玩法。

少等大神作家都曾坦言码字软件对于网络作者的重要性。单以"橙瓜码字"为例，其核心用户达 100 余万人，日活度 10 万，经平台认证的作家与行业编辑有 2000 多位、作家粉丝社团超 1000 个，与其进行战略合作的有阿里文学、咪咕阅读、掌阅文化等 17 家文学平台。[①] 由此可见，码字软件的市场占有率不容小觑，数字交互生产已逐渐成为数据库写作的新趋向。

随着近年来人工智能技术的发展，码字软件的功能不断升级。有的码字软件可提供小说人名、地名、功法、坐骑、武器取名功能；有的码字软件具备智能识别功能，可根据不同小说的类型提供与之匹配的素材库和语料库；还有的码字软件包含力量等级、游戏装备、战斗设定、大纲与对话设计、景色与外貌描写等多种辅助工具。可以看出，AI 算法使码字软件获得了自动生成属性，码字软件已不再是麦克卢汉所说的"人类的一种技术假肢"，而是以一种颠覆性力量重构人的思维模式。它意味着文学创作已由人类向"类人"转化，其所提供的知识远超任何网络作者的素材存储，并且能赋予网络文学以特定的叙事结构和语法，无形地植入作者。在这一创作过程中，人与 AI 并不单是互为主体的关系，而有可能是相互博弈甚至是无意识让渡的关系。这种数字交互生产并不同于抄袭和复制。机器与人的创作思维之间存在相互学习、调试和扬弃的过程，而这正是数字化时代文学生产的变革性力量。机器对于古典、现代、当代的文学知识集成改变了作者对世界的个体认知经验以及文学创作的属性。原本由作者定调的创作确定性转为人机交互的创作选择性、碰撞性与合成性，文学被赋予了更多的创意潜能。

面对这种高速生产的文学样态以及层出不穷的"人气大王""超级快手"，我们不得不对其写作的有效性提出疑问。尽管网络文学数据库写作带来了文学的新风向，但并不意味着它能就此更替传统的文学创作方式。面对数据库写作这一新现象，尤其是当它已经大行其道后，我们更需从反刍中把握其限度。

---

① 信息来源：橙瓜网，https://www.chenggua.com/about-us/index/index.html #about，查询时间 2022 年 9 月 14 日。

一是升级体系的现实映射限度。升级体系在受众市场屡试不爽，导致作者逐渐将其内化为数据库写作中的一种议程。文学网民对升级体系的拥护，表明即使是网络文学创造的"平行世界"，也无可避免地被人们打上"功绩社会"KPI指标的烙印。升级体系不仅将现实社会的权力网络简单化，而且具有很大的幻想、夸张甚至是扭曲的成分。当人们把现实生活当成"平行世界"的另一扇窗口，还能否以数字化升级的方式从困境中跳出，实现真正的自我超越？这种升级体验可能是由大数据计算后精心营构出来的"虚拟现实"，现实人生的广阔空间与丰厚积淀难免会被削弱。升级体系的"成功愿景"该如何与现实生活达成勾连？文学的人民性写作为创作者指明了道路。文学创作对于社会现象的反映不能停留在表层描述、花式炫技和谋生"赶场"上，而要深入生活、扎根人民，追问现象背后的社会根源、大众心理与情感结构。

实际上，网络作者是书写人民最具优势的创作群体。大多数网络作者并非专职写作，这使他们更易获取生活素材、体味人生百态。据阅文集团统计，网络作家的职业身份五花八门，有医生、警察、退伍军人、扶贫干部、法医、律师、会计、工程师、设计师、教师、学生等，网络作家创作的人物职业超过188种。[①] 网络作家不仅要从数据库中收集素材，更要充分调动自身的生活经历去转化和创建素材，始终将文学与人民的现实生活紧密相连，客观真实地反映人民的苦与乐。例如《大江东去》中的宋运辉、《大国重工》中的冯啸辰、《复兴之路》中的陶唐等，无一例外都践行了"升级人生"，但他们依然葆有鲜活的生命底色。

二是机器写作的感性限度。具有AI功能的码字软件虽然解放了文学生产力，但是这种以关键词、关键句、图像等高频关联为主的诱发模式简化了人类创作的情感复杂度。那么，在"人机结合"的数字交互生产中，作者是否还能保存自己的写作立意与创作个性？笔者对

---

① 数据出自阅文集团发布的《2021网络文学作家画像》。转引自严远、轩召强：《〈2021网络文学作家画像〉出炉：95后作家崛起，多元职业作者掀起现实题材创作风潮》，人民网上海频道，http://sh.people.com.cn/n2/2021/1122/c134768-35016781.html，引用时间2022年7月10日。

此持肯定态度。人类之所以能超越 AI，就在于他们的感性情感超越了基于算法的机器情感。为何网络文学拥有数以亿计的读者？原因在于它的创作是以人类的本能、欲望、梦想为出发点，能够满足大众读者的心理需求，网络作者是以感性的方式在文学世界中实现自我确证，书写人的尊严、价值与命运。由此，作者才能在数据库的文本共性中找到属于自己的独特切口，才能以情感的代入、共鸣和互动制造文本驱力，这些是写作软件无法做到的。

尽管写作软件提供了一个具有可操作性的数据库，但其语法模式较为僵化。不论是早年长达 1.7 亿字的"雷文"《宇宙巨校闪级生》，还是小冰、小封机器人的诗歌，错乱繁杂的描写以及毫无逻辑的意象比比皆是。写作软件将类型语汇机械式地排列组合，生成公式化的叙事语法，大大加速了文本的同质化。新近出现的 ChatGPT 虽在语言通畅度上实现了飞跃式提升，但当网络作家以问题投喂的方式让其生成作品时，发现想要的故事无法通过几个关键词来简单概括，而且 ChatGPT 的创作风格过于"冷静"。[①] 当然，并非所有的网络作家都会选择写作软件进行创作。越是跻身"大神"之列的网络作家，越能在创作中夹带"私货"。毕竟网络文学创作的终极目标是能让人们通过阅读活动，在孤独的生命旅程中寻找精神寄托，收获一种心灵的净化与提升，最终超越物质世界，走向本真、敞亮的澄明之境，实现对生命终极价值的叩问与追寻。

（原载《中国现代文学研究丛刊》2023 年第 7 期）

---

① 杜蔚、丁舟洋：《科幻期刊拒收 AI 创作的小说 ChatGPT 是文学灾难还是福音？》，《每日经济新闻》2023 年 4 月 11 日第 6 版。

流动性与经典性不可兼得？
——并与黎杨全《网络文学的经典化是个伪命题》一文商榷

◎王玉玊

一、网络文学的经典化是一个伪命题吗

正如标题所示，黎杨全《网络文学的经典化是个伪命题》[①] 一文的核心观点是"网络文学的经典化是个伪命题"，主要理由在于：文学经典的本质——"固定的、独立的、封闭的、模范的和规定性的"[②]与网络文学语境化、互动性的特征"形成了根本性的冲突"；文学经典化对应着一种静态的文学观，追求恒定与不变，而网络文学具有动态性，是"一种永远不会终结的开放叙事"；网络文学的经典化是对网络文学的一种"阉割"，只保留了固定的文学文本，而无法复原即时变动的文学现场。

对网络文学经典化的讨论与实践，与网络文学的主流化进程相伴而行。在这一过程中，将纯文学或纸媒通俗文学的经典化标准、经典化机制机械复制到网络文学领域之中，的确造成了值得反思与警惕的

---

①　黎杨全：《网络文学的经典化是个伪命题》，《文艺争鸣》2021年第10期。

②　Astrid Ensslin, *Canonizing Hypertext*：*Explorations and Constructions*，New York：Continuum International Publishing Group，2007，p. 48.（转引自黎杨全：《网络文学的经典化是个伪命题》）

问题。进而言之，网络文学领域的经典化征候，也折射出整个当代文学经典化体制的僵化趋势，以及文学研究界面对新媒体文艺形式时在研究方法上的局限。黎文意在反思僵化的经典化机制与经典评价标准，同时呼吁重视网络文学区别于传统文学的新特质，反对把网络文学简单等同于纸媒通俗文学，进而将网络文学从其赖以存在的网络社群中剥离出来的研究方法，这都是当前网络文学研究和经典化过程中面临的真问题，值得重视。但与此同时，因为网络文学的经典化现状存在问题就拒绝网络文学经典化的可能性，因为网络文学具有互动性就否认单个网络文学作品仍具有相对稳定的文学形态，这样的思路又不免有些矫枉过正，甚至在反思问题的过程中取消了问题，也值得重视。

长于批判而拙于建构是 20 世纪 60 年代以来文化批判理论的普遍征候，也是当代人文学者无法绕过的难题。在这样的知识系统之下，对文学经典化体制乃至整个现代文学体制的解构和批评都并不困难。但也恰恰在这样的时刻，作为一种凝聚社会讨论、增进社会共识的机制，经典化恰恰应该发挥它的功能，而不是被简单否定。反思和批判永远都只是第一步，更重要的是更新与创立。

那么，在将网络文学的经典化判定为一个伪命题之前，或许我们应该重新思考，文学的经典化究竟意味着什么？网络文学的流动性与经典性是矛盾的吗？

从古至今，任何文学作品都具有双重属性，既是即时的、流动的文学事件，也是持存的、固态的文学文本。或者说，任何文学作品的实际存在形态总是介于这两者之间。"完整的网络文学不仅是故事文本，还包括故事文本之外的社区互动实践"①，这句话反过来说也同样成立：网络文学不仅是社区互动实践，还是一种故事文本。同样的，我们还可以把这句话中的主语"网络文学"，换成《诗经》或者《论语》，《安提戈涅》或者《威尼斯商人》，《新青年》上的《狂人日记》或者《金粉世家》与《射雕英雄传》，句子依然成立。

任何时代的文学，都或多或少地具有流动性。我们今天提及的许

---

① 黎杨全：《网络文学的经典化是个伪命题》。

多经典都是口语时代的产物。在口语时代，文学作品的流动衍变有着更明显的时间维度，随着游吟诗人的脚步丈量光阴，在一代又一代的口耳相传中缓缓流淌，在抄写、编纂者的笔下渐渐成型，凝结许许多多有名或者无名的参与者的共同记忆。网络时代文学的流动性则更体现为一种即时、广域的互动性，网络空间中众声喧哗，在网络文学作品连载的同时，读者即时反馈的意见直接参与到作品的形成过程。与口语时代和网络时代相比，印刷文明的时代确实具有一定的特殊性。波德莱尔说：

> 现代性就是过渡、短暂、偶然，就是艺术的一半，另一半是永恒和不变。[①]

现代性诸信念归根结底服务于克服对这种"过渡、短暂、偶然"的现代特性的恐惧，比如以进步的信念超越"偶然"，以印刷技术的精确性压抑文学的流动性，同时将文学的经典性坚决锚定于永恒性之上。即使如此，文学的流动性是不可能被彻底剥夺的，不论成本有多高，作者有权修改、再版自己的作品，不同时代的读者也有着对作品的不同解读。甚至现代文学的经典序列本身也不是一成不变的，定义经典是一种文学权力，那条隐秘的经典之河从未沿着固定的河道流淌。

与此同时，司马迁的《史记》要"藏之名山，传之其人"，曹丕认为文章乃"经国之大业，不朽之盛事"（《典论·论文》）。任何时代的文学作品也都内含着对永恒性与经典性的诉求，正如波德莱尔所说，艺术的"另一半是永恒和不变"。

弗朗哥·莫莱蒂在《布尔乔亚：在历史与文学之间》[②] 一书中提出，现代长篇小说的形态是布尔乔亚（中产阶级）工作文化的产物。这种需要兢兢业业、持之以恒、埋头耕耘的文学巨著要求客观性与精

---

① ［法］波德莱尔：《现代生活的画家》，《波德莱尔美学论文选》，郭宏安译，人民文学出版社 1987 年版，第 485 页。

② Franco Moretti, *The Bourgeois：Between History and Literature*, London：Verso，2013.

确性，与印刷术的技术特性相得益彰。到了网络时代，这种现代长篇小说确实不再是文学的主导形态，长篇小说所规定的封闭性和整严结构被打破，我们看到了作为网络文学之主流的超长篇网络类型小说，也看到了直播贴、网络段子、同人短篇、大纲文等更加碎片化的文学形态。人们无从预判网络文学未来将走向何处，也许有一天网络文学真的走向了彻底的碎片化和即时互动，彻底失去了稳定的文本样态，到那时，针对单独文本的经典化可能确实无从谈起——当然，这一切也可能不会发生。无论如何，今天网络文学的主流形态依旧是具有边界明确的身体的故事文本，并不存在流动性彻底淹没稳定性的问题。无论我们将这一现象归因于网络文学在印刷文明与网络时代之间的过渡性特征，还是人类对于讲故事这一活动的本能天赋，无可争议的事实是，当作者与读者谈论一部网络文学作品时，他们都清楚地知道他们所说的就是那部作品。

网络文学绝不仅是"一种突发的、即兴的、面向过程的体验"——或者至少大多数时候不是如此。在明晓溪为网络文学作者顾漫的作品《何以笙箫默》撰写的序言中有这样一段话：

> 每一句话、每一个词、每一个过渡，她（指顾漫，笔者按）都反复地修改斟酌，用心体会不同表达方式的细微差别。比如"他××地推开窗户"、"她××地低下头"，这些"××"她会考虑很久很久。①

如果网络文学创作是全然的即兴与突发，如果网络文学中的每一行文字都方生方死、无所定型，那么这种字句的推敲就不应该存在。无论我们如何评价《何以笙箫默》这部作品本身，明晓溪的话都证明了网络文学的作者们也会筹谋于文辞与字眼；无论网络文学的修改成本多低，他们的心中依旧有着明确的"定稿"意识。网络文学具有毋庸置疑的流动性，但同时它也依旧拥有可确定的故事文本。过度强调

---

① 明晓溪：《写给乌龟漫》，顾漫：《何以笙箫默》，朝华出版社2007年版，第1—2页。

网络文学的流动性，就必然会忽略网络文学以文本形态存在时所具有的文学性与艺术价值，这其实也就等于取消了网络文学研究这一学术领域存在的必要性。网络文学作为文学事件的流动性并不与它作为故事文本的经典化诉求相违背。

现代文学的经典观与经典化体制确实是现代文明的独特造物：大规模的机械复制使得"一字不易"的经典成为可能；浪漫主义以来将文学视为作者个人的心灵抒发与天才独创的文学观念，在作者与读者之间竖起高墙；线性时间观的普及使得人们更加迫切地通过文学史的绵延与文学经典的永恒性克服个体生命的有死性——或许还该将商业发展、学院体制、意识形态需要等因素纳入考量——总之，一套以印刷术为技术基础的现代文学经典化机制被建立起来，文学作品经过印刷出版、图书馆藏、专业批评、权威评奖、文学史与教材编选等一系列流程被择选出来，成为"经典"。随着媒介革新以及文学在社会文化活动中的边缘化，这一套现代文学经典化机制开始显得僵化和落后，丧失活力与魅力。但回看过去，虽然现代文学经典化机制是印刷时代的产物，但"经"与"典"却古已有之（黎文中也提及《文心雕龙》中"经也者，恒久之至道，不刊之鸿教也"的论断）；着眼将来，只要文学的永恒价值仍旧被信任与需要，文学的经典化就仍有其存在的意义。经典、经典性与经典化都不是印刷文明时代的独有现象，在印刷时代的经典化体制遭遇困境时，或许我们可以向历史、向未来，寻找经典化的本来动力，探索经典化的系统更新。

孔子与弟子们的对话被记录在《论语》里，那些在历史中曾实际发生过的对话，必然有着不可复现的鲜活场景，有着无数生动的细节，这一切都已经不复存在。每一个存在于对话场景之中的人，他们的每一个遣词造句或许都与所见所感隐隐相关，或许都受到那一时刻的心境的影响，这一切同样难以一一索引。当那些即时的对话被记录下来，经过剪裁、加工、润色乃至虚构，变成固定的文本，并且流传千年，曾经的在场性、互动性毫无疑问地遗失了，但以此为代价，《论语》作为文学作品与思想著作的、能够超越时代的特质与价值也从琐碎、繁杂、局限、变动不居的日常与现场中凸显出来，从生活的连续性走向了"文统"的连续性，向整个文明体系敞开自己，在不同的时代引发共鸣与思索。所谓经典化，就是在驳杂的当下性之中提取出永恒性。经典化当然有其代价，特别是对于当代文学的研究者而言，在经典化的过程中尽可能地保存那些鲜活的文学现场，赎回文学之为事件的生命力，是无法回避的责任。正如文学作品兼有事件性与文本性，经典化也不仅仅是一串被陈展于文学殿堂的作品。经典化是一个过程，无论是对于一部具体的作品，还是对于一个时代总体的文学创作而言，都是如此。人类在这样的过程中理解自己的时代，并且尝试超越它。

今时今日，当我们关注、反思网络文学的媒介属性，并不是为了将它视为异端，从文学的范畴中驱逐出去。甚至恰恰相反；对于网络文学因媒介变革而产生的新特质的发现，会让我们重新思考文学的潜力与可能：网络文学极强的互动性，是对于过分强调作者背对读者写作的文学观的纠偏；网络文学的社群性让我们看到了审美接受理论的尽头实际上是作者、读者共创；人类关于文学民主的畅想，在跨越了纸质印刷的昂贵门槛后或许正在迎来新的机遇；民间故事、都市怪谈，那些更接近于口语时代传统的文学创作在网络空间中焕发新的生机……因而这或许也是我们重新思考文学的经典化的契机：文学经典的标准是如何制定的？人们对文学作品好看且感人的朴素要求何以被排除在现代文学经典化机制的标准之外？谁有资格制定文学经典性的标准？

当然，本文并不打算走得太远。让我们回到关于文学经典的朴素的看法：文学经典是那些伟大的作品，它们具有出众的审美价值，以文学的方式深刻地回应了当下的时代，并且具有超越时代的潜能。

二、谁该是网络文学经典化进程的主导者

既然当下中国的网络文学并不因其流动性、即时互动性或事件性而失去作为故事文本的经典化可能，那么紧随其后的问题就是：网络文学如何经典化？

再次回到这个观点：定义经典是一种文学权力。那么谁有资格制

定网络文学的经典化标准、主导网络文学的经典化进程、决定网络文学的经典序列？对于纯文学而言，经典化的权力主要掌握在学院派的文学研究者、批评家手中，这与纯文学背对读者写作的精英倾向互为表里。专家撰写文学史与文学教材，提供文学经典书目，并对每一部作品给出权威的阐释与导读，主导文学观念的社会共识。当这种文学观念、文学标准过度偏离社会大众的一般文学经验，文学与文学批评就有可能变得边缘化。随着网络的普及，网络文学迎来大爆发，并以极快的速度进行自我更新，创造出明显区别于纸媒文学的样式、题材与风格，或多或少地超出了既有文学经典化标准所能覆盖的限度。而今天的中国社会其实是一个缺乏文学共识、缺乏社会普遍认可的文学标准的社会，学院派的文学研究者也不再拥有将文学经典化标准定于一尊的能力。因此，网络文学经典化势必不可能复制纯文学的经典化路径，也不可能由学院派文学研究者主导或发起。

对于文学研究者而言，或许最容易被忽视的事实是：网络文学的经典化首先是在网络文学作者、读者社群中展开的。早在贴吧时代，甚至连知识产权意识都还没有在网络文学社群中普及开来，网络文学作品的"手打精校版"便成为许许多多网络文学作品主题贴吧的"镇吧之宝"，置顶加精、代代相传，而网络作家的粉丝还往往会花费大量心血制作排版精美的作品合集，以供"入坑"的新人下载、阅读。相比于其他版本，高质量的"手打精校版"或者精编作品合集，是更"正确"的版本。这些版本脱离了作品连载的文学现场，以纯文本格式被放进手机或者 MP3 中阅读，以至于这些作品的许多读者至今不知道作品最初究竟发表在哪一个论坛或者网站，但他们会记得作品的名字，被作品中的情节与人物感动，会自发检索同一个作者的其他作品来阅读。能够依靠 TXT 文档传播，证明了这些作品具有离开原本的文学现场而被单独阅读和理解的能力，它们当然是文学事件，但同时，作为故事文本，它们是成立的、有意义的。"手打精校版"或精编作品集的出现意味着，恰恰是网络文学的流动性，为社群内部自发的经典化过程的启动提供了空间。早于版权意识的经典化倾向，或者说将流动的文学现场转换为固定的故事文本的意愿，这与其说是现代文学经典化机制的仿品，不如说是文化社群的社群逻辑的造物。任何文化圈层或社群，为了维持文化共识、证明自身的独特性与合法性，都会创造自己的社群历史，而经典化的冲动本就是历史书写冲动的不可分割的组成部分。

网络文学的文学现场，同时也往往是网络文学经典化的现场，这恰恰是网络文学庞大的读者量与极强的互动性带来的结果。商业文学网站的排行榜，以数据和排名推出一个又一个明日之星；贴吧写作依靠大量的回帖、频繁的互动长期占据主题列表前位；男频读者在"龙的天空"等论坛将网络文学作品按照优劣划分为"仙草""粮草"与"毒草"，创建自己的网络文学经典序列；女频读者则更习惯于通过转发微博推书帖来为作品知名度添砖加瓦；同人文学创作本身就是网络文学的重要组成部分，而与此同时，《盗墓笔记》（南派三叔，起点中文网，2006）和《全职高手》（蝴蝶蓝，起点中文网，2011）长盛不衰的庞大同人圈也实打实地让这两部作品成为网络文学史中绕不开的名作。今天，当我们提起清穿小说，恐怕很难绕过"清穿三座大山"①，而无论是对于这三部作品的择选，还是"清穿三座大山"这一命名，都是在网络文学作者、读者社群中自发完成的经典化过程。与此类似，提起"克苏鲁网文"，便会想起《诡秘之主》（爱潜水的乌贼，起点中文网，2018），提起"文青文"就绕不开猫腻与烽火戏诸侯。如果有读者在微博上提问"好看的女频无限流小说都有什么"，得到的回复往往是或长或短的书单，而这些书单中总会有那么几部作品反复出现，比如《全球高考》（木苏里，晋江文学城，2018）和《死亡万花筒》（西子绪，晋江文学城，2018）。

对于网络文学经典作品的择选，永远在进行之中，零散的读者反馈与滚动的作品资讯经过千万读者的验证、认可就成为"知识"，这些"圈内知识"勾画出网络文学之中的经典脉络。

流行性当然不能等同于经典性，但流行性与经典性之必然矛盾无疑是一种现代文学观念的衍生物，如果认同这一狭隘观念，则网络文

---

① "清穿三座大山"：女频"清穿文"三部早期代表作，分别为被公认是清穿文鼻祖的《梦回大清》（金子，晋江原创网，2004）、《步步惊心》（桐华，晋江原创网，2006）与《瑶华》（晚晴风景，晋江原创网，2006）。另有一说，第三部作品不是《瑶华》而是《恍然如梦》（月下箫声，晋江原创网，2006）。

学的经典化确实是一个伪命题，因为网络文学是一种具有鲜明社群性与读者导向的文学，好的网络文学作品必然是流行的。在任何一个文化社群中，要将"流行且好"的作品从"流行但不好"的作品中筛选出来，或者说在流行的作品中选出经典作品，只有一个前提条件，那就是社群内部存在文化象征资本势差。在纯文学领域，这种势差存在于专业的文学研究者/文学评奖机构与普通读者之间；在网络文学领域，这种势差存在于精英读者/读者意见领袖与普通读者之间。普通读者花钱投票推出流行的作品，而精英读者则通过评论、推荐等方式阐释、论证这些作品的文学价值和经典性。由于文化象征资本势差的存在，精英读者们享有更高的话语权，他们的意见可以在一定程度上抹消阅读量（流行程度）上的差异，避免"唯数据论"。当然，网络文学社群内部也存在自发的评奖活动，"晨曦杯"就是其中比较具有知名度和公信力的一个。按照主办者的说法，这是一个"不权威、非官方、无奖励的网文阅读书评活动"，评委多为网络文学社群内部的精英读者、评论者。类似的评奖活动，也是网络文学社群内部自发经典化过程的重要组成部分。

笔者也参与其中的，由邵燕君主编、北京大学网络文学论坛推出的"网络文学年榜/双年榜"会在对每部入选作品的介绍中以专门的栏目收录精英粉丝评论，[①] 其目的并非仿照《风中玫瑰》的出版方式，以纸媒印刷形式呈现网络文学作品的社交性和事件性，而是希望年榜篇目的选择尽量在充分参考网络文学社群内部的自发经典化成果的基础上进行，并对这种自发的经典化过程中提出的经典化阐释给予充分的尊重。当然，这种尝试也未必就是最好的形式，我们在选摘精英粉丝评论的过程中也遇到了一些困难。事实上，网络文学社群内部对于

---

① 参见《2015 中国年度网络文学（男频卷）》，漓江出版社 2016 年版；《2015 中国年度网络文学（女频卷）》，漓江出版社 2016 年版；《2016 中国年度网络文学（男频卷）》，漓江出版社 2017 年版；《2016 中国年度网络文学（女频卷）》，漓江出版社 2017 年版；《2017 中国年度网络文学（男频卷）》，漓江出版社 2017 年版；《2017 中国年度网络文学（女频卷）》，漓江出版社 2017 年版；《中国网络文学双年选（2018—2019）·男频卷》，漓江出版社 2020 年版；《中国网络文学双年选（2018—2019）·女频卷》，漓江出版社 2020 年版；等等。

文学标准的协商、争论可能未必会以这种完整成段的文学评论的样式进行，对于这种社群内部经典化过程的呈现，或许还会有更好的方式。但无论如何，我们希望成为网络文学经典化过程中的一方参与者，进入网络文学创作、评价场域之中，贡献学院派研究者的视角与经验。

三、经典化能否止于网络文学粉丝社群

经典化不是将文学作品变成精装精校的物质收藏品，而是对文学作品之经典性的发现、提取、阐释和论证过程，是将这种经典性充分呈现出来，并获得普遍认可的过程。既然网络文学社群已经在自发地实现这一过程，那么网络文学的研究者又该在网络文学的经典化进程中占据什么样的位置呢？为了回答这一问题，就不得不提及另外一个常常被网络文学研究者忽视的事实：网络文学是高度分众化的。

如果将网络文学视作一种"大众文艺产品"，那么唯一的论据大概只是网络文学拥有庞大的作者与读者群体。但网络文学的作者与读者从未真正构成一个统一均质的文化社群。媒介技术的发展与普及，使得网络写作、网络阅读、网络社交的门槛趋近于无，大规模私人订制的时代到来了。印刷时代是一个写作门槛高而阅读门槛相对低的时代，在这样的时代，少量的作者服务于大量的读者，由此产生的文化消费结构就是"大众文化"的结构。20世纪八九十年代的春晚家家户户都在看，1990年电视剧《渴望》的收视率高达90.78％，2005年前后几乎每个年轻人都会唱梁静茹的《勇气》和周杰伦的《七里香》，这就是典型的大众文化现象。但是网络时代是大量作者服务于大量读者、每一个读者都是潜在作者的时代，每个作者只需要被读者中的一小部分认可，就可以获得足够的经济收入或精神满足；作者的创作分散了，读者的选择也分散了，最终形成的就是层层嵌套的、数不胜数的网络文学内部亚文化圈层，不同小圈子之间的隔膜或许甚至比网络文学社群与纯文学社群之间的差异更大。网络文学异常发达的类型与标签系统，就是这种社群内部分区的一个显影。粗略而言，不同的类

型与标签，都基于特定的文化资源，对应着不同读者群体的核心欲望模式与审美风格偏好。

这并不意味着诸网络文学类型、诸网络文学内部的亚文化社群之间不具备一定程度的关联性、相似性与共通性，否则网络文学本身就无法在整体上成为一个文学研究的对象。但作为当今网络时代的一种普遍的后现代征候，文化的无限细分与增殖正在带来文化社群的内爆，差异不仅带来区隔，甚至为了造就区隔而被源源不断地生产出来。在诸多以网络文学为题的学术研讨会上，随处可见的情况是女频的"失声"。提及网络文学的典型形式就会自然而然地想起男频升级爽文。当研究者们理所当然地以男频升级爽文作为参照系中的基准点考察网络文学作品的叙事特征时，甚至不会想起，在最典型的男频升级爽文之一《斗破苍穹》（天蚕土豆，起点中文网，2009）连载时，女频中却有仙侠虐恋文《仙侠奇缘之花千骨》（Fresh果果，晋江文学城，2008）与《重紫》（蜀客，晋江文学城，2010）正在流行；当男频"小白文"的男主人公们在金钱、权力与性的欲望中无限升级时，女频小说却将爱情视作最重要的主题之一。"虐"与"言情"，作为女频网络文学中的重大传统，却几乎只在专门讨论女频的论文或发言中才会出现，而在关于网络文学的整体研究中则往往付之阙如。文学研究中的网络文学，实际上是被男频网络文学定义的。其中当然包含性别权力关系的问题，但这不是本文的重点，真正重要的问题是，女频被男频遮蔽，同人被原创遮蔽，小众类型被强势类型遮蔽，新兴题材被传统题材遮蔽。如果现实题材网络文学的研究者可以不知道"无限流"或者"系统文"，如果男频的研究者可以不读女频小说，如果对于研究者而言，把握网络文学的整体都是如此艰巨的任务，那么我们显然不可能要求网络文学的读者们在网络文学的整个传统之中考量每一个小类型、小亚文化社群的自发经典化进程中推选出来的经典性作品，从而得到适用于整个网络文学场域的经典作品谱系。也就是说，网络文学社群中自发的经典化进程总是圈层化的，其中遴选出的总是"地方性"的经典作品。不同小亚文化社群中的经典作品序列很可能是不互通的，一部在某个社群中人人皆知的名作，在另一个社群中很可能无人知晓。

文学的分众化与社群性是网络时代区别于印刷文明与口头文明时代的又一个显著特征，也是文学经典化在当今时代面临的巨大考验。甚至于人们是否还有可能给出关于文学整体版图的认知图绘都是一个值得思考的问题。经典化是一个过程，而经典则是一个相对的概念，尽管经典承载着人们对永恒的无尽向往，但超越一切时空、为一切人所共享的绝对的经典终究只是一个理想。在文化圈层内爆的当前社会，文学或许更加不可能拥有一个规范化的、定于一尊的、适用于所有文学类型的经典化标准。但即使如此，对于文学共通标准的广泛讨论仍是有意义的，这也是文学民主的题中之义，趋向于文学共识的努力或许比共识本身更加重要。网络文学的经典化不该为了压抑异见、固守所谓的文学"正统"而存在，而应该是一条民主参与、共同寻找多声部的和谐音的没有终点的旅程。

四、文学研究者在网络文学经典化过程中起到怎样的作用

对于网络文学而言，那些存在于小圈子之中的名作，是否真的达到了它们的"破圈"能力的极限？它们究竟是不可能被圈外人理解和接受，还是没有机会触达更广阔的潜在读者？在网络文学之中，是否已经出现了那些有能力跨越圈层壁垒，回应时代的整体性问题，在大浪淘沙中留存下来，在更长的时段内给人以感动和启发的作品？如果说网络文学社群各圈层内部对于圈内名作的择选和讨论是网络文学经典化的第一步，那么，回应上述问题就是第二步。正是在这一环节之中，专业的文学研究者更有机会发挥建设性的作用。相比于粉丝，专业的文学研究者有着更宏观的文学史视野，对于媒介变革与社群文化特性也有着更充分的自觉，应成为将社群文化与整体文学史相勾连、将网络文学经典纳入整体文学经典谱系过程中的积极力量。

在网络文学中，一些圈内名作或许确实只是对圈内传统（审美风格、欲望模式，以及基于这两者形成的诸叙事要素）的集成与回应，而缺乏回应更广阔的社会现实与社会思潮的野心与能力，那么它确实只具有成为"地方性"经典的能力；与此同时，也必然存在这样一些

作品，由于设定或叙事方式的"地方性"特征强烈而造成了圈外读者的接受障碍，或者由于发表于圈层细分的特定渠道而缺乏触达圈外读者的机会，但其对于社会情绪的敏锐捕捉，对于当代人生存境况的把握与呈现，对于人的信念、价值与情感的当代性理解，依旧具有时代的穿透力。它们诞生于分众的文学领域，但具有跨越分众的潜能和价值，具有成为网络文学经典作品乃至文学经典作品的资格。

如果说今天的人文学科仍要承担其社会责任，那么文艺分众与社群内爆就是人文学者必须正视的现实，进而言之，人文学者仍有可能为重建面向未来的社会共识做出积极的努力。在文学领域，经典化本身就是一种重建社会共识的技术手段。过往的时代长期是由权威者、专业人士确立文学经典的时代，但网络文学却作为一种青少年网络亚文化，在隔绝文学研究者与主流文化视线的前提下发展起来。在文学研究者入场之前，网络文学已经建立起自身的评论话语、评价标准与"地方性"经典化流程。直至今日，网络文学研究依旧在整体上滞后于网络文学实践。为了作为一支建设性的力量参与到网络文学的场域之中，获得自己的位置，文学研究者还需要付出长期的努力。

安·兰德在《浪漫主义宣言》中说，艺术不仅是"表达道德理想必不可少的媒介"①，更以"用有形化的图像向人类展示他们的本性和他们相对于世界的位置"② 为根本目的。这是一种朴素但有用的文学信念——相信文学有它的本质和目的，并因此成为人类社会不可或缺的组成部分。布尔迪厄的文学场理论，或者伊格尔顿对于"文学是什么"这一问题的回答，当然各有其道理，但正如前文已经提到的，时至今日或许人们不得不承认，对于批判性理论概念的不加反思的肯定性使用，只是对肯定性的拆解，而没有任何创立的功效。文学研究者要参与文学经典化的工作就必须相信，即使在今天的网络时代，文学仍至少在一定程度上是其所是、有其本质、承其使命。而归根结底，关于文学的信念，就是关于人类智识与审美活动的信念，是关于人的本性与人类文明的信念。文学的特殊之处在于，它本身就是关于人的

---

① ［美］安·兰德：《浪漫主义宣言》，郑齐译，重庆出版社 2016 年版，第 9 页。

② ［美］安·兰德：《浪漫主义宣言》，第 10 页。

意志与信念的，有怎样的文学信念，就会有怎样的文学创作与文学阅读。文学的经典化可以是并且应该是一种关于肯定性和建设性的工作。网络文学诸小亚文化社群中的经典化，是社群内部共识、社群小传统的建立过程的组成部分。而将这些小社群中的"地方性"经典、"地方性"文学传统转译、接洽到网络文学乃至人类文学的经典序列和传统之中，阐释那些诞生于"地方性"文学传统，却在与跨越圈层界限的大时代对话，尝试标的人在世界中的存在、位置与价值的作品之中，超越圈层局限的经典性与永恒性。对于这些作品的发掘与阐释，将证明人们仍旧共同地生活在这个世界上，共同地应对危机，共同地眺望未来。这是网络文学对文学研究者提出的挑战。

北大网络文学论坛的标语是"引渡文学传统，守望文学精灵"，其实与其说是"引渡文学传统"，不如说文学就在那里，真正匮乏的，是对于这个时代仍旧能够诞生文学经典的信心，是在一切似乎都脆弱而易变的"流动的现代性"中寻找永恒的勇气。

将拥有 5 亿作者与读者、2800 万部作品，[①] 并且每分每秒都在创作之中的网络文学排斥于经典化过程之外，无视网络文学社群内部自发的经典化过程，放弃在文学传统内部对网络文学进行阐释的可能，在这个纸质媒介正在快速被电子媒介替代的时代，谁能保证我们拱手让出的，不是文学的未来？

余　论

在《网络文学的经典化是个伪命题》一文中，还有不少关于网络文学基本特征的思考与论述。网络文学区别于传统纸媒文学的特质究竟是什么，这是一个对网络文学研究而言颇为关键的问题。黎杨全在这一问题上的思考极有启发，特别是从媒介特性这一着眼点出发的研究路径在今天的网络文学研究中有着至关重要的意义。但在细节方

---

① 中国作家协会：《2020 中国网络文学蓝皮书》，《文艺报》2021 年 6 月 2 日第 3 版。

面，《网络文学的经典化是个伪命题》或许仍存在一些可商榷之处。

其一，存在将前沿文学理论、媒介理论之中的理论预设和乌托邦畅想简单等同于文学实际的倾向。西方现代科学的真理结构决定了，理论研究早已不是对人所共知的日常现象的归纳总结，而是要洞察现象背后的形而上学本质，或者至少发现被普遍现象和认知惯性所遮蔽的潜流与趋向。这就意味着，作为研究的环境与前提而存在的常识与现象，往往不会直接出现在理论文本之中。理论文本关注的，是常识之外的新知。在这一意义上，越是精辟和有创见的理论，就越是不能被直接等同于现实。黎文引用了米勒在《全球化时代文学研究还会继续存在吗？》中的一个说法，"你不能在国际互联网上创作或者发送情书和文学作品。当你试图这样做的时候，它们会变成另外的东西"①，以证明网络文学作为故事文本的动态性。米勒是在麦克卢汉的"媒介即信息"的理论逻辑下做出这一判断的。米勒将"媒介即信息"改写为"媒介就是意识形态"，并基于此认为互联网作为一种强有力的意识形态机器会对一切经由互联网发送的内容——无论是情书还是文学作品——进行意识形态转换，导致内容本身遭到媒介形式的改写，所以"变成另外的东西"。因而，这句话在原本语境中的含义其实与黎文所言网络文学的修改成本高低、是否动态开放都没有必然关系。米勒《全球化时代文学研究还会继续存在吗？》一文与麦克卢汉的另一个观点相通之处在于将电影、电视、互联网等所有后印刷文明时代的新媒介打包为"电信技术"（也即麦克卢汉所谓"电力时代"），相比于互联网的独特性，更强调这些技术区别于印刷媒介的共有特征。这就更与黎文的内容多相抵格。当然，理论的创造性误读在一定程度上是应该被允许的，所以黎文与米勒原意的差异并非问题的关键。问题的关键在于，在实际的互联网生活之中，通过微信发送情书告白是有可能成功的，在互联网上发布的文学作品也大都能够在读者那里得到一个大体相通的理解。在理论上，任何发布在互联网上的内容确实都会"变成另外的东西"，这是说得通的，它只是省略了或者说试图颠

---

① ［美］J. 希利斯·米勒：《全球化时代文学研究还会继续存在吗？》，国荣译，《文学评论》2001 年第 1 期。

覆人所共知的前提——人们可以通过互联网交流和阅读。但也正因为这个前提被省略了，所以这种理论表述不能直接等同于现实生活，网络媒介中的文学形态确实与其所处的网络社群有着更加密切的即时互动，但当代中国的网络文学作品的主流形式绝非一段段没有固定形态的信息之流。

其二，未能明确区分量变与质变，通过逻辑推演，将网络文学的一些特质推向极端，以得出网络文学的某种形而上学本质——如从网络文学在网络空间中的修改成本低于印刷品这一量的特征，直接推演出网络文学永远是一种"草稿"形态这一形而上学的规定性——再以这种形而上学本质框定网络文学的现实实践。

其三，存在混淆网络的特征与网络文学的特征的倾向。网络的开放性——事实上这种开放性又何尝不是对于互联网的一种乌托邦想象——不能简单等同于网络文学的"超文本性"。黎文提到，网络文学的"超文本性"在于"网络本身形成了阿赛斯所说的具有随机性、偶发性的遍历文本模式"①。阿赛斯的"遍历文本"概念"关注的是读者对文本机械组织进行操作的行为及其结果"，也即关注读者阅读过程中的物理意义上的操作行为，以及这些行为对于文本表意的影响。他所说的"超文本小说"是一种典型的"遍历文本"，它"由相互链接的文本块构成，真正对读者造成困惑的不是每个文本块的内容，而是偶然选择的路径无法形成连贯性的叙事发展"。也就是说，阿赛斯的"超文本小说"概念，实际上更接近于"超链接文学"，或者是多分支选项、多结局的文字冒险游戏。② 而当代中国网络文学的主流形态并不是"超链接文学"。网络文学的"超文本"不是以在文本内部添加超链接的方式实现的，而是以"公共设定"的方式实现的。③ 任何叙事要素，无论是世界观、人物还是情节的类型与桥段，都积累了

---

① 黎杨全：《网络文学的经典化是个伪命题》。

② 聂春华：《从文本语义学到文本媒介学——论艾斯本·亚瑟斯的遍历文学理论》，《文学评论》2019年第2期。

③ 王玉玊：《萌要素与数据库写作——网络文艺的"二次元"化》，《文化研究》2020年第1期；王玉玊：《"故事社会"与后现代的散布——从网络文艺的新叙事形态说起》，《外国文学动态研究》2021年第1期。

无数公共设定，每一个公共设定都将无数使用这一设定的文本连接起来。反过来讲，以公共设定为叙事基础的每一部具体的网络小说，都经由公共设定，与过往的无数作品连接在一起；以公共设定为叙事基础的每一部具体的网络小说都是不完整的，它在公共设定所关联的作品场中完成自身，并同时超越自身，形成"超文本"。而这种网络文学"超文本性"的普遍存在，恰恰依托于网络文学内部自生的经典序列与经典化过程，出色的作品、出色的角色与世界设定被足够多的人认可因而脱颖而出，作品会被记住、设定会被沿用。由网络具有超链接功能直接推论出中国的网络文学是阿赛斯意义上的"超文本小说"似乎不够严谨。

至于网络本身是否具有"遍历文本模式"这一问题，阿赛斯"遍历文本"这个概念的一个关键内涵在于，"遍历文本"不是"叙事文本"，"叙事是对世界的表征而遍历却正是这个世界的一部分的事实"。也就是说，阿赛斯强调"遍历文本"本身就如同现实世界一样，它本身不是叙事，但能够在读者的操作中不断生成叙事。[①] 人与现实世界总是被媒介中介着的，"随着数码科技的发展，人类被中介的程度丝毫没有增加"[②]。人与世界被语言中介着，但我们仍将之称为现实世界。同样的，网络世界被数码媒介中介着，但它依旧是日常生活的场域，是现实世界的一部分。说"网络本身"是"遍历文本"，就等于是说现实世界如同现实世界一样，这只是一个同义反复而已。对于网络文学而言，更接近于"遍历文本"的存在其实是那个为作者和读者所共有的、庞大的、不断变动的公共设定库，它是网络文学的媒介环境，是在作者与读者的调用操作之中不断生成着具体的网络文学叙事的"文学世界"。[③] 正如黎文中已经提到的，今天人们关于网络与网络文艺的诸多理论畅想，作者已死、零度写作、开放文本、文学事

---

① 聂春华：《从文本语义学到文本媒介学——论艾斯本·亚瑟斯的遍历文学理论》。

② ［英］丹尼尔·米勒、［澳］希瑟·霍斯特主编：《数码人类学》，王心远译，人民出版社 2014 年版，第 15 页。

③ 王玉玊：《编码新世界：游戏化向度的网络文学》结语"基于（数码）人工环境的网络文学创作趋向"，中国文联出版社 2021 年版，第 293—316 页。

件……都并不是网络时代以来才出现的，而是在此之前就已经大量出现于先锋文艺的理论与实践之中。它们或许在网络空间中找到了更适宜的表现形式，但不能因此将它们等同于网络与网络文艺的共通特性，更不能将之绝对化为网络文艺独有的本质特征，从而切断网络文学与此前人类文学之间的血脉联系，甚至将网络文学从文学系统中排除出去。

其四，忽视了网络文学"故事本位"的基本特征，以纸媒逻辑理解网络文学的互动性。千禧年前后，人们曾期待中国的网络文学走向先锋性的超链接文学实验，但网络文学最终选择了一条商业化、草根化、故事本位的发展道路。它与纸媒文学的主要差异并不体现在"遍历文本"意义上的物理操作层面，而体现在文学想象力（从以现实题材为主到以幻想题材为主）、叙事结构（从长篇小说到"超长篇＋微叙事"①）、叙事程式（从现实主义到设定叙事）、创作方式（从作者的天才独创到社群共创）等方面。黎文引用的所有网络文学作家谈和作品案例都集中于21世纪第一个十年前期，也即网络文学从萌芽到商业化初期这一时段——张辛欣对网络的看法引自2000年出版的文集《独步东西》，《风中玫瑰》出版于2001年，"网络作家在线上成名后纷纷转向线下市场"②也是到网络文学VIP付费制度诞生初期为止的流行现象——完全没有涉及网络文学完成其商业化转型之后的作家与作品。在网络文学的发展史上，20世纪末到2005年前后是一个非常特殊的时段，在这一阶段，网络文学尚未明确自身的发展道路，存在各种各样或成功或失败的尝试。比如网络作家网上成名后转为线下纸媒作家就已经被证明是一条失败了的商业化道路，发育不良的纸媒出版行业远远无法容纳体量如此之大的网络文学，无法为网络文学的大规模商业化提供保障。这一阶段网络文学中存在着比较明显的精英化倾向和一些先锋实验性的尝试。《风中玫瑰》的出版方式就略带一些实验性，这种附带读者留言评论的出版方式之所以没有后继者，与其说是因为网络文学无法作为固定的故事文本被印刷出来，不如说是

---

① 邵燕君：《网络文学的"断代史"与"传统网文"的经典化》，《中国现代文学研究丛刊》2019年第2期。

② 黎杨全：《网络文学的经典化是个伪命题》。

这种一厢情愿、纸媒本位的先锋性想象从根本上就不符合网络文学的文本逻辑。VIP付费制度普及之后，那些无法与网络文学自身逻辑相融合的先锋实验大多被遮蔽，以此为代价，网络文学由自发走向自觉，获得了自己的主体性身份，基本上跳过了现代主义和先锋派的文学传统，在广泛借鉴中国古典小说、通俗小说和全球流行文艺资源的基础上发展出了以超长篇幻想故事为主导的作品形式。诚如李强在《当代文学变革与网络作家的崛起》①一文中所说，相比于"作家"，在商业网站上连载作品的网络文学作者们或许更应该被叫作"故事写手"。网络文学对于讲故事和代入感这两个基本特质的强调，要求网络文学作品必须要具有起码的完整性和确定性。即使是论坛互动跑团类作品、直播帖，或者《一银币一磅的恶魔》（星河蛋挞，长佩文学论坛，2016）之类模仿文字冒险游戏的有分支选项的作品，也依旧具有一个作者主导的、有限的、相对完整的作品形式。主流商业网站上的作品就更不用说，日益优化的排版和干净的阅读界面都在提供出色的阅读体验。对比《风中玫瑰》的出版方式和起点中文网的"本章说"功能，可以看出两者在逻辑上的明显差异。起点"本章说"功能最大限度地确保了故事本身的完整与连贯，读者评论②以类似于注释标号的形式折叠在段末，读者可以自主选择是否展开。与纸页不同，网页是具有层级结构的，即使是百度贴吧这种有更强对话性的论坛空间，用户也有权利点击"只看楼主"按钮，一键屏蔽所有用户评论。这种层级结构保证了用户对于网络文学作品的文本主体有着清晰的边界认知，并且可以自主选择只阅读作品本身还是同时参看评论。但《风中玫瑰》的出版方式显然是以纸媒逻辑理解论坛逻辑而造就的产物，它放弃了对于网络文学而言相当重要的故事连贯性，将不可折叠的评论强行穿插在故事正文之间，看似是在尊重网络空间的互动特征，实际上是人为否定了网络文学作为故事文本的边界。对于网络文

---

① 李强：《当代文学变革与网络作家的崛起》，《文艺理论与批评》2021年第6期。

② 严格来讲，"本章说"中的读者发言往往不是典型意义上的文学评论，而更像是漫才中的吐槽或者相声里的捧哏，这一话题与本文要旨无关，故不再展开。

学而言，"讲故事"与"互动性"并不矛盾，而是深刻地结合在一起的，只不过这种结合主要不是以《风中玫瑰》的纸媒出版那种故事与评论无层级地混淆在一起的方式实现的。互动存在于故事之中，不断更新的故事类型、森罗万象的世界设定与人物设定，无不是网络文学社群成员长期互动的成果，这些成果凝结在一个个故事之中，单独作者创作的作品背后必然包含着社群共创的成分，这才是网络文学互动性最深刻的体现。与此同时，这种互动过程，实际上也就是前文已经提到的网络文学在其社群内部的经典化过程。

不同学者对于网络文学的本质特征有不同的判断：黎文将之描述为互动性与开放性；邵燕君将网络文学的"网络性"概括为三个层面：网络文学是一种"超文本"，网络文学根植于"粉丝经济"，网络文学具有与 ACG 文化的连通性。[①] 笔者倾向于认为邵文所说三种网络文学的"网络性"仍有其共同的底层逻辑，共同指向"基于（数码）人工环境的文学创作"这一网络文学的根本特征[②]。不同的观点立足于不同的参照系，有着各自的合理性，网络文学的本体论研究仍有着广阔的空间。而对于网络文学之本质的发掘，也是为网络文学寻找可行的经典化标准的一个前提与方法。

（原载《文艺理论与批评》2023 年第 3 期）

---

① 邵燕君：《网络文学的"断代史"与"传统网文"的经典化》。
② 王玉玊：《编码新世界：游戏化向度的网络文学》，结语"基于（数码）人工环境的网络文学创作趋向"，第 293—316 页。

中国网络文学创作中的原创性
和著作权问题

◎郑熙青

中国的互联网自 20 世纪 90 年代中后期才起步，比很多发达国家都要晚，但起步不久就出现了直接发表在网络上的原创虚构写作。中国网络文学至今在世界上仍是非常特殊的现象，而且在发展初期就开始"出海"，不断进入海外读者的视野，并受到全世界读者的欢迎，成为独属于中国网络的一个奇特的文化景观，也是近年来"中国文化走出去"最成功的范例之一。然而，尽管网络文学已经渐渐成为影视行业和其他娱乐媒体所谓"IP 文化"的内容核心生长点，但在浪漫主义文学时代出现的文学天才观念和当下国际资本主义版权制度统御的系统中，网络文学却经常会显示出它与这套话语的龃龉之处。网络文学是出身于社群写作和网民游戏的写作，但在学界经典化和业界商业化的努力下，这些语境和特征却极易被删削裁剪，从而令这些在语境中边界和影响关系都暧昧模糊的作品割裂成一部部自成首尾的所谓"经典杰作"。笔者认为，这种在娱乐工业体系下被从 IP 化的作品四周切割掉的社群网络和文本网络，才是网络文学能生长壮大的决定性因素。面对娱乐工业和学院经典地位的收编，网络文学中与其产生最严重撞击的是有明显前文本的同人写作，其他类型的文学写作，尤其是网络上非正式的文学创作，也会有类似问题。与既有的文学作品之间存在清晰的对应关系，实在地影响了这些文学创作在主流文化传播媒介中的可见性。迄今为止与网络文学相关的主流历史叙事，包括行业内部和学术界的，往往忽视同人写作在网络文学中的重要地位。本文梳理当下全球版权制度的法律和文化来源，以及版权制度在当下文化娱乐产业中实际的操作形式，并指出，在当下对中国网络文学的讨论中，原创性、有独立版权和具有文学审美特性，这几点性质被微妙地混淆了。从后现代文学理论对文学和作者的理解这一角度看，原创性和独立版权之间是否具有紧密的关系，是值得再商榷的。从这个问题出发，笔者认为，对中国网络写作的研究和梳理，在关注获得市场成功的作家、作品和网站的同时，更重要的是了解整个文本生产的文化场域和经济制度，并明确这样的制度是如何规定文学、文化文本的合法性和可见性的。作为文学研究者，我们特别需要关注那些被大大遮蔽的文学写作和传统，因为它们包含着在当下文化制度中无法自动显形却往往特别富有生命力的创造力和文化生产方式。

在进入讨论前，我们首先必须理解"原创"和"创新"在当下中国的特殊重要性。20世纪末以来，中国在世界上深受"盗版"控诉之苦。近代欧洲的版权和知识产权观念在前现代中国一直不存在。这背后的原因并不是没有盗版、盗印，而是前现代中国缺乏在版权法背后，文学商品化和个人产权化的经济文化语境。虽然中国自清末起就开始有版权法（最早为1910年的《大清著作权律》），但执行一直不严格。中华人民共和国建立初期并没有加入资本主义世界的版权协定，然而自改革开放以后，从20世纪80年代到1994年之间，中国签署了几乎所有国际版权公约，从此进入基于文学、文化作品商品化逻辑的世界知识产权系统。到1994年，中国的知识产权改革基本完成。然而，一个众所周知的事实是，从20世纪70年代末到21世纪初，从线下到线上的各种软件、影音和印刷产品，中国大陆有着普遍且泛滥的盗版现象。不可否认，在客观上，这些在道德和法律上处在灰色地带的文化产品，为普通人的娱乐生活提供了廉价的选择，并养成了一代涉猎极其广泛、爱好和品味都颇为国际化的音乐迷、电影迷和泛二次元社群。虽然在理论上，在一个没有发行渠道的国家的市场内，盗版并不损害正版的经济利益，但规模巨大的盗版现象和市场，连同常见且出名的"山寨"现象，必然会引发版权方的不满，并影响中国在知识产权和创新领域的形象。

随着中国的国力和人民经济实力迅速增强，也随着中国加入WTO 等国际贸易组织和协定，这种由盗版构成的地下文化场域渐渐开始向正版化方向发展，很多以存储播放盗版视频起家的视频网站，都在这股风潮中开始购买影视作品的播映权。国际影视媒体公司不断的版权警告和中国社会对盗版的耻辱感在其中起着相当重要的作用。正如彭丽君所言，由于全球知识产权体系将知识产权与"创意"产业挂钩，在很多人看来，盗版就成了创造力低下、只会抄袭而自身缺乏创造性的标志。[①] 这在当下中国的文化生产中成为急需摆脱的耻辱象征，于是"中国制造"向"中国创造"的改变除了在工业界发生外，也同样出现在文化娱乐圈。中国的网络文学以世界罕有的规模和速度发展扩张，并且获得了来自世界各国读者的喜爱和称赞，也就很快从半正式的文学创作背景被推到了文化产业的前沿。于是，以商业模式和工业化的影视改编为传播基础的网络文学，自然也和"原创性""中国创造"之间建立了紧密的话语联系。然而，在纯粹商业化背景下讨论网络文学的创新性，用本身也只是人为规定的版权制度来衡量、修剪这个特殊现象，必然会丧失这个论题中许多微妙而真正有价值的侧面。所以，在讨论这个问题的时候，我们首先需要询问的，是"原创性"这个概念的来源以及它在当下文化娱乐领域中发挥作用的方式。

一、知识产权的文化和法律依据

"创造"这个概念在犹太教—基督教的传统中，是一种独属于上帝的权力。按照雷蒙德·威廉斯对"创造"（create）一词的溯源和界定，"创造"和"造物"（creation）在 17 世纪开始与艺术直接产生关联，而到了 18 世纪才出现"创造力"（creativity）的概念。因为这个概念暗示着一种能力的主体，所以"创造力"一词的出现证明了"创

---

① Laikwan Pang, *Creativity and Its Discontents*：*China's Creative Industries and Intellectual Property Rights Offenses*，Durham and London：Duke University Press，2012，p.14.

造"概念从神的特权下降到人类的行为。① 现代性的一大体现正是创造力的民主化。彭丽君指出，西方现代性是由两种不同模式的创造性促生的，一种是柏拉图式的创造性定义，即可知的、有逻辑的"真理"的理性复制，另一种是希伯来传统中随心所欲的创世主的创造。② 在现代性的发展过程中，犹太教—基督教传统中的创造性被严格限制在文学艺术领域，排除了与理性相关的因素，造成了科学和文艺对创造性的不同认知。这种横亘于科学与文艺之间的认知和创作范畴的差异，也进入了现代人类社会对文艺作品创造性的讨论中。这个转折大约出现于 17、18 世纪，此时文学家的身份被抬高和神化，文学创造开始追求独创性，文学作品开始作为商品流通并形成专门的市场。正如马克·罗斯（Mark Rose）指出的，这些转变不仅几乎是在同一时间段内发生的，而且有着显著的逻辑关联。③

在我们讨论一部文艺作品的原创性时，首先需要注意的是，资本主义版权制度和作者天才论的观点并没有很长的历史。研究版权的学者会将现代版权的来源上溯到 1557 年。这一年，英国书商工会获得了皇家特许印刷权，所有印刷出版的书籍都必须在该工会登记。④ 类似法规的出现与古登堡的铜版印刷技术的发明（15 世纪中叶），以及该技术在全欧洲的普及有着直接的联系。马克·罗斯追溯了英美法系中版权的法律来源，特别强调了 1710 年英国《安妮法》的重要性。⑤《安妮法》被认为是世界上第一部版权法。按照《安妮法》的规定，国会首次将书籍版权给了作者（而不是出版商），附加要求是只有新作品才可以获得版权，并且将之前的永久版权限制在两个十四年的时

① Raymond Williams, *Keywords：A Vocabulary of Culture and Society*, New York：Oxford University Press，2015，pp.45-47.

② Laikwan Pang, *Creativity and Its Discontents：China's Creative Industries and Intellectual Property Rights Offenses*，pp.29-45.

③ Mark Rose, *Authors and Owners：The Invention of Copyright*，Cambridge，MA：Harvard University Press，1993，p.6.

④ 例如，马克·罗斯指出，威尼斯的作者特权和英国书商公会的皇家特许印刷权是两种并行的印刷管制制度，但后者对后来的版权制度有重要的影响（Mark Rose, *Authors and Owners：The Invention of Copyright*，p.12）。

⑤ Mark Rose, *Authors and Owners：The Invention of Copyright*，p.4.

间段。L.雷·帕特森（L. Ray Patterson）认为，《安妮法》的目的在于鼓励创造性，保证公众可以自由获得信息的权利，并终止了版权作为书报审查制度的功能。[1]

在英美法系之外，其他一些国家和法律体系以其他方式保护作者权利。例如最早的作者"特权"于1486年出现在威尼斯公国。与前现代作者主要依靠赞助人出资维持生计不同，这种特权是王权赐予作者从自己作品中获利的权利。在法国，所谓"作者权"主要涉及将作品印刷并获利的权利。这种权利出现于16世纪，此后，书商需要获得书的作者或其继承人的书面许可后才能印刷书籍。法国大革命后，法律中这个本来针对印刷的权利才改为作者自身的权利。有别于各国自身的版权法律体系，跨国共通的国际版权体系迟至19世纪晚期才发展规范起来，推动者包括少数发明家，如托马斯·爱迪生、维尔纳·冯·西门子，以及一些享誉全球的作家，如马克·吐温和维克多·雨果等人。在此之前，作者的版权只在一国之内有效。在国际版权体系建立和规范期间，最重要的文件是最初签订于1886年的伯尔尼保护文学和艺术作品公约。伯尔尼公约经历多次修订，至今仍在发挥功能。

正如马克·罗斯所言："创作者（author）与所有权人（owner）分别主导了现代以来文学观念与法律观念的这两个'作者'形象，其实是同时出现的，'它们是一对孪生子'。"[2] 作者对文本至高无上的权力和印刷出版业的商业化有着紧密的逻辑关联，虽然并不一定是直接的因果关系，但作品被视为作家的个人产物才保证了一系列获得利益的权利转让具备基本的合法性。也就是说，作者正是因为靠自己的"天才"创作了作品，才能获得授权的合法性。这一系列逻辑链条最终指向了作者身份的定义。

---

[1] Suntrust Bank v. Houghton Mifflin Co., 268 F. 3d 1257-Court of Appeals, 11th Circuit 2001, https://scholar.google.com/scholar_case?case=13094222792307527660.

[2] Mark Rose, *Authors and Owners: The Invention of Copyright*, p.132. 译文转引自储卉娟：《说书人与梦工厂：技术、法律与网络文学生产》，社会科学文献出版社2019年版，第60页。

在文学领域，作品是作者天才之体现的观念，和 18 世纪末兴起的浪漫主义文学有着紧密的联系。欧洲浪漫主义对"天才"概念的崇尚通常可以追溯到英国的爱德华·扬格（Edward Young）。他的《试论独创性作品》（1759）强调了原创性的重要性，提出"天才"是至高无上的，认为内在的创新性胜过所有古典教条和新古典主义的模仿之作。他甚至认为，当时的作者应当敢于与古希腊、古罗马的伟大作家并驾齐驱。他说：

> 模仿有两种：模仿自然和模仿作家；我们称前者为独创，而将模仿一词限于后者……独创性作家是、而且应当是人们极大的宠儿，因为他们是极大的恩人；他们开拓了文学的疆土，为它的领地添上一个新省区。模仿者只给我们已有的可能卓越得多的作品的一种副本，他们徒然增加了一些不足道的书籍，使书籍可贵的知识和天才却未见增长。[①]

扬格的文章直接影响了德国"狂飙突进"运动的一代，包括歌德（歌德年轻时曾用扬格的文字学习英语）、席勒等。从德国早期浪漫主义者开始的文学思潮也很快扩散到欧洲其他地区。雷蒙德·威廉斯在对"天才"（genius）一词的溯源中也发现，在 17 世纪的英语、法语和德语中，"天才"一词的意义和"才能"（talent）之间并没有明显的区分，直到 18 世纪才出现将"天才"独立于意义更加含混的"才能"之外，描述一种超凡能力和天赋的用法。[②] 也就是说，"天才"一词意义的新发展，与"创造"一词词义的变化是同时发生的，而且紧密相关。

这种对作者个人天才的强调非常明显地体现在浪漫主义文学理论中。英国浪漫主义诗人华兹华斯在《抒情歌谣集序》中强调来自生活（而不是对经典文学的模仿）的诗歌语言，颂扬从劳动人民那里模拟

---

① ［英］爱德华·扬格：《试论独创性作品》，《为诗辩护·试论独创性作品》，袁可嘉译，人民文学出版社 1998 年版，第 82 页。

② Raymond Williams, *Keywords：A Vocabulary of Culture and Society*, pp.98-99.

来的真实的境况和心绪。同时，他也将诗歌语言的力量溯源到天才诗人的敏锐洞察力和情感表达上：

> 好的诗歌是强有力情感的自然流淌：尽管上述为真，但诗歌的价值多种多样，好的诗歌并非任何主体都能作出，必须是特定的人，他抱持着比常人更多的天然的敏感，也能思虑深远。①

华兹华斯认为，优秀的诗歌只能由有特殊才能和敏感的人写出，而作诗的过程就像是"自然流淌"，类似一种浪漫化的天赋神启过程。另一位浪漫主义诗人和文学理论家柯勒律治在《文学传记》中评价了华兹华斯《抒情歌谣集》的贡献，也着重强调了从劳动人民的日常生活中获得语言的重要性。② 他还认为只有天才诗人才能将这种语言完美地表述出来：

> 这是由诗歌天才本身造成的差别，这种天才维持并改变着诗人自己意志中的形象、思维和感情。在最理想完满的描述中，诗人内在的力量依据相互的价值和品位互相压制着，将人类完整的灵魂调动起来。他散发出一种语调，一种和合的灵魂，利用化合与魔法的力量互相混合着、（就像它本来的形态那样）熔合着；这种力量，之前我们一直只挪用了"想象"这个名称来描述。③

柯勒律治赞扬了天才诗人的能力，强调从本真的生活中获得最恰当、有力的语言是一种天赋，认为跟在天才诗人身后模仿的人不过是在脱离了生活的语言系统中自我重复，而让这种语言系统成型的，却是最开始进行原创性写作的古典诗人。浪漫主义诗人打破了新古典主义崇

---

① William Wordsworth，"Preface to Lyrical Ballads，with Pastoral and Other Poems，" in *The Norton Anthology of Theory and Criticism*，ed. Vincent B. Leitch，New York and London：W. W. Norton & Company，2001，p.651.

② Samuel Taylor Coleridge，"Biographia Literaria，" in *The Norton Anthology of Theory and Criticism*，pp.672-682.

③ Samuel Taylor Coleridge，"Biographia Literaria，" p. 681.

尚模仿经典的教条，从民间寻找鲜活的语言，为自我表达寻找理论上的合法性。由此，席卷文学艺术等多个领域的浪漫主义树立了天才的崇高形象，并一直延续到现代主义艺术家那里。这种关于作者的观点渐渐成为主流，随着越来越多的欧洲作者开始依靠写作谋生，"版权属于作者"在文学理论、经济要求和法律等多个层面重叠配合起来，在不断的法律诉讼中渐渐完善，形成了当下资本主义知识产权世界体系中的思想、制度和文化基础。

二、无法追溯的天才作者和后现代的文本间性

在承认作家才能确实有区别的同时，我们必须看到，浪漫主义文论中确立的天才作者形象在文学史上无法回溯，而且本身也存在不少可商榷的疑点。一方面，在世界文学史上，尤其是漫长的前现代，可以将一部想象性的文学作品直接关联到单一作者或可以明确的少数作者的情况，并不是常态，大量作品都是集体创作的成果。同时，将一本书冠名为一个作者的作品，其逻辑在历史发展过程中也多有变化。[①]另一方面，文学作品都是在其自身的历史文化语境中出现的，无论其作者是否有天才的思维和创造力，它都不会是突然间出现的独一无二的造物。一个作者必然会在写作中体现出自己在学习和阅读过程中曾经接触过的前人作品的影响痕迹。即使不存在刻意的模仿和致敬，这种情况依然存在。类似观点在即使并非后结构主义文论拥趸的批评家（如哈罗德·布鲁姆）那里也多有体现。布鲁姆着重讨论了前人中的"强者诗人"（如弥尔顿）对后辈作家不可避免的影响，认为无论是模仿还是刻意地避免模仿这位天才的前辈诗人，事实上都体现了这种影响的焦虑。[②]

按照结构主义文学理论的基本观点，人类所有的故事都是前人已经讲过的。弗拉基米尔·普罗普分析的俄罗斯民间故事中 31 种故事

---

① 例如一些书籍上标明的作者是收集整理者或改编演绎者。

② ［美］哈罗德·布鲁姆：《影响的焦虑：一种诗歌理论》，徐文博译，生活·读书·新知三联书店 1989 年版。

元素的功能，经过不同的排列组合可以形成不同的故事形态；[1] 美国结构主义学者约瑟夫·坎贝尔提出的"千面英雄"理论则将各民族史诗和神话中的英雄传说的模式化叙事，一直联系到了现当代的科幻奇幻故事。由于《星球大战》的创作者乔治·卢卡斯的应用和推广，坎贝尔的这套理论与当代流行文化无缝衔接。[2]

朱迪斯·斯蒂尔（Judith Still）和迈克尔·沃顿（Michael Worton）梳理了西方文艺理论中关于文学作品的概念和界定，尤其讨论了模仿论（mimesis）在西方文学史中的重要地位。[3] 可以观察到，从柏拉图开始的西方诗学理论中，不少理论家述及文本之间的关系，并触及了"文本间性"概念。当然，文本间性直到朱莉娅·克里斯蒂娃才最终形成了一个固定的称呼和概念。模仿论中文本与文本、文本与现实之间的关系有清晰的等级关系，而后结构主义文论中著名的"文本之外无他物"概念[4]，则消解了文学作品的神话地位。文本间性较为中立地描述了文本之间客观存在的联系，且不存在先后和主次分别。从巴赫金的"众声喧哗""多声复义"理论发展出的文本间性理论，强调文本之间交错互鉴的关系最终决定作品的意义。这样的理论在文学理论和实践中都在改变人们对文学的态度。

对"作者"身份这一问题，琳达·哈钦（Linda Hutcheon）概括道："文本的创作者（至少从读者的角度来看）从来都不是真实的人物，即使只是推论中的真实人物也不是，却是读者从自己的位置推论出来的一种发声的实体。"[5] 这种观看方式事实上将读者作为文本意义

---

① ［俄］普罗普：《故事形态学》，贾放译，中华书局 2006 年版。

② Chris Taylor，*How Star Wars Conquered the Universe：The Past，Present，and Future of a Multibillion Dollar Franchise*，New York：Basic，2014，p. 126.

③ Judith Still and Michael Worton，"Introduction," in Judith Still and Michael Worton（eds.），*Intertextuality：Theories and Practice*，Manchester：Manchester University Press，1990，pp. 1-44.

④ Jacque Derrida，*Of Grammatology*，trans. Gayatri Chakravorty Spivak，Baltimore：The John Hopkins University Press，1976，p. 158.

⑤ Linda Hutcheon，*A Poetics of Postmodernism：History，Theory，Fiction*，New York：Routledge，1988，p.81.

重要（甚至可能是最重要）的决定者。正如罗兰·巴特在《作者的死亡》中提出的那样，"读者是构成写作的所有引证部分得以驻足的空间，无一例外；一个文本的整体性不存在于它的起因之中，而存在于其目的性之中，但这种目的性却又不再是个人的：读者是无历史、无生平、无心理的一个人；他仅仅是在同一范围之内把构成作品的所有痕迹汇聚在一起的某个人"①。在巴特看来，随着作者神话的消失，文本的主体性也成为问题。单独的文本不再存在，存在的只有无边无际的文本间性，文本间性是所有文本的共性。

从实践的角度考虑，在世界文学史中，重新讲述一个人尽皆知的故事，或者给这个故事按照自己的想象加上之前或之后的故事，几乎是司空见惯的现象。仅以中国文学史举例，明清小说四大名著中只有《红楼梦》可以明确是由文人创作的故事，其他三部都多少源自历史记载。《三国演义》是基于三国时代历史故事的写作，《水浒传》最早的文本源自南宋时讲述北宋末年宋江起义的话本《大宋宣和遗事》，《西游记》除了唐朝高僧玄奘取经的故事，还融合了很多佛教讲经故事。这三部作品最终在明朝大致定型为自成首尾的作品前，都经历了长期的民间传播过程，期间有长达数百年甚至上千年故事讲述者和表演者的传承和再创作，故事内容和形式有多次变化，绝不是现代意义上的天才作者个人思想的结晶。这些作品在某个写作者笔下大致定型后，在长期的民间流传过程中仍然会有规模不小的修改和评注，这是前现代叙事作品正式化、规范化、经典化的常见步骤。所以，这些作品与后世流传版本的冠名作者并没有确定无疑的关系。在某种意义上，冠于其上的作者之名倒确实印证了福柯在《什么是作者?》中提出的"作者功能"理论②。也就是说，作者只作为多重话语网络中各种行为和意义的结构性发出者而存在，文本结构上的作者功能与真正

---

① ［法］罗兰·巴特：《作者的死亡》，《罗兰·巴特随笔选》，怀宇译，百花文艺出版社 2005 年版，第 294—301 页。

② Michel Foucault，"What Is an Author?" in *Language，Counter-Memory，Practice：Selected Essays and Interviews*，ed. Donald F. Bouchard，trans. Donald F. Bouchard and Sherry Simon，Ithaca：Cornell University Press，1977，pp. 113-138.

写作的作者是谁没有直接关系。福柯对作者主观意志存在与否并不在意，因为在他的理论视角中，文本纯粹是以自身在社会文化结构中发生的作用来产生意义的，也就像他在文章最后的反问："谁在乎说话的人到底是谁?"[①]

当然，后结构主义作者论和文本论并没有从根基上动摇传统的文学研究范式，"知人论世"的作者中心主义研究依然在很多学科中占据着中心地位，本文也无意挑战这种研究方式的合法性。通过上述关于文本间性的讨论，笔者希望指出的是，文本的原创性和作者的天才创意，这样的观念本身就是历史和文化的建构。随着对文本观察的角度和方式变化，对于文本的意义和原创性的判断也会随之改变，并不存在绝对客观的原创性判断。我们更应该关注的是这种原创性定义的历史文化来源，以及这种定义如何限制和塑造了文本的创作和流通方式。对于芜杂的中国网络文学生态而言，正因为它在正式与非正式、社群爱好和商业利益之间的摇摆，原创性的定义就显得尤其暧昧不定。

三、转化型写作、版权争议和可发表性

本文将基于已有文本基础上重新想象和创作的写作行为称作"转化型写作"(transformative writing)。这个名称沿用了英语粉丝文化中的一种命名方式，有些翻译也作"衍生写作"或"再创作"，指的是在已经成型的叙事文本基础上，利用原作中的人物、情节和背景等元素，以新的目的、情感和表达方式讲述新的故事文本的写作行为。[②] 这个概念借鉴了法律用语，强调二次写作中的创造性，认为转化型写作是在原作基础上添加新内容和改写，并不是毫无创新地重复甚至剽窃。采用这样的命名方式，主要是因为知识产权法在转化型写作相关的讨论中一向是最核心的几个议题之一。正是因为转化型写作有非常明确的原文本，故事

①　Michel Foucault，"What Is an Author?" pp.138.

②　参见再创作组织（Organization of Transformative Works）网站对"转化型写作"的解释，https://www. transformativeworks. org/faq/what-do-you-mean-by-a-transformative-work/。

中人物、背景和情节往往有不少和原文本一致的内容，而转化型写作也需要依靠和原文本之间的互动关系来表达意义。尽管如前文所述，文学史上有很多建立在前人作品基础上的文学创作，而其本身也成了著名作品并流传后世，但在当下的知识产权系统中，在有前文本的情况下，这样的作品在怎样的条件下还可以看作是有原创性的？

有趣的是，在上述问题的判定中，决定性的因素不是文艺理论，而是法律实践。出现在正规图书市场和主流文学史叙事中的转化型写作，作家拥有著作权，而其原文本通常是早已进入公共版权领域内的作品，或者是没有特定作者的文本，如传说和民间故事等。特别出名的原文本有简·奥斯丁的小说（特别是《傲慢与偏见》）、福尔摩斯探案故事、莎士比亚的戏剧和各种民间神话传说，不一而足。这些转化型写作的最大共同点是利用原文本的故事和人物设定，在其上进行转化型写作不会引发法律纠纷。这呈现出知识产权规定的人为性和荒谬性：同样都是用现有的虚构文本中的设定和人物讲故事，作者在世或去世不到 50 年的（在一些国家是 70 年甚至更长），则涉嫌侵权，不能正式出版，而作品进入公共领域的，则可以顺利写作并出版，差别只在作者的死亡时间。在转化型写作的可发表性问题上，最终决定者是各国的版权法和国际知识产权体系的规定。至于迪士尼这样依靠标志性动画人物获利的媒体公司，还不断通过游说来设法修改法律，延长对一个文本的占有和获利的时间。[①] 然而，同样是转化型写作，当一个商业娱乐公司选择一个公共版权领域内的故事，以商业影视文本的形式呈现出来的时候，资本方却往往能将这种转化型写作变成可以用知识产权保护起来的内容，尽管这个故事其实来自民间。例如，劳伦斯·莱斯格（Lawrence Lessig）就批判了迪士尼公司在动画片中改编了公共版权领域内格林童话里的故事，却反而将人物作为自己的知识产权，并大力限制他人使用包括白雪公主在内的人物形象。当然，格林兄弟本来作为德国民

---

① 参见如下报道，其中详述了美国知识产权法案修改进入公有领域时间的过程，https://www.washingtonpost.com/news/the-switch/wp/2013/10/25/15-years-ago-congress-kept-mickey-mouse-out-of-the-public-do-main-will-they-do-it-again/。

间文学的收集整理者，在何种意义上可以认作这些童话的作者，又是另一个问题。在某种意义上，当今的知识产权法律与其说是在保护创作者的权利，不如说是在保护资本以这些文本营利的正当性。在这样的国际知识产权体系中，真正的创作者在卖出自己的作品后，却往往是无法从各种收费中获利的一方。①

在以印刷出版为主要发表媒介的纯文学领域内，近年来英语文学界较著名的侵权案件是戏仿玛格丽特·米切尔《飘》的《飘过的风》（*The Wind Done Gone*），作者为艾丽丝·兰道尔（Alice Randall），出版于 2001 年。这部小说用一个黑奴和奴隶主的混血女儿辛纳拉（斯嘉丽同父异母妹妹）的视角，重新讲述了《飘》中发生的故事。虽然小说换用了代号来称呼《飘》中的绝大多数人物（例如斯嘉丽被称作"另一个"，作为姐妹俩共同爱情对象的瑞德则被简称为"R"，两本书中唯一称呼未变的是斯嘉丽的黑人奶娘，也是混血妹妹辛纳拉的母亲——"妈咪"），但小说出版后还是受到玛格丽特·米切尔基金会的控告，要求禁止该小说出版发行。在美国联邦第十一巡回上诉法院的裁断下，认为戏仿作品在美国法律中属于"合理使用"（fair use），不属于侵犯知识产权的行为。② 最终，在《飘过的风》的出版社霍顿·米夫林公司（Houghton Mifflin）同意向亚特兰大的莫尔豪斯学院捐款后，原告方决定放弃继续诉讼。这个案例在有关英语世界戏仿作品的合理使用边界讨论中是重要论据。当然，在关注《飘》的法律和文化争议的同时，也可以看到，近几十年来英文文学写作领域存在大量 19 世纪著名长篇小说的重新写作。例如，改写《白鲸》的《亚哈的妻子》〔*Aha's Wife*，作者为赛纳·杰特·纳斯隆德（Sena Jeter Naslund），出版于 1999 年〕、改写《哈克贝利·费恩历险记》的《芬》〔*Finn*，作者为乔恩·克林奇（Jon Clinch），出版于 2008

---

① Lawrence Lessig, *Free Culture*：*How Big Media Uses Technology and the Law to Lock Down Culture and Control Creativity*, New York：Penguin, 2004，pp.23-25.

② Suntrust Bank v. Houghton Mifflin Co., 268 F. 3d 1257-Court of Appeals, 11th Circuit 2001.

年〕、改写《小妇人》的《马奇》〔*March*，作者为杰拉尔丁·布鲁克斯（Geraldine Brooks），出版于 2006 年〕等。这些作品之所以可以正常出版和营利，是因为原文本早已进入公共版权领域，不再需要考虑原作者或原作版权方的意见。然而这些写作的创作方式和《飘过的风》并没有本质区别。

回到中国的语境中，我们可以发现，关于转化型写作相关的法律争议在中国当代文学写作和市场中较为罕见，部分也是因为当下中国的版权体系建立时间相对较短。少数相关法律纠纷中，最著名的莫过于 2017 年，武侠小说作家金庸以著作权被侵犯状告网络作家江南的小说《此间的少年》。这一案件在网络上引发了热议，之后被广泛地称作"中国同人第一案"，成为现在中国法律界和同人文化圈对同人写作法律讨论的重要参考依据之一。《此间的少年》创作于 2001 年，初次发表于"清韵书院"网站，此后迅速在网络上走红。这部作品将金庸小说中的著名人物，例如《射雕英雄传》中的郭靖、黄蓉、杨康和穆念慈，《天龙八部》中的萧峰和康敏，《笑傲江湖》中的令狐冲等，放置进 20 世纪 90 年代中国大学生的生活中，让他们成为"汴京大学"的学生，并上演一幕幕校园爱情故事。在小说走红后，2002 年即以《此间的少年：射雕英雄的大学生涯》为题由西北大学出版社实体出版，多次再版，并于 2010 年分别由北京大学和南京大学的两个团队改编为学生 DV 电影。虽然《此间的少年》用了金庸书中人物的名字、人物性格、人物关系和部分情节设定，但并没有获得金庸的授权。作品能够通过出版社出版，主要是因为当时出版界对于转化型写作出版和营利的边界问题还不甚清晰。金庸早在 2004 年就在采访中表示知道这篇小说的存在，并不点名地批评江南为"文抄公"，一直对此采取忍让态度。直到 2016 年华策影业宣布将此书改编为商业电影后，金庸终于采取法律手段状告江南。这个案件的一审结果是江南败诉，《此间的少年》被要求停止出版并销毁库存，同时赔偿金庸的经济损失。2023 年最新的终审结果更是追加了侵犯知识产权和抄袭的认定。中国网络文学最著名的作品之一遭遇法律困境，并不代表早期中国网络文学或者说像《此间的少年》这样以他人的故事为灵感开始的写作缺乏灵气和原创性。相反，这个问题事实上反映了中国网络文学生长脉络、文化环境和需要清晰产权界定的文学商业化体系不相容。换句话说，网络文学在其开端之初，就存在一种在现行知识产权法律制度下无法商业化的写作脉络，而这一写作脉络在网络文学的商业化和"IP 化"风潮中被自然地排除在外，并因此系统性地在关于网络文学的叙事中隐形了。

当然，值得指出的一点是，和《此间的少年》创作时间相仿，流行和经典化的步骤也相当类似的另一部著名网络小说，今何在的《悟空传》（最早于 2000 年在金庸客栈网站上连载，最早线下实体出版于 2001 年，于 2009 年在由中文在线旗下的 17K 网站与长篇小说选刊杂志社等承办的"网络文学十年盘点"活动中入选"网络文学十年盘点十佳人气作品"）却从来没有遇到过类似的版权问题。考虑到这部小说与《西游记》以及 20 世纪末在中国青少年中风靡一时的电影《大话西游》之间相当直接的关系，版权议题的缺失，其背后的原因并不是《悟空传》更具有原创性，而仅仅是因为《西游记》的故事本身已经在公共版权领域之内。与终于难逃下架命运的《此间的少年》不同，《悟空传》在出版 20 多年的时间内，已经成功成为"IP 转化"的对象之一，加入了 2015 年前后井喷的《西游记》题材电影的改编制作风潮，并且一直在印刷书籍市场上畅销不衰。

仔细阅读金庸起诉江南案件的一审判决书，可以发现不少耐人寻味的问题：判决典型体现了当下版权相关判决"保护表达，不保护思想"的原则，"著作权法所保护的是作品中作者具有独创性的表达，即思想的表现形式，不包括作品中所反映的思想本身"①。法院认为，《此间的少年》虽然使用了金庸小说中的人物姓名和部分情节要素，但脱离了具体故事情节的人物名称、人物关系、性格特征的单纯要素难以构成具体的表达，且《此间的少年》对金庸小说中人物的性格特征、人物关系和故事情节在具体表达上并不一致，所以《此间的少年》与金庸小说的"人物名称、人物关系、性格特征和故事情节在整

---

① 查良镛与杨治、北京联合出版有限责任公司著作权权属、侵权纠纷、商业贿赂不正当竞争纠纷一审民事判决书，https://m.tianyancha.com/susong/7aea ea6ed20a11e8a8b47cd30ae00894。

体上仅存在抽象的形式相似性"①，无法构成相似的欣赏体验。因此，一审判决认为《此间的少年》并未侵害金庸的改编权、署名权和保护作品完整权。但同时，法院认为《此间的少年》使用的金庸小说中的人物利用金庸原作中的元素，借助金庸的市场号召力与吸引力提高自己作品的声誉，客观上形成了不正当竞争。

有趣的是，这一判决中，法院援引的法律，无论是《中华人民共和国著作权法实施条例》，还是《中华人民共和国反不正当竞争法（2017 修订）》，对转化型写作都没有专门的规定和限制，在判决中多次强调的是"诚实、信用""公认的商业道德"②。从这个案例可知，在中文同人社群中流传甚广的许多说法，如"同人写作是侵权""同人写作本身就低人一等"，在实际法律的判例中并没有那么极端和绝对。判定转化型写作是否侵犯原作作者的著作权，需要非常细致的讨论和对比，并不存在一刀切的判定方式，并且作家创造的人物本身不包含知识产权成分，一审法院没有支持金庸对人物名字和形象的知识产权要求。然而，一审判决的重点在于商用和获利。也就是说，在金庸诉江南的案件中，一审法院认为江南侵犯法律的行为并不是以金庸的人物和故事为原文本进行创作，而是从自己的转化型写作中赚取商业利益。因为两位作者都处在当下的文学市场中，存在竞争关系，于是江南营利的行为构成了不正当竞争。换句话说，这个判例证明了，在中国现在的知识产权法律框架下，经过认定具有独创性的同人写作完全不侵犯原文本作者的著作权，而进入商用的转化型写作则会受到处罚。本案的一审判决书中清晰写明了查案过程中文本比对烦琐，耗时耗力，这证明了同人作品是否侵犯原作者权利并非非此即彼的定性判断，同人社群中广为流传的"官方告同人耗时多，赔偿少，不划算"是真实存在的。这种判决方式事实上认定了一种无法依靠商品化变现的创造性，这种创造性参与建构的作品作为创造性的物化体现本身，无法作为具有交换价值的物品独立存在。当然，以上详述的是一审判决。在法学界也引发重重争议的终审结果，部分否定和推翻了一

---

①② 查良镛与杨治、北京联合出版有限责任公司著作权权属、侵权纠纷、商业贿赂不正当竞争纠纷一审民事判决书。

审判决的很多推论和假设，进一步限制了转化型写作，甚至从道德层面以"抄袭"的罪名否认了转化型写作的合法性。这更让我们思考，面对充满了各类转化型写作的文学实践，企图清楚分割出"原作"原创性的司法实践是否具有合理性。

四、中国网络文学的同人传统和商业化困境

转化型写作之所以与中国网络文学有着尤其紧密的联系，主要是中国网络文学写作特殊的文化背景。同人写作一直都是中国网络文学中最重要的写作方式和类别之一。虽然因为不可发表和改编，所以同人写作的影响一直局限在网络平台的社群中，在后来"出书—影视改编—IP化—学院经典化"的脉络中基本隐形，但同人写作和同人社群事实上和被显性化的文学创作有千丝万缕、不可分割的联系。网络文学发展中出现的很多创作方式、文类、主题等，都和互联网早期的同人写作有着关键联系。在网络小说中以女性为主要受众和写作群体的一些文类，例如"宫斗文""种田文"等，如果追根溯源，都可以上溯到一些二次创作的写作文本和写作类型。在女性向网络文学发展脉络中地位重要的穿越小说，本质上就是历史同人。所谓的"清穿三座大山"，即金子的《梦回大清》、桐华的《步步惊心》和晚晴风景的《瑶华》，和20—21世纪之交一些以清朝宫廷为主题的电视剧有直接的影响关系，完全可以视作清宫戏的同人写作。特别是从二月河原作改编的电视剧《雍正王朝》（胡玫导演，1998），塑造了清穿小说对清朝宫廷的想象，对"九龙夺嫡"这一题材的偏爱尤其可以反映二月河作品和清穿小说的直接联系。然而，因为原作是历史小说和历史小说改编的影视作品，这样的转化型写作却往往可以绕过中介物，在文本网络中独立与历史原型产生联系，因此可以避免商业改编的版权麻烦。

储卉娟以"说书人"和"梦工厂"两个比喻，形象地描述了前现代的文学创作方式和当下网络文学中由资本主导的生产消费模式，两者都脱离了浪漫主义神化了的大写的"作者"，强调文学写作的重复

性和民间性。① 在这个意义上，印刷时代的"纯文学"反而是文学史上异常的间奏。然而，正如储卉娟所说，资本主导的"梦工厂"本质上体现的是网络文学野蛮生长后"铁笼"的回归。② 这里想强调的是，在网络文学的体系内讲故事，其经济和文化结构与前资本主义时代的民间创作并不能等同起来，尤其考虑到文化娱乐业在互联网时代进入平台一体化的阶段，面对的是比前互联网时代更复杂、细致的法律限制和规定，与前现代民间叙事所处的环境有本质差异。随着互联网资本的不断介入，"梦工厂"中的作品也会不断进入主流。与通常的文字、绘画创作不同，影视作品、大型电子游戏的制作和运营、多媒体形式的改编等，除了是一种改写和艺术创作，更是牵涉大量人力劳动和资本的工业生产。当文本进入这样的生产领域，甚至成为类似当下中国娱乐工业中"IP产业"的核心内容时，为了规避商业和法律风险，我们看到的不是前现代故事流传方式的复兴，而是对文本题材和表达方式等方面的限制。这些限制更多是出于经济和法律考量（例如引用或戏仿的内容是否进入公共版权领域），在文学和文本内部逻辑上，这些限制则往往显得相当随机，并无逻辑。

必须在这里插一句，虽然同人写作、盗版和抄袭都是有可能侵犯知识产权的行为，但这三者包含的感情色彩可以说天差地别：通常人们会坚决在道义上反对抄袭，却对盗版抱有暧昧的情感，至于同人，很多人甚至意识不到这是会引发知识产权争议的行为。我们固然不能把三者混为一谈，但必须看到，这三者之间又有着千丝万缕的联系：抄袭是用其他人的创意和文字作为自己的作品，侵犯了原作者的署名权；盗版是将他人拥有产权的商品拿来复制，并从中牟利；而同人则是将已经存在的故事重新改写，并在写作中明确地体现出与文学史中前文本的关联。本文简要解释了版权制度和作者神话的来源，并挑战了创造力和版权独立性之间似乎必然的关系。然而，对文本间性的强调和作者原创力的祛魅是否会导向对抄袭合法性的辩护呢？正如上文所述，以转化型写作的方式侵犯知识产权，和以抄袭侵犯原作者的署

---

① 储卉娟：《说书人与梦工厂：技术、法律与网络文学生产》。
② 储卉娟：《说书人与梦工厂：技术、法律与网络文学生产》，第248—249页。

名权，在经济意义上和道德意义上都并不一致。本文无意将讨论扩大到抄袭这个话题上，但必须指出，在知识产权的意义上讨论抄袭必须同时处理更多道德和经济上的争议，因此更需谨慎。

当下的知识产权保护概念和系统是一种人造的机制，以至于一些马克思主义学者认为知识产权体系是另一种物化体系。[①] 事实上，盗版虽然并不必然指向反抗资本控制，但它确实以一种负方向附着在既有的系统中，对抗资本主义不公正的全球知识产权体系。当然，这个观点在仍然在普及知识产权观念的中国似乎还过于超前。因为中国的"正版"氛围并不浓厚，普通的消费者，包括粉丝社群中的参与者，往往也只能从朴素的道义上支持正版，并以此为由发展出了一套"用自己的钱供养喜欢的创作者"的话语。但文化娱乐领域的现实是：版权的拥有者和执行者往往不是事实上的创作者，而是获得了创作者作品的资本方。在当下的文化环境中，实际上更加棘手的是，"正版化"后，原先在版权灰色空间内成长起来的文化表达力和创造力，被渐次收拢进资本主义知识产权制度所能允许的文化空间里，反而压缩了粉丝和普通接受者自由选择和表达的空间。

梅尔·斯坦菲尔（Mel Stanfill）指出，当下大型平台网站（例如YouTube）和媒体制作公司事实上采用的限制性措施比各国的知识产权法严苛得多，而普通人缺乏知识产权法律的知识，使这种过度的裁断对公众有吓阻效果。然而，她同时指出，这些对知识产权的过度保护措施，其实并没有提高公众的利益。[②] 尤其考虑到一些平台网站大多有隐藏的霸王条款，用户想使用平台就必须让渡部分著作权，平台方却拒绝承担任何风险。无论是哪里的社交媒体，对于需要社群感却没有资本创建自己的社交平台的粉丝来说，这样的霸王条款在个体层面上都是无法反抗的。[③]

---

① Laikwan Pang, *Creativity and Its Discontents: China's Creative Industries and Intellectual Property Rights Offenses*, p. 73.

② Mel Stanfill, *Exploiting Fandom: How the Media Industry Seek to Manipulate Fans*, Iowa City: University of Iowa Press, 2019, p. 114.

③ 孔令晗：《新浪微博"用户协议"引争议》，http://www.xinhuanet.com//legal/2017.09/17/c_1121675508.htm. 该文讨论了新浪微博 2017 年 9 月修改的新用户条款中对"未经微博平台事先书面许可，用户不得自行授权任何第三方使用微博内容"规定的解读。但即使按照新浪方的解读，该条款仍然侵犯了用户的权益。

和上文中引用的彭丽君观点类似，斯坦菲尔在分析当下网络环境中的媒体文化时同样指出，粉丝的参与是一种基于爱意的劳动，会为他们参与的媒体文本提供附加值，但却无法收到与他们所创造的价值等价的回报。在这种意义上，粉丝创造的是一种纯粹的剩余价值，媒体资本通过粉丝的工作来创造价值，本质是剥削。① 在劳动的粉丝看来，他们是出于自己的爱意和兴趣劳动，并且不愿意直接用金钱衡量自己的劳动成果；而在另一个层面上，媒体公司却能将这些劳动成果据为己有。这也是所有类似普通民众在知识产权制度的天花板下进行参与式活动时必然遇到的问题：当版权制度和媒介资本决定了怎样的劳动是受欢迎的、怎样的写作是合法的，并进一步定义了文学市场中的"创新"概念时，我们将如何理解和认识接受者在当下文学和媒介文化中的地位和贡献？当知识产权事实上造成创意生产者和劳动者被剥削时，我们是否需要重新评估商业背景下观众和粉丝参与的存在方式？这些都是值得进一步思考的问题。

结　论

要讨论转化型写作中的原创性和著作权问题，是因为法律和商业上的限制从根本上决定了我们能在什么样的平台和媒介上看到什么样的转化型写作。同时，这些限制又审查并形塑了平台使用者的创造力。转化型写作的可见性在本质上是由它的法律和文化环境决定的。之所以我们在主流文学出版界一般只能看到对古典文学作品、神话传说等文本的转化型写作，本质上是因为这些作品不存在知识产权的获益方，而大量基于当代文学和影视作品的转化型写作则不得不停留在"地下"，在网络上以非营利的社群性写作流传。转化型写作的合法性来自一系列基于"创意"的通过精神劳动赚取经济利益的商业标准。但在文学层面上，讨论转化型写作的各种权利，也就是讨论文学艺术

---

① Mel Stanfill, *Exploiting Fandom*：*How the Media Industry Seek to Manipulate Fans*, p. 125.

中体现出来的创造性的主体。当后结构主义文论消解了浪漫主义时代大写的"天才作者",在某种意义上也否认了文本中存在独一无二的主体,但知识产权制度下的经济主体却仍然牢不可破。如何在这样的整体文化语境中讨论文学文本的创造性,尤其是讨论大幅度依靠文本间性表意的转化型写作的意义和创造性,会是具有现实性和挑战性的问题。具体在中国网络文学中,转化型写作较为清楚的脉络在可出版与不可出版的界限影响下被分割得异常零碎,而"是否能出版"又成了"是否会违法""是否会侵权"的某种直接指征。在这种背景下,转化型写作之于创造性的关系在很大程度上受到知识产权系统规定的制约,造成当下网络文学中商业化和同人写作这两个完全不同的写作发表路径和社群存在方式。同时,无法商业化、往往也拒绝商业化的同人写作在事实上构成了很多商业化写作的灵感来源和文化基础。充满创意、生机勃勃且与商业化网络写作有着千丝万缕联系的同人写作,不仅从侧面证明了网络写作的社群性质,更证明了网络写作的生产机制并不必然导向商业化。文化资本及其配套的知识产权系统与其说是从芜杂的网络文学创作中筛出了符合其要求的作品,不如说是遮蔽了广泛存在于网络写作中的文本联系,特别是转化型写作的文化实践,割裂出少数文本并将其在孤立状态下进行改编和经典化。

本文并不想提倡网络写作的去营利化和去商业化。事实上,很多商业网站上推广的网络文学免费阅读,本身也是深刻地纠缠在商业网络和逻辑之中的,"免费"只是事实上获取数据劳动(以及数据价值)的方式。相反,笔者想指出的是,文学艺术的源头早先并不是、本质上也从来不是彻底由经济利益驱动的。也就是说,即使当下在中国网络文学生产中占据主流地位的几大商业网站(如起点和晋江)及其 VIP 付费制度,因为种种内力和外力最终无以为继,网络上的文学生产依然会继续存在下去,因为写作生产的驱动力其实是资本管辖之外的领域。

(原载《文艺研究》2023 年第 7 期)

"处在痛苦中的享乐"

——网络文学中作为"圣状"的爽感

◎周志强

　　网络文学总是和"爽"（jouissance）这个概念勾连在一起，作家喜欢以"爽"来陈述自己的写作经验，而评论者也往往赋予"爽"以独特的文化内涵和价值取向。学界依旧对如何理解"爽"有不同的探究，但是，主要分歧集中在"爽"的雅俗层面，却共同把"爽"定义为"快感"或者"欲望"命题。在笔者看来，这种定位简化了网络文学，尤其是"YY小说"的文化政治内涵，把"爽"要么看作小说文本通俗化与读者消费欲望化的结果，要么看作消费社会的传统娱乐形式。这必然忽略了对"爽"的执着和苦求背后隐藏的现实创伤或生活沮丧。对于快乐的偏执与用幽默对抗困境的逻辑，乃是之前《贫嘴张大民的幸福生活》（刘恒，1999年）所呈现的逻辑；而如此高举"爽"的大旗，以亿为字数单位的网络文学大量生产"爽文"，这难道不也呈现出"强制性快乐"的可能性吗？在这里，"爽"不仅仅含着愿望的实现，也隐伏欲望的满足，但是，最为关键的则是"享乐"的沉溺。在这里，问题不在于YY小说追求"爽"，而在于它为什么这样"疯狂地追求爽"和"爽得如此疯狂"。由此，到底如何理解"爽"的偏执？如何看待这种万众一心追求"爽文"的冲动呢？

一、"爽"者，何物也

"爽"被看作是网络文学，尤其是所谓的 YY 小说的标签，体现出作家或学者的良苦用心：一方面，这可以让网络文学（YY 小说）获得与经典文学创作截然不同的"品格"，明确确立网络文学写作的商业逻辑和消费品味，让网络文学保持自身的"独立性"；另一方面，"爽文"的写作，不仅可以成就网络文学的文体范式，还可以形成网络文学作家所创作出来的独立于现实世界的"元宇宙"①。在这个所谓的"元宇宙"的网络小说世界中，对于"爽"的追求，可以建立起围绕不同的"自我中心"的众多小故事，②齐声共唱各自生活经验中不同色调的声音。Ryan 赋予小故事（little stories）以生动的文化政治内涵：不愿意被各种宏大意义规划的"小故事"改变了文学的"树状"伦理，即不再遵循文学文本的条理化与秩序性的内在结构关系，而是呈现德勒兹的"根茎"（Rhizome）形态——每个小故事内部隐含

---

① 目前比较火爆的概念"元宇宙"，即 meta 和 universe 的组合；前者有"继""在……之后""介于……之间"的意思，后者则包含"世界""领域"的意思。两者的组合，旨在表达在我们身体和现实的世界之间，存在另一种生活的领域。在 1992 年美国作家尼尔·斯蒂芬森的科幻小说《雪崩》中，作者想象了这样一种情形：电脑通过激光识别人的大脑，从而构建或呈现出来与现实世界平行的虚拟真实世界，也就是元宇宙。小说中译本将此概念翻译为"超元域"，从语义上讲似乎更贴切（参见尼尔·斯蒂芬森：《雪崩》（Snow Crash），郭泽译，四川科学技术出版社 2018 年版，第 19 页）。这里使用元宇宙这个概念，主要是借助于网络小说开拓"第二现实"的意义，并非虚拟技术基础上的可感知的平行世界。但是，网络小说的写作，确实可以开创出具有元宇宙特点的不同的人间景观，其中的人物和故事自成体系，圆通自如，这也就是邵燕君所说的"创世"。

② 不追求自身故事的完整和史诗性的画卷、不作为大故事而作为寓言化意义碎片存在，在其大故事层面上叙事者空壳化了，而是存在质询者叙事者的扮演。《余罪》不是警察励志的故事，而是众多的破碎的屈弱经验的集合体，不存在一个控制了整个故事的叙事者。

着每个人的欲望情景。①

与之相应，"爽"也就意味着不用追求"深"，写作者和评论者借此话语，就不用顾忌宏大叙事的内在规训，不用要求每一次瞬间的情思律动（affect）都要最终受特定情感（emotion）的支配。"爽"常常呈现出不能被"意义化"的特性，近似于笔者所说的"某物"：在特定的事物形象和符号命名中处于游移不定位置的东西。② 这也就为我们不作为"人群"而作为"单独的自己"呈现欲望和经验打开了一扇方便之门。

简言之，"爽"的强调，不仅仅让 YY 小说独立生存，还让这种小说成为众多随时熄灭的生命经验得以表达和舒展的契机。

但是，问题在于，"爽"可以令网络文学得以确立，却并不意味着可以让网络文学得以靓丽。"爽"确实带来了网络文学的快速发展，开拓了网络文学的市场，但这能否带来网络文学的高品质创作，却真的是一个值得反思的问题。欧阳友权认为，网络阅读是快餐式"扫读"，追求"爽感"，来不及思考和品味；网络文学诞生于消费社会，而消费社会偏重欲望和物质，可能淡化意义、价值、道德等人文精神方面的东西；现代数字化媒体重碎片化阅读，重视频直观，而浅表化符号难成经典，"于是，文字的诗性、修辞的审美、句式的巧置、蕴藉的意境，被淹没在娱乐化快感中"；所以，"打怪升级换地图、霸道总裁玛丽苏"终究可以形成"爽文"，却未必能创生具有多重意义和震撼力的经典。③

就此而言，学界诸多学者也通过分析和研究"爽"的文化价值和内在逻辑来尝试为"爽文"进行一种合理化论证。邵燕君积极"为爽而辩护"，拈出福柯的异托邦理论，为网络文学的快感写作重新立法。

① Marie-Laure Ryan, *Narrative as Virtual Reality：Immersion and Interactivity in Literature and Electronic Media（parallax revisions of culture and society）*, Baltimore and London：The Johns Hopkins University Press，2001，p.2.

② 周志强：《发现大众文化中的"某物"——重新认识费斯克的快感理论》，《社会科学报》2021 年 11 月 7 日第 6 版；周志强：《元宇宙、叙事革命与"某物"的创生》，《探索与争鸣》2021 年第 12 期。

③ 欧阳友权：《网络创作能否打造文学经典》，《上海文化》2021 年第 8 期。

在她的论述中，网络文学之所以要采取"爽"的方式写作，乃是欲望分层、读者供养和粉丝型阅读（阐释）的必然结果；而通过把网络文学的"爽"定位为具有"创世"价值，即具有创造出异托邦世界的可能性，邵燕君就成功地把福柯的这个概念的批判性进行了重述："'异托邦'则是'扰乱人心'的，因为它根本就是'异质空间'，它损坏语言，摧毁句话，阻断'词'与'物'的连结，使语言枯竭，于是让人们反思知识生成的方式，揭示出'神话'背后的'真理游戏'。"① 在这里，"爽文"就不仅仅是"以爽文写情怀"②，更是以"爽文"对抗象征界的秩序化和规则体系。但是，邵燕君对于"爽"的意义的期待是存在"分裂"的：一方面，她努力证明"爽"是满足欲望和需求的方式，不用借助于"寓教于乐"的方式就意义丰盈；另一方面，她又将"爽"拉回到精英主义文学价值框架中来进行考量，认为"爽"所导向的"异托邦"最终构成一种有机性的"趣缘群体"，最终经历触底反弹而归入价值重建。简言之，一方面，她强调"爽"本身只是疲倦至极的生活之余的享乐，与传统的精英价值无涉，也是传统的精英主义文学批评所不能阐释或理解的；另一方面，她仍旧念念不忘鲁迅的"呐喊"，把网络文学的"爽"看作是与"呐喊"有相同逻辑的"抵抗"。③ 邵燕君的这种"爽＋情怀"的认知路径，当然体现了网络文学研究学者对于网络文学的复杂心态：既要保护它的独特品格"爽"，又要把"爽"看作是与经典文学具有内在一致性诉求或意义的东西。这种复杂的态度导致的结果可能是：一方面热切拥抱 YY 小说的欲望叙事，另一方面又遮遮掩掩地否认这种叙事的欲望支配性。

也有学者尝试走出"为爽而辩护"的思路，着重分析"爽"的文本机制。黎杨全和李璐提出，YY 小说的"爽感"有四种类型：占有感、畅快感、优越感与成就感。占有各种神性物品或稀缺资源、痛快

① 邵燕君：《从乌托邦到异托邦——网络文学"爽文学观"对精英文学观的"他者化"》，《中国现代文学研究丛刊》2016 年第 8 期。

② 猫腻、邵燕君：《以"爽文"写"情怀"——专访著名网络文学作家猫腻》，《南方文坛》，2015 年第 5 期。

③ 邵燕君：《从乌托邦到异托邦——网络文学"爽文学观"对精英文学观的"他者化"》。

报仇或发泄、令众人仰视的主角位置以及以一己之力带来巨大改变，形成了"爽文"的叙事逻辑。由此，"先抑后扬、金手指、升级与扮猪吃虎"，成为必然的叙事套路。这样，所谓"爽"就形成了小说阅读的"沉浸性"，一种欲望满足的堡垒就这样搭建而成。[①] 同样的思路，曾子涵则把 YY 小说"爽感"的生成模式定义为有偿、片段与道德完璧，即困苦中有补偿、苦难的非永恒性以及主人公道德意识的完美崇高。有趣的是，曾子涵还借此发现了 YY 小说与这三种模式紧密相关的"叙事套路"：行文以心理描写、细节描写和叙述为主；以确定性的全知视角，令读者阅读时可以掌控全局；小剧场蒙太奇的手法创造符合主人公道德感染力的故事氛围等。在此基础上，曾子涵比较了猫腻和猫腻喜欢的三位作家之一的路遥作品《平凡的世界》，认为《平凡的世界》也是"爽感小说"，作者设计故事同样采用了上述套路。于是，作者就这样轻松解决了邵燕君所面临的困境：YY 小说同时也可以具有经典小说的品质。[②]

然而，"爽"作为一种 YY 小说的阅读感受，难道仅仅是因为网络作家对于"小白读者"忠诚度诉求的结果？或者仅仅是遵循人类一般性的"欲望满足"？或者乃是特定文本套路的功效？果真如是，就应该存在"放之四海而皆爽"的网络文学，而不存在"你爽我不爽"的差异。换言之，在"爽感"的背后，蕴含了当前人们生活的特殊境遇；与此同时，它更是当下生活欲望的客体化形态，却并非止于这种欲望的"想象性满足"：它还构造了这种欲望"现实性匮乏"的寓言。

不妨对"爽"做一个简明的定位。弗洛伊德认为，梦境往往是人的愿望（will）的实现；但是，梦境中实现愿望的方式却是多种多样的，它也会呈现欲望（desire）和"爽"的满足。如图1，愿望的满足是来自一般性匮乏，即人的基本生活需要；欲望快感则是一种客体性的后果——社会的贫富差距造就了欲望快感的现实基础；"爽"则是对个人所处的卑微处境的极端性感受的结果，它指向一种"不可能

① 黎杨全、李璐：《网络小说的快感生产："爽点""代入感"与文学的新变》，《海南大学学报（人文社会科学版）》2016 年第 3 期。
② 曾子涵：《论网络文学"爽感"特征的生成机制——以猫腻的作品为例》，《广西师范学院学报（哲学社会科学版）》2018 年第 6 期。

性"：把根本不可能发生的匮乏补偿作为疯狂发生的情景来想象。

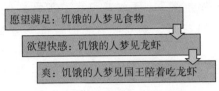

图1　满足、快感与爽的差异

在这里，"爽"同时也是"不爽"，"爽"是"不爽"的匮乏性在场，它是拉康意义上的"处在痛苦中的快乐"（享乐，Jouissance）①，而不是之前学者们所认为的单纯快感或欲望满足——这也就体现了笔者所说的剩余快感②支配下的对享乐沉溺的苦求，其中潜藏着这样的心路故事：现实（象征界 & 想象界）对"爽"实施着巧妙的驱逐计划；与之同时，"爽"却对现实进行顽强的"去势"行动。于是，与其说"爽"是一种快感和满足，毋宁说"爽"是一种令人沉浸的"圣状"，即通过"爽"，我们玩味自我，沉浸于自身的症状，并倍感欢欣。

二、"强制性快乐"：享受"爽"这种症状

2021年3月4日，一位取名"离灯"的微博用户留下了一封遗书自杀。在这封遗书中，这位25岁的女孩子这样写道：

> 下班到家，一切如常，我甚至还在和群友们快乐吹牛，在房间坐着玩手机也没发现少了什么。直到吃饭之前，妈妈突然和我说，她把我游戏机砸了，第一下，我以为她在和我开玩笑。我问她，你认真的？
>
> 嗯，认真的。

①　S. Homer, *Jacques Lacan*, Lodon：Routledge Taylor&Francis Group，2005，p.89.

②　周志强：《剩余快感：当前文艺生产的驱动力》，《文学与文化》2021年第4期。

得到回答的我大脑空白了一下，第一反应是对不起星星，我把你的 CZ 卡带弄没了，不过我把我手头的游戏寄给你补偿你的损失，还好 CM 没事，游戏收到了的话请务必卖了，买份新的，总之，对不起。

……

前几年还会在想，等我三四十岁了也要打游，我上班赚钱就是为了可以买我喜欢的东西。

可惜在我父母眼里我喜欢的东西什么都不是，我赖以生存的，活着的动力，在他们眼里，什么都不是。[①]

在我们为这个年轻的生命叹息的时候，也不禁要问一个问题：为什么游戏能让人如此沉迷？无独有偶，2020 年 6 月，印度西孟加拉邦纳迪亚地区 21 岁的学生普里塔姆·哈尔德因政府的禁令而无法继续玩电子游戏《绝地求生》，最后在家中上吊自杀。

游戏的快感在此走向了"爽感"，其本身携带着游戏玩家的生命经历、情感认同和财富价值。失去游戏，可能意味着失去财富和价值依托。在这里，快感不只是我们的心理现实，还成长为实际的物质现实和身体表征的"爽感"。[②] 快感的"客体化"说明"爽感"不再仅仅是主体性存在，不仅仅是一种"感觉"，还是一套机制、策略或规则，并且呈现出与自我各自独立、相互依存的辩证性关系。表面上，是人在玩游戏，追逐快感；同时又隐含着它的反面：人必须通过游戏才能

---

① 《被逼相亲＋被父母砸坏游戏机后，25 岁女孩留下遗书走了……》，微信公众号"手谈姬"。

② 哪怕单纯从经济学的角度来讲，今天的快感也已经可以财产化：购买了大量的游戏，打到某一关，这个艰难而快乐的过程常常也是"氪金"的过程；如果毁掉这个游戏，那么就同时毁掉了人们伴随游戏成长的过程、付出的精力以及投入的金钱；游戏中形成的、可以带来快感的"设备"，不仅可以交换，甚至可以代币。所以，快感已经跟我们生命历程、心理成长、财产收益紧密相关。未来虚拟现实的发展会让文学艺术和社会生活越来越趋于快感化。只要给身体制造相应的感知设备，提供快感场景，那么，人就会被机器制造出来的快感直接支配。快感也许并不像今天父母一代所说的那样，是可以靠主观观念或理性就可以克制的东西——它已经客体化了（周志强：《剩余快感：当前文艺生产的驱动力》）。

获得快感，快感成为对人的"主人位置的承认"方式^①——所谓"强制性快乐"由此诞生。

游戏的快感"客体化"在"爽文"中如何体现？

我们认识 YY 小说的"爽"，就不难发现，"爽"不单纯是一种纯粹主观性的感受，而是一种内置于 YY 小说机制的"客体化"的东西。它不是简单地与阅读者进行欲望交换（邵燕君重提马斯洛的需要层次理论，证明"爽"是"欲望分层"的结果），而是遏制欲望的形式，是让读者不再受制于欲望的焦虑的后果。所以，作为一种"客体化"的形式，"爽"是令主体沉溺（而不仅仅是黎杨全所说的"沉浸"）的"文本现实"。恰如一个偏执狂一样，必须努力关注某种客观性的东西，才能让自己"沉溺其中"，也才能够创生出无法被替代的"享乐"。

所以，真正代表了"爽"的内在逻辑的，其实不是猫腻、邵燕君所追求的"情怀"，更不是欧阳友权所念兹在兹的"人文精神"。简言之，"爽"并非通向崇高价值与意义的简便通道，也并非实现崇高价值与意义的通俗化手段，而是携带当前社会矛盾与纠结之痛的节点：那些无法被纳入象征界的总体规划或进入想象界被浪漫化的"实在界硬核"。

按照这样的思路，人们对于"爽"的诉求，也就不是简单地实现"想象性满足"，或者是"现实矛盾的想象性解决"，而是隐藏了克服欲望陷阱的冲动，是通过"享乐"的苦求，让自己摆脱现实欲望对个

---

① 这种"承认"理解来自黑格尔颠倒了的"主奴关系"："奴隶的行动也正是主人自己的行动，因为奴隶所做的事，真正讲来，就是主人所做的事。对于主人只有自为存在才是他的本质，他是纯粹的否定力量，对于这个力量，物是无物。因此在这种关系中，他是纯粹的主要的行动，而奴隶就不是这样，他只是一个非主要的行动。但是为了达到真正的承认还缺乏这样一面：即凡是主人对奴隶所做的，他也应该对自己那样做，而凡是奴隶对自己所做的，他也应该对主人那样做。"（参见黑格尔：《精神现象学》，贺麟、王玖兴译，商务印书馆 2015 年版，第 145—146 页）科耶夫认为，这是欲望与承认搏斗，主奴都被为了获得承认而进行的斗争所困；主人与奴隶是相互依赖而存在的主奴，因此也是为了相互承认而博弈的对手（参见亚历山大·科耶夫：《黑格尔导读》，姜志辉译，译林出版社 2021 年版，第 17—22 页）。

人的纠缠、折磨和如蛆附骨似的烦恼。

在这里，把"爽"定义为"享乐"而不单纯是"欲望"，乃是基于对享乐和欲望所蕴含的不同内涵的认知。拉康认为，"欲望"是变动不居的，不断通过"替代"来实现满足，进而又产生焦虑/欲望的；它从一个能指滑向另一个能指，在不同的能指之间漂移；而"享乐"是沉溺性（与弗洛伊德令人感到迷惑的"死亡本能"有关），它体现为身体的惰性，沉溺于确定性的状态，强迫性地把人拉回到令人痛苦或创伤的经验之中，但是，却努力地用象征界的符号来切入这种实在界的创伤。① 通俗地说，"欲望"执行的是快乐原则，而"享乐"则由死亡本能驱使，是对创伤经验的回溯。

不妨以常书欣的《余罪》（海南出版社，2015）为案例，来解析这种"爽"的享乐内涵。余罪是一个生长于市井之间的卑微小人物，他被亲生父母抛弃，与贫困的养父相依为命，在充满了痛苦的快乐中长大。然而，余罪个性十足，顽强地认同"市井中小民警"的人生理想；苦难的生活也让他具备了抗争苦难，在复杂环境中谋求生存的能力。于是，他被选中做"卧底"，进入监狱，受尽牢头的折磨。他的精彩纷呈的破案能力，最终让他成为精英警察，出人头地。这是典型的"逆袭"故事类型，小人物总是被"迫害"，却能够凭借自身能力与天赐良机无往不胜。这种故事类型本身是欲望驱动的：屁民的生活处境，养育了小说中余罪逆袭的欢乐场景。欲望是能指间不断滑动的快乐，于是，小说就设置了余罪故事一如既往的"重复性套路"：被轻视＋受尽折磨却成绩骄人……再次被轻视＋再次一鸣惊人……事实上，任何一部"爽文"都难免这种不断复制下去的桥段，因为欲望支配着写作者不断地让读者"匮乏"＋"满足"来畅快淋漓地读下去。

然而，这还不足以完全穷尽"爽"，因为在 YY 小说中还存在着特殊的快乐令人着迷。就余罪而言，为什么总是"市井习气"和"精英警察"形成故事重复的核心点？简言之，欲望只是让愿望成真，而不必在意以什么方式成真。饥饿的人梦境中出现了食物，这是愿望的满足；而如果每次饥饿时梦到的食物都是龙虾，这就产生了欲望满

---

① S. Homer, *Jacques Lacan*, p.90.

足；只有梦见带来龙虾的总是那个对自己不假以颜色的漂亮异性，这个梦境的过程就成了"爽"——享乐沉溺在此发生。真正"爽"的不是小说带来了什么，而是小说带来什么的方式和过程。所以，《余罪》的"爽"不在于余罪由小人物变成了大人物，而在于这个小人物浑身都带有的那种"伤痕累累"，那种只有经历过或者正在经历的人才能懂得的因自卑而满不在乎、因经常被剥夺而斤斤计较、因不是"某二代"而自尊……如果"爽"不是具体的"伤"，而只是抽象的"欲望无法被满足"的"人性故事"，那么，只要 YY 小说足够"成年人的童话"就可以了；而因为每一种"爽"的背后都是活生生的人所遭遇和无法摆脱的实在界创伤，YY 小说才会即使不断重复"小人物变成大人物"的程式，也依旧令人追捧追看，享乐沉浸。

显然，"爽"带有欲望满足的诉求，却终究不止于欲望，而是指向了"享乐沉溺"：固执地享受着每一次创伤的场景复现；也固执地接受象征性的欢乐之后，让创伤一如既往地重复到来。

简言之，当"爽"只为"爽"的时候，是欲望在驱动；而当"爽"只为"痛"的时候（那个欺负你的人给你送来了龙虾，重点是"欺负你"这个创伤），才成为令人沉溺的享乐，才是完整的"爽"。

三、"爽"：作为圣状的"强制性快乐"

那么，为什么人们会有"爽"的苦求呢？或者换句话说，为什么人们会如此"疯狂"地享受这种"处在痛苦中的享乐"呢？

弗洛伊德在《抑制、症状与焦虑》中谈到了一个有趣的精神现象：疾病获益。精神病患者总是会迷恋自己的病症，不愿意变成正常人。不愿从症状当中醒来，是因为症状对他有好处：精神病的症状是患者的自我保护与自我拯救。[1] 在生活当中，如果人们遭遇巨大创伤，就会无法面对现实，于是就疯掉——而疯狂令人们出离创痛，获得快

---

① ［奥］弗洛伊德：《抑制、症状与焦虑》，车文博主编：《自我与本我》，九州出版社 2014 年版，第 234 页。

乐；与此同时，他还会不断在一种精神分裂的情形下反复陈述这种创痛，直到它完全消失。弗洛伊德借此发现了一种对症状的执着：那些曾经创痛我们的东西——在拉康那里是来自实在界—身体本身的原始创伤——创造出了我们对于症状的享乐沉溺。

这种享乐沉溺往往体现出对痛苦的不断重复。弗洛伊德曾经发现，每个人最终都会陷入不可自拔的重复之中：孩子会莫名其妙地重复父辈的各种痛苦，女儿最终会像妈妈一样唠唠叨叨，成为自己曾经厌恶的样子；一种错误也总是不可避免地重复出现……显然，问题不在于"重复"，而在于为什么会有这种不断的重复。

这也就是所谓的"圣状"："爽"其实是网络文学释放出来的一种"强迫性重复"①，它一方面令读者想象性地逃避现实的创伤经验，另一方面则强制性地沉溺于象征性解决痛苦的快乐之中。所谓"圣状"，本意乃是"症状"，拉康用它来强调这样一种特殊的情况：如果无意识总是启动生命中的"本它"（ID，常译为"本我"）力量来令自我焦虑不安，那么，"症状"就可以让人安然无恙地享受无意识，也就避免了精神疾病的发作。拉康将"圣状"写作"sinthom"，在法语中，它是 symptôme（症状）、santhomme（圣人）和 synth-homme（合成人）的组合词。这个概念代表了这样一种有趣的情形：无意识带来的创伤经验，可以在象征化的情形中（比如小说就是这种象征化的情形）找到合适的契机使人与之欢然相聚，这样，人就会免于来自结构性规则的"处罚"，从而与无意识和平相处。②

在这里，"爽"来自"症状"，或者说只有沉溺于偏执性的"行

---

① 弗洛伊德在《超越快乐原则》中提出"强迫性重复"（compulsion to repeat 或 repetition compulsion）概念。人的无意识存在的过程也是主体有意令自我处于令人痛苦的情境的过程，从而不自觉地重复着过去的经验，虽然，在意识层面上，主体无法回忆这些经验的原型。

② 症状与圣状：症状与圣状皆为精神病逻辑，都是疾病获益，但是，症状无法在疯狂理性内部完成主体的统一感；圣状则借助于象征界的资源完成了主体的统一感。症状往往是私人的，圣状则呈现出"伟大性"。王朔小说的"谁敢惹我"到"谁敢惹我们"，就是典型的圣状：强大自我的炫耀，背后是"我很卑弱"的自我经验。圣状总是关联着一种社会性的"因素"：社会上总是存在强弱的分差，而"我"却是那个弱者，这就有了"爽"的塑造冲动。

为"，注入狂想、意淫、错认、迷幻，才能真正"沉溺于快乐"之中——"爽"不是平常的欢乐，而是沉溺性的"强制性快乐"，如同患有洁癖的人可以通过令床单平整等方式而感到"爽"，同样，网络小说也以疯狂的方式"爽"，因为它可以偏执性让主人公在宋代拥有航空母舰的力量，或者让一个强者自由地处决贪官——这都是欲望客体化的形式，通过一种外在的行为方式或者物质形式，让自己沉浸其中，享受"爽感"。所以，网络小说提供的不是简单的快乐，而是一种可以让人沉浸其中的"症状"，也只有形成了这种"症状"，才能真正"爽"。邵燕君用来证明"爽"与精英主义无关时引用了这样一段话，却恰好证明了这里所说的"圣状"特点：

> 或许很多所谓的批评家对 YY 往往不屑一顾，可又如何呢？食色，性也，名利，欲也。赚不了钱，难道连 YY 一下"等咱赚了钱，买两辆宝马，开一辆撞一辆"的权力都没了？这年头现实太过沉重，在小说里短暂梦一场、小憩一下，梦醒后再该上班的上班，该卖菜的卖菜去，只要不走火入魔在现实中梦游，又关卿底事？
>
> 洁癖的人不也同样可以这样反问吗：我有洁癖，因为我只有强迫自己整理整理房间，才会真正自得其乐，这又干卿底事？[①]

这就是弗洛伊德所说的"疾病获益"：通过狂想来转换创伤的经验，让它成为一种在具体行为中令人暗爽的事情——一方面，只有躲在症状里，人才能够不再被曾经的创伤伤害；另一方面，它还能够让人们把伤害的过程转变成快感享受的过程。在这里，"爽"之为"圣状"，就是一种可以令人忘我沉浸的症状，或者说，是"正常人的疯癫"。精神病患者通过症状找回了自己的快乐，"正常人"则通过确立"爽之圣状"，让自己享受无意识的快乐而不接受律令的监视和责难。

---

① 参见 Dryorange：《YY 无罪　做梦有理》，收于"中国首本类型文学概念读本"《流行阅》创刊卷，新世纪出版社 2008 年版，作者为沧月、南派三叔、流潋紫等。

当精神病发作的时刻，不正是人们"处于痛苦中的享乐"的时刻吗？"爽感"爆发的时刻，不是说处在人的精神病爆发的时刻，却是同一种逻辑基础上的"处于痛苦中的享乐"时刻。

那么，"爽"之"圣状"有哪些比较典型的形式呢？

第一种乃是"菲勒斯型圣状"。

YY小说创生了各种穿越的想象：一个人借助于简单的现代历史知识、器物器具或者科学技术等，来到古代（有时候是"重生"在近代或主人公的青春时期等）后变得无往不胜。猫腻《庆余年》中，范闲不仅仅凭借杜甫的诗作力压群诗人，竟然还获得了一把狙击枪；他凭借这把重狙，击杀了当时的高手燕小乙，并最终在妹妹持枪的帮助下战胜了皇帝大宗师。在这里，"狙击枪"成为一个有趣的"菲勒斯隐喻"：男孩子以为凭借着自己的阳具就可以令天下女子依恋。缺乏历史知识也缺乏"全景知识幻觉"的一代人，在这里创生了"客体化欲望"的故事：一个男人，仿佛依靠自己的性能力就幻想了女性的臣服。这种把他人按照自己的欲望幻想来设置其位置和角色的方式，构成了菲勒斯型圣状。

与此同时，菲勒斯型圣状让"困在个人生活"的窘迫变成了坦荡的历史行动，在这个置换的过程中，"我们只能被他者支配"的"苦差"，转换成了"我们可以肆无忌惮地支配他人"的"美差"。从《凤轻尘》药箱里的AK-47，到《大唐法医》中的青霉素，"被规则限定"的人生铁律自动解除；同时，有了"菲勒斯"，也就可以随时让规则现身，让自己在这些规则中以身试法并最终总是旗开得胜。这既是对于超越规则的欲望的满足，更是对各种规则来压制我们的现实痛苦的享乐性置换。所以，凤轻尘开场就被人剥光衣服遍体鳞伤，范闲无时无刻不处于他人的"计算"之中，江志浩尽管财富倍增却依旧陷入不断被侮辱的困境……

第二种可谓之"芭比娃娃型圣状"。

"芭比娃娃"是一种有趣的"圣状"景象。杜西尔发现，芭比娃娃诱导孩子按照娃娃的形象来想象自我，它"上部的肉感一目了然，下部却绝无性感，芭比的塑料身体里的确刻写着非常矛盾的荡妇/小姐合一的信息"①。这是一个典型的复合体：女生用幻想来控制男性世界的方式，一方面是令自己摆脱"性"的规定性，另一方面又让"性感"恣意生长在幻想之中。

不难发现，在耽改作品中，"去性化"不仅仅是合法化的后果，也令耽美的双重欲望单向化。在耽美小说中，以"无性的方式想象男性之间的爱情"，隐藏了女性在男权宰执的社会中的"性困境"；同时，又用小公主一样的"情怀"想象"情感规则取代丛林规则"的情形。这是一种仿佛芭比娃娃式的圣状：芭比娃娃不仅仅表达了女孩子长大后的理想自我，更隐藏了可以掌控成人世界的冲动，同时，辩证性地彰显了女孩子不得不与"性"纠缠在一起的困境角色。在这里，芭比娃娃指向了一种可爱、纯净、多样而单性别情感的同时，又搭建了性的无意识能够自由自在地舞蹈的舞台。

第三种则可以称之为"自恋型圣状"。

所谓"自恋"，弗洛伊德将之看作是以自身为欲望对象的精神状况。在1914年的《论自恋》中，弗洛伊德认为，童年时，人会依赖提供给自己食物的人，也就自然把母亲作为性欲对象；而在性倒错等现象中，也会出现以自己而不是他人作为范型的倾向，这就有了自恋。于是，依恋他人和自恋，就形成了两种不同的看待世界的态度。但是，这两者之间却有一个共同之处：如果不是因为爱自己，如何才需要爱他人？反之，如果不是爱他人，如何才能爱自己？显然，"自恋"呈现这样一种"圣状"：我所有的爱，都是对他人的；那是因为，这样你们（这个"你们"中也包括"我"）才会更好地爱我。

《总裁错上车》中，一个极其自尊自爱自怜的女主，因为昏头昏脑地为男主——霸道总裁——生下了一个美丽女儿，从而被冷漠而热烈的霸道总裁痴爱。在这里，女尊的狂想典型地体现了自恋型圣状的逻辑：当所有人都为你而活的时候，你却只为我而生；所以，我因为你的只为我而生，我才自然为你而活——女尊是霸道总裁的独爱，而霸道总裁是女尊唯一的假性自卑。但是，这样的故事真正的核心却是

---

① 罗钢、刘象愚：《文化研究读本》，中国社会科学出版社2000年版，第172页。

"只有我只爱你一人的时候，我才能得到全天下的爱，因为你就是天下女人之挚爱"。

这当然还不足以成为女性主义实在界（子宫）的故事，也似乎无法称之为这种女性意识的"培养皿"①，而是成年人丛林规则的创伤与希望退回到童年时期被母亲拥抱疼爱的"伦理退化症"②的集合体：当一个人遇到困境或处于应激状态，往往会放弃已经掌握了的理性生活技术和方法，而退回到童年生活的欲望满足方式中来应对。所以，弗洛伊德相信，成年人生活的很多方面都包含了对早年经验的回归。比如，我们常常说"恋爱中的人是傻的"，这可以看作是一种回归作用：恋爱者往往呈现出童年经验的生活习性，表现得仿佛回归到早期的心智功能之中。YY小说中的种种排他性套路（主角的唯一正确），竟然暗含了对冷漠的资本社会中生存逻辑的痛苦体察：希望返回到童年时的"环抱"中，那个时候，整个世界都是以"爱"的方式围绕"我"来运转的。

也许YY小说的"圣状"还有各种类型，但是，"菲勒斯型圣状""芭比娃娃型圣状"和"自恋型圣状"这三种，却恰好体现了知性、意志和情感（知情意）三个方面的内涵："菲勒斯型圣状"乃是对于现代社会之全景知识幻觉③渴求的后果；"芭比娃娃型圣状"则指向人

---

① "子宫"与"培养皿"这两个概念来自邵燕君的论文，邵燕君提出这两个有趣的范畴为女尊文等进行女性主义的辩护（邵燕君：《从乌托邦到异托邦——网络文学"爽文学观"对精英文学观的"他者化"》）。

② 所谓"退化"，来自弗洛伊德的"回归"（regression）概念。大部分条件下，这个词被翻译为"退行"。就 regression 的意思来说，它既包含了回去、回返、回归的意思，也具有退化的意思。笔者在翻译 Eli Zaretsky 的著作 *Political Freud* 一书时，将其翻译为"退化"，主要因为这个概念可以用来表达对这样一种现象的反思：当代大众社会中出现了一种把社会性的矛盾转换为情感性的矛盾来处理的趋势，即用"退回"到伦理生活中来想象性地解决社会性矛盾（Eli Zaretsky, *Political Freud：A History*, New York: Columbia University Press, 1983, pp.8-9）。

③ 当今世界庞杂复杂，神秘而琐碎，这容易使个人产生一种被抛离的感觉。类似"同道大叔"这样的微信公众号则可以让其接受者通过群体认同完成这种全景知识的幻觉生产。简单来说，它类似老一代人的新闻联播。在很多时候，新闻联播不能提供全部知识，但如果在19点整，大家都在阅读同一种知识，就立刻产生"我掌握了这个世界"的幻觉（参见周志强：《微时代的伦理退化症——微信公众号与经验型知识大众》，《探索与争鸣》2017年第7期）。

们改变世界的意志愿望；"自恋型圣状"隐含了当前社会除了情感伦理再无意义可言的困窘。

结　语

总而言之，"爽"是一种享乐沉溺的"圣状"：它看似只提供欲望的满足，却潜藏了对于创伤的重述；因为潜藏了对于创伤的重述，所以才会以异常疯狂的想象力来激扬"爽感"。在 YY 小说改编的电视剧《赘婿》中，我们"欣赏"了男主宁毅用火枪零打碎敲地打死欺辱自己妻子的恶霸场景；在官场小说《权力巅峰》中，男主柳擎宇殴打各级官员耳光，竟然打出了儿歌《两只老虎》的节拍；《余罪》中余罪用幻想杀人的方式寻找杀人犯；《宰执天下》中以其人之道还治其人之身的疯狂报复……在这里，实用主义、屁民主义和功利主义，让当前文化政治缺失了形而上智性、历史主义精神和有机社会理念；同质化欲望、单向度人生和他人引导型生存，无形中令"爽感"的生产色彩斑斓、风姿绰约。

与此同时，作为一种纯粹的享乐沉浸，"爽感"也具备了特殊的意义：它可以让一个人躲在完全不被意义化、不被文化化、不被秩序化、不被规则化的身体当中。简单来说，恰如冲浪者无论做什么，他真正的快乐在于他所做的一切都是仿佛没有在做什么，他只是冲浪。[1]所以，"爽"之为享乐，或者说沉溺于自己症状的享受，就是能够把自我完全封闭在身体当中的一种行为。

在这里，人们对那种"疯狂爽感"的流连忘返，也成为当下社会"压抑的简明化和抽象性"的寓言。换言之，"爽"不能被简单地看作是欲望、消费和雅俗的故事，而应该首先作为关于当前中国社会现实的文化寓言。在这则寓言中，不仅仅"爽"来自"不爽"，而且，"不爽"才构造了"爽"的圣状，形成"爽感"的"享乐沉溺"。

〔原载《广州大学学报（社会科学版）》2023 年第 3 期〕

---

① ［美］费斯克：《理解大众文化》，王晓珏、宋伟杰译，中央编译出版社 2006 年版，第 60—61 页。

从作品出海到生态出海：中国网络文学 国际传播现状

◎张富丽

　　中国网络文学经过 20 多年的发展，海外输出作品上万部，海外受众达 1.45 亿人，海外市场规模突破 30 亿元。从 2004 年网络文学开始向海外出版机构售出版权、网络文学被翻译出版，到 2012 年后各大网络文学翻译平台爆发性增长，再到近 5 年网络文学海外传播产业链渐次成熟，网络文学海外传播经历了从翻译、阅读中国网文到模仿中国网文的变化，实现了网文 IP 全业态传播。可以说，中国网文出海已经从单纯的作品出海转变为生态出海。根据美国传播学四大奠基人之一的哈罗德·拉斯韦尔的《社会传播的结构与功能》，传播过程具有五个要素：Who（传播主体）、Says what（传播内容）、In which channel（传播渠道）、To whom（传播客体）以及 With what effect（传播效果）。[①] 当下，网文出海已经形成从主体、渠道到受众链等具有整体性的传播生态。梳理网文出海的基本要素，对网文出海传播主体、传播内容、传播渠道、受众、效果的现状进行整体呈现，可以为网文出海的发展方向和发展策略提供有益借鉴。

----

　　① ［美］哈罗德·拉斯韦尔：《社会传播的结构与功能》，何道宽译，中国传媒大学出版社 2015 年版，第 35 页。

一、网络文学出海传播平台显著增加

网文出海的商业平台是以互联网为平台的文学企业，他们与网络作家签署版权合同，把网络作家创作的网络文学作品放到其专属网站平台上，通过向国际读者开放的方式，实现网络文学的线上文本阅读。另外，在阅读平台的运营之外，这些平台还会通过 IP 版权运营等渠道，将优质网络文学输送给电影、电视剧、ACG（动画、漫画、游戏）等文化下游产业，推动网文出海的"文学传播链"进入全球泛文娱产业的"网络文艺传播链"。这一步也使得网络文学的海外传播效果呈几何倍放大。因此，网络文学网站本身就具备传播主体和传播渠道双重属性。它既是网文出海传播主体的传播者，又是传播渠道。近年来，网络文学国际传播平台的数量在国别和种类方面都大大增加。

网文出海平台分为两类。第一类为国内平台，即国内的网络文学商业平台创建的面向海外传播的网站。目前，全国有近百家重点网络文学网站，但95％以上的作家、作品集中在不到 50 家平台上。其中，在网络文学国际传播方面有一定规模的网站有阅文集团、晋江文学城、掌阅科技、中文在线和纵横文学等，建立的海外平台有：阅文集团的 WebNovel，中文在线的 Chapters、Spotlight、Kiss，掌阅科技的 iReader、Story Lite、Storyaholic、Storyroom、Lovel、Multibook，纵横文学的 TapRead 等。线下方面，阅文集团、中文在线、掌阅科技、纵横文学在新加坡、泰国、美国、加拿大等地均有落地，初步实现了本土化公司运营。

具体来说，阅文集团的海外门户"起点国际"（WebNovel），是国内互联网公司在海外率先实行付费阅读的正版文学平台。晋江文学城自 2008 年开始进行繁体版权输出；2021 年签署了第一份越南合同，正式开启了版权的海外输出。中文在线 2009 年开启网络文学出海业务；2015 年 1 月在深交所上市，成为中国"数字出版第一股"；2016 年成立美国公司，走向国际化。掌阅国际版 iReader App 于 2015 年

10月正式上线，标志着掌阅"走出去"战略正式开启。纵横文学自2015年开始与Wuxiaworld等海外网站建立合作关系，2017年11月注册美国公司，2019年1月上线海外平台（TapRead）。咪咕数媒借助国家"一带一路"布局，创立"新丝路书屋—海外中小学数字图书馆"，到马来西亚、新加坡、泰国等"一带一路"沿线的国家和地区，满足当地中小学对中文图书的阅读需求。另外，作为国内免费阅读起家的番茄小说，背靠字节跳动，在国内运营模式已日渐成熟的基础之上，进军国际市场的动作也愈加强劲。

第二类是海外人员或机构建立的传播网络文学的平台，如面向英语世界的书声Bar、Hui3r（创办于2012）、Wuxiaworld（创办于2014）、Gravity Tales（创办于2015）、Volare Novels（创办于2015）、Novel Update（创办于2017）等。

除了面向英语国家群体，法国、俄罗斯等亦有诸多传播、推介中国网络文学的网站。如目前法国最重要的翻译网站是L'Empire des novels（小说帝国），网站资源主要来自Wuxiaworld，法国网民在英译版本的基础上对小说进行再次翻译。在L'Empire des novels中，中国网络小说占据主流，《全职高手》《盘龙》《天火大道》《斗罗大陆》等备受欢迎。俄罗斯传播中国网络文学的平台以Rulate为主体，另有13个亚洲网络文学译介平台，即ranobes.com、ранобэ.рф、ranobelib.ru、ranobe.me、ifreedom.su、ranobebook.com、streamarts.ru、ranobehub.org、ranobe-novels.ru、newlate.ru、ranobe-club.ru、ruvers.ru。另外，俄罗斯流行的社交软件Telegram与社交网站VKontakte中拥有大量热爱中国网络小说的匿名翻译小组。①

近几年，中国网络文学海外传播的影响力显著提升。中国台湾人艾飞尔于2015年创建Volare Novels，网站以翻译女频小说和恶搞、科幻等类型的作品为主。从2017年开始，中国网络文学作品数量超越日本轻小说数量，截至2019年，中国网络文学作品已占该网站作品总数的一半。韩国Joara是韩国第一个且目前规模最大的网络小说

---

① 戴瑶琴、[俄]娜佳：《Rulate：21世纪20年中国网络小说在俄罗斯的民间译介》，《花城》2022年第5期。

连载平台。2000 年至 2020 年的 20 年里，该平台中国网络小说的数量一直呈增长趋势，2021 年增至近 4000 本，2015 年至 2020 年的五年间增长幅度最为明显。[①]

传统网络文学平台打造的对外传播网站各项数据也持续上涨。阅文集团发布的 2020 年财报显示，截至 2020 年底，近 3 年来，起点国际平台 WebNovel 向海外用户提供了约 1000 部中文译文作品和超过 20 万部海外原创作品，WebNovel 全年访问用户量达 5400 万。2021 年，WebNovel 的中文译文作品为 2100 部。到 2022 年底，WebNovel 的翻译作品预计将超 4000 部。[②] 截至 2022 年 3 月，起点国际在 ALEXLA 全球网站排名中的名次持续上升，2022 年第 10 周日均 IP 访问量超 15 万、PV 访问量在 68 万以上。[③]

当 WebNovel 主推男频玄幻、科幻类作品时，中文在线所属平台 Chapters 在欧美地区受到当地年轻女性的欢迎和青睐。星阅科技于 2018 年推出 Dreame 阅读产品，主打女性向言情小说，借助对海外市场的洞察和强大的原创内容，成功打入欧美网络文学市场。目前，星阅科技已打造出面向印度尼西亚、菲律宾、西班牙等东南亚及欧美地区的多语种阅读产品，还推出了面向男性和性少数群体的阅读产品。艾瑞咨询评价，星阅科技抓住了新冠疫情期间电子阅读的增长机会，采取按章节收费的商业模式为其带来了丰厚收入。同时，星阅针对海外用户进行了大量买量投入，并在 Dreame 产品的表现上获得成功。2020 年，星阅科技打造的差异化网络文学产品矩阵很好地体现了网络文学出海迈向多语言、多地区的趋势。星阅针对细分市场推出垂直内容的动作，也反映了海外网络文学平台在开发上已经开始注重精细化、定制化运作。[④]

---

① 李怡：《中国网络文学在韩国的传播与启示——基于跨文化的考量》，西南科技大学 2021 年硕士研究生学位论文。

② 阅文集团 2021 年财报，http://finance.youth.cn/finance_gdxw/202203/t20220323_13551778.htm。

③ webnovel.com 网站 Alexa 排名，https://alexa.chinaz.com/webnovel.com。

④ 艾瑞咨询：《2021 年中国网络文学出海研究报告》，2021 年 9 月 3 日，https://report.iresearch.cn/report/202109/3840.shtml。

除了网络文学作家之外，网文出海的传播主体还有对中国网络文学作品进行译介的翻译者，他们的地位也不容小觑。从海外第一本大获成功的网络小说——我吃西红柿的《盘龙》超过百万的收藏，或是从点击超过 1.5 亿次的横扫天涯的《天道图书馆》的海外传播来看，翻译所起到的巨大助推力是毋庸置疑的，翻译者也成了中国网文出海传播主体的传播者。截至 2022 年 1 月 5 日，《天道图书馆》的阅读量超 17 亿，有 27 万余粉丝投票支持，评论数据近 2 万；《全职高手》阅读量超 1.2 亿，粉丝超 9 万，评论上万；《重生之最强剑神》阅读量 1.18 亿，《诡秘之主》阅读量 3110 万，《超神机械师》阅读量 440 万。

就翻译本身而言，也需要细分，具体可分为职业翻译、粉丝翻译、机器翻译和"机器＋人工"翻译。其中，职业翻译一直是最重要的翻译形式，网文出海出版的实体书基本上都是由职业译者进行翻译的。虽然目前各平台重要作品的翻译大都由职业翻译完成，但海外网络文学的传播刚开始是得益于海外粉丝的自发翻译。2014 年起，国外的一些粉丝网站就开始自发翻译中国网络文学作品。在 Wuxiaworld 拿到小说版权之前，作品的翻译主要依靠粉丝完成。也正是这些粉丝的翻译才让海外受众，尤其是北美受众，接触到了中国网络文学这种新的文学类型。另外，阅文集团在建立职业译者体系的同时也引入了粉丝翻译的机制。

目前，很多网文平台借助 AI 翻译降低翻译成本，提高翻译效率。商榷、推文科技、星阅科技、小艺全能翻译等是目前常用的机器翻译程序。如推文科技将人工智能用于网络文学的翻译中，自主研发网络文学多语言 AI 翻译生产系统，使行业效率提高 3600 倍，成本降低到原来的 1％。超 90 家网络文学公司采用推文科技网文出海 AI 整体解决方案，超过 6000 部中文作品一键出海。掌阅使用自己开发的机器翻译软件，成本在 1 元/千字左右。[①] 但就整体翻译质量而言，机器翻译的准确率还有待提高。在此情形下，先进行机器翻译，再通过专业

---

① 何弘：《"网文出海"的现状、问题及对策》，2022 年 9 月 1 日，http://www.rmlt.com.cn/2022/0901/655368.shtml。

翻译人员审校，成本相对纯人工翻译可下降一半以上。"机器＋人工"的翻译方式既能降低翻译成本又可提高翻译质量，是目前很多平台都在使用的方法。

二、从翻译中国网络文学到模仿中国网络文学

20 余年的发展历程中，中国网络文学的创作手法、题材类型、话语体系等不断创新，丰富着文学的表现手段和文体类型，实现了中华传统文化的创造性转化，具有注重故事性、想象大胆奇特、代入感强等特点，也建立起类型丰富、题材多样的发展生态。目前，中国网络文学共向海外输出网络文学作品 10000 余部。其中，实体书授权超4000 部，上线翻译作品 3000 余部。网站订阅和阅读 App 用户达 1 亿余人次，覆盖世界大部分国家和地区，不论身处何地，读者们总能找到适合自己的作品。

就传播内容而言，网络文学作为一种新的文学样式，有着区别于其他文学类型的强大的故事性。传统的西方魔幻故事和中国的古代神话，都注重故事的设置和讲述。网络作家创作的大胆想象和生动情节，与海外受众的审美心理和欣赏习惯完美契合，让国外读者产生了天然的亲近感。适合消遣、娱乐，代入感超强的"爽文"，也更加适合国外的"Z 世代"年轻受众。《斗破苍穹》《全职高手》《芈月传》《燕云台》等中国网络文学作品通过一个个引人入胜的故事架构打破了文化隔阂，走进了不同肤色、不同种族人们的内心。

另外，网络文学新生代的涌进丰富了网文出海的内容。当下，新增网络文学作者大多为"Z 世代"。[①] 打开网页或 App，不管进入哪个文学平台，网络文学作者的年轻态已经成为突出亮点，"Z 世代"已经接过创作主体的接力棒。他们的青春和热血、想象和激情，正在为互联网文学注入源源不断的活力，吸引了越来越多的"洋粉丝"，引

---

① 虞婧：《中国作协在郑州发布〈2021 中国网络文学蓝皮书〉》，2022 年 8月 10 日，http://www.chinawriter.com.cn/n1/2022/0810/c404023-32499489.html。

起了海外年轻读者的情感共鸣。从笔者对会说话的肘子、老鹰吃小鸡、我会修空调、言归正传、青鸾峰上等为代表的"90后""Z世代"网络作家的访谈可以看出，"后浪"风头已然势不可挡，他们已成为现阶段网络文学的中流砥柱。这些年轻的网络文学作家是伴随着互联网的发展出生的"网生一代"，他们网感十足，创作手法更具"网络特质"，创作内容更富"当代气息"。伴随着他们一起出现的，还有"稳健流""治愈系"等一系列充满新鲜感的文学样式。年轻作者的涌现，为网络文学界带来了全新的灵感与机遇，也为网文出海提供了源源不断的内容支撑。

被誉为"网生一代"的年轻作家的创作手法也不会让出海网文的读者产生违和感。这些"Z世代"的作家们使用新一代年轻人独特的文字表达方式与全球读者进行更为深入的互动交流，他们的写作简单直白，充满了逆袭的爽感。此外，弹幕表达、模块打赏等方式更形成了互动社区，让网文阅读和社会交往有机结合起来。所以，有人称网络文学是"地球人的作品"，它与美国的好莱坞、韩国的偶像剧、日本的动漫一样，成为跨越了国界、文化、种族壁垒的一种全球大众共享的文化现象。

网络文学从诞生至今，已经发展出玄幻、仙侠、古言、现言、历史、科幻等10多个类别。在网文出海初期，玄幻类作品曾一家独大。直至今日，在海外受追捧的网络小说依然以玄幻奇幻、仙侠修真等题材的类型小说为主，占据网文出海的半壁江山。西方魔幻小说中精灵、恶龙、神灵等元素在中国的仙侠、玄幻类网文中也经常出现。这种中西方相似性极强的题材类型，是有意或无意生产出的适合全球化传播的"再生"文本，也是文化杂糅的产物。

现如今，在中国作家协会等各部门的逐步引导下，网络文学现实题材逐渐回归。在传统题材依然有着很高热度的背景下，书写新时代中国的网络文学现实题材作品也已大踏步迈出国门。这可以从2022年9月中国网络文学作品首次被收录至大英图书馆的中文馆藏书目中窥见。此次被收录的作品共计16部，包括《复兴之路》《大医凌然》《大国重工》等现实题材作品。这既表明国外文化界对中国网络文学的认可，也体现出国外受众对了解当代中国的渴望。

值得注意的是，网络文学的海外传播带来了海外模仿中国网络文学、在中国网络文学海外传播平台上发表原创作品的潮流。2018 年 4 月，起点国际开放海外原创功能后，大量海外作者开始在起点国际发表网络文学作品，在仅仅一个月的测试期内，海外注册作者超过 1000 人，共审核上线原创英文作品 620 余部。[①] 各平台上榜的作品中，翻译作品和原创各占 60% 和 40%。从内容的增量市场来看，大量海外读者在疫情期间投身网络写作成为专职作者，海外本土 UGC 内容数量攀升。*My Vampire System* 由英国作家 JKS Manga 创作，借鉴了国内网文的写法并融合西方吸血鬼元素，阅读量达到 5050 万。Ash_knight17 创作的浪漫幻想言情小说 *The Crown's Obsession*，深受海外女性读者的喜爱，获得了 WebNovel 2020 年海外最受欢迎原创作品奖。丹麦的 Tina Lynge Hansen 模仿中国网文在 Gravity Tales 上创作英文小说 *Blue Phoenix* 和 *Overthrowing Fate*。除此之外，较有影响的海外原创作品还有新加坡作者 Moloxiv 的《第一秘境供应商》（*Number One Dungeon Supplier*）、美国在校大学生创作的《虚无进化》（*Reborn：Evolving from Nothing*）、印度作者 neha 的《我的美少女将军》（*My Beautiful Commander*）等。

三、呈现多样性特征的网文出海传播渠道

传播渠道一般指传播媒介，是让整个传播行为最终完成的手段或者技术。互联网技术的兴起催生了网络文学这一新兴文学类型。必须依赖计算机、互联网、移动通信等技术进行生产和传播，这是网络文学与传统文学之间最根本的区别。

网络文学的传播除了自身的文本传播之外，还有由其衍生的实体书出版传播和 IP 改编传播。由此可将其划分成网文出海的线上传播和线下传播。中国网文出海的传播渠道共有五种，其中以互联网为传

---

① Tom 资讯：《起点国际上线一周年　阅文开启海外网文原创元年》，2018 年 5 月 16 日，https://news.tom.com/201805/4436387200.html。

播媒介的线上传播有三种：在线翻译传播、投资海外平台传播和海外本土化传播。而另外的两种传播渠道中，出版传播以网络文学的实体出版图书为主体，IP 改编传播则以网络文学改编的电影、电视剧、ACG 为主体，进行线下传播。

而另一种划分方法，又可将网络文学的出海传播模式分为内容出海与模式出海。内容出海，即将国内作品通过译介、改编等方式向海外传播，如在线翻译传播、出版传播、IP 改编传播；模式出海，即通过搭建平台，将国内成熟的网络文学生产机制移植到海外，促进网络文学原创作品全球"开花"，吸纳海外作者创作兼具本土与中国特色的网络文学，如海外本土化传播。本文综合两种方法对几种传播渠道进行划分。

第一是在线翻译传播（内容出海），通过海外网站、外文 App（手机客户端）、移动阅读器等平台，将中文网络文学作品进行翻译后向海外传播。目前，起点中文网等海外网络文学平台已经打造出海外付费阅读体系，建立起付费订阅、打赏、月票等机制。

第二是实体出版传播（内容出海），国内平台或作者授权国外版权代理商或出版机构，在海外出版发行外文版网络文学书籍。海外市场是在 2001 年前后，从我国港澳台地区的繁体书市场开始向外打开的，最初的传播区域局限在东南亚地区，题材以言情为主。2009 年到 2014 年，网文出海开始从自发传播向主动传播转化。2010 年前后，东南亚图书出版商每年从中国大陆文学网站直接购买版权的小说超过百部。晋江文学城是对外授权出版实体书最多的平台，已经输出了近 3000 部作品。从实体书出版的市场表现来看，东南亚市场相对较好，泰国平均发行量大约 7000 册，越南大约 3000 册，最高能到 30000 册，发行量一般在 4000 到 6000 册之间，最少也在 1000 册以上。

第三是 IP 改编传播（内容出海），即将网络文学作品改编的电影、电视剧、ACG 等产品向海外受众发行，或授权海外机构对国内网络文学作品进行 IP 转化，从而极大扩展网络文学的影响力。影视改编方面，《扶摇》《知否知否应是绿肥红瘦》《武动乾坤》《天盛长歌》《你和我的倾城时光》《芈月传》《少年的你》等影视作品在 You-Tube、Rakuten Viki、Netflix 等亚洲和欧美主流视频网站及电视台大受欢迎，已成功覆盖亚洲、北美、大洋洲等数十个国家和地区。① 动漫方面，起点国际翻译上线 400 余部漫画作品，如《修真聊天群》《放开那个女巫》《元尊》等。其他各平台也都有大量网络文学作品改编翻译的漫画上线。以 YouTube 网站为例，对《凡人修仙传》的词条进行搜索，可以发现 MMOJACKX57 上传的视频合集，观看量超55 万，评论 1508 条，评论区也能看到观众对原著和视频原始链接的追问和好奇。

第四是海外本土化传播（模式出海），即海外网络文学平台通过翻译中国网络文学作品，吸引本土作者创作，建立起网络文学海外本土化传播的运营生态。目前，阅文、掌阅、纵横等都以不同方式搭建本土作者创作平台，建立作者激励、培养体系，吸纳更多"洋写手"。阅文集团将起点中文网多年积累的、相对成熟的生产机制移植到了海外平台起点国际，通过 VIP 付费制度等手段，吸纳海外各国写手参与原创，既节省翻译成本，也更能获得海外读者的接受与认可。"在常规的分成模式之外，阅文集团投入重金在起点国际上复制了国内被俗称为'低保'的新人作者激励制度。"② 种种激励制度保障了海外作者创作的持续性，使其作品成为起点模式乃至中国网文文化的传播载体，自然而然地带有中国色彩。

近年来，多家网络文学平台通过投资海外网站、文化传媒公司、出版社等方式，与外方形成战略合作关系，扩大了中国网文海外平台的传播新路径。起点投资韩国原创网络文学平台 Munpia（株式会社文笔雅）、泰国的头部网文平台 OokbeeU、美国 Gravity Tales，与非洲互联服务提供商传音控股、新加坡电信（"新电信"）等达成战略合作。中文在线投资 Wuxiaworld，掌阅、字节跳动等主要网络文学企业也纷纷与海外平台合作。③

---

① 中国作家协会网络文学中心：《中国网络文学国际传播发展报告》，2021年 9 月 27 日。

② 吉云飞：《"起点国际"模式与"Wuxiaworld"模式——中国网络文学海外传播的两条道路》，《中国文学批评》2019 年第 2 期。

③ 中国作家协会网络文学中心：《中国网络文学国际传播发展报告》。

四、中国网络文学海外读者数量和互动性不断提高

网络文学题材各异的海量作品，以精彩的故事、奇特的想象吸引了众多国际读者。从内容偏好上来看，北美受众偏好体现个人英雄主义的仙侠、玄幻和表现中国传统文化的古言等类型。作品当中的个人英雄主义、浪漫主义情节，完全符合西方读者的审美习惯。体现中国传统尊师重道文化的《天道图书馆》、来源于东方神话传说故事的《巫神纪》、弘扬中华多样性美食的《美食供应商》、展现现代中国都市风貌和医学发展的《大医凌然》等众多作品，都受到海外读者的热烈追捧。欧洲受众偏好武侠和仙侠等类型，亚洲文化圈特别是东南亚及日韩读者偏好古言小说。《后宫·甄嬛传》《步步惊心》等古代言情小说受到东南亚读者的热烈追捧，都市现言作品在东南亚国家也颇受欢迎。韩国受众偏好宫斗、灵异、推理、罪案等类型，越南受众偏好校园、职场、婚恋等类型。另外，在国内市场体量相对较小的恐怖悬疑和科幻题材作品在海外的受欢迎程度也比较高，读者喜爱度都达到了 20％以上，是亚洲和欧美地区读者所偏好的题材。

就区域来看，东南亚和日韩等地区实体书和在线阅读两种方式均有大量读者，实体书占比较大，IP 改编作品也有较大市场；欧美国家读者以线上阅读为主，IP 改编作品主要通过 Netfilx 等渠道进行分发；非洲及其他"一带一路"沿线国家的读者以移动端阅读为主。从阅读途径看，53.6％的读者通过社交网络接触中文翻译的网络文学，86.3％的海外读者通过手机 App 阅读中文翻译网文。[①] 就阅读时间来看，海外读者更多利用碎片时间进行阅读，工作学习闲暇时阅读的占比高达 72％，利用睡前的完整时间阅读的也有 60％。就阅读经历来看，海外读者接触中国网络文学的时长超过半年的达 83.4％，阅读数量超过 10 本的有 63.9％。可见中文作品已经有了一部分较为稳定的

---

① 中国作家协会网络文学中心：《2021 中国网络文学蓝皮书》，《文艺报》2022 年 8 月 22 日第 3 版。

海外读者，他们接触网文时间较久，阅读量较大。同时，中文作品仍有源源不断的新读者加入，占比达到12.3%。[①]

中国网文出海传播范围涵盖亚洲、非洲、美洲、大洋洲、欧洲。早期网络文学实体出版借道我国港台地区，最先在东南亚以及东北亚地区传播，逐渐覆盖包括印度、土耳其在内的亚洲大部分地区。后依托"一带一路"政策，我国网文出海企业在沿线的亚非拉国家创造了网络文学基本市场。目前已成功在东南亚国家（新加坡、菲律宾、泰国、越南、印度尼西亚等）和北美国家（美国、加拿大等）两个主要市场实现了自身影响力。从读者来源国籍和地区看，印度、菲律宾、印度尼西亚、马来西亚、越南等国读者占81%。女性读者占67.8%，本科学历及以上达58.7%，超42%的读者有稳定工作，学生占22%，家庭主妇占比为9.5%。

值得强调的是，海外"Z世代"成为主要受众人群。海外用户画像显示，海外读者构成多元，学历层次较高，女性居多。前文提到，海外读者接触中国网络文学的时长超过半年的有83.4%，阅读数量超过10本的有63.9%，中文作品已经有了一部分较为稳定的海外读者。同时，中文作品也不断有新读者加入，占比达到12.3%。值得注意的是，35岁以下的中青年读者占比超62%，学生占比达22%，年轻化特点非常明显。[②] 可见，在海外受众中，"90后""Z世代"占据主体，网络文学作品也成为西方"Z世代"了解中国的重要窗口。当前，不仅中国的"网生一代""Z世代"作者成为创作主体，海外"网生一代""Z世代"读者也成为中国网络文学的接受主体与消费主力。全球年轻人已经形成一种跨国界、跨种族、跨时空的"命运共同体"，通过网络文学进行文明交流与对话、文化互鉴与融合。海外网络文学读者不仅愿意为阅读文本付费，对作品IP链条上的各种衍生产品也抱有相当大的兴趣，这一消费特点也进一步助推了网文IP产业的蓬勃发展。

海外读者在阅读中文作品的同时，也有积极的互动行为，近55%

[①] 艾瑞咨询：《2021年中国网络文学出海研究报告》。
[②] 虞婧：《中国作协在郑州发布〈2021中国网络文学蓝皮书〉》。

的读者会给作品写评论，42％的读者会进行分享。其中，东南亚地区读者的互动性更强，进行评论、分析、点赞等互动的比例更高。海外读者为中文作品的付费率达到48.4％，相较于2020年的31.2％，上升了17.2％，整体消费意愿呈上升趋势。在有过消费行为的读者中，按章节付费是最主流的消费方式，占比达78.6％，花费金额少于200元的读者占比为71.9％。尽管海外读者中来自欠发达地区的用户占了绝大部分，但仍有20.8％的重度消费用户（消费金额在50美元以上）。①

由于网络文学作品日更化和互动性强的特点，受众参与成了网络文学传播的一大特色，新的转化方式也由此而生。海外网络文学平台基本都建立了基于中国文化的粉丝社区，读者通过在社区里评论、追更，了解作品和文化。2017年6月，网络作家风凌天下的新作《我是至尊》成为全球首部使用中英双语同步首发的网络文学作品，大大缩短了中外读者的"阅读时差"，海外读者在每日更新发布之后，立即进行阅读、留言、评论、打赏。如前所述，海外读者在阅读中国网络文学作品的同时，多有积极的互动行为。起点国际在线社区里，每天会产生5万多条评论，其中不乏对内容的精彩点评。读者人人都是段子手，评论区的神回复成为一类文化现象，章评、段评既是即时、犀利的作品评论，更是整个作品生产链条的重要组成部分。年轻一代的作家们在看到海外粉丝的留言之后，或多或少会进行阅读回复等互动行为，吸收借鉴留言内容，这种互动有助于作品更好地进行海外传播。

如上文所述，网络文学特有的大众化属性吸引了数以亿计的海外读者，其中一些海外网文读者已经不再拘泥于受众的身份。他们从国际网文平台的读者摇身一变，借用中国网络文学的套路，使用本国语言，开始进行网络文学主体创作，成了网络文学"洋作家"，当起了我国网络文学的海外"代言人"。这样的转型使得原本处于客体地位的海外消费者成了网络文学的生产者，完成了从客体到主体的转变。网络文学为世界各地爱好阅读的人提供了实现写作梦想的机会，海外

---

① 艾瑞咨询：《2021年中国网络文学出海研究报告》。

作家的不断加入也为海外网络文学市场注入全新的活力。这些由海外粉丝转变而来的网文作者，大部分世界观架构深受早期翻译的中国网文的影响，有些作品融合了中国的仙侠、道法、武功等传统文化元素，也有在小说中运用熊猫、高铁、华为手机等中国特色现代生活元素，并学习中国网文常见的写作方法。他们所创作的海外本土原创作品，使中国网络文学在全球拥有更广泛的影响力和更广阔的成长空间。

五、网文出海日益成为世界级的文化现象

根据中国作家协会发布的数据，2019 年，中国网络文学出海市场规模达到 4.6 亿元。2020 年，随着更多厂商入局，海外原创内容布局全球，商业模式稳定盈利，网络文学出海市场迎来迅猛增长，加上疫情期间"宅家经济"兴起的双重影响，网络文学出海市场规模增速为 145％，规模达到 11.3 亿元；用户规模增速 160.4％，达到 8316.1 万人。2021 年，市场规模翻倍增长，突破 30 亿元，海外用户规模达 1.45 亿人。[①] 面对这样的市场规模，韩国互联网巨头 Kakao 通过旗下掌上阅读平台 Radish Media，收购了以翻译中国网文出名的海外小说平台 Wuxiaworld，此次交易价格达到 3750 万美元，约合人民币 2.4 亿元。同时，中国的网络文学也十分重视加强在海外网络文学传播市场中的主动性。阅文集团先后在东南亚、韩国、非洲地区开展了相关扶持与合作的计划：针对越南，实行了"群星计划"（Rising Star）；针对韩国，投资了韩国原创网文平台 Munpia，与该平台进行合作，推动网络小说在韩国市场的发展；针对非洲，与传音控股合作，对当地的在线阅读市场进行了开发。这些举措能够更好地挖掘与培养有潜力的作者，实现 IP 的全方位孵化。阅文集团也对发展能力较弱的地区进行了帮扶，借助在线阅读以及 IP 衍生等方式为作者及其作品的文化和商业价值提供全面增值服务。

---

① 虞婧：《中国作协在郑州发布〈2021 中国网络文学蓝皮书〉》。

中国网络文学影响力不仅体现为市场规模的迅速增长，而且体现为中国网络文学在海外得到认可。2022 年 9 月，16 部中国网络文学作品首次被收录至世界最大的学术图书馆之一——大英图书馆的中文馆藏书目之中。除了反映当代中国发展的现实题材作品《大国重工》《复兴之路》《大医凌然》之外，此次被收录的网络文学作品还包括《赘婿》《赤心巡天》《地球纪元》《第一序列》《画春光》《大宋的智慧》《贞观大闲人》《神藏》《纣临》《魔术江湖》《穹顶之上》《大讼师》和《掌欢》等，包括科幻、历史、现实、奇幻等多个网络文学题材，涵盖了网络文学从初期到当下的经典作品。据大英图书馆公开资料介绍，该馆会根据读者需求和书籍本身的价值贡献等来选择收藏作品，选择当下读者想看的、对人类文学历史有时代意义的书籍作品。这 16 部网络文学作品入选大英图书馆中文馆藏，表明网络文学本身正成为一种重要的内容产品和世界文化现象。①

由网络文学 IP 改编而来的衍生产品，如电影、电视剧、ACG，通过一个个"好故事"吸引来自世界各地的读者与观众。中国向动漫强国日本"反向输出"的第一个成功案例来自网络文学作品《从前有座灵剑山》。小说在日本大受好评，2016 年还被制作成动画片。这部网络小说改编的作品以奔放的剧情、大胆的想象力和犀利的吐槽迅速引发了日本"御宅族"的注意，收视火爆，引发热议。② 同时，根据同名小说改编的电视剧《琅琊榜》，在日本官网的海报中被介绍为"超过《半泽直树》的中国宫廷复仇剧"。③ 不仅是在日本，2015 年《琅琊榜》在韩国上线时的轰动效应不亚于韩剧《太阳的后裔》在中国的轰动，有不少韩国著名艺人都成了《琅琊榜》的忠实粉丝。在泰国，几乎一夜之间，社交媒体上画风突变，"眉间一点红，媚眼桃花飞"。2015 年"现象级 IP 剧"《花千骨》热播期间，众多青年男女不

① 《中国网络文学作品首次被收入大英图书馆》，2022 年 9 月 16 日，http://ent.people.com.cn/n1/2022/0916/c1012-32527244.html。

② 庄庸、安晓良：《中国网络文学海外传播："全球圈粉"亦可成文化战略》，《东岳论丛》2017 年第 9 期。

③ 澎湃新闻：《哪里的读者最喜欢中国网文？北美、东南亚、日韩约各占三成》，2016 年 12 月 20 日，http://www.thepaper.cn/newsDetail_forward_1583537。

约而同地使用起一款"Makeup"肖像处理软件，把自己的照片处理成"妖神妆"。这一趣事不仅刊于泰国《星暹日报》，也被众多圈内人传为佳话。网络文学 IP 转化拉动的不仅仅是亚洲市场。在北美市场，根据天下归元《凰权》改编的影视剧《天盛长歌》被美国 Netflix 以"Netflix Original Series"（Netflix 原创剧集）最高级别预购；《陈情令》成为首部入选 Billboard 榜单的国产剧集，荣登 Tumblr 2019 全球电视剧热度榜第 36 位。

综上，网文出海由最初单部作品的翻译出海，到海内外多层次、多形式商业平台成为传播主体，实现多样渠道传播、全产业链传播，覆盖面广、影响力大，使中国网文成为影响海外原创及文化产业的重要内容源头。可以说，当下中国网络文学的海外传播模式已经发展为具有全业态影响的"生态传播"。中国网络文学的创造力及其携带的文化元素、产业模式、IP 转化成为中国文化输出的重要组成部分，网络文学也成为讲好"中国故事"的重要力量。

（原载《扬子江文学评论》2023 年第 2 期）

中国网络文学的属性和经典化路径

◎汤哲声

　　中国网络文学的迅猛发展是近年来最引人注目的文化现象之一。2022年4月7日，中国社会科学院发布了《2021年中国网络文学研究报告》。报告显示，截至2021年12月底，我国网民总规模为10.32亿，互联网普及率达73%，互联网应用规模位居世界第一；我国网络文学用户总规模达到5.02亿，较2020年同期增加4145万，占网民总数的48.6%，读者数量达到了史上最高水平。如此巨大的读者群，使人吃惊，也令人感奋，同时也提示我们要重视中国网络文学经典化的构建，对中国网络文学如何经典化做出更为深入的科学思考。习近平总书记指出："优秀作品并不拘于一格、不形于一态、不定于一尊，既要有阳春白雪、也要有下里巴人，既要顶天立地、也要铺天盖地，只要有正能量、有感染力，能够温润心灵、启迪心智，传得开、留得下，为人民群众所喜爱，这就是优秀作品。"① 中国网络文学也许不全是"顶天立地"，但一定是"铺天盖地"；不仅仅要传得开，还要留得下，这才是优秀作品。

　　中国网络文学经典化的研究与探索，近年来被很多学者关注，并已取得了相当的成绩，不少论者的卓见给人很多启发。然而，也有很多论述让人难以释然；甚至是一些基本性的问题都还需要进一步明确，其中最亟须解决的问题是中国网络文学的属性。中国网络文学究

---

　　① 习近平：《在文艺工作座谈会上的讲话》，人民出版社2015年版，第7—8页。

竟是什么属性的文学，这是研究中国网络文学所有问题必须要明确的前提，论述中国网络文学经典化更是如此。中国网络文学的属性都不清楚，又怎么确定经典化路径呢？对于中国网络文学的属性，笔者的观点是：它是中国传统通俗小说的当代呈现。这种观点的形成基于两个判断：一是史学判断，二是文学判断。对于中国网络文学的经典化路径，笔者的观点是：在传统文化传承中的文学性的坚持和中华性的创化。这种观点的形成同样基于两个判断：一是中国网络文学的实践判断，二是中国网络文学海外传播的认知判断。

一、中国传统通俗小说是中国网络文学的"根"

中国网络文学不是无根之木，它的根是中国传统通俗小说。元末明初成书的《三国志通俗演义》大概是中国最早用"通俗"冠名的历史演义小说。何谓"通俗"？庸愚子在为其所作序中有这样的表述："文不甚深，言不甚俗，事纪其实，亦庶几乎史，盖欲读诵者，人人得而知之，若《诗》所谓里巷歌谣之义也。"① 这是一种介于"理微义奥"的"史之文"和"失之于野"的野史评话之间的新文体，其目的是读史劝俗，使得读者"留心损益""人人得而知之"，即所谓"若读到古人忠处，便思自己忠与不忠，孝处，便思自己孝与不孝"。② 根据史实讲故事，将大众作为目标追求文本阅读的最大化，并从中体现文化思想和道德品质，这就是这部小说被命名为"通俗"之意。这部小说所创造的文体也就被称作"通俗文体"。根据小说的创作实践以及社会影响，晚明时的冯梦龙对中国小说文类做了进一步分类。他将中国小说分成两类："大抵唐人选言，入于文心；宋人通俗，谐于里耳。天下之文心少而里耳多，则小说之资于选言者少，而资于通俗者多。"③ 一类是知识分子偏好的小说，如唐传奇；一类是老百姓喜欢的

---

①② 庸愚子：《三国志通俗演义序》，黄霖、韩同文选注：《中国历代小说论著选》（上），江西人民出版社 1982 年版，第 104 页。

③ 绿天馆主人（冯梦龙）：《古今小说序》，黄霖、韩同文选注：《中国历代小说论著选》（上），第 217 页。

小说，如宋话本。"通俗小说"至此也就成为一种文类。冯梦龙不仅给通俗小说命了名，还对其美学特征做了深入阐释。他明确提出了通俗小说的类型化特征："私爱以畅其悦，仇憾以伸其气，豪侠以大其胸，灵感以神其事，痴幻以开其悟，秽累以窒其淫，通化以达其类，芽非以诬圣贤而疑，亦不敢以诬鬼神……姑就睹记凭臆成书，甚愧雅裁，仅当谐史，后有作者，吾为裨谌。"① 通俗小说是不同于"雅裁"的类型小说，不同类型的通俗小说有不同类型的表现方式。至冯梦龙时，中国通俗小说的美学形态已基本成型，表现为阅读最大化的大众性、传统文化的劝俗性和讲故事的类型性。《三国志通俗演义》之后，通俗小说成为中国小说创作的主流，并出现了《隋唐演义》《水浒传》等一系列优秀小说。善与恶、美与丑、悲与喜、曲与直，中国人深浸其中，在阅读中形成了中国大众的审美习惯。中国通俗小说所形成的美学形态在众多优秀小说创作中显示出强大的生命力，在代代相传的众多读者阅读中显示出强大的影响力。创作与阅读、传播与接受、作家与读者共同构建了中国通俗小说的美学传统。"话须通俗方传远，语必关风始动人。"② 中国小说要想被中国大众最大化地美学性接受，毫无例外地要依据中国通俗小说美学传统创作，因为这已成为"民族传统"。

中国网络文学的文化视野和美学呈现都有其当代性，然而，无论有什么变化，它们还都是在中国通俗小说美学传统中创化与前行。一是在阅读最大化中获取社会效应和经济利益。虽然运作的手段和表现的空间都有别于中国传统的通俗小说，但大众文学的性质不变。二是以中国传统文化作为是非曲直的价值判断。中国网络文学受到了很多外来大众文化的影响，例如欧美奇幻小说的魔戒文化、日本动漫的虚拟文化等。这些外来文化增强了中国网络文学创作的想象空间，给小说的文化设定和人格表现增添了多种选择的可能。但是中国网络文学有一种底线原则，那就是最终的是非判断一定是中国的传统文化。儒

---

① 詹詹外史（冯梦龙）：《情史叙》，黄霖、韩同文选注：《中国历代小说论著选》（上），第229页。

② 冯梦龙：《范鳅儿双镜重圆》，《警世通言》（卷12），福建人民出版社，1981年，第138页。

家文化是人格标准，国家意识、道德伦理评判着人物的善恶是非，即使是在那些想象力非凡的架空历史小说中，那些极度的个人欲望追求者都难善终，例如江南等人的"九州系列"、猫腻的《庆余年》等小说。同样，即使是在那些魔戒气息浓厚的灵异空间中，中国的道家文化和佛家文化还是人的生命意识最高境界，无论是天蚕土豆的《斗破苍穹》中的斗气，还是唐家三少的《斗罗大陆》中的斗魂，都是如此。三是类型化的叙事模式。中国网络文学叙事形态有着多方面的呈现，游戏话语、动漫呈现、影视形象等都对中国网络文学的叙事形态产生了深刻影响。然而，无论叙事形态多么多样，中国网络文学一定是类型化表述。早期中国网络文学的类型依据中国现当代纸质通俗文学而设定，例如武侠小说、悬疑小说、都市小说等。随着中国网络文学创作的发展，其类型快速裂变，以致眼花缭乱。① 中国网络文学发生在媒介传播如此发达、信息交流如此便利的当下，多样的文化观念的接受和多样的美学形态的交融势成必然。令人惊叹的是，中国网络文学的优秀作家们能够将这些多样性纳入中国文学的审美传统中，并能够有逻辑性地使其融为一体地呈现出来，这使得中国网络文学进入了中国通俗小说的系列之中。

中国通俗小说的审美传统是中国网络文学的"根"。这不仅仅是中国网络文学的客观存在，更是中国网络文学的优势所在。根是一种传承，更是一种底气。1917 年以后，被新文学作家严厉批判的中国现代通俗文学之所以打而不倒，凭借的就是其创作中的中国通俗小说的

---

① 20 多年来，中国网络文学以类型化为主要创作形态，在不同领域进行创作实践，目前大约有 60 多个大的类型，大致分为玄幻、奇幻、仙侠、架空、穿越、武侠、游戏、竞技、都市、言情、军事、历史、科幻、抗战、惊悚、魔幻、修真、黑道、耽美、同人、太空、灵异、推理、悬疑、侦探、探险、盗墓、末世、丧尸、异形、机甲、校园、青春、商场、官场、职场、豪门、乡土、纪实、知青、海外、图文、女尊、女强、百合、美男、宫斗、宅斗、权谋、传奇、动漫、影视、真人、重生、异能、女生、童话、明星等。它们还可以进一步细分为近百种小的类型。比如仅玄幻类一项就可分为东方玄幻、转世重生、魔法校园、王朝争霸、异术超能、远古神话、骇客时空、异世大陆、吸血家族等，其内容与形式各具特色（参见马季：《网络文学评价与创作的路径选择》，《网络文学评论》2019 年第 6 期）。

美学传统。当下中国网络文学之所以蓬勃发展，凭借的也是创作中的中国通俗小说的美学传统。中国文学的审美传统之所以有如此重要的作用，是因为中国读者熟悉它、认可它，并赋予它巨大的生命力。网络文学之后中国一定会有新的文类出现，如果想获得中国读者最大程度的接受，也一定会赓续中国通俗小说的审美传统。

认知中国网络文学是中国通俗小说审美传统的当代呈现，是为了明确传统是中国网络文学发生、发展的根本，是为了明确只有在中国传统的传承和创化中中国网络文学经典化才有根基，是为了明确传统中的发展思考才是中国网络文学经典化的科学思考。至于中国网络文学发生于国内还是国外，是什么网站还是什么论坛，都是技术层面上的探究，何况这些技术层面上的探究也只是比较文章发表时间和文章的网络文学性，都是些很难说清的表层现象。纠缠于表层现象，而忽视本质属性，是当下中国网络文学经典化研究的重要缺陷。

二、文学性是中国网络文学的"本"

从媒介角度上说，网络文学就是互联网赛博空间中的文学信息流。[①] 然而，文学又恰恰不能与一般的信息流等同，它还是一种精神创造。网络文学对纸质文学创作产生了巨大的冲击，表现在文本阅读爽点的捕捉、文学创作中的交互性、情节故事的虚拟性等。纸质文学创作需要反复琢磨、不断磨合的问题在网络文学创作中显得很方便、更快捷、被放大。然而，无论网络对文学创作产生什么样的作用、有着多大的影响，对文学创作来说，网络只是一个媒介平台，"文学"

---

① 赛博空间是美国作家威廉·吉布森（William Gibson）在 1984 年的小说《神经漫游者》里创造的一个词。"赛博空间，这是亿万人共同的幻象，每日每时，世界各国合法的使用者体验共同的幻象……这是从所有计算机库存里抽象出来的全部数据的图像式表征。"互联网里的赛博空间是"共同的幻象"，其意义是：互联网用户能从服务器获取信息，十分神奇；服务器看不见，不知在何处，使用者却能顷刻之间挖掘其中的内容（［加］罗伯特·洛根：《理解新媒体——延伸麦克卢汉》，何道宽译，复旦大学出版社 2012 年版，第 211 页）。

是本，"网络"是末，不可本末倒置。

中国通俗小说与大众媒体有着密不可分的关系。媒介性是中国通俗小说创作机制的重要特征，跨媒介是中国通俗小说传播机制中的重要手段。中国古代通俗小说作品基本上是根据民间传说和话本小说改编的文人创作，民间的口口相传和书场书肆是小说创作的媒介平台。正因为是来自民间传说和话本小说，中国古代通俗小说就有浓厚的"说话味"和"说书味"。19世纪末以来，报刊是中国发展最为强劲的大众媒体，也迅速成为中国现当代通俗小说的媒介平台，包天笑、周瘦鹃、平江不肖生、还珠楼主、王度庐、金庸等人是中国现当代通俗小说优秀作家，其中也不乏中国现当代报刊的优秀编辑。同样，新闻报刊的写作风格直接影响了中国现当代通俗小说的创作美学，说中国现当代通俗小说就是报刊文学并不为过。20世纪末，网络成为最为强劲的大众媒体，成为当代通俗小说的媒介平台，网络文学免不了具有网络特征。通俗小说追求的是阅读的最大化，对大众媒介的追求自然能产生最大的社会、经济效益，所以说通俗小说的大众媒介化势成必然。然而，无论通俗小说与何种大众媒介融合，大众媒介只是创作传播平台，而不是主体。因为大众媒介产生不了作品，只有创作者依据文学的创作规律创作才能产生作品。

明确了"文学"的主体性，必然会对当下中国网络文学创作与批评中的很多现象和问题展开思考。

1. 网生文学。无论是将"网生文学"解释为"网络产生的文学"还是"网络发生的文学"都不科学，因为网络既不能产生文学，也不能发生文学。网络的一些媒介特征会形成网络文学的一些美学特征，但形成不了文学的美学体系。所以严格地说，只能称为"网上的文学"，如同中国现当代通俗文学不能称为"报生文学"，只能称为"报上的文学"一样。"网生文学"的提法是因为对"文学"主体性的认知不够，其结果是割断了中国网络文学的历史传承，并对网络文学的文学性产生伤害。

2. 爽文。网络文学被很多学者称为"爽文"是因为很多故事情节能使读者从中获取存在感和成就感，例如很多写手特别喜欢写小人物在职场（或江湖、武林）击败对手和在武林中等级升级。文学创作本

213

无规例，但是深刻的社会思考和人性思考是优秀作品的标准。如果仅仅停留在借文学获得舒爽感，则难以产生经典的作品。"爽文"提法的产生应该有三个原因。一是网络文学的草根性。无论是创作还是阅读，很多人都是在网络文学中获取认同感。二是网络信息所具有的现象性、情绪性特征。三是网络游戏叙事模式的移植。"爽文"实际上是阅读网络文学的感觉化。感觉化的阅读是一种浅阅读，文学经典需要从阅读感觉走向人生哲学的深刻思考。从这个要求出发，网络文学就不能仅仅是"爽文"，而应是承载着喜怒哀乐、悲欢离合的"文学文"。

3. 对网络文学 IP 的极度追求。"IP"是通俗小说重要的传播机制，是通俗小说获取社会、经济利益的重要路径。但是当下的中国网络文学却要警惕对 IP 的过度追求而伤害文本创作。自大众媒体流行以来，IP 一直是通俗小说的追求，从包天笑、周瘦鹃、平江不肖生到金庸、梁羽生、古龙等人，都有大量作品被改编成影视剧、评话、漫画、连环画等。他们的作品能够进行 IP 改编是因为文学文本的经典，具有很高的质量。经过大众媒体的改编，他们的作品流行更广、影响更大。中国网络文学的 IP 最大的问题是很多改编本与原创本脱节。很多原创本只起到提供 IP 故事梗概的作用，例如《琅琊榜》，电视改编本和原创本之间有着很大的差距。过度依赖 IP，受到伤害的是网络文学的原创质量和能力。打铁还需自身硬，自身不硬，网络文学就只能是引发其他大众媒体二度创作的故事梗概，看起来轰轰烈烈，却很难产生经典。

4. 网络文学批评中新词满天飞，不断玩弄新概念。黄发有对这样的现象也做过批评："我们不妨先看看在网络文学研究中不断出现的新词：赛博空间、比特世界、大数据、互联网＋、二次元、区块链、人工智能、异托邦、后媒体、后女权、元宇宙、VR、AR、IP、人设、营销学 4R 理论、文创产业的 OSMU 原理、拉斯韦尔的 5W 传播模式、模因传播、SWOT 分析法、Folksonomy、Cite Space、调色盘、互动仪式链……这些术语或方法确实让人耳目一新，但细察之下，不难发现一些研究者自身对这些概念和方法也缺乏深入了解，只是通过移植看似新奇的术语和方法，对网络文学进行表象化的现象描述，概念和方法都只是一种外在的马甲，处于一种悬置和空转的状态。"① 他将这样的现象称为中国网络文学的"快闪""马甲""玄学"。笔者赞成他的观点与评判。

值得思考的是，中国网络文学的批评为什么会出现这些问题和现象呢？其根本原因是对网络文学的网络性和文学性的关系缺乏科学认知。网络对网络文学的文化构成、美学呈现和语言书写都产生了深刻影响，这样的影响客观存在，也无法抹去。但是网络对网络文学来说就是一个媒介平台，网络文学就是凭网络平台而兴起的"文学"，"文学"才是根本。没有这样的认知，网络文学的批评就只能停留在媒介层面上。停留在媒介层面上的批评，再怎么论证，说的都是网络文学的媒介性。如果为了强调网络文学的独特性而有意区隔纸质文学，不但与网络文学的实践不符，还将使得中国网络文学经典化所有的探索变成空中楼阁。

三、中华性是中国网络文学海外传播的"魂"

《2021年中国网络文学研究报告》对网文出海给予了重点关注。报告显示，有20多万名外国作者开始使用自己的母语在中国网络文学海外网站创作小说，海外原创小说上线近40万部；海外用户数量超过1亿。② 另据2021年《中国网络文学国际传播发展报告》③ 显示，截至2020年，中国网络文学已向海外传播作品1万余部，其中授权实体书4000余部，翻译上线作品3000余部，网站订阅及阅读App用

① 黄发有：《网络文学研究的反思与突破》，《中国当代文学研究》2022年第4期。

② 社科院文学所网络文学发展研究报告课题组：《2021中国网络文学发展研究报告》，2022年4月7日，http://lit.cssn.cn/wx/wx_yczs/202204/t20220407_5402451.shtml，2022年6月30日。

③ 2021年9月26日，在中国作家协会和浙江省人民政府共同主办的"2021中国国际网络文学周"上，中国作家协会发布《中国网络文学国际传播发展报告》。

户达 1 亿。《中国网络文学出海报告（2021 年）》① 也显示，中国网络文学海外市场规模进一步扩大，突破 30 亿。在中国文化"走出去"的过程中，中国网络文学已经成为世界级的文化现象，并且是中国文学海外传播的最热赛道。在这条赛道上的选手，不仅有中国人，还有正在增多的不同国籍的选手。这就提示我们，中国网络文学的海外传播绝不能停留在先发优势的位置上，而应提纯取粹进行经典化探索。中国网络文学经典化的研究不仅要具有中国判断，还应有国际视野。

何谓中国网络文学海外传播的经典化？目标很明确，就是要保持中国网络文学海外传播中的话语权和主导权。中国网络文学海外传播如何经典化，笔者认为应从两个层面加以思考。

首先要认知海外读者对中国网络文学兴趣何在，从而认知中国网络文学海外传播的活力所在，认知中国网络文学海外传播经典化的核心内涵是什么。与中国很多图书海外传播推广项目不一样，中国网络文学的海外传播基本上是商业行为。虽然近年来题材有所扩大，但中国网络文学海外传播主要题材还是玄幻类小说。海外最有影响的中国网络文学的翻译阅读平台是北美的 Wuxiaworld（武侠世界）。目前该网站首页呈现的作品以仙侠、奇幻和玄幻作品为主。对此，该平台在官方介绍中进行了说明："网站起于翻译金庸和古龙的武侠小说，后转向如《盘龙》《我欲封天》《修罗武神》等现代的仙侠、奇幻和玄幻小说，致力于将中国流行文化和小说的影响力扩展到西方世界。"② 网站中并无详细的类型导航，不同的作品通过标签进行分类。首页中出现频率最高的题材标签主要有：Xuanhuan（玄幻）、Xianxia（仙侠）、Virtual Reality（虚拟现实）、Fantasy（幻想）、Action（动作）、Modern Setting（现代）、Romance（浪漫）、Reincarnation（重生）等。从这些热门标签及作品来看，Wuxiaworld 最受欢迎的作品是玄幻小说。中国网络文学最大的海外推送平台起点国际（WebNovel）的作品分类导航虽然种类繁多，但最热门的搜索是 Fantasy（幻想）、

① 艾瑞咨询：《中国网络文学出海报告（2021 年）》，2021 年 9 月 3 日，https://www.iresearch.com.cn/Detail/report?id=3840&isfree=0，2022 年 6 月 30 日。

② 介绍来自武侠世界官方网站，https://www.wuxiaworld.com/about。

Romance（浪漫）、Action（动作）、Adventure（冒险）、Reincarnation（重生）、Comedy（喜剧）、R18（成人）、System（系统）、Harem（后宫）、Cultivation（种田）、Magic（魔法）。[①] 由此可见，网站的推送最受欢迎的还是玄幻类作品。为什么玄幻类作品在海外最受欢迎呢？主要原因是中华文化。中国玄幻小说从传统神魔小说发展而来，经还珠楼主（李寿民）将其现代化，黄易将其科幻化，并给予"玄幻"命名，至网络文学蔚为大观。从《西游记》《封神演义》《蜀山剑侠传》《月魔》《寻秦记》到《诛仙》等网络玄幻小说，中国玄幻小说产生了众多经典作品。以中国道家文化为主，兼以儒佛等中国传统文化作为人生价值观，将人生境界、人性境界和人身境界融为一体构造奇幻的故事，将中华宗教、艺术、文学、食品、服饰等点缀其间，中国网络玄幻文学打造的是中华文化之境。解读中华文化、感受中华文化是中国网络文学能够在海外传播的主要原因和活力所在。这就提示我们，中国网络文学海外传播的经典化的核心内涵就是科学地传播中华性，使其更有活力、更有竞争力。近年来，在大国崛起的形象展示中，中国网络文学创作题材正在扩大，现实题材、科幻题材的作品逐渐增多。但是无论是何种题材，中国网络文学海外传播的核心内涵都是中华性。中华性是中国网络文学的标识。没有中华性，中国网络文学海外传播将黯然失色。

其次是对中国网络文学海外传播如何表现中华性的思考。如果我们仔细考察中国网络文学海外传播的状态就会发现，不同地区对中国网络文学的接受状态并不一样。日本、韩国、东南亚国家更多地接受中国网络文学的故事性，例如《三生三世十里桃花》就在这些地区掀起了一阵一阵的阅读热。虽然该书也有英译本，阅读却没有那么热。英语地区的读者似乎更喜欢有着更多东方文化秘境的小说，例如《择天记》。英语世界的受众之所以被这部小说所吸引，是因为这部小说所设定的进阶境界：洗髓境（凝神、定星、洗髓）、坐照境（初入、中境、上境、巅峰）、通幽境（初入、中境、上境、巅峰）、聚星境

---

① 分类来自起点国际 WebNovel 海外网站，https://www.webnovel.com/stories/novel。

（初入、中境、上境、巅峰）等。这些词汇来自中医、围棋的术语，被作者捏合在一起构成武功境界，并上升到人生境界，其中渗透了中国老庄生命哲学的玄妙。不同地区不同受众的不同接受，与本土文化传统有很大关系。东亚和东南亚地区与中华文化属同一个文化圈，读者对中华文化有着更多的认知感，而英语世界的读者更多是对东方文化的感受，他们将那些玄幻小说当作"东方文化密码"来解读。对于这种现象，金庸在《书剑恩仇录》日译本的《给日本读者序》中就曾说过："我的小说虽有英文版、法文版等，却很难引起西洋人的共鸣。而以朝语、印度尼西亚语、泰语、越南语等东方语言来翻译却能博得好评，这是因为文化背景相似吧。"① 中国网络文学海外传播如何根据不同地区的读者精准施策，作为成功案例的金庸小说海外传播的经验很值得借鉴。东亚、东南亚地区文化圈大致相同，各个国家本土也有武士道文学、义贼小说、剑侠小说等。金庸小说在这些地区能够广为流传、受到读者极大的欢迎，是因为他的小说所展现出的大格局、大传奇，展现出大中华。金庸小说所具有的文化纵深和艺术呈现，是那些国家的本土同类小说无法比拟的，甚至受其影响，其本土同类小说创作也都有了"金庸味"。在英语世界的金庸小说的翻译中，不仅故事情节做了大量的删减，主人公的姓名都做了改动，突出的是中华文化和中国历史，有些具有历史文化内涵的人物名称甚至用注释加以介绍。显然，面对英语世界的读者，金庸小说翻译追求的是东方文化的传播和读者如何接受。② 金庸小说海外传播的经验得失对中国网络文学的海外传播来说，有很多启发之处。

中国网络文学海外传播如何表现中华文化还在于如何书写。为什么是网络文学成为当下中国文学海外传播的热门文类？除了网络传播快捷流畅之外，还与网络文学的故事构成模块有关。中国网络文学的叙事模式从中国传统通俗小说发展而来，还是类型化的情节套路式，但是与传统通俗小说的因果式的情节套路不一样，中国网络文学采用最多的是"折叠式"叙事模式。所谓"折叠式"叙事模式，是指情节

---

①② 转引自林遥：《中国武侠全球传播史：外国人眼中的武功、英雄、侠义和江湖》，2021 年 5 月 18 日，https://mp. weixin. qq. com/s/XMVGycMMRzVJW ZtVRhBSMg,2022 年 6 月 30 日。

模块的组合。① 中国网络文学的故事构成有着很强的世界性，日本的动漫叙事、欧美的奇幻叙事，还有遍及全球的电子游戏叙事等，对中国网络文学的情节模块的构成有很大影响。例如近两年在国内外大受欢迎的作品《诡秘之主》（*Lord of the Mysteries*），故事情节模块就有着很多西方奇幻文学的叙事模式，有着明显的克苏鲁风格和维多利亚蒸汽朋克风格。在中华文化中读出似曾相识的故事是很多海外读者阅读中国网络文学的感受。这样的感受对中国网络文学海外传播的走向有很强的影响力，很多海外阅读网站都是跟随读者偏好进行动态调整。如掌阅科技公布的《2021 年度掌阅数字阅读报告》② 显示，掌阅海外阅读平台 iReader 中最受海外用户欢迎的题材为甜宠、狼人、吸血鬼等。在 iReader 上，这些主题的作品相应较多。如何在与外国文化和文学情节模块的组合中突出中华文化就成为中国网络文学海外传播经典化的重要创作路径。折叠叙事有利于中国网络文学走向海外，但是如果为了中国网络文学的出海就削弱中华文化，这样的网络文学就是"假洋鬼子"。中国网络文学海外传播中，中华性的主导性、主体性的需求应该在思想观念上非常清晰，也需要在创作观念上加以明确。近期起点国际版翻译作品排行榜（Translations' Power Ranking）榜首的作品《全球废土：避难所无限升级》（*My Post-Apocalyptic Shelter Levels Up Infinitely*）是部值得肯定的作品。小说有"末日流""全球流""避难所""基建流"四大功能模块的组合。"全球流"和"基建流"是大国崛起全球化建设的中华叙事，具有很强的大国风范和当代性。"末日流"和"避难所"则是西方电影叙事模块。在构建人类命运共同体中艺术性地表现中华文化的价值和中国大国形象，是这部小说获得好口碑的主要原因。

---

① 关于网络文学的"折叠叙事"分析，可参见汤哲声、黄杨：《网络小说折叠叙事的文化传承与海外传播》，《甘肃社会科学》2021 年第 6 期。

② 掌阅科技：《2021 年度掌阅数字阅读报告》，2022 年 1 月 14 日，https://mp. weixin. qq. com/s/-3EOFRGr7JCB01ev8wjbdg，2022 年 7 月 15 日。

结语：中国网络文学经典化需要固本培元

新媒体时代，中国网络文学风云际会，急速扩展。中国网络文学经典化就是要让这个文类为中国文学留下点具有历史价值的作品。否则，再怎么铺天盖地、气势磅礴，都是过眼烟云。

经典化的过程是核心价值的评判、留存和发扬。习近平总书记指出："文艺创作不仅要有当代生活的底蕴，而且要有文化传统的血脉。'求木之长者，必固其根本；欲流之远者，必浚其泉源。'"① 中国网络文学具有当下性、网络性和多元性，新媒体对网络文学的文化构成、情节组合和语言书写都留下了时代的印记和美学的烙印，这是中国网络文学的个性，谁都不会忽视，谁也不能否定。但是，对中国文学发展史来说，它们都是不同姿态的枝叶，都是不同颜色的花朵。中国网络文学的血脉是传统性、文学性和中华性。没有传统性，中国网络文学就无家可归；没有文学性，中国网络文学就无美可谈；没有中华性，中国网络文学海外传播就没有生命力。无家、无美、无活力的中国网络文学谈何经典？同时，我们也应该认识到，传统性、文学性和中华性是一个整体。传统性是说明中国网络文学的基因，文学性是说明中国网络文学的面相，中华性是说明中国网络文学的发展，它们彼此关联不可分割，在世界文学场域中呈现出了独特的"这一个"。强调这些看似老生常谈放之四海而皆准的道理，似乎空泛，但对当下中国网络文学经典化研究来说却极具针对性和必要性。

（原载《中国文学批评》2023 年第 1 期）

---

① 习近平：《在文艺工作座谈会上的讲话》，第 25 页。

从作品本体到存在本体

——论网络文学研究的四个层面

◎祝晓风

网络文学需要一种综合定义，这种综合，意味着网络文学研究的多层面性。

中国社会科学院最新发布的《2022 中国网络文学发展研究报告》显示，截至 2022 年底，全国网络文学用户规模达 4.92 亿，网络文学作家数量累计超过 2278 万，"网络作家表现出主动的文化自觉意识，从而推动了网络文学的主流化进程"。"在多姿多彩、欣欣向荣的大众文化生活中，网络文学彰显中华智慧的原创性力量，继续发挥着传播主流价值、引领时代风尚、激发文化活力、繁荣社会主义精神文明的重大作用。历经约三十年的发展，网络文学生产机制基本成熟，对文学生产关系的结构性影响已经趋于稳定。"[①]

那么网络文学究竟是什么？一般来说，学界对网络文学的定义大致有广义与狭义两种。"广义的网络文学范畴甚广，涉及传统文学融合网络技术产生及创生的一切形态，包括网络小说、网络散文、网络诗歌、网络戏剧文学等。"[②] 郑熙青认为，"在网络上原创、流通、消

---

① 中国社会科学院文学所"网络文学发展研究报告"课题组：《2022 中国网络文学发展研究报告》，2023 年 4 月 11 日，http://www.cssn.cn/wx/wx_xlzx/202304/t20230411_5619321.shtml，2023 年 5 月 20 日。

② 刘燕南、李忠利：《网络文学 IP 价值评估体系探析》，《现代出版》2021年第 1 期。

费的文学作品"就是中国学术界对网络文学所下的基本定义。① 也有学者认为网络文学可分为三类：传统文学文本实现的数字化传播；按传统文学模式创作，在各大文学网站公开发表供他人点击阅读的原创文学作品；利用多媒体技术，融合文字、影像、音乐、动画等形式，使用超链接技术的多线性超文本作品。② 王万举则认为，网络文学是文学在市场机制和互联网机制的交互作用下展开其动力系统的艺术—文化形态。③ 上述诸说即从广义角度来界定网络文学概念。与此相对，从狭义上来说，"网络文学主要指基于数字技术创作并在互联网上首发，一般以付费或其他有偿方式供用户阅读或参与的网络小说"。④ 本文所论的网络文学，则在诸学者观点的基础上折中，比前举广义要窄，比狭义要宽，主要指在网络上发表的文字作品，强调其以语言文字为载体的作品本体形式，以及与传统文学作品相一致的文学形式，其中，小说是笔者讨论的主要体裁。

近年来，学界关于网络文学的研究成果十分丰硕。据不完全统计，仅 2019 年，以"网络文学"为主题的研究文献就有 1041 篇，其中期刊论文 690 篇、学位论文 110 篇、会议文章 9 篇、报纸文章 226篇。在此前后，也有多部比较厚重的研究专著问世。⑤ 在这样的背景下，从理论角度对网络文学研究进行概括与总结，显然是必要的，也

---

① 郑熙青：《中国当代独有的网络文学》，《人文》2021 年第 2 期。

② 欧阳友权：《比特世界的诗学——网络文学论稿》，岳麓书社 2009 年版，第 122 页。

③ 王万举：《中国网络文学概论》，花山文艺出版社 2020 年版，第 2—8 页。

④ 刘燕南、李忠利：《网络文学 IP 价值评估体系探析》。

⑤ 如欧阳友权主编：《中国网络文学二十年（1998—2018）》，江苏凤凰文艺出版社 2018 年版；欧阳友权：《走进网络文学批评》，凤凰出版社 2019 年版；欧阳友权主编：《网络文学批评理论与实践》，中国社会科学出版社 2019 年版；欧阳友权：《当代中国网络文学批评史》，中国社会科学出版社 2019 年版；陈定家：《文之舞——网络文学与互文性研究》，社会科学文献出版社 2014 年版；陈定家：《网络时代的文学转向》，中国社会科学出版社 2020 年版；范周主编：《网络文学批评》，知识产权出版社 2019 年版；夏烈：《网络文学的新传统与未来性》，杭州出版社 2019 年版；王万举：《中国网络文学概论》，花山文艺出版社 2020 年版；王光东、常方舟编：《网络小说类型专题研究》，东方出版中心 2019 年版；等等。

是可能的，这便是本文写作的初衷。另外，郑熙青新近发表的《中国当代独有的网络文学》一文，探讨了中国网络文学发展的特殊历史和文化背景，指出中国网络文学"在外国和外语中极难找到有效的对应"，近年来的网络文学研究实际上存在着中文与英文的大众语境和学术语境对话的双重错位，研究者需要透过这种"范畴对应和视角的偏差，辨认出其中值得思考的问题"。① 此文篇幅不长，但极具理论价值。《中国社会科学》近年也发表了多篇关于网络文学研究的论文，最新发表的是许苗苗的文章《网络文学：互动性、想象力与新媒介中国经验》②。本文在某种程度上，也是对这两篇文章的回应。

本文探讨的主要问题是：已有的研究主要集中在网络文学的哪些方面？为什么会集中在这些方向？网络文学的哪些特性，决定了、并值得学界开展进一步研究？如何从一个更高的理论层面认识网络文学？

一、作为语言作品的网络文学

既然网络文学也是文学的一种，那么语言就是它最根本、最显著的属性，是其本体意义上的特征。"这种文学语言的特别本事能够产生一种特有方式的客观性和语言的组织性，通过这种本事作品所产生出来一切的东西都变成为一个统一体。"③ 雷·韦勒克指出，表面上看，文学作品与一件雕刻或一幅画一样，都是一种人工制品，但其实前者与后者之间有着本质不同，"如果我们毁掉一幅画、一件雕刻、或一座建筑，我们就把它彻底毁掉了"，④ 但是"毁掉一本书或者它的

---

① 郑熙青：《中国当代独有的网络文学》。

② 许苗苗：《网络文学：互动性、想象力与新媒介中国经验》，《中国社会科学》2023 年第 2 期。

③ ［瑞士］沃尔夫冈·凯塞尔：《语言的艺术作品——文艺学引论》，陈铨译，上海译文出版社 1984 年版，第 7 页。

④ ［美］韦勒克、［美］沃伦：《文学理论》，刘象愚等译，生活·读书·新知三联书店 1984 年版，第 148 页。

全部版本却根本毁不掉作品"，"诗（或任何文学作品）能够在它们刊印的形式之外存在，而印好的人工制品包括了许多不属于真正的诗的因素"。① 这道出了文学作品的本质特性，即它是语言作品，是人类以语言形式创造的人工制品。如果认同文学的突出特征是虚构性、创造性或想象性，② 那么人们现在阅读和探讨的网络文学，恰恰也是符合这些特性的。或者可以反过来说，正是因为人们认为网络文学同样有着虚构性、创造性、想象性，所以才几乎从一开始，就把这种在网络上发生、流传的语言作品称为"文学"。

正因网络文学是一种新的文学类型，所以，文学和作品层面的探讨，是网络文学研究的起点和基础。与传统文学相比，网络文学有自身的特色和优势，如情节紧凑、风格多样，能更好反映现代人的生活、思想、情感和审美等。因互联网和数字化之便，有的网络小说篇幅远远超过传统小说作品，成为一大奇观。③ 但一部网络小说再长，也有主题、有情节、有故事、有人物、有叙述节奏、有语言风格。从文学角度考量其独特的语言、叙事、主题等文学性质，是研究网络文学的重要出发点。

有学者从主题和内容方面研究网络小说。汤俏从题材角度研究《铁骨铮铮》——一本立意于致敬和全景记录银西高铁建设光荣历程的工业题材作品，肯定其情节内容融入了项目建设中的许多一手材料，"刻画了一位兼具才华与情怀、符合年轻人审美取向的人物典型"第一主人公刘建。④ 陆月樱长篇小说《樱花依旧开》以武汉新冠疫情的暴发为故事背景，集中描写了同一个小区的一群居民，他们来自不同地方，有着各不相同的职业：有科研人员、有医生、有快递员、有酒店总监，还有社区网格员。桫椤指出，他们的生活"既有欢爱浪漫也有一地鸡毛，亦如我们周围常见的普通人，甚至折射出读者自己的

---

① ［美］韦勒克、［美］沃伦：《文学理论》，第 149 页。

② ［美］韦勒克、［美］沃伦：《文学理论》，第 14 页。

③ 房伟：《时空拓展、功能转换与媒介变革——中国网络小说的"长度"问题研究》，《文学评论》2022 年第 4 期。

④ 汤俏：《中国速度、匠心传承与家国情怀——评工业题材网络小说〈铁骨铮铮〉》，《文艺报》2021 年 9 月 17 日第 7 版。

影子"。① 这很容易让人联想到早年的小说《混在北京》②，《樱花依旧开》可以说是描写 21 世纪武汉生活的网络版《混在北京》。林华瑜解读《悟空传》，认为这部作品"叙事结构交叉往复"，"小说主题相当繁杂"，作品"最能打动人心的"是"弥漫在作品里那种浓郁的、成为英雄宿命的悲剧感"。③ 姜飞评论《成都，今夜请将我遗忘》，认为作者"向市场投降了"，小说"不关心他人，不关心他人的苦难，这里没有工人、农民和一切底层人民的声音，没有坚硬的、艰辛的生活真实"，只有"小资"们的"无聊抒情、消费表述和纵欲狂欢"。④

还有学者从文本结构、文本范式角度，研究网络历史小说。马季从小说类型学角度出发，认为《芈月传》既有古代言情小说的重要特征，也具备了历史小说的基本要素，如历史人物、重大事件、史料依据、合理虚构等，"打通了古代言情小说和历史小说并行不悖的路径，弥合了网络与传统对历史小说认同的巨大裂痕"。⑤ 葛娟重点探讨了网络穿越小说的文本虚构与历史之间的复杂关系，指出"小人物通过穿越成为大人物或改变历史进程，这是人人尽知的谎言。这些情节之所以能大行其道，成为此类小说叙事的普遍法则，就在于这一叙事主题实际上表达了当代人的人生价值理想诉求"。⑥ 上述论题显然是过去文学研究中经常被关注的问题，可以说，这些都是传统文学研究方法在网络文学研究中的成果体现。

综观网络文学的发展历程，早期网络文学作品通常较短，受技术条件限制，文字精练、情节紧凑，后来长篇网络小说出现，所表现的

---

① 桫椤：《多角度讲述普通人的抗疫故事——评陆月樱长篇小说〈樱花依旧开〉》，《文艺报》2021 年 1 月 29 日第 7 版。

② 黑马：《混在北京》，北方文艺出版社 1993 年版。

③ 林华瑜：《英雄的悲剧、戏仿的经典——网络小说〈悟空传〉的深度解读》，《名作欣赏》2002 年第 4 期。

④ 姜飞：《"遗忘"：叙事话语和价值态度——评慕容雪村的网络小说〈成都，今夜请将我遗忘〉》，《文艺理论与批评》2003 年第 2 期。

⑤ 马季：《〈芈月传〉：网络文本与传统文本的同构》，《南方文坛》2016 年第 3 期。

⑥ 葛娟：《论网络历史小说的文本范式和诗性建构》，《社会科学战线》2014 年第 12 期。

社会生活内容大大增加。一方面，玄幻小说、穿越小说、科幻小说风行，大量作品涌现，虽然与现实生活拉开了一定距离，但从大的范围讲，也为文学增添了更多主题、内容和风格样式，起到了繁荣文学、满足读者多方面精神需求的作用。另一方面，近年来也涌现出大量或反映现代人的生活、思想、情感和审美特点，或以艺术形式再现历史的优秀网络小说，如《庆余年》《欢乐颂》《遍地狼烟》等，这些作品完全是传统文学的自然发展。此外，网络文学作品的传播和阅读方式具有便捷、快速、低成本等特点，受众群体更加广泛和多样化，因此网络文学也是一个拥有广泛群众基础的文学领域。

正因如此，大多数传统文学研究的方法、概念仍被许多研究者采用，这不仅说明这些研究方法是必要的，而且也在很大程度上说明这些方法是有效的。爱·摩·福斯特的《小说面面观》[1]、布斯的《小说修辞学》[2] 等经典小说理论，经常被运用于网络文学研究；近 100 年来，几代研究者创立、运用、发展的各种理论、方法，也仍然被继续运用。笔者认为，在作品/文学层面探讨网络文学作品的文学性质和特点，风格类型、叙事特点、体裁创新、人物塑造与人物性格、语言风格、故事类型，还有作品内容与作者的人生经验、主题思想和价值取向，以及作品的思想内涵或教育意义等等，都仍将是网络文学研究的重要内容和任务。从这个意义上说，网络文学仍是文学，不可把它与传统文学过分对立，视为异物。

当然，也必须看到，网络文学毕竟是一个新生事物，仅仅用原有的文学理论，不能完全把握其特质和规律，其中最重要的一个原因，就是网络文学突出的媒介特点。

---

① ［英］爱·摩·福斯特：《小说面面观》，苏炳文译，花城出版社 1984 年版.

② ［美］W. C. 布斯：《小说修辞学》，华明、胡苏晓、周宪译，北京大学出版社 1987 年版。

二、媒介特性直接形塑网络文学

什么样的武器，决定什么样的战争形态。同样，什么样的媒介与载体，对文学形态及其内容呈现也会有直接而重要的影响。麦克卢汉说"媒介即讯息"①，引申一下可以说，媒介即内容，媒介即形式。从媒介角度研究网络文学，可以更深刻地理解这一命题。"使网络文学区别于其他文学、得以在当代文化中立足壮大的首要因素是媒介特性。在网络文学中，媒介特性即新媒介的传播力、影响力和对人们交互方式的改变；文学在不同媒介阶段衍生出的不同路径和形态……"②

"网络文学"这个词，初看是个偏正结构的名词或名词词组，"网络"是修饰成分，"文学"是主体成分。但这其实是某种潜意识作祟，因为人们长期习惯于阅读纸质文本的文学作品，如果换一个角度，把"网络"当作主体，便会有一种新的视角和认知：网络文学，即属于"网络"的文学，而不是"纸上"的文学，网络，在这里具有了某种主体意味。这种新的视角和认知，针对的不只是这个词，还包括这个词所代表的事物和现象。大略回顾一下文学史，可以更好地理解这一点。宋元讲唱文学盛行，作为"说话"艺术的文学底本——话本小说开始流行。"说话"一般讲究情节生动、语言通俗、声调铿锵、节奏多变，讲话人则态度鲜明、盛情饱满，因此"说话"的家数、叙述技巧都体现在话本中。③ 明清以后，民间书坊刻书流行，"凡所敷叙，又非宋以来道士造作之谈，但为人民闾巷间意，芜杂浅陋，率无可观。然其力之及于人心者甚大，又或有文人起而结集润色之，则亦为鸿篇巨制之胚胎也"。④ 不同的印制技术，不同的印刷主体，也对书的主题

---

① ［加］马歇尔·麦克卢汉：《理解媒介：论人的延伸》，何道宽译，译林出版社 2011 年版，第 16 页。

② 许苗苗：《如何谈论中国网络文学起点——媒介转型及其完成》，《当代文坛》2022 年第 2 期。

③ 胡士莹：《话本小说概论》，中华书局 1980 年版，第 84 页。

④ 鲁迅：《鲁迅全集》（第九卷），人民文学出版社 2005 年版，第 160 页。

内容、语言有不同的影响与制约。① 近代报刊业兴起后，文学刊物与报纸副刊成为文学作品发表的最重要阵地，也是这些文学作品诞生与存在的物质形式。19 世纪末开始流行的小报和刊物，则直接而有力地催动了近代通俗小说的兴盛，使中国出现了一个以刊物为中心的文学时代，② 报纸副刊对文体形式更是有直接和独特的影响，"鲁迅的短短杂文，即为适应副刊需要而写成"。③

　　相较于之前的媒介载体，互联网和数字化信息技术具有前所未有的颠覆性。互联网使小说、诗歌等的保存与传播摆脱了铅字、纸张等有形介质，能够以极低的成本承载巨大的文字量和信息量，并将其快速传播开来，为作者提供了快速生成海量文字信息的便利条件。早在网络文学刚刚出现时，就有学者指出，网络文学具有双向沟通、即时海量、个人性和日常性等区别于"现成文学写作的社会性和精神性"的几点不同。④ 回顾网络文学媒介平台的发展历程，最初的《华夏文摘》只是一种电子形态的文学期刊，且其内容不是原创的，这时，网络文学的互联网媒介特性尚未完全展露。待"论坛"横空出世，"互联网技术上的突破"便终于"落实为平台运行模式的突破，从而形成'人人皆可创作''时时都能评说'的新型文学制度，把印制文明'精英中心'主义制度下被压抑的文学力量大大解放了出来"。⑤ 有学者指出，语言的符号媒介功能在不同时期不同主导媒介形态中的表现并不一致，"在口语主导时期，口语功能为主导，身体、表情的媒介功能为辅助；书写媒介主导时期，口语功能被抑制，书面文字功能被推向了高峰；在印刷媒介主导时期，文字功能开始下降；到了电子—数字

　　① 肖东发：《中国图书出版印制史论》，北京大学出版社 2001 年版。

　　② 陈平原：《中国小说叙事模式的转变》，上海人民出版社 1988 年版，第 279—280 页；范伯群：《中国现代通俗文学史（插图本）》，北京大学出版社 2007 年版。

　　③ 沈从文：《沈从文全集》（第 12 卷），花城出版社 1992 年版，第 204 页。

　　④ 王一川：《网络时代文学：什么是不能少的？》，《大家》2000 年第 3 期。

　　⑤ 邵燕君、吉云飞：《不辨主脉，何论源头？——再论中国网络文学的起始问题》，《南方文坛》2021 年第 5 期。

媒介主导时期，文字功能遭遇了巨大挑战，地位滑向低谷"。① 从媒介文艺学的视角看，"支撑写作独立性、反思性、教化性的'自我'主体观念也不过是两千多年书写—印刷媒介文化的建构物，'人类文化是人与技术或媒介不间断、互相依存因而互相影响互动关系'的结果"。② "口头传播的需要决定了诗歌的韵味特征，诗歌可以说是'口头文学'；手写的局限形成了散文的文言规范，以便用简约的文字表达丰富的内容，散文可以说是'手写文学'；印刷技术的成熟促进了小说的发展，长篇小说更是随着机械印刷技术的普及而走向繁荣的，小说尤其是长篇小说，可以说是'印刷文学'。这样一路梳理下来，'网络文学'这个概念自然就容易理解了。"③

　　尽管学者们在网络文学起源问题上存在分歧，但媒介特殊性是网络文学核心属性的说法，越来越成为学界共识。④ 近年来，关于这方面的论述较为集中，且理论创获颇多。许苗苗认为："中国网络文学是世界范围内独特的媒介文化现象……网络文学的特质即在于它不仅呈现为文本，也体现了文本外的活动……互动性是网络文学独立于传统书面文学的最主要特征，支撑这种互动的，是网络的多媒体界面和共时交流的次生口语环境。"⑤ 新媒介时代文学的变革之一，就是网络将隐秘的构思转变为持续的交流，作品的创作呈现为动态过程。由此，写作从封闭的个人生命体验转化为公众视野中的人际互动。郑熙青也认为，中国网络文学的网络性更多体现在即时性和互动性方面，"即时性表现在作者和读者之间迅捷的阅读和评论上……互动性通常并不牵涉用户与系统之间的互动……强调的仍然是作者和读者通过网络的阅读、评论、回复、打赏等进行直接反馈。换句话说，中国网络

---

　　① 单小曦：《媒介文艺学对语言论文论的改造》，《文艺理论研究》2016 年第 5 期。

　　② 单小曦：《"作家中心"·"读者中心"·"数字交互"——新媒介时代文学写作方式的媒介文艺学分析》，《学习与探索》2018 年第 8 期。

　　③ 何弘：《网络时代之文学》，《网络文学评论》2018 年第 4 期。

　　④ 邵燕君、吉云飞：《不辨主脉，何论源头？——再论中国网络文学的起始问题》。

　　⑤ 许苗苗：《网络文学：互动性、想象力与新媒介中国经验》。

文学的'网络性'相对更体现在网络环境中压缩的时间和空间维度"。①

网络文学的互联网媒介特性对网络文学内容的影响是直接、深刻而全面的。后来担任起点中文网总编辑的宝剑锋（林庭锋），于2001年在西陆BBS创建中国玄幻文学协会，并在网络上连载《魔法骑士英雄传说》。他自述道："早期的网络作者是想到哪里就写到哪里。甚至刚开始都没细想，只有一条主线，就这样写下去，随意更新。很多网络作者一有事情了就不写了，断更。有很多很好的作品就这样埋没了。"② 晋江文学城则对作者创作提出具体标准："脖子以下不能描写。"③ 读者的口味、偏好，也直接影响到网络文学的风格与内容。如晋江的出品"小白化"，是因为"很多读者就说现在我就是一点不想看虐文，我生活这么辛苦，不让我看点甜宠，我怎么活?"④。无论是读者的口味要求，还是网站的创作标准，都对写作者施加了影响和限制。所以说，网络文学作品的互动性和开放性是网络媒介的特殊性所带来的，研究网络文学作品的互动性和开放性可以更好地把握网络文学作品的创作和阅读方式。

媒介特殊性决定了网络文学的特点和特性，也对网络文学的创作、传播和阅读产生了深远影响。网络文学作品的传播途径和方式与传统文学不同，具有网络化、数字化、交互化等特点。具体来说，其一，互联网具有即时传播、线上传播、无限容量传播等特性和优势，使网络文学作品摆脱了传统的出版发行机制，为其创作、传播和阅读提供了全新的渠道和平台。其二，网络文学作品的创作、传播和阅读都依赖网络媒介，网络媒介的特殊性不仅影响了网络文学作品的形式和内容，还影响了网络文学作品的传播和接受方式。例如网络媒介的

---

① 郑熙青：《中国当代独有的网络文学》。

② 邵燕君、肖映萱主编：《创始者说：网络文学网站创始人访谈录》，北京大学出版社2020年版，第173页。

③ 邵燕君、肖映萱主编：《创始者说：网络文学网站创始人访谈录》，第261页。

④ 邵燕君、肖映萱主编：《创始者说：网络文学网站创始人访谈录》，第263页。

开放性和互动性使得网络文学作品的创作和阅读成为一种群体性活动，网络媒介的非线性特点也使得网络文学作品的形式和内容更加多样化和丰富化。其三，网络媒介的特殊性也为网络文学的发展创造了巨大的空间和可能性。例如网络的互动性、开放性、非线性等特点，为网络文学的创作和阅读提供了更多的选择和灵感。

因此，从媒介与传播的角度探讨网络文学的媒介特性和传播机制，有助于深入把握网络文学的本质和特点，以及网络媒介对文学创作和传播的影响，是一个非常重要的课题。此层面的研究，需要探讨网络文学作品与互联网媒介的关系、网络文学作品的传播机制和传播效果等问题。当前，学界对此已有一定程度的关注，笔者认为，以下论题具有进一步深入探讨的价值：一是从宏观的融媒体角度研究网络文学，从网络诞生的屏幕语境，进一步探讨移动端与阅读的关系，以及由此引发的"中国民众媒介生存文化面向的改变"；[①] 二是探讨新的媒介形式对文学文体的影响；三是研究网络文学的"超文本性"到底意味着什么（甚至有的学者已经进一步提出"网络性"概念，试图突破作品、文本、超文本等概念的局限性[②]）。

三、社会文化层面的网络文学研究

为什么要从社会文化层面来研究网络文学？因为网络文学不仅是一种文学形式，也是一种社会文化现象。正如当年电影勃兴、流行音乐风行、通俗电视连续剧播放时的轰动一样，网络文学的流行，自然也产生了深远的社会影响。网络文学在当今的社会文化中扮演着多重角色、发挥着多重功能：它作为一种新兴的文学形式，为人们提供了更加便捷、多元、丰富的阅读方式；作为一种文化现象，反映了当今社会的一些文化特征，如快节奏、碎片化、个性化等；此外，网络文学也成了人们表达情感、进行文化交流、传承文化的重要途径之一。

---

① 王小英：《媒介突围：网络文学的破壁》，商务印书馆国际有限公司，2022 年版，第 7 页。

② ［韩］崔宰溶：《网络文学研究的原生理论》，中国文联出版社 2023 年版。

同时，网络文学与社会文化是一种相互作用、相互影响的关系：一方面，网络文学的发展离不开当今社会文化的背景和氛围，比如信息化、网络化、个性化等社会文化特征；另一方面，网络文学也在不断塑造和影响着当今的社会文化，在文化传承、价值观传播、情感表达等方面起到了积极作用。

作为一种社会文化，网络文学以及网络文化已经形成一套自己的话语和文化系统，这种话语之独特，已经到了需要借助词典来"翻译"的程度。[①] 看看这些词，人们就可以体会网络文化/网络文学之特殊，已经到了什么程度："耽美""腐""爽文""金手指""种田""种马文""白莲花"……如果没有专门解说，非网络中人是完全不懂得这些词的含义的。可以说，网络文学在精神文化层面的创造力、影响力，远远超出当年的电影和流行音乐。

网络文学在当今社会文化中扮演着重要角色，它为人们提供了一个全新的文学空间，使得文学不再是高门槛、高成本的艺术形式，而成为一个更加开放和民主的文化现象。在互联网技术支持下，网络文学的创作、传播和接受都变得更加便利和快捷，为文学的传承发展提供了更多机会和可能。在传统文学日益商业化和大众化的趋势下，网络文学以其新颖、独特、多元的特点，满足了不同读者的口味和需求。同时，网络文学也反映了当今社会文化的多元化和个性化，以及现代人生活方式和价值观念的变化。可以说，在信息爆炸时代，人们多元、开放和包容性的文化需求，正是网络文学产生的背景。总之，网络文学具有强烈的社会性和文化性：网络文学创作者和读者的行为和交往，反映了社会文化的各种现象和特点；同时，网络文学作为一种媒介和文化现象，也受到社会和文化因素的影响。

因此，从社会文化层面来研究网络文学，可以更加深入地了解网络文学产生的社会背景和发展脉络，及其在当今社会文化中的作用和意义。当前学界在社会文化层面上开展的研究已有不少。有的学者着眼于宏观，从艺术生产角度探讨网络时代文学生产与消费的技术文化

---

① 邵燕君主编：《破壁书：网络文化关键词》，生活书店出版有限公司 2018 年版。

背景，包括媒介变迁，网络时代文学传承与创新，博客崛起与网络文学生产带来的多种变化，影视化、移动阅读等文学消费方式革命等问题。[①] 有的学者从平台经济角度研究网络文学的情感劳动和消费。[②] 还有学者从社会学角度，研究网络文学的社会功能。如 2020 年 2 月，阅文集团组织"我们的力量"抗疫主题征文，涌现出李开云《国家战疫》、梦风《一诺必达》等作品。研究者认为，这类作品"容易将读者代入情节中形成沉浸感，作品可以融通读者在阅读小说时与身处现实中的两种感受，从而起到抚慰大众情感的作用"[③]。

笔者认为，此层面的研究热点以及可以进一步探讨的问题主要有以下两个方面。一是对网络文学读者的研究。通过研究网络文学读者的阅读行为、审美取向、文化需求等问题，探讨当今社会文化中人们对文学的需求和期望，以及网络文学在满足这些需求方面的作用和意义。二是对网络文学创作和传播的研究。探讨网络文学创作者的创作动机、创作方式、创作成果，以及不同读者群、用户群和不同"部落"的阅读、接受与再创作，乃至不同人群的文化心理、精神状态等。

笔者还想重点强调的是，网络文学在不断影响和改变着社会文化的发展进程。网络文学拥有自己独特的社会文化地位和影响力，它不仅代表着现代人的审美趣味和文化需求，也反映乃至影响了当代社会的一些热点问题和文化价值观。一方面，海量的网络文学在最大限度地反映和印证着"中国经验"；另一方面，网络文学本身也是当下中国社会文化的一种形态和一种直接呈现。从这一视角开展研究，社会学、历史主义、女权主义、文化批评、接受美学等等方法，似乎都有用武之地，可发掘的论题亦极其丰富，举凡社会现实论题、理论文化论题，都可以在网络文学中找到丰富的材料与例证。当前，青年学者

---

① 陈定家：《比特之境：网络时代的文学生产研究》，中国社会科学出版社 2011 年版。

② 李敏锐：《网络文学的情感劳动、内容生产和消费解读——基于平台经济视角》，《社会科学家》2021 年第 12 期。

③ 杪椤：《多角度讲述普通人的抗疫故事——评陆月樱长篇小说〈樱花依旧开〉》。

已在这一领域开展了专深研究。如高寒凝的《罗曼蒂克2.0："女性向"网络文化中的亲密关系》重点关注面向女性受众的恋爱题材网络小说/网络剧、偶像粉丝活动、同人创作以及女性向手游等网络流行文化，从中抽取"亲密关系的虚拟化"和"亲密关系的商品化"这两个一以贯之的核心要素作为研究对象，并将其命名为"罗曼蒂克2.0"，即浪漫爱情（romantic love）这一重要的亲密关系形态在网络时代的"升级版本"。该书考察以流量明星为"中心文本"的粉丝圈，揭示了作为偶像工业生产机制内核的"亲密关系劳动"，已然达到相当的学术深度。[1] 显然，对于伴随网络文学而兴起的文化现象和亚文化现象，开展专门研究意义重大。

从网络文学对社会文化影响的广度方面着眼，可发现许多值得研究的课题，如网络文学在情感表达、社会交际、价值观塑造、文化传承等方面所起到的作用；如网络文学与文化多元性，网络文学的跨文化交流、文化差异和融合，以及在全球化背景下的发展趋势；又如"耽美"文化、"御宅族"文化等亚文化课题。此外，网络文学中表现的中国传统文化和文学元素，也已经受到研究者关注。[2]

四、网络文学在人类存在层次上的哲学意义

上述三个层面的问题，最后都可归结到"存在"的哲学层面，即人类的生存形式与生存意义。网络文学研究的人类生存（哲学）层面，即从哲学高度探讨网络文学对人类生存形式、人类存在本质发展的影响。数字化、网络化、信息化使人的生存方式发生了巨大变化，并由此带来一种全新的生存方式和生存活动空间。[3] 随之产生的网络

---

① 高寒凝：《罗曼蒂克2.0："女性向"网络文化中的亲密关系》，中国文联出版社2022年版。

② 胡晴：《走过传统——网络古言小说与明清小说的不完全观察》，燕山大学出版社2021年版。

③ ［美］尼葛洛庞帝：《数字化生存》，胡泳、范海燕译，海南出版社1997年版。

文学代表了现代人的一种新生存状态和文化需求，也展示了人类精神的复杂性和多样性，反映了人类的多元文化和文化交流的趋势。从哲学层面研究网络文学，不仅有助于深入探讨网络文学与人类精神文化的关系，也有助于更好地理解和把握人类生存的本质。

网络文学的出现，展现着人类新生存状态的到来，这种状态表现在多个方面。例如，网络文学意味着人们的文学阅读与创作方式发生了根本性变化，人们可以通过网络在任何时间、任何地点，以更加自由、多样化的方式参与文学的创作、阅读和传播；网络文学的发展还催生了一批新职业，如网络作家、网络编辑等，改变了人类的生存状态；从存在主义的角度看，网络文学使得人们可以更加自由地表达自己的内心世界，是人类对于存在与自由的一种表现；同时，网络文学中也有着对于存在的思考与探索，如对于生命、时间、人性等主题的探讨，这些也与存在主义的思想有关。麦克卢汉曾预言，进入电子文明后，人类将重新部落化。事实上，我们已经开始步入这个时代。"在网络空间以'趣缘'而聚合的各种'圈子'，其数量恐怕早已超过了人类历史上因血缘而繁衍的部落。这些网络新部落有着自己的生态系统和话语系统，彼此独立，又息息相通。"[1]

网络文学体现的人类精神状态，与人类的生存与发展密切相关。在人类历史上，文学一直扮演着重要角色，而网络文学的出现，又在更广泛的层面上放大了文学的影响。同时，网络文学也为人类提供了更加自由、多元的思想交流平台，促进了人类的文化交流与融合。新近有学者运用当代批判理论和文化人类学的"分体"（dividual）概念来研究分析网络小说，可以说已经是在"存在"层面上开展研究了。[2]

从哲学高度来看待网络文学与人类精神文化发展的关系，需要将网络文学放在更广阔的人类生存与发展背景下审视。网络文学的出现，反映了人类精神文化的新发展，也呈现出人类思想、价值观念的多元化、复杂化趋势。从这个角度看，网络文学的出现和发展，实际上反映出人类生存状态的新变化。笔者更想说的是，以网络文学为代

---

[1] 邵燕君主编：《破壁书：网络文化关键词》，序言第 1 页。

[2] 倪湛舸：《传统文化、数字时代与"分体"崛起：初探网络玄幻小说的主体构建》，《现代中文学刊》2023 年第 1 期。

表的新的数字化形态，是人类整体生存形态的一大变化，使得人类从实体的生存形态向数字化、虚拟化、比特化的生存形态转变，变得如此直观和真切。这种人类生存形态本身的变化，才是网络文学摆在人们面前的一个最尖锐、最根本也是最迫切的问题。其实，人类面对的基本问题是人的存在意义和价值问题，而这个问题的答案只能通过人自己的主体性和自由选择来解决。网络文学的出现和发展，反映了现代人在面对这个基本问题时所做出的一种自由选择，表明人类正在通过新的方式来探索和实现自身的存在意义和价值。事实上，网络文学中经常出现的一些哲学思想和文化元素，也正在以它自己的方式深入探讨人类精神文化的发展和变化。比如，网络文学中常常涉及人类生存的意义和价值、个体与集体的关系、人类与自然的关系等哲学问题，探讨和解答这些问题，对于深化人类哲学思想和文化的发展至关重要。总之，从人类存在的角度研究网络文学，站在哲学高度审视包括网络文学在内的人类各种文学艺术，有助于揭示人类精神文化的内在本质和发展规律，进一步推动人类哲学和文化的发展进步。

结　语

总的来说，网络文学研究的作品/文学层面、媒介与传播层面、社会文化层面、人类生存（哲学）层面相互联系、相互作用，构成了一个复杂而丰富的网络文学研究体系。在这个体系中，不同的层面相互关联、相互支持，共同推动着网络文学的发展和相关研究的进步。从作品本体到存在本体，当然是一个提升的过程，但并不意味着这四个研究层面本身有高低之分，有重要不重要之别。同时，这四个层面并不是相互独立的，它们之间存在着复杂的相互关系。把握这四个层面之间的关系，需要一种综合眼光。在这里，马克思主义唯物辩证法仍是有效的。

首先，作品/文学层面是整个研究的基础，离开这个基础和主要目标，网络文学研究就会偏离方向。网络文学的文学性质及其与传统文学的异同点，为人们提供了一个新视角，使研究者可以更好地把握网络文学的创作特点和价值。

其次，媒介与传播层面是一个突出而有效的研究方向与领域。媒介特性是网络文学与生俱来的根本特性，网络文学作品的创作和传播，无不受到互联网媒介的影响，这使网络文学拥有了全然不同于传统文学的特质，也使网络文学的作品/文学层面和媒介与传播层面产生了密不可分的关系。可以说，媒介与传播层面的研究既是以作品本体为基础的网络文学研究的自然深化与拓展，在具体研究中又必须考虑媒介与传播层面对网络文学的作品/文学层面的影响和制约，重视作品/文学层面的特点和价值。

再次，社会文化层面的研究，是前两个层面研究的某种综合。没有对作品的准确把握，没有对网络文学媒介特性的深入研究，社会文化层面的研究也会流于空泛；但是，只是就作品谈作品，就媒介特性谈媒介特性，不结合现实的社会文化现象，前两个层面的研究也易失之狭窄、偏颇。

最后，如果认识到网络文学是人类信息化生存状态的一个直观体现，那么对其哲学意义进行探讨，就是必然的，因此人类生存（哲学）层面的研究是一个更高层次的综合与探索。

总之，这四个层面互相联系、互为条件、相互支撑，虽有各自相对的论域，但互相深刻影响，密不可分。当这四个大的层面的综合研究都比较成熟的时候，网络文学研究就会进入新局面，网络文学的学科地位也会自然提升。至于文章开篇提到的网络文学的综合定义，只有在这个过程中自然形成，才会是比较全面的，也会是比较可靠的。

目前看来，学界从四个层面上开展的网络文学研究成果不少，但也有不足，可开拓的空间也不小。有学者指出，当前网络文学研究主要的问题包括：过于套用西方理论，脱离中国网络文学实际；仍然囿于传统纸质文学的概念来观察、研究、评判中国网络文学；忽略发生在文本与文本之间、发生在整个文学网络当中的重要文学现象等。[①]这些不足恰恰也可以看作学界努力的方向。而本文所提的网络文学研究的四个层面，也许可以为今后的研究提供一个综合性的参考。

---

① ［韩］崔宰溶：《网络文学研究的原生理论》，第18—21页。

笔者还要说明的是，推进网络文学四个层面上的研究是一个多层面、综合性的过程，还需要多学科视角。网络文学的研究不仅仅是文学研究，还涉及传播学、社会学、文化学、哲学等多个学科。只有通过多学科的融合，才能更好地理解网络文学的本质和特点，把握其对人类精神文化的影响和启示。当然，研究网络文学也不只有这四个方面，但这四个方面无疑是最主要的。中国传统道德纲纪有"四维"，本文所论网络文学研究的四个层面，也略可比之为"四维"。真正的好研究，需要以学术眼光，提出真正的时代之问。真正的学术创新，必然来自研究者们对网络文学更真切的"实地"研究，来自更大的理论勇气。只有深入考察这四个层面的内在关系，并在四个层面上开展专深研究，才能更全面地认识和把握网络文学这一重要的文化现象，更好地理解网络文学的意义和价值，更好地把握当下快速发展的新媒介文学形态，推动文学理论研究和文艺创作的创新与发展，为网络文学的发展和繁荣做出更大贡献。

（原载《湖北社会科学》2023年第7期）

网络文学的神奇叙事与情绪标记

◎王　祥

有效的网络文学研究，应深入其内部机能，探究其发生学原理。本文从网络文学神奇叙事形态出发，探讨其人类生命建构效能，阐述网络文学的深层情绪优化机制，从而对网络文学通过情绪标记达成的审美和伦理等效能进行深入解析。

一、网络文学与神奇叙事传统

研究网络文学，首先要认清它的基本面貌和源流谱系。中国网络文学是以互联网为传播载体、以大众志趣为依归，在世界大众文艺的源流中发生发展的大众文学，其基本形态之一是神奇叙事，其突出优势和成绩是为人类创造了超越民族、地区局限的新型神话——人类神话。[①] 网络文学并不是横空出世的异端，神奇叙事也不是有了互联网媒介之后才有的文学形态。数千年来，神话以降的叙事艺术都是以神奇叙事为主流形态的，它们具有相同的创作观念，即故事世界中存在着掌握神力的角色，并凭借神力创造神奇事迹。以明清小说为例，不光《西游记》《封神演义》《聊斋志异》是以怪力乱神为主的神奇叙事，写实小说如《红楼梦》、历史演义小说如《三国演义》、英雄传奇

---

① 本文涉及的"人类神话"和"效能"概念，参见王祥：《人类神话：网络文学神话学研究》，宁波出版社、杭州出版社 2022 年版，第 1—6 页。

小说如《水浒传》，也都充斥着神力想象和神奇事迹。

网络文学以玄幻、奇幻、仙侠、修真、都市异能以及穿越重生引导的历史小说、都市小说为主流叙事形态，其基本构成要素，如世界架构、角色体系、神力升级系统、情节模式，在古代神话以降的世界文学艺术史上都有着清晰的传承关系。如玄幻、修真、仙侠等小说的神通法宝源自华夏神话、佛教神话、明清小说，而奇幻小说中的魔法源自欧洲神话、奇幻小说、奇幻电影，这些作品都以人物的修炼—战斗为主要情节。在网络文学整体生态中，本土想象资源和外来想象资源又混合、搓揉、重塑，形成了许多新的神奇叙事形态。各阶段代表性作品，如《飘邈之旅》《间客》《盘龙》《神墓》《佣兵天下》《兽血沸腾》《恶魔法则》《凡人修仙传》《放开那个女巫》《诡秘之主》《天道图书馆》《第一序列》《牧神记》《从红月开始》等，都具有某种开创性，创造了独特的神话世界、神奇角色，受到了世界各地青年读者的欢迎。它们的艺术成就和特色，与好莱坞电影同类神奇叙事，如《星球大战》《超人》《魔戒》《复仇者联盟》《哈利·波特》《阿凡达》等，相映成趣，共同让人类的神话创作进入了一个高潮期。网络文学与好莱坞电影、美剧、动漫、电子游戏等世界大众文艺，在想象资源上是共融共通的，同时事实上也已经形成竞争关系。这些新型的神奇叙事是人类神话传统想象资源与现代性理念的融合，表现了人类从历史上的一神教造物主的宰制下争取精神自由，为自己建立秩序的精神历程，展示了新的人类意识和神话意识。

对这种通过神奇叙事来重塑人类文明的文艺势态，学术界在学术意识和研究方法层面仍然需要进一步展开研究。神奇叙事有什么"用"？是如何"发生"的？好莱坞电影、中国网络文学为何掀起造神创世大潮？对此若无恰当解释，网络文学研究、世界大众文艺研究以及神话研究就没有真正入门。

我们知道，人类创造的古代神话，如希腊神话、圣经神话、北欧神话、印度神话、华夏神话，是人类文明的源头和古代宗教的观念内核，是历史上君权神授国家观的信念基础，也是人类生命建构、灵魂建构和人格建构的蓝图，其影响至今犹在。在工业化和信息化社会，古代神话的精神建构的"法力"正在下降，所以 20 世纪以来人类重新创作神话，中国网络文学就是创作神话的主力军之一。各种神奇叙事为探索新型文明提供了基础，与古代神话创作一样，新型神奇叙事亦将伴随着人类生命建构和灵魂建构、宇宙探索和人类精神连接的历程。身在文明重塑潮流中的现代人，并未普遍意识到这种文明的蝶变意味着什么。

从人类个体的艺术体验来说，神奇叙事基础性的效能就是帮助人类进行生命建构，并由此进入行为—伦理模式建构。对于网络文学研究者来说，从生命建构角度审视新型神奇叙事是必须的，也是最为方便的。古代文明具有生命价值内核，未来文明同样具有生命价值内核，因为人类文明的核心功能之一就是保障人类种群的生存和繁衍。

当下中国许多网络文学代表性作品整合了佛教神话、道教神话以及希腊神话、北欧神话等文化资源，在修炼—战斗情节的展开中，对人类生命的各种可能性进行了全方位的想象。人类身体各个部位与整体的锤炼、灵魂的各种修炼壮大的感受、人类对自然的体会、超自然力想象对人类生命建构的引领作用等内容，都得到了丰富的呈现。另外，我们也注意到网络文学修炼—战斗情节的想象，是世界性的"修炼"文化潮流的一部分。现代脑科学相关研究证明，禅修、冥想、太极拳等活动能够带来宁静、安心的心理效应，帮助人们加强专注力和自控力，获得健康平衡的精神状态。禅修、冥想等已经成为世界脑科学研究的重要课题，生命"修炼"活动也在世界各地日益普及，这些研究也证明了它们可以帮助我们创造自我肯定的正面价值感。① 网络文学的修炼—战斗—成神故事的阅读体验与禅修、冥想一样，可以促成读者向生命内部寻求信念，形成生命觉悟、自主成长的观念，这就从文艺阅读体验方面为人类生命优化提供了精神准备。

网络文学并未颠覆文学传统，而是颠覆了"神创造了我们"的被动神话观和生命观，建立了"我们自我建构、自立为神"的主动神话观和生命观。它是神奇叙事传统的回归，就神奇叙事形态而言，网络文学就是"传统文学"。下文力图凸显神奇叙事的生物学价值，既是

---

① ［美］理查德·戴维森、［美］沙伦·贝格利：《大脑的情绪生活》，三喵译，格致出版社2019年版，第263—296页。

为了打开网络文学的宝藏之门，也力图引出人类的神话和大众文艺叙事传统的生命建构价值，进而重新梳理人类文学传统的价值谱系。这对于我们深入认识和理解网络文学的属性具有重要意义。

二、神奇叙事的内稳态作用

人类个体的根本任务是生存和繁衍，为此就要保障生物性的内稳态。我们从生物祖先那里继承了"内稳态"系统，即为了达成自身生存和繁衍目标，而努力保持内部平衡，如血液系统、神经系统、内分泌系统、肌肉系统的平衡和运行自如，一旦这些机能严重失衡或者失能，生命体就会被毁坏。人之老朽，亦是内稳态不能维持的结果。内稳态驱策生命体即时感知自己的状态好坏，并驱策有效的行为以调谐内稳态，这就需要非常高效的侦知、体验、行为机能，于是就进化出人类的心理系统。而情绪处于全部心理活动的中心位置，承担着事态评判、价值比照和决策中心的功能，反映了人们心理活动的定向趋势或准备状态。情绪系统围绕着内稳态而日夜不息地运行着，执行着我们身心调谐的意图。

经过长期生命实践的优化，人类拥有了如愉快、悲伤、恐惧、愤怒等基本情绪的操作系统，以及相应的躯体表现机制。愉悦情绪用快适体验鼓励人们努力争取成功，帮助生命体争取生存繁衍所必需的资源；而悲伤、恐惧、焦虑、愤怒等情绪，以身心不适感、痛楚感促使我们进行反思和行为调整，以纠正错误。我们的恐惧、焦虑、愤怒等纠错功能的情绪，比愉悦激励功能的情绪更为敏锐，因为它们往往面对迫在眉睫的危机，需要促成当机立断的行为。

人类的生命体是自我组织、自我驱策的，总是在围绕生存、发展和繁衍的目标，努力建构更好用的身心机制，建构一个富足的精神世界。为此，我们创造了神话、文学艺术，在神话、文艺体验中唤醒和优化感知觉—情绪反应，以帮助我们建构生命系统。我们与猿人的不同之处，就在于我们的生命是通过文明不断自我优化的结果，而不仅仅是进化的产物。人类的生物学价值与动物的生物学价值，中间隔着一条文明长河。人类情绪系统贯穿着我们的生存、发展和繁衍的各种社会情境，包含着人类的行为预案。但我们的某些文明观念也经常把人类从生物界孤立出来，使我们忽略了与生物界的共生关系，意识不到文明成果——如神话、文学艺术——的生物学价值内核，导致文学评价系统不知如何面对神奇叙事。比如神奇叙事对内稳态的作用是什么呢？

我们的内稳态对于能量的匮乏始终保持高度警觉，以促使我们尽可能地占有资源、及时补充能量。我们永远渴望能量的摄入、生命内部能量充沛的感觉、力量正在成长的感觉，这些可以促进生命体和谐有序运行。即使是想象自己的"神力"正在增长，也令内稳态深感"宽慰"，使我们愉悦而又自信。衰竭无序状态及其痛苦反应，会让人停滞下来，把生命力量用于纠错，造成生命体处于低效率运行状态，会干扰、阻碍人的发展进程。因此，内稳态总是驱策我们追逐能量充沛、成功自信的愉悦状态，情绪反应后面总是隐含着内稳态和谐化的需求。这就激发了神话以及大众文艺的神奇叙事倾向：通过神力想象和体验各种情境下的成功故事，让人类获得成长感和强大感，令我们愉悦，帮助我们掌握成长壮大的生命行为模式。而所谓"严肃文艺""精英文学"则多用各种忧患意识调教我们的纠错情绪机制。在人类进化的历史过程中，我们就已经确定了神话、文学艺术的各种情绪频段，它们用自己的调性和故事模式优化了我们的情绪系统。

受到人类个体欢迎的大众文艺作品，总是围绕我们的生命情感，特别是愉悦体验需求而构成故事情节，能够获得体验者好评的情节都有着鲜明的情绪主题。若作品达成了情绪的建构效能，我们就觉得那是一部好作品，虽然普通读者往往不能明确说出这种体验效应，但人们本能地追逐带来愉悦感的作品。对于情绪能力建构来说，最大的难度在于兼顾情绪能力的两极需要。我们对于有规律出现的，或在某种特定情境下反复出现的威胁性事物或机遇性事物，倾向于形成模式化、标签化情绪反应，以迅速做出应对，并节省能量。同时，我们又对各种新异独特的情境保持渴求和兴奋，以提升处理突发事件的能力。

大众文艺、网络文学的神奇叙事，通常针对我们的各种情绪建构需要，类型化、模式化地展开作品，如升级打怪故事、妖魔鬼怪角色、丛林搏杀情节，总是套路化反复出现的，但又在具体的故事情境和社会性事件、超能力的种类、角色的行为特征等方面，不断追求创新，用新神通、新行为、新情节给予我们新奇感、兴奋感，以扩张情绪能力的弹性空间。网络文学的神奇叙事用各种内在体验调适我们的身心机制，优化各种侦知、体验、行为反应机能，形成适用于各种情境的行为模式，以建构情境—行为运作图谱。事实上，几千年来的神话、文艺不断演进的这种情绪优化机制让人类变得更聪明了，而且促进了人类的合作，因为它们为人类装配了大体相似的思维模式和行为图谱。为了更好地理解神奇叙事与我们的情绪体验之间的密切关系，有必要深入考察文学艺术所带来的体验活动，因为正是依靠文学体验，网络文学的神奇叙事才能达到情绪优化等作用，从而实现自身的生物学价值。

1. 体验与文艺效能

在神话和文学艺术的欣赏活动中，我们的体验结果有主体和客体两面的呈现。一面是主体的体验"效应"：人们的生命需求、精神结构如何在体验中发挥作用，体验者获得了什么自我建构的成果；另一面是客体功能的涌现：作品的形态、精神品质、艺术特性这些引发情绪反应的信号，在人们的体验活动中，能够发出怎样的光辉、达成怎样的"功能"。

我们可以把这两个层面的体验结果合并为"效能"概念。用这个更尊重体验者主体地位的概念，代替刻板的"功能"概念，对于大众文艺乃至整个文学艺术可能都更有阐释能力。功能是一个标准化的概念，而同一个文艺作品在不同主体的体验活动中，其效果是千差万别的，使用功能这个概念，常常掩盖了文艺体验中必然涌现的个体差异性。[①] 文艺的效能概念有助于阐释世界万物嵌入我们主体结构的状态，也有助于阐释自我生命建构的过程。

2. 具身模拟和情绪标记

文艺体验中的关键行为是情绪标记。我们在文艺体验活动中，大

---

① 王祥：《人类神话：网络文学神话学研究》，第182—183页。

脑会进行"具身模拟"活动，即把文字表达的意义在大脑中用主观视角映射出画面来（如玉皇大帝的天庭）、用身体行为"表演"出情节来（如孙悟空三打白骨精），我们既可以模拟自己亲身经历过的事情，也可以模拟完全想象出来的事情。① 心理学实验证明，想象一个动作就会激活大脑中操控这些动作的部位，而且还会将大脑内部动作和感知系统用于记忆。② 而需要记住的事件具有情绪凸显价值，只要某个情境具有某种价值、存在足够强的情绪，大脑就会通过多种媒介习得场景、声音、触感、气味等，并通过这些线索回忆起这一切的经历。③ 而一些重要的事情发生了，我们的身心机制就会做出反应。比如负面情态发生了，我们的躯体就会有不愉快的感受，警告我们注意危险的结果。因此，心理学家达马西奥认为，情绪是一种"躯体标记"。④ "躯体标记"假说强调了情绪的生存适应意义和身心一体的观念，动摇了笛卡尔以来的身心二元论观念。

在此，我们把文艺体验中的身体反应和感受——那一连串的神经连接、记忆的信号线索、对生存繁衍价值的提示效应，以及相应的躯体行为——称为"情绪标记"。一般认为情绪包括身体机制、内在感受和外显行为，情绪概念比躯体概念具有更大的价值范围，对于探讨文艺体验活动更有针对性。情绪标记可以提示我们，内稳态驱策了我们的情绪活动，它是事物重要的价值尺度，决定了情绪的调性（从快乐到不快乐）和强度（从低兴奋度到高潮状态），情绪本身也会按照情绪能力成长的需要，来决定自己的强度。我们的感受和记忆是按照情绪的调性和强度，来建设与生存繁衍相关的经验教训和意义的。我们的大脑中可能遍布各种标记重要性的"情绪绳结"，正如原始人结绳记事一般。情绪标记的三个组成部分如下。

① ［英］本杰明·伯根：《我们赖以生存的意义》，宋睿化、王尔山译，天津科学技术出版社 2021 年版，第 16—24 页。

② ［英］本杰明·伯根：《我们赖以生存的意义》，第 30—52 页。

③ ［美］安东尼奥·达马西奥：《当自我来敲门：构建意识大脑》，李婷燕译，北京联合出版公司 2018 年版，第 122—124 页。

④ ［美］安东尼奥·达马西奥：《笛卡尔的错误：情绪、推理和大脑》，殷云露译，北京联合出版公司 2018 年版，第 168—169 页。

其一，内稳态这个生物学价值尺度，与作品的兴奋性信号相结合，通过情绪调性和情绪强度，塑造具身模拟的状态。对于文艺体验来说，具身模拟并不是忠于事实的，而是按照内稳态意义的引导、情绪的调性和强度重构事件或故事情节的情境和感觉，让许多神经通路莫名兴奋起来，共同塑造体验效应。

我们可以具身模拟出令人快活、舒展、昂扬的情境，也可以具身模拟出令人痛苦、焦灼、紧张的情境。我们的大脑可以不需要实际生活和实际故事情节给出理由，而自己演绎自己想要的悲喜剧剧情。在同一部作品的体验中，不同的人或人在不同的情绪状态下，可能会模拟构造出差异极大的情境和角色状态。同时，小说、影视剧等叙事艺术是关于人物行为的艺术，其情节越是富于动作性（连续的人物动作和冲突，能够增强情绪兴奋度），我们大脑中的具身模拟就越是活泼生动。神奇叙事中超现实的神奇情节是建立在身体动作和身体感受基础上的，具身模拟也是理解神奇叙事的基本通道。人类之所以能够创造叙事艺术或神奇叙事，就是因为拥有具身模拟的能力，并且在具身模拟实践中进一步增强了这种能力。具身模拟既是我们理解世界的基础，也是我们创造世界的基础。

其二，体验活动中的情绪高潮，为意义定价。文学艺术有着自己的意义定价方式，那就是高潮体验。网络文学中许多作品是用强烈的行为冲突和主角的胜利来建构高潮的。在具身模拟活动中，主角疯狂战斗获得胜利的高潮情节拉升情绪值，为读者带来迷醉、狂喜等高潮体验。生命体会通过多巴胺、内啡肽等愉悦物质的喷涌，来创造出真实而强烈的感受和记忆，并且人们还会不断回味这些体验过程和记忆，强化其"真实性"和重要性。而高潮体验的强度与事物的价值意义、正义性往往成正比。

其三，快乐而"真实"的内心经验会促进我们认同、模仿人物行为模式，从而在我们的大脑中铭刻各种情境—行为运作图谱。我们可以把这种情绪标记中最关键的行为想象成在大脑中印制电路板。有效的文学阅读如同在我们的脑海中留下了独特的电路，创造了大脑运行图谱，它们通过有意义而难以被遗忘抹平的神经连接，建构了我们的内在生活范式，给我们留下了有益于生存繁衍的情绪标记。如此，文艺体验活动就创造了内在生活"真实的经验"，并指明了我们的行为方向。

3. 愉悦情绪塑造积极的生命状态

大脑具有可塑性，这是上天给予我们的最好礼物。我们可以通过想象和动作训练，来重新塑造大脑的功能。脑科学研究、心理治疗和康复实践证明，针对中风病人某个脑区病变所导致的语言或四肢失能，我们可以通过想象和动作训练，在相邻脑区重建神经通路，从而恢复身体机能。[①] 积极主动的学习、愉悦的文艺体验，可以创造新的大脑神经连接，重新设计大脑的运行图谱，改变生理和精神疾患带来的精神障碍。愉悦情绪也能促进大脑的神经元再生，帮助生命体保持细胞端粒长度，从而延长我们的寿命。

不同的人具有不同的情绪风格，其大脑运行机制也具有自己的特色。许多人一旦陷入恐惧、惊骇、焦虑情绪就难以摆脱，这是因为他们的大脑皮质某些区域的激活水平较低，因而对于边缘系统主导的恐惧、焦虑情绪缺少调控的能力。[②] 有时这两个脑区互相较劲且边缘系统获胜，把生存威胁相关神经通路过度激活，会让人以为即将大祸临头，产生强烈的求救念头。[③] 除非是正在写作"生存警示录"而需要体验恐惧感的作家，否则最好多看一些网络小说，让快乐神经回路——多巴胺、内啡肽回路活跃起来，在脑海中增加积极行动战胜人生困境的"经验"。

这种积极想象会带来积极结果的心理学认知，早就被用于体育训练。许多实验表明，运动员躺着默想做出准确的击球、投篮动作，默想取得好成绩、赢得胜利、享受欢呼的景象，对于提高成绩、享受比赛非常有效，因为这在他们的大脑中建立和强化了正确行为的神经连接。而总是担心失败的人往往就会真的失败，担心哪个动作，哪个动

---

① [美]诺曼·道伊奇：《重塑大脑 重塑人生》，洪兰译，机械工业出版社 2015 年版，第 54—104 页。

② [美]理查德·戴维森、[美]沙伦·贝格利：《大脑的情绪生活》，第 84—90 页。

③ [美]马克·舍恩、[美]克里斯汀·洛贝格：《你的生存本能正在杀死你》，蒋宗强译，中信出版社 2018 年版，第 68—79 页。

作就会变形，因为这在脑海中建立和强化了负面行为神经连接。[①]

为什么大众文艺中大团圆结局是最为常见的模式？为什么网络小说主角从胜利走向胜利的"套路化"作品会受到全世界读者的普遍欢迎？正是因为愉悦情绪标记能够塑造积极的大脑神经回路和情绪风格，所以反复阅读快乐模式的神奇故事就具有治疗作用。

超现实的神奇叙事，创造了现实生活不能给予我们的精神活动，创造了依靠神力战胜敌人的"胜利经验"。人们体验力量的成长感、自我肯定感和秩序感，与理想角色、理想行为、理想状态相融合，能够建立大量积极行为——快乐体验神经回路，从而有助于身心机制按照积极状态运行，丰富了我们的身心反应模式。欣赏《西游记》《哈利·波特》《魔戒》以及《盘龙》《间客》《诡秘之主》会影响大脑，因为这些作品的阅读体验创造了独特的想象、神经回路和情绪反应模式。创造一个好故事，就意味着在人类大脑中具有铭刻情境—行为运行图谱的无穷潜力。

人类知道自己想要什么，尤其是青少年对神奇叙事具有本能的偏好。重要的不是神奇叙事与现实生活有多少相似度，而是神奇叙事给我们带来了什么。神奇叙事开发了大脑，优化了生命体，从而让我们具有显著的获得感、成长感。所谓文艺的娱乐功能、寓教于乐，皆源于此。

三、网络小说的快感体验与情绪优化

网络文学往往按照愉悦情绪的体验—优化需求，来创设情绪主题，构成各种情节模式，达成各种效能，因此我们需要深入讨论网络小说的快感体验问题。

1. 愉快情绪的体验目标和挑战

人们获得成功，就会感到喜悦，这是生命体的快感奖赏机制在发挥作用。愉快情绪体验会使人更有创造性，帮助人们获得更多的成

---

① ［英］本杰明·伯根：《我们赖以生存的意义》，第28—30页。

功，带来更多欢乐情绪体验，因而愉快情绪对我们获得幸福人生具有非常重要的作用。寻求快乐是人们的日常生活动机，也是欣赏大众文艺作品的主要动机。快乐体验是成功人生的起点：你做了一件小事，获得了一点小小的进步，就唤醒了快乐情绪，让你对带来成功的行为模式产生信心，会驱策你付出更多的努力，应对更大的挑战，去追求更大的成功，获得更多的快乐。如此螺旋上升，就不断优化了你的愉悦情绪的机能。唤醒、优化愉悦情绪的过程就是成功的网络文学神奇叙事的基础结构。

然而，文艺创作面临着一个永久性的挑战：让读者或观众感到"爽"并非易事。这里的主要障碍是源于进化的、每个人与生俱来的、对愉快心境的习惯化适应，快活心情总是难以持久。在严酷的丛林生存环境里，那些获得了猎物或战斗胜利就感到自满而不去谋划下一步行动的原始人，将会冻饿而死，妻儿也无法生存。而那些有所获得却对成功快感迅速习惯化的人，才会集中精神寻求新的目标，并且为行动迟缓感到焦虑，因而不断努力，在自然选择中获胜，留下更多的后代。焦虑者生存，这就导致人们的大脑中默认的情绪模式就是忧愁，很少有人能够整天保持快乐心境。因此，人类经常处于快感缺失的状态，难以获得快乐带来的好处。人们需要文艺提供各种滋味的快感体验来补偿快感缺失，培育我们的创造能力。从丛林社会的篝火晚会、祭祀活动的歌舞放纵，到现代小说、电影、电视剧的复杂的快感激励，人类始终走在一条对抗快感习惯化的道路上。在此意义上，我们可以更深入地理解网络文学"爽点"的设置和作用。

网络文学开掘的各种"爽点"，遍布人类生活的方方面面，唤醒—优化了人类各种层面的愉快情绪，帮助读者战胜快感习惯化，让我们对快感奖赏机制更为敏感；帮助我们利用各种愉快感受推动自己的努力，把我们负责任的积极行为与愉快激励紧密结合起来，达成了愉悦情绪机能优化的目标。这首先就需要"升级"。在网络小说的神奇叙事中，神奇能力的职业（如魔法师）升级体系建构的心理基础，就是人们对抗快感习惯化、追求快感体验兴奋度递增的需求。在一些网络小说的神奇故事中，主角凭借绝对力量，创造自己的世界成为主宰，为万物建立秩序，已经是日常性任务，这正是唤醒—优化愉悦情绪任务所需要的升级到"至大"的体验。

激发快乐的另一个方法就是创造意外。当我们意外获得成功，情绪兴奋度会比较强烈。多巴胺激励系统是针对意外和冒险而进化的，它根据意外和冒险程度的大小来计量奖励程度。正是因为冒险精神和多巴胺系统的进化，使智人的后裔走遍全球，而且谋划进军宇宙。我们的期待感和意外感相互博弈，创造了惊喜效应。

仍以修炼—战斗情节的网络小说为例，整个升级体系的完成是一个漫长的过程，不能天天升级，在升级后的情节松弛平缓阶段，容易让读者流失，这就应增加意外的危机挑战，在人们猝不及防的时候，或者在痛苦与快乐交织中，遭遇快感体验。这种快感体验往往更为强烈，因为情绪反应的波动幅度越大，生命体越会高估快感的价值，给予高价值的情绪标记。因此，我们在某种程度上可以把所有的修炼—战斗情节小说都看成冒险小说，主角在冒险情节中总是遭遇意外和机遇。

2. 不适情绪的转化和快感机制的优化

愉快和不愉快都是情绪功能的一种涌现。愉快情绪反应从来不是孤立出现的，从恐惧、焦虑、愤怒等痛楚不适的情绪状态向快乐情绪状态转化，才是更有生存适应意义、更加强烈的情绪反应过程。这种情绪转化过程帮助我们辨别不同程度、调性的情绪，让我们善于利用痛楚不适情绪的纠错机能，更能承受痛苦而避免脆弱状态；帮助我们养成坚忍不拔的奋斗精神，把不适情绪当成进步激励的行为模式。这是情绪机能优化的高级目标，只有那些勇敢的作者才能做到这一步。

恐惧、焦虑、愤怒是相互缠绕的情绪。恐惧是人类最早进化出来的情绪，主要功能就是用难受、震惊等感受提醒生命体躲避危险，让我们依据情境做出逃跑或战斗的行为决策。焦虑是一种令人身心不快的、侦测范围较广的、针对可能的威胁发出的预警信号。愤怒是战斗的前置情绪体验，它用冲动性身心反应激发人类以尽可能大的决心和力量，打击侵犯自己的敌人。恐惧、焦虑情绪经过愤怒情绪的调整，把我们的对抗性力量引导、输出到对手身上，这就驱动文艺作品对敌人角色的创设。

现代人生活在都市丛林中，生存威胁和机遇的信号不再如原始丛林中大型动物一样明显。社会性威胁常常具有不确定、难以应对的性质，所以人们经常会处于轻微的恐惧和漫长的焦虑之中，产生慢性压力和失控感。这就需要通过文艺体验感受到"威胁已经解除"的信号，抹平不适体验和身心损害。

在网络文学的修炼—战斗情节小说中，恐惧、焦虑、愤怒情绪的唤醒、引导和转化，具有重要的情节组织功能。这些小说包含了生物性的丛林恐惧、焦虑与社会性的人际冲突恐惧、焦虑。如生存威胁的各种代表性情境有：你（读者所代入的人物）正处在能量耗尽状态或生病、负伤情境中；你与同伴争夺父母、家族、宗门的关怀，却被他们抛弃；你正在被巨型食肉动物追逐；你正被敌人伏击或正要伏击一个敌人；你的盟友很少或盟友正在背叛你；你的战斗成果或事业成就可能被他人夺走；你经历配偶、伙伴的死亡；你处于战斗的失败过程之中。例如，在《盘龙》《凡人修仙传》《间客》《第一序列》等小说中，主角不断经历生命体吞噬和搏杀、门派势力斗争、部落国家领土战争、种族战争等事件，他们修炼、战斗、升级、成神，不断经历磨难，不断向上攀登，把恐惧焦虑愤怒情绪转化为胜利快感。

小说中这些生存威胁都会给读者创造出恐惧、焦虑的情绪标记，而读者又会在愤怒和不甘情绪帮助下，体验主角奋力搏斗、闯出生路的历程。通过成功快感体验，读者可以把日常生活中的挫折感冲刷而去，把累积的紧张感松弛下来，同时也在脑海中设置了许多危机处理模式，从而创造出奋斗、胜利、快感体验的系列情境—行为图谱。此类修炼—战斗情节小说的阅读体验与原始人通过舞蹈与祭祀活动获得神的力量、消除邪魔威胁的胜利体验是相似的。

四、情绪标记的审美和伦理建构效能

人类祖先在创造神话时还没有产生文艺理论，后来有着普遍影响的现实主义、现代主义等文艺理论多是面向现实人类处境而建构的，而阐释大众文艺中的神奇叙事往往比较粗疏。从人类神奇叙事的生物学价值起点来看，网络文学首要的、基本的效能是情绪唤醒—引导—

优化，并通过情绪标记的中介达成其他各种效能，如审美和伦理等效能。

1. 情绪标记通向审美

我们为什么觉得某些事物是美的？从生物学起点来看，答案很简单，即能够有效引发我们情绪反应、印刻情境—行为图谱的事物就是美的。美感是情绪活动的产物，对于我们的生存、繁衍有重要价值的人类行为或行为对象，我们就会给予情绪标记。情绪标记产生的过程就是审美的过程，它把某些事物整合进我们的主体结构之中，让我们记住重要的事情，形成有益的行为习性，以建构更好的自己，从而让我们实现了审美性占有，获取了审美愉悦感。

情绪标记有两方面的审美指向，一是指向情绪活动的主体，二是指向情绪活动的对象。我们可以从悲壮情感体验考察主体的情绪标记过程。悲壮是明知可能失去生命的悲伤感与自我牺牲的壮志豪情的混合，是对生命的珍惜与对死亡的蔑视的奇妙结合，是一种奋不顾身的牺牲态势。它让人悲伤，却能驱动人们去牺牲，这就说明它用情绪标记把生物学价值转化为社会学价值。悲壮情感起源于保护妻儿的本能，这种与生存本能相悖的人类情感，具有重要的人类种群生存适应的意义。人类种群生存、繁衍的策略，带来男女两性生物性功能、信念和情感倾向的分化。女性在繁衍后代中承担重任且处于相对脆弱的状态，因而获得男性的保护和奉献就比较重要。只有拥有物质和安全的保障，繁衍活动才会顺利进行。所以人类在漫长的生存历史中不断强化这样的信念：男性应有奋斗精神，愿为繁衍后代、保护妻儿而奉献、牺牲，其中就有进化的生物性因素和社群激励因素的双重作用。为了保护后代而甘愿牺牲自我，这种生物性悲壮情感在许多动物身上都能看到，但人类的悲壮情感获得了更系统的发展。

悲壮审美意识产生于英雄神话和英雄悲剧。在以男性为主角的悲剧叙事中，悲壮情感的营造是一个光荣的传统。经过神话、文艺、宗教的生命建构效应，悲壮情感适用范围扩大化，让人们可以为特定价值观而慷慨赴义。网络文学不仅接续了快乐体验的大众文学传统，也接续了人类英雄神话和古典悲剧的精神传统。如网络小说《间客》《匹夫的逆袭》《狼群》中的各位主角不是神，不以超能力见长，但具有"虽千万人吾往矣"的慷慨赴义的情怀，在死亡危机和极度身体痛楚的重压之下，为正义而战、为家国而战、为亲人而战，明知可能失去生命却毅然挺身而上，表现出敢于牺牲的精神。

在文艺体验中，悲壮的情绪标记是这样形成的：在英雄行为模式的感召下，我们把私斗的欲望转换到为群体牺牲的冲动，获得社会崇敬的欲求让我们把社会性价值嵌入内心图谱；唤醒生命搏斗本能，为高烈度行动进行生命预备，让人体验到挣脱生存本能束缚、生命力量上升的感受；让人把牺牲预期和自我赞许联系起来，建构坚毅、勇武品格。这种深沉、崇高的感受让人把身心磨炼与死亡的体验历程，转化为真切而强烈的高潮体验，在热血澎湃中，精神得以净化，因此具有强烈的快感。其价值转换认知是我们付出了自己，收获了精神升华，畅想自己将在群体记忆和神殿中永生。悲壮之美建构了烈士精神，对热血男儿具有极大的感染力和号召力。英雄之牺牲与团体精神密切相关，人们用祭奠牺牲英烈的庄严仪式，弘扬悲壮崇高情感，在任何一种权力结构中，都把呈现悲壮与崇高之美，看作是最优等级的叙事任务。

而当情绪标记指向外部对象时，与人类生存繁衍相关的一切事物都可能成为审美对象。如神奇叙事中的怪物，就是通过情绪标记活动而成为审美对象的。自古代神话开始，人类发展出一个伟大的艺术传统：怪物神话传统。网络文学极大地继承发扬了这个传统，每天都在创设各种新的妖魔鬼怪角色，以及打败、驾驭它们的行为模式和法宝，发展出各种打怪故事模式。可预知的威胁是敌人，不可预测的绝对威胁常常被象征化为恶魔或僵尸。它们只有一个行为动机：吃你或同化你。它们可以在没有明确利益目的或观念理由的情况下威胁到你的生存，而它们的形象总是兼有食肉动物、病人、死人的躯体特征，与人类相似而又显著异化。这种角色特征有助于我们用象征手段把外部威胁强化为绝对信号，促使我们产生厌恶、回避、惊异等情绪，强化我们的生存警觉。而其中战胜恶魔、僵尸的故事情节，则训练我们应对绝对威胁的能力。还有某些不确定的威胁被我们象征化为妖怪（或兽人），它们为了自己的生存可以吃人，然而也会与我们进行某些合作，乃至发生情感交流。所以妖怪（兽人）其实是一种有魅力而善恶不定的对象。在修炼—战斗情节的网络小说中，妖怪（兽人）品种比恶魔更多，是一种性格变化剧烈、外形和行为令人眼花缭乱的角色，已经形成丰富的象征和标签谱系，帮助我们分辨和驾驭不同程度的危险和机遇。

我们在阅读怪物神话的体验中，通过情绪标记把威胁和机遇明确化，通过打败或驾驭怪物的胜利体验，产生应对危机的确定感、松弛焦虑感，解除慢性压力，这样就驾驭了异己力量并把它嵌入我们的认知图谱，成为主体精神的一部分。

2. 情绪标记通向伦理

人类的情绪标记是生物学和社会学共有的价值范畴。作品好不好，伦理态度是否正确，我们的身体感觉会给出答案。伦理建构若违背人类生存和繁衍的生物学价值，就必然虚空如幻影。我们的伦理和信仰建构，都与反复的文艺高潮体验有关。文艺高潮体验意味着我们突然感悟到了精神成果，瞬间产生了强烈的获得感和愉悦情绪反应，意味着我们感知到在自我建构方面获得了长足进步。在我们的大脑中，情绪高潮和对神秘情境、绝对力量的体验活动，发生在同一片脑区，通过同样的神经回路进行。我们的生命体倾向于认为，让我们产生高潮体验的神奇力量是真实的、伟大的、不可否定的，也只有这样的力量才是可信仰的。高潮体验帮助我们形成了信念的体验—认知逻辑，在我们的大脑中高潮—信仰标签具有显著的行为指引作用。

成功的神奇叙事都会创造情绪高潮和情绪体验对象。天堂、伊甸园、天庭、地狱，对于需要它们的人来说，它们就是神圣而真实的，是能够带来深刻的情绪体验的。也因此，神奇叙事常常具有久远不衰的思想伦理效应。网络小说中的创世神话叙事借鉴了古典创世神话的绝对力量主宰世界的范式。当修炼—战斗情节带来主角的成长时，主角掌握了绝对力量成为世界主宰，成功快感达到了高潮，倾向于超越世俗欲望，而化身为宇宙公共利益的裁决者、公平秩序的制定者，从而带来更深邃、更持久的意志实现的快感。这就通过情绪标记优化了体验者的思考效率，我们可以调动已经内化了的伦理观念，来判断世界上的现象。网络小说的神奇叙事的思想伦理表达，也常常诉诸快感奖赏机制和惩戒机制，用主角大获全胜来褒奖正义行为（给予体验者激励情绪标记），用人物的肉体痛楚和死亡惩戒其罪错（给予体验者纠错情绪标记）。在神奇故事中，奖赏与惩戒往往是共存的。网络文学为什么能够参与新型文明的重塑进程？正是因为网络文学像古代神话一样，是人类集体欲望和伦理的表达，捍卫着人类生命体的生物学价值，提升其社会性价值，不知不觉地按照人类种群的公共秩序需要勾画精神运行的轨迹。

从情绪标记及其效能出发，可以找到网络文学研究的适用方法，建立新的方法论意识。我们可以把脑科学和心理学研究、神话学研究、文化人类学研究等多种方法贯穿起来，为分析网络文学创作特征和社会功能提供新的思路和见解。如此研究网络文学，才是最为有用和有益的。这将是笔者在本文思考研究的基础上持续深入拓展的方向之一。

（原载《中国文学批评》2023年第1期）

Z世代与网络文学中的"山乡巨变"

◎翟羽佳 张建颖

今天的网络文学更具有当前性和现在性意义，在与传统文学的题材接续中承载了更多的内容与势能。然而，网络乡土小说体量庞大、元素丰富，是Z世代爱看也爱写的故事类型。在Z世代的笔下，网络乡土小说一改传统乡土小说改造国民性的历史母题和悲苦愁难的美学选择，淡出了法律、政治秩序的严肃内涵和公序良俗的深沉阐释，用乡村的田园优雅、平静的专业生活、慵懒的快乐土地等情感氛围代替，关切"精神的乡土"和"心灵的还乡"，用架空的"种田流"写作打造虚拟化的生存体验，用休闲的"乡土流"元素聚集数字生存社群。

与此同时，在新时代的召唤下，网络创作不断推进现实题材转向，党的百年奋斗路、脱贫攻坚和乡村振兴战略等重大社会命题也逐渐成为网络乡土文学的重要展现内容，创作视阈拓展到社会主义新乡村工商业、重工业建设，即时地勾勒出新时代乡村的变迁轮廓，记录着当代青年人的思想笔触与精神足迹，提高了乡村文化、乡土性格和乡土精神的研究张力，书写着Z世代自己眼中的"山乡巨变"。

一、"精神的乡土"与"心灵的还乡"

美国学者马克·波斯特曾言："技术革新中最关键的不仅是这种

效率的增加，而是身份构建方式以及文化中更广泛而全面的变化。"①据《2021网络文学作家画像》统计，Z世代（以"95后"为主）年轻创作者已经成为网络文学领域的主力军。2023年1月10日，阅文集团2022年"十二天王"榜单发布，其中80%以上的网络作家都是"90后"，半数为"95后"作家，网络文学作家已经迎来Z世代入场。Z世代作家们用新鲜的视角重新诠释网络文学的创作内涵，以更加天马行空的灵感想象、脑洞大开的艺术构思、热烈直接的情感表现描摹着时代的飞跃和社会的剧变。他们热衷于追寻社会前沿的足迹，凭借网文创作的时效性、纪实性和高产性，将火热现实融入文学故事，探索"自由写作"的新选择和"灵魂自洽"的新可能。乡土文学，于广大文学爱好者而言并非为陌生词汇。自鲁迅的小说《故乡》伊始，乡土文学受到"为人生"思想的影响，除了少部分描写田园风光和风俗人情的作品外，传统的乡土写作大多将书写的目光投向苦难大众，着力描写封建、迂腐、贫苦的农村生活，刻画历过磨难的劳苦农民。传统的乡土文学多以农村生活为中心，书写农村苦难生活，展露农民疾苦，是作家在苦难时代为人民喊出的最强音。从居住、人口迁移、劳动、经济发展等传统的角度看来，乡村与城市原生地存在着矛盾与对立。对于网络文学而言，乡土似乎与它的都市气质有着天然的抵牾感。事实却非如此，仅起点中文网"社会乡土"分类就有28998本相关作品；于纵横中文网搜索"种田"标签，共有1819部相关结果。由此可见，乡土类文学依旧在网络文学创作中占据一席之地。数字媒介技术架构虚拟生存空间，以比特代替原子打造数字层面的"文学狂欢"，不断表现出"爽感""解缚""祛魅""宣泄"等精神诉求。

Z世代作家们对乡村和城市的关系抱有相对含混的态度，他们没有将乡村和城市置于天平的两端拼个胜负，反而将城市之发达与乡村之自然相结合，书写新时代生活的"山乡巨变"，以乡土自然之美来抚平"都市之伤痕"，以文学之阅读来实现"心灵的还乡"。2022年3月17日，中国作家协会全面发布"新时代山乡巨变创作计划"征稿

---

① ［美］马克·波斯特：《第二媒介时代》，范静晔译，南京大学出版社2001年版，第34页。

启事："推崇生活在山乡、成长在山乡，亲历山乡变化的山乡人写山乡事，以文学记录时代，呈现山乡巨变，书写伟大人民。"① 自收获稿件来看，文学内容多与乡村自然资源相关，包括养殖、种植、民宿、饮食、环境治理、基础设施建设等，作家们将目光投射在乡土中国的自然资源及山河风光，书写自己眼中的"山乡巨变"新风采。乡土题材的含义在 Z 世代作家这里已然不再是"苦大仇深"和"悲难封建"的"代名词"，取而代之的是一种"舒适"与"自然"的展示。在新时代文艺思潮的召唤下，网络创作不断推进现实题材转向，党的百年奋斗路、脱贫攻坚和乡村振兴战略等重大社会命题也逐渐成为网络乡土文学的重要展现内容，创作视阈不断拓展，增加了时代价值的多样性。

山乡巨变，其重点在于"变"。近年来，社会主义新农村建设如火如荼，乡村振兴再度成为文学作品重点关注的领域之一。而在网络文学中，扶贫现实的叙写是 Z 世代作家书写山乡之"变"的切入点，他们的写作视野更加关注如革命老区共同富裕的政治命题，叙事内容更加注重扶贫工作细节性、真实性与可信性，人物塑造由传统农民形象向以扶贫干部、中青年贫困户为代表的时代人物类型转变。2020 年4 月，国家新闻出版署"2020 年农家书屋重点出版物推荐目录"收录了起点中文网一部扶贫类作品《扶贫札记》。该书作者唐成将自身经历融入小说创作，从扶贫知识、农村现状、农民问题等多角度全方面记录真实的扶贫生活，彰显了社会扶贫的决心，书写了人民追求和山乡之未来。同样是细致展现扶贫过程的复杂性和农村生活的丰富性，四川省作家协会全省文学扶贫"万千百十"活动 2020 年重点扶持作品《情满大荒山》讲述主人公李应民积极响应国家号召，扎根大荒山，投身脱贫攻坚工作，通过开展农业技术培训、开发农村旅游等方式，带领村民走上了致富道路，真实再现了在政策引领下的新农村变化。党的二十大报告着眼实现高质量发展和全体人民的共同富裕，做出了"支持革命老区、民族地区加快发展"的重大部署。《情满沂蒙》

---

① 中国作家协会：《"新时代山乡巨变创作计划"征稿启事》，中青在线 2022 年 3 月 17 日，https://s.cyol.com/articles/2022-03/17/content_rbAXEwiv.html。

就讲述了改革开放后沂蒙革命老区的变迁，数万人艰苦奋斗、勇于拼搏的沂蒙精神令人动容，沂蒙山区的变化亦令人惊叹。这些作品讴歌了当代扶贫人"大胆闯、大胆试"的勇气，他们不仅拥有遵循事物发展规律的科学态度，还有拼搏不息的坚定意志与决心。作者凭借对现实反映的广度、厚度和深度满足了读者的不同审美趣味，以开阔的写作视野书写了山乡之变与国家的变革。他们的创作扎根于人民群众创造美好生活的生动实践，聚焦农民生产、生活及乡村振兴，为扶贫事业提供有效的实践思维，对中国扶贫志愿服务有现实借鉴意义，使得扶贫类作品"成为反映当下时代生活和社会思潮的一面镜子"①。

  Z 世代作家关注乡村农田、水利、科技等农业基础设施的产业能力建设，聚焦于乡村集体经济的新发展、新形态、新内容。牧人霖汐的乡村三部曲《草原有条月牙河》《美丽草原月牙河》《家在月牙河》从袁家人的视角出发，勾勒出新时代红楼市哈达乡月牙河旁月牙河村的新变，从畜牧养殖到水稻种植，从农商农牧结合发展到旅游项目开发，作者用开拓性的笔法以小见大，以月牙河为支点映射全国乡村的经济发展线路，在歌咏平凡小人物历史性贡献的同时突显时代的变迁。乔阁玉红的《美好四十年的时代》则全面记录了改革开放背景下农村的社会变革，作者以细腻的笔触、宏大的视野记录了农副产品的产业化推广过程，以实际行动回馈社会、回报国家、实现社会价值。除此之外，对自然景观、非遗文化、民间习俗的演绎也是 Z 世代网络作家书写乡村之"变"的重要部分。网络作家们关注不同地域的山川景致和文化演变，探索山乡文化多元发展的可能。如常力王的作品《带个陶罐去扶贫》写主角郑畏大学毕业后成为富家涧村官，围绕北魏的佛造像、山林深处的青莲寺、水尤清冽的小石潭、随风荡漾的芦苇丛等景观，将富家涧打造成风景独特、秀美如画的乡村旅游试点基地。晴天大暴雨的《大村江南生》从江南生的视角探索老家鱼塘屋、废弃的木工房、被人遗忘的村落等多个古建筑，用朴实的文笔展现大村令人赞叹的天然风景。而路黎子的连载小说《走过那春天》着力描

① 中国社会科学院文学所"网络文学发展研究报告"课题组：《2021 中国网络文学发展研究报告》，2022 年 4 月 7 日，http://www.cssn.cn/wx/xslh/202212/t20221231_5576959.shtml。

绘祖国边陲南疆公婆山地区的风情山水，以细滑的文风、温润的语言将边陲小镇的风土人情、民俗传统娓娓道来，切实展现了新时代农村的宏伟变革。

Z世代笔下的网络乡土文学，已然"山乡巨变"。它可以是闲适愉悦的乡野生活，可以是自然景致、民俗民风等绿色经济的缩影，也可以是改革开放后社会主义新农村工商业的全面发展。Z世代作为数字原住民，于数字生存社区中铺开画卷，在极大地"写作延伸"下尽情释放自己的灵魂，在数字社区的虚拟现实中留下独属于Z世代"精神乡土"的痕迹，在虚拟现实中留下心灵"闲适"的田园渴望，满足精神深处"自由"的家园追求。

二、"种田流"剧情与数字生存社群

类型充裕的系统文化为数字原住民提供了更多的生存体验，显然，圈层文化是Z世代身上最显著的标志，是社交媒介兴盛带来的副产品。纽约学派代表人物尼尔·波兹曼早在20世纪60年代就曾指出，我们与媒介的互动如何会促进或阻碍我们的生存机会。之后，他的学生林文刚认识到，传播媒介有偏向性：思想情感偏向、时空和感知偏向、政治偏向、社会偏向、形而上偏向、内容偏向、认识论偏向等。[①] 圈层文化就是思想情感、内容、认识论偏向的结果，明显可见这三者的偏向完成是具有渐次性和序列先后的。"在广大浩瀚的宇宙中，数字化生存能使每个人变得更容易接近，让弱小孤寂者也能发出他们的心声。"[②] 如果说现代都市是冰冷的，那么数字生存则为Z世代提供了僭越真实的感知张力。如果说传统认识中城市催生着有关未来的经验，那么如今网络小说则为"数字土著"（digital native）搭建了新型的虚拟生存社区，产生了各类"赛博知觉"（Cyber ception），给后人类社会的"元"生存和"元"思考提供了有效参照。而在这些感

---

① 何道宽：《媒介环境学辨析》，《国际新闻界》2007年1期。
② ［美］尼古拉·尼葛洛庞帝：《数字化生存》，胡泳译，电子工业出版社2018年版，第7页。

知的沉浸与之后的心灵内化中，剧情又是极为关键的内驱力。

剧情，是今天这个时代人与技术世界沟通的底层逻辑。剧情化，更是人们在数字生存过程中获取活态存在感受的重要方式。无论是 Web2.0 的 UGC（用户生成内容），还是 Web3.0 元宇宙提供的完全参与感与人际感知沉浸，都在导向一种剧情化。技术是数字生存社区的承载梁柱，但剧情不是。剧情作为底层逻辑，它是数字土著，亦是 Z 世代认同数字存在与运动的形式或者质料。正如尼葛洛庞帝在《数字化生存》一书中提到的，技术突出的是原子价值，而剧情则是比特价值的体现。然而，这些剧情文本并不是无本之源，而是由网文"流"元素不断地延绵和分化聚集。网络文学中丰富的 IP 内容打造了圈层文化、粉丝经济甚至玩"梗"现象，同时供给了剧情生态庞大储备，甚至参与建构了"元"剧情化的知识逻辑和故事逻辑。这些 IP 原型被延展、被泛化，成为信息互动与交往认同的社群规则，是数字社会由部落到社群"再组织"过程中参照的重要水源。

传统乡土文学中乡村的概念是建立在自然基础上的社会组织，不过，今天的"种田流"牵引的"乡村"圈子则是建立在技术之上的数字文化社群。他们是想象共同体和记忆共同体，具有同一性与合享性。多伦多学派第二代学者戴瑞克·德科柯夫（Derrick De Kerckhove）研究基于虚拟现实的赛博空间和赛博文化带来的媒介新体验。他在《文化肌肤》(*The Skin of Culture：Investigating the New Electronic Reality*) 中指出："生活化的电子媒介爱抚着我们，并在我们的肌肤之下揉擦着其承载的文化意义，为我们提供一种潜在地、外在于身体和心智的精神现实。"[1] 也就是说，电子媒体和赛博空间将会改造使用者、阅读者的心理状态，虚拟现实技术将会填补观念与现实之间的鸿沟，我们正在创造一种超越任何个人智慧的集体心智。网络数字媒介介入小说创作及阅读，担任起类似文字一样的表现效能，使小说脱离原始的纯文字表现的形式，文字与声、画、像、音、影整合一体，架构了属于网络文学的虚拟生存社区。在这个社区中，作者把

---

① ［美］德克霍夫：《文化肌肤——真实社会的电子克隆》，汪冰译，河北大学出版社 1998 年版，第 22 页。

文本的想象对接媒介技术，以文本内容为基底搭建数字虚拟平台，并将这一平台通由交互性设计传输到读者的精神识海。于是，读者不再是剧情的"旁观者"。突出的沉浸体验感和愈加强烈的全息现实感，让读者不自觉地成为剧情的"建设者"，从而形成一种参与式的集体剧场。

种田文托生于 SLG（策略类）游戏后，不断反哺助力其他品类要素的成长。种田流不断与其他创作元素合作，系统种田流、穿越种田流、位面种田流、星际种田流等多种强虚拟性、高想象性的种田类小说异军突起。数字技术和交互体验结合，更容易搭建读者喜闻乐见的虚拟生存社区。以橙光游戏为例，作为国内颇为出名的交互类文字剧情游戏平台，橙光游戏以生动精致的图画场景、渲染性高的 BGM（背景音乐）、自由选择的剧情以及如临其境的人物视角为读者带来了不寻常的虚拟体验。比如平台中经商种田频道榜上有名的作品《云武风云》（又名《农牧风云》《我在古代开客栈》），数百个游戏配件，多种游戏组合，不同故事结局皆由"你"选择。"你"可以自定义自己的姓名、性别、形象、衣着住所甚至立场，完全塑造一个独特的"你"，在几十种剧情中自由选择走向，打造属于"你"自己的虚拟人生。这种交互式剧情类种田游戏与普遍认知上的种田类游戏不同：它没有 3D 或者 2.5D 立体的游戏人物，也不是 360 度立体的游戏场景，而是用 2D 形式，以固定图片（主角立绘、环境立绘、农产品立绘等）作为背景，通过切换场景图片、改变页面下方文字讲解的方式来揭示剧情，采用第二人称视角"你"的不同选择来推进剧情。与网络种田文小说不同，读者不需要根据主角的视角走作者安排好的人生，而是根据"文字选项"去触发不同的生活可能，在数字虚拟生存社区中塑造一个"真实"的自己。换句话说，在这种数字虚拟生存空间内，作为读者的"你"，可以选择成为种田养殖的专家，也可以成为建屋造房的能手，更可以成为各式各样你想成为的人，"你"有了直接参与创作或再创作的可能性。图片、文字、音乐、视频等多个元素相互链接，网络数字媒介建构了虚拟化沉浸式社区，读者可以通过交互式多路径选择将自我感官沉浸其中，借由视觉刺激获得独特的阅读体验。

种田文的叙事逻辑借由游戏而生，在网络媒介的介入下产生了更多的阅读可能。多类元素的汇合催发种田文内容从浅而深、从单一变得复杂，穿越、玄幻、星际、赛博朋克等元素拓展了原生种田文小说的世界观，故事版图的扩大以及各类情节配件的扩充，赋予了种田文更丰富的剧情体验，使之成为网文 IP 改编游戏、影视的一部分。多元化的情节内容物联合数字媒介共同构建虚拟乡土社区，其奇幻的构思、独特的动植物贴图、新颖的物件属性又为游戏、影视、同人文的创作提供了想象来源，种田文成为种田游戏系统的 IP 原型，由游戏引发的小说剧情性体验又在这里反过来滋养了各类种田游戏的成长。从早期的 QQ 农场、牧场以及单机种田游戏到现在《饥荒》（*Don't Starve*）、《动物森友会》（どうぶつの森，*Animal Crossing*），不得不承认的是，种田基建类游戏的内置玩法不断丰富，在很多配置上都有当下种田文元素的影子，玩家自发以数字技术结合种田元素为这个虚拟游戏社区创制 MOD，延展其适玩性，构筑虚拟乡土种田平台。以《饥荒》为例，《饥荒》（单机版 *Don't Starve* 和联机版 *Don't Starve Together*）是种田生存类颇为出名的游戏。在《饥荒》里，玩家只能使用这个世界中的自然资源让自己生存下去，并保护自己不受异世界生物的侵害。这个游戏看上去似乎与其他种田生存游戏并没有什么不同，然而令人震惊的是，该游戏多种有趣的内容补充物大多是玩家为爱发电的结果。无论是《神话书说》《樱花岛》还是《能力勋章》《身在福中不知福》，这类大型 MOD 都有属于自己的特色植物和专属料理，有的例如"种瓜得瓜"模式还被官方采纳直接成了游戏基础的一部分，各类新颖的种地模式比比皆是，养殖、钓鱼、建造等有趣元素层出不穷。玩家自己阅读过、构思出的种田念想在这里成为供养种田游戏进一步拓新的养分，虚拟生存体验更易使人身临其中。事实上，不仅仅是种田类游戏，其他大型游戏也有种田的影子。《剑网 3》《梦幻西游》《一梦江湖》多种游戏的家园系统、采集系统、经商系统等的诞生，使数字化虚拟社区更为真实鲜活。种田游戏和各类种田文相互依托，共同形成的数字化生存社区，成为读者必需的多元化生存空间。而这个空间又是虚拟的现实，它依托网络媒介技术，内容物含有对社会现实的模拟和描写，是一种数字化、虚拟化、解构后又重构的现实；同时，它又是一个数字化的社会场域，是多个介入者（包括媒介技术、创作主体、接受主体等）全方位参与形成的结果。

无论是聚焦乡土现实的扶贫类作品，还是注重虚拟体验的种田小说，Z世代网络作家的创作产生了新的乡土审美意识，他们关注乡土文学的纪实意义以及对社会热点事件的反映能力，贡献了更多的中国故事和中国经验，呈现了不同体系、不同层次的人物精神风貌，弥补了当代乡村地域性书写的式微，加强了文学叙述历史、熔铸记忆的功能。面对时代命题，网络文学的新山乡书写不仅接续传统乡土小说的文学功能和责任，同时紧跟技术前沿，正视人民在数字生活中出现的新问题和新现象。数字虚拟空间的乡土剧情为文学书写提供了更多元的素材、感受和想象，用更宽广的角度回应人类共同的时代巨变，传承着中华文化积淀最深的乡土情结。

（原载《百家评论》2023年第2期）

论中国网络文学中华优秀传统文化的"两创"面向及实践路径

◎王婉波

党的十八大以来，习近平总书记高度关注文化传承与建设工作，并发表了一系列重要讲话，为推进社会主义文化强国建设提供了明确方向和坚定引领。文化传承与创新作为其中重要的议题，不仅对推动文化高质量发展起到关键作用，同时也在增强文化自觉、巩固文化自信方面具有重要意义，是实现社会主义文化强国建设的主要途径。

文学是赓续中华文脉的重要桥梁。近些年，我国网络文学迅猛发展，在类型书写、产业布局等方面都蕴含着鲜明的传统文化元素，其影响力逐渐扩大，已成为中华文化走出去的一张亮丽名片。当下网络文学发展正在向高质量、经典化道路前进，这既给中华优秀传统文化的传承与创新提出了新要求，也为之营造了新的发展空间与环境。在新的时代条件和挑战下，网络文学如何展现优秀传统文化，如何探索传统文化创新路径，继续发挥文化传播的优势，激发其讲好中国故事、传播中国声音的更大活力，是本文试图讨论与解决的问题。

一、网络文学中华优秀传统文化书写的必要性

(一)中华优秀传统文化当代发展的挑战与机遇

2014 年，习近平总书记在主持召开文艺工作座谈会时指出："中华优秀传统文化是中华民族的精神命脉，是涵养社会主义核心价值观

的重要源泉，也是我们在世界文化激荡中站稳脚跟的坚实根基。"①
"我们要结合新的时代条件传承和弘扬中华优秀传统文化，传承和弘扬中华美学精神。"②2017年，中共中央办公厅、国务院办公厅印发了《关于实施中华优秀传统文化传承发展工程的意见》，提出"实施网络文艺创作传播计划，推动网络文学、网络音乐、网络剧、微电影等传承发展中华优秀传统文化"③。习近平总书记也多次在全国宣传思想工作会议上提出要推进中华优秀传统文化的传承与创新工作，推动中华文化走出去。习近平总书记在党的二十大报告上再次明确要求"传承中华优秀传统文化""坚持创造性转化、创新性发展"。④ 实施中华优秀传统文化传承发展工程，是建设社会主义文化强国的重大战略任务⑤，我们需要结合时代发展和当下的文化环境，探索中华优秀传统文化创新发展的路径和方法。

习近平总书记在党的二十大报告中指出，要实现"两创"，就要"守正创新"，"守正才能不迷失方向、不犯颠覆性错误，创新才能把握时代、引领时代"⑥。2023年6月，习近平总书记在文化传承发展座谈会上就中华优秀传统文化"两创"工作做了全面阐述，为中国特色社会主义文化和中华民族现代文明建设提供了理论指导和行动指南。总体来看，现有研究成果较为丰硕，但存在着理论研究不够深入、实践研究不够具体、应用研究缺少实证性考察等问题。当前我国正处在以中国式现代化全面推进中华民族伟大复兴的关键时期，而中国式现代化又深深根植于中华优秀传统文化之中，故而，从各个领

---

①② 习近平：《在文艺工作座谈会上的讲话（二〇一四年十月十五日）》，《论党的宣传思想工作》，中央文献出版社2020年版，第114页。

③ 《中办国办印发〈关于实施中华优秀传统文化传承发展工程的意见〉》，《光明日报》2017年1月26日第1版。

④ 习近平：《高举中国特色社会主义伟大旗帜 为全面建设社会主义现代化国家而团结奋斗——在中国共产党第二十次全国代表大会上的报告（2022年10月16日）》，见《党的二十大报告辅导读本》，人民出版社2022年版，第39页。

⑤ 《中办国办印发〈关于实施中华优秀传统文化传承发展工程的意见〉》。

⑥ 习近平：《高举中国特色社会主义伟大旗帜为全面建设社会主义现代化国家而团结奋斗——在中国共产党第二十次全国代表大会上的报告（2022年10月16日）》，第18页。

域、各个方面出发对传统文化的"两创"问题展开研究都是有其必要性和重要性的。考察网络文学所受传统文化的影响，对网络文学优秀传统文化"两创"问题进行系统梳理与反思，推进其工作顺利开展，进而铸牢中华民族共同体意识，提升中华文化国际影响力，显得尤为迫切和重要。

随着数字媒介技术的发展，中华优秀传统文化的"两创"在当下面临着诸多挑战。结合网络文学的发展，其挑战主要表现在以下几个方面。首先，数字技术赋权下网络文学与传统文化的结合需要找到平衡点。传统文化的独特性和内涵需要在数字化过程中得到保留和传承，而技术的运用与文学的创作则需要尊重和展现传统文化的特色。数字技术赋权下文化内容的传播与接受变得更加便捷，但也带来了内容保护的问题。传统文化在网络文学创作中容易受到恶搞、任意编造、侵权等问题的困扰，如何保护、借鉴及有效运用传统文化成为一项重要任务。其次，网络文学为传统文化的传播与发展提供了更广泛的平台和渠道，但也面临着受众需求多样化的挑战。如何在数字化时代满足不同受众的需求，让传统文化得以更好地被理解和接受，是一个需要思考的问题。网络文学的发展给传统文化的"两创"提供了广阔机遇，但也需要认真应对上述挑战，找到适合网络文学与传统文化融合的路径，保护和传承传统文化的精髓，实现网络文学与优秀传统文化融合的持续高质发展。

（二）网络文学书写优秀传统文化的可行性

网络文学具有推动优秀传统文化"两创"的现实条件与基础。首先，在数字技术赋权下，网络作家了解和书写传统文化具有广泛的文化资源获取渠道，包括文献资料、历史记录、艺术考察等，以此掌握传统文化的内涵与精髓。其次，网络文学多样类型书写可以促进传统文化"两创"工作的顺利开展。如玄幻、仙侠等类型文对神话传说的吸纳，洪荒、志怪等类型文对儒释道哲学思想的承传。网络作家具有较大的创作自由度，可以尝试新的题材和形式，使优秀传统文化得到更加丰富和多元化的表达。同时，在网络文学 IP 产业化过程中，其多样媒介形式的转化与开发，也可激发优秀传统文化的多样式传播。如 VR、AR 等虚拟世界体验及网文改编"剧本杀"体验等，在虚拟和仿真中营造身临其境的传统文化空间；通过交互式体验，使读者进入到故事情境中，与传统文化产生亲密接触。在此基础上，网络文学打破了传统文化受时空限制的局限，使得传统文化的价值和精髓能够跨越时空，以多种样式触及更广泛的读者群体。而网络文学读者群体的"部落化"和"社区化"发展，也使得传统文化的传承与发展得以更加深入。读者可以通过评论、点赞、分享等方式与作家和其他读者交流、互动，强化了读者对传统文化的感受，加深了他们对传统文化的认识和体验。

在内容书写上，网络文学可以在故事情节、人物形象塑造、语言表达、美学风格、思想与价值观等方面融入传统文化元素。故事情节方面，包括神话传说、历史事件、经典文学故事等，作者将其与现代情节相结合，使作品展现传统文化魅力。人物形象上，可创作具有传统文化特色的人物形象，如历史上的伟人、传奇人物、传统文学中的角色等，以此展现传统文化中的价值观念、思想体系和行为准则。语言表达上，可运用传统文化的语言风格、修辞手法和诗词歌赋等元素，赋予作品独特的文化韵味。而传统文化的美学观念和审美风格也可以在网络文学中得到体现，如将传统绘画、音乐、舞蹈等艺术形式融入作品之中，借用话本体、章回体、仿古体等叙事方式，呈现出独特的美学意蕴。另外，可以通过故事情节、人物对话等方式，传递传统文化中的哲学思想和价值观，如儒家的仁爱、道家的自然观等，进而引发读者的思考。

在以往的网络文学创作中可以观察到网络作家对优秀传统文化"两创"的实践，这为网络文学继续吸纳传统文化元素提供了范式。一方面，网络文学多样类型题材同步发展，各类型题材在多样书写形式中具有融入传统文化的可能性。现实题材类小说中有书写非遗文化的《猎赝》《一梭千载》，悬疑类小说中有书写古典神话传说的《镇妖博物馆》《山海经密码》，玄幻、仙侠类小说中有为传统"侠文化"做出新解的《诛仙》，也有书写忠义、仁善至高精神的《紫阳》，等等。另一方面，传统文化作为小说创作的素材，帮助作者丰富作品内容，使其活化创新。如《美人赢弱不可欺》中融入药膳文化，《登堂入室》书写陶瓷文化，《茗门世家》展现茶文化。刺绣、曲艺、茶艺、瓷艺、中医、园艺、饮食等传统文化元素，都可成为网络文学书写的内容。诗书剑酒茶、琴棋书画、江湖人生等传统文人意趣，也同样借网络文学焕发新活力。

但网络文学书写传统文化需要在传承和创新之间找到平衡。作家需要尊重传统文化的原有精神，同时结合当代文化形态和审美标准进行创造性表达，以保持作品的现代性与吸引力。另外，作者也要考虑读者需求和市场接受度，作品需符合当代读者的审美趣味和文化需求。

二、网络文学中华优秀传统文化"两创"的具体样态

中华传统文化是立基于中华民族 5000 多年的劳动实践，历经先秦诸子思想争鸣、汉唐宋明承续发展及近代以来的开放交融，形成的蕴含中国人民精神品格和价值取向、体现中华民族思维方式与伦理规范的文化体系。[①] 从具体表现来看，其是指"中华民族发挥主观能动性，通过认识世界和改造世界所形成的各类物质的、精神的和制度层面的中华文明的结晶，具有物质文化、精神文化和制度文化等三种表现形态"[②]。

网络文学对中华优秀传统文化的书写，主要呈现创造性转化与创新性发展两大趋势，即守正与创新、既往与开来。创造性转化的重点是"面对过去"，主要体现为网络小说以传统文化为基础，将之作为创作的有用素材，同作品主题有效结合在一起，对其资源进行辩证客观的选取和运用，以便更好地塑造人物、描写环境、架构故事等。同时，通过对文化典籍、民间传说的运用与阐释，深入把握"中国何以为中国"的问题。创新性发展的重点是"面向未来"，主要体现为在创造性转化的基础上，对富有当代价值的内涵和形式进行转化和利

---

① 王增福：《中华传统文化研究进展与展望》，《学习与实践》2017 年第 10 期。

② 李红兵：《关于中华优秀传统文化传承研究的学术综述》，《中国矿业大学学报(社会科学版)》2023 年第 4 期。

用，旧的文化转化过来与现代社会、当代思潮等相协调，并继续推动着往前走。转化是过程、中介、环节，发展才是目的。创新性发展立足当下、着眼未来，从整体上观照新时代的新进步与新进展。同时，创新性发展立足中国、放眼世界，勇于将中华文化放置在世界文化谱系之中，展现的是中华文化与世界多元文明之关系以及人类命运共同体等问题。

（一）网络文学优秀传统文化的创造性转化

中华优秀传统文化的创造性转化是一种资源型的转化。作者将多样文化内容与文本创作结合起来，对具有借鉴价值的内容与形式加以改造并汲取，以此服务于文本需要。这主要体现在古言、仙侠、玄幻等类型小说中，尤以物质文化、精神文化、官制礼制文化的借鉴与转化为主。

1.物质文化的表现形态

物质文化主要体现在衣、食、住、行方面。首先，在建筑和环境方面，网络小说通过描绘园林、庭院等场景，展现传统社会的建筑风格和环境特点。如《知否知否应是绿肥红瘦》中对闺阁、庭院的描写，将江南闺阁的秀气和侯门大户的气派展现无遗，对木、石、水、花、画等庭院装饰的描摹展现出深厚的建筑艺术和审美价值。其次，在服饰穿戴方面，网络小说继承传统古典小说的描写技巧，采用从上到下、从头到脚的描写顺序，颇具古典意蕴。头部饰物有帽、簪、髻、钗等，颈衣有花领、风领等，上衣多分为袄、坎肩、褂、褙子等，腰饰有宫绦、汗巾子等，下衣有裙子、裤子等，足饰则是鞋、靴、袜等。服饰穿戴和人物的活动、心理、容貌体态等结合起来，起到修饰和彰显传统文化的作用。再次，网络小说对中国饮食文化多有展现和描写。如《庶女攻略》描述了宴席之道，《后宫·甄嬛传》描绘枣泥山药糕、马蹄糕等糕点，不同饮品对应不同人物的性格特征和行事风格，既普及了传统食品类型，又形象化地展现出人物差异。同时，网络小说中也有对出行工具的描写。比如《步步惊心》中，皇室阿哥、格格等乘坐华丽轿子或骑马参加宴会；《花千骨》中花千骨和白子画泛舟江上，坐船回长留。不同的出行方式象征着人物身份的差异，也展现出不同的故事背景与文化背景。

2.精神文化的表现形态

（1）古诗词、古典名著及历史人物的化用

古典诗词是中华传统文化的重要瑰宝。在网络古言小说中，诗词歌赋是重要构成元素。《仙路烟尘》以诗词歌赋传递古雅的艺术情调，《庆余年》里范闲朝堂斗诗展现古诗词之美；《绾青丝》引用《咏柳》《水调歌头》等唐诗宋词，《寂寞空庭春欲晚》《知否知否应是绿肥红瘦》等书名直接取自古典诗词。这在烘托气氛、衬托人物、推动情节发展的同时，也增强了作品的文化底蕴。

除此之外，网络小说还以古典名著或其中人物为原型展开创作。如以《西游记》为蓝本的《悟空传》《大泼猴》等，以《红楼梦》为蓝本的《我在红楼修文物》《红楼夜话》等，以《三国演义》为蓝本的《曹贼》《覆汉》等。同时，网络历史文中还常有对历史人物的再创造，如《芈月传》《天圣令》等对历史女性人物的书写。网络作家在古典文学与历史知识积累的基础上，根据个人喜好对原著故事情节、历史人物的命运遭际等进行重新创作。

（2）神话传说的多样运用

在网络小说中，神话传说被广泛运用，以增强故事的神秘感、奇幻感和文化底蕴。常见的运用方式主要包括神话背景的设定、神话元素的融合、神话主题的改编和神话人物的出场。这些常出现在玄幻、奇幻、仙侠、修真等类型文中。如洪荒文以《封神演义》和《西游记》中的神话体系为基础，以盘古开天地辟洪荒为始，梳理和展现了中国古代神话体系；九州系列从其创世神话"墟"与"荒"、族群等背景设定可看出，创作者想借用中国神话的框架与象征意象来尝试创造具有文化记忆之地标。另外，《山海经》作为重要的参考对象，常出现在网络小说中，如《山海经密码》《巫神纪》等。三皇五帝、夸父、祝融等英雄神仙，鲲鹏、妖狐、灵兽等奇妖怪兽，成为书写的对象。混沌、昆仑、大荒等作为时空坐标，建构着宏大的时空观与世界观。

（3）多样民族精神的传递

民族血脉中流淌着的家国情怀、儒释道文化、侠义精神等是中华文化的集中体现，这也是众多网络文学作品的核心主旨。中华传统文化注重道德伦理和仁者之心，网络小说常通过人物形象和故事理念展现传统仁义道德价值观。比如《诛仙》中重情重义的张小凡，《择天记》中拯救苍生的陈长生，《琅琊榜》中坚守信仰、捍卫正义的梅长苏等。除此之外，《斗破苍穹》体现了中华民族崇尚和平的理念，《仙逆》表现了中国人不媚权贵、心怀天下的正义精神，《烽烟尽处》展现了中华民族爱国传统，《长风渡》《山河枕》等皆书写了人物的忠贞不屈的爱国精神。

同时，网络小说也常传递天人合一等哲学思想。如仙侠小说借人物修道之事阐述人与天地自然之关系，也通过"何为道？人法地，地法天，天法道，道法自然"的思考展现道教文化。网络小说中常书写儒家文化，通过礼仪、道德观和家庭观念等塑造儒者形象。多样文化在网络小说中碰撞和融合，展现出中华文化的多样性与辩证思维。

（4）传统技艺等非物质文化描写

网络小说中有对绘画、茶艺、音乐、舞蹈、刺绣、织锦、医药等传统技艺的描写。比如《画春光》中精湛的瓷器技艺，《花繁春正茗》中典雅的茶艺文化，《医手遮香》里高深的中医技法，《枕水而眠》中跃然纸上的国画技艺，《吾家阿囡》里生动精细的刺绣技艺，《宋时行》中精妙的宋朝礼乐与舞技。除此之外，《我花开后百花杀》融入了香学、茶道等元素，《他以时间为名》展现了敦煌壁画修复技艺，《茶滘往事》为粤北茶商立传，《相声大师》展现相声、京剧、口技、评书等传统曲艺的消沉与没落，等等。随着网络文学的发展，其对传统文化元素的运用也愈加广泛，促进了中华文化的传扬，提升了其被认可度。

3.官制礼制文化的表现形态

官制礼制文化常常出现在网络历史小说中。从早期的"文抄流"到"知识考古流"再到"文解流""知识谱系重建流"等，从其嬗变中可以窥见作者对历史事实所做的考据。《曹贼》《余宋》等对魏晋、唐、宋官制文化展开描写；《天圣令》对传统礼节仪式——如十五及笄之礼、再生礼、宋代封后之礼、行册封皇太子之礼、祭庙告天等——的描写颇为真实；《盛唐烟云》通过描述官员身份、职责和权力，展示唐朝的官僚体制；《唐砖》中书写了唐朝时期的官员选拔制度；《大唐不良人》中通过对地方官员的塑造和地方风土人情的描写，展现了唐朝地方政府的组织结构和地方文化的多样性。另外，这些作品还反映了各个朝代深厚的社会等级制和家族观念。作品通过对家族争斗、世袭权力争夺等的书写，展现了各代朝堂的等级观念和家族势力；通过对官职等级、科举选拔、官员职责、官制礼仪等内容的书写，使读者更好地理解和感受中国古代的官制礼制等，丰富了故事背景及文化底蕴。

另外，古言小说还常描写古代封建社会的日常生活，展现作揖下拜、晨昏定省等礼仪规范。传统节日、生日、婚礼、丧礼等更是作品书写的重要部分。如《庶女攻略》中，徐太夫人过生日，关于如何筹备宴席、确定宴请名单、如何提前送帖子、联系戏班子、各个宾客如何安置等内容，小说都有着详细描写。《好事多磨》中作者对婚姻"六礼"，即纳彩、问名、纳吉、纳征、请期、亲迎，进行详细描写。通过对婚丧嫁娶礼仪的书写，网络小说展现了古代社会的家庭伦理观念和礼仪之美。

（二）网络文学优秀传统文化的创新性发展

1.网络文学优秀传统文化的当代阐释

随着时代的发展，中华优秀传统文化也在不断衍生出新的内涵与精神。网络文学在自我发展与革新中不再满足传统旧有文化知识的普及与借鉴，而是在与时俱进、兼收并蓄的道路上将新时代的文化精神融入其中，源源不断地创作出新的优质作品，其对传统文化的传承从复古式的借用转为对时代精神的当下阐释。结合时代潮流与社会发展，与时俱进的中华精神体现为"以爱国主义为核心的民族精神，以改革创新为核心的时代精神"①。这包括革命时期的五四精神、抗战精神、长征精神、延安精神等，中华人民共和国成立后社会主义建设时期的"两弹一星"精神、焦裕禄精神、井冈山精神等，改革开放时期的创业精神、抗洪精神、航天精神等，以及新时代的"伟大创造精

---

① 习近平：《在第十二届全国人民代表大会第一次会议上的讲话（二〇一三年三月十七日）》，《论坚持人民当家作主》，中央文献出版社2021年版，第21页。

神""伟大奋斗精神""伟大团结精神""伟大梦想精神"①。

如果说古言、穿越、历史、玄幻、仙侠等题材的网络小说对传统文化的继承是通过借鉴和引用来体现的，那么现实题材的网络小说则从新的多样化角度阐释传统文化与彰显时代精神。一方面，网络文学展现了锐意进取、自我革新的时代精神。《遍地狼烟》书写了中华儿女英勇抗日的执着精神，《巍巍巴山魂》讲述了巴山红军游击队艰苦耐劳、勇击敌军的英勇事迹，《大山里的青春》书写了青年一代建设贫困山区、振兴当地教育的励志故事，《中国铁路人》展现了中国铁路事业的蓬勃发展，《大江东去》聚焦了近40年中国社会的发展变化，《荣耀之上》《生命之巅》等行业文展现不同行业人对国家发展与社会进步做出的贡献。网络文学创作群体的草根性、全民性特征决定了来自医生、工人、农民、教师等各类职业人员进入创作大军中。他们从各行各业、各自生活经验与生命体验出发进行创作，作品聚焦时代变革与社会现实，既有反映国家建设、社会发展的改革小说，也有描写城乡变化、基层建设的平凡故事；既有打造地域文化名片、展现地域民族特色的双语作品，也有关注社会热点、书写滚烫生活的现实故事。网络作家依生活而作，通过参观红色革命圣地、实地考察、蹲点体验等方式积累素材，创造出具有时代气息和社会意义的作品。

另一方面，网络文学也在兼收并蓄、多元汲取中展现自我革新的创新精神。近些年网络文学在类型写作的趋势下，结合不同的类型元素呈现新的创作风格，其中传统文化也得到新的体现。如口碑、流量双丰收的《诡秘之主》，在东方玄幻与西方奇幻的碰撞与博弈中讲述故事，将中华文化活化，融入对西方蒸汽朋克、历史宗教的书写中；《道诡异仙》作为克苏鲁元素的传承之作，将中国的修仙文化、神佛体系与克苏鲁元素相结合，展现出东方式的奇幻美学；《天庭出版集团》以跳脱的、碎片化的叙事方式，讲述了众多在神话传说中出现的神仙们的日常故事。网络文学像一个文化试验场，多样类型、多种元

---

① 习近平：《在第十三届全国人民代表大会第一次会议上的讲话（二〇一八年三月二十日）》，《论坚持人民当家作主》，中央文献出版社2021年版，第233—235页。

素、多类文化都被吸纳到其中，后现代主义、青年亚文化、消费主义、二次元文化等都有其生存空间。在大数据写作时代，其多样类型元素与写作风格在同传统文化的结合当中摩擦出不一样的火花。一方面，网络作家具有自我革新、自我实验的创作精神，想要通过多元文化与叙事模式讲述故事；另一方面，他们又受到中华传统文化的浸染，创作时不自觉地将中华文化、家国精神等融入其中，这便出现了一大批蕴含着中华文化精神但又形态各异的文学作品，它们共同建构着当下网络文学的创作景观。

2.网文 IP 开发与海外传播中传统文化的体现

网络文学的 IP 化成为全球化与融媒体时代介绍中华文化、讲好中国故事，与展现国家形象、提升国家软实力的重要方式。近些年我国网络文学 IP 产业化发展逐渐成熟，IP 开发呈现出多元趋势。除传统的纸质出版外，还有漫画、动画、影视、游戏等跨媒体的 IP 衍生形式。这些多元形式为作品的开发和变现提供了广阔的空间与机会。与此同时，网络文学的大 IP 与长尾 IP 现象并存。比如《择天记》《斗破苍穹》等具有广泛影响力的大 IP，在开发过程中将中国风、本土化风格演绎到了极致。比如《斗罗大陆》在其卡游的开发中，每张卡牌都采用唯美的中式水彩画，既有水墨晕染的恢宏壮阔场景，也有精细雕琢的中式花纹。又如《庆余年》在改编为手游的过程中，传统文化成为构建游戏世界的基石。手游版《庆余年》不仅在剧情、场景、人物形象、世界观架构等方面做到了还原原著，还在古今融合的基础上为玩家打造了一个古代武侠世界。建筑风格、人物服装、文化民俗、诗词歌赋等颇具传统文化色彩的内容，都在《庆余年》手游中获得重要体现。此外，一些网文 IP 改编注重意境营造，呈现出东方美意蕴。比如《三生三世十里桃花》对昆仑、四海八荒等山川水貌、邦国诸神、奇禽异兽的呈现。仙侠小说在 IP 改编中注重对原始神话、民间传说等内容的利用，在沉浸式体验中为用户构建出亦真亦幻的仙侠世界。

而网络文学的 IP 开发不仅在国内市场蓬勃发展，也逐渐拓展至海外市场。网络文学在走出国门时与 IP 开发相结合，两者共同致力于网络文学以及中华文化的输出与交流。党的二十大报告号召"增强中华文明传播力影响力""加快构建中国话语和中国叙事体系，讲好中国故事、传播好中国声音，展现可信、可爱、可敬的中国形象"。①中国网络文学在发展过程中积极践行国家倡导的"推动中华文化走出去"战略，已成为中华文化海外传播的亮点，开拓了文化传播的地域空间。截至目前，我国网络文学作品已出海日、韩、越、泰、美等多个国家和地区。海外读者通过阅读网络小说深入了解中华传统文化和中国发展面貌，其中"中国"一词在读者评论中累计出现次数超 15 万次，儒道文化、武侠、诗歌、茶艺、中国功夫、中医等成为读者感兴趣的故事元素。在作品类型上，玄幻、奇幻、都市、悬疑等题材类别广受海外读者欢迎。如传递道家哲学理念、宣扬人性之美的《诛仙》，以孔子为原型讲述尊师重道文化的《天道图书馆》，讲述东方神话故事传说的《巫神纪》，书写儒家仁义、忠义、礼义的《琅琊榜》等。就创作而言，海外原创作家深受中国网文类型创作的影响。重生文、系统文、女强文等众多中国网络文学类型文成为海外原创文学借鉴和学习的对象，并在海外原创类型文排名中位居前列。就网站平台推广与发展而言，海外粉丝翻译网站"Wuxiaworld"设立有"中国道文化板块"，读者可以在此学习道教文化知识，甚至有海外读者在论坛中以网文行话"道友"相称，在此语境下一改其以往语言习惯，浸润在中华文化之中。

而就网络文学 IP 出海而言，其涉及网络出版、有声、动漫等多种版权传播。其中，《花千骨》《琅琊榜》《赘婿》等影视剧陆续进驻海外市场，迪士尼还获得了《庆余年 2》影视剧的海外独家发行权。中国网络文学产业发展开始全球化布局，网络文学影视化的出海也加快了中华传统文化的输出。如《甄嬛传》在剧情、服装、场景等方面处处见真章，古代皇宫建筑、后宫服饰、传统礼仪与习俗等通过视觉化效果展现出来，更便于海外受众了解中国传统文化。网络文学成为中华文化走出去的重要载体，从内容到模式、从区域到全球、从输出到联动，其系统、整体的发展路径，展现出了网络文学在推动中华文化出海方面的潜力。

---

① 习近平：《高举中国特色社会主义伟大旗帜 为全面建设社会主义现代化国家而团结奋斗——在中国共产党第二十次全国代表大会上的报告（2022 年 10 月 16 日）》，第 41 页。

三、网络文学中华优秀传统文化"两创"的未来路径

(一) 数字技术赋能网文传统文化的"两创"

习近平总书记高度重视数字技术赋能文化创新的时代意义，在党的二十大报告中提出了建设"科技强国""数字中国"、加快发展"数字经济"和打造"数字产业集群"的要求。由此，数字技术赋能优秀传统文化"两创"的工作受到极大的重视。

数字媒介技术的革新推动网络文学发展，网络文学优秀传统文化"两创"工作的推进也应积极拥抱数字新技术。首先，数字技术对文化资源的收集和存储服务于网络文学的生产。"数字技术提供了迄今为止最大的摄取、生成、存储和处理各种文化元素的能力。"[①] 在数字化时代，数字技术最大化地覆盖了文化资源要素所在的各个领域，建设了传统文化的数据库。在数据编码下，人们可以便捷地查找、提取生产所需的文化资源，这影响着文化作品的产出效率。近几年，网络文学在数字化技术、人工智能等技术手段的助力下，其创作与生产方式已从传统的叙事范式转向了数据库范式，庞大的数据库资源为作家创作提供便利。在此背景下，传统文化资源数据库也正在成为后续网络文学生产的重要支撑来源。

在网络媒介环境下成长起来的"网络原住民"（"90后""00后"）呈现着"数据库动物"的属性，表现出对片段式、散点式或随机拼接式的网络文学叙事模式的喜爱。古今中外的知识体系、人文景观、新闻事件等都可作为素材收集到数据库中，进而构建大数据体系，其中包括角色数据库、爽点数据库、历史流数据库以及各种专业向的知识流数据库等。这种数据库的写作方式共享于网络世界，人人都可使用。数据库保持开放状态，新的知识结构、角色类型或叙事风格一旦诞生，会被立即收录到数据库中。数据库建构着网络文学世界，网络

---

① 江小涓：《数字时代的技术与文化》，《中国社会科学》2021年第8期。

文学也建构着数据库。① 大数据技术将整个文化世界碎片化为海量的数据，传统文化也被囊括其中。依托于数据库海量资源的积累，传统文化基因正在不断地"嵌入"智能化的技术场景与文化生产领域。一方面，这为智能工具提供了更为强大的文化资源数据处理能力；另一方面，也带来了由算法助力的智能化生产转化方式，这都影响着网络文学传统文化的利用与再生产。前者为网络文学创作直接提供可用素材，后者在虚拟仿真与视觉技术下助力网文 IP 产业发展。如河南卫视多次出圈的"奇妙游"系列文化产品，在数字技术运用下，通过对文化资源要素的"符号化提取""虚拟植入""仿真再现"②，呈现出对传统意境和古典意象的还原，成为"两创"中的爆款文化产品。网络文学在 IP 转化或跨媒介传播时也可借鉴此种方式，提取其中的传统文化元素，依托数字视觉技术，在"数字光效"中将文字内容通过声视频方式展现出多维景观，准确地传达出故事的文化意境。

而数据库资源与数据库的构建之间是相互助力、相互补养的关系。如传统文化资源组成传统文化数据库，而传统文化数据库通过补养、训练智能工具的方式，助力传统文化资源的使用与转化。故而，推动智能工具在网络文学生产、传播中的适配与应用，是技术赋能网络文学传统文化"两创"的未来趋势。比如 AI 写作工具、文字处理软件、在线编辑器等，依托数据库中的文化资源，帮助作家撰写、编辑和排版，提高创作效率。

人工智能在图像、视频、语言感知等方面的深度学习，缩短了其"以'创意要素'为起点的文化生产路径，为传统文化'数据库范式'的生产新机制和更大规模的中华传统文化资源的'两创'，提供越来越完备的技术支撑和越来越完善的机制链条"③。但目前这种技术在网络文学生产、传播中的应用还不够广泛，其传统文化资源的挖掘与文

① 王婉波：《网络文学叙事机制下的"后情感"表征及心理症候》，《文艺理论研究》2022 年第 5 期。

② 王秀丽：《数字人文开启文化传播新路径》，《中国社会科学报》2022 年 5 月 5 日第 8 版。

③ 王育济、李萌：《数字赋能中华优秀传统文化"两创"的产消机制研究》，《山东大学学报（哲学社会科学版）》2023 年第 3 期。

化产品的数字化开发之间存在一定的技术障碍和割裂状态，传统文化资源中的意境、气韵、内涵等从提取、转化到表达并未形成一条数字化生产路径；同时，网络小说中传统文化资源要素的数据库建设得不够，导致传统文化资源的挖掘和再利用效率不高。因而，从这一背景出发，以国家为主导，以技术为驱动，"实现更广泛、更公益的传统文化资源要素的'数字编码'，建立互联互通、面向所有创意劳动者开放的中华优秀传统文化数据库内容生产平台，打通传统文化资源要素到数字化外显的科学生产路径"①，是当下网络文学优秀传统文化"两创"工作开展的可行路径。由此，网络文学也加入到了文化生产数据库与数字产业发展的大军中。

当下网文平台越发注重开发和改善读者的消费环境，对读者消费空间进行数字场景化的沉浸打造，营造独特新奇的文化"场景价值观"② 和消费新体验。比如《全职高手》的智能开发在知识图谱、角色对话等方面设置互动玩法。读者也可进行"角色养成"，在作品之外获得更多内容上的延展及情感联结。又如阅文集团和微软小冰启动的"IP 唤醒计划"，通过人工智能对虚拟人物进行处理，读者可与书中喜爱角色展开在线互动。读者还可以在阅读间隙与专属 IP 进入特定剧情，以此体验私人订制版的全天候"智能陪伴"。另外，针对读者的精准需求，阅文集团表示，未来此类 IP 开发将从文字群聊升级为语音对话，甚至拓展到三维形象，利用 AR、VR、全息投影等技术开启更加生动的互动，不断丰富读者的接受体验，满足其多样需求。中国传统文化自带的建筑、服饰、习俗等要素天然地具有与数字技术相结合而产生数字沉浸式消费场景的优势，这"将成为未来最具颠覆性的文化消费模式之一"③。

（二）多方协调、共同促进两者融合

中华优秀传统文化在网络文学中的"两创"实践与发展，除了依

①　王育济、李萌：《数字赋能中华优秀传统文化"两创"的产消机制研究》。

②　魏建：《以场景红利为核心提升城市品质》，《山东师范大学学报（社会科学版）》2021 年第 1 期。

③　李凤亮、单羽：《数字创意时代文化消费的未来》，《福建论坛（人文社会科学版）》2018 年第 6 期。

托数字化技术外，还需要创作主体、传播平台、接受主体和监管主体的共同努力。首先，网络作家在写作时应有意识地对传统文化进行合理吸收与转化。作家要主动学习传统文化中的经典著作、民间故事、神话传说等，了解其价值观念、思想体系等，更好地把握传统文化的内涵和精髓。在对传统文化加以汲取时，一方面，应去芜存菁，以正向的价值观引领读者；另一方面，应深究细考，用真实内容丰富传统文化元素，以此提高网络文学作品的思想性、文化性与审美性。同时，宜逐渐打破网络文学类型书写间的叙事壁垒，在不同题材中融入传统文化元素，以此实现各类型间的"破圈"，在叙事模式与类型风格等方面加以创新，拓展网络文学发展之路。

其次，网站平台作为网络文学的生产与传播载体，应在版面设置、创作支持、个性化推荐等方面促进传统文化与网络文学的融合。网站平台可以建立传统文化板块或专题页面，集中提供传统文化资料；举办传统文化专题征文大赛，鼓励作家将传统文化元素融入作品中；可以在创作支持或作者交流方面强化自身服务，如提供在线写作工具、创作指导、作家论坛等；也可以利用数据分析技术，了解读者对传统文化的兴趣和喜好，从而提供个性化的推荐服务；还可以与传统文化机构、博物馆、艺术团体等进行跨界合作，整合各方资源，创造出蕴含传统文化元素的高质量作品。2022年，阅文集团联合恭王府博物馆举办"阅见非遗"主题征文比赛，并通过共建文创基地、开发文创产品等多种跨界与对话形式，令传统非遗焕发新生命，以此传承传统文化、促进网络文学新发展。起点中文网在作家专区还特别推出了《如何将蜀锦元素融入作品情节》等文章，以此实现作者间的交流与学习。由此，网站平台成为传统文化资源的集散地，传统文化得到广泛传播和应用。

再次，读者作为接受群体，也可以促进网络文学与传统文化的融合。近几年，传统文化处于消费热潮之中，在微博、抖音等平台上，传统文化相关话题长期占据文化教育类话题榜单首位。一方面，这一现象展现了传统文化强大的吸粉能力，其正在成为新的消费宠儿；另一方面，从消费群体来看，以"网生代"为主的青年消费群体呈现出文化皈依与国潮消费的倾向。生产决定消费，而消费是生产的目的和动力。随着国潮消费浪潮的到来，一系列以优秀传统文化内容价值为核心、配以多种数字技术的文化产品纷至沓来，给受众带来全新的视听盛宴和感官体验，逐渐培养起受众对传统文化的接受度、喜爱度。消费的影响因素之一是文化认同。当下国潮已成为消费领域的热门之选，"网生代"成为消费大军，表现出对富含中华传统文化元素的本土产品的认同。在此背景下，以"网生代"为接受主体的网络文学读者，对传统文化与网络文学融合的阅读需求更为强烈，对相关作品的接受度也更大。网络作家创作时会积极考虑读者市场，故而读者对传统文化的兴趣与反馈也影响着传统文化在网络文学中的传承与发展。

同时，政府、作家协会等可通过政策支持、资源建设、培训研讨、文化交流等措施，促进传统文化在网络文学中的运用与融合。比如，制定相关政策，提供相应奖励和支持措施，鼓励网络作家在作品中融入传统文化元素；也可以建立传统文化资源库，收集整理传统文化的经典作品、文化遗产和研究成果等；组织相关培训和研讨会，邀请专家学者和作家分享经验和观点，激发作者的创作灵感。共青团中央、中国作协曾多次举行网络作家基层行活动，带领作家们到革命基地实地考察和采访调研，从历史文化中汲取养分。2023 年 7 月，中国作协和上海市作协共同主办"网络作家文化传承发展高研班"，在深入学习党的二十大精神及文化传承发展座谈会上习近平总书记的重要讲话基础上，进一步明确网络文学的文化使命与社会担当意识。可见作协等部门已开始在舆论倡导、政策扶持等方面加强传统文化与网络文学融合力度。

总而言之，传统文化在网络文学中的融入还有待提升。尽管网络文学在产业化发展之路上已开始开展传统文化传承与创新工作，但传统文化博大精深，作家融合意识与网站平台数字化创新意识等还有待进一步提升。目前网络文学中融入传统文化的优质作品尚嫌不足，有待提升。随着国家战略层面和文学发展布局日益重视传统文化的"两创"倡导，网络文学对优秀传统文化的转化与创新势必将迎来新局面，并不断努力建构中国话语体系、展现中华文化、创造人类文明新形态，表现出创作活力。

（原载《文学评论》2023 年第 6 期）

网络作家民间性基因的探源

◎朱　钢

经过 20 多年的快速发展，网络文学可谓度过了成长期的初级阶段，进入了更为宏阔的生长空间，参与和影响整个文学生态的力量正日渐凸显。这得益于媒介革命性变化的强大背景支持和基础性的力量驱动，以及新技术与人们潜在向往的内在同构共谋。对于网络文学创作、传播等当下的态势和特性，我们已经取得了一些共识。然而，有关网络文学在文化历史和文学谱系中的身份等根本性的问题，依然存有很多的讨论可能。仅从狭义的网络文学即网络小说而言，究竟有多少是进化而来的？血统的质地和成分，涉及网络文学与传统文学、网络文学与大众（民间）文学等诸多方面的关系。网络文学的前世，在当下和未来都有着不可忽视的意义。本文认为，网络文学在创作本体、传播情境、受众模式、故事内核等方面，天然带有民间属性的基因。在此前提下，探讨网络作家与民间说书人（讲故事人）的身份转换，阐述其表达方式、讲述场景和素材来源在精神和行为上都具有承继性。

一、进化的说书人：网络作家身份的民间性

听故事，历来是民间日常生活的一部分。家庭内部和社会空间中，都不乏会讲故事和爱听故事的。这是家庭生活的重要场景，更是社会生活的常规景观。某种程度上，在相当长的时期里，讲与听，成

为文明传承的重要路径。莫言的爷爷"从三皇五帝至明清民国的历史变迁，改朝换代的名人轶事，他可以一桩桩一件件讲得头头是道，不少诗词戏文他能够背诵。他满肚子的神仙鬼怪故事，名人名胜的传说，更是子孙辈夏日河堤上、冬季炕头上百听不厌的精神食粮"①。在家庭内部，讲故事，特别是隔代讲故事，是娱乐，也是教化。就是在20世纪六七十年代以前，这样的情形依然鲜活存于乡村家庭。与此相比，城里人娱乐活动要丰富些，接受信息的机会和途径要多些，如此的讲与听，虽有所弱化，但也比比皆是。而在公共空间，比如晒场上、老槐树下、巷口、公园里，人们闲散地围在一起听故事。这些讲故事的，都是业余的，许多时候，他们又会听别人讲故事，成为倾听者。角色的轻易转换，使得生活化更为鲜明。在实际生活中，不少"说故事的人"带有准职业性的特点。一个村庄或某个地域内，总有几个声名远扬的"说故事的好手"。他们肚子里的故事淘不尽，讲起来绘声绘色，是众人追捧的对象。他们除有这方面的天赋外，也在自觉意识下进行故事的收集储备和创作。

职业讲故事说书的有两种，一种是流动的，走乡串村，开始以讲故事谋生。"韩起祥（1915—1989），民间说书艺人，出生于陕西横山。3岁失明，10岁丧父，13岁开始学说书，从此走村串乡，为农民群众演出。他具有惊人的记忆力，30岁时即能说很多长篇大书，但他与众不同之处并不是这些。说书是陕北民间非常流行的口头文学之一种，农民把说书艺人请到家里去，男女老少围坐在炕上，听那些古今故事的叙述。陕北农村几乎所有的老百姓都把说书人请到家里说过书，因为在陕北，说书既是一种消遣，又作为一种'敬神''还愿'的方式，因此它实际上是民众信仰生活的一部分，也正是这个原因，它能在陕北民间长期存在，而且说书人数量很多。"② 陕北这样的现象带有很强的普遍性。像韩起祥这样的说书人，是乡村在静态下接受流动的重要方式之一。另一种是在固定的场所，并逐渐成为职业说书人。到宋代发展出瓦舍勾栏，说书人的职业化已比较成熟，并成为文

---

① 管谟贤：《莫言小说中的人和事》，《大哥说莫言》，山东人民出版社2013年版，第14页。

② 韩起祥：《刘巧团圆》，海洋书屋1947年版，第140页。

化经济的一分子。老舍曾经生动地描绘过民间说书的场景："在宋朝，无论城乡，无论大街小巷，常有大群大群的听众，眼睛瞪得大大的，聚精会神地倾听说书人讲述中国过去真实的或传说中的人物的英雄事迹或冒险传奇。"他还特别强调："时至今日，街头说书人在中国仍然存在，人们可以在中国各地看到他们在兴致勃勃的听众包围中讲故事。"① 是的，在相当长的时间里，书场、书馆呈蓬勃之势，说书艺人也渐成庞大的群体。

近年来，随着经济的发展，人们过去那种经常性的聚焦已渐渐成为回忆。村庄里的人少了，城里人的生活更多彩了，过去那种听故事的场景，也被几个老人一起聊天所代替。老人与孩子间的关系似乎多数也如两条河，老人即使想讲故事，孩子也不爱听了。信息新的交流、传递方式的更新换代，人们生活方式、交际模式的大幅度变化，说书和听书的空间被无限挤压，说书人的形象渐渐模糊。无论在家庭还是公共空间，讲故事与听故事之间出现了传播的断裂。网络兴起后，架设了新的通道，造设了新情境，在虚拟世界回应了说书人的现实。

为了便于论述，我们将讲故事的人和说书人统归于广义的说书人。同时，将说书人限定于以原创或原创行为、改编程度为主要成分的说书人。事实上，他们基本上也只是业余与职业的区别。无论是生活化的业余说书人，还是职业说书人，除去不创作只复述的，原创作者和改编者其实所占比例也是不小的。仅以职业说书人而言，他们的民间性也是显而易见的。他们就生活在民间，或者说，他们就是民间的一部分。这应该是不需要论证的事实。

稍加梳理，我们可以看出网络作家与说书人的身份有着众多的重合之处。一是他们的身份同根同源，是基于文化血统的生活进化。二是他们与受众都保持着最大限度的"亲密关系"，有着自然而然的亲和，属于同位的流动，同处于民间，是民间生态整体之中不可切割的一部分。三是他们都处于文化生活的坚实底部，是大众文化生生不息的支撑性力量，在文化传承、普及、启蒙以及娱乐等方面发挥了最为

---

① 老舍：《现代中国小说》，《中国现代文学研究丛刊》1986 年第 3 期。

广泛、最为基础性的作用，具有其他群体无法替代的独特性。四是在商品经济中，他们都是文化产品的生产者，都形成产业的上游端。在以文学为主要内容和特征的产业里，他们是最大的上游主体，并直接聚合甚至是生成了海量级的受众群体和消费群体。

如上所述，网络作家其实就是当代说书人，是说书人从历史深处一路走来的身影。重要的区别只在于，说书人在生活现场以个人形象进行立体性的真实展示和直观的表演；而网络作家把语言、表情、姿势等都转化成了文字，但语言的生活化和通俗化被保留了下来。网络作家在网的这一端，面对想象中的读者讲故事，只是消解了说书人那样的表演。当然，网络作家与说书人的年龄有着较大差别，网络作家以年轻人为主，而说书人以中老年偏多。这会影响创作冲动和行为的激烈程度，但未涉及本质性。

二、真诚的守门人：网络作家创作行为的民间性

创作者身份具有本真的民间性，并非就能创作同等民间性的文学。"民间"是 20 世纪 90 年代由陈思和在《民间的浮沉》和《民间的还原》两篇论文中系统提出的。他认为"民间"是一个多维度、多层次的概念，主要具有三个特点：1. 它是在国家权力控制相对薄弱的领域产生的，保存了相对自由活泼的形式，能够比较真实地表现民间社会生活的面貌和下层人民的情感世界。2. 自由自在是它最基本的审美风格。民间的传统意味着人类原始的生命力紧紧拥抱生活本身的过程，由此迸发出对生活的爱和憎、对人生欲望的追求。3. 民间的传统构成了复杂的民主性的精华和封建性的糟粕相杂糅的状态，很难对它做一个简单的价值判断。"民间性"正是针对这些特点而言的。① 与此近似的是西方将文化区分为大传统和小传统。大传统是代表国家意志的上层文化或精英文化，"它的背景是国家权力意识形态方面的控制

---

① 陈思和：《民间的浮沉：从抗战到"文革"文学史的一个解释》，《新文学整体观》，广东人民出版社 2018 年版，第 271 页。

能力"。小传统则"往往是国家权力不能完全控制，或者控制力相对薄弱的边缘地带"，能够葆有自己的审美和伦理道德判断，是"具有原始的自在的文化形态"。① 绕开话语权的强势控制，从原生的欲望出发，保持冲动的生活强度，自在行走于广阔的自由空间，自在言说自身的立场和价值，当是文学民间性的本质所在、关键所在。

民间，是文学的起源地，也是文学最初的生存和发展的地方。后来的通俗文学是原生态文学的一种发展形式，但实质上因为写作者的缘故和立场精神的纯度，这样的相似，已经是"仿民间性的文学"或只具备民间性文学的某些外在形态。通俗文学的写作者，有相当大的一部分不具备民间性的身份，只是力图回归或接近民间身份在写作。站在民间立场，与本就在民间立场之中，有着根本性的差异，正如"为百姓写作"与"身为百姓写作"完全不同。纵然是通俗文学，但在发表和传播过程中受到权力或精英的把控，那么其精神气质已不再是民间性。换而言之，是否享有最大可能的自在性，是否富有质地纯正的民间精神，才是判断文学民间性的基础性标准。民间文学如果只着重于生存的物理空间和叙述的民间腔调，那么与民间性文学也是有质的差别。我们应该看到，口口相传的故事以及在民间自在生长的文学，远离庙堂的制约，仍在坚守中执着前行。说书人便是这原生态文学的守门人。与说书人一脉相承的网络作家，在创作行为上自然也与说书人有着同质化的民间性。与人人都是潜在的讲故事者相对应的，是人人都可以成为网络作家。网络作家的创作与说书人一样自由，没有门槛，没有限制。网络精神与民间精神具有高度的同质性。换而言之，网络精神是对民间精神的场域转移。这是网络文学横空出世的根本原因。而网络的出现和发展，只是技术性、物质性的诱发和催动。欧阳友权认为"网络的最大特点是自由，文学的精神本质也是自由，网络之接纳文学或者文学之走进网络，就在于它们存在兼容的共振点：自由。可以说，'自由'是文学与网络的最佳结合部，是艺术与信息科技的黏合剂，网络文学最核心的精神本性就在于它的自由性，

---

① 陈思和：《民间的浮沉：从抗战到"文革"文学史的一个解释》，第264—265 页。

网络的自由性为人类艺术审美的自由精神提供了又一个新奇别致的理想家园"①。由此，邢小群做出这样的追问："传统媒介文学和网络文学，谁更能接近个体心灵的本身？最初的文学，不管是源起于关关雎鸠，还是源起于杭唷杭唷，不就是自由随意地表达出来的么？那时谁还会想到求得什么名利？比起投稿——筛选——编辑——出版——发行——评奖——成名作家，这套现行的文学体制，网络文学难道不是返朴归真？"② 显然，这里的"真"，就是文学的原生态，就是说书人所坚守的民间性文学和故事的立场与精神。

网络作家身上都具有浓郁的民间气息，在民间立场上，以民间的方式，在民间内部参与和成就文学。他们的个人表达与为群体代言，存在于同一有机体之中，对于文学的民间精神没有流失和异化。

在具体创作中，网络作家也在虚拟空间呼应说书人讲故事的口语化和生活化。正如万建中所言："网络写作带有民间口语的书写特征，写者总是在努力保持'说话'或'聊'的在场效果。"③ 网络作家力求把故事讲得通俗易懂，讲得好玩好听。娱乐大多数，是他们共同的目标。正因为如此，网络文学在抵近平常生活和心头梦境两个向度，最接近生活的本真，最应合民间的叙事审美。

网络文学书写语言、方式以及阅读上的平易近人，与纯文学看似有着俗雅之分，与通俗文学在叙述层面和接受审美等方面有相似之处，但网络文学在立场和精神上具有纯文学及通俗文学无法替代的价值。在社会功能层面，网络文学与纯文学是客观存在的互补关系，但作为文学本身而言，网络文学又是相对独立的生命体。在文化发展和历史进程中，使命无高下之分。就好比纯文学是人的双手，网络文学是人的双脚，只是在人的生命中担负的功能不一样而已。网络文学与纯文学，是由创作者构建的两种不同的生态，并没有可比性。因为我们至今并没有建立一套独立于这两种文学之外的评价系统，所谓的比较，都是偏向于某一种样式的价值体系标准。由此，形成了网络文学

———————

① 欧阳友权等：《网络文学论纲》，人民文学出版社 2003 年版，第 147 页。

② 邢小群：《网络文学是啥东西》，转引自郭炎武、王东：《歧路花园中的幽灵狂欢——论网络对创作主体的三种影响》，《社会科学》2001 年第 9 期。

③ 万建中：《民间文学引论》，北京大学出版社 2006 年版，第 163 页。

与纯文学的对立甚至是对抗。这样的比较缺乏应有的科学性，是不公正的、无效的，会影响文学大生态的发展，阻碍两种文学间的交流和互助。

三、世俗的修行者：网络作家传播情境和受众模式的民间性

说书人的讲述场所，既有相对封闭的家庭内部空间，也有开放性的田间地头和瓦舍勾栏。虽然场所有别，但相同的是讲述者与听众总是面对面，可以进行全程性、全景式的直接交流互动。讲述者通过观察听众的表情、话语、肢体动作等获取相关信息，并及时做出调整。而听众常常会打断讲述，干涉和左右接下来的讲述。许多说书人在平时也善于搜集别人对自己讲述的方式和内容的意见与建议，并做出"对胃口"的变动。当然，说书人的妥协总是有限的，不触及本质，以双赢为主要收获。离场的多数是"持不同兴趣者"，对说书人不会产生致命的现实结果。

贴吧、论坛、留言板等虽是虚拟空间，但网络作家与读者之间以文字、语音等电子化手段再现了说书人的在场情境。虽然有着现实与虚拟之别，但营建的"共情时刻"效应是相近的，有着本质特征的一致性。这是网络文学创作的重要程式，也是网络作家真实的写作状态。"网络真正的力量在于互动性。因为互动性创造了社区并且联合全社区内的使用者；互动性让人们对作品、主题、趋势和当中的想法产生兴趣，同时让作品有生命，不断进化，维持使用者的参与程度。"[1] 因为网络的无限可能，受众（粉丝）突破了传统的空间和时间的限制，在参与的广泛程度和单位时间里的量级等方面，借助网络得到了不可想象的提升。而在路径和方法等方面，更呈现了前所未有的壮观景象。在互动形式上，以点对点、有限公开或完全开放的方法就有"点赞或打赏""推荐、分享""催更""探讨、质疑或纠正""批评""续写""接龙和超文本"等。这不但覆盖了网络文学生成的全过

---

① ［美］约翰·布洛克曼：《未来英雄》，海南出版社 1998 年版，第 243 页。

程，而且对网络作家的情绪、心理以及具体的创作策略、目标向往等有着无处不在的渗透。

无论是说书人还是网络作家，他们以及作品与受众的聚合，在极其自然之中建立起精神上的命运共同体。这是传播情境和受众模式的灵魂所在，也是民间性得以彰显独立和生命力持久强劲的根本原因。以下几个方面，是这一命运共同体的特征。一是身份意识和立场及精神诉求，具有高度的统一性。受众因为真切地喜欢某一作品（类似的情况还有，一些人因为喜爱某个说书人或网络作家，成为纵情式、冲动性的拥趸）而形成小群体小圈子，共建带有趣缘性的精神家园和灵魂栖息地。在价值取向、审美接受等方面志趣相投，是"人以群分"的完美践行。二是所有受众对作品都满怀期待，其互动总是积极的、具有建设性的。动机上的纯粹，使得他们在遭遇方法等技术层面的冲突时，最后也能心甘情愿地和解。三是对于书写的诉求，是基于坚守立场、更充分表达精神这一原点。在很大程度上，这是在为创作者"不改初心"和"尽善尽美"保驾护航。

在这一命运共同体里，创作者的个人意志处于主导地位，这由他及作品的魅力产生，而受众的"臣服"是主动而积极的。尽管因为喜好不同，类型化小说受众不同的群体，抑或不同的创作者之间的"群"，常常是闭合的，彼此间有抗衡甚至呈"敌对"之势。但无论是说书人的现实生活还是网络作家的虚拟空间，如此近似江湖义气的牢固而和谐的关系，激荡共情性的蓬勃生命力。

从更广泛的意义上考察，受众偏爱的多是题材、类型及讲述手法等，其"爽点"来自故事的可读性和人物形象的神奇且可亲。而在普遍性的立场和精神上，在进场时已经充分认可，因而具有亲缘关系。也就是一个个小群体，如肢体和器官一样共同参与建构了"民间"这一生命体。因为受众如此这般地参与，沐浴其中的网络作家和网络文学，水平和作品质量在上升的过程中产生了个性化的抗体，内在的丰富和正义大多呈排他性的成长风景，从而坚定地走在既定的理想之路上。这其实也是网络文学发展的原动力之一，并在发展过程中显示了强大的惯性。

网络作家的民间身份，特别是精神上的民间身份，其行为的原汁原味的民间性，催生并渲染了网络特有的传播情境和受众行为模式的民间性。其所迸发的力量，是网络作家之所以为网络作家重要的原生力，自然也是网络文学从出世到当下的原生力。这样的原生力，对于类型化小说的作用更为显著。我们甚至可以认为，正因为有这样的原生力，类型化小说才得以从弱小到强大，继而在当下的网络文学中处于高原地带。

同样，如此原生力的源泉得益于民间性的朴素情怀以及与生命纯真的欲望。也正因为如此，网络文学助力大众在虚拟世界狂欢，打开了生活的另一个空间。这既是对现实的延伸和补充，也是在心灵层面上的另一种现实生活。如果没有民间性这一血液性元素的滋养，这样的情境将是苍白的、无血色的，网络文学也会因此而缺乏足够的生命力和精神光华。认识到这一点，我们对未来网络文学的期待会更加清晰。

（原载《粤港澳大湾区文学评论》2023 年第 4 期）

中国网络文学 IP 网游兴衰探析

◎王秋实

网络文学与网络游戏始终关联密切。在网络文学进入游戏界视野之前，中国文学已经是中国乃至世界游戏的重要题材来源，如风靡世界的经典单机作品《三国志》《真三国无双》、始终位于手游收入榜前列的《梦幻西游》《大话西游》。这一传统被网络文学承继。近 20 年来，中国网络文学发展迅速，从付费阅读到 IP 产业链开发，渐渐成熟的商业模式运作出巨大的产业价值。而这段时间也恰与中国网络游戏从起步到腾飞的时间吻合。二者相互见证，相互试探着伸出合作手臂，曾经热烈拥抱，也曾经渐行渐远。但无论成绩如何，毋庸置疑的是，中国网络文学与中国网络游戏一直以来都有密不可分的联系。它们相互纠缠，一定程度上互相参与，并塑造了对方当今的形态。

网络游戏从叙事结构、世界观设定、题材类型等多方面影响了中国网络文学的呈现样式。由于二者同样诞生于 20—21 世纪之交，是中国互联网拓荒期的重要内容，网文作者、网文读者和游戏玩家身份相互交叉，大量的游戏经验因此被借鉴和迁移到了网络文学内容中。例如"升级文"的主线叙事结构是 RPG 游戏（Role Playing Game，即角色扮演游戏）"升级打怪"经验最直接的映照。在设定上，"系统"概念的介入、"无限流"的诞生、"重生"的设定，后面还有"存档/读档""任务发布系统"等游戏机制的影子。"主线""支线""NPC""副本"等叙事元素的指称方式，也都直接沿用了游戏固有名词。再到后期，"网游文"直接变成网络文学中的一个重要题材类型，并诞生出如《全职高手》（蝴蝶蓝）这样的现象级作品。网络游戏始终是网络文学的重要内容，并随着游戏玩家数量的增长、游戏文化的频繁破圈、网文作者向 Z 世代主体迁移等因素，可预见网络游戏将越发深刻地影响网络文学的未来形态。

网络文学同样深刻影响着中国网络游戏，其中最主要的形式即 IP 改编，是本文的论述重点。作为 IP 产业链的重要一环，网络文学 IP 在游戏改编上，相较于影视、动漫的优异成绩，总体相对不尽如人意。本文将回溯网络文学 IP 的游戏化历程，阐述从端游（客户端游戏）、页游（网页游戏）到手游（手机游戏）三次网游主体类型更迭中网络文学 IP 的介入契机与参与情况，从 2007 年后无来者的开端作品《诛仙》，到手游与网络文学先合后分的如今，结合当时的时代背景、市场形势与研发操作实际，分析二者渐渐疏远的原因。

一、疏远的当下：中国网络文学与中国网络游戏不复热络

网络文学与网络游戏实际早已从双方市场中"退却"多年，这与影视、动漫等 IP 市场差别较大。自 2014 年引爆 IP 热潮以来，网络文学成为如今文娱市场的重要内容源头。在影视方面，近 5 年，网络小说改编的影视剧超 600 部。在动漫方面，2020 年，播放量排行前 10 的国产动漫中，由网络文学改编的作品有 8 部。[①] 随着全产业链延伸开发，网络文学 IP 改编的成绩非常容易令人迷失。一时间，谈及 IP 运营，人们非常乐观地将影漫游等下游产业习惯性"打包"，但这是一个非常有误区的惯性。实际上，在游戏行业中，网络文学 IP 并没有复刻其在影视与动漫领域的改编盛况。更确切地说，网络文学改编网游的盛况早已"不再"，它们曾经热络过，但如今已渐渐疏离。

行业数据可以证明这一"退却"趋势。据中国音数协游戏工委联合伽马数据发布的《2020 年中国游戏产业报告》与《2020—2021 移动游戏 IP 市场发展报告》显示，2020 年，中国移动游戏市场（手游）

---

① 郑海鸥：《弘扬正能量　作品有流量》，《人民日报》2021 年 12 月 5 日第 2 版。

实际销售收入达到 2096.76 亿元，占游戏市场总收入比重达75.2%，①手游已成为中国游戏产业的支柱品类。2020 年国内 IP 改编移动游戏市场规模达到 1243.2 亿元，占手游总市场的 59.3%。②但在收入前 100 的头部移动游戏产品中，仅有 9% 改编自小说 IP。在这 9% 的占比中，还要去掉《梦幻西游》《天涯明月刀》《天龙八部》《大话西游》《三国志》等营收强劲的经典文学及武侠 IP 游戏，实际网络小说 IP 游戏的占比更小，估算不足 3%，大多还是存续多年的老作品。在《2021 年中国游戏产业报告》中，虽未提及 2021 年 IP 改编游戏的具体产值，但其颓势从份额占比上也可窥一斑：2021 年虽有《斗罗大陆：魂师对决》与《梦幻新诛仙》两个网络文学 IP 的头部作品上线，但在收入前 100 的头部移动游戏产品中，小说类占比仍稳定在 9%，不进不退，说明二者拉动作用有限，难掩颓势。③网络文学近年已不是网游题材的最佳选择。

但网络文学与网络游戏曾经热络过，从端游《诛仙》开始，到页游的流行，再到手游前期的繁荣，在每一个网络游戏的发展节点，网络文学都曾深度参与过。尤其在 2014 年前后，二者有过 3 年左右的"热恋期"，此阶段大量的网络文学 IP 被改编成前期手游，但密集的合作热情且盲目，在二者都未成熟之时诞生并迅速催化，最终泡沫破裂，一地鸡毛。后来经过两次版号寒冬，版号成为游戏开发链条上最珍贵的资源，很多开发商甚至不再给网络文学机会，拿珍贵的版号做新的 IP 改编尝试。直至今日，我国自研游戏已经走上了自创 IP 并精品化的路线，大量二次元题材与弱题材休闲游戏已成自研游戏新潮流。在这个局面下，网络文学在网络游戏界的存在感进一步降低，二者基本上已走上完全分道扬镳的道路。

① 伽马数据：《2020 年中国游戏产业报告》，2020 年 12 月 17 日，https://mp.weixin.qq.com/s/2NIH7ruN4_UhcOduyviJeA，2022 年 6 月 15 日。

② 伽马数据：《2020—2021 移动游戏 IP 市场发展报告》，2020 年 12 月 2日，https://k.sina.cn/article_3231588240_c09e1f90001012v14.html，2022 年 6 月15 日。

③ 伽马数据：《2021 年中国游戏产业报告》，2021 年 12 月 17 日，https://mp.weixin.qq.com/s/X5zAIEFVKW4EKPZHtElGDg，2022 年 6 月 15 日。

二、"换皮"的惯性：IP 的工具性定位与网络文学 IP 网游的畸形发展史

本文认为，网络文学 IP 网游的失败，主要应归因于网游研发界独有的"换皮"模式。这是网游行业不同于其他媒介的、独有的开发模式，它的"效率"曾为 IP 网游带来无可比拟的繁盛发展，但其局限与后续难以扭转的"惯性"，也使其最终滑向衰落的终局，留下与其他 IP 市场截然不同的命运轨迹。

"换皮"是游戏研发行业内惯称的一种极有"效率"的游戏开发方法，即不设计新的玩法与内容，而拿来市场上已经被验证成功的游戏产品，复刻其核心玩法、系统架构、数值设计等里层设计，再根据 IP 内容，重新调整游戏美术、剧情文案、NPC 与道具名字等表层设计，生产出表面样子不同而实际游玩体验极度一致的"新游戏"。如果复刻的是自家研发的其他游戏，甚至会原封不动地复制游戏程序代码，免于重新搭建工程、功能测试等环节，急速包装出"新游戏"并助推上线。此类开发方法被业内统称为"换皮"。"换皮"做法可以大幅减少游戏研发的设计难度、研发成本与开发时间，同时大幅减少设计风险，是在商业考虑上极为"划算"，但对游戏行业长久发展极为不利的一种开发方式。

"换皮"开发方式贯穿了中国网游发展迄今为止的全过程，从端游时代"成功尝试"后，在页游时代"发扬光大"，并在手游时代前期促成虚假繁荣的"盛况"。而 IP，尤其是网络文学 IP，则在不自觉间成为此类开发方式最大的推手。在中国网游史中，IP 的定位始终是工具性而非内容性的，这造成了 IP 网游的畸形发展，也最终导致了网络文学 IP 的污名化与二者的渐行渐远。

下文将梳理网络文学 IP 是借何种契机、以何种方式与程度，参与端游、页游、手游三个阶段网络游戏的发展进程的，并分析网络文学 IP 是如何从《诛仙》开始，坐实了自己的"工具性"定位，从而一步步踏入"换皮"的虚假繁荣，最终为"换皮"的惯性所累，无法

脱身，走向衰落的。

（一）2007："换皮"肇始——巅峰与瑕疵的开局《诛仙》

网络文学尝试性的游戏改编始于 2007 年的端游《诛仙》，这是网络游戏与网络文学的第一次牵手。这次牵手实际上是彼时开发商完美世界迫不得已的战略选择，有一定的偶然性，但《诛仙》巨大的商业成功却为二者后续的合作打开大门，带来未曾预期的热度，以及隐患。

《诛仙》诞生于自研端游的上升期。端游即客户端游戏，玩家需要下载游戏的应用程序（客户端），并在客户端中登录自己的游戏账号进行游玩。端游是我国网游的初始形态，远早于页游与近年风靡世界的手游。网游界普遍认为，2000 年的《万王之王》是我国第一款真正意义上的端游，其后，来自韩国的《千年》《龙族》《红月》，即玩家戏称的"远古三神兽"，点燃了我国的端游火种，直至 2001 年 11 月，网游里程碑式的传奇作品《传奇》由盛大代理进入中国，中国进入端游的黄金时代。2005 年，暴雪《魔兽世界》上线并传入国内，其宏大的世界观设定、丰富深邃的剧情体验、可玩性极大的职业和阵营体系，使其成为全世界 MMORPG（Massive Multiplayer Online Role Playing Game，即大型多人在线角色扮演游戏）的经典作品。受到《魔兽世界》的强烈影响，2005 年后，中国游戏厂商开始大量产出自研 MMORPG 端游，《诛仙》便是在此时应运而生。

以现在的眼光看来，当年《诛仙》在优秀的美术表现之外，其内在玩法等方面独创性不高，可以说开"换皮"游戏之先，但事出有因。《诛仙》是开发商完美世界的救命之作，从立项到完成再到后续版本更新，都充满了无可奈何的妥协。2005—2006 年，完美世界上线了两款精品 MMORPG 游戏，即《完美世界》与《武林外传》，成绩斐然，即将跻身一流游戏公司行列。但由于大型端游研发周期长、消耗大、回本较慢，继续拓展产品线则面临资金、人员不足等境况，完美世界的母公司洪恩教育实力有限，资金支持即将断裂，完美世界生死存亡之际，亟须上市融资。为了达到这个目标，完美世界需要在极短的时间内做出一款"爆款"新游戏提振投资者信心，助推上市，《诛仙》便承担了这个艰巨的使命。要在短时间内用低成本做出大型端游，还需要吸纳大量玩家，成为爆款，这有悖正常的端游研发规律。彼时的完美世界只能做出两个决定：其一，复用《武林外传》经过验证的数值和玩法体系，复用程序代码，只重新制作部分美术资源，即后来臭名昭著的"换皮"做法，以大幅度压低研发成本与研发时长；其二，选择一个受众广的内容作为游戏"噱头"，大量吸引非游戏玩家前来体验游戏，这就是游戏界最初始的"IP"概念。完美世界选择了当时国民级的网络小说《诛仙》。

《诛仙》在商业上如期获得了成功，提供了"经典"的IP改编方法，但这个开局却也葬送了完美世界的前途。在热烈的端游市场中，依靠在当时较高水准的美术和技术优化、对《武林外传》优秀的玩法设计和付费手段的复刻，以及原著的光环加成，《诛仙》在老端游玩家之外，吸引了大量尝鲜的原作粉丝成为新端游玩家，一举成功并连续运营10余年。诛仙IP与完美世界的合作甚至延续至今，2021年还有《梦幻新诛仙》等新作上线，并营收不菲。当年完美世界也凭《诛仙》敲响纳斯达克的钟声。但是，光鲜的外表下暗藏着危机。"换皮"的做法让完美世界尝到了甜头，这种低成本、低风险、高盈利的模式误导了高层的决策，使他们不再付出成本进行探索创新。完美世界后续扩张规模，陆续研发数个MMORPG端游，如《神鬼传奇》《神魔大陆》等，均为换皮之作，但再未获得《诛仙》般的成功。后来核心工作室祖龙出走，完美世界更加失去创新能力，经过10余年平庸的运营，渐渐式微，十数年间从中国首屈一指的一线研发厂商沦落到二线厂商。

更可怕的是，《诛仙》将这种"IP＋换皮"的风气扩散到网游研发行业中，为IP网游未来发展埋下巨大隐患。在《诛仙》之后，很多端游开发商看中了网文"IP化"的成效，也想复刻《诛仙》的成功之路，在2010年前后，《飘邈之旅》《星辰变》等网文也纷纷改成端游，但全都远不及《诛仙》的成绩。很多此类改编游戏照搬《传奇》《诛仙》等端游的数值与系统设计，美术包装也落后于时代，在3D端游的浪潮下仍延续着2D开发。在《天龙八部》《剑网3》等后续高水准端游的同台竞技下，这些粗制滥造的IP游戏并没有竞争力，网文的粉丝并没有形成有效转化，原端游玩家也并不买账，最终这些游戏营收惨淡，甚至没有在端游发展历史上留下名字。除此之外，还有一些 IP 端游胎死腹中。端游制作周期大多长达 5 年以上，早期端游甚至往往从自研引擎开始，无论在技术上、资金上还是人员上，投入都很巨大，研发门槛较高。而游戏行业风起云涌，5 年时间足够发生很多行业风向上的变化，很多厂商与研发团队耗不起漫长的开发周期，其在研项目也纷纷流产。如今回顾，在中国端游发展史上，网文 IP 端游中，有且仅有《诛仙》留名。

完美世界的《诛仙》是第一部网络文学 IP 改编游戏，前无古人后无来者，无论从商业价值还是从玩家口碑上，在网文 IP 改编端游，甚至网文 IP 改编游戏的历史中，都是独一无二的存在，可以称得上一句"开局即巅峰"。但《诛仙》同时也是个有瑕疵的开局，直接引向了一条邪路。我国网络文学 IP 改编游戏从这时开始，便始终难以摆脱"换皮"所带来的失利阴影。开局即巅峰，往后均是下行路。这是称赞，亦是遗憾。

（二）2009—2012："惯性"的形成——"换皮割韭菜"的页游时代

2009—2012 年是端游与页游两种游戏模式双雄并立的几年，二者玩家的交叉度不高，各自发展。其中端游是长线运营模式，出于玩家的高度黏性，一直到 2018 年前后玩家代际大幅更迭才渐渐衰落。而页游则在这几年中呈现出爆炸式的发展态势，后又被迅猛发展的手游全面打败。在这短暂的爆发期，页游并没有实现精品化与长线运营，而选择了急功近利的"换皮割韭菜"短线盈利模式，而网文 IP 则不自觉地成为这一模式的最大推手。"IP＋换皮"模式，从《诛仙》开始，经过页游市场这几年的高度流行，更是深深烙印在中国网游研发的骨血中，成为某种可怕的惯性，为日后 IP 手游的虚假繁荣与其泡沫的最终破裂埋下灰暗的引线。

页游即网页游戏，玩家无须专门下载游戏专用客户端，只需进入游戏网页登录游戏账号即可游玩。此类游戏依靠 flash 技术，体量较小，因为不用客户端，玩家接受门槛极低，极易引流。2008 年之前，中国网游基本全被端游占领，只有少数 SLG（Simulation Game，现特指回合制策略游戏）页游从德国等地引入中国。随着 flash 技术的进步，在 2008 年，4399、91wan 等厂商联合运营了一款爆款页游

《热血三国》，充分发挥了页游的引流优势。高额在线率和营收使游戏行业看到页游的潜力，资本的整合也畅通了利益分配渠道，因此 2009 年以后，大量的国产页游如雨后春笋般涌出，且网文 IP 的页游占据多数。2009—2012 年，大量的网文 IP 被改编成页游。起点中文网甚至背靠盛大游戏自己做起了网文的页游改编。彼时起点月票榜前 100 名的网文几乎都推出过页游，起点首页充斥着页游的广告。

网文 IP 改编页游在这一时代呈现井喷式爆发有两个原因。其一是页游开发大量转向 ARPG（Action Role Playing Game，即动作角色扮演游戏）模式，这个趋势为网络文学 IP 的页游化提供了良好的土壤。ARPG 是即时制战斗模式的角色扮演游戏，相比回合制战斗，ARPG 游戏的角色模型有大幅度的战斗动作，伴随怪物夸张的受击特效①和即时伤害数字②反馈，玩家"升级打怪"的代入感更强。页游厂商熟谙玩家心理，将高暴击③伤害数字和升级特效④做得非常突出，契合网文"升级—打怪—升级"爽点，而且页游极度夸张的战斗掉落⑤亦完美契合小白文"战斗—收获"的爽点，二者的爽点一致，一拍即合。

除了 ARPG 游戏模式的适配之外，IP 改编页游呈井喷式产出的第二个重要原因，是页游极低的研发门槛和"换皮"制作方式的高度流行。与内容量大、开发周期极长的端游不同，页游依托成熟的 flash 技术，可以做到通过批量替换资源快速复制，即以同一套底层代码和系统设计，换上不同的剧情文本、NPC 名字，并微调美术资源，可以快速制作出不同的游戏。页游的"换皮"比前些年端游的"换皮"要

---

① "受击特效"指游戏中怪物受到玩家角色攻击后，伴随受击动作和受击音效而播放的被打击光效。

② "即时伤害数字"指游戏中玩家角色攻击怪物后的一瞬间，在怪物头顶所显示的本次攻击数值。

③ "高暴击"指游戏中有概率出现的、攻击数值额外高出平常的攻击行为，该行为的出现由暴击率决定，但通常有运气成分，是游戏的爽感来源之一。

④ "升级特效"指游戏中玩家角色积累的战斗经验集满后，角色升级时所播放的带有鼓励和庆祝性质的特殊光效。

⑤ "战斗掉落"指游戏中玩家角色击败怪物后，怪物尸体所掉落的装备、宝物等战斗奖励，该奖励通常由击败者获得。

容易且快速得多。页游当道的这几年，是我国"换皮"游戏最繁荣的时代。一款 IP 页游可以通过短短几个月的时间，就套上另一个 IP 的"皮"，变成另外一款 IP 页游。几年内页游换了几百个皮，促成了廉价的繁荣盛况。

"换皮"式的制作带来 IP 页游数量上的暴涨，但实际上是一种竭泽而渔的做法，造成两个恶劣后果。其一是"短期付费体系"与"短寿页游"的相互作用。快速的研发周期和廉价的研发成本，使页游运营商并不珍惜游戏和 IP 本身。换言之，他们预期并决定了游戏的短寿，设计以短期利益为主的付费体系。他们引导出以付费水平分层的玩家层级，区分了"大 R""中 R""小 R"① 等"付费玩家"与"0氪""微氪"② 等"平民玩家"，并使高付费水平玩家对低付费水平玩家的"碾压"成为游戏玩法本身，用大量的"平民玩家"给"付费玩家"喂招，成为他们的游戏体验，并以此刺激他们继续付费。页游的主要营收靠的是"大 R"充值并称霸服务器③，然后开新服务器豢养新的"大 R"，大量的普通"平民玩家"新鲜感过后，便被"大 R 玩家"挤压游戏体验而大幅流失，于是游戏合服④，让两位霸主互相刺激消费，这是页游运营的主要策略。几次合服后游戏寿命迅速结束，便换个 IP 的皮重新宣发，继续从头开始。在这种短期付费体系下，IP 和页游全部沦为资本的"工具"，谈不上"作品"。

---

① "R"指人民币，取人民币拼音缩写的首字母，行业内以此代指游戏玩家的付费水平。"大 R"通常指月均付费超过 10000 元的游戏玩家，"中 R"通常指月均付费大于 1000 元且小于 10000 元的游戏玩家，"小 R"通常指月均付费大于 100 元并小于 1000 元的游戏玩家。

② "氪"原指"课金"，后因输入法原因演变为"氪金"并在网络流传。"氪"指在网络游戏中的充值行为。"0 氪"指在网络游戏中不付费的游戏玩家。"微氪"通常指在网络游戏中月均充值小于 100 元的游戏玩家。

③ 服务器原是计算机硬件，但在网络游戏中，通常代指玩家可以进行交互行为的游戏空间单位。网络游戏通常会设立许多服务器，玩家选择其一创建角色进行游玩，但通常仅可与本服务器内的玩家进行互动。服务器游戏内容一致，但数据通常不互通。

④ "合服"指合并服务器。游戏厂商通常在服务器内玩家过少，难以进行交互玩法时，将多个服务器进行合并，迁移数据，将多个服务器本不互通的玩家纳入同一服务器中延续交互玩法。

第二个恶劣后果是游戏体验的极度同质化，IP似有实无。被IP吸引来的网文粉丝在前期体验过后很难留住，他们的"受骗感"强烈。因为页游快速的"换皮"研发方式，市面上所有页游都极度同质化，类似的场景、人物、特效、音乐，与几乎一模一样的系统和数值模型，使玩家在不同游戏间的游玩体验极度相似。这些网文IP页游除了角色名字，几乎没有唤起网文粉丝"共鸣"的内容。很多网文粉丝玩过几款以后便大呼上当，纷纷流失。页游如此运营几年，名声江河日下。

页游时代的IP改编实际上只是借网文IP迅速"割韭菜"赚钱，根本谈不到IP生态。网文IP对页游厂商来说，只是起到"广告"一般的基础引流作用，甚至他们开发的游戏往往都与这个"广告"货不对板。在这个时代，还没有诞生IP和产业链的概念，但却埋下了未来几年"IP时代"的失败阴影。在"屠龙宝刀点击就送""一刀999"等粗劣广告中流动着浮躁的资本，短线盈利、换皮开发这些始于端游时代，在页游时代"发扬光大"的错误做法，已难以挽回地变成中国IP网游开发的惯性，并将在日后的手游时代带来恶果。

（三）2013—2016："惯性"的恶果——泡沫繁荣与IP污名化的前期手游

1.手游的兴起与网络文学IP的介入契机

如今，手游已毫无疑问地成为我国游戏界的主体类型。根据《2021年中国游戏产业报告》，2021年中国移动游戏市场实际销售收入2255.38亿元，占中国游戏市场总收入的76.06％[1]。自2017年手游收入全面超越端游以来，二者差距逐年拉大，手游的极高营收也使游戏成为我国的重要产业。然而获得如此成绩，手游只用了不到10年的时间。巨额产值和短暂的发展历程，昭示着这个市场所经历过的激烈和残酷。在这激烈交锋的手游竞技场中，网络文学曾经以"强力盟友"的姿态深度介入过，这是网络文学在游戏行业至今的历史中存在感最强的一段时期。但端游和页游时代积攒下来的隐患也在此时期集中爆发，最终使网络文学IP未尽其能，黯然离场。

---

[1]　伽马数据：《2021年中国游戏产业报告》。

手游市场的爆发始于 2013 年，这与智能手机的普及程度呈正相关。2012 年左右，智能手机开始大规模普及。根据艾媒网数据，2012 年，智能手机的全年累计销量达 1.69 亿部，同比销量增长 130.7%，并预计 2013 年底，智能手机用户规模将突破 5 亿。[①] 而这一年也正是手游市场的觉醒时刻。在 2012 年以前，国内的手游市场已经从初始的触屏游戏（如风靡世界的《水果忍者》《神庙逃亡》等）引进，开始慢慢转向触屏游戏自研，如 2011 年由触控研发并上线，在当年属于"爆款游戏"的《捕鱼达人》等。但总体而言，在 2012 年之前，各大厂商对手游仍属于摸索尝试与筹备阶段。然而毋庸置疑的是，彼时资本方已经敏锐地嗅到了未来智能手机将对人们的生活方式与游戏行业的格局产生怎样颠覆性的改变。在短暂的观望后，2012 年，手游市场已经跃跃欲试，风云将起。这一年已有大量的页游改编成了手游。2013 年，中国手游市场营收 128.2 亿元，同比增长 97.2%，手游时代全面来临，[②] 随后立刻进入泡沫繁荣期。

　　承袭了页游时代的惯性，在手游繁荣期中，网络文学 IP 依旧成为这一"繁荣"最大的推手。2014—2016 年，手游行业经历了 3 年多的 IP 狂潮，网络文学 IP 手游蜂起。其中有三个主要原因。

　　第一个原因是手游非同一般的发展速度与"内卷"市场，创造了网络文学 IP 的介入契机。手游的发展速度比端游、页游都迅速得多，因其在研发上有得天独厚的优势，如成熟的制作引擎 unity3D 的广泛普及，与一年左右相对较短的研发周期。除此之外，更重要的是，2013 年左右正逢移动支付的高速普及期，不同于端游时代的"报刊亭买点卡"和页游时代的"第三方支付网站"，便利的支付手段给了手游付费极其通畅的渠道，可以让开发商和运营商快速回笼资金。这一切使市场疯狂，嗅觉敏锐的资本迅速入局。网易、腾讯等原端游"大厂"纷纷进入手游市场，资本开始整合，各大资本方开始在这片混乱的野生市场逐鹿中原，构建新的规则。2014 年，在资本的强势介入

---

　　① iiMedia Research：《2012 中国智能手机市场年度研究报告》，2013 年 3 月 6 日，https://www.iimedia.cn/c400/36504.html，2022 年 6 月 22 日。

　　② 文化部：《2013 中国网络游戏市场年度报告》，2014 年 4 月 11 日，https://www.mct.gov.cn/whzx/bnsj/whscs/201404/t20140411_751837.htm，2022 年 6 月 22 日。

下，无数小型研发工作室被资本收购，立项无数。仅仅两年，手游便从方兴未艾的新兴"蓝海"，过渡到残酷竞争的内卷"红海"。当"分蛋糕"的人涌来的速度比"做蛋糕"的速度还要快，在这个快速"内卷"的市场，所有研发商都在思考，该如何在浩如烟海的同质化游戏中脱颖而出。于是"IP"这个在端游和页游时代都出过奇招的"法宝"，便在这样的时代背景下重新进入行业的视野。网络文学也便如此，跟方兴未艾的手游猝不及防地迅速热络起来。

第二个原因是竞争环境下的渠道潜规则。游戏渠道通常指网络游戏的分发方，在手游市场中即各类手机应用商店与游戏平台，承载着游戏宣发与"变现"的功能，对研发方话语权极大。而这一阶段迅速诞生的诸多手游也延续了页游"短线盈利"的思路，大多是"换皮"制作的粗劣产品，本身并不具备竞争力，因此是否能搭上"好卖"的渠道直接决定了盈利能力。网游行业中研发方和渠道方的分成比例一向畸形，除苹果渠道固定的 7∶3（研发 7，渠道 3）之外，其余安卓渠道往往是 3∶7（研发 3，渠道 7），甚者达到 1∶9（研发 1，渠道 9），这一定程度上证明了二者话语权的多寡。2014—2016 年，面对手游市场的迅速内卷，IP 成为这些同质化游戏在宣发层面唯一的"区分点"。于是渠道方面对研发商堆到面前的众多同质化游戏，开始形成"无 IP 不推"的潜规则。这迫使诸多研发商对 IP 更加趋之若鹜，网文 IP 因此迅速成为炙手可热的资源，也由此产生了泡沫经济，"天价IP"层出不穷。这也使盛大这个曾经辉煌的文娱公司，这个手握诸多IP 的巨人，发出了陨落前最后的高鸣。2014 年 8 月 1 日，盛大文学召开了首次也是最后一次网文版权拍卖会，8 部热门网文作品一次性卖出了 2800 万元的高价，成为这个"IP 手游时代"最有说服力的注脚之一。

第三个原因是"影游联动"策略的推动。在竞争驱动之外，手游行业的 IP 狂潮也与彼时影视行业的"IP 热"有很大联系。游戏与影视的 IP 流行时段基本同期。到了 2015 年，影视、游戏双端 IP 产品爆发，"影游联动"成为流行的营销策略。这一年，《花千骨》《琅琊榜》《盗墓笔记》等影视剧热播，同时《花千骨》《琅琊榜》《盗墓笔记》手游也同步上线，部分手游营收不菲，《花千骨》甚至达到 2 亿元首月流水。2015 年也因此成为网络文学 IP 手游大年，全年有 40 余部的网络文学 IP 被改编成游戏，网络小说用户向 IP 手游迁移的转化率已接近三成。[①]

2."换皮"研发惯性与网络文学 IP 手游的败落

然而好景不长，IP 泡沫破裂的速度就像它的诞生一样迅速。2015年上线产品的成绩都不持久，连《花千骨》《琅琊榜》《盗墓笔记》《大主宰》等拳头游戏都未形成长线运营，运营首月往往吃到"影游联动"红利，但在首月亮眼的流水成绩后，是后续玩家的大量流失与数据的断崖式下跌，这些网文 IP 手游全部没有存活下来，资本开始警觉并收手。同时，影视行业的 IP 泡沫也开始有破裂之势，IP 剧越来越长，观众对粗制滥造且同质化严重的"IP 注水大剧"开始反感。2016 年继承了 2015 年的惯性，还有大批 IP 影视剧和 IP 手游上线，但由于 IP"供过于求"，二者都已经开始进行"淘洗"。在影视剧行业，网文 IP 开始走上"精品化"道路；但在手游行业，这番淘洗基本洗掉了网络文学 IP，投身端游、日漫等 IP。2016 年，《诛仙·青云志》和《倩女幽魂》赶上《青云志》和《微微一笑很倾城》的影视化时间点进行"影游联动"，再次获得不错的首月流水。除此之外，在当年的网文 IP 手游中几乎没有成绩尚可的产品。这一年，网易《阴阳师》成现象级爆款，带领手游走向二次元潮流，并将这个潮流延续至今。随着玩家代际进一步更迭与流行游戏类型的转换，网络文学 IP 在游戏界从此式微。

网文 IP 在手游市场的自然竞争中败落，主要是未曾预料的高成本和不达预期的低营收之间的缺口，使大多数 IP 手游都没能获得商业成功。复盘发现，从 2007 年《诛仙》开始的"换皮"阴影在其中悄然发生作用，把研发端难以扭转的各种问题摆上台面，并引向失败的终局。

高成本有很多意料之外的因素，如猝不及防炒作起来的天价 IP、大量试错的研发成本、过高的渠道分成等。在这一阶段，手游制作技

---

① 易观智库：《中国网络文学 IP 价值研究及评估报告 2016》，2016 年 1 月 5 日，https://www.analysys.cn/article/detail/15434，2022 年 6 月 22 日。

术以及项目管理刚刚起步，大多数工作室的研发流程、团队架构相对混乱，未形成有效的研发方法论与完整精约的工业管线，这使初期手游的研发周期普遍高于预估。因走了大量弯路试错，研发成本也随之成倍增长。然而在混乱的研发层面之外，更加混乱的是渠道运营层面。如上文所述，安卓系统的发行渠道不统一，初期的渠道发行缺乏监管和秩序，山头林立，极度混乱，霸王分成比比皆是，过高的分成再度挤压了研发厂商的收益。种种原因复杂交叠，导致诸多 IP 项目难以回本。

低于预期的营收给厂商雪上加霜。这涉及一个核心问题，即网文IP 手游并非厂商预想的那样"好卖"，这指向手游产品，即研发本身的问题。实际上，在这一阶段，除了上述几个头部 IP 游戏之外，大部分网文 IP 游戏都沦为"炮灰"，甚至运营时间不足一年便草草关服。即使那些头部 IP 游戏，也都在"影游联动"的运营后力有不逮。这其实只能证明运营策略的成功，并不能证明 IP 手游研发的优秀和产品本身的竞争力。实际上，此阶段大量 IP 手游产品表现不佳，它们在研发上问题类似：制作如出一辙，同质化非常严重；游戏美术风格不突出；游戏玩法与网文内容错位，"IP 化"流于表层，代入感差；诱导充值消费，"平民玩家"难以生存，等等。

IP 手游产品的这些不佳表现都与从《诛仙》到页游流传下来的"换皮"研发惯性有莫大关系。这一失败是"惯性"作用的后果，即使察觉也极难扭转纠正。其背后有两大症结，一是残酷竞争环境下研发团队的被动，二是厂商对网游与网文 IP 适配性的错估。

首先讨论研发团队无法扭转的被动境况。在这个 IP 手游狂潮中，纵使有研发团队立志想要做出从玩法到内容都适配 IP 的精品游戏，几乎也无法实现。在这一时代，研发团队主要面临两个难以解决的问题：设计能力与话语权。

研发团队问题之一：业务结构固化，设计能力有失。在中国游戏的发展历程中，由于盗版与曾经的游戏机销售禁令等外部原因，单机游戏——这在一般游戏史中极为重要的源头一环，在国内经历十数年的缺口，是极度薄弱的。因此，中国的游戏从业者极少拥有单机游戏的设计经验，实际上对游戏设计的理解是相对畸形的。手游发展到

2016 年，仅仅只有两三年的时间，积累远远不足，更多的从业者是从以前的端游或页游中转变而来。而这些"熟手"从业者在先天有失的情况下，其从业期又正好与 2007—2014 年中国网游界急躁的"换皮"时代重合。从"换皮"端游，到"换皮"页游，再到"换皮"手游，某种程度上，他们在游戏设计上根本未曾得到过训练与实践，对游戏的玩法机制、对 IP 内容的呈现方式都缺乏自己的理解。更加可惜的是，他们在这快速"内卷"的手游时代前期，也失去了探索创新的时间窗口、机会和内在动力——手游前期竞品少、利润率高，吸引大量不懂行的厂商来到这个"人傻钱多"的新市场"分蛋糕"，这些新厂商与新资本对网文和游戏二者的认识均不足，在短暂的竞争周期内投资买来 IP，只为求快抢得先机，便招募"熟手"团队迅速产出游戏快速变现。在几年行业氛围的熏陶下，国内大量研发团队的业务技能就是"换皮"。在厂商不停的营收压力和追赶"影游联动"的排期压力下一次次熟练地"换皮"，不管厂商买来的是什么 IP，他们都会套上自己熟练掌握的那一套系统玩法和程序代码，生产出一个个表面看似不同，实际游玩体验完全一致的游戏产品，业内俗称"套娃"。这是"换皮"惯性恶果之一。

研发团队问题之二：项目内部话语权普遍低下，使"换皮"模式不适配 IP 内容。这涉及游戏与 IP 内容体验错位的问题。上文所言的这些"套娃"手游不光体验同质化，其游玩体验还通常与 IP 内容极度错位。如《盗墓笔记》的改编手游根本没有原著粉所期待的盗墓、探险、解谜等元素，而是简单的数值对撞类卡牌手游，只是卡牌形象和名字换成了《盗墓笔记》角色；《花千骨》的改编手游则没有女性读者所期待的恋爱、剧情向养成等元素，而改成了相对更男性化的ARPG 动作手游等等。这通常是 IP 洽谈合作期间，研发团队缺少话语权而导致的。如上文所言，受限于极其短暂的开发周期要求，"换皮"是此时改编的主要手段，没有什么"改编技法"可言。而研发团队通常只能掌握一类"皮下模型"，即某种固定的游戏类型。在游戏研发行业内，不同的游戏类型之间壁垒较大，一个成熟的研发团队和制作人一般只深耕一或两类游戏品类，跨品类研发可以说是"隔行如隔山"，付出的时间成本和项目风险成倍增长。因此，在 IP 合作洽谈期，选择与既有"皮下模型"相适配的 IP 是关键。然而在此环节上，当年研发人员的话语权通常极为低下，甚至不会参与，决定买下什么网文 IP 的往往是厂商的决策层与运营层人员。如同绕开单机设计训练而"自学成才"的换皮研发团队，当时的运营团队也是"摸着石头过河"，少有对改编适配度的敏感和对研发操作可行性的自觉，他们的考虑重点多为 IP 的热度、价格、影视排期等因素。因此在 IP 膨胀的手游前期，"改编技法"和"适配度"的问题在话语权中出现了错位，懂行的人不能决定，决定的人不懂行，等 IP 买来木已成舟，研发团队通常只能硬着头皮"改编"，将网文 IP 生硬地套进"皮下模型"，于是就出现了只换 NPC 名字，游戏内容与 IP 内容完全不相关的情况。这在原著粉丝群体中产生了极大的副作用，他们普遍认为自己被欺骗，被"割韭菜"。此类手游严重消费原著，伤害原著魅力，只是"圈钱"之用。这是"换皮"惯性恶果之二，也是前期 IP 手游污名化的主要原因之一。

3.网络文学与网络游戏并不"天然适配"

游戏研发端在前期手游残酷竞争的格局下处于被动，使 IP 手游的研发走上了一条事后论证并不正确的道路。但在研发的责任之外，盲目驱动 IP 热潮的厂商同样负有责任，这也是由多年"IP＋换皮"的实践惯性所决定的。这便是第二个重要症结：厂商对网游与网文的适配性产生了严重的错估。

大多数厂商乐观地认为网游和网文尤其是男频爽文有天然适配性。受到《诛仙》的鼓舞，又经历了"IP 页游"时代的虚假"成功"，很多不明所以的厂商因此非常看好网络文学的游戏化：网文的文本本身就有游戏性特征，网文的力量体系、修行系统和个人成长主线完美契合 MMORPG 的"角色成长"养成线，个人成长后遇强敌的"力量验证"过程也与 MMORPG 中"BOSS 战"① 的"数值验证"设计意图高度一致。极强的契合度意味着"好改"，游戏的改编无须像影视剧那般花大成本制作大场面去突出敌人的强悍和主角的"变强"，并

---

① "BOSS 战"指游戏中的高难度精英怪战斗，通常出现在等级副本或游戏主线进程中，意在以高难度的怪物设计来验证玩家角色成长后的战斗力数值。

传达"克服"行为的"燃点",游戏本身的怪物设计和主角养成,以及"升级打怪"的游戏内容本身天然地完成了这一传达。这使得厂商趋之若鹜,并理想地认为,花天价买来流行网文 IP 就意味着游戏的成功。但实际真的如此理想吗?"网文 IP 与网游有天生适配性"这个貌似天然的命题,是否值得质疑?

这一"天然适配性",实际上可能仅仅流于表面,是虚假判断。男频爽文大多本身就是游戏化的叙事,但真的改编为游戏后,其"爽点"反而被消弭了。其一,"角色成长"和"克服劲敌"是男频爽文普遍的核心快感机制,在网文中是"关键节点"。然而,"升级打怪"和"角色数值成长"却是网游的主体内容本身,是每个游戏都司空见惯的,这个流程本身已经不再给玩家带来快感,它不是游戏的"关键节点",而是一种消耗品性质的内容,这产生了错位。其二,同样是"升级打怪",很多优秀的网文脱颖而出,在于其精妙的节奏控制,而这种"节奏感"网游无法复现。游戏的角色数值成长,需要严格根据设计好的数值模型进行,否则会造成游戏数值的全面崩盘与版本进度的不可控。而网游的数值模型中成长曲线本身较为平滑,数值验证节点较为分散,网文中突飞猛进的成长和"连克劲敌"的高光时刻,在网游的数值模型中都是不可实现的。失去了这些"高光时刻",其实也就失去了网文的"爽点"。虽然看上去都是"升级打怪",但网游对网文"升级打怪"的复刻,往往并不能复现网文的精彩。其三,网文的其他爽点构成,如"扮猪吃虎""废柴开挂"等,网游同样不能实现。"开挂"本身就是一个游戏概念,"挂"是一种游戏作弊器,可以通过外部作弊为角色获得强力增益效果。在网游中,"外挂"是被禁止的游戏行为,各大厂商都有种种"防外挂"的技术手段。网文中"开挂"的设定本身,其实就是对网游规则的一种想象性颠覆,在网游中当然不可能实际复现。其四,网游的付费设计方式,反而可能会在"升级打怪"的过程中给予玩家极大的挫败感。网游为了刺激玩家付费,往往运用"卡关"的策略,即给某个 BOSS 设置高数值,玩家久久难以击败,角色不停死去,只能选择付费购买提升道具以提升角色的战斗力来"过关"。这显然与网文的"战无不胜""险中求胜""偶得秘宝"等爽点桥段背道而驰,反而揭露了某种残酷的现实真相。

有趣的是，"不充钱怎么变强呢"这个源自网游的"真理"，后续也成为二次元流网文常用不衰的"老梗"，形成了对经典男频爽文的解构。

网游与男频网文仅仅只是内容相似，但实际上，二者的快感机制完全不同。甚至，在还原"情节上的爽点"这一功能上，游戏，至少网络游戏，其叙事能力很难与影视剧等艺术门类比肩。对以情节见长的经典男频爽文来讲，网游也许并不是一个好的改编选择，其"天然适配性"也许是个理想化误区。

由于上述种种原因，网络文学 IP 不仅在手游时代的商业竞争中败落，其"污名化"也由此而始。大量男频网文 IP 改编而成的MMORPG 手游，几乎完全没有复现网文的爽感，二者并未做到互相成就。加之糟糕的"换皮"改编方式助推，这些同质化且仅有 IP 之名没有 IP 之实的"套娃"手游遭到玩家腻烦和厌恶，玩家流失，营收压力陡增，研发团队继而加大充值诱导力度，慢慢从"垃圾游戏"变成"垃圾坑钱游戏"，进一步进入口碑的恶性循环。渐渐地，"影游联动"也不再那么有效，玩家已经对这套炒作营销方式感到麻木，再加上彼时"IP 剧"口碑直下，二者连带着网络文学本身，都陷入了"差评如潮"的舆论旋涡之中。在 IP 拓荒期，下游厂商甚至版权方对网文、网游、IP 三者认识均不够深入，进行了一套简单粗暴的开发和联动运营方式。这套方法竭泽而渔，几乎毁了网文和 IP 游戏的名声，经过几年所谓的"IP 化"运营，给大量的受众留下了"网文 IP 化＝垃圾小说＋注水网剧＋坑钱游戏"的负面印象。

（四）2017 年至今：手游寒冬、出海、精品化及与网络文学的疏远

2017 年至今，网络文学与手游渐行渐远，原因包括泡沫的挤出、版号寒冬的出现，以及玩家代际更迭导致的游戏类型与题材倾向向二次元卡牌及休闲类转向。2016 年，大量的网络文学 IP 游戏上线后，成本高于预期，玩家数量低于预期，产品生命周期变短，泡沫挤出，各大厂商纷纷冷静，对网文 IP 热情急剧下降。加之 2018 年游戏版号停发，游戏行业进入寒冬。根据央视报道，2018 年，全国注销、吊销的游戏公司数量为 9705 家，到了 2019 年，增长到了 18710 家，较

2018 年增长了 92.79％。[①] 版号重新开放后仍限制数量，一时间版号成为最珍贵的资源。还在观望、有尝试意愿的厂商直接不再给网文机会，把版号分拨给更有可能成功的 IP，如端游 IP 和主机 IP。2019 年以后，大部分游戏开始走海外路线。中国网络文学由于缺乏海外流量支持，并非出海首选。

且从 2019 年至今，玩家代际已更迭至 Z 世代为主的玩家群体。此类群体喜好明确，偏向"不肝[②]不氪不社交"的轻休闲类和高投入的精品二次元手游。作为最能承载网络文学 IP 的游戏类型，"重肝重氪重社交"的 MMORPG 潮流不再，卡牌游戏题材大幅流向原创 IP 的二次元，网络文学 IP 在游戏领域进一步失去土壤。出于以上原因，网络文学在手游界渐渐淡出，基本没有参与到手游的精品化进程。与将网络文学 IP 精品化的影视剧路径不同，中国网游走上了脱离网络文学而精品化的道路。

三、重回当下：危机以及机遇

中国游戏产业经历了 2016 年的 IP 滑铁卢，在原本的红利期产值增速下跌 5.23％。自 2017 年后，网游便抛弃网络文学，独自发展。除了 2018 和 2021 年受到版号停发影响，增长分别暴跌 17.66％ 和 14.31％，其余年份总体保持波折上升。至 2021 年，中国游戏产业规模已达到 2558 亿元，成为我国文娱领域中不可忽视的支柱产业之一。[③] 而网络文学经过数年的产业链开发与精品化打造，今日的网络文学 IP 早已脱离 2016 年的污名化口碑旋涡，连续数年出品多部爆款影视剧、动漫等，已成为重要的文化产业内容源头。据中国版权协会发布的《2021 中国网络文学版权保护与发展报告》显示，"2021 年，

---

① 数据来源：2020 年 1 月 13 日央视财经频道报道，http://jingji.cctv.com/ 2020/01/13/ARTIBJ09pyCaEYj1GusDlujk200113.shtml，2020 年 1 月 13 日。

② "肝"指游戏设计中需要玩家花费大量时间完成重复性较高的游戏内容，以获得道具或奖励的特性。

③ 伽马数据：《2021 年中国游戏产业报告》。

中国网络文学产业规模达 358 亿元，同比增长 24.1%；网络文学的 IP 全版权运营影响了游戏、影视、动漫、音乐等合计约 3037 亿元的市场，即网络文学及其 IP 运营对数字文化产业的影响范围将近 40%"①。二者在疏远多年后，各自长势良好，而在互联网增长放缓的现况下，同样也遇到一定的危机和诉求。那么，在 2016 年 IP 滑铁卢发生数年后的如今，也许可以重新提起二者合作的可能性。

重新合作面临诸多危机与考验，如见顶的游戏玩家规模与网文 IP 弱势的海外竞争力。对网游而言，2021 年发展较为艰难，国内玩家数量从 2020 年的 6.64 亿人增长到 2021 年的 6.66 亿人，增长率仅为 0.22%，加上未成年防沉迷限制的政策推出，中国网游已经面临玩家数量见顶的严峻局面。② 在残酷的存量战争中，游戏在研项目淘洗率普遍加大。对网络文学 IP 而言，IP 的适配度与传播力更加受到考验，可能仅有形象突出、传播力与话题度俱佳的头部 IP 有一定机会，往昔般不加挑拣照单全收，甚至书未写完 IP 已被预定的繁荣盛景，已不太可能再次复现。且在版号的新一轮严冬下，各厂商纷纷加大海外端的投入与营收预期。在海外市场的 IP 选择上，那些世界范围内更具普遍认知度的 IP，如漫威、哈利·波特、英雄联盟、热门日漫等全球性 IP，必然更加受到关注。中国网文 IP 在出海端竞争力远远不足，极度依赖未来网文出海的发展进度。

但近年同样发出了诸多机遇的信号，如"多端并发"策略下端游与 MMORPG 类型的双重复兴，以及单机游戏的发展潜力。"2021 年，中国客户端游戏市场实际销售收入 588 亿元，比 2020 年增加了 28.80 亿元，同比增长 5.15%，为近三年内首次出现增长的趋势。"③ 这一趋势的主要原因，其一是爆款客户端游戏《永劫无间》的问世，其二则是以移动游戏为核心的全平台发行模式逐步兴起，如《原神》等游戏"多端并发"的运营策略，极大程度上带动了端游的复兴。端游没落的主因是固定设备限制和长时间投入的游戏需求，与时间越发碎片化的玩家之间形成的矛盾。多端并发与云游戏，两个打破设备与

---

① 中国版权协会：《2021 中国网络文学版权保护与发展报告（精简版）》，《版权理论与实务》2022 年第 5 期。

②③ 伽马数据：《2021 年中国游戏产业报告》。

配置限制的手段，极大程度地解决了端游的症结，成为大型端游复兴的重要推动力。这也是游戏业界在近年普遍谈论的"MMO的回归"热点话题的落点所在。中国网文IP在游戏业界认知惯性上与MMORPG这类大型游戏深度绑定，端游的回归或许可以重燃网文IP的热度。而网文IP的另一重机遇是中国单机游戏的发展。对于网络小说擅长的宏大瑰丽世界观、纷繁曲折的故事情节，单机游戏也许是最适合它们发挥的舞台：根据原著节奏设计的一次性关卡与一次性战斗体验、复刻原著情节且不复用程序的"线性剧情演出"——这些都是单机游戏独有而网络游戏所难以做到的。在这个游戏大类面临革新的时代，就像当年从端游到页游、从页游到手游，虽然最终将路走歪，但在每一个变革的节点，网络文学IP均抓住了变革的机遇。如今游戏行业再次走上革新的交点，期待网络文学此次同样不会错失机会，并能以史为鉴，沉心打磨作品，在二者均有所沉淀、不复浮躁的当下，为未来的长久合作重新开启大门。

（原载《粤港澳大湾区文学评论》2023年第5期）

网络科幻小说的想象力资源
及其审美范式

◎鲍远福

　　科幻文艺最吸引人之处是其瑰丽雄奇的想象力生产方式及文本再生产模式。科幻文学总是时代进步的变革性力量，想象力则是推动这种"自反性力量"生成的活力之源。因此，不同时代的科幻作家都会使用特定的想象力资源来构建他们脑海中的未知世界、幻想情境与异己角色。读者要了解科幻叙事所构建的完整的"虚构图景"或"非现实世界"，则需不断"变换角度，去体悟不同视角、不同构建的意义"。① 作者与读者共享的想象力经验则在知觉—心理表象与虚构世界之间架设"沟通之桥"，实现想象力资源的传递、接受与再生产。

一、想象力及其在科幻叙事中的运用

　　想象是人类借助符号手段对大脑中已有的表象（建立在现象世界感知基础上的"心理遗存"）进行加工并创造出新形象的思维过程。想象力是想象机制的"外化"，也是人类与生俱来的能力。"从离开母胎至能在地上爬来爬去，我们一直在把周遭的一切以地图的形式蚀刻进脑神经回路，接着在图上逆向刻下我们的行动轨迹，再标上记号，为

---

　　① 双翅目：《科学幻想：想象力的现代视角与迭代史》，《花城》2021年第6期。

它们命名，最后宣布我们对它们的所有权。"① 大脑的想象机制通过制图功能对知觉"完形"，并在"格式塔"（符号）与对象物（观念）之间建立语义关联，实现对想象建构物（新形象）的编码和显义。"脑部扫描可显示出我们对看到和触摸到的物体的认知过程所形成的直观功能图像"②，在神经信号的刺激和参与下，大脑完成"想象力制图学"赋义过程。因为"只有那些原则上能被知觉想象出来的东西，才会真正被人们理解"③。想象力建构通常通过三个方面实现。

首先，人们将想象力理解为生理（神经元活动）机能，即人类将抽象符号与身体感知相互联结的能力。古希腊语将想象力描述为人类对外在物象或心理表征进行模仿的"模式化生产"。它是"将不在场的事物带入到当前的能力。这就需要想象力能将过去曾经存在过的，但当前并不在场的事物或情景进行再生产。为了完成这一任务，它就必须与某一知觉关联"④。想象力在此具有双重含义。一是对现实世界的临摹或模仿，属于联想的范畴，它会调动感知来完成，例如我们的回忆和梦境等。联想想象依赖大脑的脑波和沟回间的相互碰撞所产生的生理印象与知觉遗存，常带有偶发性、自动化特征。因此，想象力是依赖人类感知印象而存在的、会因为外在干扰因素的"屏蔽"而"日渐式微的感觉"。⑤ 二是人类对纯粹表征物的凭空创造，即虚构想象。不管是联想还是虚构，想象力的意义生产都需借助某种中介，它们可以是语言文字、视觉图像以及心理印象等。生理感知层面的想象力建构的结果总是某种诉诸感官的仿拟物，抽象符号建构的意象世界被受者"还原""完形"与"重构"，图像符号通过表象形式在受者知

① ［加］玛格丽特·阿特伍德：《在其他的世界：科幻小说与人类想象》，蔡希苑、吴厚平译，河南大学出版社 2017 年版，第 80 页。

② ［美］伯纳德·J. 巴斯、［美］尼科尔·M. 盖奇主编：《认知、大脑和意识：认知神经科学引论》，王兆新等译，上海人民出版社 2015 年版，第 9 页。

③ ［美］鲁道夫·阿恩海姆：《视觉思维——审美直觉心理学》，滕守尧译，四川人民出版社 1998 年版，第 394 页。

④ ［德］克里斯托夫·武尔夫：《人的图像：想象、表演与文化》，陈红燕译，华东师范大学出版社 2018 年版，第 91 页。

⑤ ［英］托马斯·霍布斯：《利维坦》，陆道夫等译，群众出版社 2019 年版，第 5 页。

觉系统中显现，心理印象则通过回忆、冥想和抽象思维的参与而被受者理解。

其次，想象力是一种高级思维能力，它是人类"知觉统合"的抽象描述，即康德意义上的"综合"。"我在最普遍的意义上把综合理解为把各种不同的表象相互加在一起并在一个认识中把握它们的杂多性的行动"，它们是"把各种要素集合成知识、并结合成一定的内容的东西"。① 想象是人类主体从旧有表象系统中抽取必要元素或创造素材，再对它们进行分析、重组并加入新的要素，创造出与"原始表象"有联系又有本质不同的新形象的过程。综合产生的新形象即为"想象表象"，它包括存在但主体未曾感知的经验或事物的表象、历史经验与未进入主体认知体系的表象、未来世界会有的事物或经验的表象以及在现实中不存在的事物的表象等。② 想象力虽然建基于人类的生理活动之上，但也是更纯粹的"精神思辨"。作为主体精神与生理机能相互作用的结果，想象力推动人类创造性实践的发展。此外，想象还"不断生成、变化，随着时间流逝而愈加丰富"。③ 现实生活中有许多经验是人类无法直接感知的，我们却可以通过想象力建构来补充知识经验的不足。例如文学想象通过驾驭综合虚构手段生成了丰盈充裕的审美意象谱系。曹植《洛神赋》就借助"修眉""皓齿""丹唇""明眸"等诉诸感官的表象与"惊鸿""游龙""朝霞""芙蕖"等诉诸知觉的隐喻来"重组"和"再现"想象中的洛神形象。

最后，想象力也蕴含着巨大的审美创造功能。"想象力并不是自然而成，不只是基于对外在形式和表现的简单模仿，更多的是指对它本身的样子的创造性构建。"④ 启蒙主义者认为，人从神的束缚中被解放出来，自身能力和"自由意志"借助于想象力而获得张扬，人类的

---

① ［德］伊曼努尔·康德：《纯粹理性批判》，李秋零译，中国人民大学出版社2004年版，第86页。

② 彭聃龄主编：《普通心理学》，北京师范大学出版社2019年版，第284—285页。

③ ［美］朱迪思·朗格：《文学想象：文学理解与教学》，樊亚琪译，上海教育出版社2015年版，第14页。

④ ［德］克里斯托夫·武尔夫：《人的图像：想象、表演与文化》，第94页。

"情动本质"也在审美活动中得以彰显。想象力帮助人类在叙事中构建超越现实的"超验认知系统"。例如将已知世界"陌生化"为"异质的他域"，将未知世界"具象化"为我们熟知的"日常生活编码"，甚至将尚未发生的未来情境和超自然经验"置入"科学理性的"规训"之下。创造性想象常常表现为某种自由形态，将创造属性寓于变化之中。"想象常常以一种弥散的形式呈现自己，它以一种瞬息万变的方式把握对象。"① 想象力在科幻叙事中转变为某种"解放力量"，它不仅将人类认知潜能发挥到了极致，也在表意领域创造新的认知话语范式。

二、网络科幻小说的想象力资源及其审美范式的演变

中国科幻小说创作源自晚清，在 20 世纪经历了三次重大"转型"。② 晚清科幻小说的想象力资源丰富庞杂，既有来自传统文化的成果，如神话传说、民间故事等，也包括文学翻译界对西方现代文明、制度、器物和科技的想象。在文体和审美层面，晚清科幻小说的求新求变常让位于知识界对现代国家治理方式的想象与救亡图存启蒙使命的伸张。吴岩将晚清科幻的"未来想象"定义为"科幻未来主义"，体现为"蓝图未来主义""体验未来主义"和"运演未来主义"。③ 宋明炜认为晚清科幻小说文本、主题与思想的"乌托邦想象的底蕴却大多来自对于中国传统复兴的信心"。④ 尽管如此，晚清科幻小说的想象力建构与美学观念变革仍然以学习西方、图强求存的创作宗旨为依

① ［德］沃尔夫冈·伊瑟尔：《虚构与想象——文学人类学疆界》，陈定家等译，吉林人民出版社 2010 年版，第 3 页。
② 詹玲：《当代中国科幻小说转型研究》，中国社会科学出版社 2022 年版，第 23—158 页。笔者认为，21 世纪以来中国网络科幻小说的文体类型构建和审美范式革新标志着中国科幻小说的"第四次转型"。
③ 吴岩：《中国科幻未来主义：时代表现、类型与特征》，《中国文学批评》2022 年第 3 期。
④ 宋明炜：《中国科幻新浪潮：历史·诗学·文本》，上海文艺出版社 2020年版，第 60 页。

托，并没有发生真正意义上的"想象力转型"。中国科幻文学"第一次转型"发生于1949年至20世纪60年代中叶。这一时期科幻小说在"向科学进军"重大决策背景下以模仿苏联科幻文学创作为旨归，突出强调其技术乐观主义价值与科普作用，其文体立足儿童文学视角来构建思想内容框架，体现物质生产奇观与精神生活蓝图的诗意想象，以《火星建设者》《梦游太阳系》《古峡迷雾》《布克的奇遇》等作品为代表。"第二次转型"发生于20世纪70年代末80年代初，起因是科学界与文学界的"观念互动"，即科幻"姓科""姓文"的辩论。郑文光提出了"科幻现实主义"理念，用以概括科幻小说的艺术内涵与现实价值，即它像"折光镜"一样通过科学幻想来讽喻现实。这次转型的代表作有《珊瑚岛上的死光》《月光岛》《飞向人马座》《温柔之乡的梦》《波》等。"第三次转型"发生于20世纪90年代，新生代作家在老作家的翼护下迅速成长，老中青少"四代同堂"奠定了中国科幻文学的繁荣格局。宋明炜套用"新浪潮"概念命名转型中的中国科幻文学，并将其视为中国科幻融入世界想象力舞台的起点。①新历史书写与神话重述、生态危机与生物政治、太空歌剧与技术诗学、赛博格与后人类以及张扬女性主义的"她科幻"，构成了这次转型的五种"主题生态"。新技术媒介传受语境与民族复兴的文化生态共同推动中国科幻文学的新转向。刘慈欣获得"雨果奖"以及陈楸帆、飞氘、夏笳、双翅目等青年作家"出圈"则将这次转型推向高潮。

20世纪科幻想象叙事的发展史及其丰富多样的想象力建构实践，为网络科幻小说在21世纪的悄然崛起奠定了坚实的基础。在创作方法、文体形态和审美风格层面，网络科幻小说已经从其科幻想象的艺术传统中脱颖而出，推动着中国科幻文学的"第四次转型"。在想象力建构与想象资源的"再生产"层面，网络科幻小说与传统科幻文学之间形成了复杂的交流互动关系。

首先，传统科幻叙事为网络科幻小说提供了想象力资源。传统科幻以"未来世界""超级科技""异族异事"想象为基础，构建了迥异

---

① 宋明炜：《中国科幻新浪潮：历史·诗学·文本》，第57—80页。

于现实世界的"叙事时空体",生成了具有"陌生化认知"特征的审美系统。网络科幻小说延续了传统科幻的审美经验,并借助新媒介技术将其优化重组,生成更具未来感与新奇性的经验范式。网络科幻小说在传统科幻"软和硬"主题的基础上探索出融合科幻与其他类型以驱动想象的创作方法,产生了兼具中国特色与全球视野的"混合科幻""拟科幻"与"类科幻"等"衍生题材",[①]并逐步在创作想象中升级为与硬科幻、软科幻并列的主题类型。[②]例如《间客》构建星际战争与修真世界彼此融合的未来世界;《修真四万年》呈现神话与现实、玄学与科技、仙魔与世俗等要素相互交织的超验想象;《第一序列》将赛博空间、废土求生与骑士精神、人文关怀等"多元矛盾性"要素[③]有机整合,创造了有情怀的复合型"爽文模式"。这些"衍生题材"所生成的"进化变异流""废土末世流""穿越架空流""游戏升级流""克苏鲁神话"等想象类型逐渐构成网络科幻叙事生态的主体和"顶流"。

在主题层面,网络科幻小说的"技术想象"拓展了叙事虚构的故事语境,创造出富有开创意义的"新语""新知"。这是科幻作者对人类历史上前所未有的、不可预测的和不确定的新事物、新观念与新方法的审美概括。[④]网络科幻在传统科幻基础上虚构"新语""新知",引发新审美体验。例如《三体》同人文《云氏猜想》不仅拓展了云天

①　"混合科幻"是科幻与现实、历史、仙侠等题材交汇融合的网络小说类型,在这种混合型文类中,科学幻想与其他题材承担相似的叙事功能。"拟科幻""类科幻"则指其他叙事类型中包含科幻要素、科幻角色与科幻情节,但它们又不构成作品叙事生成的主要动因,如修真小说《飘邈之旅》穿插了中国古人被外星人"绑架"的情节。这些科幻情节只是小说的插曲、"噱头"或某种"梗",对小说叙事并无影响。

②　鲍远福:《网络科幻文艺——释放想象力　激发创造力》,《人民日报》2023年2月10日第20版。

③　阿尔都塞在《保卫马克思》中提出"矛盾和多元决定"。他认为事物性质总是由内部相互矛盾的多元要素共同决定。笔者借此表达"混合科幻"内部主题、思想、精神、价值与审美诸要素的互动融合关系（[法]阿尔都塞:《保卫马克思》,顾良译,商务印书馆2010年版,第88—89页）。

④　Istvan Csicser-Ronay, Jr., *The Seven Beauties of Science Fiction*, Middletown: Wesleyan University Press, 2008, pp.59-66.

明的故事线，而且用扎实的科学思维构建"二维生物""光粒人"等新角色，想象"脱水人"使用神乎其技的维度科技将云 sir 改造成同一意识栖身不同躯体的生命体（"双体同识"）。类似的还有《重生之超级战舰》虚构"白矮星异兽""中子战星"等各种"巨物"，《地球纪元》对"技术死结""缸中之脑"进行科学解读，《深空之下》描述"大过滤器""小过滤器"等技术设想的哲学内涵，《千年回溯》《复活帝国》提出"宇宙文明世代论""暗物质""虚粒子""逆熵"假说，《星空之上》设想可观测宇宙和人类文明是超级文明的电脑程序，如此等等。作为网络科幻小说叙述策略的"新语""新知"，不仅拓展了传统科幻文学认知编码的广度、深度，还在叙事、文本与文体之间产生"延异效果"，它们将"未经之事""未解之谜""未明之理"和"未来世界"等想象话语"置入"读者熟知的生活场景，在想象力"变异综合"手段①的加持下生发出"自反性建构"的意义指向，引发读者惊诧、自省和警醒的情感—心理反应，体现了网络科幻小说虚构"新语""新知"的审美价值。

其次，网络科幻小说在应对现实科技实践时也会为科幻文论提供新的想象力资源，"反哺"传统科幻文艺的叙事想象，推动其文体范式更新。在内容层面，网络科幻小说比传统科幻文学更具有创造力，它们借助网络媒体的超链接和非线性叙事构建了与传统科幻文学迥异的文本形态。其中，"副本叙事"最具有代表性。"副本"是相对于"正本"而言的叙述学概念。网络科幻小说常以多线程的"支线"环绕"正本"但又各自拥有情节独立性的"副本"来构建区别于传统科幻的叙事结构。商业化写作模式、"超长篇"叙事容量和"分层化"故事情节推动了网络科幻小说"星丛文本"的生成。

---

① 吴岩将科幻小说想象力建构划分为"词汇暴接""感官诉诸""时间错配""情境极化""跨界隐喻"五种类型（参见吴岩：《论中国科幻小说中的想象》，《中国现代文学研究丛刊》2018 年第 12 期）。不过，网络科幻小说的叙事想象则是修辞、文本、审美与思想等因素的"完形重构"，而不仅是"简单叠加"（1+1＝2），它们充分调动人类想象力诸元素而将它们"缝合"在一起，其中既有旧元素的吸收改造，也有新元素的叠加重塑，是融合了要素"变异"和"思维加工"的"创造性综合"（1+1＞2）。

一是"串联式"文本结构序列，表现为主故事线由环环相扣的游戏副本分段构建的文本结构。《小兵传奇》作为早期"打怪升级""游戏爽文"的代表，就是一种串联式游戏文本。在《文明》《重生之超级战舰》《深空之下》以及《7号基地》等作品中，"移步换景""升级换地图"式的"副本故事"在情节上的渐进式推进关系也在语义层面构成相互关联的线性串联结构。

二是"环状文本"结构系统，表现为副本环绕主故事线的复合式文本结构。例如《地球纪元》以5个情节相对独立的"支线故事"（每个副本都是情节独立的科幻长篇）和一个"番外故事"（科幻中篇）建构人类未来史，形成了与传统科幻史诗（如《三体》）对位的围绕未来构建人类命运共同体叙事主线的"环状文本"系统。类似的还有《文明》（人类/沙星文明＋风雷帝国＋人工智能"降临者"＋神级文明）、《深空之流浪舰队》（太空歌剧"正本"＋支线副本＋番外）和《宇宙的边缘世界》（造物主文明＋人类文明＋内宇宙与外宇宙）等，它们都是典型的"环状结构"叙事文本。

三是立体多元的"嵌套文本"或"星丛文本"。这类文本的结构生成受到叙述动作起承转合的驱动，时常因为某个关键要素（人物、情节、故事线等）的突转或断裂而终止，或出现某个"支线故事"中嵌套"更次级副本"的情况，形成了立体拓扑式文本结构。例如《千年回溯》讲述"最强兵王"在穿越中搬运未来科技以影响历史轨迹，最终战胜外星强敌，其10个"穿越副本"如同游戏的容错机制般"嵌合"在拯救文明的"正本"中，拓展了叙事潜能；《复活帝国》描述两个宇宙文明"世代"间的恩怨情仇，主角在人类超凡者的帮助下"无限复活"，引发战争天平倾斜，帮助人类文明解除灭世危机。

上述网络科幻小说文本复现了经典叙述学对"理想文本"的诗学构想，即文本作为"织物之网"和立体分布结构"于无限之文外生存"① 而产生"无限衍义"的可能性。因此，借助于超文本、超链接和跨媒介技术，网络科幻小说拓展了"文本"理论的阐释维度，"反

---

① ［法］罗兰·巴特：《文之悦》，屠友祥译，上海人民出版社2002年版，第47页。

哺"并重塑传统叙事实践，推动科幻文艺想象话语体系的嬗变，也为科幻文艺理论提供想象力话语建构的新动力。

最后，网络科幻小说对"后人类叙事"与"后人类形象"的想象性建构，不仅为科幻叙事创造了具有镜鉴效应的"后人类美学"体系，也为科幻文艺理论提供了更多的"新范式"与"新经验"。"线上线下"科幻文本生产场与新旧想象力资源的碰撞融合共同推动科幻文学主题文类及其阐释话语的异变，丰富了科幻文艺批评话语系统，规范着科幻文艺想象力建构。

一是"后人类形象"的"家族想象"及其所预示的"生物政治学"观念对于人类中心主义价值观的冲击。黄鸣奋认为，从生物学、形态学和功能学的不同角度看，后人类表征为不同的认知范式体系，这也给美学观念更新提供了多种可能性。[①] 网络科幻小说利用传统科幻想象力资源塑造了类型多样的"后人类形象"，如奇特的异族人与外星人（《寻找人类》的"三智者"、共生体"绿星人"）、克隆人与生化人（《天阿降临》的"量子态生物"、《从红月开始》的"精神体"）、赛博格与机器人（《群星为谁闪耀》的"半机械人"、《千年回溯》的超级 AI 等）、类智人与半兽人（《深空之下》的"蜥蜴人"、《废土》的"丧尸"）以及"超人""新人"（《大宇宙时代》的"觉醒者"、《深空之下》的"超凡者"）等。这些"后人类"如镜子一般映射了人类中心主义的傲慢，彰显了"宇宙社会学"背景下"泛智慧物种命运共同体"的未来学价值。

二是网络科幻小说与传统科幻文学的"叙事共振"。除了为读者创造离奇诡谲的科幻故事外，年轻网络科幻写手也是高超叙述技巧的掌握者，例如彩虹之门、天瑞说符、会说话的肘子等。彩虹之门拥有对悬念节奏的出众把握能力，例如《地球纪元》对赵华生与"等离子体生命体"的生死博弈、《星空之上》对许正华猜想与验证宇宙终极真相的叙述等。这些"中国未来故事"通过彼此勾连的"悬念丛"而被精彩展现，蕴含着科技与人文的双重维度。天瑞说符在"超级情

---

① 黄鸣奋：《科幻电影创意研究系列 2：后人类伦理》，中国电影出版社 2019 年版，第 45—46 页。

境"的技术想象中将传统文学叙事技巧运用到了极致。《死在火星上》用平淡简洁的语言为读者营造了"中国式科幻"失落异星的惊悚氛围,日常的琐碎与技术的复杂被融为一体,呈现出理性克制又不失幽默的叙述文风;《我们生活在南京》里叙述者在故事中现身,故事时间与文本时间构成时空悖论的交叉维度,严肃救世主题中流露出活泼轻快的游戏策略,这些叙述实验提升了哲理思考的力度。会说话的肘子对于网络文学叙事实践的贡献体现在叙述话语内隐的人文情怀。从《我是大玩家》《大王饶命》等"灵气复苏流"作品中的刻意搞笑迎合受众的创作倾向向《第一序列》《夜的命名术》等末世生存文对叙事话语的精细雕琢的转变,让我们看到他的叙事理念的成熟。这种反复提炼叙述话语内在审美品质、提高想象力再现水平从而提升小说艺术感染力的努力,既是科幻作家实现想象力突破的有益尝试,也契合了社会各界对网络文学高质量发展的审美期待。

三、网络科幻小说想象力建构的审美价值

想象力建构水平的高低是检验科幻小说质量的重要标准,传统科幻文学如此,以网络新媒介为载体、以新技术想象为旨归、以科幻未来主义为表现对象的网络科幻小说更是如此。对比与镜鉴、隐喻与反思、象征与警示、寓言与劝诫是网络科幻小说呈现"异族""异世""异境"与"异识"等审美价值意图的体现。

首先是"奇观化"叙事话语体系所激发的"奇情化"审美接受效果,其典型表征就是网络科幻小说自带的"爽文机制"在想象力再现过程中的编码、解码与"再编码"。网络科幻小说中的想象谱系,例如外星文明的"神迹"、异族生命的"怪诞"、未来世界的"奇观"与超级科技的"异象"等,都是科幻写手借以映射和镜鉴现实生活的审美言说策略。通过审视"神话世界"及其"神迹"与经验世界之间的错位离析关系,网络科幻小说的想象话语是"以表达愿望和恐惧的形

式所体现出的人类心灵的映射"。① 这种以神话—寓言形式产生的虚构想象构成了科幻小说叙事形式的思维模型，也是我们判定一部作品是"现实向""科幻向"抑或"神话向"的理论依据。宋明炜认为，"作为通向新奇宇宙的科幻，很可能在两个意义上唤醒了文学的两个更早时期的精神，其一是神话"，即"人类与怪物在残破的世界上相处共生"的想象力范式；其二则是"新巴洛克美学"，即强调新感官冲击的想象力范式；"除了信息技术、人工智能、各种新宇宙论、新物理学构筑的认知变化上，还更为具象地体现在许许多多的科幻奇观上"。② 奇观营造必然会引发传受过程的"奇情体验"。前述《云氏猜想》中云 sir"双体同识"的生命体验，以及《寻找人类》对"三智者空间"的陌生化再现，就是中国式网络科幻小说构建"现代神话""奇情体验"的有益探索。网络科幻小说对"神级文明"及其场所、器物、科技、制度与观念等要素的超视阈呈现，不仅表现出人类渴求无限进化、突破肉身局限并掌控宇宙规律的话语逻辑，也呈现了不同于传统科幻叙事的那种以宏大深邃、浪漫绮丽和史诗气质为主要症候的新美学风格。

其次是网络科幻小说延续了网络文学"爽文学观"及其"造梦机制"。网络科幻小说的意义生产被打上"剩余快感"释放的烙印，它既可以充当作者解放想象力、升华白日梦的表征媒介，也可以为科幻迷宣泄情绪、消解焦虑并构建"替代性能指"，成为解谜释疑、欲望消遣、想象力释放、经验参照与伦理干预的有效手段。③ 一方面，它通过逻辑理性"规训"人类想象力。如神话寓言中的蒙昧意识和神秘主义经过科幻想象"重述"演变为对未知世界和超级科技的探索欲望；古典叙事传统经由科幻叙事的编码改造转换成新的知识经验系

① 斯科尔斯将科幻小说理解为一种"结构性寓言"，它依据的是"近期科学对人类前景的推断"，以此来开展"虚构的探究"（类似于"思维实验"）并揭示"自然科学中与人类生存相关的联系与发展"（［美］罗伯特·斯科尔斯等：《科幻文学的批评与建构》，王逢振等译，安徽文艺出版社 2011 年版，第 23、30 页）。

② 宋明炜：《科幻作为方法：交叉的平行宇宙》，《外国文艺》2021 年第 6 期。

③ 鲍远福：《网络科幻小说的"新历史"书写及其艺术价值》，《文艺报》2022 年 7 月 22 日第 6 版。

统，让人类文明打破禁锢实现新飞跃。《末世狩猎者》《狩魔手记》《复活帝国》等"末世文"对"亚特兰蒂斯""罗斯威尔""美人鱼"等的"新神话书写"皆可归于此类。另一方面，网络科幻小说在大众文化场域内通过未来生活演绎、新感性语言塑造与现代性经验转喻来达成某种对现实经验缺憾的补偿。由于叙事内容专业、创作难度大、准入门槛高、受众面窄等因素，科幻小说是网络文学最具特性的"亚文类"。在商业写作模式下，网络科幻很难快速"变现"想象力资本，很多写手都是"靠爱发电"，"埋坑""断更"甚至"扑街"的风险极大，"剩余快感"的释放与"以爽文写情怀"[①]的动因成为其叙事想象的驱动力。作为"高级欲望"的"爽文情怀"既是人类想象力的符号表征，也是网络科幻审美潜能释放的"解压阀"，更是作者/读者实现心理—精神需求"兑现"的主要手段。在此基础上，展现超人品质、获得超凡经验能力、研发超级科技、拯救人类文明等心理—社会动机的实现，就成为《废土》《学霸的黑科技系统》《深空之流浪舰队》《我们生活在南京》等网络科幻小说作者从事想象力建构的主要驱动力。网络科幻想象展现了人类的独特本质，即将不着边际的狂想与科学严谨的猜测糅合到科幻小说的虚构世界中寻求心灵寄托。想象功能借助这种带有"预叙"特征的叙事虚构完成，提供与现实生活平行的"拟换场景"，"让想象中的目标人物进入物理过程，就像虚拟的戏剧或冒险一样，将抽象过程转换为游戏，将确定性系统转换为体验场景"。[②] 网络科幻小说"调和了理性物质限制的现实原则与实现了物质的充裕和智力超群的愿望，同时也产生了让人感兴趣且令人信服的新难题和困境。通过提出超科技和未来主义的方案来解决我们面临的问题，消除了读者的已知世界和虚构未来的虚拟世界之间的边界"[③]。黎杨全曾将网络文学的"爽文机制"解读为日益"空心化与'物化'"的

---

① 邵燕君：《从乌托邦到异托邦——网络文学"爽文学观"对精英文学观的"他者化"》，《中国现代文学研究丛刊》2016 年第 8 期。

② 代晓丽：《西方科幻小说新发展研究》，清华大学出版社 2021 年版，第198 页。

③ Istvan Csicser-Ronay, Jr., *The Seven Beauties of Science Fiction*, p. 129.

感官刺激，① 并反对将它们经典化。② 但是，网络科幻小说通过想象构建"科学万能论"的乐观认知仍然具有现实价值，因为作为现实生活单向度、扁平化与缺憾性的"欲望补偿"机制，科幻叙事想象是对人类现有认知经验和生存状况的超越、超脱与超验性价值构建，它能够激发科幻小说的逻辑思辨之理、引发写读双方的审美愉悦之情。它们对于"异族""异域""异识""异思"的想象方式也为我们重审人类经验提供了新的认知工具、无害的"思维实验"与"没有代价的探索"方法。③

最后也是最重要的一点，就是网络科幻小说相比于传统科幻文学的想象力建构而言其叙事想象实践所产生的"自反性诗学建构"功能。网络科幻小说同传统科幻一样，不仅面向未来，更重要的是指向现实与历史。作为一种诗学上的"乌托邦话语系统"，网络科幻小说的虚构想象方式为读者提供了一条通向"多重指涉之路"的"符号越界"之旅。"现实栅栏被虚构拆毁，而想象的野马被圈入形式的栅栏，结果，文本的真实性中包含着想象的色彩，而想象反过来也包含着真实的成分。"④ 网络科幻小说的"多重乌托邦话语系统"至少包含三种审美价值面向：一是网络科幻小说通过叙述者所想象的未来去反思镜鉴我们生活的当下，借以引发批判和警示；二是它们的叙述者把"当下"想象成某种"幻想的未来的过去"，引发读者的内省与外察；三是网络科幻小说在"未来"视域中所呈现的"过去"也是身处于"当下"的我们理解和阐释"历史"的一面镜子。因此，达科·苏恩文指出："在20世纪，科幻小说已经迈进了人类学和宇宙哲学思想领域，成为一种诊断、一种警告、一种对理解和行动的召唤，以及——最重要的是——一种对可能出现的替换事物的描绘。"⑤ 对新媒介、新技术

---

① 黎杨全、李璐：《网络小说的快感生产："爽点""代入感"与文学的新变》，《海南大学学报》2016年第3期。

② 黎杨全：《网络文学的经典化是个伪命题》，《文艺争鸣》2021年第10期。

③ 吴岩：《科幻文学论纲》，重庆大学出版社2021年版，第246页。

④ ［德］沃尔夫冈·伊瑟尔：《虚构与想象——文学人类学疆界》，第4页。

⑤ ［加］达科·苏恩文：《科幻小说变形记：科幻小说的诗学和文学类型史》，丁素萍等译，安徽文艺出版社2011年版，第13页。

与新经验的发展转型与嬗变，优秀的网络科幻小说作者往往比背负人文价值羁绊的传统科幻小说家有着更加敏感的体验，他们对科技革命的浪潮与未来世界的想象也更能够切近日益世俗化与常态化的日常经验的认知。因此，借助于这种"自反性话语"与"乌托邦建构"的手段，网络科幻作家能够真正做到"通过未来设想、回望过去或让假想替换一段真实的历史"。① 历史、当下与未来的关联在网络科幻小说构建的"超级现代性"或"高级神话"的想象模式"倒逼"下被改造和重塑，内化为对未知、未来的诗学统摄力，拓展了当代科幻文艺对于历史与当下复杂关系的阐释力度；反过来，网络科幻叙事对未来的态度也会直接影响叙述者对历史与当下的言说方式，这也将改写和重塑传统科幻叙事的内容与形式，推动科幻理论话语阐释体系的嬗变。诚如詹姆逊所言，科幻虽然是未来想象，"但它最深层的主体实际上是我们自己的历史性当下"。② "'历史性当下'是指科幻能够提供超脱的视角，将当下'历史化'，以相对超越的姿态审视'当下'的构成机制。"③ 而"当下未来化"则是将现实生活"未来化"，它以想象综合的方式重构"乌托邦化"的变异现实，借此理性地审视未来的"潜在后果"。在此基础上，网络科幻小说所建构的"未来情境中的过去"则作为一种想象力建构的现实镜像，不仅扩展了当代艺术虚构的审美维度，也为科幻文艺理论的话语建构提供新的可能。因此，"历史性当下""当下未来化"以及"未来的过去式"等新的艺术理念在想象虚构过程中的生成与扩散，不仅构成了传统科幻叙事"多重乌托邦话语系统"的重要价值表征，也将会是网络科幻小说这一重要新媒体文学"亚文类"彰显想象力、建构诗学功能并展现其新艺术观念和审美价值指向的重要抓手。

---

① 代晓丽：《西方科幻小说新发展研究》，第 193 页。

② ［美］弗里德里克·詹姆逊：《未来考古学：乌托邦欲望及其他科幻小说》，吴静译，译林出版社 2014 年版，第 455 页。

③ 李静：《作为"新显学"的中国科幻研究：认知媒介与想象力政治》，《当代作家评论》2022 年第 1 期。

结　语

21 世纪的前 20 年，中国网络文学在新媒体生产场中强势崛起。作为其重要"亚文类"的网络科幻小说则表现出较高的创作质量与艺术价值。网络科幻小说继承了传统科幻的想象力资源，又在想象话语建构中融合新技术、新媒介与"陌生化认知"经验，形成富有艺术感染力的想象话语系统。这一总体特征决定了网络科幻小说的想象多以视觉化的语言描写为基础，故事情节的呈现也多以视觉想象为主，即借助想象力构建的外化功能集中展现最具蕴藉性的"诗性图景的美、共鸣和神秘"。① 人物形象塑造的类型化和图式化、叙事效果的场景化和奇观化、文本结构的"非线性"和"星丛化"、传受过程的跨媒介化和技术化等要素，驱动着网络科幻小说的想象力建构的新实践，推动着科幻小说文体实现跨媒介的文体迁移与意义转换，实现人类审美经验的更新。

因此，与传统科幻叙事相比，网络科幻小说是网络文化生产场中人类想象力资源的符号再现与新一次"意义迭代"，它对传统科幻想象力资源的超越与重构，为我们建构了符合新时代文化实践特征与精神需求的新文艺形态。传统科幻叙事通过"新语""新知""新思"重塑想象力的实践，为网络科幻小说重新思考现实、历史与未来进而进行"新思想实验"与新文体变革提供了文本材料与智力资源。当代网络科幻文艺的强势崛起则意味着想象力建构面临新的历史机遇。网络科幻小说也能够在接续传统科幻叙事的启蒙功用与社会反思之外，相对自由地想象历史、当下和未来可能出现的"拟换经验"与"陌生化认知"，并以其独特的想象虚构方式为我们呈现与"纯文学"并行的"爽文学"的"自反性话语建构"模式。这种新的"想象力范式"既兑现了科幻创作者抒发人文情怀、实现文学社会干预的功能，又是对

---

① ［美］亚当·罗伯茨：《科幻小说史》，马小悟译，北京大学出版社 2010 年版，第 201 页。

读者生存体验与想象力机制产生联动的心理—情感补偿的中介物，还可能会成为诱发社会科技文明发展进步的重要原动力。因此，网络科幻小说比传统科幻文学更为旗帜鲜明地实现科幻文艺的诗学建构功能，更加明确地表达对现实、未来和历史的"多重乌托邦建构"作用，并在紧密贴合网络新文艺"爽文学观"审美功能的基础上，通过庞大的想象力建构能力制造气势恢宏的"造梦机制"，为个体释放想象创造能力，为社会发展纾解压力提供活力，为国家现代文化发展提供强大的表征动力。

（原载《中国文学批评》2023 年第 3 期）

网络文学，讲好中国故事的
有力载体

◎杨　晨　何　叶

　　甫一接触《斗罗大陆》等中国网络文学作品，英国小伙卡文·杰克·夏尔文就被其中升级打怪的爽感和那种"永远连载不完"的劲头狠狠"击中"。① 他尝试自己动笔写点东西，将中西方元素融合在一起。目前，卡文正在创作的《我的吸血鬼系统》（*My Vampire System*），已经累计更新超过 2300 章内容，成为阅文集团旗下海外门户起点国际（WebNovel）上阅读量长居榜首的作品。卡文的网文阅读和创作经历，是数以万计海外网络作家的缩影。《2022 中国网文出海趣味报告》显示，截至 2022 年底，起点国际已培育约 34 万名海外网络作家，推出约 50 万部海外原创作品；上线约 2900 部中国网文的翻译作品，其中 9 部作品阅读量破亿。②

　　以网络文学为代表的网络出版，已成为推动中国故事走向世界的重要力量。究其原因，是因为网络文学既记录中国，又联系世界。前者是网络文学的个性和吸引力，后者则是网络文学的共情和感染力。正因如此，网络文学作品才能被不同语言、肤色的人们所喜爱，拥有超越文化差异的传播力。

---

　　① 《卡文：尝试将东西方元素融入作品，给读者带来独特的阅读体验｜老外讲故事·海外员工看中国（96）》，2022 年 12 月 17 日，https：//wap. xinmin. cn/content/32283409.html？cantowap＝yes，2023 年 7 月 5 日。

　　② 《〈2022 中国网文出海趣味报告〉发布》，2023 年 3 月 13 日，https：//rmh.pdnews.cn/Pc/ArtInfoApi/article？id＝34436020，2023 年 7 月 5 日。

整体来看，自 2005 年网络文学开启外文出版授权以来，网文出海历经以数字版权与实体图书出版为主的 1.0 时代、建立海外门户以规模化翻译输出网文的 2.0 时代，以及主打原创模式的 3.0 时代。10 余年间，网文模式逐步在海外落地生根，不仅让中国的好故事走向世界，也培育出数以万计的海外创作者。得益于以文化交流为驱动力的互动阅读社区，以及辐射广泛圈层的精准推广，网络文学正以百花齐放的内容生态，持续将更多人卷入全球共读的场景中。而在可见的未来，AIGC 技术的赋能将继续缩短网文翻译及 IP 开发链路，推动多模态联动融合，在全球共创 IP 生态圈的道路上更进一步。

纵观网络文学出海历程，被媒体誉为"世界四大文化奇观"之一的中国网络文学，如何在世界文化版图上占有一席之地？当下它又面临怎样的发展浪潮？本文将就这些问题分述一二，以期抛砖引玉。

一、网文出海的演进脉络：从全球共读到全球开发的纵深发展

早在 2001 年，起点中文网前身中国玄幻文学协会（CMFU）就已开启小说的海外传播之路，当时的传播对象主要是海外华语群体。2005 年，中国网络文学开启外文出版授权，正式进入出海 1.0 时代。10 余年来，从以数字版权与实体图书出版为主的 1.0 时代，到建立海外门户、规模化翻译输出网文的 2.0 时代，再到主打原创模式的 3.0 时代，中国网络文学经历全球共读、全球创作，进入全球开发新阶段，为文化交流搭建了更加广泛连接、深入交流互鉴的舞台。

1. 从区域到全球，冲破同源文化圈

好故事天然具有感染力和情感共通性，这是其能够跨越国界、超越文化差异的依凭和力量。在 10 余年的出海实践中，中国网络文学从东南亚破局，在传统华语市场深耕，后又冲破同源文化圈，向欧美市场进发。在全球扩散影响力的同时，网文故事正在将中国精神、中国力量带向世界。

因为文化的共通性，网文出海最初瞄准的是东南亚市场。2001 年

左右，借助中国港澳台地区已授权的中文繁体版作品，中国网文逐步打入泰国、越南等东南亚国家与地区。这时的网文出海处于萌芽期，输出作品主要为言情类小说，或是在国内已具备人气基础的作品，如天下霸唱的《鬼吹灯》和萧鼎的《诛仙》等。

2010 年前后，中国网文作品在东南亚积累了相当可观的读者群体。历史题材小说后来居上，与言情类作品一起成为最受当地读者和出版企业喜爱的两大类型。《寻秦记》《回到明朝当王爷》《锦衣夜行》等作品均在这一阶段实现外文实体出版。在这一时期，中国网络文学的海外传播实现了传播方式和对象的双重拓展：除实体授权出版外，海外网文翻译网站开始出现；中国网文也形成了向日本、韩国等东亚国家传播的雏形。

至 2015 年前后的高速发展期，网文海外传播的一个显著表征是大量海外翻译网站的建立，以及国内阅读平台的海外门户上线。例如，俄文翻译网站 Rulate、英译网站 Wuxiaworld 等，都在这一时期迎来了用户数量的快速增长，中国网文开始大规模地向欧美市场传播。作为网络文学出海的先行者之一，2017 年，阅文集团上线海外门户起点国际（WebNovel），这是中国网络文学第一个正版外语平台和品牌。截至 2022 年底，起点国际累计访问用户数约 1.7 亿，遍及全球 200 多个国家和地区。[1] 从国家分布来看，美国的用户数量位列第一，澳大利亚、英国、加拿大等主要英语国家的用户数量也进入前 10 行列。[2] 中国网络文学日益受到来自更加广泛、多元文化环境读者群体的关注与喜爱。

2. 从内容到模式，培育海外原创生态

能否让用户融入并参与，是一种文化形式能否真正落地生根的核心。就中国网络文学而言，其海外传播发轫于翻译作品的实体出版和数字阅读，而在海外的落地生根则得益于原创模式的输出。

2018 年，起点国际开放原创功能，海外用户不再只是故事的阅读

---

① 《〈2022 中国网文出海趣味报告〉发布》。

② 中国社会科学院文学所"网络文学发展研究报告"课题组：《2022 中国网络文学发展研究报告》，2023 年 4 月 11 日，https://www.cssn.cn/wx/wx_xlzx/202304/t20230411_5619321.shtml，2023 年 7 月 5 日。

者，还成为多元网文世界的创作者和设计师，网络文学的付费模式也第一次出现在英文长篇网络原创作品中。商业模式以及配套的作家培育、扶持、激励机制的落地，使得海外网络文学作家规模持续扩大，网络文学的国际市场空间不断拓宽。多数海外原创作品深受中国网文的主题设定、世界观架构、写作方式、经典元素等影响。"东方奇幻"是海外创作者钟爱的创作题材之一，许多这一类型的作品带着浓浓的"中国风"。例如乌拉圭作家谢天（XIETIAN）获得起点国际全球年度有奖征文大赛金奖的作品《血术士：魅魔在末世》（*Blood War-lock：Succubus Partner in the Apocalypse*），主要角色均以中文命名。印度作家大空士（Grand Void Daoist）在笔名中加入了 Daoist 这一单词。他回忆道，这个笔名是在自己做中文小说英译本的时候，朋友帮忙取的。当时修真题材在海外盛行，类似"道友"风格的称谓在海外网文圈子中极为流行。在大空士创作的两部作品中，主角都是中国人。他认为："修真题材很大程度上立足于中国神话和文化，自然应该包含中国元素。"①

海外创作者在网文阅读中对中国的文化精神、价值内核耳濡目染，又将其潜移默化地融于笔下的作品、角色人物中。这是一条经由内容输出反馈到海外原创，又通过海外原创作品继续向外传播的文化落地路径，这也成为中国网络文学模式输出的重要价值体现。

3. 从输出到联动，加强在地化传播

在国内阅读平台海外门户示范效应的基础上，网文出海进入与海外数字出版机构深度融合的在地化、纵深化发展阶段。经与本土产业通力协作，中国网文"水土不服"的问题大大缓解，能够更为精准地捕捉海外受众需求，更加高效地触达韩语、泰语、越南语、法语、印尼语等多语种读者，同时，推动在国内已经相对成熟的"网文孵化—运营模式"真正进入国际出版产业体系。

第二十九届北京国际图书博览会首次设置"网络出版馆"，推动产业融合发展与国际合作。泰国知名传媒集团 Amarin Group 的海外

---

① 张熠：《"狂飙"的网络文学》，2023 年 3 月 12 日，https://www.jfdaily.com.cn/news/detail?id=591620，2023 年 7 月 5 日。

版权负责人 Sutheemon Laoniyomthai 在会上介绍说，Amarin 旗下有 10 余家出版社，专门从事中国小说的翻译和发行业务。① 2017 年至今，阅文集团与企鹅兰登、Amarin、Libre 等 66 家海外出版机构开展合作，积累了相对丰富的对外合作经验。其合作方之一、泰国 OokbeeU 阅读的业务负责人皮波在其他场合分享道："泰国每个月有 10% 的人在我们平台看网络小说。"② 这充分体现了中国网络文学的魅力，以及与本土伙伴产生的化合效应。

二、网文出海的传播动力：高质量内容体验的持续触达

21 世纪以来，伴随互联网的迅猛发展，跨国界、跨语言的信息触达屏障在极大程度上被消解，全球语境互联互通成为可能。2023 年 4 月，起点中文网收到一封日本读者的来信，整整 4 页，全部都是汉字手写。这封信是写给《天启预报》作者风月的。信中提及，《天启预报》中"有很多流行语、网络语言和游戏语言，看上去很有节奏感，很美"。为了读懂这本书，这位日本读者边看边查阅不认识的汉字；为了让更多日本朋友都来看这本书，这位读者自己翻译了一些日文小册子做安利。这是一个以高质量内容体验触达并触动海外读者，引发其自主传播的生动案例。

内容为王，是行业的铁律。不可否认，网文出海的续航能力，依赖于一个适合海外土壤的门户平台的打造，也依赖于与当地本土产业的通力协作和深度融合。但作为内容行业的一环，中国网文海外传播、原创模式的海外扎根，究其根本在于好故事的持续生产和影响力扩大。而实现这点，需要作家创作能力和平台运营能力的进一步提

---

① 《BIBF 亮点｜上海出版"出海"提升中华文化能见度》，2023 年 6 月 15 日，http://wenhui.whb.cn/zhuzhan/xinwen/20230615/526151.html，2023 年 7 月 5 日。

② 《海外网络文学网站：中国网文的"摆渡船"，海外作者的"孵化器"》，2023 年 3 月 23 日，http://ent.people.com.cn/n1/2023/0323/c1012-32649620.html，2023 年 7 月 5 日。

升，二者缺一不可。

1. 百花齐放的内容生态

10 余年来，在翻译出海和原创出海的协同驱动下，网文出海已形成 15 个大类、100 多个小类的多元化格局，都市、西方奇幻、东方奇幻、游戏竞技、科幻成为五大题材类型。[①]

阅文集团作家爱潜水的乌贼的作品《诡秘之主》，融合奇幻冒险、克苏鲁、蒸汽朋克、维多利亚时代风情多种文化元素，自连载之初就是中英文同步更新，吸引了大量海外读者阅读。其英文版在起点国际有超过 3900 万的阅读量，接近满分 4.85 的评分。2020 年泰国曼谷国际书展期间，《诡秘之主》泰文版由泰国知名媒体出版集团 SMM PLUS 首发上市。外媒对《诡秘之主》泰语版上市和全球风靡之势进行了报道解析，认为它是"中国网络文学面向全球市场的一个里程碑式的作品，也是全世界读者都能轻松感受到其内容魅力的好故事"[②]。

同样深入人心的中国网文故事，还有根植于中华优秀传统文化的作品，如传递"尊师重道"理念的《天道图书馆》、根植于东方神话故事传说的《巫神纪》等。反映当下中国面貌与现实思考的作品，往往具有跨越文化环境的吸引力，能引发众多海外读者追更，如体现现代中国医学发展的《大医凌然》、体现现代女性经营爱情与事业的《抱歉我拿的是女主剧本》等。题材融合创新，是海内外网文创作共同经历的发展趋势之一。将科幻与游戏题材相结合的《超神机械师》、主打青春奋斗与星际传奇的《超级神基因》等，也在海外读者群体中具有较高的接受度和认可度。

受中国网文翻译作品的影响和启发，海外创作者在类型选择、人物设定、世界观架构等方面常常可见"中国风"元素。起点国际近 95％的东方奇幻题材作品由海外作家原创，将道法、武侠、熊猫、高铁等中国元素融入其中。在起点国际排名前 10 的原创作品标签中，半数是"重生""系统流""凡人流""修仙""无敌流"等典型的中国

---

① 《〈2022 中国网文出海趣味报告〉发布》。

② 《红星专访｜成都作家现象级小说《诡秘之主》泰文版在曼谷国际书展首发》，2020 年 10 月 10 日，https://www.sohu.com/a/423747562_116237，2023 年 7 月 5 日。

网文类型模式。① 2022 年起点国际全球年度有奖征文品牌活动金奖作品《无限升级系统》（*Leveling Endlessly with the Strongest System*），就充分融合了"重生"与"系统流"的元素。

2. 多元可持续的创作者生态

网文出海呈现百花齐放的内容生态，离不开海外网络作家的快速成长。自 2018 年上线原创功能以来，起点国际的海外原创作家数增速迅猛，年复合增长率超 130%。截至 2022 年底，起点国际共培育了约 34 万名海外网络作家，推出约 50 万部海外原创作品。② 而这两个数字正随着近些年海外阅读行为的线上转移，在进一步加速增长中。

与国内网络作家年轻化的趋势相呼应，在海外原创作家中，青年人业已成为创作主力。据统计，起点国际 Z 世代作家合计占比超过三分之二，其中"00 后"作家占比 37.5%，"95 后"作家占比 29.5%。③ 青年创作者更容易洞察年轻读者群体中的流行趋势、热门话题和喜好偏向，也更容易与年轻读者合力，推动网络文学的内容创新和题材转向。在海外青年作家中，"一书成名"的情况屡见不鲜。2022 年起点国际全球年度有奖征文品牌活动获奖者的平均年龄只有 27 岁，超四成作家是首次公开发表小说。④ 该活动 2022 年的入围奖获得者不朽先生（Mister Immortal），就是一名印度的"95 后"作家。他从 17 岁开始阅读中国网络小说，极为欣赏中国网络文学的东方玄幻概念，受历史题材和种田基建题材作品的影响，走上网文创作的道路。他认为，网络文学大大降低了普通人成为作家的门槛，"中国网络文学真的推动了行业发展"⑤。

作家群体创作能力的持续提升，一方面，得益于有生力量的持续涌入，带来全新的创作视野和方向；另一方面，受益于平台的扶持、保障和激励。2019 年以来，起点国际陆续推出一系列举措，如发掘和培养海外潜力创作者的全球年度有奖征文品牌活动 WSA（WebNovel Spirity Awards），联合新加坡国立大学、新加坡南洋理工大学发起的全球作家孵化项目（Global Author Incubation Project），以作家福利升级为核心的

① 《〈2022 中国网文出海趣味报告〉发布》。
② 《2022 中国网络文学发展研究报告》。
③④ 《〈2022 中国网文出海趣味报告〉发布》。
⑤ 张熠：《"狂飙"的网络文学》。

"作家职业化发展计划"等，在内容储备、编辑培养、资源整合等方面进行全线升级，持续激活创作者生态。此外，针对不同国家和地区的潜在作家需求，起点国际还设置了更有针对性的创作奖金体系，为作家提供安心创作的保障。

有别于国内的网文创作体系，网文出海增加了翻译这一核心环节。网络文学的翻译不同于传统出版，一套适合的内容生产机制至关重要。经过摸索，起点国际创立了集内容评估、翻译招募、评判、合作、问题把控于一体的翻译模式和方式体系。这套体系最大的创新之处在于，读者全程介入内容选择、翻译评判和质量跟踪反馈。

当前，起点国际与分布在北美、东南亚等世界各地的译者和译者组合作，组建了约300人的译者团队，已上线约2900部中国网络文学的英文翻译作品。这些作品正受到越来越多海外读者的欢迎与认可，《许你万丈光芒好》《抱歉我拿的是女主剧本》《天道图书馆》《放开那个女巫》《超级神基因》等多部作品阅读量破亿。

3. 同频互动的运营模式

中国网络文学的突出特征之一，在于社交共读场景的普遍化。对读者而言，看网络小说不仅意味着阅读一本电子书，更是一种基于共同价值观的社交分享。在国内，网络文学的社区化是一条已经基本跑通的增强粉丝黏性、提升IP价值的路径。对于网文出海，社区化也是为跨文化交流注入动能的强劲方式。

起点国际在将国内的社区搭建经验移用海外的同时，更加注重社区的内核筑造，即基于中国文化的粉丝社区打造。目前，这套互动系统已经基本成型，用户可以通过这套系统评论、追更、了解作品文化。起点国际的留言数量屡次刷新纪录，单日最高评论数突破10万。① 社交共读已经成为海外网络文学的核心场景，百万评论也已成为人气作品的标配。借由开放的创作生态和互动社区，用户能够在网文阅读过程中感知

---

① 《产业·资讯｜中国国际网络文学周开幕，侯晓楠：网文出海让中国故事走向世界》，2023年5月29日，https://web.shobserver.com/sgh/detail? id＝1038872，2023年7月5日。

当代中国的网络常识，深入了解中华文化元素。2022 年，起点国际的读者评论中，提及"中国"相关单词超过 15 万次；道文化、美食、武侠、茶艺、熊猫等，均成为提及率位居前列的中国元素。[①]

对平台而言，海外网络文学作品运营的方向，一是打造并充实互动阅读社区，注入文化交流的动能；二是辐射更广泛的圈层，将更多读者卷入这一全球共读的场景之中。实现后者，就要根据作品的内容调性和定位，匹配不同渠道、不同受众面的推广资源。2018 年起，起点国际开始通过谷歌和 Facebook 等渠道传播好故事，增加优秀作品的曝光率。在渠道投放的助力下，作家每月可以获得从数百美元到数万美元不等的收入，为想挖掘自身潜力或靠讲故事谋生的作家开辟了全新的路径。中国网络文学的付费阅读模式输入海外市场，构成海外作家得以通过写作获得酬劳的基础；而平台的运营投放，帮助作品赢得更多读者和社会关注，也为其开辟了更为广阔的营收空间。原创模式出海的社会影响，在这一链路中得以体现一二。

三、网文出海的未来图景：AIGC 浪潮下的新一轮升级迭代

在作家创作能力和平台运营能力持续提升的背景下，丰富多元的翻译作品和海外原创作品获得更为广泛的拥趸，以网文出海为代表的数字文化对外贸易持续繁荣，网络文学成为讲述中国故事的主流形式之一。

随着 AI 技术的多场景化应用，AIGC 赋能成为网文出海的下一个机遇点。一方面，AI 语言模型的优化能够有效提升翻译效率，推动全球化多语种的网文内容同步；另一方面，AIGC 作为 IP 生产的助推器，大幅缩短了文字作品的视觉化周期，让 IP 开发的链路更通畅、更便捷。毫无疑问，对海外数字出版从业者而言，充满希望的未来已经近在眼前。

1. 拥抱 AIGC 浪潮，攻坚技术及其场景应用

伴随网络文学海外传播的浪潮迭起，一个新痛点浮现——翻译问

---

① 《〈2022 中国网文出海趣味报告〉发布》。

题成为限制其快速、规模化输出的一大桎梏。有效突破这一语言困境，则要引人工智能翻译入场，与专业译者校对、读者纠错形成优势互补，提升网络文学的出海效率和规模。

对海外读者而言，作品的更新速度和翻译质量是其选择作品及阅读平台的主要因素。[①] 与之相对应，在网文作品内容出海的场景下，翻译的效率和质量起到决定性作用。网络文学翻译确实存在难点，不仅包括中文与外语的语言结构转化，还包括中国语言环境下一些文化概念、网络语言的译介。以东方玄幻作品为例，针对"炼器""元神"这些具有中国特色的术语，译者既要在外文语库中匹配表意最精准的词汇，又要加以解释，让读者理解其背后的文化含义。而这类名词的转化在网文出海早期并没有归纳为一个统一的词库，译者只能基于自己的理解来解释，造成名词翻译不统一的现象，大大增加了海外读者的理解和接受成本。

翻译的难点直接导致出海作品陷入更新速度慢和质量不稳定的困局。起点国际的译者温宏文（CKtalon）就遇到过读者留言催更的情况，包括其在内的专业译者始终在寻找破局的发力点。在专业译者的共同努力下，起点国际建立了一个全平台的词汇库，[②] 囊括近千个专有名词的翻译方法，有效避免了不同作品针对同一术语翻译不统一的问题，改善了平台读者的阅读体验。与此同时，在网络文学海外传播多语种布局加速的背景下，阅读平台也致力于以技术破局。起点国际已经启动 AI 翻译训练，以既往优秀的译本、标准核心词库等作为对 AI 模式进行集中性专项训练的语料。同样篇幅的作品内容，借助 AI 翻译能提升工作效率，帮助平台快速实现语言迁移。在此基础上增加专业译者润色、读者纠错反馈流程，能够有效克服人工智能在语言文学性和情绪感染力上的弱点，帮助 AI 模型不断进化。

AIGC 浪潮为网络文学海外传播带来的变革机遇，绝不仅仅体现在翻译这个应用场景。AI 可以成为创作者的强大助力，使作家的创

① 艾瑞咨询：《中国网络文学出海报告 2021 年》，《艾瑞咨询研究报告》2021 年第 9 期。

② 张熠：《首届上海国际网络文学周开幕 中国网文"破圈""出海"》，2020 年 11 月 17 日，https://j.eastday.com/p/1605564689025194，2023 年 7 月 5 日。

意得到更大程度的释放；可以通过多模态 IP 体验，让读者沉浸式地与角色互动；借助 AI 增强文字作品的视觉化效果，让 IP 开发提速，助力更多海外原创作品获得改编机会，辐射更广泛的用户群体。人工智能将凭借其在数字出版及 IP 开发全产业链的场景应用优势，成为网文出海内容生态升级的加速器。

2. 多模态联动融合，全球共创 IP 生态圈

以网络文学为基石、以 IP 培育和开发为核心的生态体系，能够大大延展文学作品的生命力，这是业界近年来的实践经验和共识。AIGC 技术浪潮对内容生产的重塑，不仅作用于网络文学的文字生产环节，还有望大幅提升 IP 开发效率，为实现多模态 IP 体验打开新空间，将基于 IP 的全生态影响力持续放大。

近年来，网络文学 IP 全生态输出渐成规模，其中包括国内成熟的衍生作品向海外输出和海外原创作品的全 IP 打造。阅文集团作家蝴蝶蓝的作品《全职高手》，就见证了从出版授权到翻译上线再到动漫出海的网文出海模式升级迭代。《全职高手》日文版于 2015 年由日本三大出版社之一的 Libre 出版。为了让日本读者能够理解作品中的网络竞技词汇，网站还专门开辟了《用语解说》栏目。两年后，其英文版本上线起点国际，迄今阅读量突破 1.3 亿。同名漫画于 2021 年在日本 Piccoma 平台上线，长居人气榜前 3。2023 年 4 月，改编动画电影《全职高手之巅峰荣耀》官宣于 7 月 8 日在日本上映，消息一经公布即登上海外平台热搜。这一"未播先热"态势，来源于此前多年间 IP 多模态出海积累的受众基础。

目前，国内网文 IP 影视化改编出海已初具规模。文字作品通过视觉化形式得到更加立体、丰富的呈现，通过更多细节展现中华文化的深厚底蕴。由阅文集团 IP 改编的国内爆款剧集《庆余年》英文版 *Joy of Life* 海外发行涵盖全球五大洲多种新媒体平台和电视台，海外粉丝一边看剧一边讨论中国传统文化，如中国古代的衣食住行，甚至细致到古代枕头的材质。独特的文化体验和感染力引爆剧集人气，《庆余年》第一季播完不久后，迪士尼就预购了第二季的海外独家发行权。除《庆余年》外，《赘婿》《斗罗大陆》《锦心似玉》《雪中悍刀行》《风起陇西》《卿卿日常》《天才基本法》等具有国内影响力基础

的 IP 剧集，也先后登录 YouTube、Viki 等欧美主流视频网站，在全球上百个国家和地区"圈粉"。电视剧《赘婿》影视翻拍权出售至韩国流媒体平台，IP 影视作品不停留于海外播放，还成为海外剧集的内容源头，可见网络文学的海外影响力在逐步攀升。

借鉴国内成熟的 IP 产业模式，网文出海的平台门户也在联动全球合作伙伴，进一步加速海外原创作品的 IP 开发。创作起点国际热门作品《机械之神》的荷兰作家伊克鲁尔（Exlor），对 IP 开发充满热情："我期待自己的作品被改编成漫画，让喜爱这部作品的人沉浸在一个更加激动人心和有趣的宇宙中。"[①]

网文出海的 IP 生态正处于升级提效的关键阶段。伴随技术浪潮对内容产业格局的重塑，IP 生态从孵化到视觉化、商品化，将形成更便捷的产业路径。这个开发链路，也有望从孵化阶段就卷入更多读者和用户，进行 IP 的视觉化共创，打通多载体的用户情感，为 IP 一体化运营奠定基础。

3. 机遇与挑战并存，知识产权保护各方联动

虽然网文出海势头强劲，翻译效率和质量不足的问题可以乘技术风口突破，IP 的多模态联动也为网文故事提供了覆盖更多人群的时代机遇，但从长远发展来看，盗版侵权等问题和隐患仍然阻碍着文化传播的广度和深度。

文字内容盗版问题不仅困扰国内数字出版行业多年，也在网络文学出海过程中损害了海外创作者、正版平台及出版方的核心利益。以起点国际排名前 100 的热门翻译作品为例，在海外用户流量排名前 10 位的盗版文学网站中，对这些作品的侵权盗版率高达 83.3％[②]。盗版侵权主体的复杂多元，以及盗版内容传播阵地的强隐蔽性及分散化，大大提高了追溯、取证的难度，受侵害方的维权之路道阻且长。搜索引擎成为盗版的最初聚集地，后随用户软件使用习惯变迁，盗版主阵

---

① 张聪：《迪士尼预购〈庆余年〉第二季海外独家发行权，网文 IP 出海渐成规模》，2023 年 6 月 17 日，http://www.ctdsb.net/c1476_202306/1794773.html，2023 年 7 月 5 日。

② 社科院：《2020 年中国网络文学发展报告》，2021 年 3 月 27 日，https://www.sohu.com/a/457663460_152615，2023 年 7 月 5 日。

地又向论坛、网络云储存服务等新媒体平台转移。而海外维权还存在适用法适配这个难点。简而言之，与维权效果相比，网文海外盗版维权的人力和时间成本都相对过高。

为了中国网络文学出海的稳健发展，协同读者、创作者、行业伙伴等多方努力，制度化、规模化打击盗版侵权是必由之路。2021 年下半年，阅文集团联合行业和作家开发了一套既主动又高效的"反盗版"体系，在国内数字出版行业文字盗版治理方面取得突破：全年拦截盗版访问攻击 1.5 亿次；追溯到有效盗版线索 62.5 万条并进行精准打击；每 500 本书的单日泄漏链接数从 18 万条下降至 0.8 万条，同比下降 95.6%，有效保护了原创内容生态。

纵观"反盗版"阶段性经验，技术攻坚是打击盗版侵权的根本依仗：通过技术手段截断源头流出，能够有效缩小盗版侵权规模；借由技术监测盗版侵权链路，也能够大大降低取证的难度。同时，作家、读者、行业伙伴始终是最为稳固的联合"战线"，只有充分调动各方力量，形成"反盗版"维权合力，才能有效抵制盗版侵权的滋生蔓延。这两点经验在国内数字出版行业以及数字出版物出海过程中都将有所适用。

结　语

2022 年，《赘婿》《赤心巡天》《地球纪元》《第一序列》《大国重工》《大医凌然》《画春光》等 16 部中国网络文学作品被收录世界最大的学术图书馆之一——大英图书馆的中文馆藏书目之中，[①] 可见中国网络文学已成为极具全球意义的内容产品和文化现象。从区域到全球，从内容输出到原创模式的移植和本土化，再到联动各方共抓时代机遇、建立全球 IP 生态产业链，中国网络文学的出海之路不断进化。未来，网络文学的桥梁纽带作用将持续深化，进一步促进文化交流和文明互鉴，推动中华文化走向世界，让全世界共享中国精神、中国价

---

① 曹玲娟：《中国网络文学作品首次被收入大英图书馆》，《人民日报》2022 年 9 月 16 日第 14 版。

值和中国力量。好故事可以超越语言、承载梦想、赢得热爱，这正是网络文学的魅力所在。

（原载《出版广角》2023 年第 13 期）

《和玛丽苏开玩笑》：一场空前的网络文学批评事件

◎刘小源

  《和玛丽苏开玩笑》（下文简称《玩笑》）①是打酱油而已（下文简称"酱油"）创作的一部网络小说，自 2009 年 10 月 15 日开始，已连载 13 年，至今尚未完结。这是一篇立意鲜明的以《哈利·波特》的同人小说《[HP]魔法界的生活》（下文简称《魔法界》）②为批评对象的同人作品的同人作品，也是网络文学受众公认的反玛丽苏同人小说的巅峰之作。然而，它的影响及意义远远超越了对玛丽苏文化现象的反思及批判，突破了同人小说的桎梏，甚至超越了网络类型小说的限制，被很多读者奉为可以与纯文学经典相媲美的网络"神作"，现已被粉丝读者自发翻译成英文版本，分别转载至 AO3 及 FanFiction 这两大具有世界影响力的欧美粉丝文学网站。

  《玩笑》并不是一个孤立的、偶然出现的作品，实际上，它代表了网络上一批以"类型小说之形，行文学批评之实"，具有文学批评功能的独特的网络类型小说——我们可以姑且称之为网络批评类小说。近 10 年来，这种网络批评类小说已成为中国网络文学创作的一大趋势。它集读者、作者、评者三位于一体，与批评对象同形同构甚

---

  ① 原名《[HP]和玛丽苏开玩笑》，作者打酱油而已，2009 年 10 月 15 日开始在晋江文学城连载，2018 年 4 月后转至 LOFTER（乐乎），以《和玛丽苏开玩笑》为名继续连载。

  ② 《[HP]魔法界的生活》，作者夏夜的小猪，2009 年 8 月 4 日开始在晋江文学城上连载，同年 11 月 20 日完结，11 月 22 日全文大修。

至同时；其零距离介入网络文学创作过程的批评方式，以及沉浸式的叙事性批评话语，不仅具体地影响着网络小说的类型发展趋势，而且深刻地塑造着网络文学的内在精神向度。

作为网络批评类小说的经典代表，《玩笑》以其独特的批评形态颠覆了以西方文论为主导的学院派文学批评话语体系，在网络空间引发了一场跨越13年的多平台、多媒体、超文本的宏大讨论。可以说，《玩笑》的作者、文本以及整个文学生产过程是一场空前的文学批评事件。它以高度互文性的沉浸式叙事话语链接整个网络文学场域，其批评文本、批评对象、衍生文本与读者批评等在网络空间相互交锋、共同作用，构筑了复杂多变而又蔚为大观的网络文学创作与批评现场。本文拟从文学事件的理论视角深入网络文学现场，借助作者访谈、文本细读及读者群的田野调查，对《玩笑》进行初步的探讨与分析，以期有助于我们理解与把握网络批评类小说这一独特的文学批评形态的基本特征与意义，同时对探索建构真正贴合中国网络文学发展实际的批评体系提供一定的参考。

一

对于学院派批评家而言，阅读《玩笑》有着一定的"门槛"。第一，作为同人作品的同人作品，在阅读《玩笑》之前，需要预先阅读 J. K. 罗琳的《哈利·波特》系列作品的原著小说，以及《玩笑》所批评的《魔法界》的同人文本，才能真正厘清三者的互文关系。第二，批评家本身需要对《玩笑》文本中涉及并化用的各种通俗文学、音乐、游戏、动漫、影视剧及纯文学、话剧和文学理论著作等相关文本有所涉猎，方能辨认出小说中具有文本间性的各种"乱入"①、"玩梗"②、"致敬"。第三，《玩笑》的创作连载过程是随着批评对象《魔法界》的连载创作

---

① "乱入"为网络用语，意为胡乱进入，指小说文本中出现多个其他作品人物参与叙事情节的现象。

② "玩梗"为二次元网络用语。"梗"为台湾综艺对"哏"的误读，意为"笑点""笑料"。"玩梗"，即针对大量含有故事性的经典桥段进行解构与调侃的修辞手法。用法类似于古文的"用典"，但更具游戏性质。

与修改同步进行调整的，而双方文下的读者评论、讨论、争吵、骂战以及衍生作品的创作，都对两部小说的创作产生了实时的介入性影响。阅读《玩笑》必须结合网络文学创作现场众声喧哗的读者批评，才能真正完整地理解其创作的内在演变及背后深刻的社会文化影响。除此之外，《哈利·波特》《魔法界》《玩笑》及《玩笑》内部包含的未经引注的数百个文本碎片，再加上读者批评和各种形式的衍生文本，无数文本之间形成了相互交织、对抗、融合与对话的多重关系，共同构筑了《玩笑》复杂而奇异的批评景观。一言以概之，阅读《玩笑》不再是单一作品的文本阅读，而是无数文本链接而成的，具有高度互文性的超链接、非线性、无定本、多媒体、交互性的超文本体验式的网络文学"图书馆"。这是网络文学才能造就的文学生产、阅读与批评的奇观。

面对这一复杂多变、庞杂无匹的网络文学创作及批评现象，无论是作者中心论、文本中心论还是读者中心论，这些传统文学的批评体系都难以将之完全涵盖并深入阐释。2012年，英国批评家特里·伊格尔顿在《文学事件》中提出了"文学事件论"，认为文学作为事件而言，并非古典形而上学中认定的稳定不变的客体，而是打破常规，具有不断生成变化的本质。从这个角度来看，网络上连载的《玩笑》不是一个传统的纸媒出版的封闭了的作品文本，而是一个开放的超文本的网络文学生产现场，一个从诞生之日起便不断打破"常规"，在读者的阅读与批评中不断"生成"，意义增殖的过程。网络读者在线阅读《玩笑》时的体验与其说是踏进了作者构建的文本世界，不如说更像是进入了一个规模庞大、众声喧哗的"游乐场"。阅读、批评与写作犹如一场场盛况空前的"游戏"，读者、作者与评者不断投身其中，互动、对话、争锋，共同组成了一个不断生成、充满变化而又意义空前的"文学事件"。

齐泽克认为，"事件总是某种以出人意料的方式发生的新东西，它的出现会破坏任何既有的稳定架构"[①]，强调事件是一种意外，一种突发的、具有神秘性的、打破常规的新事物。从这个层面讲，《玩笑》

---

① ［斯洛文尼亚］斯拉沃热·齐泽克：《事件》，王师译，上海文艺出版社2016年版，第4—6页。

的创作者酱油本身便是一个打破常规的偶然性"事件"。创作《玩笑》之前，酱油并非网络同人文化的深度参与者，而是一个半路出家进入话剧编导圈子的理工科在读大学生，对网络文学和同人文化知之甚少。正是这种"半路出家"的"外行人"身份，在"偶然性"的推动下诞生了《玩笑》打破多重"常规"的异质性创新。

在一次火车之旅中，由于天气原因导致了行程延迟，作者偶然借阅了旅伴的手机，正巧读到了《魔法界》这部小说。

> 那是我人生第一次知道晋江，也是头一次明确知道有种叫"同人"的东西……我翻看之后感到惊讶……因为它让我感到一种普遍的生存状况，这种状况给我们的生活带来强烈的重压，甚至恐惧。
>
> 这部小说虽然是幻想性作品，却和我们生活的世界太像了。无辜的人被用来践踏、伟大的人物视普通人为蝼蚁、对冒犯自己的人充满近似杀戮的恶意，尤其是对权势热烈的崇拜，都造就了这种莫名的恐惧。小说中所包含强烈的控制欲、占有欲和仇恨，是我们每个人或多或少都拥有的，或是从别人那体会过的。很多人认为这种想象是孩提时代的一种调节剂，可我感到它在人们长大之后虽然变得隐蔽，却更加强盛。
>
> 那时候，我因为制作一部舞台剧，读了《愿上帝保佑你，罗斯瓦特先生》……与这两部作品的偶遇，使我开始反省自己……至少我们要把希望自己和他人都能做得更好的愿望告诉世界。一个人想说故事，是因为有个好故事在心里，而好的故事应该使我们变成更好的人……正因为如此，《开玩笑》这个故事的雏形在我心中显现，我想试着从一个着墨最少的人物的角度考虑，想象在那些无足轻重的人眼中，世界可能会是什么样子。[①]

《玩笑》的写作大纲及基本设定就是这样在极其偶然的际遇下，

---

① 引自酱油的《上交 cc 布置的作业》。这是一篇类似于答读者问的创作感言，首发于百度贴吧"和玛丽苏开玩笑吧"，网络原文已被"吞楼"，备份文档现存于《玩笑》QQ 读者群的共享文件中。

"靠这种冲动的驱使，在两天一夜的火车之旅上完成的"①。正是由于这种"圈外人"不知"常规"的偶然"入场"，《玩笑》的创作始终不在规则之内，从事件伊始便令"常规"产生了"断裂"。

第一，由于作者本身非文学专业出身，亦非网络文学受众，在产生文学批评的冲动时，第一时间想到的既不是学理性的文学批评，也非网络读者评论，而是在对方文本的基础上构思一个新的故事，用叙事的方式言说自身对作品、文学、社会、人生的批评与思考，并由此创造了一种全新的叙事性的文学批评话语。实际上，酱油自身有着相对广泛的对西方文艺经典及文学理论的阅读经验，但她对理论的阐释与应用是通过《玩笑》的小说创作来实现的。《玩笑》将西方文学理论的一些经典思想化为小说中具有功能性的一个个具体意象，甚至经由人物之口转述文学批评的理论内容，在叙事中直接解构文学创作。这导致《玩笑》的小说文本在思想性、实验性与先锋性上并不亚于某些纯文学的经典作品。"洛瓦西之林"便是最为典型的一个例子。

"洛瓦西之林"源自意大利符号学家、作家安贝托·艾柯《悠游小说林》的第二章"The Woods of Loisy"②。在这一章中，艾柯着重分析了法国作家奈瓦尔在《西尔维娅》里为读者制造的叙事迷林。"洛瓦西"正是《西尔维娅》小说中的故事发生地。酱油将之具象化为《玩笑》中真实存在的魔法森林，里面"收藏了世界上存在过的所有人的所有记忆"③。通过特殊的仪式，记忆会像植物一样生长，将森林制作成一座迷宫。"走进这座迷宫的人，就等于打开了一本书，书里全是制作迷宫的人的故事。制作者从出生到此刻的记忆、想象、梦境、潜意识不断闪回，心灵的小路不断分岔，编织了一场没有终点的迂回旅程。"④ 而这个故事迷宫便是小说中初次尝试利用"叙事"与

---

① 引自酱油的《上交 cc 布置的作业》。

② ［意］安贝托·艾柯：《悠游小说林》，俞冰夏译，生活·读书·新知三联书店 2005 年版。

③ 引自酱油的《玩笑》第 128 章《洛瓦西之林》，2011 年 10 月 9 日于晋江文学城首发，http://www.jjwxc.net/onebook.php?novelid=582427&chapterid=128。

④ 引自酱油的《玩笑》第 128 章《洛瓦西之林》。

"阅读"的特质来封印《魔法界》主角水蓝儿的关键"道具"。细读《玩笑》中涉及"洛瓦西之林"的所有章节，故事情节完全化用了艾柯关于叙事与阅读的相关理论内容，形式上仍是小说感性的叙事语言，但其实质却是运用文学理论解构批评文本的一种全新的、高度互文的、叙事性的文学批评话语。正是这种理性与感性相结合的叙事性批评赋予了《玩笑》无与伦比的独特魅力。而这种批评的魅力也深深地"浸入"了每一位读者的阅读之中。读者星星在给《玩笑》的长篇读者评论中这样写道："其实《开玩笑》的文风并不是我最喜欢的表达方式，可是她却给了我任何作品都没有给过我的震撼、启迪与感动——她就像用严谨而透彻的逻辑论证，同时用不可阻挡的感性将你淹没，没有任何反抗的能力和理由。也许这便是伟大。"①

第二，由于作者对同人文化知之甚少，缺乏对网络同人小说圈子的基本了解，作为同人小说的《玩笑》从创作之初便打破了同人文化"出于爱与萌的初心""尊重原著"等规范的桎梏。同人小说的作者本身具有多重身份。在其通过写作获得同人作者的身份之前，首先是一名"原著"文本的普通读者。同人小说的创作冲动来自读者对原著的狂热喜爱（爱与萌），在这种狂热喜爱加持下，读者转变为粉丝的身份。为了更深入、广泛地占有文本，粉丝读者将自身的生活经验及个人欲求融入同人文本的生产之中，继而由读者、粉丝转为同人作者。因而同人文化的基础是对原著文本的喜爱，"尊重原著"也成为同人创作公认的第一铁则。而《玩笑》虽然形式上是依托《魔法界》为蓝本的同人小说，作者却绝非该作的粉丝，其创作的出发点也非对《魔法界》的"喜爱"，而是"批判"。作为《魔法界》的读者时，她始终是理性的，以批判的思维进行阅读的。作为同人作品的同人作品，《玩笑》却没有完全遵循《哈利·波特》与《魔法界》的世界、情节及人物设定，而是对文本材料进行有意识的"过滤"与二次加工，在若干个关键节点上对两篇小说进行个性化解构。一个典型的例子是《玩笑》对《魔法界》中首席挑战赛的"变形"与解构。《魔法界》中

---

① 引自《玩笑》第 243 章文下星星的读者长评（超过 1000 字的读者评论），发表时间 2019 年 2 月 21 日。

加入了水蓝儿参加斯莱特林学院的首席挑战赛的同人设定，《玩笑》则将首席挑战赛扩大为全校范围，并让金妮通过抽签成为格兰芬多学院首席，与水蓝儿竞争学校总首席的职位。利用水蓝儿的轻视，金妮机智地选择了"自我批评"作为决战形式，规定谁能自嘲自贬得更深刻彻底谁便获胜。决赛上，金妮用一段精彩的演讲发表了振聋发聩的"自嘲"，并为自己的满身缺点向这个世界道歉。而身为玛丽苏的完美化身，水蓝儿没有任何缺点，金妮就此大获全胜。《玩笑》在水蓝儿施展玛丽苏之力将整个格兰芬多塔困在热带雨林幻境时达到了第一个高潮。幻境原本是《魔法界》中水蓝儿对格兰芬多的惩罚，却在金妮等人的带领下演变成为整个霍格沃兹狂欢的舞台。"接受玩笑，开一个更大的玩笑"的主旨在此得到了充分的展现。"从此，霍格沃兹礼崩乐坏、改朝换代"宣布了《玩笑》一文彻底脱离《哈利·波特》的原作的逻辑，也脱离了《魔法界》的蓝本剧情。最初原作、玛丽苏同人与反苏同人三个文本之间相互交错、对抗产生的复杂奇异结构渐渐被吸收融合到《玩笑》所建立的全新逻辑秩序中，浑然一体，焕然一新。

第三，作者在创作之前并不真正了解玛丽苏的历史演变及网络定义，最初对玛丽苏现象的理解亦相对抽象和个人化，因而在对玛丽苏群像的塑造中无意识地突破了同人与元文本（meta-text）的次生与附属关系，超出了女性幻想的性别限制，走向了更为深层的社会历史文化现象的探讨。"玛丽苏"是诞生于欧美影视粉丝文学的女性幻想形象。作为同人文学场域备受争议的女性文化符号，在进入中国网络文学领域后，逐渐演变为女性作者以自我为中心代入小说主人公，意淫过度、破坏文本世界秩序现象的一种代称。《魔法界》的女主水蓝儿无疑是非常符合"玛丽苏"原始定义的典型人物。而《玩笑》在将之设定为"玛丽苏中的玛丽苏"外，还将 J. K. 罗琳笔下的哈利·波特、邓布利多、斯内普、伏地魔、洛克哈特等男性角色也划为"玛丽苏"之列，无意识地完成了对同人创作及玛丽苏性别形象规约的突破。诞生于同人创作范畴，代表少女对自我的完美幻想的"玛丽苏"形象，通常是不指涉经典文本的"原著"人物的。同人创作相对于元文本而言，是一种次生的从属关系。《玩笑》将哈利·波特这一元文本的主人公设定为《哈利·波特》世界最大的玛丽苏，实际上是将《魔法界》的玛丽苏与《哈利·波特》系列经典的主人公等而视之。甚至《玩笑》中水蓝儿的力量比哈利·波特还要强大，这也成为同人文本可以在某种程度上超越元文本的一个寓言式隐喻。

第四，由于作者创作之前对网络类型小说的写作并无经验，《玩笑》没有采用网络文学通行的类型套路结构，而是结合自身阅读经验自创了一种独特的叙事风格，其写作已逐渐超出了网络类型小说的范畴。网络批评类小说中通行的批判性叙事策略主要可分为"对抗式批判"与"归谬式讽喻"两种。前者与现今高度成熟、娱乐化的"爽文""打脸""升级"套路如出一辙，都是通过不断欲扬先抑、制造阻碍进行攻克的多个小结构嵌套游戏化的"升级"来营造层层积累的"爽点"，最终"击败"被批判的典型人物及典型情节，实现文学批评的意图。后者则主要将批评对象的典型缺陷进行夸张放大，并使用归谬、类比、讽刺、吐槽等手法揭露其荒谬可笑之处。创作初期，《玩笑》也在一些章节中使用了以上两种叙事策略，但愈到后期，其独特的叙事风格便愈加突出。整体来看，《玩笑》采用的绝非一般类型小说的套路结构，而是一种掺杂了大量象征意象、"玩梗"与"乱入"，将作者接受的多元的、多维度的文化资源充分"渗透"叙事，不断以对平凡温馨的日常生活片段的"追忆"和"记录"来打断"对抗式"的叙事主线，形成游走于小说、戏剧、童话、寓言、诗歌乃至叙事散文之间的独异写作风格。

此外，作者对文学写作的潜在规则不甚在意，没有意识到作者创作、文本内部与外部读者评论之间约定俗成的天然界限，在某种程度上搁置了"作者的权威"，将读者创作与作者创作等而视之，消弭了两者间的隔阂，打破了传统文学的既有秩序。在笔者与作者的访谈中，酱油坦率地表示，在网上写作是为了更好地与读者交流，希望更多读者积极参与到文本的衍生创作中来。在晋江文学城连载期间，作者便曾把读者的衍生创作直接作为小说的正式章节进行公开发表。比如《玩笑》的第 67 章"依然超然哈利的一日"，原本是读者苇恩以读者评论的形式在第 66 章文下发表的衍生小说，也就是同人作品的同人作品的同人作品。作者却直接将之收入小说，作为"番外篇"列入正文章节"以飨读者"①，并直言希望读者直接参与《玩笑》的创作，打破了作者创作与读者创作的天然隔阂。后期转到 LOFTER（乐乎）连载时，又多次举办读者征文活动，并将其中的优秀作品作为《玩笑》的一部分进行发布。在这种氛围下，晋江、LOFTER（乐乎）、百度贴吧、QQ 读者群、微博、豆瓣、知乎乃至哔哩哔哩等网站平台都出现了大量《玩笑》的读者批评以及多种形式的衍生创作。这些读者批评与衍生文本共同构成了作为事件的《玩笑》的组成部分。可以说，在《玩笑》的文学生产现场，读者、评者、作者身份不断深度"交错""变化"，每一重身份都拥有积极"侵入"文本、阐释文本的权利，在这个开放的"超文本"的"游戏"中，获得了前所未有的"平等"与"自由"。

二

与齐泽克相比，德勒兹更为强调的是事件的"生成性""不确定性"与"可变性"。文学事件是一个意义不断生成（becoming）的连续性变化的动态过程。正如伊莱·罗纳在《事件：文学与理论》所言，文学事件是一个"永无终点的新的生产"。从这个意义上看，《玩笑》的创作与批评行为及其被批评与反馈的过程本身，就是一个不断变化、意义增殖的文学事件。

传统的文学批评，都是基于创作的完成时来进行分析与阐释的。而《玩笑》的创作则与《魔法界》的连载近乎同时进行，批评对象与批评文本在连载期间始终处于"未完成"的"现在进行时"时态——一个极具"生成性""不确定性"与"可变性"的"量子状态"②——彻底打破了传统文学批评"过去完成时态"的批评常态。这种基于

---

① 引自酱油《玩笑》第 67 章的章前介绍"作者有话说"，2009 年 12 月 31 日发布于晋江文学城，http://www.jjwxc.net/onebook.php? novelid＝582427&chapterid＝67。

② "量子状态"引自 2022 年 3 月 23 日酱油的回复内容："……目前还是量子状态的开玩笑世界，又出现了变化。"

"未完成"状态的批评完全建构在批评者的读者经验之上，充满了对文本走向的猜测与预判。而被批评文本在"接收"批评的同时也在不断地做出背离了写作"初衷"的种种"改变"。与此同时，双方文本的读者也在同时进行对两篇小说的评价、讨论，甚至骂战。而这些评价、讨论与骂战又同时影响了两方作者的创作……批评文本与被批评文本始终在"不可预知"中相互影响、相互变化，不断"生成"新的意义。

《魔法界》完结并全文大修时，《玩笑》刚刚连载至第 54 章。由于其依据的同人"蓝本"进行了大量修改，《玩笑》不得不应对这些改变，创作思路也逐渐衍生出对玛丽苏现象更为深刻的思考。再加上《玩笑》连载超过 13 年的时间跨度，作者从一个本科在读学生变成了教师，又变成了政府的工作人员，"离开了自己原来所在的世界，挥别家人和朋友，慢慢深入生活，体会到了一个在社会中半透明的人是怎样过的"①。小说的文本创作也随之产生相应的变化，叙事风格更加突出，思考的角度及深度与最初的构思相比更加多元而深刻，从一开始单纯的抵制与批判，逐渐走向了对玛丽苏现象更深层的理解、接纳与深刻的自省。

在作者访谈中，酱油提及受到《魔法界》小说后续连载变化的影响："在对方写到'魅影'的时候，其实我是非常兴奋和忐忑的。一方面，我感觉这个地方对方的世界观要有一个新的展开了，终于能够窥探到《魔法界》真正的世界设定，所以非常兴奋。另一方面，也担心对方的这个（世界观）我能不能接住，能不能在《开玩笑》里自洽地融进去。"谈及后期《魔法界》因为受到《玩笑》的批评进行了全文大修，是否也影响了以其为蓝本的《玩笑》的后续创作时，酱油回答："有影响。但是对方当时可能由于经历、写作技巧或者情绪之类的影响——她当时真的是被网友批得很厉害，我能理解她当时的修改其实是很困难的……所以其实《魔法界》的实质是没有多么大的变动的，我觉得她更多的是删去了很多受到批评的话啊这类的细节。因此《玩笑》的基本框架并没有太大的调整……"不过，为了应对"蓝本"

① 引自酱油的《上交 cc 布置的作业》。

的变动，《玩笑》在原有大纲的基础上重新增改了一些设定。比如"玛丽苏的真名"的设定就是《魔法界》全文修改后才添加的。

与《哈利·波特》中音译为主的人名不同，《魔法界》主人公水蓝儿的名字是"Aquamarine（水蓝色）"的意译，源自伊丽莎白·艾伦电影中"美人鱼"的名字。由于受到《玩笑》的批评，水蓝儿这一中式译名受到了全网读者的嘲讽。在 2019 年 11 月 22 日的全文大修中，夏夜的小猪（下文简称"小猪"）将女主的名字全部替换为音译的"阿珂尔玛琳"。而作为同人作品的《玩笑》也在后期添加了依据"卡巴拉神秘学"而来的玛丽苏的"真名"设定，并将"Aquamarine"的真名有意修改为"Aqlmarin"。在《玩笑》的第 130 章"名字"中，作者特意安排主人公金妮喊出了水蓝儿的真名："……你不就叫 Aqlmarin！Aql 是零！加上 marin 就是无限！你从虚无到万物都想据为己有！你这个玛丽苏！"[1] 这巧妙地点破了玛丽苏的本质。在该章的"作者有话说"部分，酱油解释道："擅自修改了原名的拼写，用 aql 开头，是因为想借用 aql 的宇宙精神的意思。"[2] 结合作者提供的部分手稿内容，我们可以看出这个设定实际上是还未写完的《玩笑》结局部分的一个铺垫，与结局对文学写作的意义探讨相互呼应，最终在小说的结尾深化了《玩笑》对文学生产、故事本质及读者阅读与文本"生成"的批评与阐释。

借助互联网的媒介力量，网络类型小说的章节连载形式将网络文学交互性和即时性的特质发挥到了极致。一方面，两方作者的思想与意志通过《玩笑》与《魔法界》的文本连载相互影响、相互碰撞。与此同时，双方文下的读者亦会在每个章节的发布过程中进行即时性的批评，对作者的创作产生同步影响。可以说，批评者与阅读者是直接参与到作者对作品的创作过程中的。从这个角度看，每一篇网络批评类小说的文本内容都是杂糅了作者意志、读者意志及评者意志的一种综合呈现。

读者的阅读、接受与批评是文学事件不可忽视的组成部分。随着

---

①② 引自酱油的《玩笑》第 130 章"名字"及"作者有话说"部分，发布于晋江文学城，http://www.jjwxc.net/onebook.php? novelid＝582427＆chapterid＝130。

《玩笑》的影响力越来越大，越来越多的读者跑到《魔法界》文下发表评论，其中很多读者是结合两篇小说一起阅读、共同评论的。这批读者中的绝大部分均对《魔法界》持否定的批判态度，甚至毫不客气地对作品和作者进行辛辣嘲讽，迅速引发了《魔法界》原有读者的反击。两方人马从"玛丽苏小说给人带来的心灵慰藉""做梦的权利""每个孩子都幻想过成为玛丽苏"与"玛丽苏小说对原作的诋毁""不能心中只想着自己，永远生活在梦境""玛丽苏可以原谅，但三观一定要正"等不同角度在晋江文学城、LOFTER（乐乎）、知乎、微博、百度贴吧、QQ读者群等网络平台展开了广泛深入的探讨与辩论。其中，对《玩笑》和《魔法界》的文本创作影响最为直接、深刻的，还是晋江文学城上的双方文下的读者评论。截至 2023 年 5 月 25 日，《魔法界》文下产生了 73 篇千字以上的长评、235 个话题楼、12164 条评论，《玩笑》文下则有 118 篇长评、459 个话题楼、29249 条评论。这场旷日持久的论战对《魔法界》和《玩笑》后期的创作都产生了巨大的影响。

这些数以万计、形式各异的评论虽然良莠不齐，但亦不乏富有真知灼见的读者批评。钱烨夫与徐剑从粉丝批评的角度认为，这种读者"贴近文本的沉浸式阅读方式使其在情感近距下形成了一种独特的文本体验、审美与批评能力，即苏珊·桑塔格所说的'新感受力'。'新感受力'既是粉丝对于文本的体验和批评方式，也是粉丝自身身份的一种文化表征，它使得粉丝文艺批评摆脱了学院派批评基于理论的阐释方式，并强调个体的感性认识在批评中的重要性"①。在实际的网络文学生产中，这种出于感性的读者批评往往比理性的文论更能触动网络文学作者的内心，进而影响其后续创作。

在访谈中，酱油承认，除了受到《魔法界》小说写作和后续修改的影响，《玩笑》的写作也受到双方文下读者评论的影响。

印象比较深的一个读者评论大致是说我写这个对夏夜的小猪

---

① 钱烨夫、徐剑：《数字时代粉丝文艺批评的"新感受力"与价值反思——兼与李雷教授商榷》，《探索与争鸣》2022 年第 3 期。

实际上是不公平的，玛丽苏是所有孩子的幻想。因为男性的龙傲天啊之类的幻想大家好像都能比较宽容理性的（地）接受，但是对玛丽苏这种女孩子的幻想却特别苛刻，大家都揪着打，这点是我深刻反思了的……受到这个评论的影响，我后续很注意女性角色，花了更多心血去塑造女性人物形象。原来我写的时候对角色性别实际上是没有太多偏好的。①

换一个角度，如果我们站在被批评文本作者的立场，反观这一文学批评事件，批评文本与读者批评的反馈无疑影响更为深远。作为新人作者的处女作，小猪非常重视读者的评论反馈，时常将写作中遇到的问题与思考在"作者有话说"中与读者们商榷。在《玩笑》引起网络轰动之前，小猪一直坚持回复每一条读者评论，即使是无意义的"撒花""灌水"，也会回以体贴温柔的答复。甚至在《魔法界》小说封面及最终结局的选择上，小猪发起过两次读者投票，最终作者的选择也确是读者投票的反馈结果。因而在《玩笑》连载之初，小猪对其提出的批评始终抱着虚心宽容的态度，不仅明确感谢酱油为自己的小说创作同人作品，带来了很多人气，还把《玩笑》的网址链接放在自己小说首页的文案上进行推荐。在《魔法界》后续创作的同时，小猪认真阅读了《玩笑》的批评，反思了水蓝儿没有任何缺点不似真人的设定，并再次感谢酱油对自己的批评和建议，承诺会努力修改。

尽管受到《玩笑》影响而来的读者们大多持批评否定的态度，小猪依然认真回复每条非恶意攻击的读者评论，虚心接受批评，解释自己的写作意图，不断为自己写得不好的地方道歉。小猪曾在对批评者的回复中谈及对读者批评的理解："不管写得好不好，我还是会认真去写，因为个人觉得，有失败才会有进步。没人批评，我怎么知道哪里好、哪里不好……人与人之间的交流和沟通，其实也只是依照自己的衡量标准而已，矛盾，也是因此而来……小猪我会尽量努力的，但是幼稚一些也请大家原谅，因为我还没办法，把小说当成真实世界，如果有天写现代都市小说，我会好好地写一个真实的社会，而不是这

---

① 引自酱油《玩笑》第 67 章的章前介绍"作者有话说"。

样不负责任的天马行空。"①

　　然而，粉丝读者的文学批评往往站在各自"文化圈"立场上进行自我投射式的感性批评，在群体非理性的网络舆论场上很容易引起批评的"失控"。《魔法界》文下甚至一度出现了长期大规模发表负分评论，对小猪进行人身攻击与谩骂诅咒等群体极化现象。正如李雷所言："粉丝社群的圈子化、狭隘性、排他性等弊病，及其文艺批评呈现出的'信息茧房'趋向，使其容易封闭于自身所严格设定的价值观、本真性、文本等级之中，从而破坏了文艺批评公共领域的构建，并限定了其文艺批评的价值与文化抵抗的效力。"② 纵览《魔法界》文下13年的读者评论，我们可以清晰地看到这一从理性讨论开始，逐渐陷入"非理性"站队的完整过程。直至近两年，较为公正、理性的读者批评的比例才再次慢慢回升。

　　《魔法界》后期的创作恰逢读者评论逐渐"失控"，引发大规模"刷负分"的时期，作者的写作不断受到这些评论"攻击"的影响与困扰。2009年11月20日，《魔法界》在晋江文学城完结；22日，《魔法界》全文大修，并删去了文案上的《玩笑》链接，修改了原始文案。新文案没有提及任何原文案对小说的介绍，反而更像是一篇阅读《魔法界》之前的"读者须知"，或者更确切地说，是一篇针对读者批评逐一提醒的"声嘶力竭"的"阅读公约"：

　　　　首先进行一些说明，有符合的，建议右上方的小叉，或者左上角的 e 型标记双击。如果硬要进坑，请对自己的行为负责！不要随便拍砖。谢谢！！

　　　　1.本文顶着原文的人物和基本大纲，但是关于蛇院和贵族的设定跟原著差很多，喜欢狮院的，建议不要进坑，因为文中狮院的人被欺负的（得）很惨！！2.本文主角非常强大，既天才又强势，建议雷这个的，还是放弃吧！！……4.如果您还在纠结于同人

---

　　① 引自2010年1月24日小猪对读者砖头的批评的回复。

　　② 李雷：《粉丝批评的崛起——粉丝文艺批评的形态、策略与抵抗悖论》，《探索与争鸣》2021年第1期。

和原创的定义，那就请不要进入，因为同人本就是有不满意原著的地方才产生的，不可能设定和原著完全一样！！……6.女主的名字是引用了伊丽莎白·阿伦的电影《美人鱼》里那条美人鱼的名字，翻译也来自电影的字幕，和台湾言情小说完全没关系！只能说我看错了版本……所以请不要再针对这一点！！以上，说明完毕，谢谢！！

PS：小猪我不介意比较，也欢迎您留下建议，但是必须说明：偶不喜欢掐架！！所以，拍砖没关系，但是请一定要留下您的理由，谢谢！！……①

与囿于圈子文化，容易产生群体极化现象的读者批评不同，《玩笑》对《魔法界》的批评则是一种经由小说文本进行的"言说"。虽然酱油与小猪自始至终没有过任何直接的联系，但是通过双方文本的写作及答读者评论的话语，批评者与被批评者间接地实现了一种实质上的"对话"。

《玩笑》的批评除了通过寓言、意象和小说的关键情节改写来表现，最为独特的批评话语其实是《玩笑》后期主人公金妮与水蓝儿的几次直接"对话"。我们以《玩笑》第165章为例，删去所有描写，两位主角的对话更像是《玩笑》的作者对《魔法界》的作者的"说话"。

"你讲的这个……只有一个人，光说她怎么好了，没有故事，不好玩。"

"谁说没故事，一个强大的人，大家都爱她，怎么不有趣？还有呢？"

"这个人老是特别顺利，没什么意思……也许你可以给她一个挫折？"

"老套的东西，我讲的这个人把受的伤害隐藏在心里，不让别人看到，不让亲爱的人难过，不行吗？再接着说。"

---

① 由于篇幅限制，笔者对文案内容做了节选。原文网址：https://www.jjwxc.net/onebook.php？novelid＝532697。

"你写的都是你自己，虽然不一定是你身上发生的事，可是不管故事讲了什么，它里边那人是你，不对，是你想要的你。你的故事简直就是……厄里斯魔镜。"

"别光说我不好，你写一个试试，能写一个没有你的东西吗？不带你的思想，不带你的感情，没有你的所见所闻、你的个性、你的语气，最好连你都看不出它是怎么写出来的。能吗！"

"我不能。"

"那就别指责我，所有人都在抄袭自己。故事……故事就是因为人太爱自己了才有的，我又有什么错。"

随着《魔法界》的修改，结合小猪在文下的解释和对读者批评的回复，《玩笑》中的"说话"亦不断产生变化。如果说酱油对小猪的"说话"大多融于《玩笑》的文本创作中，那么小猪对酱油的答复则更多呈现在对文本的修改调整和"作者有话说"及对读者批评的回复中。

在回复读者批评时，小猪曾坦陈自己阅读《玩笑》时的真实感受："说实话，最开始看到会有点难过，因为觉得被扭曲了。后来想想，我自己都在扭曲人家罗琳的书了，凭什么别人不能来扭曲我的，就无所谓了。基本上，我现在把酱油的那本书当成另外一个故事在看，反过头再来比较一下，感觉会得到很多新东西。"[1] 甚至表示曾一度考虑过为《玩笑》写一篇长评，但最终因为怕引起非议而作罢。

作为文学批评事件，《玩笑》批评的力度及影响力甚至引发了网络文学创作场域的某种转变。其批评所针对的并不仅限于对小猪、《魔法界》、同人创作和玛丽苏现象的探讨，而是上升到了对"什么是文学""我们为什么要阅读""文学的意义""写作的意义""文学的评价标准"等终极问题的思考与探索。作者丧歌曾这样评价《玩笑》对

---

[1] 原文为小猪 2009 年 12 月 11 日于第 60 章下回复网友至红的话。引自《魔法界》评论库第 60 章第 6 页，http://www.jjwxc.net/comment.php?novelid=532697&chapterid=60&page=6。

自己的影响："虽说算是同人的二次创作，但这部小说几乎重塑了我的处事态度与写作态度……《和玛丽苏开玩笑》告诉了我，故事就是麻瓜的魔法，就是一个个富有活力、想象、真与善的故事让孩子们不再平凡。作为一个网络小写手，大概是受了这部小说影响吧，我在这之后写故事时态度端正了很多，每个故事都从头到尾构思，保证不会烂尾。认真思考人物的形象，保证他们是有血有肉的人。并且，不再无病呻吟地强调什么社会黑暗，而是从我的故事里发现能够鼓舞人心的事情。"① 可以说，《玩笑》不仅在经验层面引发了读者的强烈共鸣与思考，其批评话语也令更多网络文学创作者不断反思、自省，从某种程度上带动了网络文学创作观念的逐渐转变与向好发展。

三

齐泽克认为："在事件中，改变的不仅仅是事物，还包括所有那些用于衡量改变这个事实的指标本身。换言之，转捩点改变了事实所呈现的整个场域的面貌。"② 作为事件的《玩笑》在某种意义上也是网络文学创作和批评的一个"转捩点"。笔者曾在《来自二次元的网络小说及其类型分析——以同人、耽美、网络游戏小说为例》一书中讨论过同人小说对原著文本的文学批评功能，但《玩笑》是一部出于批判目的的同人作品的同人作品，这就与一般的同人小说的文学批评在文学活动要素的关系上有了根本性的区别，创造出叙事性文学批评话语的全新坐标。

艾布拉姆斯在他的《镜与灯：浪漫主义文论及批评传统》中将文学活动归纳为四大要素——世界、作家、读者、作品，并从宏观层面把握西方文学批评的规律，建立了文学批评的坐标体系。而《玩笑》

---

① 引自知乎《你读过什么三观很正的小说？》话题下衷歌的回答，发布于 2018 年 3 月 7 日，知乎网址：https://www.zhihu.com/question/49816610/answer/336387029。

② ［斯洛文尼亚］斯拉沃热·齐泽克：《事件》，第 211 页。

对《魔法界》的批评则打破了这一固有体系。我们可以从图 2 所示的文学批评坐标来梳理具体的文学关系。

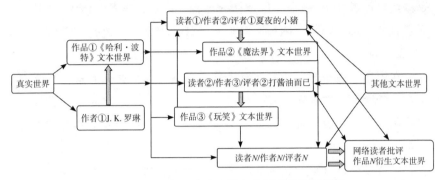

图 2　以《玩笑》为中心的文学要素关系示意图

在图示的左半部分，作为已经完结的纸媒出版物，《哈利·波特》小说系列仍符合传统的世界、作者①、作品①、读者的文学活动四要素。而进入网络文学类型小说部分，介于媒介及文化、语言上的隔阂，作为批评的同人文本已经不再对原著作者产生影响，也无法改变业已出版的原著文本及改编发行的影视剧的文本内容。在这里，三次元真实世界的历史、社会与文化仅是创作的潜在背景存在于网络文学生产的"远端"。

及至图示的中间部分，也就是网络文学的内部，批评与被批评文本间的关系便陡然复杂起来。小猪是《哈利·波特》的读者，由于不满于 J. K. 罗琳对格兰芬多的"偏心"、对"蛇院的不公"，而将这种感受投射到了《魔法界》的文本创作中。因而《魔法界》在这个意义上亦可视为《哈利·波特》的第一重批评文本，小猪在读者①之后也同时具有了评者①及同人小说二次创作的作者②身份。而酱油首先既是《哈利·波特》的读者，又是《魔法界》的读者，也就是双重身份的读者②。在对《魔法界》进行批评的同时，又有了同人批评的二次同人批评者身份，也就是评者②。从同人小说的"二次创作"角度看，《玩笑》其实亦是《哈利·波特》小说的"第三次创作"，因而酱油的作者身份是"三创"的作者③。由此推之，阅读了以上文本的其他"经验读者"，可编码为读者（4－N）的自然数列；由这些经验读者生产的批评文本及衍生同人创作，则是批评 N 及作品 N（N 为≥4 的自然数）。如图所示，每一个经验读者都是一个经验作者，亦同时是"经验评者"。每一个三位一体的经验"读者、作者、评者"，其个人意志的"发声"与"阐释"都是通过其文本创作而进行"言说"与"对话"的。

在图示的最右侧，还存在着"其他文本世界"这一元素，这是与实在的三次元的"真实世界"相对应的、虚幻的"二次元文本世界"。以《玩笑》为代表的网络批评类小说中，往往大量指涉了其他文本的内容、元素、设定、桥段、情节……甚至直接将其他文本的人物、作者、语言穿插进自家的文本叙事之中，对网络批评类小说的写作与批评产生了深远的影响。原创（一次创作）、二次创作、三次创作，正好对应作品文本、批评、批评的批评；而其他经验读者的批评以及衍生创作，则是对批评与批评的批评的批评。可以说，《玩笑》《魔法界》《哈利·波特》的文本世界，以及这些文本内部包含的其他文本碎片，再加上全网络跨平台的读者评论及衍生作品，借助互联网的媒介特性，共同构筑了无边界、无定本、多媒体、超链接、超文本的网络文学批评现场。

整体来看，这种种复杂而深刻的交互关系，将批评浸入文学创作，以叙事话语为批评话语，集文本间性、元文本性、承文本性于一体，借助媒介的力量，打通了世界、作品、批评、读者、作者、评者之间的隔阂——各元素之间相互联动的复杂作用机制，亦产生了一种全新的文学批评坐标。可以说，以《玩笑》为代表的网络批评类小说是网络的读者、作者自发从网络文学的生产现场"生成"的，创造出独异的集读者、作者、评者三位于一体，与批评对象同形同构甚至同时的全新文学批评形态。这是完全诞生于网络文学创作现场的批评机制，是真正贴合中国网络文学的一种独特的网络原生批评话语及文学批评形态。

《玩笑》是中外文学史上罕见的一场"文学事件"，它的出现，迫使我们不得不对文学创作和文学批评的一系列基本问题重新认识和思考。它让我们深刻地感觉到原有的文学批评理论体系在面对这一具有新媒介特性、永无定本的、处于未完成状态的网络文学现场时种种阐释的无力。我们应该从探索建构新的适合网络文学发展的批评体系的高度，对这一"事件"进行深入细致的研究。或许这项工作的展开，会成为中国网络文学批评理论建设过程中的一个重要标志。

（原载《南方文坛》2023 年第 4 期）

事件研究与新媒介艺术批评的
创造性生成

◎胡疆锋

　　自 20 世纪 90 年代后期以来，网络文学、网络影视、网络音乐、网络动漫、网络游戏等网络文艺发展迅猛，促进了以网络文艺为代表的新媒介艺术①的繁荣，也引发了网络文艺批评的热潮。国内相关著述大致分为三类：第一类是网络文艺综合研究，关注重点是数字艺术的特征和网络时代的文艺转型等问题；第二类是网络文学及其批评研究，关注重点是网络文学的本体、经典重建、批评话语等；第三类是网络游戏、网络影视、网络音乐研究等，关注重点是文化创意、文化意义等。

　　以上研究成果为我们全面观察和探讨网络文艺奠定了坚实的基础，但从整体来看，中国的网络文艺批评仍有较大的拓展空间。主要体现在：其一，和传统文艺相比，网络文艺的突出贡献在于呈现了一种前所未有的虚拟生存体验和数字化生活（如游戏性、人机交互），展示出"网络性"带来的断裂性、生成性和独异性，但已有研究对这种结构性变化及其症候的分析还不够充分；其二，已有研究多属于对"文本"或"作者"的静态的、结果性的意义研究，如文本研究、审

---

　　①　新媒介艺术和数字艺术、电脑艺术、网络艺术、数字媒体艺术、电子艺术等术语很接近，经常被混用。新媒介艺术与计算机技术（并非网络技术）有关，包括网络艺术，也包括运用了计算机设备的录像艺术、装置艺术、灯光艺术、行为艺术等；既包括互联网出现后的艺术，也包括互联网出现前的计算机艺术。

美研究、反映论研究、产业研究等，而网络文艺的特质需要借助动态的、过程性的研究思路才能更准确地把握；其三，网络媒介更新迭代速度非常快，至少经历了功能型、社交型、虚拟型等三种形态，脱胎于传统文艺观念的网络文艺批评难免会出现滞后或错位的情形。

有鉴于此，包括网络文艺在内的新媒介艺术批评有必要寻找新的视角和方法，方能获得新的突破。事件理论就是可供借鉴的一种研究路径。与传统文艺批评观念不同的是，事件理论更关注文艺活动的断裂性、生成性、悖论性和互动性。研究网络文艺的事件性，将研究策略从意义研究转向过程研究，有助于准确把握网络文艺的特质和趋势，为网络文艺批评摆脱话语困境提供可行的策略。

一、网络文艺的事件性

"事件"（event）是当代哲学、政治学、历史学和文论中的一个常见术语，词源为拉丁语词汇 ēvenīre，意思是"到来""出现"或"改变"，多指"历史上或社会上发生的不平常的大事情"，预示着不规则的变化和中断的时刻。事件具有打破总体性结构的超越性、开启范式革命的冲动性和生产异质性的创造力，具有断裂性、独异性、悖论性、生成性，同时也有可撤销性或去事件化（如倒退、对现实的涂抹和遮蔽）等特征。从 20 世纪后期至今，西方学界出现了"事件论"转向的趋势，无论是分析哲学还是欧洲大陆哲学传统，事件都成了一个重要概念，重要的理论家，如巴赫金、德里达、福柯、伊格尔顿、齐泽克、德勒兹、巴迪欧、阿甘本、小林康夫、小森阳一、阿特里奇等，对事件都非常关注。

并非日常生活中的任何事情都可以称为事件。在巴迪欧那里，事件是连续性中的一种无法理解的"断裂"，是与存在的一种分离，是一种无根无据的杂多，从中"新事物"之创造得以涌现。在德勒兹那里，事件是具有活力、具有强度的不完满的活动，"为新事物的生产提供条件的创造性溢出"，① 是 "一系列奇点或奇点的集合"，是 "转折点和感染点"。② 齐泽克曾以阿加莎·克里斯蒂的小说《命案目睹记》等作品为例，将事件界定为 "超出了原因的结果"，"事件总是某种以出人意料的方式发生的新东西，它的出现会破坏任何既有的稳定架构"。③ 巴迪欧、德勒兹和齐泽克的论述虽有不同，但他们都强调了事件所具有的断裂性、生成性和悖论性。

从事件的视角看，网络文艺的兴起属于社会事件（具有公共性、介入性），也属于媒体事件（具有非常规性和突发性，是景观化的，由组织者、媒体和受众共同造就某种互动场景），也属于美学事件（艺术作品不再是需要凝神观照的、无法改变的客体，而是未完成的、需要积极参与的活动）。网络文艺是 "断裂"，是 "意外"，是 "震惊"，是 "不可能的可能"，它动摇了传统艺术的基础结构，其创作主体、生产方式、传播、接受、影响力发生了巨变，改变了整个艺术场域的面貌；同时，网络文艺也是 "逃逸"，是 "外溢"，是 "杂多"，是 "扩延"，是 "分叉"，是连续生成的过程，其言说行为具有复杂的互动性和强烈的不确定性。

二、网络文艺的事件性研究

随着数字技术和新媒介的出现，瞬息更迭的电子信息颠覆了我们对自我的认知，增强了网络文艺的事件性。正如德里达说过的那样："事件蕴含着惊喜，曝光，以及未知。""事实上，我们知道，随着即刻言说和展示事件的能力的增强，言说和展示事件的科技也在增强。

---

① ［美］凯斯·罗宾逊：《在个体、相关者和空之间——怀特海、德勒兹和巴迪欧的事件思维》，蒋洪生译，汪民安、郭晓彦主编：《事件哲学》，江苏人民出版社 2017 年版，第 82 页。

② Gilles Deleuze, *The Logic of Sense*, translated by Mark Lester, New York: Columbia University Press, 1990, p.57.

③ ［斯洛文尼亚］斯拉沃热·齐泽克：《事件》，王师译，上海文艺出版社 2016 年版，第 6 页。

这使得人们可以干涉、解释、遴选、过滤事件并且使事件发生。"① 所谓"增强"的"科技"，指的就是日新月异的新媒介。新媒介艺术更像是动词，而不是名词。新媒介艺术常常被人们称为媒介革命，正是因为它具有了事件性。这种事件性给新媒介艺术带来的审美变革既是媒介层面的，更是文化层面的。正如马诺维奇所说，"计算机的逻辑极大影响了媒体的传统文化逻辑，换句话说，计算机层面会影响到文化层面"，"会影响到新媒体的组织形式、新出现的类型，以及新媒体的内容"，这种影响就是文化的"跨码性"。②"跨码性"正是对新媒介艺术的事件性特征的描述。

在新媒介语境下，研究网络文艺及其批评的事件性，至少应该包括以下内容。

其一是艺术领域的事件理论研究。我们需要在事件思想的谱系中梳理文学（布朗肖、德勒兹、福柯、德里达、阿特里奇、伊格尔顿、小林康夫等）、戏剧（尼采、利奥塔等）、绘画（利奥塔、马诺维奇等）、电影（德勒兹、巴迪欧、齐泽克等）等艺术领域的事件研究成果，探讨引入事件理论进行网络文艺批评的可行性。

其二是事件理论视阈下的网络文艺批评研究。我们可以在探讨网络的发展阶段及网络文艺的表现形式、形象、意蕴的基础上，分析网络文艺作为社会事件、媒介事件和美学事件的特征及影响，讨论其引发的艺术领域的整体变迁，如网络文艺受众数量和影响力的巨变，作者、读者、评价者的身份互换和共享，网络文艺各门类在结构和元素上的互渗、借用（如网络游戏对网络文学和网络影视的巨大影响）、跨媒介性，网络文艺言说行为的不确定性，网络文艺的可撤销性和去事件化等。

其三是数字时代网络文艺批评的转型研究。网络文艺的发展存在一种事件悖论，即网络文艺的生产、传播、接受既包含着"事件性"逻辑，也意味着"去事件化"的过程；网络文艺既创生新的现实，又

---

① ［法］雅克·德里达：《言说事件的一种不可能的可能性》，冯洋译，汪民安、郭晓彦主编：《事件哲学》，第60、66页。

② ［俄］列夫·马诺维奇：《新媒体的语言》，车琳译，贵州人民出版社2020年版，第45页。

遮蔽了现实，让事件自我撤销。在网络文艺事件性批评的基础上，数字时代网络文艺批评方式可能出现四种转型，如基于断裂性的网络文艺症候批评、基于介入性的网络文艺社会伦理批评、基于生成性的网络文艺媒介修辞批评、基于可撤销性的网络文艺价值失范批评等。

三、新媒介艺术批评的创造性生成

事件研究跨越了哲学、政治学和艺术学等多个学科，有利于多角度探究网络文艺及批评的特质。事件研究是一种动态研究和过程研究，更关注活动、关系、经验，将其作为参照系，有利于发现和应对网络文艺的复杂现实，凸显其多重生产性要素，避免孤立地看待网络文艺。同时，事件思想有强烈的实践性和批判性，将其作为理论资源，有助于强化网络文艺评论的价值引领作用，为丰富和改善文艺批评生态创造更多可能性，可以揭示网络文艺的断裂性、过程性、媒介性以及接受的作用力及网络文艺批评的潜在悖论，也为以网络文艺为核心的新媒介文艺评论的创造性生成提供了可能。

在事件理论的视阈中，文艺批评的重点不再是网络文艺是什么，而是网络文艺能让什么发生、批评对象有何变化或出现了何种悖论，重点思考"谁是作者/读者""作品变成了什么""谁在批评"等问题。这种研究推动了新媒介艺术批评的转型。借助事件理论，我们可以发现：传统艺术一般遵循时间的线性逻辑，有着固定的呈现和接受顺序，作品也是以固态的、相对静止的形式存在；而新媒介艺术遵循的是非线性的空间逻辑，网络上流动的数据和信息是横向的叠加，是多态平行的关系，作品是动态的。新媒介用户通过连接、点击、访问等一系列解域、再结域的过程，选择自己的路径和元素读取文件，生成一个独一无二的作品，从而使新媒介艺术呈现出一种界面化的交互或互动方式。新媒介艺术的互动性是多元的，艺术家和受众、受众和作品、作品和作品、艺术家和艺术家、艺术家和作品、作品和环境之间都可以出现互动：在网络接龙小说中，作者和读者的身份随时可以互换，"遍历文学"越来越多。① 新媒介艺术的互动往往是不可预知的，交互效果有时会溢出艺术家的设想，观众面对的作品也是不完整的或未完成的、可改变的、不稳定的、正在生长的文本。这些都改变了文艺批评的焦点或范式。

在事件理论的视阈中，一些传统概念有可能会被激活或转化。齐泽克曾经强调了事件具有的转变性力量："真正的新事物是在叙事中浮现的，叙事意味着对那已发生之事的一种全然可复现的重述。"② 在网络文艺出现之后，一些传统的、已失去了震撼力的概念具有了"事件性"的特征，摆脱了现有的"象征秩序"，实现了重生。比如"现实主义文艺"，在经典马克思主义的视野下，"现实主义"一般被界定为"除细节的真实以外，还要真实地再现典型环境中的典型人物"，③但如果考察网络文艺的事件性，我们会发现，新媒体语境下的真实或现实以及现实主义文艺观已发生了巨大变化：虚拟真实、混合现实和增强现实成为当下更"典型"的现实环境，虚拟歌手横空出世，虚拟偶像风靡一时，灵魂画像类 App（如 Soul）大受欢迎，元宇宙来势凶猛，"罗拉快跑"式的游戏化架构在越来越多的文艺作品中出现；借助社交媒体，网民基本解决了生存问题和沟通问题，但又产生了更复杂的认同需要（如既渴望陪伴又无法消除"社恐"，既想"内卷"又想"躺平"，等等），满足这些需要离不开虚拟现实的介入和参与；现实主义文艺的断裂性和生成性也日益明显，甚至连穿越、系统、重生、仙侠类的文艺作品也被认为属于现实主义作品或具有了现实主义品格。如齐橙的重生文《大国重工》在第二届网络原创文学现实主义题材征文大赛中获得了特等奖（2018），并获得第五届中国出版政府奖（2021）。面对这些文艺新变，分析其中的事件性可以让我们更理

---

① "遍历文学"（Ergodic literature）是芬兰学者考斯基马在《数字文学：从文本到超文本及其超越》一书中提出的概念，指的是用户/读者需要付出"非常规的努力"（如绞尽脑汁地解读、猜谜和"填坑"、抵抗式阅读等）来阅读（游历）的文本（［芬兰］考斯基马：《数字文学：从文本到超文本及其超越》，单小曦等译，广西师范大学出版社 2011 年版，第 41 页）。

② ［斯洛文尼亚］斯拉沃热·齐泽克：《事件》，第 177 页。

③ 《马克思恩格斯文集》（第十卷），人民出版社 2009 年版，第 570 页。

解那句看似戏言的判断："网络一代拥有的是系统观，不是世界观！"也会让我们更敏锐地发现网络文艺的特质，体会科幻现实主义、二次元现实主义、寓言现实主义、及物现实主义等新概念的阐释价值，接受"虚拟未必不真实""类型化未必不能创造典型"等看似离谱的观点。

事件性研究在网络文艺批评中方兴未艾，值得深入探究。正如辛波斯卡在诗中写的那样："每一个开始/仅仅是续篇，/事件之书/总是从中途开启。"①

〔原载《首都师范大学学报（社会科学版）》2023 年第 1 期〕

---

① 〔波兰〕维斯拉瓦·辛波斯卡：《我曾这样寂寞生活》，胡桑译，湖南文艺出版社 2018 年版，第 82 页。

幻想的开拓："女性向"网络小说
对科幻资源的继承与改造

◎肖映萱

近年，原本在网络小说中堪称小众的科幻类型出现了复兴态势。在以受众性别为鲜明分野的网络文学版图中，男频总是作为中心地带受到更多关注。① 一些女频小说也开始得到传统科幻界的注意和认可，获得重要奖项：2018 年，E 伯爵的《异乡人》和 Priest 的《残次品》获"银河奖"最佳原创图书奖；2021 年，E 伯爵的《重庆迷城：雾中诡事》和一十四洲的《小蘑菇》又一同摘得华语科幻"星云奖"长篇小说银奖。这些作品并不是大神作者灵光一闪而横空出世的，它们背后是几股积蓄已久的类型潮流。以晋江文学城为代表，② 其 VIP 付费排行榜中频频出现带有克苏鲁、赛博朋克、星际机甲等科幻元素的作品，使这幅女频的"科幻复兴"景象显得遍地开花、异彩纷呈。

---

① "银河奖"自 2016 年第二十八届起新增了"最佳网络文学奖"，迄今为止，这一奖项无一例外地颁给了在起点中文网发布的男频作品，分别是：彩虹之门《重生之超级战舰》（2016 年第二十八届），最终永恒《深空之下》（2017 年第二十九届），天瑞说符《死在火星上》（2018 年第三十届），火中物《千年回溯》（2019 年第三十一届），天瑞说符《我们生活在南京》（2021 年第三十二届）。

② 2020 年晋江的年度作品盘点中，幻想言情类的第一名《砸锅卖铁去上学》（红刺北）就是一部"星际机甲文"，纯爱佳作中《天地白驹》（非天夜翔）、《熔城》（巫哲）、《薄雾》（微风几许）也都以科幻元素为核心；2021 年晋江的年度盘点更是新增了专门的"科幻题材"榜单，与现实、古典、幻想、玄奇题材并列，进入榜单的十佳作品多见系统、星际、末世等元素。

如果我们把以《科幻世界》为核心的"新生代"科幻作家群①视作 20 世纪 90 年代以来传统科幻的主力军，那么这些女作家们的网络创作显然并不属于这支"寂寞的伏兵"②，她们是从另一个看似热闹却也一直被主流视作亚文化的"女性向"网络文学土壤中生长出来的——这里的"女性向"指的是中国女性通过互联网媒介获得了一个逃离男性目光的独立空间后自己写给自己看的创作趋势。③ 比起强调以女性读者为目标受众的商业化"女频"文学生产，"女性向"因其圈地自萌的生态而更加小众也更具亚文化特性，反倒为拥抱同样小众的科幻类型提供了可能。通过继承与改造，"女性向"将传统科幻的各种题材转化为诸多子类，大大拓展了世界设定的幻想维度。进入 IP 时代后，"女性向"网络小说因其粉丝影响力而越来越多地受到主流的关注，一些带有科幻元素的作品随之进入正统科幻的视野。

巧合的是，在 E 伯爵、Priest、一十四洲这三位获奖作者的笔下，"科幻"呈现出截然不同的面貌，她们的作品分别代表着"女性向"网络小说与科幻密切相关的三种子类——欧风、星际、末世。沿着她们走过的三条路径，或许恰好可以还原"女性向"网络小说继承与改造传统科幻资源、使之服务于"女性向"核心叙事的探索过程。而梳理"女性向"科幻子类的演进与流行主题的变迁，也能让我们重新回到科幻研究的那个核心问题，即到底什么是科幻小说、科学在科幻小说中处于什么样的位置，探讨科幻元素对"女性向"幻想维度的开拓之功。

---

① "新生代"是 20 世纪 90 年代以来中国科幻创作的主力军，代表人物包括王晋康、刘慈欣、韩松等，这批作家以出生于 20 世纪 70 年代的青年为主，多在大学期间开始创作，通过在《科幻世界》上发表作品并获得"银河奖"而得到承认（参见吴岩：《20 世纪中国科幻小说史》，北京大学出版社 2022 年版，第 198 页）。

② "由于误解，科幻更像是当代文学的一支寂寞的伏兵，在少有人关心的荒野上默默地埋伏着。"这是科幻作家贾立元（笔名飞氘）在 2010 年 7 月哈佛大学东亚系、复旦大学中文系、上海大学文学院和上海文艺出版社共同举办的"新世纪十年文学：现状与未来"国际学术研讨会上发言时提出的说法。"寂寞的伏兵"后来一度成为中国科幻的代名词（参见贾立元：《寂寞的伏兵》，吴岩、姜振宇：《中国科幻文论精选》，北京大学出版社 2021 年版，第 255—259 页）。

③ 邵燕君主编：《破壁书：网络文化关键词》，生活书店出版有限公司 2018 年版，第 166—171 页。

一、欧风：对舶来类型的戏仿与"科学传奇"的继承

对于不熟悉早期"女性向"网络写作的读者而言，写下《异乡人》和《重庆迷城：雾中诡事》的 E 伯爵，或许并不能被定义为典型的网络作家。她的创作生涯早在 2001 年就已开启，起初活跃于网络论坛，2005 年起开始出版实体书。① E 伯爵从一开始就涉猎诸多类型，包括奇幻、侦探、科幻等，后来也在《飞·奇幻世界》《科幻世界》等杂志上发表过中短篇小说，当过科普杂志的主编，② 拿过华文推理大赛的奖项。因此，她的作品可以说是介于传统出版与网络写作之间。不过，真正奠定她在"女性向"网文圈内的老牌大神地位的作品和标签，却是《天鹅奏鸣曲》和"欧风文"——这是一种十分特殊的类型，在"女性向"网络小说中可以说是小众中的小众。所谓的"欧风"，指的是小说采用西方背景，且倾向于模仿西方经典或流行小说的结构、行文、语汇，甚至包括略带"译制腔"的口吻，往往以白人为主角，结构精致，篇幅不长。如 E 伯爵的成名作《天鹅奏鸣曲》，模仿的就是诸如《辛德勒的名单》这样的"二战"题材西方文艺作品，故事发生在德军占领巴黎之际，主角是法西斯军官与法国伯爵。

以主流的男频小说为参照，同样是借鉴西方类型，在经过最初的模仿阶段后，男频小说往往会选择迅速转向本土化、网络化。其中，最典型的是奇幻类型，从第一部超长篇网络小说《风姿物语》（罗森，1997）开始，③ 中国作家们就已试着加入东方、中国的元素对其进行

---

① E 伯爵正式出版的第一部小说是 2005 年台湾威向文化出版的《午夜向日葵》，同年其成名作《天鹅奏鸣曲》也在台湾鲜鲜文化正式出版。《天鹅奏鸣曲》也是她在大陆出版的第一部小说（黄山书社 2011 年版）。

② E 伯爵是《课堂内外·科学 Fans》杂志的主编，该杂志由重庆市科学技术协会主管，是面向初中生的科普周刊。

③ 吉云飞：《制作起源：中国网络文学的五种起源叙事》，《文艺理论与批评》2021 年第 2 期。

本土化改造，以至于出现了像"九州"这样模仿"西方奇幻"搭建的"东方奇幻"设定体系，最终主打东方幻想的"玄幻"取代奇幻成为男频的主流类型。而在"女性向"这里，东方化的焦虑却显得并不特别强烈，甚至存在着"欧风文"这种完全以模仿西方为要义的写作。这与"女性向"的同人文化尤其是欧美同人密切相关。20世纪末中国"女性向"的兴起正是始于网络同人写作，此后同人一直是"女性向"的重要组成部分，与原创类型小说如双生藤蔓般彼此缠绕、相互影响。也是受"女性向"同人文化"为爱发电"逻辑的浸润，短小精悍的"欧风文"才能存活至今。相比之下，"男性向"的创作也正因缺乏同人的动力，才使本土化、商业化的超长篇类型小说成为绝对的中心。

"欧风文"的作者大多有欧美同人的写作经历，甚至以此为网络创作的原初动力。E伯爵的早期写作就是沿着这条"仿制"道路的探索，她笔下的科幻与奇幻、侦探等其他自西方舶来的类型都是竭力模仿的产物，追求的是原汁原味，以假乱真。正如书评人在评价其西幻小说《天幕尽头》时所说的那样："每个角色在这个相当西式的舞台上活跃……让我产生一种这就是一本英文小说经过良好翻译的产物（的错觉）。如果去掉作者的名字，再随便换上一个英国或美国作者的名字，恐怕我也会很快接受。"[①] 这也是E伯爵能够驾驭一些非常"古典"的科幻题材的原因。《异乡人》就是一部非常传统的时空穿越小说，作品最直接的模仿对象是马克·吐温的《苦行记》（1872）："熟悉马克·吐温半自传体游记《苦行记》的读者能够轻易看出《异乡人》与这部名著气质风格的相似之处：从故事的发生地和时代，到淘金狂热下的百态众生，再到充满历史感的西进运动、种族歧视，甚至连章节标题的格式，《异乡人》都进行了刻意的模仿。"[②] 小说中的科幻设定是未来社会发明的"时空之门"在一次意外中把21世纪的主角们带回了1870年的美国西部，不免又让人联想到同样出自马克·

---

① 竞天泽：《普通读者会得到什么？——〈天幕之涯〉代序》，E伯爵：《紫星花之诗》，长江出版社2015年版，第7页。

② 拉兹：《科幻原本应该这么轻松有趣》，E伯爵：《异乡人》，四川科学技术出版社2018年版，第Ⅳ—Ⅴ页。

吐温、后来被追溯为第一部穿越小说的《康州美国佬在亚瑟王朝》（1889）。因此，与其说《异乡人》是一部科幻小说，不如说它是以还原马克·吐温经典小说风格为目标，融合了科幻、西部、侦探等类型元素的一篇"欧风文"。

这并不是说时空穿梭的设定不够"科幻"。诚然，当穿越变成网络小说最常见的基础设定，穿到古今中外任意一个时空的故事已经不再与发明时空机器的科学探索挂钩，但如今网络小说的流行设定早已从"历史/架空穿越"进化到了"系统穿越"，因此反倒获得了更多与科幻勾连的可能性。如晋江文学城的另一部热门科幻作品《薄雾》（微风几许，2020），小说中主角们被系统捕获，投入一个接一个副本去完成任务，从各个副本所呈现的不同时空装置设定，可以清晰地看到《心慌方》（1997）、《蝴蝶效应》（2004）、《环形使者》（2012）等多部好莱坞科幻电影时空设定的影子，令作品的科幻色彩显得十分浓郁。只是2018年出版的《异乡人》的穿越设定并没有沿着网络穿越的演变路径一直向前推进，而是刻意追求"复古"，倒退回了《时间机器》（威尔斯，1895）刚刚诞生的19世纪末——看似回到了西方科幻正要兴起的"初心"时刻，但小说又并不以"时空之门"为核心，主线更多的是西部冒险和侦探推理的叙事。

今天看来，这种写作是多种舶来类型的融合产物，但若回到西方科幻的源头，它本身就是一个没有固定边界的杂糅类型：常被追溯为第一部科幻小说的《弗兰肯斯坦》（玛丽·雪莱，1818）亦是恐怖小说，而侦探小说的奠基人物爱伦·坡也将悬疑、冒险的色彩带到了他的科幻小说《瓶中手稿》、《汉斯·普法尔历险记》（1833）等作中，后来的侦探小说大师柯南·道尔同样创作过科幻名作《失落的世界》（1912）。科幻的定义一直处于变化当中，"科幻小说"（science fiction）是一个直到1930年才在美国出现的概念，在此之前，这一文体的鼻祖——英国作家威尔斯将自己这种有着显著科学倾向的小说称作"科学传奇"（scientific romance）——采用"传奇"（romance）一词是为了与19世纪更倾向于描述已知社会的"小说"（novel）文体相区分，强调其倾向于描述未知世界的特点。^① 因此，科学元素和通往未知世界的冒险，对早期科幻来说是同样重要的主题。在这一点上，《异乡人》倒是恰如其分地继承了"科学传奇"的正统，对19世纪末20世纪初的科幻进行了忠实的戏仿。

此外，E伯爵还在《七重纱舞》等侦探悬疑小说中，将"欧风"写法贯彻到底，对《福尔摩斯探案集》等欧美流行文艺中的侦探类型进行了仿制。从《天鹅奏鸣曲》《天幕尽头》到《七重纱舞》《异乡人》，"欧风文"直接与图书出版对接的类型、更接近实体书的文本形态，都让E伯爵走向实体出版的道路变得水到渠成。当然，为了进一步走向主流，^② E伯爵最终逃不开舶来类型的本土化、东方化改造诉求，对此，她交出的答卷是2020年的新作《重庆迷城：雾中诡事》。这部小说以清朝末年为背景，南洋归来的侨商任西东带着丫鬟卢芳回到重庆寻找祖宅，不料此时一种新的"鸦片"带来的传染性异变正在城内悄然蔓延，主仆二人无可避免地卷入了这场灾难。从"欧风"的遥远彼方转向熟悉的家乡重庆，E伯爵的新尝试看起来加入了许多很"网文"的时髦元素。

首先是清末的"中式蒸汽朋克"。"蒸汽朋克"（steampunk）原本是20世纪70年代美国科幻出现的一种新题材，它将超出时代、近乎魔法的机械技术放置在维多利亚时代的伦敦，由此创造出一个既复古怀旧又有科技未来感的幻想世界；进入网络时代后，这种设定因充斥着矛盾杂糅的审美元素而极易在视觉上造成冲击，迅速成为一种亚文化在全球流行开来。^③ 中国的网络小说也迅速引入，并效仿它的复古怀旧、技术想象和历史重构三大要素，将它挪到了中国古代的幻想设定当中。网文改造后的"中式蒸汽朋克"，追求的就是机械科技与中国传统元素的碰撞。如身着旗装、头戴金属独目镜、用机械臂举着黄

---

① ［加］玛格丽特·阿特伍德：《在其他的世界：科幻小说与人类想象》，蔡希苑、吴厚平译，河南大学出版社2018年版，第186—188页。

② E伯爵曾任重庆市江北区作协副主席、重庆科普作协秘书长，2020年发展为中国作协会员。

③ 金冰、孙苏宁：《共同体想象，消费主义与后现代文化逻辑——网络"蒸汽朋克"亚文化研究》，《西安外国语大学学报》2022年第2期。

铜火铳的清朝格格，乘坐日行千里的"火龙"下江南——要的就是这种极致的反差。因此，"蒸汽朋克"也可以说是一种美学风格。当《重庆迷城》的主角二人如穿越者一般以南洋华人的身份闯入清末的重庆城，他们携带的超出时代的科学知识、火枪以及那支名为"刺猬"的热兵器，就已经给小说罩上了一层"蒸汽朋克"的风格滤镜。

其次是"丧尸"。小说中吸食了新型"鸦片"的人会出现瞳孔发黄、发热癫狂等症状，最终变成失去神志、极具攻击性、见人就咬甚至吃人的怪物，并且具有传染性。这与网络"末世文"中流行的"丧尸"设定十分相似。

即便如此，《重庆迷城》的科幻核心依旧很"古典"，小说的主线是任西东和卢芳的解谜推理，采取的是"侦探＋助手"的经典配置；而以传染病为题材的科幻小说西方早已有之，在中国最早可以追溯到顾均正的《伦敦奇疫》（1940）。"蒸汽朋克"和"丧尸"的流行元素并未使小说跳出科幻＋侦探冒险的"科学传奇"本质。鸦片带来的异变和传染病，既是推动解谜情节发展的关键线索，也构成了小说第一部《雾中诡事》的终极悬念：被"丧尸"所伤的任西东，究竟会不会被感染？病毒的病理规律如何？能否被治愈？是否会继续变异？应当如何处理感染者？在侦探小说的结构之下，《重庆迷城》的主题仍离不开与传染病相关的科学元素。与之形成鲜明对照，在网络"末世文"的常见设定中，"丧尸"往往只是一个构成末日图景的因素，承担着"升级打怪"叙事中"怪"的角色，科学原理并不重要，最终拯救人类的依旧是爱和信念。

总之，从"欧风文"到本土改造，E伯爵的科幻小说融合了诸多类型元素，但仍较为彻底地继承了西方传统科幻中带有浪漫主义色彩的"科学传奇"写作一脉，将更多的重心放在了讲故事和编织幻想上。这显然不是20世纪中国科幻最初接受的那种旨在启迪大众或明确带有科普性质的"科学小说"（science fiction 的一种译法），也不是社会预测或寓言性质的乌托邦及反乌托邦小说。通过E伯爵的作品，我们可以初步看到从传统科幻到网络科幻的转型趋势，在"科"与"幻"之间，后者成为绝对的核心。

二、星际：反乌托邦与"太空歌剧"搭建的幻想舞台

与E伯爵相比，《残次品》的作者 Priest 显然是一个更典型的网络作家。她从2007年起在晋江发布作品，2013年前后凭借《大哥》《山河表里》等作成为人气作者。IP时代到来时，Priest 恰好进入臻于成熟的创作阶段，《默读》《残次品》奠定了她在"女性向"圈内的顶级大神地位，而旧作《镇魂》《天涯客》IP改编影视剧的爆火则让她更多地走入了主流大众的视野。提及 Priest，科幻并不是一个显著的关键词。在她为数不多与科幻有关的作品中，《山河表里》（2014）的"异界"浮动着若有似无的神秘科幻气息，《烈火浇愁》（2020）则是以"古穿今"和少数人类变异为拥有特异功能的"特能人"为基础设定的都市奇幻，唯有《残次品》（2017）明晃晃地打着"幻想未来"和"星际"的标签，作为"女性向"的"星际文"代表，与传统科幻的太空想象遥相呼应。

在《残次品》构想的未来星际世界中，人类按照鲜明等级生活于八大星系，腐朽的联盟政府以第一星系的沃托为首都，其治下的人们统一接入消弭了一切痛苦的全息网络"伊甸园"，而因天生基因缺陷无法接入"伊甸园"的"空脑症"患者们则被驱逐到蛮荒的第八星系。故事的主角之一林静恒原本是联盟上将，因厌倦了权力斗争而假死来到第八星系；而另一位主角陆必行秉持理想主义的梦想，致力于在第八星系开展教育事业。二人与一群混混学生鸡飞狗跳的生活，终结于星球的湮灭。踏上流亡之路后，他们发现这场灾难背后交织着错综复杂的阴谋。

随着故事的展开，熟悉西方科幻的读者很容易从中看到许多经典反乌托邦小说的延续。除了立即让人联想到电影《黑客帝国》人机互联第一代"天堂母体"（Paradise Matrix）的"伊甸园"，主角面对的反派势力也正象征着三种经典的反乌托邦构想：一是伍尔夫代表的超级大脑，通过无所不在的监视主宰人类，是奥威尔《一九八四》极权主义"老大哥"的新化身；二是"蚁后"林静姝代表的蚁群社会，借

助芯片彻底控制人类意识，如同赫胥黎《美丽新世界》中基因定制打造出的那个种姓社会，没有痛苦也没有反抗；三是霍普代表的反科学主义，极端排斥科技，崇拜自然，试图让人类社会回归原始状态。①而主角团代表的弃民们，因"残次品"的身份被放逐到极权的铁幕之外，反倒由此寄托着颠覆这些反乌托邦的希望。

这样看来，《残次品》似乎是一部指向严肃社会寓言的反乌托邦小说，不过 Priest 创作这部网络小说的语境，却已与 20 世纪那些伴随着"一战""二战"世界剧变诞生的经典反乌托邦小说截然不同了。它更像是将这些反乌托邦叙事当成数据库来调用的产物，多数时候并不指向现实的恐怖和困境，也并不真的尝试提供新的解决方案，而只是为主角们的英雄叙事提供必不可少的"反派 BOSS"们。在故事的结尾，乌合之众般的底层弃民成了拯救人类的希望，然而推翻了旧的极权后，如何重新开启新纪元？对此，小说只以寥寥几笔勾勒了一个代议制民主社会的虚影。如果把小说当作一部继承了反乌托邦传统的野心之作，在看到这样一个只有破没有立、破的还都是一些经典旧设定的结果时，不免会生出几分失望。然而《残次品》归根结底是一部网络类型小说，无论调用了多少西方经典文学资源，它总体上还是按照网络类型小说的既有阅读期待，顺着"女性向"的"星际文"脉络创作的。太空星际和未来科幻打造了一个壮丽、绚烂的世界设定，最终目的仍是承载情感叙事。因此，字面意义上的"太空歌剧"或是Priest 在小说的"一句话简介"中一语中的的"太空二人转"，也许才是对《残次品》更加精准的定位。

网络"星际文"的源头，恰恰可以追溯到西方科幻的"太空歌剧"。西方科幻的滥觞可以说是始于探索未知地带的冒险——如果说已知世界的地图存在一个边界，那么科幻发展的过程就是探索的脚步从边界外的蛮荒之地逐渐扩张到地球之外的月球、太阳系乃至更遥远的外太空。1924 年美国天文学家哈勃证明了银河系并非宇宙的中心，此后人类想象中的宇宙进入了极速的扩张阶段，大量科幻小说开始描

---

① 徐佳：《乌托邦之外，如何想象"人类"——评 Priest〈残次品〉》，邵燕君、肖映萱主编：《中国网络文学双年选（2018—2019）·女频卷》，漓江出版社 2020 年版，第 309—311 页。

绘太空航行、星际冲突。① 到了 20 世纪 40 年代，泛滥的宇宙飞船故事招来了"太空歌剧"（Space Opera）的污名——这里的 Opera 指的是"肥皂剧"（Soap Opera）般的老套情节，批判的是那些发生在哪里都行、偏偏被搬上太空舞台的冒险、战争、犯罪故事。不过也正是在 20 世纪 40 年代，出现了奠定"太空歌剧"基本叙事框架的经典之作——阿西莫夫的《基地》三部曲。如果我们试图找到一个正面的词汇来描述这类后来被文学史承认的作品，或许可以称之为"太空史诗"。无论如何，这种太空叙事的重心确实是以星际为舞台的社会构想，是人与人、人与社会之间的关系，而不是后来刘慈欣提出的那种带有"宗教感情"，即"对宇宙的宏大神秘的深深的敬畏感"，重在"描写人和宇宙的关系"的那种宇宙叙事。② 如果我们把后者归入"硬科幻"，那么"太空歌剧/史诗"无疑属于"软科幻"，它强调的是传奇冒险的故事性和文学性，这才是后来网络"星际文"继承的主脉。

从西方科幻到中国网络小说的"星际文"，中间还有一个重要的过渡，那就是田中芳树《银河英雄传说》（1982）代表的日式科幻。这部作品不仅直接影响了以猫腻《间客》（起点中文网，2009）为代表的男频星际幻想，更是中国"女性向"网络写作的直接源头——《银河英雄传说》同人正是 20—21 世纪之交中文网络上日本动漫三大同人圈之一。③ 此外，日本的 robot 动漫④文化还提供了"机甲"（机械动力装甲）的设定元素，在武术、道术、魔法之外建构了一种新的"高武"想象。最终，"星际"与"机甲"在 2012 年前后，即女频的商业化写作模式步入成熟之际，汇流成了一种新的子类——"星际

---

① ［美］詹姆斯·冈恩：《交错的世界：世界科幻图史》，姜倩译，上海人民出版社 2020 年版，第 192—216 页。

② 刘慈欣：《SF 教——论科幻小说对宇宙的描写》，吴岩、姜振宇主编：《中国科幻文论精选》，北京大学出版社 2021 年版，第 209—213 页。

③ 另外两大同人圈是《灌篮高手》（SD）和《圣斗士星矢》。

④ 以 20 世纪 70 年代的《宇宙战舰大和号》、20 世纪 80 年代的《机动战士高达》、20 世纪 90 年代的《新世纪福音战士》这三个时代的作品，构成完整的日本"robot 动漫"类型序列。此外，影响较大的还有美国与日本 1984 年开始合作开发的系列玩具与动画片《变形金刚》及同名好莱坞系列电影。

（机甲）文"①。它是这一阶段女频为了适应 VIP 付费阅读模式、试图在言情故事之外拓展新的更宏大的类型叙事的产物。这个类型中有来自"太空史诗"的以星际为舞台的宏大社会构想和"肥皂剧"的宇宙飞船冒险故事，有来自机甲动漫的热血战斗，也有来自网络"升级文"的主角升级、逆袭，② 以及女频言情固有的爱情叙事。

《残次品》正是这样一部典型的"星际文"，与反乌托邦的英雄叙事同步推进的是主角的爱情故事，小说最终是否走向了完满结局，并不取决于能否找到新的乌托邦出路，而取决于主角们有没有达成精神的和解，获得爱的圆满。有读者曾诟病《残次品》中关于星际的宏大、复杂设定挤占了原本属于言情叙事的篇幅，但正因如此，才更清晰地道出了小说的言情（言说爱情）本质。

小说中有这样一个颇具戏剧性的桥段：最终决战之际，多方势力会聚一堂，在时空乱流中失踪了 16 年的林静恒突然如地狱归来的幽灵般从天而降，以白银十卫将军的身份杀入战场。这个情节有着多重含义：首先，一人堪比一支舰队的孤胆将军九死一生地历劫归来，提供了冒险传奇典型的复仇、逆袭爽感和英雄情结，他将势如破竹地击溃所有反乌托邦阴谋；其次，虫洞中瞬息万变的一个裂隙，给林静恒带来了漂流小行星 16 年的死寂与孤独，似乎蕴含了某种人类在宇宙面前的渺小无力或曰"宗教感情"；但最后，这个桥段最重要的作用还是服务于爱情叙事，这 16 年不多不少，恰如杨过和小龙女分离的16 年，使生离死别、失而复得的爱人们消弭了一切隔阂去相爱。《残次品》中的科幻、反乌托邦、"太空歌剧"与言情特质所占的比重，在这个桥段中展现得淋漓尽致。

如此说来，Priest《残次品》中的星际科幻的确继承了"软科幻"

① 这一时期的"星际机甲文"代表作是犹大的烟《机甲契约奴隶》，晋江文学城，https://www.jjwxc.net/onebook.php? novelid＝1359992，2011 年 11 月至2013 年 11 月连载完结，入选晋江官方"2012 纯爱年度十大佳作"第二位。不过，直到 2015 年，晋江才开始大量出现以"星际"为分类标签的作品。

② 代表作是红刺北的《砸锅卖铁去上学》，晋江文学城，https://www.jjwxc. net/onebook. php? novelid＝4737103，2020 年 9 月至 2021 年 3 月连载完结，入选晋江官方"2020 幻想类十大佳作"第一位。小说主要讲述了女主角如何升级为星际最强单兵战士、最强机械师的故事。

的社会构想小说和反乌托邦的严肃文学资源——Priest 在其他非科幻的小说创作中也经常呼应这些西方文学史的经典序列（如《默读》对《红与黑》《麦克白》等作的致敬），这股精英文学气质令她成为最容易被主流接受的网络大神作家；但其所属的"女性向""星际文"仍是一个以幻想和爱情叙事为核心的类型，在这里，科学幻想与奇幻、玄幻一样，是诸多异世界幻想中的一种可能性，是为爱情故事搭建的绚丽舞台。

三、末世："反科学"的科学幻想

与《残次品》应当被放置在"女性向"的"星际文"序列中考察一样，一十四洲的《小蘑菇》也属于一个其来有自的"女性向"子类，即"末世文"。《小蘑菇》也有着末世和言情两个核心。2016 年末才开始在晋江写文的一十四洲，之所以能在新一代作家中脱颖而出，正是凭借其在世界设定方面突出的创新能力——在《小蘑菇》之前，她的代表作《C 语言修仙》（2019）就创造性地把计算机编程的 C 语言知识与"修仙文"的升级体系融合起来；而《小蘑菇》则是在"末世文"原有的叙事基础上增加了两种新的变量：克苏鲁和非人类主角。

相对而言，"末世文"本身就是一个比较新的类型。虽然生化病毒和变异、战争与核武器带来的毁灭危机一直是传统科幻热衷书写的主题，但"末世文"的源头并不像太空星际和反乌托邦那么古典和严肃，它是 21 世纪大众流行的丧尸或废土影视剧、游戏①在网络小说中的回响，网络小说的末世设定也相应地分为丧尸和废土两种。这一引

---

① 丧尸或生化变异题材的流行作品有《生化危机》系列电影（2002—　）、美剧《行尸走肉》（2010—　）等；废土题材有《疯狂的麦克斯》系列电影（1979—　）、《辐射》系列游戏（1997—　）、《文明》系列游戏（1991—　）等，这些作品真正流行起来都是在 21 世纪。

入过程是相对晚近的，男频"末世文"代表作出现在 2007 年之后，[①]而"女性向"的"末世文"潮流则由 2011 年年末非天夜翔的《二零一三》开启——在这个节点上，它和"星际文"一样，是女频拓展 VIP 类型叙事的产物。《二零一三》讲述的是一个典型的好莱坞科幻灾难大片式的英雄主义故事，小说主线是主角代表最后的人类在丧尸围城的绝境中挣扎求生、重建文明，并在险恶的末世里照见人性的丑陋与光辉，这也成了后来女频"末世文"的基础叙事。《小蘑菇》的基调亦是如此，小说的主角之一陆沨是人类基地的"审判者"，他肩负着鉴别并处决混在人群中的"异种"、保卫人类物种纯洁性这一至关重要的职责，是典型的末日英雄。而克苏鲁设定的加入，则动摇了这种英雄叙事。

"克苏鲁"（Cthulhu）原是 20 世纪 30 年代美国作家洛夫克拉夫特（H. P. Lovecraft）创造的邪神神话体系。在那个科学发现层出不穷、人类对自然的解释力前所未有地提升的年代，洛氏却以《克苏鲁的呼唤》（1928）等作对人是宇宙中心万物之主的"人类中心主义"和科学话语提出了疑问。一些其他作者后来也加入了克苏鲁神话体系的写作，其共性是强调宇宙的不可知和对人类存在的漠不关心，一旦触及巨大的不可解释的他者，渺小的人类就会因理性的溃败而丧失主体性，陷入疯狂。由此，克苏鲁打造了一种与"人类中心主义"和科学话语唱反调的"宇宙主义"（Cosmicism）或曰"宇宙恐怖主义"[②]，重在塑造非理性、反科学、不可名状的恐怖氛围。如果说末世设定源于人类对科学技术、对人与自然关系的反思，那么克苏鲁就走到了这条路的极端，走向了反科学甚至是理性的反面，同时解放了被科学枷锁压抑的想象力，让极富浪漫主义的幻想成为可能。因而它反倒有着浓厚的"宇宙宗教感情"，有对未知的深深敬畏和无尽遐想。从这一点上看，"反科学"的克苏鲁倒是最"硬科幻"的，它或许是科学主

---

① 包括随风飘摇的《蹉跎》（2007）、烟雨江南的《狩魔手记》（2009）、九头怪猫的《重启家园》（2009）等。参见邵燕君主编：《破壁书：网络文化关键词》，第 297—298 页，吉云飞撰写的"末日流"词条。

② 时梦圆：《洛夫克拉夫特"克苏鲁神话"中的宇宙恐怖主义研究》，武汉大学 2021 年硕士研究生学位论文。

义陷入困境时的一种另类解法，也是"科幻复兴"的另类希望所在。

这个设定近年在全球范围内流行，也逐渐被中国网民接受。男频出现了《诡秘之主》（爱潜水的乌贼，2018）这样的代表性作品，它通过克苏鲁设定探讨的是人如何接受世界混乱的本质、重新找到心灵的锚点①——依旧是关于人的叙事；而"女性向"的克苏鲁则是由欧美同人和"欧风文"率先引入的，因此更有可能原汁原味地继承这一设定"反人类中心主义"的核心。

正是这种宇宙的疯狂和不可解释、人类的无能为力和注定失败，动摇了《小蘑菇》原本延续的英雄叙事。在以往的"末世文"类型套路里，"丛林"和"基建"是两种核心的写法：末世让人类回归原始状态，物竞天择、适者生存的达尔文主义成了铁律，在传统科幻那里演化为《三体》中的"黑暗森林法则"，在网络小说中则是弱肉强食的"丛林法则"，主角们不仅要保障个人的生存，更要带着人类文明的火种，走向重构文明的"基建"之路。但克苏鲁的设定冷不丁地给了这种逻辑一记响亮的耳光——《小蘑菇》中物种相互"污染"的变异是毫无缘由、不可遏制的，人类自救的科学实验只会让灾难更加猛烈，一切努力在宇宙的荒诞面前都是徒劳，即使没有陆夫人的叛变，灭种也是定局。因此，人类基地为了大局而做出的"壮烈"牺牲，成了自我感动的笑话；被困在伊甸园里履行生育职责的女孩们，在延续人类物种的旗帜下，沦为只剩动物性的悲剧受害者；而掌握生杀大权的"审判者"陆汎经历的痛苦挣扎，也失去了英雄的崇高伟大。人的叙事似乎变得微不足道了。

此时，另一位主角安折以非人类的"小蘑菇"身份登场，为小说的"反人类中心"带来了更加复杂的意蕴。安折是一朵因融合了诗人安泽的基因而获得人形的蘑菇，它为了寻找丢失的孢子而混入基地，却在与人类共同的生活中习得了"人性"。如果人类意志只是万分之一的偶然性，那安折就恰恰是那万中选一的精灵，在它身上，人性中的爱和美好开始复苏。这个非人类的主角看似是"反人类中心"的，

----

① 谭天：《世界"返璞归乱"时——评爱潜水的乌贼〈诡秘之主〉》，邵燕君、吉云飞主编：《中国网络文学双年选（2018—2019）·男频卷》，漓江出版社2020年版，第36—38页。

因而也天然地反科学，毕竟现代以来的科学话语是启蒙人文主义和理性主义的一部分。科学是服务于人类的，而安折不是人类；但安折的故事也是向人类中心和科学话语一次出走后的复归。这朵小蘑菇必须具备了人性，才能成为故事的主角，去谈人类才有的爱，才能在故事的最后赐予人类救赎和大团圆结局，才能以"弦"的科学理论收束末世。启蒙的理性失效了，但爱情神话没有，宇宙不关心人类的死活，读者却关心角色的恋爱。《小蘑菇》的言情属性决定了它不可能走向彻底的反人类和反科学，它的恐怖和残酷底色下，包裹着一个温暖的核。

不过，生逢其时的《小蘑菇》不早不晚地出现在了一个历史的节点上，此后，来自现实的加成不断地给这部作品增添着严肃的注脚，让它的可读性远远超出了一部"女性向"的言情"末世文"。全球新冠疫情发生的现实，让写在疫情数月前的《小蘑菇》成了一种超前的、迫近的甚至是近在咫尺的寓言，小说对人类中心、发展主义和大局观的反思，令每一个疫情时代的读者都心有戚戚。而伊甸园里女性的处境和"为人类族群延续事业奋斗终生"的"玫瑰花宣言"，不仅可以与《使女的故事》[①] 中的反乌托邦对读，更因一桩女性生育的网络热点社会事件而直接照进了现实。当然，这类严肃命题的探讨在"女性向"的书写中并不罕见——或许是带着性别写作的焦虑，许多女作家都有这种自觉，要证明自己有能力驾驭严肃命题，或赋予作品一个拔高的立意。但像《小蘑菇》这种如同直觉一般准确的预言也实在可贵，令它获得了现实观照的深度，能够与那些传统科幻的经典反乌托邦故事形成某种互文。

在以上三位作者代表的欧风、星际、末世三类"女性向"科幻叙事中，爱情和幻想仍牢牢占据着作品的中心位置，因此它们涉及的"科学"多数时候只是纯粹的设定，重要的是这个设定发生之后的故事。像这样由科幻设定带来的"女性向"流行子类还有很多，包括异能、系统、赛博朋克等。或许比起"科幻"，更应该把它们诠释为一

---

① 《使女的故事》是加拿大科幻女作家玛格丽特·阿特伍德1985年出版的反乌托邦小说，因2017年被改编为热门美剧（到2022年已播到第五季）而重回大众流行视野。该作讨论的是男权的极权状况下女性的生育处境。

种关于异世界的"未来幻想"（future fantasy）。不过，即使不直接指向任何具有现实借鉴意义的乌托邦或反乌托邦，这种幻想仍然可能寄寓着某种"异托邦"的力量，通过另类的想象颠覆主流逻辑，用异质性提供突围的可能，[①] 因而与传统科幻仍共享着一部分严肃命题的探索路径。扎根"女性向"网络文学的土壤，今天的女作者们确乎从传统科幻那里继承了绚烂的遗产，不仅将其改造为搭建幻想世界的丰富材料，更对启蒙理性和科学话语进行了另类的回应与重构。

（原载《中国图书评论》2023 年第 1 期）

---

① 邵燕君：《从乌托邦到异托邦——网络文学"爽文学观"对精英文学观的"他者化"》，《中国现代文学研究丛刊》2016 年第 8 期。

网络文学排行榜：类型、功用
及其批评形态建构

◎周兴杰

我们注意到一个有趣的现象，那就是自 2021 年下半年以来，越来越多的网络文学排行榜被发布出来。其中不仅有常规操作，如中国作家协会联合多个部门发布的"中国网络文学影响力榜"，艺恩数据联合阅文集团发布的"2021 阅文年度好书榜单"，北京大学网络文学研究论坛发布的"2020—2021 中国网络文学双年选"榜单等，还有新势力的新举措，如《青春》杂志与扬子江网络文学评论中心联合多家科研机构发布的 2021 年度"网文青春榜"。多种榜单的频繁发布，印证了网络文学的持续繁荣，也反映了社会关注力度的不断增强。从中，我们也发现榜单功能更趋多样化。简言之，网络文学排行榜不仅可以作为引领消费的阅读指南，部分榜单还衍生出批评功能，形成内含多种价值引导的机构化批评。

一、网络文学排行榜的发展历程与类型生成

考察网络文学排行榜的历史，大体上可以分为三个发展阶段，并在发展过程中形成两种主要类型。

最早阶段的排行榜是一些书友们自发发布的榜单。笔者通过向一些资深的网络作家咨询获悉，在像榕树下这样的最早一批网络文学网站中，排行榜就已经出现。不过，这一时期的榜单编排比较随意，排

榜者（如版主之类的网站负责人）会参考点击率等流量数据，也会根据自己的喜好进行排序。因此，它们属于早期的网络文学爱好者自发的、业余的书单举荐，规范性、严谨性明显不足，只能算作一种带有一定个人化色彩的"喜好榜"。随着网络文学生产运营的迅速商业化，排行榜的制作、发布也迅速规范化，各大网络文学网站已经没有早期那样的"喜好榜"，而转向了以各类消费数据为依据的榜单发布。不过，今天仍有一些老书虫根据自身喜好在自媒体平台上发布书单，这也很有参考价值，可视为早期传统的延续。

第二阶段出现的排行榜，是商业运营制度成熟之后各大网络文学网站和搜索引擎根据各种实时数据形成的榜单，可称之为"数据榜"。例如，人们打开起点中文网的首页，就能看到"月票榜·VIP新作""畅销榜""书友榜""阅读指数榜""签约作者新书榜"等榜单；点开首页上端的"排行"，还会展现分类更为详细的榜单。晋江文学城则需要先点入不同类型频道中，然后才能打开各种排行榜。番茄小说、书旗小说等免费网络文学平台亦有类似榜单。而百度这样的搜索引擎则在其"百度搜索风云榜"中有专门的小说排行榜。这样的排行榜，就是一种关于网络文学某一方面的信息列表，它根据特定指标（如月票数），将网络文学某一领域的不同对象在共时层面进行相互比较并统计，然后将作为统计结果的列表向关注网络文学的受众群体展示。"数据"类排行榜具有如下共同特征。

一是纯数据排序。此类榜单的排行依据就是平台各自掌握的用户行为数据。如百度的小说排行榜就是用数据挖掘方法计算小说类关键词的热搜指数，各网络文学网站的月票榜、推荐榜则是根据用户的各种投票行为产生的数据。这些数据分门别类统计之后，就形成了"数据"类的各种榜单。

二是短周期波动。基于网络新媒体的数据搜集统计能力，此类榜单能实时搜集数据，因此，更新周期都相对较短，从"小时"到"天"不等（晋江文学城的排行榜属于例外，更新周期较长，分"月度""季度"和"半年"三种周期）。需要注意的是，排行榜周期并非越短越好。"由于用户行为的突发性，如果排行榜更新周期过短，就只能显示一部分用户的选择，无法顾及大部分用户。这种情况下的排行榜就会失真，同时排行榜的抖动就会非常大。"① 当然，更新周期太长也不行，这会造成数据失效。因此，当前形成的更新周期应该是各榜单根据自身特点合适的选择。

三是市场化导向。此类榜单依据的各种数据实质上都是消费指数，反映的是读者用户消费行为的动向。而排行榜的名次又为读者用户群体进一步消费选择提供了参考，也为资本扶植提供了对象参考。因此，这类排行榜完全是市场化导向的。

进入第三阶段后，"数据榜"仍大行其道，但出现了一种新的榜单种类，这就是本文开头所列举的"中国网络文学影响力榜"之类的榜单。它们的出现均明显晚于"数据榜"（如"中国网络文学影响力榜"的前身"中国网络小说排行榜"起于 2014 年；"中国网络文学双年选"最开始为年选，于 2015 年开始发布；"阅文年度好书榜单"开始于 2019 年，且该年只有女频榜单，2021 年才同时发布了男频和女频的榜单），一般由相关机构参考各种指数和评审意见评选而出，所以可以称之为"评选榜"。"评选榜"体现出如下共同特征。

一是评选参考依据多元化。它们并非仅以数据作为榜单形成的依据，而会参考更多的因素。如"中国网络文学影响力榜"就是在各大平台的推荐和自身掌握的情况的基础上，由中国作协网络文学中心组织国内从事网络文学研究的专家、学者和资深业内人士进行多轮评选才得以产生。"2021 阅文年度好书榜单"则"基于阅文旗下各平台网文数据、社交媒体平台声量、第三方平台公开数据及权威专家意见，从热度指数、阅读消费指数、破圈指数、IP 价值指数和专家评分五大维度进行综合评定……"② 其他"评选榜"的产生也大体如此。

二是榜单产生周期长期化、稳定化。如"中国网络文学影响力榜"和"阅文年度好书榜单"现在都是一年一度，"中国网络文学双年选"的颁布周期则为两年。"网文青春榜"则更特殊一些，是"月

---

① 杨悦：《基于网络用户行为的搜索排行榜研究》，北京交通大学 2013 年博士研究生学位论文。

② 艺恩数据：《艺恩联合阅文发布〈2021 阅文年度好书榜单〉》，2021 年 12 月 22 日，https://mp.weixin.qq.com/s/ORDHz9EDdPw5jhRTYbLYEg，2022 年 8 月 18 日。

榜"套"年榜"的形式："从 2022 年第 7 期《青春》开始，由扬子江网络文学评论中心打头，五所高校轮转，推出当月'青春榜'月榜，并将于 2023 年此时，共同推选'青春榜'年榜。"① 不管是"月榜""年榜"，还是"双年榜"，榜单产生周期变长，意味着评选出来的作品经过了更长时间的沉淀，这避免了以短周期消费指数所反映的"热度"来表征作品质量高低的问题，更能体现作品的质量。此外，"评选榜"一般要求上榜作品为"完结"状态，对于存在可能"烂尾"或"太监"的网络文学创作而言，这进一步保证了上榜作品的质量。

三是评审主体机构化。"数据榜"的发布主体一般是掌握数据的资本平台。与此不同，"评选榜"的发布主体则是各种机构。如"中国网络文学影响力榜"的发布主体是中国作协，属于具有一定管理职能的官方机构；"阅文年度好书榜单"的发布主体是第三方监测平台联合资方平台；"中国网络文学双年选"的发布主体是典型的高校研究机构；"网文青春榜"的发布主体则是杂志社这样的媒体联合高校研究机构。由此可见，"评选榜"的发布机构主要来自公共领域内的组织或单位，这在一定程度上保证了榜单的公信力。

四是价值导向上的差异化。与发布主体的机构化密切相关，不同主体发布的榜单其内在价值导向也存在差异。"中国网络文学影响力榜"被视为中国"最具权威性的网络文学排行榜"，甚至被认为是"网文界的'鲁奖''茅奖'"②。从上榜作品来看，它鲜明地体现了主流化的价值导向。"中国网络文学双年选"收录的作品既尊重"老书虫"的阅读口味，更凸显学院派注重作品文学水准的评选倾向。"网文青春榜"榜如其名，以大学生群体的欣赏趣味为评选基础，再与专家评审意见结合，凸显"青春"主题定位。即使是"2021 阅文年度好书榜单"，也在市场定位基础上吸纳了专家意见，内含了多元化的价值取向，使其不同于纯数据化的榜单。

---

① 邢晨、只恒文：《中国网络文学的青春气象》，2022 年 6 月 13 日，https://s.cyol.com/articles/202206/13/content_1Q5mbaHW.html? gid＝28DgMR1x，2022 年 8 月 20 日。

② 王金芝：《中国作协网络文学影响力榜之〈大国战隼〉》，2021 年 9 月 24 日，https://mp.weixin.qq.com/s/Lth3IGlEo9YGVoM8ybUppw，2022 年 8 月 20 日。

排行榜的次第出现符合网络文学发展的内在逻辑。网络文学的诞生，始于普通网民的文学兴趣。他们中的"有识之士"根据自己掌握的情况与兴趣爱好自发地发布榜单，也契合网络文学刚刚诞生时的环境。当付费阅读制度建立起来后，网络文学网站变成资方平台，严格根据数据和收益的排行榜就建立起来了。此时主导网络文学生态的是商业逻辑。而排行榜完全用消费数据说话，并迅速规范化、专业化，正是契合了这一逻辑。而且，排行榜通过发表信息引导大众的选择，具有一定的诱导功能，形成所谓"排行榜效应"。资方平台发布排行榜的目的正在于此，"数据榜"的大量涌现正源于此。

随着网络文学的蓬勃发展，它拥有了数亿读者，并成为中华文化"走出去"的重要载体，其社会影响力越来越大。网络文学终究是文学，或者说是一种精神生产，其思想文化作用不容低估，故而网络文学的生产不仅要考虑经济效益，也必须注重社会效益。正因如此，近10年来社会各界对网络文学的关注度越来越高，公共领域的各种机构才从自身立场或关注角度出发，发布了各类评选榜单。因此，"评选榜"的出现，是网络文学发展突破自身文化圈层，得到更广泛的社会领域重视和认可的结果，也是社会向网络文学反馈其多重效益诉求的结果。

二、"数据榜"的阅读指南功能及其"数据信仰"

上述考察表明，在网络文学兴起之初，网络文学排行榜就已经出现了，但是，关于它的研究却有待展开。那么，应该如何认识网络文学排行榜呢？在当前，更具体地说，应该如何认识"数据榜"与"评选榜"呢？或许，我们有必要参考其他排行榜的研究。

其实，关于排行榜的研究已经有上百年的历史。正因为生活中充斥着各种排行榜，所以对排行榜的研究也吸引了多学科的眼光。综合各种排行榜研究，我们发现，排行榜最重要的一项职能就是推荐产品、引导消费。专门研究搜索排行榜的杨悦发现，"针对排行榜的研究，近二十年来主要集中在艺术与商业方面"①。例如，一些国外研究者研究了电影排行榜与电影产业的关系，结果显示："电影的收益与其在排行榜中的位置息息相关，即电影排行榜直接影响了电影产业的经济收益。"②还有一些针对音乐排行榜的研究发现："排行榜中的音乐类关键词的排名与其相关的经济效益直接挂钩，并且呈稳定的重尾分布。根据这一研究结果，有经济学者指出，娱乐产业具有很强的经济意义。"③这些研究的注意力主要放在排行榜的影响作用上，都证明了排行榜作为消费指南所发挥的显著效用。

由于目前还没有关于网络文学排行榜的研究，我们可以参考与之最具可比性的畅销书排行的情况。周红怡注意到畅销书排行榜对读者阅读的显著影响："琳琅满目的图书既丰富了读者的选择，也增加了选择的难度。面对种类繁多的书籍，大众读者常常感到无所适从。他们购买图书的途径归纳起来，主要可以分为两种基本模式：一是随意浏览网络或者实体书店后，决定购买某种图书；二是从畅销排行榜或他人推荐中获取图书信息后有针对性地完成购买行为。"④祁建则发现："各式各样的图书排行榜，并非仅有统计功能，促销目的更为主要。"⑤当然，他也发现了另一个值得警惕的问题："如今的畅销书排行榜对于出版社来讲，有着举足轻重的作用。它有力地影响着出版机构的专业运作。"⑥这在"选题""国外图书的版权引进""对作者的判断与选择""未来图书市场的走向"等方面发挥着重要影响。⑦周根红更是直言畅销书排行榜存在"异化效应"："畅销书排行榜成为商业社会的一种消费符号，成为图书意义增值和传播的加速器。出版机构为了能够满足大众的心理和市场需求，必然会借助畅销书排行榜作为图书生产的重要参考，努力开发与排行榜相适应的畅销书，这意味着其图书生产会受到排行榜的影响。而畅销书排行榜在具体操作过程中存

---

①②③ 杨悦：《基于网络用户行为的搜索排行榜研究》。

④ 周红怡：《简论"畅销书排行榜"对读者阅读的影响》，《今传媒》2017年第2期。

⑤⑥⑦ 祁建：《畅销书排行榜：读者之灯 书业之困》，2010年3月22日，https://www.chinanews.com.cn/cul/news/2010/03-22/2182198.shtml，2022年8月20日。

在的一些问题甚至会对图书出版生态和社会文化带来一定的负面影响，从而产生异化效应。"① 综合起来看，畅销书排行榜在推荐书目、引导阅读方面可算得上是"读者之灯"，但过度商业操作引发的异化效应也的确造成了"书业之困"。

网络文学排行榜中的"数据榜"与之类似。的确，网络文学排行榜起到了阅读指南的作用。在网络文学阅读中，读者非常需要排行榜，因为他们有着比任何读者群都更大的选择困难。根据《2021 中国网络文学蓝皮书》的统计，"全年新增作品 250 多万部，存量作品超过 3000 万部"②。面对海量的作品，读者应该如何选择呢？其实，网络文学读者跟图书读者的选择模式有类似之处：一是随意浏览网络信息做随机选择；二是从网络文学排行榜（主要是各种数据榜）或老书虫、阅读偏好相近的读者推荐中获取信息，选择作品阅读。当然可以说还有第三种方式，那就是随着大数据和人工智能技术的介入，网络文学网站用户会接收到网站根据其阅读偏好推送的阅读书目。结合实际考察，后两种方式，即排行榜加口碑推荐和人工智能推荐的方式，对网络文学读者影响更显著（当然，第三种方式的影响力还在持续扩展中，值得关注）。读者选择参考排行榜，是因为信息量越大，越需要信息过滤机制，而网络文学排行榜就是这样的信息过滤机制。它们面对海量的网络文学作品和数亿读者线上阅读留下的信息踪迹，完成了前期相关的分类、筛选和统计，形成了可以诱导产生优劣价值判断的阅读指南，以便于读者更快速地选定阅读对象。就此而言，网络文学排行榜真是一张张"贴心"的"过滤网"。

"数据榜"能起到阅读指南的作用，是因为它们用数据说话，以一种客观化的形象来默默地传达价值判断，让读者默认自己的选择是建立在科学、公正的基础上的，无形中实现了推荐、引导功能，使榜单成为网络文学阅读趋势的"风向标"。由此可见，在大数据、人工智能时代，数据的影响力之巨大。我们充分重视数据的巨大影响力，

① 周根红：《畅销书排行榜的异化效应与制度建设》，《现代出版》2016 年第 1 期。

② 中国作家协会网络文学中心：《2021 中国网络文学蓝皮书》，《文艺报》2022 年 8 月 22 日第 3 版。

这也是我们关注"数据榜"的重要原因之一。但同时，我们也应该对这个大数据、人工智能时代所形成的"数据信仰"保持足够的警惕。

"数据信仰"的现实基础是人们生活的方方面面正日益被"数据化"所中介。所谓"数据化"，"就是人类在信息传播、人际交往乃至日常生活的过程中，为了便于沟通、传播与保存，将一切客观存在均处理为数据，进而使得整个人类社会成为了一个庞大的数据库"①。用"大数据""人工智能"来标示我们所处的这个时代，它所寓示的恰是高度发达的媒介科技对人们生活方式的深度重塑，即人们的生活实践越来越依赖于"数据化"的中介。在这样高度数据化的社会中，数据的确在释放巨大产能，所以"数据即价值"。但同时，我们的生活也不只是被数据所中介、表征，而是全面地被组织化、制度化的媒介所接管。自此，人的存在必须依赖于人的媒介化与数据化，于是一种新的、更为精致的物化方式产生了，套用马克思的经典说法，这种物化方式可以称为"数据拜物教"。我们根据"数据榜"的推荐做出的阅读选择，不过是"数据化"社会所培养出来的生活习惯之一，这是新的物化形式的表征之一。

"数据信仰"中的数据来源于无数普通用户的数字劳动，而且这种劳动常常是被无偿征用的。"数字劳动"最早由意大利学者泰拉诺瓦在《免费劳动：为数字经济创造文化》一文中提出。受她的影响，数字互联网经济中个人用户这种免费的劳动越来越受到学界的关注。"数据榜"的来源，正是网络文学平台搜集到的用户搜索、点击、阅读、推荐、投票的各种数据，即泰拉诺瓦意义上的"数字劳动"。这样的数字劳动不仅是免费无偿的，而且具有"产消一体化"的特征。但也正是因为这一点，数字劳动的概念受到质疑，理由是：个人用户的行为并不具有生产数据商品的主观目的，故而上述行为不应被视为劳动。笔者认为，这样的质疑恰恰折射了绝大部分个人用户数字劳动的二重性。就像我们在网络文学读者的线上行为中所看到的那样，他们的行为首先是一种基于兴趣的礼物经济行为。因为这些行为踪迹汇

---

① 韩晗：《"数据化"的社会与"大数据"的未来》，《中国图书评论》2014年第 5 期。

聚起来，构成了读者阅读趣味分布的数字化表达，并形成口碑式的公信力，成为对之后读者的"礼物"或馈赠，使他们能避免或降低在选择时间、选择对象等方面的消耗，这种引导作用总体上有利于读者的阅读活动和相应的意义再生产。但同时，数字平台通过挖掘、分析、整理、发布这些信息，也兑现、占有了其价值。也就是说，经过平台整合，这些数据成了商品。相应地，读者或者说个人用户的行为也就成为创造这些商品的数字劳动，尽管他们没有获得报酬。由此可知，数字劳动的二重性是礼物经济行为与市场经济行为的并置。其中，数字劳动的礼物经济属性是数据客观性表征的根源，数据客观性又是"数据信仰"的基础。数字劳动的市场经济属性使之能够创造数据商品，进而创造剩余价值，这是建构"数据信仰"的根本动力。

至此我们不难明了，"数据信仰"的主导逻辑仍然是资本逻辑。在"数据化"社会，"重要的不是内容，而是流量"[1]。此时，人最重要的不是作为信息的发出者与接受者，而是流量的贡献者。人能否把握信息内容不再重要，重要的是参与到流量的循环当中。由此，作为用户的个人内化生成流量思维方式。或许对于"网络原住民"或者"算法原住民"来说，流量思维方式是自然而然形成的。但如果我们从媒介化、数据化背后的总体社会建构来审视的话，则会发现，这是资本推动的结果，因为"流量构成了讯息在交往资本主义之中的交换价值"[2]。流量构成交换价值揭示了交往资本主义或者说平台资本主义的运行机制核心，那就是使注意力转化为生产力，使个人（只要是数字平台用户）的非生产性劳动也产生价值或剩余价值。为形成和巩固这样的生产闭环，资方平台需要培育用户的"数据信仰"。而流量至上的"数据信仰"会推动整个数字产业规则越发脱实入虚。正如有的研究者发现的那样："最典型的就是层出不穷的榜单和榜单规则让粉丝沦为数据工具人。在这个结构中，平台以外最具有能动性的一方其实是资本。一旦资本不认同这套基于平台数据的评价体系，不将评估

---

[1]　蓝江：《交往资本主义、数字资本主义、加速主义：数字时代对资本主义的新思考》，《贵州师范大学学报》2019年第4期。

[2]　蓝江：《交往资本主义、数字资本主义、加速主义：数字时代对资本主义的新思考》。

明星商业价值的标准与平台生成的流量数据挂钩，则会打破这套看似难以攻破的数据体系。"① 可见，"数据信仰"看似牢不可破，只是因为资本需要它这样。

一般而言，"数据信仰"具有唯数据论、沉迷数据生产、顺从数据规则、产生数据迷思的基本特征。对照这些特征我们发现，"数据榜"确乎在网络文学生态内部建构起了"数据信仰"，并不断组织"书粉"的数字劳动来强化它。最突出的"书粉"数字劳动当属"月票战"，即为了争夺作品在"月票榜"上的位置而组织"书粉"积极参与的购买、投票行为，这实际上就是为了在"书粉"中建立关于相应的作家、作品的"数据信仰"。

当"数据信仰"背后的资本逻辑被揭示出来，"数据的阴暗面"也就呈现出来。对于"数据榜"而言，这种"阴暗面"突出地表现在两个方面。一是"数据榜"本身的异化效应。"数据榜"形成的"数据信仰"本身是有巨大诱惑力的，让人禁不住渴望在其中拥有更高的位格。相信很多人都看到过某网络作家为自己打赏百万的新闻，而他这样做的目的就是为了争夺榜单上的排名。其他如雇人"刷牌"、花钱买热搜的行为，在网络文学圈中也时有耳闻。这都表明，像畅销书排行榜一样，网络文学的"数据榜"同样存在异化效应。二是"书粉"数字劳动的异化效应。如前所述，"书粉"数字劳动原本具有礼物经济属性，是基于兴趣的数字化行为。但在"数字信仰"的驱使下，实际上是在资方平台的规则驱动下，这些行为被有组织地改造成为了数据而数据的行为，促成行为的兴趣内核不断消逝，数字劳动变得无意义化。如此，数字劳动异化为以增加流量为目的的过度消费，"书粉"则沦为数据工具人。有鉴于此，我们既要重视数据，重视"数据榜"的阅读指南功能，又要对其保持足够的警惕。

---

① 马中红、唐乐水：《绕过年龄重思"代"：从文本实践到数据实践的饭圈迭代研究》，《广州大学学报》2022年第1期。

三、作为机构化批评的"评选榜"

那么，我们又该如何认识"评选榜"呢？笔者认为，像"数据榜"一样，"评选榜"也有阅读指南的功能，但与"数据榜"不一样的是，"评选榜"还具有文学批评功能。正是这一点，不仅让"评选榜"与"数据榜"有质的区别，而且还使其成为消解"数字信仰"的重要途径。

为什么"评选榜"可以被视为一种网络文学批评而"数据榜"不能呢？让我们回到对"文学批评"概念的理解。韦勒克在《批评的诸种概念》中对"批评"一词进行了考证。他认为，从古希腊到文艺复兴，该词都与文法学纠缠不清，直到"新批评派"崛起之后，现代的"文学批评"的含义和地位才在英语语境中基本确定。① 也就是说，"批评"一词经历了由文字规则评判到文学意义评价的内涵演变，而且后者在学科意义上逐渐稳定下来。在此意义上，韦勒克坚持将"文学理论"与"文学批评"区分开来，认为"前者更接近于'诗学'，它明确地包括了散文的形式，并摈弃了这个老术语所隐含的旧义"②，而后者"在更狭窄的含义上是指对具体文学作品的研究，重点是在对它们的评价上"③。上述认识构成当代对"文学批评"最具影响力的理解。它明确地揭示出，文学批评的研究对象是具体的文学作品，文学批评的目的是通过对文学作品内容的分析做出意义评价。当然，这个评价是过程性的，韦勒克与沃伦指出："一件艺术品的全部意义，是不能仅仅以其作者和作者的同时代人的看法来界定的。它是一个累积过程的结果，亦即历代的无数读者对此作品批评过程的结果。"④ 既然

---

① ［美］韦勒克：《批评的诸种概念》，罗钢等译，上海人民出版社 2015 年版，第 31—42 页。

② ［美］韦勒克：《批评的诸种概念》，第 44 页。

③ ［美］韦勒克：《批评的诸种概念》，第 8 页。

④ ［美］韦勒克、［美］沃伦：《文学理论》，刘象愚等译，江苏教育出版社 2005 年版，第 36 页。

如此，我们有理由相信，这个过程性中也包含着对评价的客观性或者说可信度的衡量。比如说经典之作就是这种评价累积的结果，并反过来可以检验评价的客观性、可信度等。以此为标准，"评选榜"与"数据榜"是否属于文学批评，答案就非常明显了。

一方面，"评选榜"的对象是具体的网络文学作品，而"数据榜"的对象实际上是读者用户数字劳动生成的数据。"评选榜"会参考一定的数据，但是它们一般会有一个评审环节，成员由相关专家、学者，甚至包括特定读者群体组成。在这些评审环节中，他们会回到作品本身，对内容品质的高下进行分析、评判。而"数据榜"一般没有这个环节，只是对生成的各种数据的处理和发布。

另一方面，"评选榜"或多或少会对网络文学作品做出意义评价，"数据榜"则是流量的"量"的统计。"评选榜"的意义评价内含在评审过程中，如专家组的研讨。一些"评选榜"会发布上榜作品的推荐语，这实际上就是意义评价的显现。这些评价大体有两种显现方式：一是像"2020—2021中国网络文学双年选"那样，在发布榜单之后，也在其官方微信公众号和相关杂志上发表《"男性向"朝内转——2020—2021年中国网络文学男频综述》① 和《女孩们的"叙世诗"——2020—2021年中国网络文学女频综述》② 两篇综述文章。二者在各自呈现两年来男频、女频网络文学发展态势的同时，也包含了对上榜之作的精彩点评。这是在文本细读基础上做出的精到分析和评价，不仅透析文本的叙事肌理，而且深达阅读隐匿的快感机制，散发着拥抱作品的温度，而非貌似客观的、冷冰冰的数据列表。二是像"中国网络文学影响力榜"那样，通过媒体为上榜作品配以简短的推介语。例如2019年的上榜作品、何常在的《浩荡》的推介语即为："开拓创新、诚信守法、务实高效、团结奉献。40年伟大实践所孕育的深圳精神，早已成为中国改革开放的耀眼灯塔。《浩荡》以深圳发展历程为背景，塑造了当代企业家的成功形象，立意深远、内涵丰

---

① 吉云飞：《"男性向"朝内转——2020—2021年中国网络文学男频综述》，《中国文学批评》2022年第1期。

② 肖映萱：《女孩们的"叙世诗"——2020—2021年中国网络文学女频综述》，《中国文学批评》2022年第1期。

沛，情节曲折，精彩纷呈，是网络文学现实题材的力作。"① 这段推介语既有内容简介，也有写作特点评述，属于精悍的文学批评话语。而"数据榜"一般既没有意义评价的研讨过程，也没有意义评价的话语发布，只是在对消费指数的"如实罗列"中引导受众做出价值判断。

基于以上两点，我们认为"评选榜"可纳入文学批评范畴，"数据榜"则不可。尽管后者也暗含评价功能，但其只能算作"统计学"的批评，而非"文学"的批评。"评选榜"不仅是一种文学批评，而且是一种独特的"机构化批评"。

一般而言，人们认为存在三种形态的网络文学批评。欧阳友权就提出，可以按照主体身份区分出三股网络文学批评力量："一是关注网络文学的传统批评家，特别是那些关注文学发展、回应现实问题的批评家。""第二股力量是面向文化市场的媒体批评者，它们主要由记者、编辑、作家和关注网络媒体的文化学人构成。""还有一类是文学网民的在线批评。"② 实际上，这"三股力量"揭示了当前网络文学批评的三种形态，即专家学者批评、媒体人批评和读者在线批评。

作为网络文学批评的"评选榜"显然不同于这三者。一是批评主体不同。显而易见，前三种批评形态的主体是人，而"评选榜"的主体是机构。二是内在机制不同。读者在线批评顺应的基本是快乐机制，率性表达，咋想咋说。专家学者批评运用的是学理机制，严密论证，追求独树一帜之见。媒体人批评总体上依然遵循新闻机制，描述事实，引导舆论。而"评选榜"的批评与它们都有所不同，采用协商机制，并由机构权威、学术公平、数据真实等来保证其评价结果的公正性。三是公共性的体现不同。读者在线批评基本建立在个人喜好之上，缺乏公共性或者说公共性最弱。专家学者批评虽然也是个人化言说，但它以现代社会公共领域形成的批判精神为指引，以学术公共领域培养的学理思维和系统批评方法为根基，以其言说内含的专业性保

① 《中国网络小说排行榜（2019 年度）上榜作品推介语》，2020 年 10 月 26 日，http://www.chinawriter.com.cn/n1/2020/1026/c404028-31905798.html，2022 年 8 月 28 日。

② 欧阳友权、张伟顾：《中国网络文学批评 20 年》，《中国文学批评》2019 年第 1 期。

障了价值判断的公正性。媒体人批评虽然也往往个人署名，但作为媒体话语，由其所属机构的公信力来保证其言说的公共性。"评选榜"批评呈现的则是集体意见，更准确地说，是由机构审定的集体意见（"中国网络文学双年选"配发的评述文章虽然属于个人科研成果，但其基础仍是"北京大学网络文学研究论坛"这个学术团体的评审意见）。因此，它不仅是机构化的，而且是集体性的，甚至是学术性的，属于综合性公信力产生的公共性。与这三种网络文学批评相比，"评选榜"批评的公共性最为显著。

基于上述原因，笔者认为"评选榜"是一种独特的"机构化批评"，可以视为当前网络文学批评的第四种形态。揭示"评选榜"具有文学批评功能，而且将其归为网络文学批评的一种新形态——"机构化批评"，对于网络文学生态而言有着重要意义。

首先，它提供了一种制衡"数据榜"、消解"数据信仰"的选择。如前所述，"数据榜"尽管是重要的阅读指南，但由于它将价值判断全然建立在数据的基础上，且受到资本逻辑左右，因而实质是包含着、也推动了"数据信仰"。"评选榜"虽然也不排斥数据，但作为文学批评，它始终将自己的价值判断依据锚定在网络文学作品内容上。在各类"评选榜"榜单的评审过程中，对作品内容的研讨与意义评价的作用会随着评审的深入发挥越来越大的作用，以至于它的评选结果与反馈消费结果的"数据榜"有比较明显的差异。

发布"评选榜"的是各类机构，发布"数据榜"的是各个资方平台，因而二者处于同一层面，是一种机构意见与另一种机构意见的碰撞。与其他三种网络文学批评不同，"评选榜"的公信力是最强的，因而它也是最有可能来制衡资本逻辑推动的"数据信仰"。当然，从目前的情况看，"评选榜"对读者的影响力还是要小于"数据榜"。2022 年 8 月 19 日，笔者使用"新浪舆情通"的"政企舆情大数据服务平台"对本文所列举的四个"评选榜"的数据进行了抓取（数据抓取的时间范围为 100 天），结果显示，这些"评选榜"在网上形成的讨论热度总体并不大。以"中国网络文学影响力榜"为例，它在网络上基本都是以新闻发布的形式存在，发帖者多为与网络文学有关的媒体账号，在普通网友之间基本没有引起讨论。舆情监测系统仅监测到

12条网络帖子，在微博平台上讨论极少，百度贴吧平台上也未见关键词。在晋江文学城、起点中文网等网络文学网站中也未见讨论迹象。其信息占比情况见图3：

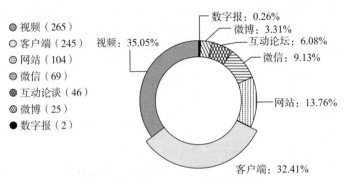

来源	信息量	占比	来源	信息量	占比
视频	265	35.05％	客户端	245	32.41％
网站	104	13.76％	微信	69	9.13％
互动论坛	46	6.08％	微博	25	3.31％
数字报	2	0.26％			

图3　2021年中国网络文学影响力榜信息来源占比图①

由此看来，作为一种以网络文学为对象又试图影响网络文学的评价方式，发布"评选榜"的机构，还应增强其在网络媒介中的议程设置能力。

其次，"评选榜"能够对网络文学的高质量发展起重要的推动作用。当前网络文学高质量发展的主要趋势是主流化、精品化，显然这是依循市场逻辑的"数据榜"难以推动的。更准确地说，"数据榜"或许能反馈广大网络文学读者用户内生的精品化需求，但难以自觉担负推进主流化的重任。"评选榜"的议程则内置了主流化、精品化的价值导向，并因各自的定位差异而生成不同的引导方向。毫不夸张地说，这些榜单串联起来，就是中国网络文学如何一步步走向主流化、精品化的高质量发展的生动足迹。例如"中国网络文学影响力榜"作

---

①　图片来源：新浪舆情通政企舆情大数据服务平台。

为"官方榜"，旗帜鲜明地表现出了网络文学创作主流化的引导方向。《2021中国网络文学蓝皮书》显示："2021年全国主要文学网站新增现实题材作品27万余部，同比增长27%，现实题材作品存量超过130万部。"[①] 据此可以说，网络文学创作主流化的引导已见成效。"中国网络文学双年选"从其学院派立场出发，坚持把握"'文字的艺术'不可替代的美好"[②]，入选之作让专家认可、"老白"满意、"小白"敬仰，实则为推动网络文学精品化持续发力。其他榜单因其侧重不同也各有功效，兹不赘述。

最后，"评选榜"丰富和完善了网络文学批评机制。明确了"评选榜"的网络文学批评属性之后，我们发现，在网络文学场域中已经形成一个由读者在线批评、媒体人批评、专家批评和各类"评选榜"的"机构化批评"构成的"四环联动"的网络文学批评机制。在这个批评机制中，读者在线批评的地位和作用是基础性的，但读者在线批评本身的不足也不容忽视。受阅读心态的影响，读者在发表评论时基本上也是凭个人喜好，想到啥说啥。这种明显带有随意性的批评虽然真实，但很难全面客观反映作品的质量和水准。如果网络文学的评价完全由读者的批评意见主导，实际上就等于蜕变为彻底的市场化导向，最终将可能倒向资方的市场操控，这对于网络文学长远的、健康的发展也是不利的。与读者在线批评不同，专家批评擅长通过细致的文本解读来辨析作品的优劣，并且用缜密的思维甚至借用多学科的方法来深度阐释作品的内涵。但专家批评对于网络文学的作者与读者而言，还是过于抽象、晦涩。网络文学作者、读者都因为"不明觉厉"而对它敬而远之。因此，如何发挥专家批评对网络文学的指导作用，还需要更多方面的探索。媒体人批评则在推动网络文学的社会地位提升、联系网络文学圈与其他社会圈层等方面发挥了重要作用。不过因为必须考虑时效性和接受面，所以媒体人批评更多是从现象层面关注网络文学，在批评的细致深入方面做得还不够。而"评选榜"的批评功能更具有综合性。由于发布各个榜单的组织、机构的性质不同，它

---

① 中国作家协会网络文学中心：《2021中国网络文学蓝皮书》。
② 邵燕君：《多事之秋，静水深流：2020—2021年中国网络文学概貌提要》，《中国文学批评》2022年第1期。

们内含差异化的价值导向，从而形成更具包容性又不失各机构基本价值立场的评价意见。当然，"评选榜"因其高起点的价值定位，难免有曲高和寡之嫌，所以在普通读者中反响不够。

尽管当前任何一种网络文学的批评形态都有这样或那样的问题，但是不可否认，它们从不同维度揭示着网络文学的价值。更重要的是，上述各种批评不是孤立地发挥作用，而是相互之间存在着或紧或松的联系，进而它们的批评影响也是相互交叠着的。不仅"评选榜"的价值评判是综合性的评判，而且媒体人批评也会反馈普通读者和专家的意见。而专家批评也越来越重视读者在线批评，有的还将之视为重要的研究对象。读者在评价和选择网络文学作品时，也会一定程度上参考各种榜单的意见。正是因为当前的四种网络文学批评是联系着的、互动着的，我们才说它们一起构成了"四环联动"的网络文学批评机制。在这样的批评机制的运行中，各种网络文学批评的影响力也不同程度地交叠在一起。从某种程度上说，当前的网络文学发展就是这种交叠影响的结果。

网络文学的评价机制发展到今天，尽管仍有其不足，但已经发展得相对成熟，在推动网络文学健康发展方面起到了切实作用。由于网络文学生产在整个网络文艺生产体系中占据着头部地位，故而网络文学的批评机制对于整个网络文艺生产的批评机制而言，都是有着示范意义的。

（原载《中州学刊》2023年第7期）

平台经济下的劳动控制与抵抗

——以网络文学平台的田野调研为例

◎范玉仙　王　晨

一、平台对劳动过程的控制机制

劳动控制起源于马克思。马克思在分析劳动过程的特殊性时指出，资本家购买劳动力后，为了使劳动正常进行和生产资料正常使用，对工人进行监视。布雷弗曼（Harry Braverman）进一步指出，劳动控制实际上是资本家的职责。资本家为了降低生产的不确定性、获取更多剩余价值，一般通过加强对劳动过程的技术控制与组织控制来充分发挥劳动力的潜力。平台经济时代，数字技术变革了劳动力、劳动对象、劳动资料以及企业生产组织形式，技术与组织控制手段发生了颠覆性的变化，平台构建起一套隐蔽的强技术控制机制与精密的软组织控制机制，"在增加人身剥削材料，即扩大资本固有的剥削领域的同时，也提高了剥削程度"。①

1. 技术控制：隐蔽的强控制

机器大工业时期，资本家把机器当作控制劳动过程与剥削劳动力的重要手段。机器首先扩大了资本控制的范围，妇女和儿童被抛到劳动力市场上受到资本的直接统治，这"不仅夺去了儿童游戏的时间，

---

① 《马克思恩格斯文集》（第五卷），人民出版社2009年版，第454—455页。

而且夺去了家庭本身惯常需要的，在家庭范围内从事的自由劳动的时间"。① 并且，机器为资本创造了"把工作日延长到超过一切自然界限"的条件与吮吸每一滴劳动的动机，最终"工人及其家属的全部生活时间转化为受资本支配的增值资本价值的劳动时间"。② 当正常工作日确立后，资本家把主意打到了劳动时间的内涵量上，机器成为吮吸劳动的加速器，其每一次改进都迫使工人"更紧密地填满劳动时间的空隙"，工人被压榨到精疲力竭。③ 进入垄断资本主义时期，机器的发展使"管理部门有机会完全用机械手段来做过去打算用组织手段和纪律手段去做的事"。④ 以控制机床为例，数字控制系统将劳动过程分解、细化，不仅提高了劳动生产率，而且有效地解决了工人磨洋工的问题，但"科学越是被纳入到劳动过程之中，工人就越不了解这种过程，作为智力产物的机器越是复杂，工人就越不能理解和控制这种机器"，⑤ 技术发展的必然结果是人丧失对机器的控制力。

迈入平台经济时代，数字技术变革了劳动过程的各个方面，劳动力、劳动对象、劳动资料都呈现出数字化趋势。技术工作者和数字劳动者成为特殊劳动力，数据成为平台经济劳动过程的重要原料，数字技术成为构建平台、生产数字商品与服务的劳动资料。⑥ 如果说工厂时代机器是资本家控制劳动过程和剥削劳动力的重要手段，那么在平台经济时代，平台资本借助算法技术实现了对劳动过程的控制升级。算法是一种以大数据为基础、以互联网为载体、以机器学习为路径的技术，被广泛应用于平台企业并推动了平台运营的嬗变，进而催生出

---

① 《马克思恩格斯文集》（第五卷），第 454 页。

② 《马克思恩格斯文集》（第五卷），第 469 页。

③ 《马克思恩格斯文集》（第五卷），第 472 页。

④ ［美］哈里·布雷弗曼：《劳动与垄断资本——二十世纪中劳动的退化》，方生等译，商务印书馆 1978 年版，第 173 页。

⑤ ［美］哈里·布雷弗曼：《劳动与垄断资本——二十世纪中劳动的退化》，第 380 页。

⑥ 王璐、李晨阳：《平台经济生产过程的政治经济学分析》，《经济学家》2021 年第 6 期。

技术控制的新形态——算法控制。① 算法作为劳动资料对劳动过程每一个环节实施精准的控制，包括分配与匹配算法控制劳动者的劳动需求、数据追踪与机器学习算法监督与管理劳动者、数据交易与动态定价算法对劳动者进行绩效考核。② 从本质上讲，算法控制以算法技术为基础，以任务分配、监督管理、绩效考核三种控制机制为具体实践内容，将劳动力转化为劳动，从而谋求更多剩余价值（如图 4 所示）。

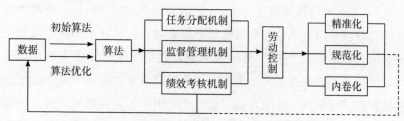

图 4　劳动过程视角下平台技术控制机制

（1）平台技术通过任务分配机制实现劳动控制精准化

任务分配机制从本质上来讲是算法支配劳动者。平台依靠算法技术"牢牢控制了劳动者与市场的接口，劳动者无法通过平台之外的渠道高效率出售自己的劳动能力"。③ 换言之，算法技术使劳动权利掌握在平台手里，劳动者只有依附平台才能获得劳动机会，这加剧了劳资双方权利失衡的问题。进一步地，平台利用算法分配劳动机会、精准匹配最合适的劳动者，一方面根据消费者的偏好需求推送相关内容以诱导消费者消费，另一方面将任务分配给综合评价分数高的劳动者进而实现任务分配的最优决策，这使劳动者和消费者完全处于算法控制之下。不仅如此，算法与市场的合谋使平台实现了对劳动者的最大利用化，数据成为一种客观标准，劳动者在数据的支配下不得不学习各种技能提升自己，不知不觉中完成了对自身的培训。

---

① 邹开亮、陈梦如：《算法控制下"网约工"权益保护的困境与出路》，《价格理论与实践》2021 年第 6 期。

② 杨善奇、刘岩：《智能算法控制下的劳动过程研究》，《经济学家》2021年第 12 期。

③ 王蔚：《数字资本主义劳动过程及其情绪剥削》，《经济学家》2021 年第 2 期。

（2）平台技术通过重构监管过程促进劳动过程规范化

算法重构了平台监视劳动过程的方式。平台系统对劳动状态、劳动进度等以数据的形式进行实时记录，并加工处理运用到对劳动过程的监督与管理中，"超级全景监狱"成为现实，平台由此实现了对劳动者全方位无死角的监视。"全景监狱"来自福柯（Michel Foucault）的全景敞视主义思想，后来马克·波斯特（Mark Poste）发展了这一思想。波斯特立足信息时代提出了"超级全景监狱"的概念，认为电子网实现了对人全面的、随时随地的、更加隐蔽的监视，是"一套没有围墙、窗子、塔楼和狱卒的监督系统"。[①] 同时，劳动过程的透明化为劳动过程的标准化提供了可能，劳动者必须严格按照平台规定进行，否则会被强制出局。另外，平台将控制职能"转移到由管理部门在直接生产过程之外尽可能地加以控制的一种装置上去"，[②] 把自身与劳动者之间的冲突转嫁到算法系统与劳动者身上，并在表面上扮演了缓和双方矛盾的角色。

（3）以算法驱动的绩效考核机制导致劳动力内卷化

绩效考核机制实际上是对劳动力"量"和"质"的控制。算法综合各种数据信息进行复杂计算得出最终的评级来评估劳动者的工作表现，并根据评级结果对劳动者实施进入和退出管理，即如果劳动者的虚拟积分高于平台标准，那么算法系统会给予劳动者一定奖励，反之，算法系统会冻结劳动者账号甚至永久封印。这种数字声誉评级倒逼劳动者对自身的工作方式、工作态度、工作时长进行自我纠偏，加剧了劳动者之间的内卷化。不仅如此，算法将劳动者绩效提升情况转化为更为严苛的考核标准，不断试探劳动者的生理极限与心理极限，以此最大限度吮吸每一滴劳动。算法优化升级的结果必然是平台对劳动过程的控制变本加厉。劳动者在这种算法主导的绩效考核机制下身

① ［美］马克·波斯特：《信息方式》，范静晔译，商务印书馆 2000 年版，第 127 页。

② ［美］哈里·布雷弗曼：《劳动与垄断资本——二十世纪中劳动的退化》，第 190 页。

心俱疲，投身平台劳动不再是"自由地发挥自己的体力和智力，而是使自己的肉体受折磨，精神遭摧残"。①

总之，平台经济下的劳动控制与剥削并没有因为生产力的巨大进步和物质资料的不断丰富而削弱。虽然平台经济时代劳动者的工作环境和条件相比机器大工业时代得到了十分明显的改善，但从工人被机器压榨到精疲力竭与劳动者被算法技术折磨到身心俱疲的结果来看，劳动者仍然受到资本严格的控制与残酷的剥削。由此可见，技术革命非但没有解放劳动力，反而成为一种隐形的手铐和脚链，强化了劳动对资本的实际隶属。

2. 组织控制：精密的软控制

劳动资料的变革推动了社会组织形式的变化。工场手工业时期，资本家通过协作"提高劳动过程的生产力来更有力地剥削劳动过程"，② 工人成为从事一种局部职能的器官。机器大工业时代，"劳动过程的协作性质，现在成了由劳动资料本身的性质所决定的技术上的必要了"。③ 换言之，机器和发达的机器体系消灭了以手工业和分工为基础的协作。垄断资本主义时期，技术为劳动过程的分割奠定了物质条件，泰罗制被普遍地运用到工厂中，概念与执行的分离使工人执行工作不再由自己的概念指导而是由经理部门的概念指导，资本家由此牢牢掌控了劳动过程的每一个步骤与执行方式。

迈入平台经济时代，依托算法技术的各种弹性灵活的用工方式逐步兴起并呈现扩张趋势。平台资本给予了劳动者自主决定劳动时空甚至是劳动量的权力。难道说资本放松了对劳动过程的控制？不再想方设法延长劳动过程的长度或者提高劳动过程的强度？那劳动力的"量"和"质"是如何保证的？把握平台经济时代组织控制手段的"变"与"不变"，有助于揭开劳动自主性的面纱，具体如图5所示。

---

① 《马克思恩格斯文集》（第一卷），人民出版社2009年版，第159页。
② 《马克思恩格斯文集》（第五卷），第389页。
③ 《马克思恩格斯文集》（第五卷），第443页。

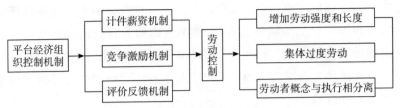

图 5　劳动过程视角下平台组织控制机制

（1）计件薪资机制增加劳动强度与长度

计件薪资机制"提供了一个十分确定的计算劳动强度的尺度"，使资本家"对劳动的监督大部分就成为多余的了"，[①] 劳动者在多劳多得理念的驱使下不断自我加压。一般而言，工作量直接决定了劳动者的工资水平。也就是说，劳动者只有提供一定的劳动量，才能获得满足自身生存发展的收入，而平台的垄断性决定了劳动者没有议价权，因此劳动者的唯一选择是提高工作量。一种途径是增加劳动强度。劳动者通过掌握一定技能提高效率，尽可能地缩短单位产品的必要劳动时间，使每分每秒充满更多剩余劳动。另一种途径是延长劳动时间。劳动者通过超时工作获得高薪，劳动力几乎达到了最大量的消耗。例如，全职劳动者为了获取维持生存的基本资料几乎全天候工作，工作与生活失去平衡；兼职劳动者为了增加收入不得不牺牲休闲娱乐的时间进行工作，劳逸界限越来越模糊。平台劳动者在这种多劳多得的计件薪资机制下，尽可能地消耗自己的劳动力，不知不觉就增加了劳动强度和长度。

（2）竞争激励机制造成集体过度劳动

平台推出一系列排行榜单使劳动者参与到你追我赶的比拼中，劳动者在遭受生理和心理双重压力的同时，深陷于集体的过度劳动之中。这种过度劳动不仅"扩大了它的后备军的队伍"，而且"反过来迫使就业工人不得不从事过度劳动和听从资本的摆布"。[②] 劳动者为了获取更多劳动机会和劳动权利不得不拼命工作换取高积分。上榜后，劳动者为了保持竞争优势，一般会提高工作量来确保自己的成绩保持

---

① 《马克思恩格斯文集》（第五卷），第 636 页。

② 《马克思恩格斯文集》（第五卷），第 733 页。

在中上游。如此一来，劳动者内部形成了一种竞争关系，而平台借助排行规则淘汰掉了尾部劳动者，"将工人建构为身处诸多相互竞争与冲突的他者中的一员"。① 平台劳动者在这种优胜劣汰的竞争激励机制下过度支出体力与脑力劳动，不仅不利于身心健康，而且导致平均工资水平不断降低。

（3）评价反馈机制导致劳动者概念与执行相分离

评价反馈机制给予了消费者监督劳动过程的权利，平台实现了对劳动力"质"的控制。具体来看，消费者以一种围观的形式监督与管理劳动者的劳动过程。第一，对劳动时间的监督与管理。消费者可以通过平台系统掌握劳动者的行动轨迹，这意味着劳动者的劳动时间不再受自己控制。第二，对劳动内容的监督与管理。评价反馈机制建立起劳动者与消费者之间的强互动关系，在这种强互动关系下，劳动者会根据消费者的反馈调整工作方式，其劳动内容不再完全由自己的"概念"指导，而是由自己的"概念"与消费者的"概念"双重指导。第三，对劳动质量的监督与管理。平台根据消费者的评分对劳动者进行奖惩，进一步说，消费者的评分直接影响了劳动者的实际收入，这一规则经常引发双方之间的冲突。第四，对劳动态度的监督与管理。劳动者为了获得好评打造出一个可供展示的外在形象，造成自身实际情感与情感劳动的分离，最终劳动者在这种消费者介入的评价反馈机制下"成为自己的对象的奴隶"。②

总之，平台资本巧妙地将自身获取更多剩余价值的欲望转化为劳动者提高个人收入水平的愿望。从表面上看，平台劳动者可以自主选择劳动时间，与机器大工业时代工厂主无限度地延长工作日截然不同，前者是自由的劳动时间，后者是强制的劳动时间，但从上述组织控制机制与其结果来看，两者在本质上都是资本为谋求更多剩余价值而采取的手段，平台在给予劳动者相当程度自主性的同时，寄希望于最大限度地侵占劳动者的剩余劳动时间。而且值得注意的是，平台与劳动者之间签订的不是劳动合同而是一种临时用工协议，平台通过

① ［美］迈克尔·布若威：《制造同意——垄断资本主义劳动过程的变迁》，李荣荣译，商务印书馆2015年版，第89页。

② ［美］马克·波斯特：《信息方式》，第158页。

"去劳动关系化"最大限度地降低了用工成本，并逃避了相关的法律责任与义务。可见，资本不仅没有放松对劳动过程的控制，还借助组织控制机制与"去劳动关系化"达到了对劳动者控制最大化。第一，控制主体由单一雇主增加到多个雇主。平台借助评价反馈机制将劳动者的收益与消费者的评分紧密绑定在一起，进而将市场风险转嫁给劳动者。平台劳动者为了获得好评，不仅要付出体力与脑力劳动，还要投入大量的情感劳动。与此同时，平台从"台前"走向"幕后"，将自身与劳动者之间的冲突转嫁到消费者与劳动者身上。第二，控制形式由明显的强控制转变为难以察觉的软控制。平台抓住年轻人渴望自主安排工作与生活的心理，采用"人性化"的组织控制手段实现了对劳动者的隐形化管理，使劳动者将自身增加劳动强度与长度的行为归因为自愿选择，但真相是资本对劳动力的剥削程度和控制程度进一步加深了。正如马克思所言："资本的趋势始终是：一方面创造可以自由支配的时间，另一方面把这些可以自由支配的时间变为剩余劳动。"①

二、平台劳动者的同意逻辑与抵抗策略

强制和同意是理解与考察劳动过程的两个重要维度，马克思与布雷弗曼皆从强制的视角揭示资本对劳动过程的控制，布若威（Michael Burawoy）却从工人主体性出发指出劳动者的同意同样重要。平台经济时代资本制造同意的手段相较布若威在联合公司观察到的手段更为高明和巧妙，平台提供了一种兴趣与工作紧密结合的可能，劳动者抵抗意愿不断下降，他们即便不满也不会反抗资本而是指向再生产。②

1. 资方的制造同意机制高明而巧妙

布若威通过对比封建主义劳动过程与资本主义劳动过程，得出资本主义劳动过程的本质是"同时掩饰和赢得剩余价值"，并指出超额

---

① 《马克思恩格斯文集》（第八卷），人民出版社 2009 年版，第 199 页。

② ［美］迈克尔·布若威：《制造同意——垄断资本主义劳动过程的变迁》，第 100 页。

游戏、内部劳动力市场与内部国家是资本家掩饰和赢得剩余价值的主要方式。具体来看，资本家将劳动过程构建为一个游戏，劳动者对游戏的参与意味着对界定游戏规则的生产中的社会关系的同意；① 通过培育竞争性，个体主义使工人之间的横向冲突增加、工人与管理层之间的纵向冲突减少；通过建立申诉机制和谈判机制，工人与企业的利益得到调整；将"工人当作个体……而不是阶级的一员"，增强了劳动者对企业的认同感。迈入平台经济时代，制造同意机制不仅完全剥离掉强制劳动的外衣，而且打破了劳动与兴趣的界限，"劳动已经不仅仅是谋生的手段，而且本身成了生活的第一需要"的理想图景在依托强大数字技术支撑的平台经济中初见端倪。② 平台通过制造梦想、公平感知和劳动游戏化，使劳动者主动将个人梦想与平台利益联系起来，积极参与到平台的生产过程中，增强了自身对平台的认同感，如图6所示。

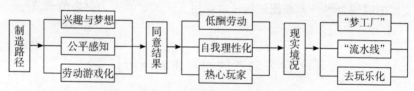

图6　劳动过程视角下平台制造同意机制

（1）兴趣与梦想支持劳动者低酬劳动

兴趣与梦想使平台劳动不再是谋生的需要，而是"人的生命自由、生活乐趣与创作才能"的展现。从这个意义上来说，兴趣与工作合二为一体现着"自由劳动"的意蕴③：一方面，它依托数字技术的平台，为劳动者提供了施展兴趣与追求梦想的机会和舞台，同时，工作地点灵活化、工作时间弹性化与工作内容非标准化，为平台劳动"成为吸引人的劳动，成为个人的自我实现"创造了客观条件；④ 另一

---

① ［美］迈克尔·布若威：《制造同意——垄断资本主义劳动过程的变迁》，第90页。

② 《马克思恩格斯文集》（第三卷），人民出版社2009年版，第435页。

③ 刘海春：《休闲与自由——马克思自由伦理观的当代阐释》，《马克思主义与现实》2020年第1期。

④ 《马克思恩格斯文集》（第八卷），第17页。

方面，劳动者在兴趣与梦想劳动价值理念的支持下愿意进行低酬甚至无酬劳动，并"把克服困难和障碍的过程本身当作人的一种追求、一种实现自我意图的努力，从而在根本上实现人的自由"。[①] 劳动者在这种兴趣与工作相结合的方式下积极发挥自身智慧与灵感，进而展现自我个性与实现自我价值。

（2）公平感知促使劳动者自我理性化

操作流程标准化、工资体系透明化与评价标准明确化提升了劳动者对平台的信任，劳动者为了获得市场认可不断将自己的能力商品化。流程标准化意味着所有劳动者，无论是年收入千万的"大佬"，还是长期处于低酬或无酬劳动的"小透明"，都需要遵循标准流程，平台暗箱操作的可能性很小。工资体系透明化塑造了劳动者"天道酬勤"的主观体验与感受，他们为了实现收益"不断自我提升、自我监督并进行自我控制"达到"自我理性化"。[②] 平台对劳动者的评价标准十分明确——"用数据说话"，不存在学历、年龄、性别等门槛限制，工作绩效主要看努力程度，这导致大部分劳动者在面临收入不理想时首先将失败原因归结于自己而不是平台。劳动者在这种对平台规则透明性与平台机会公平性的感知之下，增强了对平台的认同感和忠诚度。

（3）劳动游戏化使劳动者成为热心玩家

劳动过程的游戏化制造了热心玩家，劳动者在参与游戏的过程中产生了对游戏规则的认同和对游戏的渴望。"卷入游戏并为之所诱惑的模式是普遍的"，游戏吸引玩家的地方在于结果的不确定性，而平台劳动本身具有不确定性，因此基于这一劳动过程构建的游戏自然也具有不确定性。"这种参与到一个结果未知的游戏中的收益"吸引了劳动者的注意力并刺激了他们额外的努力，同时造成他们彼此之间的竞争。[③] 参与游戏不仅带给了劳动者金钱上的回报，还带来心理上的满足。大部分劳动者在分享经验时，往往"是在沟通游戏得分或竞赛

---

① 袁继红、丘仙灵：《玩劳动：数字时代劳动与休闲的耦合逻辑》，《哲学分析》2022 年第 2 期。

② ［美］哈里·布雷弗曼：《劳动与垄断资本——二十世纪中劳动的退化》。

③ 《马克思恩格斯文集》（第一卷），第 78 页。

结果而不是金钱上的失败"。① 游戏得分和竞赛结果通过赋予劳动者一定声望和成就感，使他们加强了对自身职业身份的认同，进而产生自发的"奴役"。劳动者在赢得游戏的刺激下，将增加劳动供给内化为自觉行动，主动参与到对自己的剥削中。

然而，平台同意机制的背后是资本隐蔽的劳动控制与管理。资本不会因为劳动者带有梦想色彩的动因而放松对劳动过程的控制，而是打着为大众提供追逐梦想舞台的幌子尽可能地吸纳劳动力。劳动与兴趣的统一也与马克思所说的"自由劳动"相去甚远，劳动者的劳动实践不可避免地带有工厂式生产的色彩，而且"去玩乐化"倾向日益明显，他们"只有在劳动之外才感到自在，而在劳动中则感到不自在"。②

2. 劳动者的抵抗策略有限且被动

马克思曾在手稿中指出"工人作为这个过程的牺牲品却从一开始就处于反抗的关系中"，③ 因此，劳动控制必然对应着劳动抵抗。机器大工业时代，资本家无限度地延长劳动时间，引起了工人的强烈不满，他们通过召开集会进行抗议，阶级对抗达到了难以置信的紧张程度。垄断资本主义时期，资本家实施泰罗制最大限度地榨取血汗，遭到了劳动者的集体反抗，他们采取罢工的方式与资方对抗。但随着资方控制与剥削手段的不断调整与改进，"工人越来越丧失从资本家手中夺取对生产的控制权的意志和抱负，越来越把注意力放到劳动在产品中应占的份额的讨价还价上去了"。④

迈入平台经济时代，生产方式的变革使"嵌入于数字化劳动过程中的劳资关系也日益趋向于数字化转型"。资方通过隐蔽的技术控制机制、精密的组织控制机制以及高明的制造同意机制，进一步掩盖了

---

① 《马克思恩格斯文集》（第一卷），第92页。

② ［美］马克·波斯特：《信息方式》，第159页。

③ 《马克思恩格斯文集》（第八卷），第469页。

④ ［美］哈里·布雷弗曼：《劳动与垄断资本——二十世纪中劳动的退化》，第13页。

其剥削劳动力的内在本质，严重消解了工人的抵抗意愿。① 并且，平台的垄断性决定了劳动者在与平台的抵抗中处于劣势地位，劳动者从签订协议的那一刻起就不得不同意平台规定的各项条款，因而劳动者的抵抗策略较为有限且呈现出被动性的特点。第一，对平台技术控制机制的有限抵抗。一种是利用算法技术，劳动者通过"刷数据""蹭热点"的方式来增加曝光度，获得更多金钱收入；另一种是采取"逆算法"策略，劳动者有意在时间、内容上避开算法呈现的结果，打造自己的独特风格，进而吸引消费者。但算法黑箱使劳动者在数字实践中处于被动局面，劳动者抵抗算法控制的策略从根本上说是一种被动的策略。第二，对平台组织控制机制的有限抵抗。劳动者采取不合作的态度，忽略计件薪资机制、竞争激励机制和评价反馈机制，按照自己的方式和节奏工作，或联合消费者利用规则漏洞争取劳动过程的自主性。然而，平台不仅可以制定规则，还可以随时更改规则，主动权依然掌握在平台手里，劳动者利用规则的抵抗是一种被动的抵抗。第三，对平台制造同意机制的有限抵抗。劳动者采取同伴互助、向平台管理员提建议的方式维护自身利益，但由于双方力量不对等，劳动者始终处于弱势一方。

三、网文平台控制下的劳动者困境

为了更深入考察平台如何通过加强对劳动者的技术控制、组织控制、意识形态控制来减少劳动力使用的不确定性，笔者对 A 网络文学平台进行了为期一年的田野调研。A 平台拥有在线网络小说 517 万部，已出版小说近万部。截止到 2022 年 8 月，注册用户约 5668 万，注册作者高达 236 万。发展至今，A 平台已经成为国内头部网络文学网站，是网文平台的典型代表。田野调研期间，笔者观察和记录平台采取的控制手段与管理策略，挖掘和了解签约作者对外部环境的认知

---

① 赵秀丽：《劳动过程变迁视角下劳资关系的演变与最新发展》，《当代经济研究》2022 年第 5 期。

与反应，以此深入把握平台建立的控制机制与平台劳动者面临的劳动困境。

1. 劳动者成为算法技术的囚徒

平台依托强大的算法技术，从人员筛选、任务分配与执行到绩效考核建立起一套标准化流程。在人员筛选阶段，A平台从创新之处、主角人设等多个方面对作品进行审核，劳动者只有通过审核才能拿到"入场券"。在任务分配与执行阶段，算法与市场的合谋使作者原本自由的创造活动被数据牵引。A平台有专门的写作助手软件供作者查看相关数据，如文章收藏与订阅收益等，销售数据倒逼劳动者"对自己的作品进行针对性的成果评估、自我纠偏以及进程控制"，①将其捆绑在数据好、收益高的类型或题材上进行模式化与套路化写作。并且，A平台监视着签约作者的作品内容及其更新情况，如作品章节标题、提要、"作者有话说"、图片或链接等违反规定，平台系统会自动锁定相关章节，又如VIP文章连载期间超过3个月没有更新，平台将解除文章VIP并采取"永黑"的惩罚措施。在绩效考核阶段，平台系统综合所有作品的字数、点击量、收藏数、评论数、读者打分等因素对其排序，加剧了签约作者之间的竞争。总之，算法技术使劳动过程愈来愈透明化与标准化，签约作者不敢有任何松懈，只能在工作时长、工作方式、工作态度等多个方面严格要求自己。

在人员筛选机制下：2021年6月开始申签，从信心满满到现在心如死灰，将近二十杀……从一开始什么都不懂，到后来扒文、看干货、做总结……可还是被杀，不禁怀疑自己是不是签约过敏体质。（田野记录：20220714）

在数据反馈机制下：①我原本以为自己这一本比上一本有所进步，然而数据告诉我不是，我陷入到了严重的自我怀疑。（田野记录：20220920）②被数据绑架后写文热情不断减少，明知道这种情况要自我调整，但很难做到。（田野记录：20221110）

在系统审核机制下：①A平台审核究竟什么标准？我辛辛苦苦日

---

① 张铮、吴福仲：《数字文化生产者的劳动境遇考察——以网络文学签约写手为例》，《同济大学学报（社会科学版）》2019年第3期。

万了那么久，因为一个审核没有过，勤奋榜被取消了。（田野记录：20221128）②审核真会折磨作者，我熬夜写了九千字提早更新，结果因为一句话被锁了。（田野记录：20221204）

写了这么多年，还是想说，码字真是一个内耗的过程，不仅是身体……痔疮、头发、乳腺增生、视力下降、做噩梦……还有精神和心理上的。说实话，每一天都是赶鸭子上架，就是明知道写了会赚钱、会上榜、会比现在多赚几万甚至十多万，但就是卷不起来。（田野记录：20221012）

2.劳动者深陷虚假自由中

劳动者虽然掌握了劳动时空甚至是劳动量的选择权，但无法拥有劳动时空以及劳动量的主导权，平台宣扬的自主性、自由性皆是一种幻象。计件薪资机制下，签约作者的脑力创作逐渐沦落为体力码字。网络文学平台普遍采用 VIP 付费阅读模式，即读者需要按照千字几分的价格付费阅读 VIP 章节，平台再根据协议规定好的分成比例支付稿酬。也就是说，作品的字数直接决定了作者的稿酬。一些作者使用码字软件（如大神码字等）与他人在线拼字来提高码字速度，写作逐渐成为他们日常生活的重心。竞争激励机制下，签约作者被迫"多更""快更"。A 平台有人工榜单和系统榜单两类榜单，相较自动排榜的系统榜单，作者更在意人工榜单。人工榜单排榜有两项指标：作品没有开通 VIP 服务前平台依据收藏排榜，作品开通 VIP 服务后平台依据收益排榜。也就是说，作品收藏越多、收益越高越有机会赢得好榜，否则很容易"轮空"或上"毒榜"。作者为了上好榜拼命码字，日更新量从三千增加到六千、九千甚至上万，试图以更新量"换"收藏数与收益额。平台还推出一系列奖励计划，诱使劳动者持续工作以确保劳动的稳定性与连续性。A 平台规定，签约作者一个月内每天更新（某一作品 VIP 章节）字数达到或超过三千、六千和九千，平台会分别奖励作者该作品这一个月内 VIP 收入的 5%、10% 和 15%。因此，码字成为签约作者最主要的劳动形式。评价反馈机制下，签约作者为了获得更多金钱收入，不再进行自由的、个性化的创作，而是迎合市场需求写作：一方面，读者的价值取向和审美趣味很大程度上影响着作者创作作品的类型，一些作者为了快速广泛地吸引读者，会选择一些热门题材，并根据读者的反馈调整写作思路，甚至被读者牵着鼻子走；另一方面，"催更"是读者常用的手段，与之对应的是作者"加更"的行为，在读者的催更中作者化身码字机器不断提高更新频率，从日更一次、两次到日更三次甚至四次，工作时间被迫延长。还有一些作者为了积累粉丝，积极与读者交流互动，通过回复评论、发送红包的方式讨好读者，逐渐与自身创造的劳动产品相异化。

在计件薪资机制下：①日万起步上不封顶。既然暂时成不了金榜大佬，就先成为劳模。9.1/码字 13000＋、9.2/码字 14000＋、9.3/码字 18000＋、9.4/码字 12000＋……9.30/码字 20000＋……（田野记录：20220901）②日万自救。从 9 月 1 日收益 150＋到 9 月 18 日收益 640＋……日万才能增加收益。（田野记录：20220919）③日万才能月万。从日五百到日三千再到日万，坚持一百天，必须单本收益过万。（田野记录：20221026）

在竞争激励机制下：①幻言的作者 V 后基本都是日六、日九、日万，因为日三根本没有竞争力。（田野记录：20220326）②幻言非常卷，有作者夹前爆更八万。（田野记录：20220622）③日万在幻言已经不行了，大家开始日一万三四五六七……好怀念以前大家一起日三的时光。（田野记录：20221020）

在评价反馈机制下：①写自己喜欢的，扑了；写读者喜欢看的，收益可观，所以我只能选择写读者爱看的。（田野记录：20220321）②最开始"为爱发电"，但后来越来越焦虑，主动迎合读者口味，但写的过程很痛苦。（田野记录：20220423）③被读者吐槽节奏太快，信心备受打击，写不出更新了。（田野记录：20221124）

3. 劳动者主体性被不断消解

平台通过宣扬少数网络作家的"成神之路"实现了对梦想的制造，通过制定各种规则与制度实现了对公平感知的制造，通过把劳动过程组织为游戏实现了对热心玩家的制造。劳动者在这三种意识形态的宰制之下积极投身平台劳动，参与到对自身的剥削中。具体来看，兴趣使劳动者完成了从读者到作者身份的转变，梦想让他们将自我价值的实现寄托在网络文学创作中。然而，现实中赚钱是大部分签约作者坚持写作的主要原因。公平感知使劳动者将平台标准内化为自觉行动，但一些硬性规定，如作者必须在作品发布之初确定好体裁、原创性、性向、风格等，将劳动者的文学创作限制在固定的内容模式之下，个性化写作逐渐屈从于单一的评价标准，原本吸引人的文学创作活动成为异己的存在，写作带给劳动者愉悦、轻松和自由的情感体验越来越弱，劳动者梦寐以求的创作天堂实际上是"梦工厂"，网络作家群体本质上是网络文学平台上的数字劳工。

兴趣与梦想：①写了四五本冷题材，最高收入五千，最低收入两千，但我并不在乎收益，因为创作对我而言仅是一种爱好。（田野记录：20220910）②开始是为兴趣写作，但在写的过程中逐渐迷失自我，会因为读者的评论改剧情，慢慢地写作的目的变成了赚钱、出名和卖版权。（田野记录：20220621）

公平感知：①Ａ平台是所有网文平台里最公平的，没有好榜单是我写得差。（田野记录：20220607）②幻言虽然卷，但排榜十分公平，只看收藏和收益涨幅，不扶贫。（田野记录：20220406）

游戏化：升星成为很多作者的渴望。①本人签约三年左右，理工科研究生在读，累计写作三百万，完结六本小说，但还是空星，所以十分想升星。（田野记录：20220911）②一直是一星，同期数据比我差的都已经出版了，我这辈子还有升星的一天吗？（田野记录：20220910）③比空星升一星还困难的事是三星升四星或五星。（田野记录：20220713）

去玩乐化：①会对自己写的东西产生强烈的厌恶感，最严重的时候会呕吐，整个人处于极端的状态，根本写不下去。（田野记录：20220701）②为什么越来越厌恶写作过程？明明写完一章很有成就感、很开心，但每次写之前就是不想开始。（田野记录：20220217）③我觉得码字严重影响到了我的生活质量，我把它当作爱好，但它并没有让我产生愉悦感和幸福感。（田野记录：20220727）

当然，劳动者并非任由平台资本控制的"原子化劳工"，他们适时采取抵抗策略维护自身的主体性，只不过他们争取到的自主是有限的。在作品分类方面，一些作者通过选择热门题材、添加热门标签来增加曝光度，结果是作品呈现同质化的倾向。在作品审核方面，一些作者通过自测敏感词来快速和顺利地通过平台审核，还有一些作者通过在文章中打"擦边球"来吸引读者订阅，但这一行为容易被举报。在作品字数方面，很多作者采用"灌水"的方式增加文字量，如描写日常生活、大段对话等，但这种做法容易引起读者的不满。在作品排榜方面，一些作者利用榜单制度的漏洞，用读者号给自己投票，这一做法容易引起其他作者和一些读者的反感。在作品评价方面，一些作者为了防止某些读者干预自己写作，直接在文案中标明不接受任何写作指导，还有一些作者为了避免与读者发生冲突，直接删除有争议的评论甚至关闭评论区。

榜单机制抵抗：强烈建议别再管人家自己掏钱投霸王票的了。人家花自己的钱错在哪里了？自负盈亏的事情，为什么非要狙这个榜呢？①赞成，就是眼红呗，嫉妒人家砸霸王的流量，自己又不舍得花钱去砸，要么怕回不了本，要么怕砸了被读者嘲。②本人不砸霸王，但对这种行为不讨厌，因为内卷是趋势，今天没了这个榜，明天还有新手段。（田野记录：20220315）

四、结论与建议

"各种经济时代的区别，不在于生产什么，而在于怎样生产，用什么劳动资料生产。"① 数字技术变革了劳动过程的各个要素，其中劳动资料的数字化使平台对劳动过程的控制表现出控制范围扩大、控制程度加深、控制主体增加、控制形式柔化的新特征，而且呈现出控制更加强势、更加隐蔽、更加深刻与更加高明的新趋势。从技术控制机制来看，平台借助算法技术吸纳全球范围内的劳动力并监视平台上雇工、零工与产消者的劳动过程，实现了对劳动过程的控制升级；从组织控制机制来看，平台通过给予劳动者工作自主性来最大限度地侵占劳动者的剩余劳动时间以及避开劳动关系带来的法律责任与义务，加深了劳动对资本的实际隶属；从制造同意机制来看，平台通过对梦想、公平感知和劳动过程游戏化的制造生产了劳动者自发的同意，进

---

① 《马克思恩格斯文集》（第五卷），第210页。

一步消解了劳动者的抵抗意愿。劳动者最终围困于算法技术制造的数字囚室，深陷于平台宣传的自由陷阱，主体性被不断消解。

尽管平台经济发展带来众多新的问题和困境，但是我们不能因噎废食，因为数字化条件下平台经济的发展趋势是不可避免和无法回避的。在社会主义条件下，重要的是如何正确处理劳资关系、破解这些劳动困境，促进中国特色社会主义的平台经济健康运行。对此本文提出四点对策建议。

一是超越资本逻辑，坚持以人为本理念，发展中国特色社会主义平台经济。在资本逻辑的支配下，平台以追求更多剩余价值为目的，致力于通过技术控制机制和组织控制机制对劳动过程实施隐蔽的强控制与精密的软控制，这既不利于平台经济健康运行，也阻碍了平台劳动者自由全面发展。因此，必须对资本逻辑进行引导，发挥其正面、积极的作用，使资本在社会主义制度框架中服务于平台经济发展，更好满足人民群众对美好生活的需要，使平台从资本逻辑转向人的逻辑，促进劳动者展现自我个性与实现自我价值，最终走出一条中国特色社会主义平台经济发展道路。

二是探索劳动关系新内涵，构建新时代中国特色和谐劳动关系。数字技术深刻改变了平台企业的生产组织形式和劳动者的工作性质，传统劳动法框架不再适用于劳动者与平台之间的劳动关系，劳动者权益保障问题日益突出。因此，有必要调整劳动关系认定标准，厘清平台企业与平台劳动者之间的权利义务关系，探索劳动关系新内涵，确立平台经济下的新型劳动关系，并进行配套的劳动法律制度、社会保障制度等制度改革，建立起适应数字技术进步带来的用工模式变化和劳资关系变化的劳动者权益保护网，为劳动者投身平台工作保驾护航，最终实现劳资双赢。

三是强化平台责任，践行共建共享理念，推进全体人民共同富裕。平台企业在获得巨额利润的同时，理应承担起相应的经济责任、法律责任、社会责任和道德责任，并按照权责对等的原则，以增进人民福祉为导向，而不应以单一经济效益为目标；以提高劳动者劳动技能和人力资本为导向，而不应以"流量"和数据为指标；以满足人民美好精神生活需要为导向，而不应以资本操控为目的。必须让人民群众参与平台经济，共建和共享平台经济发展有益成果，增强平台劳动者归属感、安全感和幸福感，使平台经济成为推进全体人民共同富裕的中坚力量。

四是放大平台经济积极作用，促进劳动者解放，激发劳动者追求自我实现与发展。平台经济为劳动者自主决定劳动时间、劳动地点、劳动内容和劳动量创造了客观条件，为劳动者施展兴趣与追求梦想提供了机会与舞台，为劳动解放和劳动者主体性复归注入了强大动能。因此，必须放大平台经济尊重劳动者、服务劳动者、培养劳动者和发展劳动者这一巨大优势，发挥平台经济激发劳动者在劳动过程中的主体性的积极作用，使平台劳动真正成为吸引人的劳动，成为个人自我实现的劳动，成为生活第一需要的劳动，使劳动者在数字劳动中实现自我解放与自由全面发展。

（原载《当代经济研究》2023 年第 6 期）

网络文学媒介化的情感逻辑

◎韩传喜　郭　晨

　　网络文学发轫于电子媒介日益数字化的历史节点，蕴藏着新旧媒介交汇的能量。在经历了技术迭代为文学生产带来的一次次颠覆性变革后，网络文学如今呈现出不同技术动态交织的融合样态。可以说，网络文学发展史也是一部媒介技术变迁史。雷吉斯·德布雷（Régis Debray）在考察信息技术演变的各种文化现象和社会效果时，提出"媒介域"（médiasphères）这一关键概念，并将历史上的文化传递系统分为逻各斯域、书写域和图像域三个阶段，"每个阶段有其自身的技术环境的结构，并在其效果扩散的过程中导致人们在使用方法、心智状态、思维方式和信仰方式上产生颠覆和震荡"。① 换言之，媒介域并不主张在真空中讨论技术嬗变及其带来的社会文化冲击，而是将技术的符号表征和关系结构视作整体，指涉一个在历史主义的架构下看待信息传播格局存在方式的文明史分期。如果说以比特为底层架构、脱离"线性"叙事的网络文学昭示着传统文学所代表的印刷媒介退场和理性价值游移，那么从文字文本到层出不穷的跨媒介叙事产品则是数字媒介出场宣告自己的合理性。中国网络文学经过 20 余年的蓬勃发展，迸发出跨文化、跨媒介、立体化、可持续的强劲动力，网文 IP 全链路开发等新业态的出现为探讨当今网络文学时代媒介域更迭提供了新的实践样例与行动可能。

---

　　① ［法］德布雷：《普通媒介学教程》，陈卫星、王杨译，清华大学出版社2014 年版，第 9 页注释。

数字技术凭借信息存储、传播速率等层面上的实质性突破带来文学生产的变革与解放，媒介融合大大加速网络文学的发展进程。人们自然而简单地认为技术就是引发文学生态颠覆和震荡的根源所在，然而将这些变化归结为技术的单一力量仍失之偏颇。事实上，当前网络文学诸多媒介化实践逐渐显露出另一条逻辑，即情感（affects）日益成为网络文学牵涉的多元行动者的行动力量。不论是指涉身体和心灵的感知，还是理性与感性的博弈，情感作为个体与外部环境的重要连接，在提供体验特定情绪之基础的同时，也提供了对这些情绪采取行动的动能。常江、田浩指出，数字时代的到来与其说"制造"了情感化的行为逻辑，不如说是将业已存在于人的行为逻辑中的情感因素"放大"并"激烈化"。① 随着现代社会媒介化程度进一步加深，混沌、流动的情感愈发诉诸物质化的媒介隐喻，并在此基础上进一步发挥左右人类行为、关系的特殊效应，媒介逐渐成为情感释放的介质，情感也从精神之物转型为参与形塑媒介化社会的行动力量。这些变化不仅展现出情感动力（affective forces）的重要影响，也彰显出情感与媒介间的深刻勾连。关注文学场域中的情感问题似乎已是老生常谈，因为文学向来"是人类活动在审美和情感领域的投射"。② 然而本文无意探讨文学文本中的情感元素，也并非指摘技术的构造性优势与主导功能，而是将重点置于强调情感所构成的驱动网络文学媒介化发展的动力体系，亦即情感如何参与并影响网络文学活动中行动者与媒介技术互动，试图在情感与技术和文化交织、共生的互动结构中重现其在网络文学媒介实践中发挥作用的深层机理。

　　本文认为，情感作为驱动数字媒介时代网络文学发展的重要力量，其行动逻辑早已嵌入网络文学媒介化生产，即"呈现—接受—再生产"的流程再造中。据此，本文尝试回答以下问题：物质基础为情感提供了怎样的支撑和可能？搭载于数字技术之上的情感如何影响并参与到网络文学的媒介化行动中来，并从中释放怎样的行动可能？

---

　　① 常江、田浩：《间性的消逝：流媒体与数字时代的视听文化生态》，《西南民族大学学报（人文社会科学版）》2021年第12期。
　　② 许苗苗：《情感回馈与消费赋权：网络文学阅读中的权力让渡》，《中州学刊》2022年第1期。

一、网络文学再媒介化与情感呈现

在数字媒介时代讨论网络文学生产的流程再造，技术作为基础设施是毋庸赘述的逻辑起点。不论是网络文学作品的数字化生产，还是网文 IP 的跨媒介改编，首先需要具备的便是物质基础。正是技术的物质性力量，为网络文学众多类型的媒介实践提供了新的架构。从这一角度来看，情感能够作为网络文学媒介实践的驱动力，显然离不开日益基础设施化的数字媒介技术。

相较于停留在物理属性和功能属性层面上探讨技术物本身，关注媒介与人的"间性"似乎更具备研究潜力。可供性（affordance）作为近年来最具代表性的一种阐释框架，在诠释"构成环境的技术属性与其他社会及文化要素的接合（articulation）问题"① 时展现出强烈的"关系"取向。可供性这一概念最早源于吉布森（James Gibson）的界定，在经由传播学引介后，逐渐延伸为表示行动者的行为取决于特定物质环境所提供的可能性。换言之，多元行动者诉诸物质特性相互作用并共同构成新的关系实体。对于网络文学时代的媒介域而言，这意味着平台及其背后的数字技术作为基础设施，其对于所有参与网络文学实践活动的行动者的"示能"，使得网络文学的关系结构、权力博弈等相较于过去以印刷和纸张为物质基础的文学场都变得更为复杂。在这一过程中，读者获得广泛沟通和参与生产的主动权，曾经把控作品命脉的作者却不得不让渡某种意义上的书写主权，成为作品生成与再创作的被动接受者。

由此可见，正是物质基础对于文学生产模式的改写，使得诸多新型媒介实践的出现成为可能。然而，介于物质条件和网络文学新样态之间，参与符号生产和意义建构的技术实体与动力系统又具有何种关系逻辑？本文认为，媒介技术对于网络文学行动者行为、观念的改造

---

① 何天平：《"观看"作为再创作：论视听文化再生产与受众介入式审美》，《现代传播》2022 年第 4 期。

主要是以情感为基本的行为逻辑完成的，情感推动着网络文学赖以生存的数字媒介环境孕育出众多跨媒体叙事的新样态。今天，媒介技术的高速发展在延伸和放大情感方面具有强大力量。笛卡尔的"身心二元论"在数字时代行动者身体与媒介的互动中逐渐失去现实基础。不仅如此，融合（convergence）正在从一种"拼凑的产物"①转变为愈发具备正当性而又隐蔽的文化生态，以习焉不察的方式潜入文化环境与日常生活。一个重要的现象就是网络文学叙事的感官化倾向。在网络文学刚刚兴起的前数字时代，无论是作者还是读者，这些主流用户群体都还保留着从传统文学中习得的思维和行为模式。相较于感官层面的直接刺激，经由大脑精细化加工后的文字书写与接受往往受到理性思维逻辑的支配。随着整个文化领域逐渐向感官化转型，视听媒介对于身体感官的直接冲击唤醒了"书写域"遮蔽的感性气质，也召唤来行为主体的身体回归。视听时代以一种势不可挡的趋势向我们走来，重塑着人们的审美偏好和交往习惯。数字媒介的流动性、接近性、易变性等技术属性正逐步接近于可以无限迎合和释放人的感性与激情。浸润于以视像经验和感性气质为底色的文化环境中，网生一代的数字原住民早已习惯于将主体性更大程度地维持在身体感官直觉的层面，在数字媒介的平等"可供"中找寻情感释放的可能。

作为"随媒体融合应运而生的一种新的审美意境"②，网络文学跨媒介叙事在调动、放大用户的情感体验方面有着得天独厚的优势。曾经内敛、含蓄的内省式感受被充分释放出来，读者在沉浸式体验的过程中能够轻松与作品建立情感连接。因此，网络文学时代的作品IP成功与否，一定程度上取决于能否通过尽可能多的表现形式来构筑与读者之间的关系，从而增进情感连接的紧密程度，使读者的情感体验随着媒介和叙事的延展得以不断延续。另一方面，单一媒介或语境对于叙事的缺憾在不同的平台支持下得以弥补。《庆余年》《陈情令》《开端》等现象级爆款都证明了跨媒介叙事对实现网络文学作品本身"增厚"和"扩容"的重要作用。随着泛娱乐产业以IP为核心不断探

---

① ［美］亨利·詹金斯：《融合文化：新媒体和旧媒体的冲突地带》，杜永明译，商务印书馆2012年版，第49页。

② ［美］亨利·詹金斯：《融合文化：新媒体和旧媒体的冲突地带》，第53页。

索新的表现形式和消费动力，网络文学多模态输出使得诸多衍生作品在感官的强势出场中令读者更加欲罢不能，其中尤以对网络文学作品的声音和游戏改编最为突出。

如今，"用耳朵阅读"成为现代社会一种新的阅读趋势。尽管"图像域"更多强调视觉文化的主导地位，听觉媒介似乎一直被压制，然而在某些特殊场景下却拥有文字和视频所无法取代的优势。相比于传统视觉阅读在调动单一感官时近乎排他的身体规训，有声阅读将对于线性逻辑和理性主义的诉求转移到提供给读者整体性具身感受的阅读体验，通过直击整个感官系统而形成通感式共鸣，从而实现情感的全面卷入。在这一过程中，读者却无须将全身注意力供给听觉神经，身体虽参与阅读过程却更加隐蔽甚至透明化。有声阅读将身体从完整、连续的时间和空间中解放出来，使读者能够随时随地完成阅读行为，这种伴随性特征拓宽了听觉媒介的适用场景。无论是通勤、睡前抑或是做家务过程中，有声阅读都能够随时潜入个人生活，并在同一时间维度下实现不同场景的混融。读者将在看似碎片化的阅读中培养起听书习惯，在对媒介的依赖中同步建立起与文本的情感纽带。

广播剧则是在有声书的基础上注重构建模糊化语境下的场景以营造更具戏剧性的氛围，借助声音叙事达到渲染环境、塑造人物形象、串联剧情等目的，在为听众带来沉浸式体验的过程中使其与文本内容在情感上实现同频共振。此外，相较于影视剧对于人物和矛盾冲突的直观呈现，广播剧对文学作品的"留白"处理，在充分调动读者感官的同时也保留了一定的想象空间，实现读者与作者之间私人审美的有机融合。以晋江文学城作者墨香铜臭的作品《魔道祖师》为例，原著改编的广播剧 3 季播放量累计超过 5 亿次，在平台各大榜单高居不下。除却 IP 本身的热度，广播剧以线性想象的艺术表现形式弥补了原著时间线模糊、作品世界观宏大、塑造的人物体量大等问题。知乎上对于"如何评价《魔道祖师》广播剧？"的回答中，许多人表示广播剧"高度还原""表现力超越原著"，看书看剧的时候完全忽略的一些画面在广播剧中得以实现，[①] 通过情感连接消弭读者与作品的时空距离。但另一方面，这种无画面、无旁白的声音作品也对编剧的叙事

---

① 《如何评价〈魔道祖师〉广播剧？》，https://www.zhihu.com/question/278248723。

能力和后期制作、配音演员的演绎等都提出了较高要求。

另一个更加注重调动读者全方位感官系统以实现情感互动的则是网络文学的游戏改编。过去网络文学的游戏化常指网络文学叙事中游戏色彩的延伸和拓展，即从人物塑造、情节结构到整个叙事范式都借鉴游戏元素，电子游戏特别是虚拟现实网游都是文学作品中的热门题材。随着融合文化的进一步发展，游戏由网络文学的素材库转变为与文学进行叙事互动的媒介主体。相较于以通关为导向的游戏，跨媒介叙事在角色技能、剧情关卡、数值等游戏机制之外，通过更为完整的故事呈现引导玩家将注意力转向对游戏中人物命运的关怀，赋予了游戏和作品更多的可能，延伸了网文内涵的同时也为玩家带来更多的情感体验。由完美世界开发的《诛仙》凭借美学设计和与小说如出一辙的机制设定，一经推出便迅速打通读者与游戏玩家的圈层。10 多年后，在当年端游基础上迭代的新《诛仙世界》和备受瞩目的《梦幻新诛仙》手游，以及虚幻引擎 4 打造的幻想奇境 RPG 手游《诛仙 2》，仍能在特定的场景中唤醒众多玩家和粉丝的集体记忆与情感共鸣。虽然游戏更多是作为一种精神活动存在，但一定程度上身体仍然是游戏的必要组成部分，读者通过操纵技术物与屏幕上的视觉表征进行互动，在情感和身体的共同参与中建立起与游戏世界的深层连接。

从媒介域对于技术主导阶段的历时性区分中我们不难发现，在经历过激烈动荡的革命与变迁后，每一种媒介域都并非全然抛弃之前的模式，而是一个契合人性化趋势、迭代式发展的过程，呈现出一种在既往媒介域基础上补偿叠加的媒介生态。遵循这一逻辑，网络文学的媒介化转向在与众多细分娱乐行业的结合中仍大有可为。以 2021 年爆火的元宇宙概念为例，数字技术为整个行业的发展提供了无限的想象空间，元宇宙对于具身性的强调，不仅与网络文学作品中对于现实的升维和虚构不谋而合，还能够在技术赋能中为读者的情感体验注入更多可能，从而有助于探索跨媒介叙事的全部审美潜力。

二、网络文学接受行为与情感实践

相较于前数字时代的文学活动，"书写域"到"图像域"的演进使得作为几乎覆盖一切媒介形态的互联网愈发包罗万象，不同非人行动者的间性在高度发达的数字技术介入下逐渐消融。对于网络文学的生产流通过程而言，作为消费者的读者地位也逐步崛起。在这一过程中，读者的行为角色呈现出愈发具有个性化、社群化、自主性、行动力的趋势，其接受行为也发生了深刻转变，贯穿于情感唤醒、情感释放、情感发酵的路径之中。

（一）情感唤醒：从压抑到偶遇

在印刷媒介时代，传统文学读者常常困囿于"创作—接受"的线性模式而缺乏行之有效的言说渠道。文学作品以印刷出版物的完整形态出现在读者面前，此时作者多以自身情感释放和话语表达作为创作的首要目标。而由评论家所代表的公众意见则难以脱离精英话语色彩，读者往往处于被动接受地位。表面上看，公众喜好和行动通常是可预测的，实际上其情感却因受到压抑而处于"非知"状态。网络文学诞生初期，互联网接近权的下放使得读者与文本之间的距离逐渐消弭，公众开始以更加积极主动的姿态在 BBS、贴吧等平台上公开发表自己的看法。相较于以作者为主导的生产格局，读者的个人审美和意见表达也逐渐被容纳到网络文学生产流程中来。文学接受实现由"推"（push）到"拉"（pull）的变革。这也意味着大众话语能够以自下而上的方式参与形塑主流审美。

随着网络文学进一步发展，媒介化逐渐嵌入文学活动的现实语境，读者能够更加自由地在不同技术物和平台之间游走，对于单一媒介的忠诚度也逐渐弱化。数据和算法通过用户画像和精准推送唤醒读者隐秘的情感，进而实现读者与作品的"偶遇"。不论是短视频平台中各类 IP 跨媒介改编的片段，还是猝不及防又颇具诱惑的广告（例如番茄小说在游戏或视频中的广告植入），甚至弹幕，都成为读者彼此交流协商的文化空间，读者能够随时随地在毫无防备的状态下被调动并延伸出与网络文学连接的触角。

在这一背景下，唤醒读者情感成为网络文学生产方的一大诉求。亨利·詹金斯在研究中提出"情感消费学"，认为消费者决策的情感基础是影响消费者收视和购买决策的一种推动力量。① 由此可见，情感成为勾连网络文学生产者与消费者的"接口"，并带来一定的商业价值。当读者的情感成为售卖方竞相争夺的资产，网络文学作品也不断进行着从知识产权到情感资本的转换。此时，平台在流量逻辑下不断迭代用户黏性机制并量产爆款内容。这也促使签约作者将满足和迎合读者的情感需求而不再是以自我表达作为首要生产目标。

然而，当编解码的经济性逐步嵌入文学场域并成为产销关系的底层逻辑，无论是平台机制还是作者创作都难以摆脱"唯速主义"的束缚。读者在熟悉的接受范式中被反复投喂，最终形成习惯性的认知框架。例如网友将"霸道总裁文"的套路概括为"十个总裁九个洁癖八个有失眠症而且只有女主才能治好男主，男主的身上不是烟草味就是清新的薄荷味，身边总有个医生好兄弟和一个单身狗的助理当情感军师"。② 过去以人物为主导的作品转变为以"人设"为主导，扁平化、标签化、脸谱化的"人设"能够直截了当地刺激读者情感，这也使得网络文学作品囿于套路，难以成为经典。

（二）情感释放：从趣缘集合到情感共同体

接受美学认为，"既然作者在创作时要考虑到读者的期待视野，也就是说他要为读者所制约，那么读者就成了没参与创作的作者"③。对于文本而言，尽管当前网络文学题材愈发多元甚至架空现实，读者依旧会从过往经历和日常生活中找寻相似的情感逻辑，例如都市职场文的生存策略、大女主爽文的情感激励、重生文的代替满足等。即便是近年来大火的无限流题材也无法避免作者在创作过程中代入隐喻式现实元素。此时，作为大众文化商品的网络文学在文本意义上与日常生活构成联想，从而为读者提供情感支持（emotional support）。当读者的情感被唤醒后，网络文学生产则在数字媒介技术支持下进一步延伸，读者从私人化的审美体验出发，诉诸直接高效的反馈渠道（如网站评论区）和多元形式的社群（如微博超话、豆瓣小组等）回应文学

---

① ［美］亨利·詹金斯：《融合文化：新媒体和旧媒体的冲突地带》，第111页。

② https://m.weibo.cn/2835724503/4684518512133592。

③ ［德］H. R. 姚斯：《接受美学与接受理论》，周宁、金元浦译，辽宁人民出版社1987年版，第8页。

文本，通过去中心、反权威的话语形态建构起数字时代平等多元的对话模式，文学作品的完整性才真正得以实现。

"数字媒介时代，在重新塑造日常生活的形貌中，在网络空间里集体展示的强烈兴趣将成为关键因素。"① 随着互联网对个人意见可见性（visibility）的增强，社会化媒体在满足读者态度表达和自我呈现的同时，也有唤醒更多相似情感的可能，从而汇聚起倾向相近、志趣相仿的多元流动性个体，构成临时性的趣缘集合。当出于兴趣形成的关系不断得到巩固时，此时的趣缘群体便有机会基于某种特定的情感共鸣而形成身份认同，构成相对稳定的"情感共同体"。然而，受制于认知差异和审美区隔，并非所有积极主动的读者都能够遵循相同的情感模式和评价标准审视作品本身。在互联网泛道德化的语境下，在更多混沌、模糊甚至非理性的因素牵引下，一些读者则会本能地受到鼓舞而选择立足过往经验和自身道德标准对作品和作者进行评判。当脱离作品本身的次生负面情感得到强化时，彼此认同的情感共同体甚至会采取暴力的情感与话语从而引发冲突，情感由认知层面的个体感受转化为引发集体行动可能的力量乃至权力。

（三）情感发酵："执法者"的集体行动

网文付费制度的出现使得文学作品趋于商品化，网络文学的推介和评价权力很大程度上让渡给消费者，是否付费成为能否拥有话语权的关键。以晋江文学城为例，平台针对签约作者制定"霸王票"的鼓励机制，读者通过购买"霸王票"投给喜爱的作者，部分收益则纳入作者收入。然而市场逻辑下的接受行为更加类似于一种交易行为，部分读者通过金钱的捆绑使得他们热衷于以消费者的姿态和心理干预网文创作，此时的读者成为技术和资本双重赋权下的"执法者"。2022年7月，晋江文学城作者洛拾意的新文第一次上"夹子"（即登上晋江"千字收益榜"，文章在夹子上的位置、数据会直接影响作者收益）便有网友在新书发布区接连发布110条"排雷"（指读者寻找书中雷点公开发布）相关帖，对她4年前的一部旧作组团排雷和刷负分，导

---

① ［英］尼克·库尔德利：《媒介、社会与世界：社会理论与数字媒介实践》，何道宽译，复旦大学出版社 2014 年版，第 57 页。

致作为全职签约作者的洛拾意迫于压力选择轻生。①

免费阅读时代读者对于创作者的宽容态度在当下的网络文学环境中早已不复存在。基于"情感—行动"的实践路径，情感的参与使得原子化的读者在行动领袖的带领和鼓舞下，成为特定语境下暂时性凝结的"情感公众"（affective publics），"他们通过情感的表达而被动员、连接、识别，并有可能被切断联系"。② 作为情感公众的部分读者群体，在混沌的、矛盾的、易变的情感状态下汇聚成情感共同体。个体在认同情感逻辑之余，通过跟随和重述行动领袖的指令，触发内部的情感连接，从而实现对自身主体性的确认。当发起者及其拥趸形成的共同体在更加深入、稳固的情感连接中得到强化时，这些情感则会激发出其内部的行动潜能。他们通过在付费阅读网站评论来制造话语暴力和冲突，文学接受由私人审美演化为一场空前的集体行动。

三、情感逻辑下的网络文学再生产："复合读者"与身份套叠

网络文学自诞生以来，便因其与生俱来的流动性、扩张性、民主性等特性，被视为是集体智慧的产物。早期的网络文学还未被商业逻辑过度裹挟，而是作为大众文化现象存在，文本生成的过程通常只是大众自娱自乐的集体狂欢。许苗苗、许文郁在 2002 年就提出将网络文学定义为"由作者、作品、作品的延伸以及读者共同构成的一个综合的、动态的整体概念"③。这不仅表明网络文学将创作从静态、单向的完整形态推演到动态、有机的未来形态，更揭示了网络文学在自身所蕴含的对话和行动可能中不断拓展其外部性，即网络文学具有强大

---

① 北青深一度：《论坛"绊倒"晋江文学城：一位网文作者的轻生引起的连锁反应》，https：//mp.weixin.qq.com/s/HgLxcRbdfyZ74iKYFXf8Ig。

② Zizi Papacharissi, Affective Publics and Structures of Storytelling: Sentiment, Events and Mediality, *Information*, *Communication* & *Society* （November 2015），pp.307-324.

③ 许苗苗、许文郁：《网络文学的定义》，《北京市政法管理干部学院学报》2002 年第 1 期。

的再生产性。

随着网络文学媒介化程度逐渐加深，讨论其依存的文化生态，一个重要的条件便是不同介质、媒体间的深度融合由外到内渗入网络文学的发展理路。不论是 IP 产业链的形成，还是文本意义的协商共构，"万物媒介化"为网络文学提供的现实基础使得其强大的再生产性不断成为"融合文化"的有力佐证。其中，作为媒介化社会的深度参与者，网络文学再生产的行为主体（多数情况下为网络文学读者/粉丝）身份也愈加复杂：技术可供与情感驱动带来创作权的下放，使得过去作为权利客体的读者重生为某些情境下的权利主体。传统读者成为网络文学再生产行动中的"复合读者"（hybrid readers），表现为接受者（recipients）、创作者（creators）与劳动者（laborers）的身份套叠。

（一）作为接受者

随着媒介融合进一步深化，用户细粒度的媒介使用偏好和欣赏趣味发生变化。原本基于不同媒介使用习惯所培养起的用户群体逐渐打破圈层壁垒，主动穿梭于媒介间进行观赏甚至创作。值得注意的是，媒介接触并不等同于会形成长效的情感基础，稳定的情感联系通常由环境性、经验性、自我维持的重复性模式驱动，依靠归属感与团结感维系，在日常生活中不断积累并在很长一段时间内存续。因此，数字技术（主要指大数据和算法）通过用户画像捕捉接受者"已完成"访问行为所留下的静态数据，却难以对其深层的情感逻辑进行评估和预测。2020 年，受读者偏好爽文风格的数据影响，以七猫为代表的部分免费网文平台开始尝试制作充斥"短平快"爽点的改编短剧吸引用户。由于读者对于免费网文的诉求多为纯粹的消闲活动，因此内容浅显易懂、故事节奏激烈的改编剧也更易受读者青睐。虽然 2021 年"微短剧"的发展将改编剧由占 IP 改编作品 8.4% 提升至 30.8%，同比扩大 226%，[①] 然而从行业长久发展趋势来看，缺乏头部精品 IP 的免费网文平台短期内仍难以在行业市场激起波澜。

除了难以捉摸的读者偏好数据，"转发"作为社会化媒体时代新

---

① 中国作家协会网络文学中心：《2021 中国网络文学蓝皮书》，《文艺报》2022 年 8 月 22 日第 3 版。

的接受形式，通过以"无态度之态度"的形式附和或公开发表意见构成再生产的重要环节，其传达的信息往往受制于技术可供性，表现为即时性、碎片化、病毒性的情绪内容。虽然并不蕴含过多的信息量，但数据可观的转发量也能反映出原初故事的生命力，甚至在集体创作中诞生新的作品和再语境化的文本意义。

（二）作为创作者

近年来，以围绕脱贫攻坚、改革开放、抗疫等宏大叙事为代表的现实题材作品开始成为当前网络文学中一个强势且稳定的领域。虽然大多文学网站和数字视听内容平台都有许多细分领域和接受行为较为明确的趣缘群体，然而仍有少数相对边缘的审美趣味难以得到满足。这些小众作品的爱好者和拥护者为维护内部资源选择避开主流价值观和美学批评，并将原本只是出于情感体验和需求的阅读行为赋予集体行动意义，视为关乎自主审美和认同的权利争夺。面对主流文化的驱逐与不甚平等的公共资源，行动者在抗争活动中强化对于共同体建设的积极性和责任感，通过在权威化的封闭性空间中藏匿以及一次次私人化的资源共享，行动者之间的情感连接也变得更为紧密。

参与文化也彰显出源自审美领域的民主前提。出于审美趣味或更深层的情感诉求，一些网络文学爱好者以不同形态或在更为隐蔽的"内部空间"对文本进行二次创作，以挪用、戏仿等形式制造新的文本意义，使之与原语境脱嵌。例如，网络文学影视剧改编的片段被制成鬼畜视频，通过社交网络进行扩散；文学作品的经典桥段被去语境化解码并用以满足个性化审美需要等等。需要指出的是，融入个人经验和智慧的话语建构固然能够制造出新的文化旨趣，但同时也存在将情感放大并激化，消解主流文化使之陷入无秩序、无规范，甚至导致主流审美体系崩塌的风险。

（三）作为劳动者

粉丝群体遵循喜好、审美等情感的驱动力量，对于IP的再创作和再生产行为构成当下网络文学场域中一种极具影响力的参与式文化，以创作同人作品为代表的行动成为粉丝群体追求自我表达和精神慰藉并与IP建立情感联系的重要依托。在这个过程中，传统马克思批判理论意义上的劳动异化得到舒缓，情感成为驱使粉丝群体行动的根本力量，此时的创作行为则被视为情感劳动（affective labor）。作为非物质劳动的一个重要维度，情感劳动具有自主、自觉、自愿的典型特征，劳动者通过带有创造性色彩和个体智慧的实践获得认同感与满足感。在此过程中，"劳动实践是一种主体性生产，在劳动过程中不断地获得自己的本质力量的确证"。①

粉丝通过制作群体内部的文化产品，不断挖掘未知的审美和情感潜能，企图把含有商业属性的 IP 转变为彼此分享价值观和情感体验的资源。在创作同人作品的过程中，粉丝共同体的情感认同激励着创作者不断挖掘 IP 隐藏的审美潜能。一些粉丝群体借助外语能力者的译介，自发建立翻译平台充当海外网络文学爱好者的阅读平台，共同将 IP 形象推广、扩展。

粉丝出于情感需求创作同人作品，通过召唤同好和有能力者进行译介，在扩大 IP 影响力的同时也为中国网络文学出海攒下良好的口碑。然而资本市场看到的则是粉丝们投入其中的情感所附带的商品价值。近年来，起点国际、掌阅国际版 iReader、纵横海外平台 Tap-Read 等多家网络文学平台纷纷搭建海外平台，打造海外付费阅读体系，通过商业行为完成资本积累，不断开拓用户市场。2021 年，网络文学海外市场规模突破 30 亿元，海外用户 1.45 亿人，覆盖世界大部分国家和地区，共向海外输出网文作品 10000 余部。② 当粉丝的创作和劳动成果被资本无偿占有并加以利用时，资本也会加剧对该群体的索取，此时的情感劳动则服务于平台的资本增殖，粉丝在不知不觉中自愿加入隐秘的情感剥削中。

结　语

随着媒介化的技术现实奔涌向前，网络文学业态与诞生之初早已相去甚远，媒介域的更替使得网络文学研究谱系激荡并焕发出新的生

① 刘芳儒：《情感劳动（Affective labor）的理论来源及国外研究进展》，《新闻界》2019 年第 12 期。

② 中国作家协会网络文学中心：《2021 中国网络文学蓝皮书》。

机。对于网络文学的讨论一直存在技术派和文本派两种不同取向，关注媒介生态固然重要，但仍需要警惕以媒介特性和技术变革取代文学活动自身迭代的态度。本文强调情感解蔽，将情感视为技术之外的另一条行为逻辑，也是为了重新审视情感在数字媒介时代的文学生产中所扮演的角色。在"情感—行动"的实践路径下，考察网络文学的理论构想，拨开技术迷雾，会发现网络文学媒介化研究仍大有可为。

（原载《当代作家评论》2023 年第 3 期）

影像叙事如何建构伦理秩序？

——基于网络文学影视改编的跨媒介考察

◎骆　平

　　在百余年的世界电影史中，影像叙事成为彰显与重构伦理秩序的路径之一。通过主体表达与观念复现，不同代际的伦理思想以平等的姿态，聚焦于不同叙事策略统摄之下的影视改编，以视觉符号提供凝视和诠释现实世界或历史回溯的逻辑理路。这当中，既有对不同国别、不同文化背景下传统伦理的反思与质疑，诸如《小城之春》《呼啸山庄》等，也有对不同语境下伦理演进的凝视，诸如《亲爱的》《第八日的蝉》等，还有对历史事件的间接指涉，如《金陵十三钗》《西线无战事》等。正如德国电影理论家齐格弗里德·克拉考尔（Siegfried Kracauer）所言："电影比其他艺术媒介更直接地反映出一个国家的心理状态。"[①] 影像叙事无疑为窥测一个时代的文化记忆与现实秩序的关系提供了新的样本。而在文学影视改编的漫长实践历程中，视觉审美与影像伦理呈现出相对封闭的特性，且隐现出二者之间的互动机制和复杂关联。对此现象的研究附着于伦理思想在传统艺术作品中的建构模式和整体观念之上，同时逐渐衍生出了电影伦理学、影像伦理等一系列学术流派和学术视点。有意味的是，审视中国最近20余年来的网络文学改编，其伦理建构既有文学影视改编的整体性，也有独特的动态性和开放性，与当下的伦理情境构成了交相辉映的内

---

　　① ［德］齐格弗里德·克拉考尔：《从卡里加利到希特勒——德国电影心理史》，黎静译，上海人民出版社2008年版，第3页。

在联结，值得进一步探究。

互联网这一新的媒介无疑带来了更为多元的叙事范式。从 2000 年《第一次的亲密接触》至今，已经有 50 余部网络文学作品被改编为电影，更有大量网络文学被改编为电视剧、微电影等。总体上看，网络文学改编关注的题材重心在都市、情感、玄幻、悬疑等类型，这其实也印证了当下电影创作的现实主义存在着三种倾向：一种是脱离实际的架空现实主义，一种是聚焦阴暗地带的过度批判现实主义，还有一种则是传递正能量的温暖现实主义。胡智锋也曾论及这一点。①这当中，伦理观念在不同特质的网络文学改编中的表征，既有深入本源的区分度，也有可会通之处，其间传统与现代深刻地交织在一起，向内和向外不断延展，形成了当下中国张弛有度的伦理体验，并彰显出重要的现实意义。

一、多重话语视域下的当代转向

从传统文学到网络文学，从创作再到影视，伦理思想的内涵在改编中不断地被赋予新的阐释，不断展现新的精神景观，拓展伦理本体的外延与内涵。尤其是伴随着网络文学在最近 20 年来的发展演进，其中所蕴含的自觉或不自觉的伦理解释，更是通过文学本体的转型与影像改编所释放的叙事智慧和审美想象力，打通了不同话语体系下的伦理精神创建，具有强烈的当下性。具体可以从两个层面进行考察。

第一是伦理思想的传承与嬗变。古典题材的改编大量介入传统伦理的场域，如《琅琊榜》《三生三世十里桃花》等，而现实题材的改编则彰显了伦理观的演进进程，如《少年的你》《失恋 33 天》等。观照不同类别改编作品的伦理秩序，需要了解影像伦理的生发路径。中国艺术伦理学的建构，可以溯源到《毛诗序》中的"发乎情，止乎礼义"，孔子对《诗经》的论述"诗三百，一言以蔽之，曰：'思无

---

① 胡智锋、潘佳谋：《温暖现实主义影视创作观的传统文化基因溯源》，《北京电影学院学报》2023 年第 2 期。

邪'"等古典文论,其后近代中国在经历侵略/反侵略过程中对传统伦理思想的批判、重塑以及对西方伦理的吸纳、借鉴,再到中国共产党成立、新中国成立后以人民为中心的共产主义伦理道德观的形成和演进,这一历程的本质关涉两个转化:一是传统伦理当代化,二是马克思主义伦理中国化。这一转化、吸纳、浸润的行动,清晰地在文艺作品中得以映现。从基本内涵、历史演进和本质特征等维度进行审视,文学改编中的伦理思想与其他文艺创作具有同源性和整体性,但萌发于新媒介的网络文学改编,则在经济社会面临深刻转型的大背景下,彰显了对新兴伦理的向往和在新旧论争中系统性的探索。首先,核心观念的解构与建构。家国情怀可谓是伦理思想的核心基石,"修身齐家治国平天下"是中华民族的精神根脉,家国情怀是构建人类命运共同体的认知起点。传统伦理思想中的家国情怀以忠孝为核心,"君君臣臣父父子子"构建了社会主体关系,由此延伸出来的三纲五常则被奉为遵循之律。在长期的实践中,这一理念不断升华凝练嬗变,其精髓部分得以传承和发扬、创新,落脚于以人为本、以人民为中心,最终形成了三个维度的阐释:一是爱国强国情怀对个人精神品质的涵养,二是美好生活的向往与追寻对社会精神动力的涵养,三是为民情怀对民族团结奋进精神力量的涵养。其次,评价体系的解构与建构。儒家倡导的仁义礼智信在相当长的时期中是唯一的社会标准,其中既有值得推崇的处世准则,也有僵化固化的部分。这一传统规范中优良的因素已经被纳入社会主义核心价值观,从单一的评价体系衍生出多元共生的发展路径。这当中涵盖两个层面的要素。一是民族理想的凝练。建成富强民主文明和谐美丽的社会主义现代化强国是全民族共同的中国梦,也是伦理评价的本质标准。二是个性生存的尊重。以人民为中心的理念包含着人民利益至上、人民当家作主、保障人民发展等要义,人文关怀空前彰显,在人民整体发展观的背景下,实现包罗万象的个体发展。这两个层面在事实上形成一个循环兼容的体系,特别是后者在逐渐形成的过程中,承载着"中国人集体的情感仪式"①。其三，表达机制的解构与建构。这主要落脚于从以文学传统为纲要的政治伦理学到以经济文化为基础的人文伦理学的更迭。文学与伦理的亲缘关系一直潜隐在历史的宏大叙事之中，二者在早期的建构之中共同组成以诗性传统介入到意识形态话语的景观。例如《毛诗序》的"成孝敬、厚人伦、美教化、移风俗"，孔子提到的"乐而不淫、哀而不伤"，韩愈直击根本的"文以载道"等理念的阐释，这些都是以一种静态的政治框架、动态的文学活动，植入到伦理机制与社会问题的相互激发之中。随着新的社会空间被打开、新的社会实体被造就，伦理学也在发展演进中被内置于近现代以来的社会变革中。在丰富的实践中，中国当代伦理学以道德经济发展为逻辑起点，"为正在从事社会主义现代化建设和社会主义市场经济发展中的人们提供道德价值选择和行为评价标准"②。这一归因也让当代伦理学的价值全面回归到人文层面，体现其"最强大的实践智慧就是唤醒每个人的仁爱之心，把道德的良知与高尚的情感深深地置入人的内心世界"③。

第二是改编立场的颠覆与变迁。网络文学改编萌生于新的传播技术风起云涌之际，大数据、元宇宙等新技术让文字、图像、语音等实现了跨媒介转换与融合。例如《诛仙》《盗墓笔记》《三生三世十里桃花》等流量 IP 均衍生出了影视剧与游戏。无论技术手法如何演变，伦理依然经由改编这一介质，完成从文字到影像的迁移/转换/重建。正如贾磊磊所言："电影的正义伦理既是一种艺术的美学法则，也是一种叙事的语言策略。"④ 电影伦理包含着审美与叙事两种逻辑内涵，前者指向其价值，后者指向其动机。必须指出的是，所谓伦理的传播与建构并不是无中生有，也不是原样照搬，在不同的媒介背景下，叙事所隐含的伦理思想具有不同的想象与阐释的可能性，这也是传统文

---

① 濮波：《中国伦理情节剧电影叙事中的"情感"结构和仪式》，《影视文化》2022 年第 2 期。

② 龚天平：《实践的人：中国当代伦理学的逻辑起点》，《郑州大学学报（哲学社会科学版）》2002 年第 2 期。

③ 戴茂堂、谢家建：《中国当代伦理学的理论困境》，《湖北大学学报（哲学社会科学版）》2017 年第 4 期。

④ 贾磊磊、袁智忠：《中国电影伦理学的元命题及其理论主旨》，《当代电影》2017 年第 8 期。

学改编与网络文学改编在伦理传达上的重要差异。具体可以从两个层面去审视。首先，从传统媒介背景到人工智能视野。传统文学改编是从文字到电影/电视/戏剧，媒介具有稳定性、单一性、持续性。例如经典名著《红楼梦》中蕴含的伦理观，尤其是儒家思想中的君臣伦理与家庭内部伦理秩序，构成了一个相对固定的体系；经由改编，提供给影视作品相应的展开机制，但这种展开依然紧紧依托于原著的思想导向。如宝黛之间的情感伦理，改编实则沿着问题提出的讨论机制，小心翼翼地朝向原著可能蕴含的伦理精神进行细微的探索。但随着互联网的勃兴，大量红楼同人文的诞生，以及随即出现的改编游戏和小视频，让作品本身不断地被二次元、三次元乃至四次元解读，当中的伦理精神随着多媒介的延伸，具有了不确定性。人工智能的出现，更是"通过数字化、自动化和智能化的方式推动了媒介融合、技术融合和产业融合"①。而在新媒体的视域下，改编呈现出多种可能性，ChatGPT（Chat Generative Pretrained Transformer）更是"让智能机器的生成内容开始潜入人类知识领域"②。人工智能的不断更新换代，其目标正如阿兰·图灵所言，让机器像人一样思考。事实上，人工智能写作早在 2016 年就已经有过尝试，依据数据统计、智能分析等方式产出了各种类型的文学作品，这能拓展网络文学创作的创意与疆域，但也让网络文学及其改编面临一个严峻的伦理挑战，即这究竟是人的意图还是机器的思想？在无限次的改编中，究竟是谁的伦理意图？其次，从非主流创作到主流化生产。网络文学诞生的短短 20 余年间，由于准入门槛极低，产品良莠不齐，有相当长的一段时期被主流研究领域边缘化。与此同时，网络文学的创作更多地集中在情感、玄幻、历史等题材，对主流意识形态范畴关注较少，导致创作和改编更多地处于"架空"地带，如《长安十二时辰》《盗墓笔记》《亲爱的，热爱的》《何以笙箫默》等。但随着网络文学的传播力和影响力的日益壮大，改编作品层出不穷，现实题材和科幻题材等主流创作渐

① 张宏凡：《人工智能视域下红色网络文学传播策略研究》，《西部广播电视》2022 年第 14 期。

② 杨俊蕾：《ChatGPT：生成式 AI 对弈"苏格拉底之问"》，《上海师范大学学报（哲学社会科学版）》2023 年第 2 期。

成气候。其中有两个值得关注的现象，其一是网络文学改编的常态化。据不完全统计，单从 2016 年至 2021 年的 5 年间，网络文学改编影视剧就达到 600 部。张艺谋、滕华涛、陈凯歌、毛卫宁等知名导演纷纷涉足网络文学的影视改编领域，并由此形成两个基本的机制。一是网络文学改编与传统文学改编彰显出一致的生成逻辑，即在文艺整体观的视域下，两种不同载体的文本均被放置于文学祛魅的背景之下，从影像本体的维度出发，"为各种不同题材、不同内容的小说创造性地找到适合的影像方式"①。二是网络文学与传统文学影视改编体现出相互融通与转化的趋势。例如张艺谋分别根据网络文学和传统文学改编的《山楂树之恋》与《归来》，均以一段特殊的历史时期为背景，以个体伦理的建构复现真实的历史叙事，前者的"失去"与后者的"失而复得"在伦理层面上构成了一组复杂的、相互缠绕与相互阐释的伦理立场，即"用冷静客观的态度反思，并在积极的美好结局中表现出创作者的伦理价值指向"②。这一系列的文本共同生成了张艺谋所独具的影像立场与审美风格。其二是改编的精品化态势。网络神话的盛大狂欢将一部分网络文学推向传播的巅峰，而这类作品成为此类改编早期集中关注的对象，大量玄幻、穿越类的改编作品即如此。这当中又经历了两个较为明显的冲突。一是伦理思想和影像观念的冲突。在《琅琊榜》的改编中，小说原著的粉丝群作为潜在的受众，在一定程度上制约了改编的空间，导致改编虽然紧密围绕着原著的情节展开，但原著中对于传统伦理精髓的彰显，即礼仪文化，如丧礼、荒礼、容礼等国礼，与个人命运之间绵密深邃的渊源，在改编中以浅显的表象再现，缺乏有序合理的情节延伸和铺展。二是类型化和个性化的冲突。网络小说的改编具有较强的类型化倾向，其中，古装言情、玄幻、穿越等类别层出不穷，《步步惊心》《甄嬛传》《三生三世十里桃花》等爆款剧火出圈后，类似的跟风作品不断产出，蕴含其间的多为三纲五常等古代伦理观，而诸如《大江大河》等书写改革开放、时

---

① 孔小彬：《改编的逻辑——电影导演与 1980 年以来的中国文学》，中国社会科学出版社 2017 年版，第 371 页。

② 姬婷：《张艺谋历史记忆影像叙事的伦理反思》，《电影文学》2021 年第 24 期。

代变迁的现实题材作品却较为稀少,网络科幻改编更是鲜见。但随着这两大冲突的对抗与融合,尤其是网络文学自身发展朝向主流价值文化的不断迈进,网络小说的改编呈现出精品化、经典化的态势。例如,现实题材作品《乔家的儿女》以及由黄建新执导的重现建党伟业的《1921》等,无论在题材选取、思想表达还是艺术表现等方面,都从不同角度彰显出传统伦理观的现代演绎;现代家庭伦理剧《都挺好》中,母女/父子关系颠覆了传统伦理形象,父亲苏大强从传统影视改编中隐忍、奉献的利他型人设反转成为自我、享乐的利己型人格,子女对父亲的态度也从尊崇变为质疑,打破了常规的父子/父女伦理观,某种程度上彰显了人性的自我张扬。

二、多维叙事语境下的主体建构

现代伦理思想是在吸纳传统伦理观、西方伦理观和马克思主义伦理观基础之上构成的具有中国特色和中国气派的社会主义伦理思想。网络小说的影视改编则是基于上述不同的伦理体系,在创作与改编的过程中汇聚到社会主义伦理思想之中。这一凝练或曰凝定的过程,可以从两个维度加以审视。

第一是彰显反思结构的影像叙事。与传统小说创作相比较,网络小说既具有开放性,也具有封闭性。前者得益于网络载体本身的包容度,使得网络小说的创作在篇幅、题材、时效等方面具备任意尝试的可能性,而后者则指网络小说创作异于传统出版行业的网络盈利模式,创作过程中互动与反馈更为直观和快捷,由此影响着创作的审美指向和伦理建构。这从两个层面共同构建了一个壮观的意向系统。其一,尝试"逃逸"与"疏离",延伸传统伦理的边界。在传统小说的改编中,对性别主体的深层次探寻往往是被遮蔽的部分。在大量古典题材作品的改编中,如《红楼梦》《康熙王朝》等,男性是天然的社会主体,女性在其中扮演的大多是"被弱化""被边缘"的角色,关涉女性的戏剧张力通常会在后宫/宅院中得以呈现,且较多从顺从/反抗的角度出发,营构一个地域狭窄的小世界。但在网络小说改编中,传统伦理思想经过多重糅合，呈现出具有当代生活经验与人生价值的全新性别场域，且更多借助了当代中国社会学的思维方式和思想创见。如《知否知否应是绿肥红瘦》等一系列大女主作品在改编中有意"逃逸"或曰"疏离"直接的政治权力争斗系统，将后宫/宅院并行于朝堂/前庭，成为一个释放智慧与彰显较量的独立空间，并以此实现对女性力量的书写，从而将女性精神放置在被凝视、被认可的位置。与此相反的是，一些以女性为主的女频小说，例如《琅琊榜》，在影视改编中有意从女性视野拓展开来，"舍弃了女性观众喜闻乐见的古装爱情偶像剧套路"①，"逃逸"或曰"疏离"惯常的女性/爱情套路，以男性向的正剧言说方式，淡化对男性/女性性别属性的关注，从"君臣"之道的传统伦理观延伸到信义及人性善恶，以人性来建构社会伦理的基本范畴和框架体系。其二，交融"观念"与"技法"，拓展潜在伦理的现代气息。网络小说的影视改编既重"网感"，即较之传统小说更为时尚、更为密集的情节编织，也重"画面感"，即遵循影视创作的基本规则。在现实题材的网络小说改编中，现代人生观被深度融入故事营构中，同时充分引入前沿制作手法，将城市意象与抒情传统结合起来，构建具有现代中国城市情韵的时空统一体。例如《小别离》等作品，既有对全新的现代人际关系的彰显，也有对家庭伦理的重新审视。例如《欢乐颂》等作品，既有被女性抚养的原生家庭中男性形象的形塑，也有重男轻女这一残旧伦理观的延续，其中的女性形象更是展现出高度的生命力。尤其是在家庭关系的打磨中，诸如樊胜美这样的"扶弟魔"女性形象，外在是有能力去扶持家庭与兄弟的新时代职场女性，但内心却充满被道德绑架的无力感，缺乏反抗的勇气，甚至忽略自己的职场前景，琢磨着如何去找一个能够帮助自己一起承担家庭重担的"金龟婿"。在这里，现代伦理与传统伦理交织纷扰。同时，随着生育政策的调整，高龄生育二孩、子女年龄差异过大等全新的伦理问题，也寄寓着对写实主义的重要突破，如《少年派》等。此外，教育这一从家庭内部伦理关系中演变而来的新视点，

---

① 江涛：《"女性向"网文的影视改编及"网络女性主义"症候透析》，《文化研究》2021年第2期。

在《小舍得》《小欢喜》等改编剧中均有体现，学区房、择校、补习、鸡娃等投射出城市化进程中的社会伦理秩序，即阶层伦理所带来的焦虑。

第二是诠释主体回归的伦理想象。情感、悬疑等古装题材网络小说往往以风物万象向楚骚传统致敬，如《甄嬛传》台词对《红楼梦》语体的仿写。通过对传统精神的回溯，揭示出物色与世情在多元现代的错综交融。随着网络小说逐渐成为影视创作的重要资源，其创作本体也在讲述中国故事这一整体文艺观的招引下逐渐发生着变化，其中有四个最为显著的现象。一是对乡村伦理的想象。现实题材网络小说改编较多集中于职场、家庭，但诸如《大江大河》等作品，则深植于乡村中国，尤其是改革开放前后的中国农村，展现从家庭内部的伦理结构到乡村治理伦理的变迁。这些变迁的背景实则为"中国改革开放这一社会力量的出现及其带来的成果，例如经济体制的变革——计划到市场、人口流动的变化——农村到城市、社会活动的变化——温饱到消费、社会环境的变化——绿水青山到污染超标"，其内核是"由一个又一个政策堆叠而成，由一个又一个的个人与集体行动奠定"[1]。二是对革命叙事的想象。根据网络小说《特战先驱》改编的《雪豹》，聚焦国家民族的命运，以个体在时代背景下的成长，再现了抗日战争中一支特种部队经历的峥嵘岁月，是对历史进程的宏大书写，也是对英雄叙事的个性化书写。在国难当头、民族濒危的历史语境下，最大的伦理便是担当、拯救和富有牺牲精神的英雄情怀，因而这部作品中的英雄精神"构成道德伦理的震撼，形成道德伦理的积淀"[2]。三是对未来伦理的想象。网络科幻小说已经成为科幻创作中的重要组成部分，同时已有相关影视改编的案例。例如滕华涛导演的《上海堡垒》，原著聚焦于末世灾难背景下的爱情救赎，电影将青春叙事变为奇观叙事，着重讲述了未来世界中外星黑暗势力入侵地球，人类与外星人展开一场殊死搏斗。在对未来的时空想象中，视效奇观从正义/邪恶、人类/外星人这两组关系中衍生出了全新的伦理逻辑，即"人类＝正

① 郭明：《国家话语政策故事化表达——以〈大江大河〉为例》，《新闻传播》2021 年第 15 期。

② 冯资荣：《民族命运与个体伦理的叙事同构——电视剧〈雪豹〉的叙事艺术》，《创作与评论》2012 年第 2 期。

义，外星人＝邪恶"，这也让"人类命运共同体"这一理念成为此类影片中衡量伦理秩序合法与否的准则。四是对职场伦理的想象。诸如《长安十二时辰》《庆余年》等改编作品，事实上已经成为古装题材掩映之下的现代职场剧；一些古装大女主戏也成为女性职场励志作品，例如《延禧攻略》等。现实题材网络小说改编更是直击职场风云，演绎人生成长的路径。例如《杜拉拉升职记》以及根据《苏筱的战争》改编的《理想之城》等一批以职场为关注对象的剧作，已经初步形成新时期的"职业剧"。《理想之城》剧中人物的专业能力和职业精神成为建筑行业的重要写照。同时，电视剧将职场中的实力、定力乃至情理与法理的交织等，在原著小说的基础上进行了更为精细的诠释与提升。如对人物的设定，小说强化的是聪明与正直的品格，而电视剧则进一步对人性深处的智慧与坚守进行了挖掘。不仅如此，人物被"置身于一个政治、社会、经济的具体的总体现实中"①，充分体现了现实主义的创作方向。

三、多元输出背景下的共融路径

网络小说及其改编经历了从单一的网络载体到网络/传统媒介的共融共生之路。这一历程中，受众作为传播与输出的终端，"为网络文学产业 IP 运营产生了巨大影响"②。但随着网络小说从创作到改编的精品化、主流化、多元化的更迭与变幻，粉丝效应不再成为影响其传播效益的唯一因素，一条更为完整的产业链开始贯穿包括网络小说在内的所有文学改编活动，其中包含了丰富的价值伦理、传播伦理、内容伦理等。具体体现在两个方面。

第一是亚文化的伦理认识与主流圈的伦理认同。从某种程度上来讲，网络小说的创作及其改编接续了白话小说的传统，以故事情节本

---

① 陈旭光、李永涛：《论职场剧的现实主义创作方向——从电视剧〈理想之城〉说起》，《中国电视》2022 年第 1 期。

② 吴丹：《受众视阈下我国网络文学产业链分析》，《新媒体研究》2021 年第 19 期。

身为核心，淡化/忽视文艺本身的技巧技法。而在传统小说的创作及其改编中，更多因袭了不同时期的文学传统。前者侧重于消费主义，后者则置身于文学艺术的中心地带。这从三个场域构成一个循环体系。一是从深玄到理感。网络小说在进入移动互联网时代之前，无论是创作还是改编，均受制于粉丝数量，因此粉丝在其中占据着重要的话语权，甚至对后期的改编起到直接制约的作用。这种制约有别于巴赞、布鲁斯特以及夏衍等电影理论家关于改编忠于原著的阐释，他们强调的是从艺术本身出发，对影视创作的审美风格进行解读；但网络小说的改编大多仅从故事情节、人设的角度进行观照，导致改编成为将小说视觉化的一种简单途径，因此改编忠实于原著情节的，往往受到原著粉丝的力捧。伴随着社交媒体的迅猛发展，受众深入到创作之中，作品与作者之间的关系反而出现了疏离，"一千个读者有一千个哈姆雷特"不再仅存于作品背后，反而直接附着于作品之上。例如由网络小说《掌中之物》改编的电视剧《阳光之下》，由于剧中人物形象与原著之间的差异，导致创作者与受众产生巨大的分歧，最后创作者屏蔽了评论。弹幕、短评等速评的兴盛，更是让改编作品的伦理观出现了三次元的变化，呈现出原著到改编作品到评论的三种模式。例如《甄嬛传》的弹幕甚至在一定程度上强化/改变了人设，并彻底将原著的唯美风格变成戏谑的特征。随着弹幕体量的不断增加，这种短评"从一种评论模式演进为一种网络文化，并在大量积极的文本生产参与中开始具备内容价值"①。显然，从作者独具的伦理观，到读者接受/再造的伦理观，共同组成了一个复杂的伦理体系。二是重启内容的可能之路。网络小说的泛娱乐化特质导致作品及其改编被内置于娱乐而非审美空间之中，其中所谓的诗意、诗性大多无中生有、凭空虚造，而并非在与社会现实的相互激荡中触发，一定程度上缺乏批判性的社会视野。随着互联网的不断提升转型，乃至人工智能 ChatGPT 的出现，文艺创作本身发生了巨大的转型，多维度、多向度、多角度的创作与传播成为主流，载体不再是区分文本、种属的唯一标准，内

---

① 张雪晶、孙丹丹：《网络影视弹幕中的文化生产力与社会历史实践》，《电影评介》2022 年第 15 期。

容本身回到了核心位置。由此出现了两种改编模式。一是诸如《大江大河》等具备较为稳定和成熟的伦理观念的网络小说。这类作品"基于开放的文化语境和现代的审美范式再现重大革命事件和重要历史人物，以厚重的精神力量感染观众"①，已经成为改编行为的价值支撑。二是类似耽美小说的影视转化，其改编严格遵循被现实社会认可的伦理准则。就改编而言，忠于原著与提升品质也成为并行不悖的追求，既有《鬼吹灯之寻龙诀》等再现原著的改编，也有《微微一笑很倾城》《庆余年》等重建家国伦理、情感伦理的改编，更有几乎与原著不相干的改编，如《大唐明月》的改编剧《风起霓裳》。无论是何种改编模式，所有改编的主体情节都包含着不同伦理之间的纠葛或冲突，无论是族群伦理、血缘伦理、职业伦理还是政治伦理、生命伦理，其坍塌和建构有着极为繁复的内涵与理路，也不断拓展并丰富着改编的内在意蕴。

　　第二是伦理观念的单一传播与共同建构。文艺作品与受众之间往往存在着伦理观念的鸿沟。改编这一行为正是对这一鸿沟的弥合或是维护。随着IP改编的不断累积和传播载体的不断更迭，其中的伦理传播已经不再局限于简单的影视化迁移，而是暗含着对传统文学叙事模式、主题阐述的沿袭或改造，当中蕴含着三重变化。其一，从架空伦理到现实映射。除了古装和科幻题材网络小说，现实题材网络小说同样有此特性，原著往往具有越轨的江湖/时空想象。例如根据安妮宝贝小说《七月与安生》改编的电影，原著中的两名百合女性在电影中被构建起纯粹的异性友谊，彼此之间的情感纠葛皆基于对男性世界认知的错位与臆测，新的伦理秩序建立在不言自明的友情与爱情基础之上。最终延续到第二代的闺蜜情深，也映射了针对不同年代作品改编中的一个重要论断："集体主义和无私利他虽然不是市场经济的道德原则，却可以是市场经济行为者从经济人转变为社会人时需要遵循的道德原则。"② 其二，从道统传承到海外传播。一批网络改编剧弘扬

---

　　① 丁亚平、龚方怡：《新时代中国电视剧的文化逻辑、建构策略与价值选择》，《中国电视》2023年第4期。

　　② 袁智忠、蒋峰：《电影工业美学的伦理命题》，《上海大学学报（社会科学版）》2023年第3期。

了中国传统伦理思想的精髓，如大量网络小说改编作品习惯于营构一个大团圆的结局。《易经》中的"圆道观"认为，"'圆'意味着'大美''至美'的境界"①。网络改编剧中的圆满结局，正是对这种道教思想的传袭。《琅琊榜》原著小说中，梅长苏战死沙场，死得其所，完成了对"圆道观"的阐释，也彰显了中国传统伦理观对家国大义的推崇。但在影视改编的结局中，梅长苏的生死以暗示而非确切的方式完成。这是从两种不同的角度让梅长苏的生命价值得以"圆满"，后者留下的想象空间兼顾了新时期的伦理观，即在为正义献身的同时，对个人价值的思考。这在一定程度上耦合了西方的某些伦理思想，因而在欧美引起了较好的市场反响。包含《甄嬛传》在内的网络小说改编作品在海外市场特别是东南亚国家的火热播映，从某种程度上也正是作品中投射的中国传统文化在海外的延续与传播。其三，从传统手法到元宇宙畅想。所有文学改编均经由现行的技术手段得以完成，无论是新的语境还是新的视角，其创作改编的手法都是文字—影像的转换。但是，随着元宇宙的出现乃至科技的进一步演进，现实世界与虚拟世界将会建立起一个紧密的链接，这对文艺创作无疑是一个巨大的挑战，毕竟人工智能与虚拟技术或许能够实现网络小说创作的实时形象化，届时，"是否需要将网络文学改编为影视作品都是一个需要思考的问题"②。这也为网络小说的影像化传播提供了全新的思考与实践路径。

结　语

21 世纪以来的网络小说影视改编，见证并经历了原著—粉丝—改编三重关系的更迭变幻，突破了传统小说影视改编伦理建构的规律性模式，呈现出高度的跨界性和开放性，激活了不同主体间的互动性和

---

① 雷成佳：《网络文学的"中华性"及其建构与传播》，《粤港澳大湾区文学评论》2022 年第 3 期。

② 张婷、谭娟：《网络文学改编影视作品创作分析》，《电影文学》2022 年第 24 期。

延展性，有效拓宽了伦理建构的空间，提升了伦理审美的质感。有意味的是，伴随着现代媒介技术的推陈出新，置身于小说创作技术最前沿的网络小说，无论从创作还是影视改编，其本身具有的伦理想象及其伦理精神的传播，都以高度本质化、象征化的表达，为影像叙事的伦理秩序构建贡献了一份独特的本土化经验。

（原载《北京电影学院学报》2023 年第 10 期）

2022 中国网络文学蓝皮书

◎中国作家协会网络文学中心

2022 年，网络文学界认真学习宣传贯彻党的二十大精神，主流化、精品化进程明显加快。与新时代十年的伟大变革相呼应，网络文学取得巨大成就。现实题材创作进一步丰富，行业转型升级发展势头持续延展，网文出海的路径和形式更为丰富多样，理论评论导向作用进一步发挥，作家队伍凝聚力不断增强。

一、新时代十年网络文学发展的基本成就和基本经验

党的十八大以后，网络文学受到高度重视，特别是 2014 年习近平总书记在文艺工作座谈会上发表重要讲话，为网络文学事业发展指明了方向。党的十九大以后，中国作家协会成立网络文学中心，将网络文学纳入新时代文学总格局统筹安排，各地网络文学组织加快建设，网络作家守正创新，使命意识不断增强，网络文学步入健康发展轨道。

1.网络文学作品量大，类型丰富。新时代十年，全国近百家重点网络文学网站的上百万活跃作者，累计创作作品上千万部，现实、幻想、历史、科幻等主要类别之下，作品细分类型超过 200 种。特别是近 5 年来，经过正确引导，网络文学进入有序发展阶段，网络作家自觉坚持以人民为中心的创作导向，注重传播正能量。现实题材创作数量质量同步攀升；幻想、历史等题材改变过分张扬强者为王、丛林法则

的倾向，更加注重传承中华优秀传统文化；科幻题材创作持续升温。

2.网络文学成为文化产业重要内容源头。新时代十年，网络文学不仅赢得海量读者，而且成为影视、游戏、动漫等文化创意产业的重要内容源头。目前热播的影视剧，六成由网络文学作品改编。上线动漫约50%由网络文学作品改编，是国漫主力。微短剧中网络文学IP改编作品占比逐年提高，授权作品年增长率近70%。有声改编规模急速增长，网络文学IP有声授权近10万部，占IP授权总数的80%以上。

3.网络文学成为中华文化走出去的亮丽名片。中国网络文学海外传播规模不断扩大，海外用户1.5亿人，输出网文作品16000余部，营收从当初的不足亿元增长到超30亿元。网站订阅和阅读App用户1亿多，覆盖世界大部分国家和地区。网络文学IP改编海外影响持续走高，创作本土化生态初步建立。从文本出海、IP出海、模式出海到文化出海，网络文学将中国故事传播到世界各地，日益成为世界级文化现象。

4.网络文学评论研究不断加强。新时代十年，网络文学评论研究更受重视，导向作用充分发挥。中国作协加强评论人才培养、选题资助、作品推介，每年举办中国网络文学论坛，发布中国网络文学影响力榜、《中国网络文学蓝皮书》，出版《中国网络文学年鉴》等，分析网络文学形势，研究网络文学面临的新情况、新问题，推进网络文学评价体系和评价标准建设。中国作协与高校、地方作协合作，建立多家研究基地，北京大学等纷纷成立网络文学研究中心。

5.网络作家队伍迭代发展不断壮大。新时代十年，网络作家队伍进一步壮大，累计超过2000万人次在各类文学网站注册，期望成为网络作家；累计超过200万人与网络文学网站签约，成为签约作者；持续写作的活跃作者约70万人；职业作者近20万人；省级以上网络作协会员1万多人；中国作协网络作家会员465人。全国省级网络作协会员平均年龄35岁左右，"90后"作者成为创作主力。全国网络文学组织建设渐成体系，培训力度进一步加大，网络作家队伍向心力显著增强。

新时代十年，网络文学能取得如此成就，是在党的正确领导下，网络作家和网络文学工作者团结奋斗、辛勤耕耘的结果。总结起来，有以下基本经验。

1.坚持党的文艺方针是网络文学繁荣发展的根本保证。党中央高度重视网络文学，习近平总书记掌舵领航，亲自擘画，在文艺工作座谈会、中国文联十大中国作协九大、中国文联十一大中国作协十大等会议上多次就网络文学发表重要论述，为网络文学工作开展提供了根本遵循。中共中央出台《关于繁荣发展社会主义文艺的意见》，明确提出"大力发展网络文艺"，各级党委、政府制定多种措施，将网络文学纳入国家文化事业和产业发展规划，给予政策扶持。中国作协坚持党的文艺方针，强化引导扶持，坚持以人民为中心的创作导向，坚持为人民服务、为社会主义服务的方向，贯彻百花齐放、百家争鸣的方针，坚持创造性转化、创新性发展，自觉以建设民族的科学的大众的中华民族新文化为己任，推动了网络文学的健康发展。

2.遵循发展规律营造了网络文学繁荣发展的良好环境。尊重遵循网络文学发展规律，"二为"方向和"双百"方针在网络文学领域得到很好贯彻。尊重文学属性，网络文学得以继承传统文学优长，精神内涵和艺术品位不断提高。尊重产业属性，网络文学得以建立起自己的商业模式，构建以网络文学 IP 为核心的文化产业链。尊重网络属性，网络文学得以利用互联网技术形成即时性、伴随性、互动性等新特点并广泛传播，成为深受大众喜爱的新文学样式。

3.社会各界的大力支持是网络文学繁荣发展的坚实基础。新闻出版署（国家新闻出版广电总局）等组织"年度优秀网络文学原创作品推介活动""优秀现实题材和历史题材网络文学出版工程"等加强创作引导。各地高度重视网络作家这一新文艺群体，采取吸纳入会、作家培训、作品扶持、职称评定等多种措施，设立网络文学双年奖、金键盘奖、天马奖、金桅杆奖等多种推介奖项，助推网络作家成长。

4.团结广大网络作家是网络文学繁荣发展的关键举措。中国作协网络文学中心落实习近平总书记关于文艺工作和群团工作的重要论述，采取多种形式的培训手段，团结引领网络作家。5 年来共培训网络作家 1 万多人次，扶持 174 部优秀网络文学作品，组织 2000 多人次采访采风。网络文学组织建设得到加强，全国省级网络作协已有 21

家，省级网络文学工作组织 30 余个，各级网络文学组织近 200 个，初步形成"全国网络文学一盘棋"工作格局。

新时代十年网络文学的基本经验，是"二为"方向和"双百"方针在网络文学领域的具体体现。网络文学的发展形成了新的文学范式，使文学发展全面进入网络新媒体语境，为世界文学发展提供了新选择，贡献了中国智慧、中国方案，在中国当代文学史、中国新文学史、中国文学史乃至世界文学史上都具有重要意义。

二、守正创新，作品主流化、精品化进程加快

2022 年，网络文学新增作品 300 多万部。创作生态不断优化，新生代网络作家积极探索，内容垂类开发成为常态，现实题材持续增长，科幻题材势头旺盛，玄幻、历史、言情等题材推陈出新，"脑洞文"带动新创作潮流。题材多元、突出现实、科幻崛起的创作格局正在形成。

1.价值引领进一步强化。中国作协发布 2022 年网络文学重点选题指南，引导网络作家创作新时代山乡巨变、中华民族复兴、科技创新和科幻、优秀历史传统、人类命运共同体等主题的作品，重点扶持 45 部作品，鼓励现实、科幻等重点题材创作；组织重点网站举办优秀网络文学作品联展活动，上线 347 部现实题材作品，并组织选送 31 部网络文学优秀作品参加中宣部文艺局举办的"建功新时代 奋进新征程"活动。新闻出版署"优秀现实题材和历史题材网络文学出版工程"入选 7 部作品，发挥引领示范作用，推动网络文学多出精品、多出人才。

2.现实题材创作持续增长，基层写实与行业文盛行。本年度新增现实题材作品 20 余万部，同比增长 17%。网络作家积极参与中国作协"新时代山乡巨变创作计划"，积极描绘新时代城乡面貌的巨大变迁。基层写实与行业文亮点频出，展现出中华民族伟大复兴进程中各行各业取得的巨大成就和人民团结奋进的精神面貌。《关键路径》描绘国产大飞机制造，《老兵新警》书写平凡警察，《奔涌》聚焦人工智

能，《寰宇之夜》表现中华传统文化继承发展，《折月亮》融合新兴产业等时尚元素，《国民法医》体现现代科技为现实题材赋能等。

3.科幻题材新作频出，形成创作热潮。2022年是科幻题材全面崛起之年，科幻设定成为流行元素，在多种类型的创作中形成潮流。全年新增科幻题材作品30余万部，同比增长24%，现存科幻题材作品超过150万部。网络作家直面世界科技前沿，弘扬科学精神。《黎明之剑》表现多元宇宙，《保卫南山公园》融合机甲、脑机接口、数字生命等"硬核"科幻设定，《夜的命名术》《灵境行者》《复活帝国》等作品也都巧妙运用科幻元素，获得较大反响。

4.幻想与历史类创作弘扬中华文化，内容创新，技法精进。本年度新增历史题材作品28万余部，同比增长9%，总体发展较为稳定。历史题材创作注重弘扬中华优秀历史文化，遵循历史发展逻辑，彰显唯物史观，为历史题材注入当代价值。《家父汉高祖》以现代价值观解读历史，《黜龙》以架空写现实，《楚后》突显女性价值，《琉璃朝天女》展现出古都历史文化，《簪花少年郎》彰显人民群众创造历史的意义。幻想类作品架构出新，融合现实主义与浪漫主义，表达更为精细，提升了玄幻题材的创作质量。《星门：时光之主》叙事技巧出色，《不科学御兽》富有神话与童话色彩，《点道为止》展现功夫之路的险象环生和精彩纷呈，《择日飞升》以浓厚的地域风格构建瑰丽玄奇的修炼世界，《第九农学基地》利用地球农学知识处理异界生物，贴近实际又奇思飞扬。

5.创作多元化趋势显著，"脑洞文"等风向带动新潮流。在创作总量提升、平台垂类发展的大背景下，网络文学类型风格更加多元。新生代网络作家勇于探索，反套路、新类型、类型融合成为创作新范式。《道诡异仙》融合克苏鲁元素与中国"修仙"，《穿进赛博游戏后干掉BOSS成功上位》将赛博朋克和克苏鲁神话元素巧妙结合。轻小说迅速发展，"观影体""综漫"等流派盛行，推动"同人"与"模拟器"文类流行，《暴风城打工实录》《某霍格沃茨的魔文教授》《我的模拟长生路》等反响较好，《情满四合院》《亮剑》同人文在垂类平台中成为火爆题材。飞卢等平台掀起"脑洞文""大纲文"风潮，多家网站开启"脑洞向"征文与评奖活动。

三、网络文学衍生转化寻求突破

2022年，网络文学行业多元化发展态势显著，在增长放缓的大背景下纷纷寻找突破口，运营模式创新，IP市场进一步精品化、细分化，行业生态得到优化。

1.网络文学市场增长趋缓，付费、免费模式双轨运营。2022年，主要网络文学平台营收规模超230亿，市场增长趋缓，各企业转换策略以求突破。七猫、番茄等免费阅读平台加大对原创的投入力度，搭建作者社区，自有作者、作品平均增速远超付费阅读网站。字节跳动布局付费阅读，番茄小说新增付费收益，付费、免费双线运营成为网络文学网站的普遍模式。部分平台缩小体量规模，专注垂类市场。

2.网络文学IP处于文化产业龙头地位，视听产品改编精品迭出。本年度播放量前10的国产剧中，网络文学改编剧占7部；豆瓣口碑前10的国产剧中，网络文学改编剧占5部。《风吹半夏》《相逢时节》等现实题材改编剧目播映指数稳居前列，《开端》《天才基本法》丰富了影视剧的叙事手段；《卿卿日常》《苍兰诀》《星汉灿烂·月出沧海》《且试天下》《风起陇西》等古装剧口碑与播放量俱佳。网络文学改编微短剧在2022年迎来爆发，新增IP授权超300部，同比增长55%，《拜托了！别宠我》《重回1993》《今夜星辰似你》等剧以高播放量获得高额分账。网络文学改编动漫增速较快，年度授权IP数量同比增长24%，《斗罗大陆》《斗破苍穹》成"国民漫"，《少年歌行》《苍兰诀》成绩突出。《庆余年》等改编手游营收出色，《隐秘的角落》游戏登录steam平台，是网络文学IP单机化的有益尝试。有声书仍是网络文学最主要的IP转化形式，2022年有声书改编授权30000余部，同比增长47%，改编作品演播质量提升，走上精品化与细分化道路。

3.各平台调整战略布局，探索新发展领域。各网络文学平台加大对版权运营的倚重，阅文、晋江等在运营战略上聚焦IP精品化，提升IP附加值。多家免费阅读网站鼓励脑洞、悬疑、女性等题材创作，开启微短剧征文活动，为微短剧开发积蓄内容；豆瓣、知乎等网站在中短篇小说领域发力，推动网络文学短篇创作成为风口；中文在线、掌阅等企业探索新概念，持续布局元宇宙。

四、海外传播规模扩大，影响力提升

网络文学行业加速布局海外市场，"网文出海"规模不断扩大，机制更加成熟，影响力进一步扩大，呈现出良好发展态势。

1.中国网络文学海外输出规模扩大，机制进一步成熟。2022年，网络文学海外市场规模突破30亿元，累计向海外输出网文作品16000余部，其中实体书授权超5000部，上线翻译作品9000余部。海外用户超过1.5亿人，覆盖200多个国家，以北美、日韩、东南亚为重点输出地区。网络文学运营机制实现海外本土化，阅文、掌阅、纵横等平台以不同方式搭建海外作者创作平台，培养海外本土作者60余万，外语作品数十万。国内网站与海外平台合作日趋紧密，多家平台通过投资海外网站、文化传媒公司、出版社等方式，与外方形成战略合作关系。

2.出海作品精品化程度提升，IP输出影响力扩大。中国网络文学日益受到西方主流文化重视，16部作品被大英图书馆中文馆藏书目收录，囊括科幻、历史、现实、奇幻等多种题材。IP改编出海作品进一步扩大中国网络文学影响力，《赘婿》《斗罗大陆》《锦心似玉》《雪中悍刀行》等剧集先后登录YouTube、Viki等欧美主流视频网站，在全球上百个国家和地区产生影响；《许你万丈光芒好》在越南的改编剧集掀起热潮；《赘婿》影视翻拍权出售至韩国流媒体平台。多部海外剧集采用中国网络文学的设定、叙事手法等，实现了从作品出海到文化出海的跨越。

3.网络文学成为中华文化海外输出的重要载体。网络文学带动了中国元素、中华文化的海外流行。中国功夫、文学、书法、美食、中医等成为最受欢迎的题材，体现中国传统文化尊师重道的《天道图书馆》、源于东方神话故事传说的《巫神纪》、弘扬中华传统美食的《异世界的美食家》等出海作品广受好评。海外网络文学原创形成15个大类 100 多个小类，弘扬中华优秀传统文化的东方奇幻题材受到海外创作者广泛欢迎。

五、管理引导更具实效，理论评论继续壮大

2022 年，网络文学的管理引导更具实效，网络文学行业生态进一步优化；理论评论队伍继续壮大，深入网络文学现场，研判行业发展动态，推介优秀作品，构建适应网络文学特点的评论体系和评价标准，有力推动网络文学高质量发展。

1.管理引导更具实效，网络文学行业生态进一步优化。针对行业发展中的不良倾向，中国作协发起《网络文学行业文明公约》，对网络文学从业各方提出文明规范；针对版权纠纷，成立全国首家网络文艺知识产权纠纷人民调解委员会，开展普法教育、法律咨询、纠纷调解、维权诉讼。国家版权局等四部门联合启动"剑网 2022"专项行动，打击网络侵权盗版。中国版权协会发布《2021 年中国网络文学版权保护与发展报告》，指出盗版平台、搜索引擎和应用市场是网络文学盗版的"三座大山"，直接盗版年收益达 62 亿元，严重侵占网络文学产业的市场份额。多措并举之下，网络文学行业生态得到优化。

2.理论评论关注重点作品重要现象，研判发展趋势。中国作协在郑州举办网络文学高质量发展论坛，深入探讨网络文学发展态势；组织举办 2022 世界互联网大会"疫情下的数字社会"论坛，探讨数字技术对网络文学等领域的影响和机遇。江苏举办第三届扬子江网络文学周与第四届扬子江网络文学发展论坛，探讨网络文学的现状与未来。中国文艺理论学会网络文学研究分会学术年会讨论网络文学发展、理论评价建设等八个主题。《中国网络文学年鉴（2021）》《中国网络文学理论评论年选（2021）》《2021 中国网络文学蓝皮书》《中国网络文学研究年编·2021》等全面总结网络文学发展状况。《文艺报》等组织"网络文学这十年"成就盘点，总结新时代十年网络文学发展成就。

3.理论评论队伍持续壮大，阵地建设逐步加强。中国作协开展2022 年度中国网络文学理论评论支持计划，共扶持 9 个项目，包括

"元宇宙""数码人工环境"等新兴理论热点，内容广度和深度上均有拓展。"中国网络文学阅评计划"启动，创新推介手段。扬子江网络文学评论中心联合全国五大高校网络文学研究机构推出"网络文学·青春榜"，发挥引导作用。中国作协网络文学中心与四川有作协、西南科技大学联合创办学术辑刊《中国网络文学研究》，扬子江网络文学评论中心与《青春》合作编写2022年度网络文学专刊《青春》（文学评论），呈现网络文学创作动向。

4.网络文学理论建设更受重视，评价体系构建仍是热点问题。《探索与争鸣》开设专题，欧阳友权、陈定家、周志雄、黄发有等从不同角度讨论网络文学评价体系建构的困境与方法。周兴杰、李玮、江秀廷等撰文分析网络文学线上原生评论的形态、功能和价值，呼吁专家学者构建"对话性"和"行动性"的新型评论。张春梅、陈海燕、许苗苗等学者对网络文学现实题材的研究，鲍远福对网络科幻小说的研究，王玉玊、高翔、汤俏等对网络文学与粉丝文化、消费文化等大众文化理论关联的研究，邵燕君、黎杨全等对网络文学经典化的研究等，丰富并扩充了网络文学理论评论的内容和维度。

5.网络文学作品的推介表彰更受重视。中国作协组织评选2021年度中国网络文学影响力榜，中国小说学会评选年度网络好小说，中国作家网开启网络文学作品季度推介活动，江苏第三届"金键盘"奖、首届扬子江网络文学最具IP潜力榜、辽宁第四届网络文学"金桅杆"奖、四川第四届"金熊猫"奖等积极推介优秀作品，起点、番茄、七猫等各网站举办现实题材、科幻题材征文活动，围绕党的二十大进行主题创作，推动了网络文学题材、类型、手法的百花齐放。

六、作家队伍迭代更新，组织化程度提升

2022年，网络作家队伍继续迭代更新，网络文学组织化程度提升，培训手段创新优化，网络作家凝心聚力，责任意识和担当精神不断提高。

1.网络作家年轻化趋势显著，引领创作新潮流。2022年，全国重点网络文学网站新增注册作者260多万人，同比增长13%。年度新增

签约作者 17 万人，同比增长 12％，多数为 Z 世代作者。阅文及其他重要网站数据显示，活跃的头部作者中，"90 后"占比超过 80％。网络作家队伍更加年轻化、专业化、多元化，带动行业文、二次元、轻小说等从小众题材演变为流行题材。

2.网络作家组织化程度进一步提升。中国作协在郑州召开全国网络文学工作会议，优化网络文学工作机制；出台加强统战工作、新文学群体工作等措施，完善网络作家入会条例，新发展 70 名网络作家加入中国作协，对网络作家的团结引导进一步加强。基层网络文学组织建设持续受到重视，宁夏回族自治区成立网络作协，全国省级网络作协已达 21 家。

3.培训体系持续优化。中国作协网络文学中心通过线下办班和打造线上培训平台等方式，扩大培训覆盖，全年线上线下培训网络作家 2839 人次。举办"青社学堂"暨全国青年网络作家学习党的二十大精神培训班；开发在线培训模块，组织学习党的二十大精神。鲁迅文学院第 21 期网络作家培训班、中国人民大学网络文学研究班、网络文学青年创作骨干班，以及湖南开办的网络文学现实题材研修班、内蒙古开办的网络文学作家培训班、咪咕文学院开办的"短剧实战班"等，在加强思想和价值引领的同时，提升网络作家创作能力。

4.网络文学界积极参与社会公益事业，树立良好社会形象。中文在线捐赠实用物资助疫情防控，阅文和 B 站联合打造国风元宵晚会推广中华优秀传统文化，爱潜水的乌贼受邀在 2022 央视网络春晚为广大网友送上祝福，紫金陈被聘为"宁波消协维权公益宣传大使"，会说话的肘子被聘为"洛阳文化旅游推广大使"，《星辰变》主角秦羽被聘为北奥探梦冰雪文化推广大使等，网络作家社会形象进一步提升，正面影响进一步扩大。

七、网络文学高质量发展面临的问题与挑战

贯彻落实党的二十大精神，承担强国建设、民族复兴新征程上的新使命，迫切需要网络文学高质量发展。实现这个目标，网络文学还

面临着一些问题和挑战。

1."三俗"、同质化现象仍一定程度存在。随着免费阅读的兴盛，阅读市场进一步下沉，网络文学"三俗"、同质化现象仍然存在，精品力作占比低。"蹭热度"的同人创作扎堆，存在版权纠纷风险。IP改编存在"甜宠"等题材扎堆、叙事模式化等问题，精品改编仍较少。

2.竞争加剧影响到网络文学行业生态。少数网络作家之间存在刷票、争榜现象，网络文学读者由粉丝化向饭圈化发展的苗头需警惕。读者恶意排雷、发表极端言论、恶意举报等现象偶有出现，网站互动生态建设有待改进。类型细分与同质化创作导致网络文学"抄袭"不易界定，引发作家之间的创作纠纷。

3.网络文学海外传播缺乏统筹规划。网文出海相关企业各自发力，缺乏统筹规划；对接国外市场的渠道和平台缺乏，海外传播链条不完善；人工翻译成本高、效率低，机翻质量不高；海外盗版现象严重，取证困难，维权不易；跨境结算手续费高、结算周期慢、手续烦琐，在线支付渠道不健全；国际形势复杂多变，国内外文化差异大，存在传统文化以外的题材较难输出等文化环境问题。

4.应对人工智能等高新科技挑战不充分。高新科技的发展，特别是 ChatGPT 等 AIGC 技术的出现，为网络文学高质量发展提供了新动力。AI 翻译极大降低了网络文学作品的翻译成本，准确度达 95%；AI 绘图技术大大提高了网络文学转化成为漫画的效率，缩短了网络文学的转化周期。随着 AI 写作技术的成熟，模式化的网文创作将受到影响；AI 翻译的普遍应用，对高质量编审团队的需求将增大。技术变革之下，网络文学行业的转型升级迫在眉睫。

党的二十大提出，要推进文化自信自强，铸就社会主义文化新辉煌。网络文学处在转型升级的关键阶段，要进一步激发创新创造活力，提升创作质量，推出更多增强人民精神力量的优秀作品，培育造就大批德艺双馨的网络作家和规模宏大的网络文学人才队伍，发挥在文化产业中的龙头作用，讲好中国故事，加强国际传播，推动中华文化更好走向世界，为文化强国建设做出新的更大的贡献。

（原载《文艺报》2023 年 4 月 12 日第 2 版）